LES ENCHAÎNÉS

DU MÊME AUTEUR

CHEZ POCKET

SOUS LE SIGNE DU FEU

LES DERNIÈRES LUEURS DU JOUR

PHILIPPA GREGORY

LES ENCHAÎNÉS

BELFOND

Titre original :
A RESPECTABLE TRADE
publié par Harper Collins Publishers, Londres

Traduit de l'anglais
par Agnès Magnien

ISBN 2-266-07595-0

Ce livre est dédié aux enfants du village de Sika, en Gambie, et à tous les peuples d'Afrique, où qu'ils soient aujourd'hui.

1

La fraîcheur de l'aube réveilla Mehuru. Étendu sur sa natte, il ouvrit les yeux dans la pénombre et huma l'air comme s'il s'attendait à discerner une senteur inconnue dans la brise matinale. Son rêve, la vision pénible et déroutante d'un navire appareillant dans les ténèbres et glissant doucement dans une profonde gorge rocheuse, l'habitait encore.

Il descendit de sa couche, se drapa dans une étoffe et alla sans bruit jusqu'à la porte. Le silence régnait sur la cité d'Oyo. Il jeta un coup d'œil dans la rue. Tout était sombre, à l'exception d'une lumière qui se déplaçait à l'intérieur de la muraille du palais, sans doute la torche d'un serviteur qui circulait de pièce en pièce, éclairant l'une après l'autre chacune des fenêtres d'une brève lueur.

Il n'avait aucune raison d'avoir peur ni de s'alarmer. Pourtant, il était là à guetter, tous les sens en éveil, comme s'il cherchait à percevoir quelque signe d'alerte dans les ululements des hiboux en chasse ou les petits cris stridents des chauves-souris suspendues aux tours du palais.

Avec un léger frisson, il se détourna. Le rêve était très clair. Juste la vision d'une amarre qui tombait d'un quai de pierre, filait dans l'eau en serpentant jusqu'à une proue, fouettait la coque tandis qu'on la hissait à bord, puis celle du navire qui s'éloignait de la terre en silence. La scène n'avait rien de redoutable, et pourtant le sentiment d'angoisse qui planait sur son rêve le hantait encore.

D'une voix calme, il appela Siko, son jeune esclave, qui dormait au pied de son lit. L'adolescent arriva en se frottant les yeux.

« Fais-moi du thé !

— Mais on est en pleine nuit ! » objecta l'autre. Il s'arrêta net en voyant l'expression de Mehuru. « Bien, maître. »

Mehuru attendit dans l'embrasure de la porte que le garçon lui apporte le gobelet de cuivre. L'arôme poivré du thé à la menthe le réconforta. Dans son rêve, il y avait une odeur nauséabonde, une odeur de maladie et de mort. Le navire qui s'éloignait de la terre sur une eau lisse ne laissait pas de sillage derrière lui, mais une odeur de charogne.

Ce rêve avait sûrement un sens. Mehuru, initié par les obalawas, était l'un des plus grands prêtres du pays. Il devait être capable d'interpréter ses propres rêves.

Au-dessus des toits de la cité, le ciel pâlissait avec des éclats de perle, strié de fines bandes nuageuses légères comme de la mousseline. Mehuru les regarda se fondre en une brume grise qui se dissipa bientôt, laissant apparaître un voile bleu pâle. A l'est, le disque blanc et incandescent du soleil se leva à l'horizon.

Mehuru secoua la tête pour chasser le rêve. Une journée chargée l'attendait : une réunion au palais qui serait l'occasion de prouver ses capacités de décision et d'entreprise. Si la vision revenait, il serait toujours temps d'y réfléchir. L'aube, d'une resplendissante blancheur laiteuse, était pleine de promesses. Mehuru ne voulait pas que l'ombre d'un navire vu en rêve vienne assombrir un jour pareil. Il retourna à sa chambre et ordonna à Siko de faire chauffer de l'eau pour sa toilette et de préparer ses plus beaux habits.

Dans la rade de Bristol, là où les eaux douces du canal de Bristol se mêlent aux eaux salées, le navire négrier la *Daisy* paya le pilote qui l'avait guidé dans la descente des étroites et traîtresses gorges de l'Avon et se libéra des barges qui l'avaient remorqué, lui permettant d'atteindre la mer sans encombre. Le navire hissa les voiles au soleil levant, tandis que montait une légère brise d'ouest. Le capitaine Lisle tira ses cartes vers lui et se mit à tracer sa route vers les côtes de Guinée. Le mousse lui avait sorti une chemise propre qu'il avait étalée sur sa couchette et avait versé de l'eau pour sa toilette. De ses mains calleuses et sales, il saisit avec précaution la cuvette de porcelaine et en reversa le contenu dans le broc. Il faudrait au moins deux mois pour atteindre les terres africaines, et le capitaine Lisle n'était pas homme à gaspiller l'eau douce.

Cole and Sons
Dock Redcliffe,
Bristol.
Lundi 15 septembre 1787

Chère Miss Scott,

Je vous écris à propos d'une affaire pour laquelle il serait peut-être préférable que je m'adresse à Sa Seigneurie. Mais comme je n'ai pas encore eu l'honneur de faire sa connaissance et que vous m'avez dit que vous deviez voler de vos propres ailes, peut-être me pardonnerez-vous mon audace.

J'ai été heureux de vous rencontrer dans mon magasin lorsque vous vous êtes présentée pour le poste de gouvernante, mais la distinction de votre famille et la grâce de votre maintien m'ont convaincu que jamais je ne pourrais souffrir que vous soyez à mon service. C'est cette considération qui m'a poussé à écourter notre entrevue. C'est aussi alors que m'est venue une idée dont je vous fais part ici, à savoir que je puisse envisager de faire de vous ma femme.

Peut-être dira-t-on qu'un marchand de Bristol comme moi se montre fort présomptueux en sollicitant une alliance avec une famille telle que la vôtre. Mais vous m'avez dit vous-même que votre situation vous interdisait le luxe de choisir. Or, bien que je sois dans le négoce, ou le « commerce », comme dirait sans doute votre oncle, il s'agit d'un commerce honorable qui a des perspectives d'avenir.

Vous n'avez vu que mes entrepôts et vous ne manquerez pas de vous demander où vous habiteriez si vous deveniez mon épouse. Sachez que j'ai l'intention de déménager d'ici peu, avec ma sœur, qui continuera d'habiter avec moi, et de m'installer dans une maison commode et élégante dans le plus beau quartier de la ville, à savoir Queens Square, que milord Scott connaît peut-être.

Quant au contrat et à la dot, ce sont là des affaires à régler entre votre oncle et moi. Mais je puis vous assurer que si vous avez la bonté de considérer ma proposition avec faveur, vous verrez que vous n'obligez pas un ingrat.

Je ne mésestime pas, madame, le grand honneur que vous me feriez, et n'ignore pas non plus tout l'avantage que m'apporterait une alliance avec vous. Permettez-moi néanmoins d'espérer que ma proposition vous permettra d'échapper à une vie mercenaire indigne de vos talents délicats et de vos origines aristocratiques.

Je reste, madame, votre obéissant serviteur,

Josias Cole

D'une main ferme, Josias poudra la lettre de sable qu'il chassa d'un léger souffle. Puis il se leva et se dirigea vers la haute fenêtre donnant en contrebas sur les quais et les eaux sombres du dock Redcliffe. La marée était haute et les navires se balançaient mollement le long des quais. Secoués par la brise glaciale, les gréements faisaient entendre un cliquetis régulier. Sur l'embarcadère désert de la maison Cole traînaient des tas d'immondices, quelques ballots abandonnés et des amarres encore enroulées sur les pavés. Josias avait vu la *Daisy* appareiller à l'aube. A présent, le navire devait être en mer, portant ses espoirs à son bord. Il n'y avait plus qu'à attendre. Attendre des nouvelles de la *Daisy.* Ainsi que l'arrivée de son deuxième navire, la *Lily,* qui revenait lentement des Antilles avec une pleine cargaison de sucre et de rhum. Quant au troisième, la *Rose*, il devait être en train de remplir ses cales sur les côtes d'Afrique.

Josias n'était guère patient de nature, mais l'exercice du négoce lui avait appris qu'un marchand qui, comme lui, n'avait à son registre que trois petits navires devait savoir faire preuve de persévérance et d'un stoïcisme à toute épreuve. Chaque voyage prenait plus d'un an, et lorsqu'un navire avait quitté son dock, Josias restait parfois sans nouvelles de lui jusqu'à son retour. Il n'avait aucun moyen de lui faire presser l'allure, ni de s'enrichir entre-temps. La *Daisy* avait été ravitaillée. Les ordres avaient été donnés. Il l'avait vue appareiller. Il ne lui restait plus qu'à espérer et à attendre en regardant flotter les détritus sur les eaux grasses du port. L'odeur de ses navires, couverte par l'arôme entêtant du sucre et du rhum, mais reconnaissable entre toutes par sa pestilence et ses relents de peur et de sueur malsaine, l'odeur de ses navires stagnait sur le dock comme une brume délétère. Josias avait beau parfumer discrètement ses vêtements, cette odeur imprégnait sa perruque et ses mains. Vendredi, lorsqu'il avait reçu Miss Scott, il ne s'était même pas rendu compte que, tout au long de l'entretien, celle-ci avait pressé son mouchoir sur son visage pour ne pas être incommodée par l'âcre senteur du « bois d'ébène » qui régnait dans son petit bureau au-dessus de l'entrepôt. Et ce jour-là, l'odeur était d'autant plus envahissante qu'un navire se trouvait à quai.

Josias porta son regard sur la lettre qu'il tenait. Rédigée dans un style clair, net et précis, elle était à l'image de la correspondance d'un homme d'affaires entendant que ses ordres soient bien compris et fidèlement exécutés. L'écriture de Josias n'avait, hélas, pas l'élégance aristocratique. Il examina son œuvre d'un œil critique. Si sa destinataire la montrait à Lord Scott, celui-ci mépriserait-il la manière directe de la missive et sa platitude ? Le ton était-il trop humble ? Et n'y avait-il pas quelque prétention à faire allusion à cette maison de Queens Square dont il n'était encore nullement propriétaire ?

Il haussa les épaules. L'ambition opiniâtre qui l'avait poussé jusqu'ici le mènerait plus loin encore, jusqu'à le faire accepter par les notables de la ville et entrer dans leur cercle. Sans leur faveur, il ne pourrait faire fortune, et sans fortune il ne pouvait acheter de faveur. Son travail actuel était une besogne ingrate, sans avenir digne de ce nom. Les notables tenaient la ville de Bristol et dirigeaient le port. Sans leur appui, Josias resterait cantonné dans son dock, éternellement relégué à l'exercice du commerce, tel un rat sur une corde. Miss Scott et son oncle, Lord Scott, lui ouvriraient des portes qu'en dépit de sa détermination il ne parviendrait jamais à forcer... Si toutefois la demoiselle le voulait bien.

Frances ouvrit la lettre de Josias qu'elle lut et relut maintes fois avant de l'enfouir dans la poche de sa modeste robe. Elle descendit le grand hall voûté dallé de marbre, se dirigea vers le bureau de son oncle et frappa à la porte avant d'entrer. Lord Scott, qui lisait le journal, leva les yeux.

« Oui, Frances ?

— J'ai reçu une réponse, annonça-t-elle sans préambule. Une réponse du marchand de Bristol.

— Il t'offre le poste ? »

Elle fit un signe de dénégation et tira la lettre de sa poche.

« Il ne parle ni d'emploi ni d'élèves. Il me propose le mariage.

— Grands dieux ! (Lord Scott se saisit de la missive, qu'il parcourut.) Et qu'en dis-tu ?

— Je ne sais trop qu'en penser, fit-elle, hésitante. Je ne peux pas rester chez Mrs. Snelling. Je ne l'aime pas et n'arrive pas à me faire obéir de ses enfants.

— Tu pourrais rester ici... »

Elle ébaucha un petit sourire triste et un éclair de malice adoucit l'espace d'un instant son visage crispé.

« Soyez sérieux, mon oncle. »

Il lui rendit son sourire. « Lady Scott fera ce que je souhaite. Si j'annonce que tu es notre invitée, elle devra se le tenir pour dit.

— Je pense que je ne contribuerais guère à l'agrément de milady, ni elle au mien. » Lady Scott et ses trois filles, fières de leur noblesse, ne verraient assurément pas d'un bon œil une parente pauvre s'installer chez elles, et Frances savait qu'indésirable elle se trouverait avant longtemps réduite à l'état de suivante sans gages, taillable et corvéable à merci. « Je préfère travailler pour subvenir à mes besoins. »

Sa Seigneurie hocha la tête : « Ton éducation ne t'a pas préparée à cela. Mon frère aurait dû t'élever différemment ou prévoir de te laisser une rente. »

Frances cilla et se détourna pour cacher une larme. « Il n'a sans doute pas fait exprès de mourir.

— Pardonne-moi. Je n'entendais pas le blâmer. »

Elle fit un signe d'assentiment et s'essuya les yeux d'un revers de main. Lady Scott, elle, n'aurait pas manqué de se lancer dans de grands effets de mouchoir brodé, mais le naturel de sa nièce n'était pas pour déplaire à Lord Scott.

« C'est peut-être la meilleure proposition qu'on m'ait jamais faite », lâcha-t-elle soudain.

Il acquiesça d'un geste. Frances n'avait jamais été une beauté et aujourd'hui, à trente-quatre ans, son visage marqué par le chagrin et les déceptions avait perdu l'éclat de la jeunesse. Son éducation ne la destinait pas aux fonctions de gouvernante, et la famille où elle les exerçait ne lui témoignait pas d'égards particuliers. Ces derniers mois, Lord Scott, qui lui avait trouvé cette place, l'avait vue devenir de plus en plus malheureuse et se faner au fil du temps. Lasse, elle avait répondu à une annonce de la maison Cole and Sons, espérant être mieux traitée chez un marchand prospère de la ville que dans le manoir d'une aristocrate qui prenait plaisir à l'humilier.

« Quel genre d'homme est-ce ? »

Elle eut un haussement d'épaules. « Il s'est montré aimable et poli. Sans doute en usera-t-il honorablement avec moi. C'est un marchand, et il sait ce que c'est que respecter un marché.

— Oui, mais je ne peux te garantir le bonheur sur contrat. »

Elle lui adressa de nouveau son petit sourire triste. « Je n'ai pas la sottise de m'attendre à trouver le bonheur. Ce que j'espère, c'est une situation confortable et un mari qui pourra m'entretenir. Pour moi, il s'agit d'échapper à la servitude, pas de tomber amoureuse.

— Tu sembles avoir déjà pris ta décision, dis-moi ? »

Elle resta un instant pensive.

« Me déconseilleriez-vous ce mariage ?

— Non. Je n'ai rien de mieux à t'offrir et le sort pourrait te réserver bien pire. »

Frances se leva et redressa les épaules comme si elle acceptait de relever le défi. Lord Scott, qui n'avait jamais placé la vaillance au rang des vertus féminines, fut surpris par le courage de sa nièce, tant elle paraissait résolue à prendre sa vie en main et à faire contre mauvaise fortune bon cœur.

« Alors, c'est décidé. (Elle lui jeta un regard.) Puis-je compter sur votre appui ?

— Je vais écrire à Mr. Cole et je superviserai le contrat. Mais s'il te traite mal ou si la vie avec lui te déplaît, sache que je ne pourrai rien pour toi. Une fois mariée, Frances, tu seras sa propriété au même titre que ses navires et autres biens.

— Ce ne peut être pire esclavage que de travailler pour Mrs. Snelling. Mon choix est fait. »

Mehuru, en tenue d'apparat, portait une longue robe indigo en soie brodée et un bâton sculpté à l'emblème du serpent, son dieu protecteur. Suivi de Siko, il gravit sans hâte la colline menant au palais d'Oyo l'Ancien.

Voilà deux longs mois que se succédaient les réunions du conseil, et celle-ci n'était qu'une assemblée plénière de plus. Le roi — l'Alafin — était installé sur son trône, sa mère assise derrière lui. Le chef de l'armée était là, sur le qui-vive, le regard soupçonneux, tournant de tous côtés son visage barré de scarifications. Le conseil, chargé des lois et de leur application au sein de la vaste fédération de l'empire yoruba, était réuni au grand complet. Siégeant sur son tabouret, le grand prêtre, supérieur direct de Mehuru, se trouvait là lui aussi.

Mehuru se glissa dans la salle et alla se placer au côté du grand prêtre. Les débats duraient depuis des mois : le sujet était d'une telle importance que nul ne voulait hâter la décision finale. Néanmoins, un consensus émergeait lentement.

« Il nous faut des fusils, répéta le vieux soldat. Et pour acheter des fusils, nous devons commercer avec les Blancs. Sans fusils ni canons, je ne peux pas garantir notre sécurité. Le royaume du Dahomey, qui échange des esclaves contre des fusils, risque d'être bientôt le pays le plus puissant. Je vous avertis : il nous attaquera un jour, et sans fusils dans notre camp, nous ne pourrons résister. C'est mon dernier mot. Pour qu'ils nous procurent des armes, nous devons commercer avec les Blancs. Or, ils ne veulent de nous que des esclaves. Ils ne nous achèteront plus ni or, ni ivoire, ni poivre. Rien que des hommes. »

Il y eut un long silence où chacun réfléchit. L'Alafin — monarque élu — se tourna vers le chef du conseil. « Ton opinion ? »

L'homme se leva et lui fit un salut. « Réduire notre propre peuple en esclavage ou lancer des razzias contre les autres nations amènera notre ruine en moins d'une génération. La puissance de ce royaume repose sur la paix. En guerre perpétuelle contre chacun, contre les autres pays, une nation qui pratique le commerce des esclaves est vouée aux troubles et au désordre. Et jamais nous n'arriverons à satisfaire la demande des Blancs en esclaves. Ils nous avaleront en même temps que nos victimes. » Il marqua une pause et poursuivit de son ton le plus persuasif : « Pensez à notre histoire. A l'origine, cette grande nation n'était qu'une ville. Si les autres cités et les autres nations ont décidé de nous rejoindre, c'est parce que nous garantissons la paix et un commerce équitable. La paix doit continuer de régner au sein de nos frontières. A nous d'y veiller. »

Le roi approuva d'un signe de tête et la reine mère se pencha pour lui glisser quelques mots à l'oreille. Finalement, il se tourna vers le grand prêtre. « Et toi, que dis-tu ? »

L'homme se leva. Sa large carrure, que venait encore étoffer une cape de plumes, cacha à Mehuru une partie de la cour, dont tous les membres attendaient gravement les paroles qu'il allait prononcer. « C'est une offense aux ancêtres que d'arracher un homme à son pays », commença-t-il. Mehuru savait que l'avis qu'il donnait était le fruit de mois de méditation et de prière. Ce conseil avait une importance capitale car de la décision prise dépendait l'avenir de la nation yoruba, peut-être même celui du continent africain. « A moins d'être un criminel, tout homme doit pouvoir rester libre parmi les siens. Tout citoyen doit être libre. »

Mehuru jeta un bref coup d'œil autour de lui. Les expressions étaient soucieuses, mais tous opinaient.

« C'est une offense contre la terre, poursuivit le grand prêtre. A la fin, tout retourne à la terre : pères, ancêtres et dieux. Arracher un homme à son champ est sacrilège. Je dis que nous ne devons pas capturer d'esclaves pour les vendre. Je dis que nous devons protéger ceux qui vivent sur notre territoire. Ils doivent être en sécurité dans leurs champs. »

Un long silence accueillit sa déclaration. Enfin, le roi se leva. Les vieilles femmes à qui incombait la tâche d'enregistrer les décisions du conseil se penchèrent pour ne rien perdre de ses paroles.

« Écoutez tous. Voici la décision du conseil et ma volonté. Tout commerce d'esclaves avec les Blancs de quelque nation que ce soit doit cesser immédiatement. Il est interdit d'enlever des esclaves sur notre territoire. Aucun sauf-conduit ne sera donné aux Blancs ou à leurs agents s'ils sont en quête d'esclaves. Les autres commerces avec les Blancs, ceux de l'or, de l'ivoire, du cuir, du bronze et des épices, sont autorisés. »

Il y eut un murmure d'approbation et le roi se rassit sur son trône. « Telle est désormais notre règle, reprit-il avec un sourire sans joie. Il ne nous reste plus qu'à l'appliquer, sachant que des rabatteurs noirs sévissent à nos frontières occidentales et qu'au sud les bateaux des Blancs croisent le long de nos côtes. »

Mehuru se pencha pour glisser quelques mots à l'oreille du grand prêtre, qui hocha la tête et se leva à nouveau. « L'obalawa Mehuru suggère que nous autres, prêtres, envoyions des émissaires dans les villes et les campagnes pour expliquer au peuple pourquoi nous renonçons à un commerce aussi profitable, qui a déjà enrichi certaines cités. Il ne suffit pas de rendre ce commerce illégal. Encore faut-il convaincre nos populations qu'il va à l'encontre de leurs intérêts.

— Que les prêtres le fassent, dit le roi. Et les décisions de notre conseil seront transmises à tous les sages du royaume, jusqu'au plus petit village. (Il adressa un bref sourire à Mehuru.) A toi de t'en charger. »

Mehuru cacha son expression triomphante en s'inclinant très bas. Il irait au nord, jusqu'aux confins du royaume, et prendrait la parole dans toutes les villes frontières pour persuader la population de la nécessité de proscrire la traite des esclaves. Il servirait ainsi son pays d'illustre manière et, sa mission étant couronnée de succès, s'assurerait gloire et fortune.

« C'est un honneur pour moi », affirma-t-il avec respect.

2

Whiteleaze,
près de Bath,
Somerset.
Jeudi 25 septembre 1787

Cher Mr. Cole,

Je vous suis très obligée du compliment que vous me faites en m'envoyant cette lettre, et honorée par la proposition qu'elle contient.

J'ai été surprise en effet que notre entretien se termine de façon abrupte, sans que vous m'expliquiez en quoi consisterait ma tâche ni que vous me présentiez mes élèves. J'en comprends à présent la raison.

Votre proposition m'agrée et je consentirai volontiers à devenir votre femme.

Mon oncle Lord Scott vous écrira sous pli séparé. Il m'annonce son intention de se rendre à Bristol sous peu afin d'avoir le plaisir de faire votre connaissance, de discuter du contrat de mariage et de fixer la date de la cérémonie.

Je vous prie de transmettre mes compliments à votre sœur, Miss Cole, et suis, monsieur,

Votre servante,

Frances Scott

Josias frappa et pénétra dans la pièce où travaillait sa sœur, assise à une table sur laquelle s'étalaient les registres de la compagnie. Dans la cheminée un petit feu de charbon était préparé, mais on ne l'avait pas allumé, malgré la froide humidité qui régnait dans la pièce. Le visage de Miss Cole était pâle, à l'exception du bout de son nez, rougi par un rhume. Elle portait une robe de laine marron, une veste noire et des mitaines.

Quand son frère entra, elle se figea, plume en l'air, et leva les yeux.

« J'ai la réponse de Miss Scott.

— A-t-elle accepté ?

— Oui. Sa Seigneurie en personne vient à Bristol pour établir le contrat de mariage.

— J'espère que tu fais une bonne opération, dit Sarah Cole d'un ton glacial. Il nous en coûtera une jolie somme d'entretenir une femme comme elle.

— Elle aura une dot, fit observer Josias. Si son père n'a rien laissé, son oncle veillera à la pourvoir.

— Il lui faudra une maison plus grande que celle-ci, une voiture et une femme de chambre. »

Peu désireux d'entamer une discussion, Josias se contenta de hocher la tête.

« Elle a sûrement des goûts aristocratiques, poursuivit Sarah non sans aigreur.

— C'est un risque à courir, rétorqua Josias avec un léger sourire. Nous en avons vu d'autres !

— Ceux du commerce, nous les connaissons. Mais nous n'avons pas l'habitude d'articles tels que Miss Scott. »

En voyant son frère froncer les sourcils, Sarah comprit qu'elle était allée trop loin. De leur enfance orpheline, où elle avait remplacé leur mère, elle conservait sur son cadet une certaine autorité ; mais Josias pouvait toujours faire jouer son autorité masculine. « Nous devons veiller à ne pas la brusquer, reprit-il. Nos affaires vont lui sembler très étranges au début.

— Pense qu'elle a failli entrer à notre service », rappela Sarah.

Il s'ensuivit un silence tendu. Chacun attendait que l'autre reprenne la parole.

« Je vais au café. Je verrai bien si je peux trouver quelqu'un qui soit disposé à s'associer à nous pour partager les frais sur la *Lily,* qui doit rentrer fin novembre. Il va falloir la caréner et acheter une autre cargaison. »

Sarah lança un coup d'œil au calendrier qui se trouvait sur le bureau. « Elle est partie de la Jamaïque ce mois-ci. A la grâce de Dieu. »

Superstitieux, Josias frappa du pied le plancher ; la modeste boucle d'argent qui ornait son large cou-de-pied étincela de façon fugitive.

« As-tu les comptes de sa dernière traversée ?

— Si tu veux nous trouver un associé, tu ferais mieux de ne pas les montrer. Nous sommes tout juste rentrés dans nos frais. »

Josias sourit, découvrant de grandes dents tachées de tabac.

« Soit. Mais c'est un bon navire, et d'habitude on peut faire confiance au capitaine Merrick. »

Sarah se leva, s'approcha de la fenêtre pour regarder le quai en contrebas. « Si tu vois Mr. Peters au café, dis-lui qu'on attend encore qu'il nous verse sa part pour l'équipement de la *Daisy.* Voilà quinze jours qu'elle est partie et on n'a toujours pas vu la couleur de son argent. On ne va pas lui faire crédit indéfiniment.

— Compte sur moi. Je rentrerai dîner. (Il s'arrêta à la porte.) Tu ne me félicites pas pour mes fiançailles ? »

Elle ne se retourna pas et il ne vit pas son visage, crispé par l'amertume. Sarah avait passé ses meilleures années à travailler pour son père, puis pour son frère, héritier du nom et de la maison, et avait vu s'enfuir sa jeunesse tandis qu'elle s'évertuait à tirer de maigres profits d'un commerce hasardeux. « Mais si, je te félicite. J'espère que ce mariage t'apportera ce que tu désires. »

Siko traînait les pieds pour quitter Oyo. Il y était né et, à la mort de ses parents, s'était vendu comme esclave à Mehuru. En servant un jeune maître dont l'activité gravitait autour du palais, il s'était dit qu'il éviterait les vicissitudes d'une vie de paysan. Il n'avait aucune envie de s'aventurer dans la campagne, qu'il considérait comme un lieu dangereux peuplé d'animaux sauvages et de paysans revêches.

« Pour la dernière fois, lança Mehuru, finis les bagages et va chercher les chevaux, sinon je te vends au lupanar ! »

La menace glissa sur Siko, mais il baissa la tête et fit mine de se presser un peu plus. Il savait son jeune maître incapable de cruauté à son égard. De plus, en accord avec lui, il économisait l'argent nécessaire à son rachat.

« Ne devrions-nous pas prendre des porteurs et des gardes ? demanda-t-il. Mon frère s'est proposé pour nous accompagner.

— Nous suivrons les routes du commerce, expliqua patiemment Mehuru. Tout le long du chemin, nous rencontrerons les porteurs et les gardes des caravanes. S'il y a le moindre danger, nous ferons route avec eux. Ma mission est urgente et nous devons faire diligence. Je sais que toi, tu préférerais prendre ton temps, t'arrêter à chaque village...

— S'il ne tenait qu'à moi, on resterait tranquillement ici », marmonna Siko, la tête dans une sacoche. Après avoir fini ses rangements, il annonça : « Les bagages sont faits, maître, et nous sommes prêts. »

Mehuru lui fit signe de charger les sacs et passa dans sa chambre. Dans un coin étaient disposés les objets sacerdotaux destinés à sa méditation : le plateau divinatoire en bois poli était évidé en plusieurs endroits pour recevoir des coupelles pleines de cauris ; le sachet de cuir rempli de cendres, un cube de craie et une fiole d'huile. Mehuru les prit l'un après l'autre et les déposa avec précaution dans un sac en cuir souple, se concentrant pour faire surgir une vision.

Mais rien ne vint, que la proue d'un navire, une fois de plus ; un navire qui tanguait doucement sur les eaux transparentes des tropiques. Il vit un banc de petits poissons mordiller les renforts de cuivre de la coque, chose que Mehuru n'avait encore jamais vue. Et, une fois de plus, il sentit une odeur douceâtre et putride à la fois.

« Qu'est-ce que cela signifie ? murmura-t-il. Quel peut bien être le sens de cette vision ? »

Il frissonna comme si, malgré la chaleur qui faisait déjà trembler l'air, il sentait un froid mortel l'envahir. « Que signifie donc ce bateau ? » Aucune réponse. Seuls lui parvenaient les récriminations de Siko, qui faisait ses doléances à la cuisinière, ainsi que les cris d'une bande d'étourneaux rassemblés sur le toit.

Il haussa les épaules. Nul bateau ne pouvait le menacer, puisque son voyage devait le mener vers le nord, à l'intérieur des terres. Au nord, il y avait les longues plaines ondulantes de la savane où coulaient une ou deux rivières faciles à traverser à gué ou en barque ; et plus loin encore, aux confins du puissant empire yoruba, s'étendait le grand désert du Sahel. Si loin de la côte, aucun bateau ne risquait de compromettre sa sécurité. Peut-être fallait-il considérer ce bateau comme un bon présage. Peut-être était-ce la vision d'un navire négrier qui cesserait désormais de rôder sur la côte de son pays et de s'emparer des enfants avec l'avidité d'une hyène en maraude.

Mehuru prit le sac qu'il venait de remplir et le jeta sur son épaule. Tant pis pour sa vision. Une tâche l'attendait, dont rien ne le détournerait. Il roula soigneusement sa cape de voyage et sortit sous le ciel radieux. Les chevaux piaffaient. Depuis l'aube, on avait ouvert les battants des portes monumentales, percées dans les épaisses murailles de la cité.

« Prêt ? lança-t-il joyeusement à Siko. Alors, en route ! »

Le café du port se trouvait sur l'autre rive ; en sortant de son entrepôt, Josias prit le petit bac et, en partant, lança une pièce au garçon qui maniait l'aviron. L'établissement était le rendez-vous de tous les marchands de Bristol, des plus prospères aux plus modestes. Lorsque Josias poussa la petite porte, il eut les narines assaillies par l'odeur familière, puissamment aromatique, de la fumée de tabac mêlée aux senteurs chaleureuses du café, du rhum et de la mélasse. Le chapeau sous le bras, il fit sans hâte le tour des tables pour voir qui était là. Il connaissait tous les marchands présents, mais seuls quelques-uns faisaient régulièrement affaire avec lui. A la meilleure table, à l'abri des courants d'air de la porte à battant, étaient installés les grands marchands de la ville, reconnaissables à l'élégance de leurs habits et à leurs jabots impeccablement repassés. Lorsque Josias vint leur dire bonjour, ils ne levèrent même pas les yeux car il ne méritait pas leur attention.

Sans prendre ombrage, il fit un salut poli à leur adresse. Le jour où il deviendrait le neveu par alliance de Lord Scott, ils lui rendraient son salut et l'inviteraient à leur table. Alors, il pourrait voir les états de chargements étalés devant eux. A lui les associations avantageuses, à lui les opérations profitables. L'accès à leurs capitaux lui serait grandement facilité par leur amitié. Ils l'inviteraient à entrer dans leur association — celle des Marchands-Entrepreneurs de Bristol. Il n'aurait plus qu'à saisir les occasions et cueillir les profits qui s'offriraient à lui dans cette bonne ville, la troisième du royaume.

« Josias ! Viens voir ici ! »

Se retournant, il avisa une table où se pressaient au coude à coude des hommes de sa condition, de petits négociants toujours prêts à s'associer pour partager les risques d'une expédition négrière, et à se marcher dessus pour décrocher le gros lot, sachant que la perte d'un bateau suffirait à les ruiner. Josias ne pouvait se permettre de les ignorer. Son père était parti de plus bas encore. Avec des gabarres qui descendaient et remontaient la Severn, il allait chercher du charbon au pays de Galles, du blé dans le Somerset et du bétail en Cornouailles. George Cole avait dû attendre la fin de sa vie pour posséder un bateau assez solide pour affronter la mer. Encore s'agissait-il d'un navire corsaire délabré qui avait coulé après une seule traversée. Il est vrai qu'auparavant, il avait arraisonné un navire marchand français et fait main basse sur toute sa cargaison, ce qui s'était traduit par un bénéfice de milliers de livres. Ainsi avait été faite la fortune des Cole et fondée la ligne maritime du même nom. George Cole avait mis une enseigne, *Cole and Sons,* et légué son affaire à ses deux enfants qui, jusqu'à ce jour, avaient consacré toute leur énergie à la faire prospérer.

Deux hommes se poussèrent pour laisser une petite place sur leur banc à Josias. Il faisait chaud dans la pièce et leurs habits humides fumaient légèrement, dégageant une odeur de sueur rance et de laine mouillée.

« Je vous souhaite le bonjour », dit Josias, en faisant signe au jeune valet de lui apporter du café. Le breuvage arriva dans un pot, accompagné d'une tasse et d'une grande coupe emplie de sucre roux en morceaux.

« Alors, comme ça, tu as fait un joli profit avec la *Daisy* ! lança l'homme qui l'avait hélé. Pour le sucre, les prix se maintiennent. Mais les cargaisons de tabac ne rapportent rien. »

Josias opina. « La traversée a été rentable. Moi, je me limite au sucre. Quant au tabac, je n'en achète jamais hors saison. Je ne suis pas mécontent de la *Daisy*. D'ailleurs, elle a déjà repris la mer.

— Vous avez un associé pour sa prochaine traversée ? », demanda un homme assis de l'autre côté de la table. Il avait un fort accent du Somerset.

« C'est pour la *Lily* que j'en cherche un. Elle sera de retour dans deux mois.

— Avec quel capitaine ?

— Merrick. Il n'y en a pas de meilleur sur le port de Bristol. »

L'homme hocha la tête et demanda : « Vous pouvez me montrer les comptes de son dernier voyage ?

— Ils sont entre les mains des employés de la régie, qui nous cherchent noise pour dédouaner la dernière cargaison, improvisa Josias avec aisance. Autant baser les calculs sur la *Daisy*. En rentrant au port, elle a rapporté à chaque actionnaire un bénéfice de trois cents livres. Vous aurez du mal à trouver un meilleur rapport pour votre argent.

— Ma foi... », dit l'homme, perplexe.

Josias mit deux morceaux de sucre roux encore tendre dans son café, humant le breuvage où il retrouvait l'odeur même de la traite. Il fit signe au garçon de lui apporter un verre de rhum sombre et parfumé.

« A votre aise, dit-il sans paraître attacher d'importance à la conversation. Au reste, je devrais donner la priorité à d'autres, mais comme c'était votre intérêt... N'en parlons plus.

— Mais si ! insista l'autre. Vous pensiez vous associer à combien ?

— A quatre », laissa froidement tomber Josias. Il

tourna la tête et adressa un signe de tête à un nouvel arrivant.

« Cela représenterait quelle somme ?

— Oh, je ne peux pas vous le dire au juste, fit Josias d'un ton distrait, avec un haussement d'épaules. Peut-être mille livres chacun ; neuf cents, peut-être. Disons neuf cents. »

Son interlocuteur en resta bouche bée. « Je n'aurais pas cru que cela ferait autant ! »

Josias le regarda et un sourire découvrit ses dents jaunies : « Quand vous récolterez un profit de vingt ou trente pour cent, vous serez moins regardant !

— Et qui sera le gérant ? Vous ? C'est vous qui vous chargerez de la cargaison et des commandes ?

— J'y veille personnellement. C'est une tâche que je ne déléguerais à personne d'autre. Mais voilà Mr. Wheeler ; je lui ai promis de lui réserver une part.

— Attendez, Josias. Je veux m'associer avec vous sur ce voyage de la *Lily.* »

Josias tendit la main. « Topez là, Samuel ! » L'autre s'empressa de lui serrer la main. « Venez à l'entrepôt cet après-midi avec votre billet à ordre. J'aurai préparé le contrat. »

Tout à la fois excité et inquiet, l'autre fit un signe d'assentiment, se leva et sortit. Il aurait fort à faire d'ici l'après-midi, s'il voulait trouver dans la ville un crédit suffisant pour réunir la somme.

« Je ne lui aurais jamais cru les reins assez solides pour une pareille mise de fonds, fit l'un des compères. Tâche de voir la couleur de son argent avant de signer, Josias. »

Ce dernier haussa les épaules. Malgré lui, ses yeux étaient attirés par la table à l'autre bout de la pièce. On y portait une tourte, du jambon, du pain et du fromage pour le déjeuner. Ces messieurs, dont le porto avait délié les langues et coloré les visages, s'esclaffaient en échangeant des plaisanteries. Ils n'avaient pas à marchander, eux, pour obtenir d'un malheureux quidam qu'il engage toutes ses économies dans le financement d'une traversée. Ils se réservaient les entreprises lucratives, partageaient les bénéfices des docks — même les barques qui faisaient le remorquage sur l'Avon leur acquittaient une taxe, tout comme le petit bac entre les deux rives ; et les phares leur payaient un loyer.

« J'ai une nouvelle à vous annoncer, fit Josias à brûle-pourpoint. Je vais me marier. »

Un silence stupéfait accueillit sa déclaration.

« Avec la nièce de Lord Scott de Whiteleaze, poursuivit Josias. J'attends Sa Seigneurie incessamment pour l'établissement du contrat de mariage.

— Sacré Josias ! s'exclama l'un de ses compagnons de table.

— Où l'as-tu rencontrée ? » demanda un second. Les autres restèrent bouche bée. « Elle est venue nous voir, mentit Josias avec aplomb. Elle était en pension avec une amie de ma sœur.

— J'étais persuadé que tu resterais vieux garçon, s'étonna un autre. D'autant que tu as Sarah pour tenir ta maison.

— J'attendais de trouver chaussure à mon pied. Et aussi le moment où les affaires marcheraient assez bien pour me permettre d'offrir à ma femme une vie confortable. »

Il y eut des hochements de tête. La surprise était de taille et il fallait du temps pour s'y faire.

« J'étais loin de me douter qu'il avait à ce point le vent en poupe ! » fit l'un d'eux entre ses dents.

Josias poursuivait : « Une fois marié, je quitterai mon logement au-dessus du magasin.

— Où iras-tu habiter ?

— Je compte acheter une maison à Queens Square », répondit Josias en jetant à nouveau un coup d'œil en direction de la table tant enviée. Ceux qui y étaient assis possédaient toute la rue. C'était la guilde des Marchands qui avait établi les plans et assuré la construction de toutes les maisons. Ils pouvaient tout aussi bien refuser de lui en vendre une, car dans ce quartier, l'argent seul n'était pas un sésame suffisant. Mais avec la nièce de Lord Scott à son bras, il serait bien reçu dans l'élégante artère aux façades de brique. Josias leur donnerait du « cher voisin » et leurs épouses échangeraient des visites.

« Et ta femme...

— Si nous en revenions aux affaires ? coupa Josias avec un léger sourire de triomphe. Je crois que nous avons assez parlé de la future Mrs. Cole. »

Les autres acquiescèrent, impressionnés par son prochain mariage ainsi que par sa dignité.

« Pour en revenir à la *Lily*, fit l'un d'eux, je crois que je vais me joindre à l'entreprise, finalement. Lord Scott en sera aussi ?

— Le contraire m'étonnerait ! »

Mehuru n'était pas mécontent de la façon dont se déroulait sa mission. Il allait de ville en ville, s'arrêtant même pour prendre la parole dans les conseils des villages les plus importants, et faisait route vers le nord-ouest, à travers les plaines et savanes de la grande nation yoruba. Les villageois sentaient bien qu'il faisait entendre la voix du bon sens. Bien que le commerce des esclaves fût éminemment profitable — à un point qui dépassait largement l'imagination des populations pastorales et paysannes — on entendait circuler des histoires alarmantes, sûrement déformées, où il était question de rivières où nul n'osait plus pêcher, et de forêts où nul ne pouvait plus s'aventurer. Des villages entiers étaient dépeuplés, des centaines, des milliers de femmes et d'enfants, abandonnés mourant de faim dans des champs qu'ils ne pouvaient plus cultiver seuls. C'était comme une lèpre, partie de la côte, qui gagnait l'intérieur, dévorant les plus jeunes et les plus robustes, hommes et femmes, et n'épargnant que les vieux, les malades et les enfants en bas âge.

Ce fléau ne ressemblait à aucun autre, car il s'attaquait aux forces vives du pays, aux hommes et aux femmes qui représentaient l'avenir. Ni les fusils, ni l'or, ni les beaux tissus ne pourraient jamais dédommager l'Afrique de la perte de ses plus beaux enfants, de ses futurs chefs. Par ses routes commerciales, par ses rivières, elle était saignée à blanc.

« Il faut mettre un terme à cette situation, disait fermement Mehuru à chaque conseil. Il faut que la nation refuse. Qu'elle se défende et dise que la coupe est pleine. Sinon, qu'adviendra-t-il de nous ? Les routes du commerce vers le nord ne sont déjà plus sûres. Or notre prospérité dépend du commerce. Nous expédions nos cuirs, nos cuivres et nos richesses vers le nord, au-delà du désert du Sahel, pour les vendre aux pays arabes auxquels nous achetons épices et soie. Notre commerce a toujours suivi un axe nord-sud. Or les marchands d'esclaves nous barrent la route aujourd'hui.

» Nos plaines et nos forêts côtières sont en passe de devenir désertes. Qui pêchera si la côte est abandonnée ? Où trouverons-nous le sel si les femmes ne le font plus sécher ? Où trouverons-nous à manger si nous ne cultivons plus la terre ? Comment un pays peut-il être fort, sûr et prospère si chaque jour, cent, deux cents habitants sont enlevés ? »

Dans les villages, les sages approuvaient. Beaucoup d'entre eux utilisaient des marchandises venues d'Europe, fruits du commerce des esclaves : chemises de cotonnades tissées sur les métiers de Manchester, fusils fabriqués à Birmingham. Mais on ne tardait pas à constater que les jolies couleurs des cotons déteignaient après quelques lavages et que les fusils étaient aussi meurtriers pour le tireur que pour les victimes, quand l'allumage s'enrayait. Nul ne pouvait nier que le commerce des esclaves fût un marché de dupes où l'Afrique était perdante puisqu'elle se dépouillait de ses enfants en échange de pacotilles et de marchandises sans valeur.

Mehuru remontait donc vers le nord en dépensant des trésors de diplomatie et de persuasion. Siko et lui avaient pris l'habitude de chevaucher toute la journée et de coucher à la belle étoile. Siko n'avait pas tardé à devenir maître en l'art d'improviser un feu de camp pour faire cuire le repas lorsqu'ils faisaient halte en pleine savane. Ils mangeaient ensemble, à même l'écuelle qu'ils partageaient, puis s'enroulaient dans leur manteau et s'endormaient côte à côte. Chacun appréciait la compagnie de l'autre dans cette vie à la dure, qui les aguerrissait.

Lorsque Mehuru s'arrêtait dans un nouveau village pour faire part aux anciens des nouvelles lois, il recueillait des informations plus inquiétantes les unes que les autres. Les marchandises importées étaient défectueuses et les mousquets explosaient au premier coup tiré, faisant des morts et des blessés. Le rhum intoxiquait ceux qui le buvaient ; quant à la dentelle d'or et aux chapeaux élégants, il s'agissait de piètre camelote. Il y avait plus grave encore : les Blancs favorisaient la formation de bandes de brigands africains qui n'appartenaient à aucune nation et n'observaient d'autre loi que la leur, remontaient les rivières et kidnappaient ceux qui leur tombaient sous la main : un homme seul, un enfant qui jouait à cache-cache avec sa mère, une fille qui allait retrouver son amoureux. Comment faire respecter la loi là où des voleurs étaient incités au rapt et au vol et payés en munitions ?

Certains pays côtiers avaient renoncé à tout autre commerce que celui des esclaves. Ils avaient abandonné toutes leurs traditions de pêche, de chasse, d'élevage et de culture pour se transformer en nations négrières : des nations qui n'avaient plus que des hommes à vendre et de l'or pour acheter ce dont elles pouvaient avoir besoin. De redoutables nations de brigands sans foi ni loi.

Quant aux Blancs, qui s'étaient construit des forteresses défendues par des canons, ils n'avaient plus besoin de se mettre à genoux devant les rois de ces pays-là. Sur les rives des fleuves, ils avaient élevé de vastes entrepôts, granges de pierre où l'on pouvait enfermer les esclaves par centaines, voire par milliers, avant de les acheminer vers les forts commandant l'embouchure des fleuves. Il fallait se rendre à l'évidence : les monarques africains autorisaient la traite. Les armées locales obéissaient aux Blancs, dont c'était l'affaire. Le pouvoir avait totalement changé de mains. Les hommes blancs faisaient la loi sur la côte grâce au pouvoir de leurs fusils et de leur or.

Plus Mehuru récoltait d'informations et plus il était conforté dans la certitude que les États yorubas avaient raison de s'élever contre l'esclavage. Le caractère odieux de cette pratique et sa cruauté aveugle étaient éclipsés à ses yeux par la menace qu'elle constituait pour le continent tout entier. Ce qu'il découvrait avait la vertigineuse horreur d'une vision infernale : un pays entièrement soumis à la force des armes à feu dans l'intérêt d'étrangers, un pays où plus personne ne serait en sécurité.

« Si l'esclavage est une pratique aussi indigne, dit un soir Siko tandis qu'ils reposaient côte à côte dans l'obscurité, je suppose que tu m'affranchiras dès que nous rentrerons à Oyo ! »

Mehuru lui allongea un coup de pied amical. « Tu achèteras ta liberté, comme nous en étions convenus. Et puis ça fait des années que tu me voles comme au coin d'un bois. »

Il s'endormit en souriant, mais cette nuit-là, sous l'innocente voûte étoilée, le rêve inquiétant revint le hanter. Il vit le bateau naviguant dans des eaux chaudes et peu profondes. Sur le pont poussait la verrue d'un abri de chaume fermé de tous côtés par des filets. Dans son sillage apparaissaient et disparaissaient des nageoires triangulaires : des requins suivaient le navire, attirés par les détritus lancés pardessus bord et par l'odeur prometteuse de la maladie et du désespoir. Ils sentaient le sang et la mort prochaine. La proue, tranchante, s'enfonçait dans l'eau claire comme un couteau dans la chair, et le sillage ressemblait à une blessure. Mehuru s'éveilla en sursaut, inondé de sueur comme s'il avait fui un danger mortel. Il était revenu, le bateau de cauchemar.

Il réveilla Siko. L'aube approchait et Mehuru avait besoin de parler. « Allons nous baigner. Il n'y a qu'à descendre jusqu'à la rivière. »

L'adolescent se fit tirer l'oreille, évoquant tous les dangers qu'ils risquaient de rencontrer : les crocodiles et les hippopotames dans l'eau, les serpents venimeux sur le chemin. Impatienté, Mehuru finit par saisir un pan du manteau où Siko s'était enroulé et le tirer brusquement.

« Allez, viens ! » Il n'avait qu'une envie, se purifier du rêve et jouer dans l'eau comme un enfant, puis revenir en courant au campement pour déjeuner. Ils s'étaient installés dans un coude de la rivière et avaient dormi au sec sur la rive la plus haute. Mehuru laissa ses affaires près des braises mourantes du feu de la veille et courut en direction de la berge, suivi de Siko, qui ronchonnait toujours. L'air frais du matin dissipa les brumes qui noyaient son cerveau, il sentit sa respiration s'accélérer et l'ombre menaçante du bateau se dissiper.

Devant eux apparut la rivière, dans son écrin d'arbres. Au-dessus de leur tête, les longues feuilles sèches des rôniers s'agitaient dans un bruissement continuel qui les escortait de son refrain rassurant. Mehuru s'élança dans une percée de caroubiers aux troncs noueux et tourmentés, dont le feuillage vaporeux lui frôlait les cheveux. L'eau verte luisait, reflétant l'épaisse végétation du sous-bois. Un vol de touracos fila vers la rivière ; des oiseaux bigarrés jacassaient à qui mieux mieux tandis que des perroquets s'enfuyaient au passage des deux jeunes gens. Mehuru sentit le sable crisser doucement sous ses pieds comme il s'immobilisait pour reprendre son souffle. Il scrutait l'eau pour déceler l'éventuelle présence de crocodiles ou d'hippopotames quand, du coin de l'œil, il vit une ombre plonger et aussitôt sentit une masse s'abattre sur lui, le plaquant au sol.

Il tenta de se dégager, mais il était hors d'haleine et paralysé par le poids de son agresseur. Il entendit un autre homme se précipiter vers eux, vit un gourdin se dresser et n'eut que le temps de lancer : « File, Siko ! Vite ! »

Le coup s'abattit, l'expédiant dans une obscurité criblée de points lumineux. A peine eut-il le temps de se dire qu'informé comme il l'était, il aurait dû se douter que les trafiquants d'esclaves s'étaient enfoncés aussi loin dans le pays. La forme sombre du vaisseau fantôme surgit dans son esprit, oblitérant le soleil et l'éclat de l'eau verte.

Aux bons soins de Mrs. Daley
Dowry Parade,
le Hot Well,
Bristol.
11 novembre 1787

Chère nièce,

Je t'écris ce billet avant de partir pour Londres, car je me doute que tu as hâte de connaître mon opinion sur Mr. Josias Cole.

Je l'ai trouvé sans détour ni prétention et le crois digne de confiance. D'après les registres de son affaire, il semble solidement établi, bien qu'il ne fasse pas partie des Marchands-Entrepreneurs, ni de la Compagnie royale d'Afrique, ce qu'il regrette vivement. Rien n'interdit de penser que les relations que tu lui vaudras pourront y remédier.

Pour le contrat, il ne s'est pas montré exigeant et nous nous sommes mis d'accord facilement. J'ai pris une part d'association — à ton nom — sur la cargaison d'un de ses bateaux, la Daisy, *qui va quitter la côte d'Afrique, les cales pleines, ce mois-ci. Un autre de ses bateaux, la* Lily, *est arrivé à bon port pendant que j'étais sur place et j'ai donc vu décharger sa fortune, sous forme d'une cargaison de rhum et de sucre. L'entreprise est certes risquée, mais très lucrative. Je suis persuadé que tu auras largement de quoi vivre une fois mariée et que, si tu deviens veuve un jour, tu jouiras d'un douaire confortable. Nous sommes convenus qu'il n'y a aucune raison de presser le mariage. Puisque tu dois rester chez Mrs. Snelling jusqu'au terme de ton contrat, et que de son côté, il cherche une maison digne de sa nouvelle famille, nous avons fixé la date au mois de juillet prochain. Sans doute ce mariage n'est-il pas celui dont aurait rêvé ton père pour toi, mais tu peux difficilement espérer mieux.*

Quant aux élèves dont tu devais t'occuper, Mr. Cole n'en a parlé que comme d'un projet ultérieur. Ma seule réserve touche ta future belle-sœur, Miss Sarah Cole, qui ne semble pas envisager cette union avec faveur. Il est vrai que tu as déjà connu des situations domestiques beaucoup plus délicates, tant chez moi que chez Mrs. Snelling.

Je serai de retour d'ici une semaine et me ren-

drai chez Mrs. Snelling pour discuter plus à loisir avec toi.

Ton oncle affectionné,

Scott

Lorsque Mehuru reprit connaissance, il avait le crâne douloureux et des mouches bourdonnaient autour de la blessure de sa tempe. Ses bras étaient ligotés derrière son dos, et son cou, emprisonné dans une sorte de carcan de bois, auquel l'attachaient de grossières cordes de chanvre. A côté de lui, Siko gémissait à fendre l'âme, le cou fixé au même appareil, si bien qu'ils étaient attelés ensemble comme une sorte d'igname monstrueux dont la racine eût bourgeonné. A coups de fouet on les fit se lever et longer le bord de la rivière jusqu'à l'endroit où étaient dissimulés les bateaux de leurs ravisseurs. Chaque fois que Siko trébuchait, le carcan tirait sur le cou de Mehuru, le déséquilibrant. Ils tombaient tous deux, accouplés et impuissants, et on les fouettait jusqu'à ce qu'ils se remettent debout. Ils ne réussissaient à avancer que la tête courbée, en traînant les pieds, penchés dans une attitude grotesque ; et même alors, le carcan leur sciait le cou.

« Pardon, maître, pardon ! balbutiait Siko entre deux hoquets. Pardon !

— C'est plutôt à moi de te demander pardon, dit Mehuru en titubant pour se remettre sur pieds. C'est moi qui t'ai entraîné loin de chez nous. J'ai commis une imprudence. Je ne me doutais pas qu'ils étaient arrivés jusqu'ici. »

Il ne poursuivit pas ce raisonnement. Ce n'était pas seulement Siko qu'il avait trahi. Si les rabatteurs faisaient des razzias aussi loin à l'intérieur des terres, alors l'Afrique entière leur était ouverte. Or, Mehuru ne pouvait plus prévenir personne. Seuls les dieux savent comment tout cela finira, se dit-il. Qu'adviendrait-il du royaume yoruba et du projet concernant la suppression du trafic d'esclaves ? Il n'en savait pas encore assez pour s'inquiéter de son propre sort.

Siko pleurait comme un enfant, mais Mehuru ne bronchait pas. Il se disait que tant qu'ils se trouvaient à l'intérieur des frontières de l'empire, son autorité serait reconnue. Ses ravisseurs étaient des rustres brutaux de la pire espèce. Il tenta de leur parler dans toutes les langues africaines qu'il connaissait, mais obtint pour toute réponse une menace du gourdin. Il décida d'attendre jusqu'à leur arrivée à la base. Lorsqu'ils se trouveraient en présence de leur chef, Mehuru révélerait son identité et ils seraient relâchés. Dans ses rêves les plus optimistes, il se voyait même raconter son aventure à la cour : après avoir couru de tels risques pendant sa mission contre l'esclavage, il ferait figure de héros.

Il leur fallut trois jours pour redescendre le long de la rivière jusqu'au point où attendaient les bateaux. A chaque étape, les rabatteurs se mettaient en chasse et revenaient avec un homme, une femme ou un jeune enfant. L'hostilité de Mehuru à l'encontre de l'esclavage était au départ une hostilité de principe ; mais devant les femmes malades de peur et les enfants trop terrifiés pour pleurer, il se prit à haïr la traite d'une haine qui ne le quitterait plus jamais. Il avait entendu dire que c'était une chose mauvaise, mais lorsqu'il vit ses nouveaux compagnons lacérés par le fouet et traités avec une brutalité insouciante, il comprit pour la première fois de sa vie de privilégié toute la portée du mot « sacrilège ».

L'angoisse l'étreignait : si les chasseurs d'esclaves avaient pénétré aussi loin vers le nord et l'est, où s'arrêteraient-ils ? L'Afrique était un continent massif, dont la richesse était sa population, nourrie par un sol fertile. En empruntant les routes fluviales, les rabatteurs pouvaient s'enfoncer de plus en plus loin, vers le cœur même des pays. Mehuru avait été capturé près de la frontière du royaume yoruba, à des milliers de kilomètres de la côte. Jusqu'où monteraient les trafiquants pour alimenter la traite ? Comment mettre un terme à leur avance ?

Ils étaient vingt captifs lorsqu'ils furent embarqués dans les bateaux qui devaient redescendre la rivière. On les fit s'agenouiller sur le fond rugueux de canots, toujours prisonniers de leurs carcans, deux par deux. Le soleil leur brûlait la tête et des mouches s'agglutinaient sur les blessures laissées par le fouet. Les mains ligotées serrées derrière le dos, Mehuru sentait sa peau se rétracter au contact des insectes qui couraient sur ses paupières fermées et enfonçaient leur trompe dans la blessure de sa pommette. Même quand les canots gagnèrent le milieu du fleuve pour profiter du courant rapide et régulier, les mouches ne se découragèrent pas. Des essaims suivirent les embarcations, alléchés par l'odeur de la sueur, de la peur et des plaies ouvertes.

Lourdement chargé, le canot glissait sans bruit entre les frondaisons épaisses des deux rives et ne tanguait que légèrement sous les coups de pagaie qui l'aidaient à garder son cap. Parfois, la rivière s'élargissait tant qu'on voyait à peine les bords, parfois au contraire elle se rétrécissait et Mehuru regardait la terre avec un désir poignant. Sous le soleil ardent, le bateau se balançait comme un berceau. Une brume de chaleur dansait, voilant légèrement les rives tandis que les mouches bourdonnaient autour des captifs. Mehuru revit le bateau de son cauchemar, ce bateau qui voguait en silence, dégageant une odeur infecte qui attirait les requins dans son sillage.

Le cinquième jour, ils franchirent un coude de la rivière et virent devant eux une grande bâtisse de pierre, qui n'avait pu être construite que par ces Blancs si curieusement férus de formes géométriques et si peu soucieux d'une quelconque harmonie avec le paysage. Ce n'était qu'un cube, percé de petites fentes en guise de fenêtres, avec un toit de chaume très pentu. Devant le bâtiment s'étendait un quai de pierre prolongé par une jetée qui s'avançait dans le fleuve. Derrière se blottissait un ensemble de cases à l'aspect misérable, sans femme pour les entretenir, ni homme pour cultiver le sol alentour.

Mehuru se dit que là, enfin, il trouverait un interlocuteur qui comprendrait l'erreur dont ils avaient été victimes et les relâcherait. Siko l'inquiétait, car il ne pleurait plus mais était comme drogué. Il était resté muet pendant tout le trajet, les yeux baissés vers l'eau verte. Ni la douleur du carcan ni la chaleur du soleil de midi ne lui avaient arraché une parole. Terrifié, l'œil vitreux, il refusait toute nourriture. Mehuru craignait qu'il ne tombe malade si on ne les relâchait pas bientôt et il rassembla tout son courage pour exiger une entrevue avec le responsable du lieu.

Mais il n'y avait personne sur le débarcadère. Une énorme grille de fer s'ouvrait dans la façade massive et les captifs furent débarqués avec force cris et coups de fouet. Les gardiens ignorèrent Mehuru lorsqu'il demanda à voir leur maître et le poussèrent dans le vestibule avec les autres captifs. Quand la grille extérieure se referma derrière eux avec un claquement, une autre fut ouverte et ils entrèrent en titubant dans un immense cachot de pierre dix fois plus grand que la grange la plus vaste. Des gardiens les forcèrent à se mettre en rang et les attachèrent prestement, glissant une chaîne dans leurs menottes avant d'assujettir chaque extrémité à des anneaux fixés au mur de pierre. Mehuru remarqua la facture grossière des chaînes, si différente des ferronneries raffinées des Yorubas. Mais, telles quelles, elles étaient bien assez bonnes pour les entraver, ses compagnons et lui.

Les jours passèrent. Il s'efforça de compter les

aubes en faisant des marques sur le sol crasseux, mais l'espace manquait, et ils étaient d'autant plus entassés que chaque jour de nouveaux captifs les rejoignaient, tantôt deux, tantôt une douzaine. On leur servait une maigre pitance, souvent infecte. Parmi les captifs, beaucoup tombaient malades, vomissaient dans les baquets ou se vidaient à même le sol de terre battue, sans pouvoir se retenir. La puanteur était atroce. Ils n'avaient pas d'eau pour se laver, pas de vêtements pour se changer. Devant sa propre dégradation, Mehuru lutta contre la panique qui menaçait de l'envahir. Il refusa de se laisser entamer par l'humiliation et la souillure, et s'efforça de réconforter Siko. « C'est une méprise : ils n'auraient pas dû nous capturer. Dès que nous verrons un chef, je lui dirai qui je suis. Jamais on ne traiterait ainsi un émissaire yoruba. Quand ils s'apercevront de leur erreur, ils nous libéreront. »

Siko ne répondait pas et détournait la tête.

Chaque fois qu'on amenait de nouveaux captifs, Mehuru essayait de parler aux geôliers. Quand l'un d'eux s'approchait à portée de voix, il lui criait : « Dis à ton maître que je suis un obalawa yoruba, en mission sur ordre du roi. Dis-lui que le roi paiera une grosse rançon pour moi. Dis-lui que je veux lui parler. » Il s'exprimait d'abord en yoruba, puis en igala, et enfin en mandingue.

Les geôliers ne comprenaient pas ou ne voulaient rien savoir. Mehuru prenait son mal en patience en attendant l'entretien désiré. Quand il serait relâché, il demanderait qu'on lui rende Siko. Il redoutait avant tout qu'ils ne gardent l'adolescent. Auquel cas, en n'assurant pas une protection complète en retour d'une obéissance totale, il manquerait à tous ses devoirs de maître.

Il se tourmentait donc pour Siko, et cette préoccupation prenait le pas sur toutes les autres. Tant qu'il pouvait se cramponner à l'idée qu'il était un maître, avec des obligations envers son subordonné, il se persuadait qu'il n'était pas à sa place dans cet abominable entrepôt, baignant dans ses propres excréments, les mains sales et les cheveux emmêlés. Pour éviter de devenir fou, il lui fallait se souvenir qu'il était étranger en ce lieu, qu'il n'était pas esclave, mais dignitaire yoruba, envoyé par l'Alafin lui-même.

Un mois passa, et la condition des captifs empira de jour en jour. Enfin, on les réunit, comme pour un marché cauchemardesque. Un nouveau navire, un navire de Blancs, avait remonté le fleuve en provenance de la côte, avec à son bord deux Blancs. Mehuru se prépara à jouer son va-tout. On fit sortir les captifs un par un de leur prison pour les amener devant un Blanc, mollement installé dans un fauteuil à l'ombre d'un arbre.

Jamais encore Mehuru n'avait vu de Blancs, cette race qui détruisait son pays. Il s'était attendu à découvrir un monstre menaçant ou une divinité impressionnante, et non cet avorton crasseux, à la peau blême, aux vêtements gris et malpropres. Il ruisselait de sueur et dégageait une odeur si nauséabonde qu'elle couvrait la puanteur de l'entrepôt. Il se dandinait sur son siège et ne prêtait guère attention à ses nouvelles acquisitions. Manifestement, la chaleur l'incommodait et son effroyable pâleur virait au rouge tandis qu'une sueur grasse faisait luire son visage, ce qui accentuait encore son aspect terrifiant.

Lorsque Mehuru fut propulsé devant l'homme par une traction de la corde qui lui entourait le cou, il fut tellement stupéfait en voyant le visage cadavérique, les touffes de barbe filasse et de poils de même couleur, collés par la sueur, visibles dans l'échancrure de la chemise sale, qu'il en resta sans voix. Mais il se ressaisit et se redressa de toute sa taille en regardant l'homme droit dans les yeux.

« Je suis un envoyé des États yorubas, articula-t-il très clairement. Je dois être immédiatement relâché, faute de quoi, vous vous exposez à de sévères représailles. » Il répéta cette déclaration en portugais, la langue des marchands d'esclaves, puis dans toutes les langues africaines qu'il connaissait. « Je demande qu'on relâche mon serviteur et qu'on me libère. »

L'homme pencha la tête de côté, se racla la gorge et libéra d'un jet un crachat jaunâtre et visqueux. Sur un signe de lui, un autre Blanc s'avança. Mehuru dut se contenir pour ne pas broncher. L'homme puait la sueur rance et l'alcool. Mehuru respira par la bouche et répéta ses paroles en portugais.

Le Blanc ne fit même pas mine de répondre. Il emprisonna le visage de Mehuru entre ses pattes sales et lui retroussa les lèvres sur les gencives pour examiner ses dents. Mehuru se cabra et les chaînes qui lui emprisonnaient les chevilles le firent tituber.

« Comment osez-vous ! », gronda-t-il. Aussitôt, deux des rabatteurs noirs l'empoignèrent par-derrière et le maintinrent solidement.

« Lâchez-moi ! » hurla Mehuru. Puis, maîtrisant sa panique, il dit en portugais : « Vous commettez une erreur. Je suis un émissaire yoruba. »

Après avoir fait signe aux gardes d'immobiliser le prisonnier, le Blanc se pencha, arracha le pagne de Mehuru et saisit son pénis dont il retroussa la peau pour vérifier que le gland était sain. Sur un autre signe, Mehuru fut courbé en avant pendant que l'homme lui examinait l'anus pour voir si la diarrhée l'avait fait saigner.

Le cri de Mehuru s'étouffa dans sa gorge. Au contact de ces mains sales, il crut mourir de honte. Siko l'observait, les yeux dilatés d'horreur. « Sois tranquille, une fois devant les chefs, nous nous expliquerons », lui lança Mehuru, conscient que cette piètre consolation renfermait plus de forfanterie que de courage.

Cette nuit-là, quand Siko se fut endormi, à bout de larmes, les membres agités de soubresauts, pour retrouver la liberté dans ses rêves, Mehuru resta assis, les yeux secs, épouvanté. La peau lui cuisait encore là où les Blancs l'avaient touché; et il n'arrivait pas à oublier leurs yeux délavés, imprimés à jamais dans sa mémoire. Ils l'avaient regardé comme s'il n'était qu'un morceau de viande, un morceau de bois d'ébène. Dans leurs horribles prunelles pâles, il avait lu l'anéantissement de son individualité. S'il perdait le sens de son identité, de sa culture, de sa religion et de ses pouvoirs magiques, alors, il serait réduit à l'état d'esclave.

Seul son dieu, le Serpent, était présent à ses côtés tout au long de cette interminable nuit d'angoisse. Mehuru l'implora de le sauver des griffes de ces hommes à la pâleur de spectres. Le Serpent rit doucement, dressant son long cou, et dit : « *Tous les hommes sont des morts, tous sont des fantômes.* » Cette nuit-là, Mehuru ne dormit pas, bien qu'il sentît la fatigue s'insinuer jusque dans la moelle de ses os.

Au matin, la centaine d'esclaves choisis la veille dut s'entasser dans des canots pour descendre le cours de la rivière. Mehuru avait cessé de miser sur son statut de dignitaire. A présent, il guettait la première occasion de s'enfuir. Mais même cette occasion-là ne se présenta pas. Ni pendant le trajet sur le fleuve, ni lorsque les captifs furent débarqués sur la plage côtière. Les négriers avaient répété l'opération trop souvent. Ils savaient parfaitement s'y prendre avec des groupes d'hommes fous de colère et de terreur. Ils évitaient de se mettre à leur portée et les faisaient s'aligner à distance, en utilisant de très longs fouets. Mehuru, aux aguets, attendait le moment propice pour crier à toute la file de captifs de s'enfuir, tel un long serpent, vers la place du marché, de profiter de la confusion pour trouver de quoi briser leurs fers et de massacrer leurs ennemis avec des lances avant de se disperser. Mais parmi les prisonniers, il y avait trop d'éclopés, incapables de courir assez vite, et d'enfants en bas âge, perdus sans leur mère.

Il s'arma donc de patience, docile en apparence, attendant sa chance. On leur fit traverser le petit village à l'embouchure du fleuve pour gagner la vaste plage de sable blanc où attendaient des bateaux. Des bateaux de Blancs, qu'on avait remontés sur le rivage, et dont les vagues venaient lécher la coque.

Lorsqu'il vit le navire, le grand navire à l'ancre, de l'autre côté de la barre écumeuse, son cœur se serra. C'était bien le bateau du rêve qui était venu le chercher, en fin de compte. Le vent chaud et humide soufflait du large l'odeur de la mort, l'avertissant aussi clairement que des pleurs de veuves. Son regard s'immobilisa sur la mer aux abords du navire et il vit le mouvement rapide d'une nageoire de requin, exactement comme dans sa vision. Il regarda la proue, qu'il avait vu fendre l'eau si facilement, et sut aussitôt qu'elle fendrait des milliers de milles d'océan. Même la corde qu'il avait aperçue dans son rêve était là, tendue à l'oblique, tandis que le bateau amarré tanguait doucement. Tout correspondait.

Le désespoir l'étreignit alors. Depuis des mois, le navire faisait route pour venir le chercher : il l'avait vu appareiller ; il l'avait vu arriver près des côtes de son pays ; il était là maintenant, qui l'attendait. Mehuru ferma les paupières, comme s'il se préparait à affronter l'éternité, et se laissa embarquer, tel un mouton mené au sacrifice.

3

Frances Scott — à présent Frances Scott Cole — referma la porte de la pièce qui serait dorénavant sa chambre et promena son regard autour d'elle. Il n'y avait ni fioritures ni fanfreluches. Un lit à baldaquin, en bois sombre et massif, flanqué d'une petite table en guise de chevet ; sur une autre, qui lui faisait pendant, étaient posées une cruche et une cuvette. Un coffre pour ranger ses vêtements et un miroir au mur complétaient l'ameublement. C'était l'ancienne chambre de Josias, qui occuperait celle d'à côté, sauf les nuits où il déciderait de partager le lit de sa femme.

Il régnait dans la pièce — comme dans toute la maison — une odeur forte, celle des détritus qui jonchaient le quai en ce mois de juillet. Encore peu habituée aux remugles de ces berges, Frances se sentait incommodée en permanence. Elle ne pouvait attendre de répit qu'à marée haute, ou après un orage.

Josias n'avait pas encore acheté de maison à Queens Square, mais il lui avait promis de déménager bientôt. La date du mariage approchant, Frances avait accepté de vivre quelques mois au-dessus des magasins du quai.

Une semi-obscurité régnait dans la pièce. La fenêtre à deux battants laissait entrer la lueur de la lune avec parcimonie, car la haute falaise abrupte contre laquelle butait la maison à l'arrière l'obscurcissait, même en plein midi. Frances posa sa bougie sur la table de chevet, se dirigea vers le miroir et ôta les épingles de ses cheveux. Son reflet la regarda, impassible. Petite, elle avait été très jolie, mais il y avait de cela longtemps. A trente-cinq ans, elle paraissait largement son âge. Le temps avait griffé son front et les rides de l'amertume encadraient sa bouche. Elle avait le teint pâle, la peau fine et sèche, et de légers cernes sous les yeux. De sa mère, morte de consomption, elle tenait sa santé délicate. Ce qu'elle avait de plus beau, c'était sa longue chevelure brune que ne déparait aucun cheveu blanc. Extérieurement, elle ressemblait à la Frances d'hier, une fille de bonne famille qui se cramponnait à un statut social fragile, une célibataire de constitution délicate, menacée par l'âge et la pauvreté.

Mais aujourd'hui, rien n'était plus comme hier. Avec un léger sourire, Frances saisit sa brosse à cheveux en argent. Une nouvelle vie s'ouvrait à elle. S'engager dans la voie matrimoniale à trente-cinq ans n'était pas une mince affaire. A cet âge-là, tant de femmes étaient déjà mères de grands enfants. Mais tout plutôt que d'endurer le sort d'une gouvernante, vouée à une servitude feutrée. Tout plutôt que de se voir glisser inexorablement vers le bas bout de la table avant d'être priée de prendre ses repas avec les enfants et privée de tout commerce avec le monde. Elle n'avait pas pris cette décision de gaieté de cœur, mais n'avait au fond guère eu matière à balancer.

Elle se mit en devoir de nouer ses cheveux en une tresse épaisse pour la nuit. Le repas de noce s'était déroulé mieux qu'elle ne s'y attendait. Son oncle s'était montré affectueux, comme à son habitude, en dépit de la présence hostile de son épouse, qui avait jeté un froid pendant toute la soirée. Frances avait craint que Josias ne se laisse aller à une gaieté bruyante. Mais non. La soirée s'était déroulée dans un sérieux digne de funérailles. Il n'y avait d'autres représentants de la famille Cole que Josias et Sarah. Aussi la seconde crainte de Frances — celle de devoir affronter la familiarité vulgaire d'une ribambelle de parents sortis du ruisseau — se dissipa-t-elle. Le repas, un peu trop plantureux pour eux cinq, était néanmoins excellent, et les vins, comme on pouvait s'y attendre à Bristol, bien choisis.

Dans la petite pièce confinée, Frances avait présidé le repas face à son époux sans se départir un instant de son gracieux sourire. Tous autour de la table savaient pertinemment qu'en épousant un homme tel que Josias, elle ne faisait pas un mariage d'inclination, mais de convenance. Son expression sereine s'accordait avec le détachement glacial qu'elle éprouvait. Une fois seulement, elle avait failli perdre son calme, lorsque Lord Scott, en prenant congé, lui avait serré la main en lui soufflant : « Dieu te bénisse, ma chérie, tu as agi avec sagesse... somme toute. » En comprenant l'allusion voilée à sa condition d'orpheline impécunieuse, elle avait frissonné. « Je prierai pour toi, et j'espère que tu as eu la main heureuse. »

Au reste, dans le cas contraire, que pourrait faire Lord Scott ? Désormais, Frances appartenait à Josias corps et âme. Elle avait juré de lui obéir jusqu'à ce que la mort les sépare.

« Je suis sûre que tout ira pour le mieux », chuchota-t-elle à son reflet. Elle noua sous son cou les brides du bonnet et, pieds nus sur le plancher froid, se dirigea vers le lit. Elle avait pleuré la nuit où son père était mort. Elle avait pleuré la première nuit où elle avait dormi loin du presbytère familial, sous un toit étranger où elle avait pris la mesure de ce qui était une déchéance pour elle, fille unique de pasteur. Alors, elle avait trouvé révoltante l'injustice du sort des femmes, qui dépendent complètement des hommes. Sans père, une femme doit se trouver un mari. Or Frances n'avait pas saisi pour se marier le moment fugitif où fleurissait sa beauté. Elle avait visé trop haut et son père avait été trop fier. Il n'avait pas compris qu'épouser un homme, même le premier venu, était encore préférable aux amères rigueurs d'une vie de vieille fille. Après le décès de son père, Frances avait dû affronter la solitude, la pauvreté, et les mille et une humiliations auxquelles l'exposait son statut inférieur de gouvernante.

Elle se glissa dans le grand lit et posa sa tête sur l'oreiller de simple toile. Ce soir, elle ne pleurerait pas. Elle était mariée à présent, et présidait sa table, même si ladite table était de dimensions fort modestes et n'occupait qu'un coin du salon étriqué. Elle passerait le reste de sa vie à régler ses désirs sur la situation de son mari. Si Josias faisait son chemin dans le monde, elle monterait avec lui. Sinon, elle s'armerait de patience, déjà bien contente d'avoir un toit, même modeste. Elle tira les couvertures jusqu'à son cou, comme si, malgré la tiédeur ambiante, sa froide sagesse la glaçait jusqu'aux os. Elle se sentait désormais à l'abri des émotions et des larmes. En lui brisant le cœur, le chagrin l'avait vidée de toute énergie vitale, et elle prenait cette apathie pour la sérénité de l'âge.

On frappa à la porte qui séparait sa chambre de celle de son mari et celui-ci entra, une chandelle à la main, vêtu d'une simple chemise de nuit en toile et chaussé de babouches marocaines. Il posa la chandelle sur la table de nuit et resta debout à regarder Frances, l'air indécis.

« J'espère que le dîner vous a plu, bredouilla-t-il.

— Je vous remercie », répondit posément Frances.

Il se dandina d'un pied sur l'autre, visiblement embarrassé.

« Les vins étaient bons, n'est-ce pas ? » dit-il pour meubler le silence.

Frances hocha la tête. Un ange passa. Elle comprit alors que Josias n'en menait pas large. Pas plus qu'elle il ne savait comment un mari faisait valoir ses droits conjugaux, ni comment une épouse acceptait cette requête. Brusquement oppressée, elle toussota.

« Il se fait tard », dit Josias.

Frances rabattit les couvertures : « Voulez-vous venir au lit, mon ami ? » proposa-t-elle du ton courtois qu'elle eût pris pour lui demander s'il voulait une tasse de thé.

Josias rougit jusqu'au blanc des yeux, mais finalement soulagé, il se débarrassa de ses babouches et se glissa dans le lit. Pendant quelques instants, ils restèrent immobiles, prenant bien garde de ne pas se toucher ; puis Josias souffla les deux bougies. Une fois dans le noir, il se coucha sur Frances, tirant sur sa chemise de nuit pour l'en débarrasser. Frances ne broncha pas. Les yeux fermés, elle serrait les dents. C'était un devoir dont il fallait s'acquitter. Pendant un moment, Josias s'évertua en vain puis, jurant à voix basse, il s'écarta.

« Ah, baste ! J'ai trop bu ! »

Frances rouvrit les yeux. Elle distinguait à peine le profil de son compagnon et se demandait comment elle était censée réagir.

« Ça n'a pas beaucoup d'importance, dit-il, plus soucieux de son amour-propre que de Frances. Chaque chose en son temps. Inutile de brusquer les choses. Après tout, nous ne nous sommes pas mariés par amour. »

Il y eut un long silence glacé.

« Non, admit Frances. Cela ne figurait pas dans le contrat. »

« Bonjour, madame ! » dit une voix. Les anneaux glissèrent sur la barre de cuivre tandis que la domestique tirait les rideaux pour les attacher aux montants du lit.

Frances se retourna, ouvrit les yeux. Devant elle se trouvait la fille qui avait servi à table la veille, lui présentant un petit plateau d'argent sur lequel étaient posés un pot de chocolat fumant et une brioche chaude. Frances se cala contre ses oreillers pour qu'on puisse lui poser le plateau sur les genoux.

« Merci. » La fille plongea dans une révérence. « Le maître vous fait dire qu'il est sorti de bonne heure. Miss Cole vous attend au salon. Elle est déjà descendue. »

Frances hocha la tête et attendit que la servante soit partie. Après quoi, elle engloutit la brioche, avala en hâte le chocolat, sauta du lit et se précipita vers la table de toilette où elle saisit le broc. Elle allait s'asperger le visage quand elle se ravisa : elle n'était plus la gouvernante qui doit se dépêcher de descendre pour ne pas faire attendre sa maîtresse. L'idée la fit sourire. En prenant son temps, elle versa l'eau dans la cuvette, se lava le visage, le sécha avec une serviette. On avait étalé ses habits sur le solide coffre en bois sombre : une chemise de toile fine, une robe de matinée en mousseline blanche brodée à l'ourlet et un mignon petit tablier de soie pour marquer son intention de vaquer à des tâches domestiques.

La robe était neuve. Au moment de la signature du contrat, Lady Scott lui avait fait cadeau de pièces de tissu. Toute sa garde-robe avait été refaite, et complétée par des cadeaux de sa tante et de ses cousines. Frances savait pertinemment qu'après cela, elle n'aurait plus rien à attendre de Lady Scott. Aussi accepta-t-elle les vieilles robes et les coupes de soie avec une reconnaissance polie, sans plus. Ce serait désormais à son mari qu'il reviendrait de l'habiller et le contrat prévoyait une certaine somme à cet effet.

Jamais plus Frances n'aurait à raccommoder jour après jour la même paire de bas de soie.

Elle enfila la chemise et se retourna en entendant frapper. C'était encore la domestique. Frances s'assit à sa toilette et se mit en devoir de démêler ses cheveux à longs gestes réguliers, avec ses brosses en argent. La fille l'aida à se faire deux tresses et à se les attacher sur la tête avec un joli morceau de dentelle en guise de bonnet. Elle s'acquittait de la tâche avec lenteur et une certaine maladresse. En faisant tomber une brosse, elle s'excusa : « Je vous demande pardon, madame, mais je n'ai pas l'habitude d'aider à la toilette.

— Comment fait Miss Cole ?

— Miss Cole s'habille toute seule. »

Frances dissimula sa surprise. Jamais elle n'avait entendu parler d'une dame qui s'habillait sans aide, et elle essaya d'imaginer Sarah en train de boutonner elle-même ses robes dans le dos. Même lorsqu'elle était gouvernante, Frances demandait à une femme de chambre de la coiffer et d'agrafer ses robes. Pour la première fois, elle mesura l'écart qui séparait son ancien univers du nouveau. La fille secoua la robe qu'elle avait préparée, la présenta à Frances pour qu'elle la passe, attacha les deux douzaines de boutons de nacre qui fermaient la robe au dos et noua le tablier. Enfin, elle posa devant Frances deux délicates petites mules de soie rose.

« Voulez-vous que je vous conduise au salon, madame ?

— S'il vous plaît. »

Frances la suivit au premier. Quelle maison ! Sombre et biscornue, elle était coincée entre deux entrepôts et donnait directement sur le quai devant, tandis que la porte de derrière s'ouvrait sur une petite cour dominée par la menaçante falaise de grès rouge. Les bâtiments faisaient corps avec la pierre, où était creusé l'arrière de l'entrepôt ; quant aux caves des magasins, elles s'enfonçaient sous la falaise, où se déployait un véritable labyrinthe de galeries souterraines.

La maison n'était pas conçue pour l'agrément d'une dame de qualité. Le bruit infernal du quai l'envahissait : fracas des tonneaux roulant sur les pavés, cris des marchands des quatre saisons et des poissonniers, s'égosillant à qui mieux mieux pour tenter de couvrir les ordres lancés à tue-tête par les marins en train de décharger les cargaisons. Josias avait-il une voiture ? Frances n'en savait rien. Peut-être même lui interdirait-il, par souci des convenances, de se promener sur le quai devant sa porte. Étant à la fois la nièce d'un lord et l'épouse d'un homme dont la maison avait la taille d'une simple boutique, elle ne disposerait que d'une marge de manœuvre très étroite.

A Bristol, on n'avait guère le souci de l'élégance urbaine. La ville était toute en quais — sans trottoirs —, toute en port, au détriment d'autres quartiers. Les rues menant au centre étaient, pour la moitié d'entre elles, des ponts qui enjambaient l'une des deux rivières ; quant au centre lui-même, resserré sur les berges, il se hérissait de mâts plus hauts que les cheminées des maisons, et de proues dont il s'en fallait de peu qu'elles ne frappent aux portes. A marée haute, les bateaux se balançaient sur le flux montant et les marins, grimpés dans les haubans, plongeant le regard dans les chambres, criaient des obscénités aux servantes. A marée basse, les quilles s'échouaient dans la vase nauséabonde du fond des bassins, où se déversaient paresseusement les égouts de la ville et les ordures des navires.

La servante s'immobilisa devant la porte de bois sombre du salon, frappa un coup discret et s'écarta pour laisser entrer Frances. Sarah Cole se leva de la table où elle était installée. Coiffée d'un bonnet tout simple, elle avait l'air revêche.

« Inutile de frapper, dit-elle avec froideur ; à présent, c'est vous la maîtresse de maison. » Elle dénoua de sa ceinture un grand trousseau qu'elle déposa sur la table. « En voici les clés. Mon frère m'a dit de vous les proposer, au cas où vous voudriez vous charger de la conduite de notre ménage. »

Pendant que Frances hésitait, Sarah Cole désigna une pile impressionnante de gros livres à reliure sombre. « Et voici les cahiers des dépenses de la maison. Je pense que vous les trouverez bien tenus. Je les présente à mon frère une fois par mois pour qu'il les signe. Cette responsabilité vous incombe dorénavant.

— Seigneur ! » balbutia Frances.

Un éclair de fierté illumina le visage sévère de sa belle-sœur : « J'ai consacré ma vie à la bonne marche de cette maison, comme à celle de notre affaire. Les registres de la compagnie ne sont pas plus compliqués à tenir que ceux de la maison. Je me suis toujours occupée des deux.

— Votre frère doit vous en être très reconnaissant », risqua Frances.

Miss Cole ne se dérida pas. « Pourquoi le serait-il ? J'ai fait mon devoir et sauvegardé mes intérêts. Vous en ferez autant, j'imagine. Après la mort de ma mère, c'est moi qui ai dû m'occuper de l'affaire et de la maison pour mon frère et mon père, et je continue depuis. Maintenant, il convient que je vous laisse faire les comptes de la maison. »

Frances s'approcha de la table et ouvrit un cahier au hasard. Elle lut : *Boucherie. Mr. Sykes... 3 livres, 4 shillings et 6 pence.*

Au-dessous était inscrite une autre dépense, parfaitement calligraphiée. Et page après page s'étalaient les comptes, en colonnes impeccables.

Frances feuilleta le cahier. Elle y entendait tinter les milliers de petites pièces consacrées aux achats quotidiens de toutes ces années.

« Je n'ai jamais fait de comptes, confessa-t-elle. Chez mon père, c'était la cuisinière qui s'en chargeait. Je me bornais à vérifier les totaux à la fin de chaque mois. C'est tout ce que je sais faire. »

Miss Cole haussa un sourcil. « Eh bien, vous avez dû vous faire joliment gruger !

— Quelle idée ! Notre cuisinière était avec nous depuis que j'étais toute petite. Elle nous était très attachée, à mon père et à moi. Jamais il ne lui serait venu à l'esprit de nous voler. Elle faisait partie de la famille ! »

Miss Cole haussa les épaules. « Je ne connais pas les habitudes des grandes maisons. Je suis sœur de commerçant et fille de commerçant. Chez moi, les domestiques ne font pas partie de la famille. Je passe derrière eux et si je les prends en défaut, je les renvoie.

— Ce n'était pas du tout une grande maison, mais un petit presbytère de campagne sur le domaine de Lord Scott.

— Pour moi qui suis née dans un taudis de mineur, grinça Miss Cole, votre presbytère de campagne aurait sûrement eu grande allure. »

Frances se garda de répliquer. Elle partagerait désormais la vie de cette femme. Lorsqu'elle déménagerait, Miss Cole suivrait. Elles devraient se côtoyer chaque jour pendant tout le reste de leur existence. Elle se força à sourire. « Il y a beaucoup de choses que j'ignore à propos de votre vie comme de vos affaires. J'espère que vous me les apprendrez, Miss Cole. J'aimerais que vous m'aidiez à honorer mon contrat et à devenir une bonne épouse pour votre frère. »

Sarah déclara sèchement :

« J'ignore le marché que vous avez conclu avec mon frère. Je n'ai pas compris pourquoi il voulait une femme. Ni une épouse telle que vous. »

Ces remarques sans détour désarçonnèrent Frances. « Eh bien, voilà qui s'appelle parler net !

— Je n'ai pas l'habitude de mâcher mes mots, moi qui suis roturière.

— Vous ne souhaitiez pas qu'il se marie ?

— Ma foi non. Pendant des années, nous avons vécu et travaillé ensemble. Au début, nous n'avions qu'un navire. Aujourd'hui, nous en possédons trois. Nous avons triplé l'affaire et les profits. Et voilà que Josias se met en tête d'avoir une maison en ville et d'épouser une aristocrate. Mais l'addition, qui va la payer, hein ? Nous n'allons tout de même pas dépenser notre argent à acheter des maisons au lieu de bateaux. Qu'est-ce qu'elles nous rapporteraient, hein ? Et vous, qu'est-ce que vous allez nous rapporter ? »

Frances eut un petit hoquet. La franchise brutale de sa belle-sœur l'avait mise très mal à l'aise et elle sentait son cœur battre à tout rompre. « Vraiment... Miss Cole...

— Vous avez posé une question, j'y ai répondu. »

Frances porta la main à sa gorge. « J'espère que vous ne serez pas mon ennemie », dit-elle dans un souffle.

Sarah regarda le visage blême de Frances et haussa les épaules.

« A quoi cela m'avancerait-il ? Après tout, ce mariage est un accord commercial comme un autre. Cela dit, vous feriez mieux de ne pas vous mêler de mes livres de comptes si vous n'y entendez rien.

— Voulez-vous les tenir jusqu'à ce que j'aie compris comment faire ? Ne préféreriez-vous pas continuer comme avant ? Je vous observerai et essaierai de me régler sur vous.

— Je crois que ce serait préférable, si c'est ce que vous souhaitez.

— Vous savez, je ne tiens pas du tout à prendre votre place ni à semer la discorde dans cette maison.

— Vous ne semblez pas avoir un caractère contrariant ! »

Frances sentit l'ironie de son interlocutrice et s'empourpra : « En effet ! Je ne peux souffrir les disputes ni les cris.

— Tiens ! C'est que vous souffrez d'un excès de sensibilité. »

Frances, qui n'avait jamais encore entendu décrire cela comme une maladie, eut un petit rire tremblant : « Cela vient de mon éducation, déclara-t-elle.

— Dans ce cas, je me félicite de ne pas être une dame de qualité ! Mais j'essaierai de me montrer tolérante. Vous n'avez rien à craindre de moi. Et maintenant, je vais vous faire visiter la maison, poursuivit-elle en se levant. Pour l'instant, vous n'avez vu que cette pièce et votre chambre. »

Non qu'il y eût grand-chose à voir en vérité. Au premier étage, le salon occupait toute la longueur de la maison, donnant sur le quai devant et sur la falaise derrière. Il était meublé d'une petite table et de six chaises dures. Pendant la journée, Miss Cole y faisait ses comptes. Elle y avait aussi sa table à ouvrage. C'était là qu'on servait les repas : le déjeuner en milieu de matinée, le dîner en milieu d'après-midi, et le souper le soir. Il y avait une cheminée, avec de part et d'autre deux fauteuils à dos droit, et, devant, un mince tapis de foyer. Les murs blanchis à la chaux ne s'ornaient d'aucun tableau ni miroir, et le plancher, tout simple, était ciré.

A côté se trouvait le bureau de Jonas, qui était encore plus austère. Comme le salon, il dominait le quai, mais les baies n'avaient même pas de rideaux. Le bureau était placé devant la fenêtre, à gauche de la cheminée. Jonas utilisait comme siège un grand fauteuil de bateau. Près du feu se trouvaient une petite table et une chaise. Aux murs étaient accrochées trois cartes : l'une de la côte sud de l'Angleterre, l'autre, de la côte occidentale de l'Afrique — seul le rivage figurait, en traits incertains ; mais l'intérieur des terres était vide ; la troisième était une carte marine des hauts-fonds et des courants autour des Indes occidentales. Rien d'autre. Frances, qui s'était arrêtée sur le seuil de cette pièce spartiate, se demanda à quoi les Cole pouvaient bien consacrer leurs loisirs, et où ils recevaient leurs amis. Ces deux pièces évoquaient une vie entièrement consacrée au travail.

Miss Cole jeta sur le quai un regard lourd de regret : devant la maison, on déchargeait leur navire, la *Rose*, et elle aurait préféré consigner les bénéfices dans le livre de comptes.

A l'étage au-dessus se trouvaient les chambres. Celles de Josias et de Miss Cole donnaient sur le bassin ; celle de Frances, moins bruyante, sur la falaise. En se penchant, elle voyait la courette pavée sur laquelle donnait la cuisine, encadrée par les hautes parois des entrepôts ; et derrière, elle apercevait les ruelles tortueuses qui, des quais, grimpaient vers l'église dominant la colline : St. Mary Redcliffe. A sa gauche se dressait la haute silhouette d'une tour à fondre la dragée. A sa droite, dominant le clocher, se profilait l'épaisse cheminée ventrue de la verrerie. Toute la journée, c'était un tapage incessant : l'assourdissant fracas de l'usine métallurgique, les ronflements crépitants des fourneaux. Et par-dessus tout cela flottait l'odeur âcre et toxique du plomb.

Le dernier étage était occupé par la lingerie, la resserre et une soupente pour les domestiques. Miss Cole montra les pièces nues et pauvres à Frances non sans fierté, puis passa devant pour redescendre au rez-de-chaussée.

Désespérément sombre, le vestibule avait pour tout éclairage la faible lumière de l'imposte au-dessus de la porte d'entrée. Au bout du couloir qui menait à l'arrière de la maison s'ouvrait la porte de la cuisine.

On entendait le bruit d'une boule de pâte qu'on écrasait avec vigueur et une voix de femme qui chantonnait : la première manifestation de joie de vivre dans cette maison sombre et austère.

A l'approche de Miss Cole, la chanson s'arrêta net et le rythme du pétrissage s'accéléra.

Sarah Cole ouvrit la porte et fit entrer Frances.

« Je vous présente votre nouvelle maîtresse, Mrs. Cole », dit-elle sans préambule en jetant autour d'elle un regard inquisiteur. La cuisinière, les avant-bras farinés de blanc, plongea dans une révérence. Brown, la chambrière, cessa de frotter l'argenterie et les verres et se leva. De l'arrière-cour arriva une petite souillon bossue qui s'essuya les mains sur son tablier de chanvre et fit une révérence, en dévisageant Frances, qui leur adressa à toutes le même sourire.

« Notre cuisinière s'appelle Mrs. Allen. Vous connaissez Brown, la chambrière. Mrs. Allen établit avec moi les menus et me montre les livres de comptes chaque semaine, le lundi après-midi. (Sarah lança un coup d'œil de biais à Frances.) Vous assisterez à notre prochaine entrevue. Le jour vous convient-il ?

— Oh, parfaitement. »

Sarah n'avait pas jugé bon de présenter à Frances la fille de cuisine. « Continuez votre travail ! », ordonna-t-elle à la ronde. Et elle sortit de la cuisine, traversa le vestibule exigu et remonta au salon, suivie de Frances. Elle s'installa à la table et prit un porte-plume. Désœuvrée, Frances s'installa sur l'étroit siège ménagé dans l'embrasure de la fenêtre et contempla le spectacle du quai.

Avec la marée haute, l'odeur infecte de la boue avait un peu diminué. L'eau du port étincelait au soleil, envoyant des reflets dansants jusque sur le plafond du salon. Sur le quai grouillait une foule dense de colporteurs, de vendeurs à la criée, d'hommes qui chargeaient et déchargeaient les navires, réparaient les cordages et calfataient les ponts des navires en partance avec de grands barils de goudron nauséabond et fumant. Le navire de Cole and Sons, la *Rose*, était encore en cours de déchargement et les gros tonneaux ventrus de rhum et de sucre qu'il avait transportés dans ses cales s'empilaient sur le quai. La puissante odeur d'un navire négrier arriva jusqu'aux narines de Frances, pénétrant la maison, une odeur de sucre, de sanie et de souffrance. Pendant qu'elle regardait la scène, elle vit Josias taper sur l'un des tonneaux pour ponctuer ses dires, puis se cracher dans la paume et serrer la main d'un quidam pour conclure un marché.

Frances entendait crisser la plume de Sarah sur le papier. Il faisait chaud dans la pièce, où l'on gardait les fenêtres soigneusement fermées pour éviter au mieux les bruits et les odeurs du dehors.

« J'aimerais bien sortir, dit Frances, n'y tenant plus. Me promener, voir la ville... »

Miss Cole leva la tête, un doigt sur la page pour ne pas perdre sa ligne. « Brown vous accompagnera. Vous ne pouvez pas vous promener seule sur les quais. »

Frances se leva : « Comme vous voudrez. »

Mais Sarah secoua la tête sans lever le nez de son livre, cette fois. « Elle a encore du travail pour le moment. Vous attendrez cet après-midi pour sortir.

— J'aperçois Mr. Cole sur le quai, déclara Frances après un silence. Puis-je descendre lui parler ? »

Sarah interrompit à nouveau ses comptes. « Il vaque à ses affaires. Il n'aura pas de temps à vous consacrer, et je doute que vous aimiez rencontrer ceux avec qui il traite, des hommes sans manières ni politesse. Il faut vous habituer à l'idée que désormais, vous faites partie d'un monde où l'on travaille. Armez-vous de patience, ma chère.

— Merci de votre conseil », dit Frances en reportant son attention sur le quai.

La plupart des matelots avaient reçu leur solde et quitté le navire, où ne restaient que le capitaine et l'un de ses officiers, un homme aux cheveux graisseux noués en catogan. Ils surveillaient les voiles assez mal en point qu'on était en train de sortir des soutes et d'étaler sur le pavé du bassin. Après avoir inspecté les dégâts, Josias fit un signe de tête. Les hommes mirent les voiles en paquet, les chargèrent sur une remorque et prirent quelques cordages pour tirer le tout. De son poste d'observation, Frances plongeait sur son mari. Vu du dessus, on eût dit non plus un homme à l'aise dans sa partie, mais un nain qui s'agitait pour faire de l'esbroufe.

« Comme c'est étrange de voir l'argent se gagner ! fit-elle. (Confuse de son étourderie, elle rougit.) Je vous demande pardon ! J'ai parlé sans réfléchir !

— Pour moi, cela n'a rien d'étrange, répondit Miss Cole qui, contrairement à ce que redoutait Frances, ne sembla pas s'offusquer. J'ai vécu presque toute ma vie dans cette maison. J'y ai attendu le retour de nos navires et j'ai toujours su quels étaient les profits ou les pertes à l'issue de chaque traversée. Depuis que j'ai neuf ans, je ne m'intéresse à rien d'autre. Ce navire que vous voyez là, la *Rose*, a été d'un très bon rapport.

— La *Rose*... Quel joli nom ! »

Miss Cole eut l'un de ses rares sourires.

« Tous nos navires portent des noms de fleurs, en l'honneur du premier, un navire marchand français que nous avons capturé. Il s'appelait la *Marguerite*. A présent, nous en possédons trois : la *Rose*, que vous voyez à quai ; la *Daisy*, qui devrait être aux Antilles ; et la *Lily*, qui est partie d'ici il y a quelques mois et devrait remplir ses cales sur les côtes d'Afrique, s'il plaît à Dieu.

— Pourquoi dites-vous “devrait”? Vous ne savez donc pas où ils sont?

— Comment voulez-vous que je le sache? Je connais leur date de départ et celle où leur retour est prévu. Mais entre leur destination première et leur port d’attache, ils doivent traverser un océan vaste et dangereux. Nous sommes bien obligés d’attendre. D’ailleurs, quand on est engagé dans la traite, il faut savoir attendre. Et en silence, qui plus est.

— Avez-vous fait le voyage vous-même?

— Quoi? Pour l’Afrique? Mais il faudrait être fou pour s’y rendre! C’est beaucoup trop risqué!

— Et vous n’envoyez vos navires nulle part ailleurs? »

Miss Cole se retourna vers elle. « Où cela? A quel autre commerce pensez-vous?

— Ma foi, je ne sais pas au juste, bafouilla Frances. Je m’étais dit que, peut-être, vous faisiez du commerce avec la Chine, ou les Indes.

— Nous sommes ici à Bristol, expliqua Miss Cole, comme si elle s’adressait à une enfant. Le centre du commerce sucrier. Nous faisons des affaires avec les Antilles et l’Amérique. C’est sur la traite que mon père a bâti sa fortune. C’est sur elle que nous ferons aussi la nôtre.

— Vous voulez parler seulement du commerce du sucre?

— La traite est *LE* commerce par excellence; il n’y en a pas de plus profitable, dit Miss Cole d’un ton sans réplique.

— Mais elle est si hasardeuse...

— Nous avons confiance, dit Sarah, qui ajouta pieusement: D’ailleurs, ne sommes-nous pas tous dans la main miséricordieuse de la Providence? »

Ils ne se doutaient pas qu’ils étaient dans la main miséricordieuse de la Providence; tous les dieux semblaient si loin... Ils étaient allongés côte à côte, serrés comme des bûches dans une pile de bois. Quand le navire tanguait, ils tanguaient aussi, se cognant partout ; et quand il se redressait, ils étaient ballottés de l'autre côté. Lorsque le navire, soulevé par une grosse vague, se cabrait, et retombait brutalement, leurs dos nus heurtaient le bois rugueux. On aurait dit que quelqu'un s'amusait à faire tomber et retomber la boîte où ils étaient encaqués. Au bout d'une journée, leurs membres étaient meurtris par les planches ; au bout d'une semaine, ils avaient les chairs à vif. Quand la mer était grosse, l'eau entrait par les caillebotis d'écoutilles et coulait sur eux dans la cale ; les seaux se renversaient et les excréments flottaient autour d'eux. Par mauvais temps, on ne leur donnait rien à manger et ceux qui n'avaient pas le mal de mer ou le typhus étaient tenaillés par la faim. Par temps calme, on les faisait monter sur le pont, troupeau titubant sous le ciel indifférent, et se laver en partageant le même linge souillé. L'un des matelots veillait à ce qu'ils se rincent la bouche à l'eau vinaigrée, qu'ils recrachaient à travers le bastingage, dans les vagues inexorables qui semblaient venir vers le bateau du fond de l'horizon immense. C'était un cauchemar, un long cauchemar insensé qui devenait chaque jour plus effroyable.

Au début, persuadé qu'il était mort en voyant le bateau, Mehuru avait pris les hommes d'équipage pour des fantômes et son existence à bord pour une longue phase d'expiation. La peau des marins était si pâle, leurs yeux si dépourvus de chaleur et de couleur qu'au début, il avait eu du mal à les regarder tant leur laideur le choquait. Ils ne ressemblaient pas à des hommes et ne se conduisaient pas comme tels. On eût dit qu'ils appartenaient à une espèce différente de celle de Mehuru, de Siko et des deux cents captifs enfermés dans les cales. Ils les poussaient du bout de leurs bâtons et les fouettaient avec une cruauté désinvolte. Jamais ils ne posaient les yeux sur leur visage ni ne croisaient leur regard. Leur indifférence révélait une froideur si inhumaine que Mehuru sentait son âme se rétracter d'horreur à leur approche. Comment des hommes pouvaient-ils traiter leurs semblables avec un si implacable détachement ?

Pendant le voyage, Mehuru ne tira qu'un piètre réconfort des conseils du dieu Serpent. A mesure qu'il s'éloignait de son pays, la voix de son guide faiblissait, à tel point qu'il commença à redouter de ne plus l'entendre. Il ne pouvait se livrer à aucune pratique magique, à aucun sacrifice susceptible de faire revenir le Serpent auprès de lui. Les dieux vont où ils veulent. Mehuru n'avait pas de serpent apprivoisé à nourrir, pas de volutes de fumée ni de petits os pour l'agrément de son guide. Il ne pouvait que rêver aux plaisirs dont il aurait aimé lui faire hommage, et lui offrir ses créations imaginaires. Allongé dans l'ombre épaisse, le dos déchiré par les planches rugueuses et suintantes des cales, baignant dans l'eau fétide, il se forçait à visualiser une fleur parfaite, une fleur d'hibiscus, écarlate, avec sa corolle soyeuse aux bords ondulés. Puis il faisait surgir un serpent paré de bijoux, auquel il apportait la fleur dans une coupe d'argile blanche incrustée de petites pierres bleues.

La force de ces trois images le faisait presque défaillir : le serpent brillant, la fleur parfaite et la coupe blanche décorée de bleu. Dans l'étuve abominable de ce noir fond de cale, entouré de malades et de mourants, Mehuru voyait en fermant les yeux trois formes harmonieuses : dieu sous forme de fleur ; dieu sous forme d'animal, et enfin d'homme, l'artisan dont il avait guidé les mains tandis qu'il façonnait l'argile et le décorait.

Il n'y avait aucun moyen de mesurer le temps dans l'obscurité. Parfois, en se réveillant, Mehuru se disait que les Yorubas se trompaient en croyant qu'après la mort chacun restait près de ceux qu'il aimait, pour veiller sur eux. Quelle erreur ! La vie après la mort n'était qu'un interminable tangage, un enfer de chaleur et de puanteur ; c'était l'horreur de sentir rouler contre soi les corps malades d'hommes qu'on ne pouvait soulager et pour lesquels on n'éprouvait rien que le dégoût engendré par ce contact forcé et l'envie de manger leur part de nourriture.

Parfois, les marins ouvraient les écoutilles en hurlant aux captifs l'ordre de sortir. Le soleil leur blessait les yeux, mais il fallait qu'ils montent sur le pont. Alors, l'un des matelots prenait un tambour, un autre faisait claquer un fouet. La première fois, Mehuru n'en avait pas cru ses yeux : ils voulaient les faire danser ! Dociles comme des enfants attardés sous la menace des mousquets, ils sautillaient et traînaient les pieds, obéissant à la cadence marquée par le fouet, tandis que l'autre moitié d'entre eux nettoyaient la cale et jetaient par-dessus bord morts et mourants.

Si l'exercice était destiné à les fortifier, Mehuru ne comprenait pas pourquoi on les nourrissait si mal. Pourquoi leurs geôliers les laissaient-ils souffrir de la soif dans la fournaise de la cale ? Pourquoi leur donnait-on à manger des seaux de bouillie d'igname grouillant de vermine ? Environ deux cents hommes avaient été embarqués ; quant aux femmes et aux enfants, au nombre d'une centaine, ils étaient enfermés dans une autre partie du bateau.

Dans le compartiment de Mehuru, cinq hommes étaient déjà morts : l'un avait sauté par-dessus bord, deux autres étaient tombés malades, un autre avait été fouetté si sévèrement qu'il n'était jamais redescendu dans la cale ; et le dernier avait obstinément refusé eau et nourriture, regardant les autres boire et manger pendant qu'il se laissait lentement mourir d'inanition. Jamais Mehuru n'aurait pu imaginer une telle hécatombe, où sur plus de trois cents hommes embarqués, on ne s'attendait à en voir survivre que deux cent quarante environ. Le trafic s'exerçait sur une échelle quasiment industrielle. Mehuru pouvait difficilement concevoir une optique où la vie — sa vie — passait tout simplement par profits et pertes.

Il commença à redouter l'arrivée de la nourriture, car c'était lors de cette unique occasion quotidienne, où ils se retrouvaient par dix, à manger à même le baquet avec leurs mains, qu'il pouvait repérer ceux qui ne tarderaient pas à mourir, ceux qui ne se battaient pas bec et ongles pour avaler la plus grande quantité de nourriture. Mehuru s'astreignait à sauvegarder sa part, puis à en donner la moitié à son voisin de droite. C'était pour lui une discipline et non un acte de charité ou d'amour. L'amour faisait désormais partie du passé, pensait-il.

Quand il avait fini de manger et que le cadavre ambulant à sa droite avait marmonné quelques mots indistincts en avalant sa bouillie visqueuse, Mehuru fermait les yeux et essayait de faire surgir dans son esprit la vision d'un petit serpent, en guise d'offrande à son dieu.

Il sut qu'il commençait à perdre pied quand le serpent se mit à lui apparaître à volonté, devint de plus en plus distinct, plus important que le bateau, plus réel que la peau froide et moite du mourant allongé à son côté. Mehuru sentait sa sueur perler, son esprit vaciller et s'envoler de la cale obscure tandis que le serpent ouvrait la bouche et chantait pour lui. Il savait que son devoir lui commandait de rester conscient et de veiller sur Siko. Mais depuis qu'ils avaient appareillé, il n'avait vu l'adolescent que l'espace d'un bref instant sur le pont. Il n'arrivait pas à rester en état de vigilance. A mesure qu'ils s'éloignaient vers l'occident, Mehuru sombrait dans une indifférence de mort.

Pendant combien de temps avaient-ils fait voile ? Il n'aurait pu le dire. Tout ce qu'il savait, c'était que lorsqu'on les appelait sur le pont, on jetait par-dessus bord de plus en plus de corps inertes et que, chaque fois, ils étaient moins nombreux à pouvoir danser. Il cherchait vaguement de l'œil les enfants, les petits qui, lors de l'embarquement, étaient ronds comme des cailles, avec une peau aussi sombre et luisante que le bois de l'iroko. Ils avaient maigri ; beaucoup d'entre eux étaient mal en point, mais le plus pénible à voir, c'était l'absence totale de joie de vivre dans leurs yeux. Désormais ils ne réclamaient plus leur mère avec leurs pépiements d'oiseaux : c'étaient des enfants perdus. Qu'ils vivent ou qu'ils meurent, il y aurait dans leur esprit une faille que rien ne pourrait jamais combler. Comment pourraient-ils respecter leurs ancêtres et aimer leurs propres enfants, eux qui étaient voués dès le départ au désespoir et à l'abandon ?

Il avait déjà compté quarante morts chez ses compagnons, ainsi que deux chez les membres de l'équipage, lorsqu'un soir, il se rendit compte que les bruits du dehors changeaient. Ce furent d'abord des galopades sur le pont, des ordres brefs et des cris inquiets ; puis l'éternel roulis cessa, enfin, et Mehuru entendit le fracas métallique de la chaîne de l'ancre qui filait par l'écubier. Le bateau plantait une griffe dans le lit de l'océan et il finit par s'immobiliser. On ordonna aux captifs de monter sur le pont, mais au lieu de les faire danser, on leur enchaîna les bras et les jambes ensemble et on les attacha l'un à l'autre par le collier. Le capitaine, plus pâle encore qu'au départ, et amaigri par la traversée, examinait chacun des prisonniers tremblants avant de faire signe à ses hommes de les attacher à la file. Il en désigna quelques-uns — un très petit nombre — qui furent mis à l'écart sous la garde d'un marin armé d'un mousquet, prêt à leur brûler la cervelle. En pensant au fonctionnement incertain des fusils vendus en Afrique, Mehuru fut tenté de se jeter sur l'homme. Mais lorsqu'il jeta un coup d'œil sur le paysage pour voir où chercher refuge, le cœur lui manqua comme jamais encore pendant l'interminable voyage. Ils n'étaient plus sur les côtes d'Afrique. Il ignorait où ils se trouvaient, mais c'était dans un pays qu'il n'avait jamais vu.

Les derniers vestiges de son courage l'abandonnèrent alors et quand le capitaine lui fit signe de rejoindre le petit groupe à l'écart, il s'exécuta aussi docilement que les enfants sans malice ni méfiance qui l'avaient précédé. Une dernière fois, il aperçut Siko qui clopinait avec résignation vers la file et baissait le cou pour qu'on l'attache. Mehuru voulut l'appeler, lui dire quelques mots d'encouragement, promettre de revenir le chercher s'il pouvait. Mais aucun son ne sortit de sa gorge. Siko tourna la tête vers lui et lui lança un long regard où se mêlaient reproche et désespoir. Mehuru resta muet. Il baissa les yeux, et ne se retourna même pas quand on les fit redescendre dans la cale. Elle lui parut étrangement vide. Quand vint le moment, il tendit passivement ses poignets aux chaînes.

Le mal du pays l'envahit et une nostalgie si violente lui mordit le cœur qu'il crut en mourir. Allongé dans l'obscurité, il refusait d'ouvrir les yeux et de se nourrir. On avait mis dans la même cale le petit groupe de captifs. Une vingtaine environ. Les deux autres hommes avaient les chevilles entravées et étaient comme lui enchaînés au compartiment de bois. Les femmes, au nombre de cinq, portaient un anneau autour du cou et de longues chaînes qui leur permettaient de bouger un peu, mais pas de s'approcher des hommes. Les plus jeunes enfants, qui marchaient à peine, n'étaient pas enchaînés. Les autres, de quatre ans à quinze ans environ, portaient des chaînes légères aux poignets et aux chevilles.

Lorsque arriva la nourriture, l'une des femmes appela Mehuru, mais il détourna la tête et ferma les yeux. Le plus jeune des enfants, pataugeant dans l'eau de cale, vint lui apporter une écuelle. Mehuru vit des fruits pour la première fois depuis le début de la traversée, mais s'interdit d'en éprouver la moindre envie. Il ne voulait pas manger. On l'avait arraché à son pays, et aux hommes de son peuple ; on l'avait arraché à son serviteur et à son devoir de protecteur et de maître. On l'avait arraché à sa vie. Il voulait mourir. Les jours passaient et le bateau ne partait toujours pas. On les fit monter sur le pont pour construire un petit abri contre le soleil, où ils furent enfermés comme dans un poulailler, sur une litière de paille. Ils durent travailler à nettoyer la cale où deux cents hommes avaient été parqués comme du bétail pendant près de soixante jours. Par seaux entiers, ils vidèrent les excréments et la saleté ; après quoi, le capitaine descendit, le nez dans son mouchoir, et fit brûler des pastilles de camphre qui se consumèrent lentement, jour et nuit, sans pour autant dissiper la puanteur.

Mehuru refusait de parler. Il avalait un peu de riz et buvait l'eau dont on venait de faire provision. Quand les femmes lui demandaient son nom, ou que les hommes lui effleuraient la main en signe de compassion et de partage, il détournait la tête. Rien ne le rattacherait à la vie. Les marins restaient à bord, à charger le bateau et à le préparer pour une autre traversée. Lorsqu'ils n'avaient rien à faire pendant un bout de temps, ils venaient chercher les femmes. Elles revenaient meurtries, parfois ensanglantées, et restaient prostrées, la tête dans les mains. Mehuru se détournait pour ne pas voir l'horreur gravée sur leur visage.

Un jour, une femme ne revint pas et l'on interdit aux marins de toucher aux autres. Les enfants la regrettèrent car elle jouait avec eux, leur chantait des chansons et leur donnait à manger. Sans elle, ils étaient encore un peu plus perdus. L'une des petites filles venait s'asseoir près de Mehuru et restait là presque toute la journée, à se taper doucement la tête contre le pont. Les yeux fermés, Mehuru sentait jusque dans son propre crâne le bois vibrer comme un tambour sous les coups réguliers de la petite tête.

Lorsque le bateau fut chargé de gros barils de rhum et de sucre, mais seulement à moitié de sa capacité, le capitaine revint à bord. Un jour, on emmena la petite fille. Elle ne revint pas, mais Mehuru continua à entendre le toc-toc-toc régulier de sa tête contre le bois. On eût dit un battement de cœur, le martèlement d'une accusation.

Il ferma les yeux et refusa le riz, pour ne plus boire qu'un peu d'eau. Il commençait à se sentir flotter. Avec lui, il n'avait aucun des objets de culte nécessaires à un obawala. Comment prévenir ses ancêtres qu'il aurait besoin de leur aide pour franchir le seuil ? Il était persuadé que l'arbre qui contenait son esprit avait été ployé par un ouragan, qu'il était peut-être cassé, et il priait de toutes ses forces qu'il s'écroule pour que son esprit puisse se libérer, pour expirer enfin.

Mehuru se préparait à rejoindre ceux qui avaient dû mourir en fixant l'obscurité de leurs yeux vides. Il s'inquiétait, car il n'était pas sûr de pouvoir ainsi retrouver ses ancêtres. Seul le dieu Serpent l'avait vu, avec ses grands yeux brillants. Il saurait, lui, où l'on avait emporté son fils, de l'autre côté des mers immenses.

4

Quand Josias rentra chez lui à midi pour prendre une pinte de bière et une part de tourte, Frances l'attendait en haut de l'escalier.

« J'aimerais sortir, mais Brown ne peut pas m'accompagner le matin », dit-elle.

Absorbé dans ses pensées, qui tournaient autour d'un fût manquant — un grand fût rond avec sa cargaison de tabac brut — il regarda l'importune. « J'avais l'intention de vous commander une voiture. Il serait malséant que vous vous promeniez à pied sur les quais, fit-il d'un air distrait.

— C'est ce que j'ai cru comprendre. Mais je souhaiterais sortir », insista Frances.

Il soupira, toujours absorbé par ses soucis du moment et le déchargement de la *Rose*. « Voulez-vous que nous louions une voiture ?

— Aujourd'hui ?

— J'ai fort à faire, et cette cargaison me donne du tracas. Figurez-vous qu'un fût de tabac a disparu et que le capitaine n'a aucune explication à me fournir. Non seulement j'enregistre une perte, mais je vais devoir payer les taxes comme s'il était entreposé chez moi !

— J'en suis bien fâchée pour vous. Où pourrais-je louer une voiture ? »

Brusquement, Josias s'esclaffa. « Vous avez de la suite dans les idées, Mrs. Cole ! »

Frances rougit en s'entendant appeler par son nouveau nom.

« Pardonnez-moi, reprit-elle. A la maison, je me promenais dans le parc tous les matins. Comme vous le savez, je n'ai pas une santé très robuste, et comme il fait beau, j'aimerais prendre l'air.

— Allons, ne vous excusez pas. C'est moi qui ai manqué de sollicitude. Voulez-vous que je loue une voiture pour nous deux cet après-midi et que je vous montre les beautés de notre ville ?

— Je ne veux pas vous arracher à vos occupations...

— Je sacrifierai un après-midi de travail, dit-il avec franchise. Mais tant pis : j'aurais dû vous prévoir quelque amusement. Ne pouvez-vous coudre, peindre, ou entreprendre un ouvrage de dame ?

— Pas toute la journée.

— Évidemment. » Josias réfléchit quelques instants puis, adressant à sa femme un signe de tête, se dirigea vers son bureau.

« A quelle heure dois-je me tenir prête ? demanda encore Frances avant qu'il disparaisse.

— A deux heures. Dites à Brown d'aller au dépôt et de retenir un landau ou une calèche, une voiture découverte en tout cas. » Il lui adressa un autre petit salut et lui ferma résolument la porte au nez. Frances resta quelques instants immobile, puis regagna le salon.

Le siège de Miss Cole était vide et le registre, ouvert aux pages de la *Rose*. Frances se pencha sur le dossier et vit les listes de chiffres méticuleusement alignés qui consignaient l'achat de menus objets pour de petites sommes. Six pence pour de la dentelle d'or, des couteaux à trois pence pièce, des pots de cuivre à quatre pence pièce. Elle ne voyait pas comment Miss

Cole pouvait avoir la patience de passer sa journée à aligner ces sommes ridicules, ni quelle différence elles pouvaient bien représenter pour une compagnie, quelle qu'en fût l'importance. Elle ignorait ce qu'un navire en partance pour les îles pouvait bien faire de dentelle d'or ou de petits couteaux. Frances retourna s'installer sur son siège dans l'embrasure de la fenêtre et attendit qu'arrive l'heure de la promenade.

Le cocher fut ponctuel et attendait à la porte quand Frances descendit, coiffée d'un large chapeau à la Gainsborough orné de deux grosses plumes. Elle avait passé une tenue de promenade : une robe redingote avec un col très large et des manches-pèlerine. Connaissant maintenant l'austérité des mises de sa belle-sœur, elle découvrit non sans soulagement que Josias l'attendait seul à la porte et que Sarah était enfermée avec ses comptes.

« Je craignais que vous n'ayez oublié, dit-elle. Avez-vous retrouvé votre tabac ?

— Ou bien le planteur de la Jamaïque nous a escroqués, ou il s'est trompé. Le capitaine a fait une erreur sur l'état de la cargaison. Ils l'ont embarquée à la hâte. Je lui avais donné l'ordre de faire diligence, car c'était la fin de la nouvelle récolte. Voilà ce qui se passe quand on veut aller trop vite.

— Vous m'en voyez fâchée », dit Frances d'un ton hésitant. Elle sentait qu'elle devait lui manifester de la sympathie, comme à tout homme qui vient d'essuyer une perte. Mais on lui avait inculqué une telle répugnance à parler d'argent que son éducation fut la plus forte.

« Je vais écrire au planteur et confierai la lettre au capitaine de la *Rose* quand elle reprendra la mer. A son retour, d'ici quatorze à quinze mois, cette affaire devrait être réglée.

— Seigneur ! soupira Frances.

— D'ici là, c'est moi qui supporterai le préjudice.

Sans compter que je dois faire crédit aux planteurs deux ans d'affilée. (Josias regarda Frances et son expression courroucée se radoucit.) Vous ne devez rien comprendre à tout cela. Je vous emmène vous promener. » Il l'aida à grimper sur le petit marchepied et à s'installer. Craignant les rayons trop vifs du soleil d'été, Frances ouvrit son ombrelle et s'abrita le visage.

« Conduisez-nous d'abord à Queens Square, dit Josias au cocher. C'est là que je me propose d'acheter notre maison, expliqua-t-il à Frances. Nous sommes obligés de passer par la vieille ville, mais ne vous laissez pas impressionner par le bruit et la saleté ambiants. Queens Square est très élégant. »

La voiture s'ébranla, cahotant sur les pavés ronds, se frayant un chemin tant bien que mal dans la foule de marins, de déchargeurs et de portefaix peu pressés de s'écarter. La mise soignée de Frances ne passa pas inaperçue des marchands ambulants et une fille, qui vendait du cresson sur une corbeille, tourna la tête et cracha sur le sol en la voyant passer.

Ils descendirent Back Lane, sur laquelle se refermaient presque les auvents des toits, si bien qu'il régnait dans la rue un crépuscule permanent, une atmosphère lourde et viciée. Le soleil dessinait une ligne brillante au milieu de la rue, mais les maisons et les caniveaux puants restaient dans une ombre moite.

Au-dessus d'eux, de grandes poutres de bois étayaient les maisons de part et d'autre de la rue, comme si elles menaçaient de se rejoindre et de s'écrouler les unes contre les autres. La gouttière centrale de la rue était un égout à ciel ouvert empli d'une boue noirâtre, grasse et puante, où flottaient des immondices sur lesquels, la chaleur aidant, bourdonnaient des essaims de mouches. Les piétons juraient quand la voiture les éclaboussait en passant, les laissant tout crottés. Les chevaux avaient du mal à garder l'équilibre sur les pavés visqueux et la voiture faisait des embardées. La rue était quasiment impraticable. Frances redoutait que les chevaux ne fassent feu des quatre fers. Elle crispa une main gantée sur le manche de son ombrelle et mit l'autre devant son visage comme pour se protéger de l'odeur fétide.

Chaque entrée, chaque porche s'ouvrait sur un atelier : se côtoyaient là couturières et bonnetières, graveurs sur bois et tonneliers, ferblantiers et ferronniers. Il y avait un perruquier qui arrachait aussi les dents, et, dans une minuscule échoppe miteuse, un apothicaire faisait des affaires d'or en vendant du laudanum et de l'opium pur. On avait l'impression qu'une maison sur deux était un débit de gin, et une sur trois, un bordel. Les maisons à colombages et encorbellements de la cité médiévale s'étaient brusquement emplies d'une activité fiévreuse et d'une foule de petits commerces pernicieux.

Frances qui, à l'exception des deux dernières années de sa vie, avait toujours habité un presbytère de campagne, promenait des yeux effarés sur toutes ces bouches d'ombre menaçantes où apparaissaient des figures blêmes. Quelqu'un glapit une insulte à l'adresse de la voiture et envoya une poignée de boue.

« Eh oui, admit Josias, c'est un monde brutal. A Bristol, Mrs. Cole, on ne vit pas de ses privilèges mais de son labeur.

— Comment les gens supportent-ils cette existence ? »

La remarque divertit fort Josias. « Et encore, la rue que vous venez de voir est prospère ! Si je vous montrais le coin des mineurs à Bedminster, alors là, vous auriez de quoi vous scandaliser. Ils vivent comme des bêtes, dans leur crasse. Aucun bon bourgeois ne se risque dans leurs parages. Ils vivent dans un monde à part, sans pasteur ni magistrat, tout à fait à l'écart de la société comme de ses lois. »

Dominant la colline au-dessus d'eux, perchée en haut d'un escalier de pierre, se dressait la masse flamboyante et baroque de l'église St. Mary Redcliffe, qui formait avec les humbles toits serrés en contrebas un contraste saisissant. Mais ils lui tournèrent le dos et, s'éloignant en direction de la ville, franchirent le pont.

« Nous aurions eu plus vite fait de traverser par bateau, expliqua Jonas. Queens Square est juste en face de mon entrepôt. Quand nous serons installés, j'irai travailler en bateau. Le passeur me prendra un demi-penny pour la traversée.

— Je suis sûre que ces rues sont malsaines, dit Frances en s'efforçant de cacher son désarroi.

— Vous voulez dire pestilentielles, madame ! Si vous ne périssez brûlée vive parce qu'un dément aura mis le feu à votre maison, ou assommée parce que vous aurez reçu quelque objet sur le crâne, ou empoisonnée par les vapeurs d'une usine, alors, vous mourrez du choléra ou de la typhoïde, ou des deux. En été, la combinaison de la chaleur et de l'eau croupie est fatale.

— Pourquoi votre famille a-t-elle donc choisi d'habiter ici ?

— Choisi ! Vous en avez de bonnes ! Mais nous n'avions pas le choix ! Nous avons pris ce que nous pouvions, où nous pouvions. Mon père a acheté l'entrepôt et le bassin sur les bénéfices qu'il a faits à la course. Nous avons habité là, déjà trop contents d'avoir une affaire à gérer et de posséder le toit qui nous abritait.

— Votre père était corsaire ? »

Josias éclata de rire en voyant la mine scandalisée de sa femme. « Ne faites pas cette tête-là, Mrs. Cole ! Il était corsaire et non pirate ! Il avait une lettre de marque l'autorisant à attaquer les navires français. Mon père a pris son vieux bateau qui faisait eau et a capturé un brick français. Notre premier coup de chance. La *Marguerite,* il s'appelait. Une fois acquittés les droits, nous avons gardé le brick pour faire du commerce. Voilà comment a débuté notre entreprise. Quand la *Marguerite* a coulé, nous avons appelé notre navire suivant la *Daisy* en son honneur. »

La voiture arriva à un pont de bois. En se penchant, Frances aperçut la rivière. Déchets, ordures, excréments, tous les rebuts de l'activité d'un port, les détritus apportés par le flot et la marée, se balançaient sur l'eau qui, en montant, entourait les piles du pont. La voiture passa en cahotant sur les pavés de la rive droite ; là, la route s'ouvrait devant eux avec une grâce surprenante. Ils s'engagèrent dans une avenue de jeunes platanes aux feuilles encore fraîches et débouchèrent sur une place dont tout le centre était occupé par une pelouse bien verte où se dressait fièrement la statue d'un cavalier au galop. La puanteur de la rivière s'était atténuée, et ils avaient laissé derrière eux le vacarme de la vieille ville.

« Voici Queens Square, dit Josias avec satisfaction. Cela vaut bien les beaux quartiers de Bath, non ? »

La comparaison était exagérée. Queens Square n'avait pas la régularité fluide des élégantes places à colonnades de Bath, ni leurs proportions audacieuses. Une partie était construite avec la même pierre blonde que Bath, une autre était en brique rouge. Les maisons se distinguaient par le détail, le profil des toits ; chacune avait son individualité. Mais avec ses bordures de jeunes platanes et les longues avenues qui la divisaient en quatre du nord au sud et d'est en ouest, la place était harmonieuse. Au point d'intersection des avenues, la statue faisait un bel ornement central. Les maisons étaient récentes. Certaines avaient un petit air londonien, avec leurs briques rouges jointoyées de blanc et leurs pierres d'angles blanches. A l'est se dressait une élégante bâtisse de belle taille flanquée de deux ailes de pierre ocre : l'Hôtel des Douanes.

La voiture s'arrêta devant la première maison d'angle, côté sud-ouest, l'une des plus grandes et des plus imposantes de la place. « C'est ici que nous habiterons, annonça Josias. Voilà le but que je me suis fixé depuis des années. »

Frances le regarda, stupéfaite. Jamais encore elle n'avait entendu personne manifester le désir de changer de condition. Elle avait entendu les gens se plaindre de la dégradation des mœurs ; mais chercher à grimper dans l'échelle sociale, jamais. Son père déclarait en chaire que pour faire la volonté de Dieu, chacun devait rester à sa place. Un bon chrétien se satisfaisait de la condition dans laquelle Dieu l'avait fait naître. Josias était le premier homme qui exprimait l'ambition d'accéder à une position sociale autre que celle qui lui avait été donnée au départ. Une doctrine révolutionnaire !

« Vous vous étiez fixé ce but ?

— Mon père est né sur le sol de terre battue d'une masure. Chez de simples paysans. Ma sœur, dans un coron, du temps où mon père était mineur. Et moi, sur les dalles d'un entrepôt. Mon fils naîtra dans un bon lit, dans une maison confortable. Notre famille fait son chemin, madame. Avant le tournant du siècle, nous ferons partie des notables. Nous aurons une maison de campagne et une voiture. Ceci n'est qu'une première étape, et non notre destination finale. »

Le sang était monté aux joues de Frances quand Josias avait évoqué leur enfant sans se douter le moins du monde qu'il avait pu offenser la pudeur de sa femme. Il désigna du doigt la belle demeure de trois étages en brique rouge, dans le toit de laquelle s'ouvraient les petites fenêtres des soupentes. A chaque étage, de hautes colonnes de pierre encadraient les fenêtres, toutes surmontées d'une tête sculptée dans la pierre. La porte d'entrée à deux panneaux, imposante, était elle aussi flanquée de piliers. Deux montants de pierre, également sculptés, et des grilles de fer forgé protégeaient l'entrée, soulignant l'importance de la demeure.

« Nous y voilà, Mrs. Cole. C'est notre future maison. Voyez-vous, je sais qu'elle va être mise en vente et j'entends me porter acquéreur, vous pensez bien. Je l'aurai. Personne ne surenchérira sur moi, quoi qu'il m'en coûte. Personne n'ignore que nous sommes mariés. Personne n'ignore non plus que je cherche une maison en ville pour y installer ma famille. »

Frances promena son regard sur la place, essayant de s'imaginer l'existence qu'elle pourrait y mener. Non loin d'eux, le rideau d'une fenêtre bougea et elle entraperçut une femme qui s'éloignait. La vie à Queens Square serait celle d'une petite communauté de gens vivant sur leur quant-à-soi, se mariant entre eux. Un monde de petites jalousies et de rancunes tenaces. Frances saurait s'en accommoder, elle qui avait vécu dans un village de campagne, entièrement tributaire du bon vouloir et de la générosité de son oncle, le seigneur du lieu. Les règles de cette existence-là n'avaient pas de secret pour elle.

« Nous devrions poursuivre notre chemin, dit-elle à Josias avec douceur. Si nous restons plus longtemps, nous nous ferons remarquer.

— Et alors ?

— Ces gens-là sont nos futurs voisins. Mieux vaut leur faire bonne impression. »

Il allait répliquer, mais se ravisa. « Ma foi, Mrs. Cole, je m'en remets à vous, qui avez plus que moi l'usage du monde. Faisons comme il vous plaira. Voulez-vous voir autre chose ?

— Je ne connais pas du tout la ville, je n'y suis

jamais venue. Mais certains de mes amis m'ont parlé d'une excursion qu'ils ont faite dans les gorges de l'Avon. Ils ont trouvé le paysage sublime. »

Josias se pencha et donna un ordre au cocher. « Nous pourrions certes aller regarder les gorges. Mais si vous saviez ce qu'il en coûte de payer le bachoteur, cela vous paraîtrait beaucoup moins sublime. Allons en voiture jusqu'aux thermes, au *Hot Well,* qui se trouve au pied de la gorge. Je m'intéresse personnellement à cet endroit. »

La voiture quitta la place et roula bientôt sur les pavés inégaux d'un autre quai.

« Est-ce encore l'Avon ? demanda Frances.

— Non. Cette fois-ci, c'est la Frome.

— J'ai l'impression de me trouver sur une île. Nous sommes entourés d'eau... (Elle s'arrêta avant de dire « croupie ».)

— La vieille cité s'est installée sur un site défensif, entouré par deux rivières, l'Avon et la Frome, formant des douves naturelles. Maintenant, tout a été transformé en bassins. »

Lorsque le pont à bascule fut descendu, la voiture s'engagea sur les planches et tourna à gauche, abandonnant les quais.

Frances regarda la scène qui s'offrait à ses yeux et révélait la ville sous un jour plus flatteur. Ce n'étaient plus les bas-fonds d'un port, mais le gracieux triangle de College Green qu'elle découvrait, ainsi que deux églises sur la gauche. Celle de l'université était un bâtiment majestueux, derrière lequel se dressait l'évêché. Frances entendit des oiseaux chanter et se répondre. Au lieu du cri revêche des mouettes, elle reconnut les trilles allègres des merles et, en levant les yeux, aperçut des hirondelles et des martinets qui décrivaient des cercles gracieux près des tours élancées de la cathédrale.

L'épais feuillage des ormes projetait sur la route

des ombres vert foncé. A mesure qu'ils grimpaient la côte raide de la colline, l'air devenait plus frais et plus pur, et la lumière du soleil sur les maisons neuves, plus nette.

« Oh, si seulement nous pouvions vivre par ici ! » s'exclama Frances. En retrait sur la route s'élevaient quelques ensembles de maisons en calcaire blond, construites dans le style classique et sobre qu'elle affectionnait.

Josias secoua la tête. « C'est une toquade. Un ou deux originaux font construire, mais aucun marchand qui se respecte ne s'établira jamais hors les murs. Le fleuve est le cœur de la ville. Clifton se trouve beaucoup trop loin pour une maison de ville. Bien sûr, il y a des gens qui achètent du terrain ici et qui construisent des maisons, mais ce ne sera jamais qu'un faubourg. Nous autres, gens de Bristol, avons toujours vécu sur les rives du fleuve, là où était la ville hier et où elle sera toujours. »

Parvenus au sommet de la colline, ils obliquèrent à gauche, contournèrent une autre crête et redescendirent vers le fleuve.

« Mais si nous avons une voiture, vous pourriez l'utiliser pour vous rendre à votre entrepôt, reprit Frances, d'une voix délibérément neutre. Il y a de jolies maisons par ici, et l'air est bon. Pour ma santé, j'ai besoin d'air pur. »

Josias secoua la tête « C'est une toquade, répéta-t-il. Elle n'aura qu'un temps et ceux qui ont acheté des terrains et fait construire ici se retrouveront ruinés. Croyez-moi, ma chère, Park Street est trop loin du centre et Clifton ne tardera pas à péricliter. (Il tendit le cou pour voir un bateau dans le bassin de radoub.) Tiens, le *Traveller* ! ajouta-t-il d'un ton narquois. J'ai entendu dire qu'il avait de sérieuses brèches dans la coque. Voilà qui rabattra le caquet de Thomas Williams. »

Devant eux, les rives boueuses de l'Avon s'élargissaient et le fleuve commençait à former des méandres. Des deux côtés s'étendaient des bois épais qui s'arrêtaient au pied de blanches falaises calcaires en surplomb. L'étroite route épousait la courbe de la rive dominée par les falaises. Le paysage était spectaculaire. Au-dessus d'eux tournoyaient et plongeaient des mouettes en quête de menu fretin. Un petit bateau de pêche descendait le fleuve à bonne allure, porté par la marée descendante et les voiles gonflées par le vent. L'air était pur et chargé d'embruns. En traversant le fleuve, une barge à fond plat croisa un bac où ramait un batelier en veste bleue, un mouchoir rouge noué autour de la tête, bariolé comme un pirate.

« Sublime ! » s'exclama Frances. C'était l'adjectif favori de Lady Scott quand elle s'extasiait. « Quel paysage merveilleux, Mr. Cole. Tellement romantique ! Et si sauvage !

— Voulez-vous vous promener un peu, Mrs. Cole ? » De sa canne, Josias toucha le dos du cocher, qui arrêta la voiture et abaissa le marchepied pour Frances. Josias offrit son bras à sa femme. « Là-haut, vous voyez le rocher de St. Vincent. Les amateurs de paysages en font grand cas. »

Frances leva la tête pour regarder l'avalanche de falaises blanches et de bois sombres. « Jamais je n'ai rien vu d'aussi beau. On se croirait en Italie ! »

A pas lents, ils suivirent le chemin qui longeait la berge, abrité sous un repli de la falaise. On avait planté deux doubles rangées de jeunes arbres pour former une avenue ombragée et ajouter à l'agrément de la promenade. Devant eux, sur la droite, en retrait de la rivière, se déployait un bel ensemble de boutiques en demi-cercle, bordé d'une colonnade pour que les chalands puissent circuler à l'abri, sur un sol dallé, et admirer les marchandises proposées lorsqu'ils allaient au pavillon thermal ou en revenaient.

On eût dit une douzaine de maisons de poupées que ces petites boutiques avec leurs blancs piliers.

Frances et Josias regardèrent les vitrines où étaient disposés gants, chapeaux, nouveautés et fantaisies et notèrent la foule qui se trouvait chez l'apothicaire. Ils remarquèrent aussi un cabinet de lecture de prêt où l'on vendait également du papier à lettres et des articles de mercerie.

« Mais c'est la bibliothèque de Miss Yearsley ! s'exclama Frances.

— Qui est-ce ?

— Voyons ! Anna Yearsley, la femme de lettres, la poétesse-laitière ! Quel talent naturel et spontané ! »

Josias hocha la tête. « Je ne fréquente guère les poétesses, ni les laitières, avoua-t-il. Mais j'ai entendu parler de son cabinet de lecture. Il vient d'être construit et elle va payer une somme rondelette en loyer. Les Marchands-Entrepreneurs ont dépensé une fortune pour lancer cet endroit.

— Je crois que mon oncle a logé au *Hot Well* lorsqu'il est venu vous voir. A Dowry Parade. Il a trouvé son logement fort agréable, mais cher.

— Certes. Celui qui prendra la gérance du *Hot Well* devra pratiquer des tarifs élevés pour rentrer dans ses frais. Il n'y a pas que ces boutiques à avoir été installées de fraîche date. La source aussi vient d'être modernisée, et ces arbres, plantés. Depuis des années, l'accès est libre : la course en voiture coûte six pence et on peut boire l'eau gratuitement. N'importe quel gérant sera obligé de faire payer un droit d'entrée élevé, et les gens du commun se trouveront par là même exclus. Un établissement thermal à la mode ne doit recevoir que des personnes de condition. N'êtes-vous pas de mon avis ? Voulez-vous boire un verre d'eau thermale ? Je suis sûr que vous n'en avez pas besoin, mais cela vous amusera. »

Ils se dirigèrent donc vers le Pavillon, qui se trouvait tout au bord de la rivière et dont les fenêtres donnaient sur l'eau d'un côté et sur les bois de Rownham de l'autre. Ils payèrent à l'entrée et se trouvèrent dans une salle animée. Dans un coin, un quatuor et à cordes jouait des danses rustiques. Certains affichaient leur état de malades à grand renfort de châles et de couvertures, alors que d'autres, parfaitement bien-portants, riaient dans les coins ou se contaient fleurette. Quelques-uns se promenaient cérémonieusement sur toute la longueur de la pièce, s'arrêtaient pour saluer des amis et dévisageaient les nouveaux arrivants.

Frances rajusta son col pour le faire retomber élégamment sur l'encolure de sa robe de promenade, et se cramponna au bras de Josias. Il ne semblait connaître âme qui vive. Personne ne s'arrêta pour leur parler, personne ne les salua.

« N'avez-vous pas d'amis ici ? » s'enquit-elle lorsqu'ils eurent traversé une première fois la salle dans toute sa longueur. Ils s'arrêtèrent près de la fontaine de la source. La vendeuse empocha l'argent que lui tendait Josias et versa à Frances un petit verre d'eau un peu trouble où montaient des bulles.

« Mes amis sont des commerçants assidus au travail et non des jouisseurs. A cette heure de l'après-midi, ils sont dans leur entrepôt, et non en train de danser, de se promener ou de boire de l'eau. Au fait, quel goût lui trouvez-vous ? »

Frances avala une gorgée circonspecte. « Passable, ma foi : assez doux, un peu comme du lait. Et elle est chaude !

— Cette eau est très revigorante, intervint la fille. Surtout pour les dames. Souveraine contre les affections pulmonaires, les maladies de peau et la mauvaise digestion. »

La franchise de son langage fit rougir Frances, qui se força à finir son verre.

« Je n'aimerais pas être obligée d'en boire tous les jours !

— Pourtant, beaucoup le font, répliqua Josias. Certains s'en voient prescrire un verre toutes les deux heures. Pensez au profit que cela représente pour le gérant. Il y a des gens qui restent ici pendant plusieurs semaines pour cela. Cette eau est criée dans toute la ville et vendue comme le lait, à domicile. Sans compter qu'on la met en bouteilles pour l'expédier dans tout le pays. C'est un excellent commerce pour qui peut acheter la gérance. »

Il lui reprit le bras et ils retraversèrent la salle en sens inverse. « Comparé à Bath, comment trouvez-vous cet endroit ? demanda-t-il. Ma question est intéressée. »

Frances s'efforça de répondre franchement sans l'offenser. « C'est beaucoup plus petit, vous savez, commença-t-elle avec prudence. Mais beaucoup plus joli. Le paysage est magnifique, beaucoup plus pittoresque qu'à Bath. Mais Bath est plus... Bath a plus de... enfin, Bath a une réputation plus établie.

— Bien sûr, ce n'est qu'une petite station, mais je crois qu'elle se développera », dit-il en sortant. La voiture les attendait devant le pavillon. Frances prit la main que lui tendait le cocher et grimpa. « Je suis content de voir que vous avez trouvé les thermes à votre goût, même si l'eau ne l'a pas été ! Et cela me fait plaisir que vous ayez aimé la vue des gorges de l'Avon.

— Comment aurais-je pu rester insensible devant ce paysage ? Je suis très amateur de pittoresque.

— Vous dessinez ?

— Un peu. J'aimerais m'essayer à ce paysage.

— Qu'à cela ne tienne ! Vous louerez la voiture quand vous voudrez et ma sœur vous accompagnera. Vous nous apprendrez l'art du loisir, Mrs. Cole, et nous vous apprendrons celui des affaires.

— Je serai heureuse de m'y appliquer », dit Frances. La voiture reprit le chemin de la ville, de la petite maison sombre envahie par les bruits du quai et la puanteur du port. « Heureuse. »

5

Les premières tentatives de Josias pour acquérir la maison sise au 29 Queens Square furent infructueuses. Le propriétaire, un certain Stephen Waring, Marchand-Entrepreneur et membre de la guilde de Bristol, faisait construire une maison très élégante à mi-hauteur de Park Street, dans une nouvelle rue qui devait s'appeler Great George Street. L'avisant un jour assis au café en compagnie de son beau-frère, Entrepreneur lui aussi, tandis que son cousin était debout à côté de lui, Josias s'approcha.

« Je vous souhaite le bonjour », dit-il. Bien qu'il se fût efforcé de parler sans déférence excessive, il entendit dans sa propre voix l'accent du peuple, les inflexions du Somerset, un soupçon de servilité. Oui, il parlait comme un homme né à même le sol d'un entrepôt. « Bonjour, Mr. Waring », répéta-t-il.

L'autre leva les yeux. « Oui, Cole ?

— Pourrais-je vous parler affaires un instant ? » Josias, qui tenait son tricorne à la main, se surprit à le tourner, à jouer avec les pointes, comme un domestique nerveux devant son maître.

« De quoi s'agit-il ? »

Josias regarda les deux autres, qui le dévisageaient sans vergogne et ne semblaient pas disposés à s'éloigner de la table, ni même à se détourner. Il allait devoir dévoiler ses projets devant eux.

« Votre maison de Queens Square m'intéresse. Il paraît que vous envisagez de la vendre ? Je viens de me marier, et ma femme... »

Le marchand se mit à rire doucement. « Je ne crois pas que vous vous y plairiez, Cole. Elle n'est pas sur la bonne rive pour vous, votre entrepôt est sur l'autre. Et je crains que vous ne trouviez pas mes voisins d'un commerce très amusant. » Il sourit à son beau-frère et tourna le dos à Josias. L'entretien était terminé et Josias sentit le rouge lui monter aux joues. Il ne lui restait plus qu'à esquisser un salut, et à regagner la table où il traitait généralement ses affaires avec les petits marchands et les capitaines en quête d'un navire. Ses compagnons n'avaient rien perdu de la scène, et l'avaient vu essuyer une rebuffade. Josias tira une chaise à lui et s'assit, essayant de faire bonne contenance. « J'ai annoncé à Mr. Waring que j'aimerais acheter sa maison, fit-il à la cantonade. Je vais lui envoyer une offre par écrit.

— C'est un renard..., l'avertit le capitaine Legge. J'ai entendu dire qu'il avait payé sa nouvelle maison du côté de Park Street plus de deux mille livres ! »

Josias cilla. « Oui, mais c'est une maison neuve, qu'il a fait construire à son goût. Celle de Queens Square a bien soixante-dix ans !

— Il paraît que son père et les autres propriétaires ont récolté de jolis profits la première année ! intervint un petit marchand. Ils avaient fixé les loyers de ces maisons-là à un taux prohibitif. Plus d'un locataire a été ruiné en moins d'un an. Sauf ceux qui étaient membres de la confrérie, et jouissaient du même coup de tarifs privilégiés.

— Comme par hasard, la corporation a décidé de construire en brique du temps où la famille Waring était propriétaire de la briqueterie..., renchérit un autre.

— Assez, messieurs », dit Josias, jetant un coup d'œil vers la table du fond où Mr. Waring avait fait venir l'un de ses capitaines et examinait avec lui un état de chargement. « La corporation de Bristol et les Marchands-Entrepreneurs ont fait ensemble la prospérité que cette ville connaît actuellement. Nous le savons tous.

— Et toi, tu te mets sur les rangs ! Pas vrai, Josias ? »

Josias Cole s'empourpra. « Messieurs, mes projets d'avenir ne regardent que moi. Alors, Mr. Williams, il paraît que mon sucre vous intéresse. Voulez-vous que je vous en envoie pour que vous puissiez juger sur pièces ? »

Frances était assise à la table du salon avec, ouverts devant elle, les registres de la compagnie. Sous la férule de Sarah, qui lui montrait les livres de la *Daisy,* attendue au port en décembre, elle apprenait à lire les comptes.

« Cette page montre combien coûte l'équipement d'un navire, expliquait patiemment Sarah. Dans cette colonne, vous avez la liste de tous les objets, et en face (son doigt suivit la ligne des pointillés tracés à l'encre), vous avez le prix. Au bas de la page, vous pouvez lire le coût total.

— Je vois », dit Frances d'une voix basse. Par la fenêtre, on apercevait la *Rose,* dont on était en train de changer les cordages, et dont les voiles avaient été réparées. Le vacarme incessant du quai envahissait la pièce : les ordres aux marins, hurlés d'une voix de stentor, les cris incessants des marchands ambulants sur le quai. On avait fixé au grand mât une poulie qui grinçait et chaque fois qu'il fallait monter une charge, les marins entonnaient une mélopée pour haler en cadence. Le soleil tapait de tous ses rayons sur les vitres du salon si bien qu'une myriade de reflets irisés dansaient un ballet vertigineux au plafond de la pièce. Avec la marée montante refluaient la saleté et les déchets que le courant avait emportés vers l'embouchure du fleuve, et qui venaient à présent se balancer sur l'eau du bassin. Le vent qui s'engouffrait dans la gorge apportait l'âcre odeur des fours à chaux des bois de Clifton, mélangée aux relents ambiants de Bristol : odeur du suif des savonneries, fumée des fours. Comme toujours, la fenêtre était fermée et il régnait dans la maison une chaleur étouffante. Frances avait la migraine, mais elle se tenait très droite, immobile, et ne se plaignait pas.

« Donc, le coût total en réparation et en équipement s'est monté à neuf cent sept livres et deux pence.

— Très bien, approuva Sarah. Sur la page suivante est consignée la liste des marchands de troc. »

Frances passa ses doigts frais sur ses paupières. « Que signifient tous ces noms ?

— Ce sont ceux de nos quatre associés, des marchands et des commerçants qui ont partagé les frais de cette traversée. Vous voyez que ces deux-là ont fourni eux-mêmes des marchandises. Celui-ci est coutelier ; il a donné une provision de couteaux, fourchettes et plats d'étain. Voici la liste des marchandises et leur valeur. Celui-là, un mercier, a fourni de la toile, de la dentelle et des chapeaux. Quant au reste, perles bleues d'Italie et fusils, nous les avons achetés directement avec l'argent que nous ont fourni les autres associés. »

Frances regarda la page ouverte devant elle. La liste des achats était variée, mais elle remarqua que l'achat de mousquets représentait la somme la plus importante, des mousquets à neuf shillings pièce, avec de la poudre et des pierres à fusil.

« Quelle quantité impressionnante de fusils ! dit-elle.

— Ils sont très populaires pour le troc, répondit Sarah. Et ils nous coûtent cher. On ne peut s'en procurer qu'à Birmingham, mais aucun armurier de cette ville ne veut s'associer avec nous. Pour faire des bénéfices sur notre dos, ils sont toujours partants ; mais quand il s'agit de prendre des risques, il n'y a plus personne. Et maintenant, Frances, dites-moi à combien s'élèvent les frais d'équipement du navire ? »

Frances parcourut lentement la page du regard. Les reflets mouvants du bassin lui faisaient l'effet d'éclats qui venaient se ficher dans ses yeux. « A cinq mille six cent quatre-vingt-douze livres et seize shillings. C'est une somme considérable !

— Ah, vous voyez ! s'exclama Sarah. Voilà pourquoi je ne tiens pas à avoir un grand train de maison, pourquoi je n'ai pas de voiture non plus. Je suis sûre que Lord Scott lui-même ne pourrait trouver une somme pareille ! Et qui plus est, la réunir trois fois en deux ans, chaque fois que nous armons un bateau.

— Cela, je ne saurais vous le dire, fit Frances avec une certaine réticence. Jusqu'ici, je ne me suis jamais occupée de questions d'argent.

— Eh bien, voilà qui va changer, fit Sarah avec un sourire de triomphe. Vous êtes une femme de marchand à présent, et il convient que vous sachiez d'où vient l'argent. Quand vous louez une voiture ou quand vous avez envie d'une nouvelle robe de soie, il faut bien payer. Tout vient de là », dit-elle en lissant les pages avec amour. Elle en tourna une autre.

« Voici à présent les comptes de nos transactions en Afrique, poursuivit-elle. Je les établis d'après le journal de bord du capitaine, qu'il me montre au retour. Regardez : total des achats faits en six mois sur les côtes d'Afrique — trois cent douze pièces, à une moyenne de quatorze livres chacune. Pertes pendant la traversée — soixante-deux. Prix de vente à la

Jamaïque, moyenne de cinquante livres chacune. Bénéfice brut, 12 500 £, moins le prix d'achat, soit 8 132 £. »

Elle guetta la réaction de Frances.

« Très avantageux, dit celle-ci.

— A première vue, oui. Mais sur ce bénéfice, nous achetons du sucre, du tabac et du rhum, à hauteur de 4 830 £. Nous consentons un crédit aux planteurs, soit 1750 £, et nous payons la solde de l'équipage, soit 130 £. » Elle fit glisser son doigt le long des colonnes et Frances le suivit du regard. Tout ce qu'elle voyait, elle, c'était une série de chiffres calligraphiés à l'encre noire qui se dévidaient sous un ongle net.

« Regardez, poursuivit Sarah. Quand le navire rentre au port, il faut payer un pilote pour se faire guider dans le chenal de Bristol, et puis un deuxième pilote, quand il arrive à l'Avon. Il doit acquitter un droit à chacun des phares, et un autre pour le nouveau pont. Ensuite, il faut payer les remorqueurs qui le tirent quand il aborde la gorge. Et puis la redevance au maire, celle au contrôleur du quai, et les droits de bassin.

— Seigneur ! souffla Frances.

— Et après ça, on s'étonne de voir Liverpool nous voler notre commerce ! marmonna Sarah Cole. Là-bas, les navires entrent à la voile dans un port en eau profonde, avec des droits de bassin peu élevés. On comprend pourquoi leurs chantiers navals produisent des bateaux au tonnage de plus en plus fort, pardi ! » Elle reporta son attention sur Frances. « Maintenant, voyez-vous le bénéfice qui reste à la fin du voyage ? »

Frances baissa ses yeux las sur la page une fois encore : « C'est ce chiffre-là : 2 513 £.

— Divisé entre les associés, c'est-à-dire en cinq... »

Frances regarda le dernier chiffre. « Cela fait 502 livres chacun. »

Sarah hocha la tête et attendit.

« Après vous être donné tout ce mal ? reprit Frances.

— Sans compter les frais que nous avons en tant que propriétaires du bateau et de l'entrepôt, ni le crédit que nous consentons aux planteurs de la Jamaïque, ni tous les autres frais dont les associés ne se doutent pas, ajouta Sarah.

— Cela paraît très peu, lorsque l'on compte ainsi. »

Sarah se leva et alla se poster près de la fenêtre.

« Nos associés s'y retrouvent : comme investissement à deux ans, l'opération est rentable pour un particulier avec de petites économies. Mais mon frère trouve que ce sont des bénéfices de gagne-petit. A ce rythme, son capital doublera en cinq ans. Seulement Josias s'est mis en tête de tourner sur six mois, et cela, dès maintenant. Je ne sais pas comment nous allons faire. Je vous montre ces chiffres parce que vous devez être au courant, mais vous voyez bien par vous-même que nous ne faisons pas de bénéfices suffisants.

— Pourquoi cela ?

— Les prix montent partout. Il en coûte de plus en plus cher de réparer un bateau et de l'équiper. A mesure que les planteurs sont plus nombreux à agrandir leurs plantations et à faire de plus grosses récoltes chaque saison, le prix du sucre baisse. La guerre en Amérique a rendu les eaux dangereuses, même pour les navires civils, et a fait grimper le coût des assurances. Les Français importent le sucre de leurs propres colonies et à présent ils en vendent à l'Angleterre. J'ai même entendu dire qu'un inventeur avait trouvé le moyen de fabriquer du sucre à partir de légumes qu'on appelle des betteraves. Le jour où on en fabriquera avec des carottes, nous serons ruinés. »

Elle retourna vers la table et ferma doucement le registre, caressant le nom du navire, *Daisy*, gravé sur la couverture de cuir. « Les marchands de Liverpool ont des bateaux qui font deux fois la taille de la *Daisy* ! Et ils font le voyage en moitié moins de temps. Somme toute, ils font quatre fois plus de bénéfices que nous. Vous vous rendez compte ? Deux fois plus de commerce en deux fois moins de temps !

» Les gros marchands de Bristol, qui sont membres de la Compagnie royale d'Afrique, n'ont pas besoin de s'attarder le long des côtes à faire du commerce avec tous les petits comptoirs, à acheter dans l'un et à vendre dans l'autre. Non, ils jettent l'ancre devant un comptoir de la compagnie, embarquent l'eau et les provisions préparées à leur intention ainsi que les pièces d'Inde qui les attendent aussi. De sorte qu'ils réduisent de moitié les pertes en marins en quittant l'Afrique au bout d'un mois, au lieu de s'éterniser comme nous sur les côtes pour rassembler notre cargaison.

» Quand ils arrivent aux Antilles, leur mandataire les attend sur le quai et a tout préparé : il a déjà arrangé la vente de la cargaison africaine et acheté celle à ramener en Angleterre. Pendant qu'ils étaient en mer, il s'est entendu sur les prix avec les meilleurs planteurs, et les contrats sont prêts. S'ils consentent un crédit aux planteurs, ils ramènent avec eux des effets que les courtiers de ces derniers à Londres honorent sitôt qu'on les leur présente. Ces messieurs rentrent dans leurs fonds dans les trois mois, tandis que nous, il nous faut attendre que notre bateau retourne aux Antilles, et il s'écoule parfois deux ans avant qu'on nous rembourse ! Ceux à qui nous avons affaire n'ont pas de courtiers à Londres ; ce sont de petits planteurs, qui s'attendent à ce que nous leur fassions crédit. Il faut avoir les reins solides pour vivre de ce commerce.

— Et pourtant, Josias semble si confiant ! s'étonna Frances.

— Oui, répondit Sarah, la mine sombre. Il l'est. Il voit le sucre dans les entrepôts de Redcliffe ; son dépôt est plein de tabac et de rhum. Il voit l'or rentrer à chaque petite vente et sur le quai, il réussit aussi bien que les autres petits négociants. Mais moi qui passe mes journées le nez dans les registres, je vois bien que les bénéfices diminuent doucement pendant que les frais augmentent. Le monde change. Il faut le suivre.

— Mon oncle croyait que Josias était prospère ! », protesta Frances, se cramponnant à ses illusions.

Sarah haussa les épaules : « Que voulez-vous qu'il en sache ! Il n'a pas dû voir beaucoup de colonnes de chiffres dans son existence, en dehors du montant de ses loyers ! J'ai l'habitude des livres de comptes ; je les lis aussi facilement que vous un roman. Et je vois que toutes les traversées, dans un sens ou dans l'autre, rapportent de moins en moins, tandis que les coûts augmentent et les risques aussi.

— Mais que faire ? Construire un plus grand navire ? Changer de commerce ? »

Sarah Cole jaugeait Frances. « Non. Il est hors de question de renoncer à la traite. C'est le seul commerce que nous connaissions. Notre père a fait fortune grâce à lui, et nous y avons investi notre héritage. On aura beau en dire ce qu'on voudra, jamais je n'y renoncerai. Nous devons persévérer, mais en innovant.

— Comment ?

— En important des esclaves en Angleterre. Nous faisons venir des nègres, que nous appelons les esclaves Scott, en votre honneur ; nous en vendons à toutes les bonnes maisons de ce pays et nous remplissons notre escarcelle. »

Dehors retentit un grand bruit de chute suivi de cris

et d'une bordée de jurons. Aucune des deux femmes n'y prêta la moindre attention.

« Comment cela ?

— Nous transportons déjà des esclaves. Vous venez de voir les comptes. Vous avez vu que la *Daisy* en a embarqué trois cent douze, et qu'il y a eu des pertes pendant la traversée. Soixante-deux, pour être précise. Vous avez vu aussi la somme qu'ont rapportée les esclaves en Jamaïque. Mon idée, c'est d'en former quelques-uns pour qu'ils puissent être placés comme domestiques en Angleterre. N'est-ce pas la mode ?

— En effet », admit Frances. Lady Scott avait un négrillon pour porter son éventail et ses messages. A Londres, les dames de qualité avaient une caméristе noire, ou un valet de belle mine qui escortait le carrosse de sa maîtresse, monté sur le marchepied, et une petite négresse pour jouer avec ses enfants. Mais tous ces esclaves-là avaient été ramenés individuellement des Antilles, soit par des planteurs rentrant au pays, soit par un capitaine de vaisseau négrier. « Croyez-vous possible d'en former beaucoup à la fois ? Et d'en vendre beaucoup à la fois aussi ?

— Pourquoi pas ? Cela s'est déjà fait. Au siècle dernier, on a fait venir des esclaves directement d'Afrique. Il paraît que cette année, un marchand de Liverpool en a importé une bonne dizaine. Ils ne prennent pas beaucoup de place sur le bateau qui rentre des Indes occidentales. Une fois en Angleterre, ils se vendront bien quatre-vingts à quatre-vingt-dix livres pièce. Mais si les nôtres ont la réputation d'être stylés, nous pourrons en tirer un meilleur prix. La charge de leur éducation vous reviendra. Voilà pourquoi nous cherchions une gouvernante. Aujourd'hui, vous ne recevrez pas de gages, bien sûr, mais vous aurez les bénéfices de l'entreprise. C'est à vous qu'ils devront leur réputation de domestiques accomplis.

— Oui, mais je me demande...

— L'heure n'est plus aux "mais", coupa Sarah. Vous n'étiez pas sans savoir que nous faisions du commerce. Tant que la traite se déroulait à distance, vous l'acceptiez fort bien. Je vous rappelle que vous êtes venue chez nous chercher du travail.

— Mais j'ignorais qu'il s'agissait d'esclaves à former... Josias ne m'en avait rien dit...

— Encore un "mais" ! Vous saviez d'où venait notre argent.

— Je n'ai pas d'objection à la traite, naturellement. Je sais qu'il est bon de soustraire ces Africains à leurs cultes païens et de leur enseigner la religion et les œuvres pies.

— De plus, ce ne sont pas des êtres humains tels que vous et moi, renchérit Sarah. Ils ne savent parler que si nous leur apprenons. Sinon, ils se bornent à grogner et à gémir. Ce sont des brutes.

— Ah ? Je n'avais jamais vu les choses sous cet angle. A vrai dire, je n'ai guère eu affaire avec eux. Lady Scott avait un petit page noir, mais jamais je n'ai vu de nègre adulte.

— Alors, vous vous chargerez d'eux ?

— Oui. Si j'ai commencé par hésiter, c'est seulement parce que je me demandais si je saurais m'y prendre. J'ai eu des enfants comme élèves, mais des nègres...

— Ma foi, vous feriez bien de réfléchir à la question, car c'est sur ce projet que repose le sort de notre compagnie. Si nous parvenons à former ces esclaves et à les vendre, alors nous aurons de quoi satisfaire les ambitions de Josias et acheter Queens Square. Sinon, vous ne l'aurez pas, votre belle maison en ville. Vous resterez ici *ad vitam aeternam*, devant ce bassin qui sent mauvais, dans cette maison où l'on grelotte en hiver et où l'on étouffe en été. »

Un silence suivit cette déclaration. Frances se sentit suffoquer et posa la main sur sa gorge pour tenter de se calmer.

« Vous noircissez le tableau, j'en suis sûre », dit-elle. Elle fut prise d'une quinte de toux sèche qui lui coupa un moment la respiration.

Sarah attendit que sa belle-sœur ait retrouvé son souffle, et reprit : « Lentement mais sûrement, la traite s'effondre. Dans quelques années, quand nos associés de Bristol s'apercevront qu'il est plus avantageux pour eux d'investir dans les terrains, le bâtiment, ou d'importer des cotonnades de Manchester, ils ne feront plus affaire avec nous. Et nous aurons grand mal à affréter nos navires. Si bien que tous nos investissements — dans nos bateaux, nos entrepôts et notre bassin — auront été faits en pure perte. Nous avons mis tant d'argent dans la traite que nous n'avons plus le choix. Il faut qu'elle nous rapporte.

— Je vous promets de faire de mon mieux, Sarah, pour leur apprendre ce qu'ils doivent savoir.

— Vous étiez gouvernante, si je ne m'abuse. Vous avez répondu à notre annonce. A l'époque, nous avions déjà ce projet en tête. Aujourd'hui, vous êtes partie prenante. C'est vous qui apprendrez à ces nègres à parler et à servir, vous qui trouverez à les placer et leur donnerez des références. Le projet est entre vos mains. Vous la gagnerez, votre nouvelle maison ! Vous voulez habiter Queens Square, n'est-ce pas ? »

Frances promena son regard autour de la petite pièce et inspira l'air insalubre. « Dame ! »

6

Ce fut un Josias soucieux et taciturne qui rentra déjeuner au milieu de l'après-midi. Assise à l'autre bout de la table, Frances garda le silence elle aussi. Encore peu coutumière des humeurs de son mari, elle était par ailleurs lasse de la longue séance de comptes avec Sarah. Elle avala quelques gorgées d'eau pour tenter de faire passer sa toux persistante. Sarah attendit que la table ait été débarrassée et une carafe de porto, posée à portée de Josias pour demander : « Qu'est-ce qui te tracasse ? »

Il leva la tête et sourit. « Oh, rien de grave. J'ai passé la matinée à essayer de trouver une assurance convenable pour la *Rose,* ce qui est devenu difficile depuis le litige sur le *Zong.*

— Le litige sur le Zong ? répéta Frances.

— Je ne vais pas vous parler affaires, éluda Josias.

— Elle a le droit d'être au courant, intervint Miss Cole. Ce sont les siennes aussi à présent.

— Ma foi, tu as raison. Sachez, Mrs. Cole, que l'affaire du *Zong* remonte à environ six ans, et que le litige avec l'assurance n'est toujours pas réglé.

— Pourquoi ?

— C'est une longue histoire. Pour simplifier, disons que le *Zong* s'est trouvé à court d'eau pendant qu'il faisait route vers la Jamaïque. Comme il y avait beaucoup de malades à bord, le capitaine a pris la décision de jeter à la mer le quart de la cargaison.

— Une cargaison de quoi ?

— Elle ne comprend pas, intervint Miss Cole.

— C'est pourtant simple, reprit Josias. Craignant qu'une grande partie de ses quatre cent soixante-dix esclaves ne meurent de soif, le capitaine les a fait noyer. »

Le regard de Frances alla de l'un à l'autre. « Pour économiser l'eau ? »

Josias ne put retenir un sourire ironique. « C'est ce qu'il a affirmé. Toujours est-il que pendant qu'on se livrait à ces exécutions charitables, la pluie s'est mise à tomber et n'a pas cessé de deux jours. »

Miss Cole gloussa derrière sa main. « Et quand l'excellent navire a débarqué à la Jamaïque, il avait de pleins tonneaux d'eau ! » Le frère et la sœur regardèrent Frances, attendant qu'elle réagisse à la plaisante anecdote, mais elle se borna à secouer la tête.

« C'était une escroquerie, fit Sarah, pour lui mettre les points sur les i.

— Le capitaine mentait, ajouta Josias. Voyez-vous, Frances, une partie de sa cargaison était en piètre état ; les esclaves mouraient comme des mouches. Or ceux qui meurent de maladie représentent une perte sèche pour les négriers, tandis que ceux qui se noient sont remboursés par l'assurance. Le capitaine Luke Collingwood était un malin : il a jeté par-dessus bord tous les malades, hommes et femmes, et a demandé à l'assurance de payer.

— Il les a noyés pour toucher l'argent de l'assurance ?

— Oui. En trois jours, si je me souviens bien. Cent trente et un en tout.

— Quand je pense qu'on chante les louanges des négriers de Liverpool ! dit Miss Cole. Jamais on n'a vu un capitaine de Bristol frauder ainsi.

— Mais il n'a pas fraudé, fit Josias. Il a voulu faire un bénéfice sur sa traversée. Lord Mansfield lui-même, qui a siégé au tribunal, a demandé à ce que l'affaire soit jugée à nouveau.

— Le capitaine a eu un procès pour meurtre ? » demanda Frances. Les deux autres la regardèrent avec stupéfaction.

« Bien sûr que non ! s'exclama Josias. Tuer des esclaves n'est pas un crime. L'affaire relève du droit civil. Mais les assureurs ont refusé de payer, sous prétexte que les esclaves n'étaient assurés que contre les accidents et que cela ne couvrait pas la noyade délibérée. Ils ont gagné en première instance. Mais le procès est allé en appel, devant Lord Mansfield, je me souviens. Il a dit que le cas était le même que si des chevaux étaient passés par-dessus bord, et que l'assurance devait couvrir les propriétaires dans le cas où leurs marchandises passaient par-dessus bord, indépendamment des circonstances.

— Lord Mansfield l'a dit lui-même : les esclaves doivent être considérés comme des biens, au même titre que des chevaux, renchérit Miss Cole.

— Mais cela nous a singulièrement compliqué la tâche, reprit Josias, en se passant la main sur le visage, d'où s'effaça brusquement l'expression d'exubérance insouciante. Depuis la déclaration de Lord Mansfield, les assureurs se méfient de nous, craignant que les capitaines qui voyagent à perte ne se mettent à noyer leurs esclaves pour réclamer le remboursement par la suite. Aujourd'hui j'ai passé des heures à essayer de trouver quelqu'un qui accepte d'assurer ma cargaison d'esclaves, mais il y a tant de clauses et de conditions que le jeu n'en vaut guère la chandelle. »

Sarah tourna vers lui un visage inquiet : « Tu ne songes pas à laisser partir la *Rose* sans assurance, Josias ? Si le navire coule, nous perdons tout ! Et s'il y a une révolte d'esclaves à bord ! Ce serait une folie de courir un risque pareil !

— Comme si je ne le savais pas ! grogna-t-il. Seulement maintenant, on n'assure plus que contre les mutineries ; aucune garantie n'est prévue pour un esclave qui meurt après avoir été fouetté ou parce qu'il a refusé de s'alimenter. Si les esclaves se suicident, quel recours aurai-je ? Comment veux-tu que je me remette d'une perte pareille ?

— N'empêche. Assure la *Rose* », insista Sarah, la mine sombre.

Exaspéré, Josias haussa les épaules. « Les assureurs sont tous de mèche. Si j'arrivais à faire partie des Marchands-Entrepreneurs, je n'aurais aucun souci : ils s'assurent mutuellement. Les gros poissons ne craignent rien. Ce sont les petits qui restent à l'extérieur en essayant de gober ce qu'ils peuvent. Le tout, c'est d'arriver à passer de l'autre côté. »

Son regard s'arrêta sur Frances et il parut se rasséréner. « Nous y parviendrons, j'en suis sûr. Grâce à vous, Mrs. Cole, qui me poserez dans le monde, et à la maison de Queens Square, je finirai bien par être accepté. Voilà deux générations que nous sommes marchands à Bristol, et que nous faisons un commerce honorable. Ils m'inviteront à me joindre à eux. Et sans tarder.

— C'est un commerce ancien, dit Frances. Et honorable. » Elle ne pouvait détacher son esprit de ce bateau sous la pluie. Cent trente et un captifs, hurlant, se cramponnant aux cordages, expédiés par-dessus bord, dans le sillage écumant du navire qui continuait sur son erre et qu'ils essayaient vainement de rejoindre, giflés par les paquets de mer, tandis que venait droit sur eux la menace noire des nageoires en forme de faux, fendant l'eau.

« La *Rose* sera bientôt prête à mettre à la voile, dit Sarah. Il reste une semaine pour l'assurer, et trouver encore deux associés.

— Ne t'inquiète pas, Sarah. Chaque chose en son temps. Je me charge de tout cela. Tu sais bien que je ne peux pas garder la *Rose* à quai à ne rien faire, sinon me manger de l'argent. Fais-moi confiance, Sarah. J'ai toujours réussi. »

Josias se démenait, mais dans la ville — aussi ombrageuse et sauvage que les oiseaux nécrophages des bords de mer — son crédit baissait. Tout Bristol chuchotait qu'il perdait son flair. Il passait trop de temps avec sa nouvelle épouse. On l'avait vu dans une voiture de louage se diriger vers les thermes et la colline de Clifton. Il négociait l'achat d'une maison à Queens Square. On disait qu'il aspirait à s'élever au-dessus de son état. Bientôt, il serait trop fier pour négocier un marché à la dure. Les petits commerçants qui hantaient les cafés des quais à l'affût d'un investissement entendaient confier leurs économies à un homme connaissant aussi bien qu'eux la valeur de l'argent. Ils voulaient traiter avec un interlocuteur sensible au tintement mélodieux de cent pièces d'or durement acquises et serrées dans une petite bourse. Ils soupçonnaient Josias de vouloir voler trop haut pour eux, sans comprendre qu'il était aspiré par le gouffre séparant les deux mondes de la ville la plus impitoyable d'Angleterre. Les grands, les Marchands-Entrepreneurs, n'avaient que faire de lui. Leurs épouses avaient beau chuchoter que la nouvelle Mrs. Cole était une miss Scott, nièce de Lord Scott, et avoir envie de la fréquenter, elles ne la voyaient sortir de chez elle que pour aller à l'église. Et encore ! Elle fréquentait St. Mary Redcliffe et non la cathédrale au nord de la ville, où il était de bon ton de se montrer.

Comment aller lui rendre visite dans cette effroyable petite maison du bassin ? Aucune dame digne de ce nom ne mettrait le pied, ne fût-ce qu'un instant, sur ce quai puant. Elles envoyèrent leur valet déposer leur carte, mais aucune ne se déplaça et Frances ne s'y trompa point : elle devrait attendre d'avoir emménagé à Queens Square pour recevoir ces dames.

Quand la semaine toucha à sa fin, Josias décida de jouer à quitte ou double. Il allait envoyer la *Rose* avec une assurance limitée aux marchandises. Personne n'avait accepté d'assurer la cargaison d'esclaves. Or, poussé par l'appât d'un gain important, il hésitait à attendre davantage. Finalement, pendant une grande discussion avec le capitaine Smedley sur le quai, Josias jeta son tricorne par terre, saisit son interlocuteur par le bras et le poussa vers le navire. « Allez ! Et naviguez comme si la *Rose* était votre navire. Je ne vous cacherai pas, capitaine, que nous prenons un gros risque car j'espère que cette traversée me permettra de réaliser un joli profit.

— Comptez sur moi. Je rejoindrai le navire lorsque le pilote l'aura conduit hors du chenal. Je ferai de mon mieux pour vous servir, Mr. Cole, comme toujours.

— Vous trouverez des instructions dans votre cabine, fit Josias, le regard fiévreux. Pendant cette traversée, nous aurons peut-être besoin de louvoyer un peu avec la loi, capitaine. Vous n'avez pas d'objection de principe ?

— Tant que le navire ne risque rien et l'équipage non plus... »

Josias acquiesça. « Quoi qu'il arrive, prenez soin du navire. Je veux le voir partir avec la marée demain matin à l'aube. Je vous laisserai les ordres sur la table des cartes, dans votre cabine. »

Le capitaine se baissa pour ramasser le chapeau de Josias et le lui rendit en souriant. « Couvrez-vous, Mr. Cole. J'espère vous voir bientôt membre des Entrepreneurs. »

Un sourire découvrit les dents jaunies de Josias : « Plaise à Dieu ! »

Le lendemain, au petit matin, Josias était sur le quai dans le brouillard épais et froid pour surveiller l'embarquement des dernières marchandises prestement sorties des magasins : une succession de caisses de fusils de Birmingham, avec pierres, balles et poudre. Josias allait déverser une pluie de munitions sur les populations côtières d'Afrique pour étancher leur soif de fusils.

Comme le capitaine Smedley ne se trouvait pas encore à bord, Josias laissa dans sa cabine la lettre d'instructions.

4 septembre 1788

Je vous prie de faire en sorte que cette traversée-ci se solde par un bénéfice. A cette fin, choisissez les nègres les plus robustes, mais ne vous attardez pas sur les côtes d'Afrique. Embarquez des femmes et des enfants et tassez-les bien. Je veux que vous en transportiez six cents. S'il en meurt davantage que d'habitude pendant la traversée, cette perte sera compensée par le bénéfice réalisé sur le nombre.

A la différence de ce que vous faites d'habitude, allez droit aux colonies espagnoles et vendez-y les esclaves contre des espèces. Bien entendu, les papiers du voyage n'en feront pas état et vous détruirez cette lettre après l'avoir lue. Je sais bien qu'il s'agit là de contrebande, mais vous n'obligerez pas un ingrat et vous aurez un témoignage de ma reconnaissance à votre retour. Je vous promets de ne plus jamais vous redemander de traiter avec les Espagnols. Achetez-leur du sucre, pourvu qu'il soit de bonne qualité, mais n'acceptez aucune lettre de crédit; seulement de l'or et du sucre. Je compte sur vous, capitaine. Embarquez autant de nègres que possible et bourrez bien l'entrepont.

Portée par la marée montante, la *Rose* dansait au bord du quai comme pour inviter au voyage. Josias vit les deux remorqueurs s'amarrer au navire et le pilote monter à bord.

« A Dieu vat ! » fit le marchand à mi-voix. Le navire n'était pas assuré pour sa deuxième étape, alors même qu'il serait surchargé. Josias avait préféré ne rien dire à Sarah. C'était à peine s'il osait s'avouer ce qu'il faisait !

Les marins larguèrent les amarres ; l'aussière, qui serpentait dans l'eau verte, fut hissée à bord. Les canots à rames s'ébranlèrent et les câbles de touage sortirent de l'eau, se tendirent en frémissant tandis que sur toute leur longueur ruisselait une pluie de gouttes argentées. L'espace d'un instant, le navire hésita, suspendu, comme s'il ne pouvait croire qu'il était libre, enfin dans son élément après ces semaines de captivité à l'ancre. Puis, lentement, comme à regret, la *Rose* s'écarta du bord du bassin et prit de la vitesse en glissant dans le chenal en direction de la gorge.

« Bonne chance, ma belle ! » souffla Josias. Pour cette traversée, la *Rose* partait avec une commandite insuffisante : Josias avait pris trois parts à lui seul, tandis que ses trois associés n'en avaient qu'une chacun. Il avait emprunté pour acheter le surplus de marchandises de troc, et devait plus de mille livres. Commandite insuffisante, assurance insuffisante. Josias n'avait pas le choix. S'il voulait rentrer dans ses frais, il fallait que la *Rose* aille vendre en fraude une cargaison d'esclaves dans les plantations espagnoles. Jamais encore il n'avait ainsi couru le hasard. Mais les Espagnols paieraient bien, et en espèces. Pour réussir cette gageure, Josias était forcé de naviguer au plus serré. « Bonne chance », répéta-t-il.

Comme pour confirmer les espérances de Josias, ce jour-là, quand le soleil se fut enfin levé — un soleil qui semblait rouge, vu à travers l'écran de fumée de la tour à plomb —, Mr. Waring se décida enfin, au terme d'une conversation avec sa femme au petit déjeuner, à vendre la maison de Queens Square aux Cole. Mrs. Waring tenait de la femme de l'évêque en personne que la nouvelle Mrs. Cole n'était autre que la fille du révérend John Scott, qui avait jadis la cure de Claverton Down. Stephen Waring avait d'abord refusé de croire qu'une demoiselle Scott ait pu accepter d'épouser un Josias Cole et de loger au-dessus d'un entrepôt de sucre. Mais Mrs. Waring, elle, était fine mouche. « Croyez-moi, Mr. Waring, si Lord Scott a laissé Josias Cole épouser sa nièce, nous pouvons lui laisser acheter notre maison ! Et qui plus est, puisque Mr. Cole a envie d'installer sa femme dans une maison confortable, je pense que votre prix sera le sien. »

Mr. Waring ne répondit pas, mais se retira dans son bureau et écrivit à Josias un billet où il fixait un montant assez élevé pour décourager un acheteur moins désireux de conclure l'affaire.

Si Josias avait été l'un des habitués de la table du fond au café du port, il aurait su que d'autres maisons de Queens Square ne tarderaient pas à être mises en vente. S'il avait fréquenté les notables de la ville, il aurait été moins pressé de mettre la main sur le 29, sachant que les numéros 18 et 31 seraient disponibles dès le mois suivant. Les marchands les plus riches commençaient à déménager, car ils trouvaient le centre trop sale, trop bruyant et trop encombré. Leurs épouses, qui avaient la prétention de passer pour des femmes de goût, ne voulaient pas d'un salon qui fasse aussi office de bureau.

Park Street était pavée presque jusqu'en haut de la

colline et de part et d'autre de l'artère s'élevaient de gracieuses maisons de ville en pierre blonde. Les premières maisons de Great George Street étaient déjà vendues et d'autres en construction. Les plus sagaces achetaient des terrains dans Great George Street et de chaque côté de Park Street ; les architectes dessinaient les plans d'élégants alignements de demeures qui devaient s'étager sur tout le flanc de la colline. Par le truchement d'un mandataire, Mr. Waring était en train de négocier discrètement l'achat de terrains encore plus éloignés du centre. A la différence de Josias, qui portait un amour inconditionnel au cœur de la cité, Mr. Waring s'intéressait à Clifton.

Queens Square ne serait bientôt plus à la mode et les prix dégringoleraient dès que cela se saurait. Il ouvrit le billet qu'il venait d'écrire et ajouta un post-scriptum.

Cette offre est valable une semaine, Mr. Cole. Un autre acquéreur m'a fait une demande pressante et je dois lui répondre sous huitaine.

Il referma le pli, fit tomber une goutte de cire rouge dessus et apposa son sceau.

Pensivement, il prit une autre feuille.

Cher Tom,

Tu m'obligerais en retardant d'une semaine la mise en vente de ta maison. J'ai un acquéreur et ne tiens pas à le voir tergiverser.

Il griffonna ses initiales, saupoudra la feuille de sable, puis appelant le valet de pied, le chargea de porter les deux missives. Après quoi, il retourna au salon.

« Vous devriez faire une visite à Mrs. Cole, ma chère, dit-il à sa femme. Même si elle habite au-dessus d'un vulgaire entrepôt, je suis persuadé qu'elle vous en saurait infiniment gré. Quant à moi, je ne vois pas d'objection à faire des affaires avec son mari. »

7

« Il nous faut parvenir », dit Josias à Sarah, le billet de Stephen Waring à la main. « Parvenir jusqu'aux cercles où se trouvent les capitaux. Les petits investisseurs ont peur du risque et les gros ne s'intéressent qu'à des opérations de grande envergure. Tu as raison, le commerce marque le pas pour l'instant ; mais il repartira. Ce n'est pas la première fois qu'il a des hauts et des bas. A nous de savoir passer ce cap difficile. Dans cette ville, il y a des occasions magnifiques, pourvu qu'on sache les saisir. Il nous faut entrer dans le cercle des initiés. »

Sarah le regardait, pâle d'inquiétude. « Nous n'avons que trois associés sur la *Rose,* et elle ne rentrera guère qu'en décembre. A trop vouloir entreprendre, Josias, nous deviendrons vulnérables. Mr. Waring demande pour cette maison un prix excessif. Avec la *Rose* nous avons pris beaucoup trop de risques et immobilisé trop de capital. Il est hors de question d'acheter une maison par-dessus le marché.

— Alors, nous emprunterons, dit Josias d'un ton sans réplique. Nous risquerions de devoir patienter encore un an, voire plusieurs, avant qu'une autre maison se libère. Tu sais que c'est une adresse très courue. Voilà près d'un an que j'attends, et je ne laisserai pas passer l'occasion. »

Sarah secoua la tête. Elle avait une sainte horreur des dettes. « Et sa dot ? Il n'en reste rien ? » dit-elle en indiquant l'étage au-dessus où Frances, souffrant d'une migraine, se reposait dans sa chambre, les rideaux tirés pour se protéger contre les bruits des rues avoisinantes et l'odeur des tas d'immondices des arrière-cours.

« Non. Tout a été investi sur la *Daisy*.

— Alors, plaise à Dieu qu'elle arrive à bon port et que nous voyions la couleur d'un bénéfice ! »

Josias baissa la tête. « Oui, plaise à Dieu ! »

St. Kitts, à bord de la Daisy
15 août 1788

Cher Mr. Cole,

*Je vous envoie cette lettre par le navire l'*Aventure, *qui part demain pour rejoindre son port d'attache, Bristol, afin de vous dire que nous sommes bien arrivés à St. Kitts.*

Demain, j'organiserai la vente de la majeure partie des esclaves qui, dans l'ensemble, sont en bonne santé et ont bonne apparence. Les prix semblent plus bas que lors de mon dernier passage mais soyez assuré que je ferai de mon mieux.

Selon vos instructions, j'ai réservé vingt esclaves pour votre usage. Trois hommes, cinq femmes, quatre petits enfants, quatre filles et quatre garçons. Je les ramène comme convenu et prendrai soin de leur fournir des couvertures pour que le froid ne les rende pas malades.

Je vais me mettre en quête d'une cargaison de produits tropicaux, mais comme la saison est déjà bien avancée, cela n'ira peut-être pas sans mal.

Avec l'aide de Dieu, j'en aurai terminé d'ici un mois et mettrai à la voile pour rentrer dès que pos-

sible. J'espère pouvoir vous présenter mes respects en personne ce prochain mois de décembre.

Votre dévoué serviteur,

William Lisle

Josias montra la lettre à Sarah, qui posa aussitôt son ouvrage de couture pour s'en emparer.

« Comment t'est-elle parvenue ?

— Par le capitaine de l'*Aventure.* Il a fait une bonne traversée. Regarde, la lettre est datée du 15 août, il n'a donc mis que six semaines pour rentrer. Le capitaine Lisle ne semble pas avoir une haute opinion du commerce à St. Kitts.

— Que dit-il à propos des esclaves ? » Sarah parcourut rapidement la lettre et releva les yeux. « Vingt ! Et comme je l'avais demandé, des enfants. Il a même ramené des tout-petits.

— Des tout-petits ? » s'étonna Frances, qui était installée à la table et inscrivait des dépenses dans le livre de comptes de la maison. A côté d'elle, sous un presse-papiers, se trouvait une pile de factures qu'elle cochait à mesure qu'elle reportait sur le livre les menues sommes.

« Si j'avais pu faire ramener des nourrissons, je le lui aurais demandé. Plus ils sont jeunes et plus ils apprennent vite ; et plus ils fournissent de travail aussi.

— Ah... Et quand doivent-ils arriver ? demanda Frances.

— En janvier au plus tard, dit Josias. Il faut plus d'un mois pour emplir les cales aux Antilles et la *Daisy* devra affronter le gros temps d'automne pour rentrer. Avec l'aide de Dieu, ils seront à bon port à Noël.

— D'ici là, nous serons installés à Queens Square », dit Frances. L'arrivée de l'automne avait mis fin à la puanteur du bassin et à la peur permanente d'une épidémie de choléra ou de typhoïde dans la vieille ville. Mais à cause du vent et de la pluie, Frances menait plus que jamais une vie de recluse. Les pièces minuscules et les plafonds bas de la maison lui donnaient un sentiment pénible de claustrophobie. L'endroit ne serait jamais qu'un entrepôt auquel on avait adjoint quelques pièces. Les cheminées tiraient mal et la fumée incessante provoquait chez elle une toux chronique. Il était rare que le temps lui permît de sortir en voiture et elle ne pouvait aller se promener sur le quai au milieu des marins et des débardeurs. Elle passait ses journées avec Sarah dans la pièce exiguë, ou bien restait seule dans sa chambre sans feu. Aucun visiteur ne frappait jamais. Ils n'étaient jamais invités nulle part. L'isolement des Cole ne verrait son terme qu'après l'installation à Queens Square.

« Je vous demande pardon de ce retard, dit Josias en jetant un coup d'œil de biais à sa femme. C'est la faute de Mr. Waring. J'ai versé la provision convenue, mais son architecte a pris plus de temps que prévu et sa nouvelle maison n'est pas encore prête. Le temps a retardé les travaux. Nous sommes tous suspendus aux mouvements du voisin !

— De toute façon, nous aurions été bien en peine de payer le solde, intervint Sarah. Si nous déménageons après le retour de la *Daisy*, nous pourrons payer une partie de la somme restante sur les bénéfices de la traversée.

— Encore deux ou trois mois à attendre ! » s'exclama Frances.

Sarah lui lança un regard irrité. « Pour ma mère, cette maison-ci était un palais, et j'ai toujours été fière d'y habiter ! »

Frances se mordit les lèvres. En quatre mois de mariage, elle avait compris que Sarah ne supportait pas que l'on critique la maison du quai. « Loin de moi l'idée de vous blesser, dit-elle en manière d'excuse, mais j'aimerais pouvoir prendre l'air, et le bruit du quai est très pénible. Tant que nous n'aurons pas déménagé, nous ne verrons personne. » Elle jeta un coup d'œil à Josias. « Cela faisait partie de notre accord, lui rappela-t-elle. Dans sa première lettre, Josias me promettait que nous habiterions Queens Square.

— Elle a raison, reconnut Josias. Nous devons honorer notre promesse. Nous déménagerons dès que possible et si besoin est, je trouverai l'argent, avec ou sans la *Daisy*.

— Autrement dit, tu emprunteras ! éclata Sarah.

— Autrement dit, je ferai une vente à terme, fit Josias d'un ton uni. Je peux vendre le chargement de la *Daisy* alors qu'elle est encore en mer et utiliser cette somme pour payer le solde.

— C'est un gros risque à courir », dit Sarah en regardant Frances, dont elle espérait le soutien.

Celle-ci adressa à Josias son sourire le plus suave. « Si vous estimez pouvoir prendre ce risque, mon ami, je m'en remets à votre jugement. Et si cette opération nous permet d'acquérir la maison...

— La bonne épouse que voilà ! persifla Sarah.

— Dès que Mr. Waring sera prêt à partir, je lui paierai la somme restant due, déclara Josias pour clore la discussion. Mais je suis heureux d'avoir reçu de bonnes nouvelles du capitaine Lisle. La *Daisy* a toujours eu de la chance. Dieu la protège pendant cette dernière traversée. »

Quand la *Daisy* fut prête à mettre à la voile, on démolit le petit abri du pont, et les esclaves durent retourner dans la cale. Mehuru n'avait plus la force de se tenir debout. Allongé sur la paille sale, il regarda ses compagnons offrir poignets et chevilles aux fers.

Le soleil étincelait sur l'eau bleue et la vision de

Mehuru se brouillait. Il voyait onduler le quai de St. Kitts et peu à peu, les collines vertes couvertes de cultures en terrasses lui semblaient se transformer en longues savanes africaines. Pourvu que ce corps obstiné à vivre lâche enfin prise ! Alors la souffrance s'abolirait. Bientôt, il rentrerait chez lui. Si les dieux étaient bienveillants, si ses ancêtres cherchaient son âme, il rentrerait au bercail et retrouverait le sein fertile de la terre africaine, où il pourrait reposer à jamais.

Lorsqu'on remit aux esclaves chaînes et bracelets, le capitaine remarqua que Mehuru n'avait plus que la peau sur les os.

« Sacrebleu, qu'est-ce qui lui arrive, à celui-ci ? Il est malade ? »

Quand arriva la nourriture, on surveilla Mehuru et on le vit détourner la tête et refuser de manger. On lui passa autour de la tête un masque de fer équipé d'un entonnoir qui lui entra dans la bouche. Deux fois par jour, on lui versa dans la gorge de la soupe brûlante. Le premier jour, il ne sentit rien, bercé qu'il était par le flot paisible du fleuve d'oubli qui l'emportait. Mais dans la nuit, son estomac atrophié réagit par des spasmes violents et la douleur lui tordit les entrailles. Le lendemain, il sentit le liquide vengeur lui brûler la bouche et la gorge. Le troisième jour, il se débattit tant qu'il put, mais fut forcé d'ingurgiter la soupe. Le quatrième jour, on lui enleva le masque. Il sentit alors qu'il avait faim. Il était revenu de son long voyage dans la nuit et il entendit la voix du Serpent, lui conseillant de faire preuve de patience et de bon sens. Mehuru savait qu'il était sorti plus sage de son expérience. Il s'efforça de trouver en lui-même le pouvoir du survivant, du fantôme vivant, lui qui avait été dépouillé de tout pouvoir comme homme, comme être humain même.

Le bateau appareilla, et Mehuru se sentit à nouveau

rouler dans son compartiment. Allait-il devoir passer le reste de son existence dans une semi-obscurité, éclaboussé par l'eau de mer qui entrait par les écoutilles, rongé par la nostalgie de son pays et condamné à un exil éternel ? Il avait renoncé à l'idée de jeûner, car il ne voulait pour rien au monde sentir à nouveau l'étreinte brutale des Blancs et la brûlure méchante de la soupe qui le faisait suffoquer. Il préférait encore manger sa part de la pitance commune.

Jamais Mehuru n'aurait cru que le temps pût devenir aussi âpre et rigoureux. Lorsqu'on les faisait monter sur le pont pour danser, il ne reconnaissait plus ni la mer, ni le soleil. L'eau était d'un gris maussade et sombre et l'odeur même du vent était glaciale. Il se demandait où s'en allait le soleil, qui semblait s'éloigner de plus en plus et perdre sa chaleur et sa force : chaque jour, il était un peu plus pâle, un peu plus petit. Le bateau voguait-il vers la nuit éternelle ? Quand l'ombre des claires-voies se projetait sur le sol de l'entrepont, elle découpait des carrés de lumière pâle et insipide. A travers, Mehuru apercevait un ciel voilé, barbouillé de nuages. Il n'en avait jamais vu d'aussi épais ; chez lui, même à la saison des pluies, les nuages d'orage s'écartaient soudain pour laisser passer un soleil brûlant. Mehuru restait blotti contre l'un de ses compagnons pour se réchauffer. Ceux qui étaient partis lui manquaient. A présent, ils étaient si peu nombreux que la cale leur semblait caverneuse et qu'ils se demandaient ce qu'ils allaient devenir.

L'une des fillettes tomba malade. A mesure que pâlissait le soleil, elle s'affaiblissait aussi. Ils ne purent rien faire pour elle. Elle pleura un peu, à fendre l'âme, et mourut dans les bras d'une femme qui la berçait. Quand Mehuru porta le petit cadavre sur le pont pour qu'on l'immerge, les marins le lui arrachèrent brutalement et le jetèrent par-dessus bord. Dans sa chute, bras et jambes se déplièrent et, l'espace d'un instant, Mehuru sentit son cœur se figer car il crut l'entendre crier. Mais le bateau piqua du nez dans les vagues grises et la petite tête noire qui flottait disparut à ses yeux.

Il perdit le compte des jours, des semaines et des mois. La dysenterie fit son apparition chez les captifs, et il y eut deux morts : un homme et un enfant. Le temps était trop rude pour qu'on les fasse sortir sur le pont; et de toute façon, ils étaient tous trop affaiblis. Allaient-ils continuer à voguer jusqu'à ce que mort s'ensuive? Un jour où ils avaient reçu l'ordre de monter pour vider la tinette, deux des garçons se glissèrent à travers les mailles du filet destiné à les empêcher de s'échapper et se jetèrent à la mer. Mehuru sentit la honte et la culpabilité le submerger. Il aurait dû leur donner de l'espoir, une raison de vivre. Mais l'espoir avait disparu, et les raisons de vivre aussi. La nourriture devenait de plus en plus rance, mais ne pourrissait pas. Aussi incroyable que cela pût sembler, il faisait trop froid pour cela.

Enfin, une nuit, Mehuru sentit changer le rythme du navire et le roulis s'apaiser. Les hommes se mirent à hurler pour amener les voiles. Longtemps, la coque oscilla sur place comme si l'on avait jeté l'ancre. Mais après une secousse brutale, le navire s'ébranla de nouveau, pris en remorque cette fois.

Dans l'obscurité de la cale, Mehuru, l'oreille aux aguets, essayait de deviner ce qui se passait sur le pont. Il entendit à nouveau l'activité fébrile qui précédait l'arrivée au port et des bruits venant d'un quai. Ses compagnons se réveillèrent. Terrifiées, les femmes se cramponnèrent les unes aux autres et les enfants se mirent à pleurer. Une infecte puanteur, pire que celle d'un vieux tas de fumier, envahit la cale pourtant fétide du navire négrier. Au milieu d'une cacophonie de cris et de hurlements, on entendit grincer des poulies et des mécanismes. Mehuru serra la couverture autour de ses épaules, tremblant légèrement de froid et d'appréhension. Les écoutilles furent soulevées et les captifs reçurent l'ordre de monter sur le pont. Ils grimpèrent l'escalier à pas chancelants et regardèrent autour d'eux en frissonnant.

Ils ne distinguèrent pas grand-chose car le jour n'était pas encore levé et il n'y avait que quelques lanternes accrochées au gréement du navire et à ses côtés. On passa une chaîne dans les anneaux qui leur entouraient le cou, et ainsi attachés à la file, ils franchirent une passerelle de bois pour descendre sur le quai. Pour la première fois depuis six mois, Mehuru sentit la terre ferme sous ses pieds. Le contact froid et dur des pavés ronds du quai le surprit péniblement. Jamais encore il n'avait touché de pierres gelées, et n'en revenait pas de sentir le froid s'insinuer dans ses plantes de pieds et mordre ses os. Ses compagnons et lui reçurent une volée de coups de fouet sur le dos et les épaules, et on les fit avancer à grands cris, comme un troupeau de bétail. Dans le froid qui lui pinçait le visage et lui engourdissait les pieds, Mehuru vit le signe qu'il était arrivé en quelque lieu d'exil effrayant, un pays où tous les hommes étaient morts, et où seul le Serpent savait ce que l'on attendait de lui.

Il inspira profondément à plusieurs reprises l'air malsain et glacé, essayant de juguler sa peur. Devant lui s'élevait un grand bâtiment plongé dans l'obscurité, avec des portes cintrées qui ressemblaient à des bouches d'ombre et devaient conduire à des entrepôts. A leur approche s'ouvrit une petite porte sur le côté du bâtiment ; on les fit entrer dans un vestibule, puis franchir une autre porte qui donnait dans une cuisine. En sentant la bonne chaleur et l'odeur du repas sur le feu, Mehuru sentit une bouffée de nostalgie l'envahir, mais une forte bourrade dans le dos le propulsa en avant, l'expédiant à l'autre bout de la pièce avant qu'il ait eu le temps de regarder autour de lui.

Une autre porte, très robuste, s'ouvrait sur un escalier de quatre marches creusées à même le roc. Mehuru et ses compagnons trébuchèrent en les descendant, déséquilibrés par les chaînes qui les liaient les uns aux autres. On les fit s'aligner le long des murs de la pièce, mi-cave, mi-cellier. Mehuru aperçut de vieux tonneaux et des casiers vides. Il vit aussi des anneaux de métal visiblement neufs, destinés à leurs colliers, et des points d'ancrage pour leurs autres chaînes, rivés au grès rouge et tendre des murs. Un nouveau venu dont les vêtements ne sentaient pas la mer, mais la terre, s'approcha d'eux, les attacha au mur et jeta de la paille propre sur le sol. Puis, muni de la lanterne, il les examina aussi soigneusement qu'un bon palefrenier qui jette à ses chevaux un dernier coup d'œil avant la nuit. Après quoi, il quitta la cave, emportant la lanterne. Ils entendirent la porte en haut des marches se refermer sur la cuisine hospitalière, et ils restèrent seuls, enterrés vivants dans la cave humide et noire.

Mehuru entendit le Serpent lui chuchoter un mot, un seul :

« *Désespoir.* »

Frances apprit l'arrivée de la *Daisy* à l'aube par un message de Sarah, apporté sur son plateau de petit déjeuner, lui demandant de descendre au salon dès qu'elle serait prête. Finie la longue attente. Frances allait avoir de quoi s'occuper. Elle revêtit une simple robe grise et son bonnet le plus sobre. Elle n'était pas fâchée de reprendre sa fonction de gouvernante. Dans la petite maison du quai, les jours d'hiver lui semblaient interminables. Il faisait nuit à quatre heures et le froid lui interdisait toute promenade en voiture. Le bord des bassins était frangé de glace chaque matin et la fumée des verreries stagnait comme un brouillard au-dessus de sa tête. Elle n'entendait d'autre chant d'oiseau que le cri des mouettes ; et pour tout paysage, elle contemplait les pavés gelés du quai. Les distractions qui semblaient si naturelles à Lady Scott et aux dames de Whiteleaze — promenades dans les jardins d'hiver, après-midi passés dans les serres — lui faisaient cruellement défaut.

Elle se souvenait de l'époque où son père et elle se disputaient le privilège de remarquer le premier bouton de perce-neige dans la haie au fond du jardin. Comment supporter un hiver où il n'y avait ni fleurs à regarder éclore, ni arbre à voir lentement bourgeonner ? Elle avait lu plus de romans que jamais encore ; dessiné une dizaine de fois la vue de la fenêtre du salon avec, au premier plan, le rebord du bassin des Cole et au second, la grue des Marchands-Entrepreneurs, qui dressait son profil de potence sur le quai d'en face, de l'autre côté du fleuve pollué, la forêt de mâts et la façade aveugle de l'entrepôt d'en face ; elle avait fait plus de raccommodage et d'ourlets que de raison. Et pourtant il lui restait chaque jour encore des heures à tuer.

Déménager eût été une distraction bienvenue, mais Mr. Waring n'avait toujours pas libéré Queens Square. Le mécontentement de Josias grandissait à mesure qu'il s'apercevait non seulement qu'il avait accepté un prix très élevé alors que d'autres maisons arrivaient sur le marché dans le même voisinage, mais qu'il n'avait toujours pas la jouissance des lieux.

Frances ajusta son bonnet et descendit rejoindre sa belle-sœur. Son mari l'attendait aussi, tout sourires.

« La *Daisy* ramène une bonne cargaison de sucre et de rhum, ainsi que votre premier lot de pièces d'Inde.

— Mes pièces d'Inde ! s'exclama Frances.

— Ces esclaves ont été achetés avec votre dot. C'est vous qui les baptiserez et les formerez. Il est tout à fait naturel qu'ils soient vos esclaves. Et je suis persuadé que Sarah a raison lorsqu'elle dit qu'ils se vendront un meilleur prix si l'on sait qu'ils vous appartiennent en propre.

— Nous espérions en avoir vingt, dit Sarah. Mais les pertes ont été très élevées. Je dirai deux mots au capitaine Lisle. Il n'en a livré que treize. »

Josias tendit la liste à Frances, qui lut :

Deux hommes en bonne santé.
Quatre femmes en bonne santé.
Deux garçons âgés de sept et seize ans.
Trois filles entre sept et quatorze ans.
Deux petits garçons âgés de deux et cinq ans.

« Je me doutais qu'ils ne survivraient pas tous, intervint Josias. Souviens-toi, Sarah, que même si nous en perdons vingt pour cent pendant la traversée de l'Atlantique, il y en a encore vingt-cinq pour cent qui meurent pendant la première année aux plantations. Préparons-nous à en perdre une part encore plus importante pendant leur première année ici.

— En tout cas, c'est un bel assortiment, dit Sarah. Je tenais à avoir des enfants. Ils sont plus faciles à former et la mode est aux petits pages négrillons. » Elle souriait, les yeux brillants. Jamais Frances ne lui avait vu l'air si animé.

« Combien de temps vous faudra-t-il pour leur apprendre à parler anglais ? demanda Josias à Frances. Pour l'instant, ils n'en connaissent pas un traître mot. Mais ce n'est pas plus mal, sans doute ? Comme ils n'ont pas appris le méchant patois des îles, cela ne leur aura pas gâté l'accent. Ils parleront un anglais très pur si on le leur enseigne correctement, n'est-ce pas ? »

L'enthousiasme du frère et de la sœur était contagieux, et Frances se mit à rire.

« Je pense que oui. Encore que je ne connaisse rien

aux nègres. Et tant que je ne les aurai pas vus, je ne pourrai dire s'ils apprendront vite ou non. Où sont-ils en ce moment ?

— Le bateau a accosté cette nuit et je les ai fait mettre dans la cave. J'ai donné l'ordre qu'on la débarrasse et qu'on mette de la paille par terre. Tant qu'ils ne seront pas prêts à circuler dans la maison sans chaînes, mieux vaut les enfermer. Vous ne craignez rien. Il n'y a qu'une porte, très solide, et elle donne dans la cuisine. Où leur donnerez-vous leurs leçons ? Ici, dans le salon ?

— Oui, répondit Frances, jetant un coup d'œil autour d'elle. Mais ils sont trop nombreux pour que je les prenne tous en même temps. Pour la première leçon, j'en veux six. Je m'occuperai des autres cet après-midi.

— Ah, mais il n'y a pas de temps à perdre, objecta Sarah. Plus vite ils seront prêts et plus vite nous les vendrons.

— Il me faut le temps de m'habituer à eux !

— C'est normal, approuva Josias. A propos, Mrs. Cole, j'ai engagé un homme qui s'y connaît. Il a surveillé des esclaves aux Antilles : c'est un commandeur expérimenté. Il s'appelle John Bates et c'est lui qui se chargera de les nourrir, de les décrotter et de les battre pour vous.

— Nous pouvons aller les voir, si vous voulez ? », proposa Sarah. Elle avait deux taches roses sur ses joues pâles et paraissait tout excitée.

Josias sourit. « Je les ai vus quand on les a débarqués, aussi vous laisserai-je les examiner à votre aise. J'ai affaire maintenant, mais je serai heureux d'avoir vos impressions ce soir. » Il adressa à sa sœur un simple salut, mais prit la main de Frances et s'inclina très bas. « Si vous menez à bien cette entreprise, je vous en serai infiniment obligé, dit-il cérémonieusement. Notre fortune en dépend. »

Embarrassée, Frances répondit gauchement : « Je ferai de mon mieux.

— Je n'en demande pas plus », dit Josias. Et il sortit.

De la fenêtre où elle se tenait, Frances vit le tricorne de son mari fendre la foule des débardeurs qui déchargeaient la *Daisy*.

« Ils viennent vraiment de l'autre bout du monde, fit-elle. Quel voyage éprouvant ! Aller de l'Afrique aux Antilles, et ensuite traverser l'Atlantique pour arriver ici, avec tantôt la tempête, tantôt le calme plat, et affronter la chaleur et le froid. Comme ils ont dû avoir peur !

— J'en doute, répliqua Sarah Cole. Ils n'ont pas de sentiments comme nous, vous savez, et ils ne voient pas non plus les choses comme nous. Même aujourd'hui, ils n'imaginent sûrement pas qu'ils sont loin de chez eux et qu'ils ne reverront jamais leur pays. »

8

Drapée dans sa dignité et sa mauvaise humeur, la cuisinière était debout à côté de la table, tandis que Brown, à l'évier, lavait la vaisselle ordinaire. A l'entrée de Sarah et de Frances, elle se retourna et fit une révérence. La souillon recula, baissant la tête, et essuya ses mains sales sur son tablier.

Miss Cole leur adressa un signe de tête et alla droit à la porte massive, fermée par deux verrous, en haut et en bas, et par une serrure dont la lourde clé pendait à un anneau près de la porte. Sarah la prit et la tourna dans la serrure, puis elle tira lés deux verrous.

« Ont-ils été nourris ? s'enquit-elle, comme si elle demandait des nouvelles d'un équipage de chevaux.

— Oui, Miss Cole, dit la fille de cuisine en plongeant dans une révérence. Et Bates vient de sortir leur seau. »

Miss Cole fit signe à Frances de la suivre. Celle-ci s'avança vers la porte et hésita un instant. Devant elle s'ouvrait un étroit boyau taillé à même le grès rouge de la falaise et éclairé par la lanterne à vitres de corne que Sarah venait de suspendre à un crochet planté haut dans la pierre tendre.

La voûte ne faisait pas plus d'un mètre quatre-vingts au centre. Frances distingua les marques des coups de pelle et de pioche, là où la cave avait été creusée dans la falaise. Quant au sol, il était inégal, défoncé par endroits par les barils de sucre et de vin qu'on avait fait rouler dessus. Une odeur âcre et lourde lui arriva aux narines. L'odeur de vin entreposé depuis longtemps, et celle d'hommes et de femmes qui avaient macéré dans leur propre crasse pendant des mois, une odeur de dégradation et de désespoir. Elle recula, mais Miss Cole lui saisit le bras et la tira.

« Voilà d'où vient l'argent qui vous permet d'acheter vos robes d'intérieur brodées, siffla-t-elle. L'argent se gagne, ici-bas. Voilà comment nous gagnons le nôtre. C'est un commerce honorable.

— Mais l'odeur...

— Celle du bateau est bien plus forte, et pourtant, nous y envoyons nos marins. Les ouvriers s'empoisonnent dans les usines de plomb, cela n'empêche pas votre oncle d'acheter de la grenaille. On vous a tenue à l'écart des réalités, belle-sœur, à l'écart des choses sales. Mais aujourd'hui, vous êtes l'épouse d'un homme qui gagne sa vie à la sueur de son front, et qui a les mains sales à la fin de la journée. Et je suis fière de son travail. Je ne veux pas être une de ces oisives qui ne connaissent rien des choses de la vie, et préfère mériter mon pain quotidien. »

Dans la lumière tremblotante, Sarah avait une expression exaltée. Frances dégagea son bras. « Je suis prête à m'acquitter de ma tâche, dit-elle d'un ton simple et digne. Je suis intéressée aux bénéfices de notre famille. Je suis prête à travailler, Sarah, et jamais je n'ai été oisive. Il est inutile de me donner des leçons.

— Soit. » Sarah se détourna et passa la première, se mouvant avec aisance dans ces lieux familiers pour elle. Derrière elle, Frances trouvait qu'à chaque pas, l'affreuse odeur, mélange de sueur, d'angoisse et d'infection, devenait plus puissante.

« Ah ! s'exclama Sarah. Les voilà ! Et ils ont l'air en bon état, n'est-ce pas ? Je donnerai une prime au capitaine Lisle ! »

Frances cligna les paupières, essayant de s'habituer à l'obscurité. Le boyau s'était élargi en une cave ronde. Contre le mur étaient alignées des formes humaines silencieuses. Elle entendit tinter une chaîne. En voyant la lueur de la bougie se refléter dans des paires d'yeux, elle eut l'impression que la petite cave était emplie d'une foule muette. Les esclaves étaient enchaînés comme des chiens les uns aux autres ainsi qu'à des anneaux au mur. Chaque homme, chaque femme, chaque enfant portait un collier de fer autour du cou, et au-dessus de ce joug, les visages hébétés de douleur portaient les stigmates du désespoir. Frances vit autour des colliers des abcès purulents, là où les ampoules s'étaient infectées, et des plaques sanglantes, là où le cou était à vif. La chaîne des bracelets passait dans un anneau du collier, et dans un second, la chaîne qui liait les esclaves par deux, passant derrière leur tête, allait s'accrocher aux anneaux du mur avec un cadenas. Aux chevilles, ils portaient de lourdes entraves fixées au sol. La cave sentait les excréments, la sanie et l'odeur douceâtre des corps malades. Sentant monter une nausée, Frances plaqua une main sur sa bouche pour la retenir. Elle avait pâli et, dans l'obscurité, son visage était aussi blafard qu'un poisson des profondeurs et ses yeux, aussi noirs que ceux des captifs.

Aucun ne la regarda. Ils avaient atteint un stade d'hébétude absolue. Ceux qui avaient les yeux ouverts regardaient dans le vide, ou fixaient leurs pieds, dont la peau s'était ratatinée au contact prolongé de la paille humide et froide. La plupart d'entre eux étaient assis sur le rebord de pierre taillé dans le mur auquel ils s'adossaient, la tête rejetée en arrière contre la pierre, les yeux clos.

Frances retrouva son souffle et chuchota : « Mon Dieu ! »

Miss Cole avisa l'air chaviré de Frances.

« Qu'avez-vous ?

— Si je me doutais... », balbutia celle-ci. En voyant ces treize visages noirs aussi immobiles dans l'ombre que des masques de désespoir, elle comprit soudain la cruauté de la traite. C'était comme si la terre, se dérobant sous ses pieds, lui avait laissé apercevoir l'enfer. « Je ne savais pas !

— Eh bien, vous savez, maintenant ! » dit Sarah en hochant énergiquement la tête, comme si cette réaction la confirmait dans la piètre opinion qu'elle avait de sa belle-sœur. Et, tournant les talons, elle se dirigea vers les marches.

Frances, qui avait commencé à la suivre, se figea soudain. Elle avait l'impression étrange qu'on l'observait. Une impression aussi nette que si une main chaude s'était posée sur sa nuque. Oubliant le sol inégal, elle fit volte-face, mais dut s'appuyer contre le mur humide pour garder l'équilibre.

L'un des esclaves la fixait. Il avait la peau noire comme le raisin bien mûr, les narines épatées et une bouche aussi parfaite que celle d'une statue. Ses joues portaient la marque d'étranges scarifications, soulignées par des tatouages bleus qui se prolongeaient sur les pommettes en dessins complexes dont le motif se retrouvait sur son front, y formant comme un bandeau. L'homme était debout, appuyé contre le mur, et jusque-là, il avait eu les yeux vides comme les autres. Mais quelque chose avait dû attirer son attention, car il avait redressé la tête, faisant tinter la chaîne attachée à son cou. Ses yeux rencontrèrent ceux de Frances.

Il la regardait comme s'il la connaissait. Elle éprouva un choc — comme un léger soufflet —, et la sensation étrange qui précède l'évanouissement. Ils se dévisagèrent pendant un temps qui lui sembla infini.

« Alors, Frances, vous venez ? » fit la voix impatiente et revêche de Sarah.

Frances ne bougea pas. Elle regardait fixement l'homme qui, impassible, lui rendait son regard.

Miss Cole recula de quelques pas pour voir ce qui retenait Frances. « Ah, vous avez remarqué ses tatouages ! Quelle coutume ridicule ! Et barbare par-dessus le marché ! L'un de nos capitaines m'a dit que ceux qui les portent sont les sorciers et les prêtres de leur religion. Dans son pays, celui-ci devait parler avec les esprits et prédire l'avenir. Mais comme diseur de bonne aventure, il devait laisser à désirer ! » Pour une fois, Sarah se mit à rire.

Frances regarda l'homme, qui n'avait toujours pas bronché.

« Ils ne comprennent vraiment pas un mot d'anglais ? demanda-t-elle.

— Il faudra bien qu'ils apprennent », dit Miss Cole en ouvrant la porte au bout du couloir. Frances s'arrêta et se retourna. Elle aurait voulu tendre la main vers le captif, poser ses doigts ne fût-ce qu'un instant à l'intérieur du poignet, là où la peau noire était douce.

Il tourna la tête et la regarda partir, jusqu'à ce que disparaisse l'ourlet de sa robe grise derrière la porte qui se referma sur la lumière et les voix des deux femmes. Les esclaves restèrent dans le noir.

Mehuru appuya de nouveau sa tête contre la pierre humide et ferma les yeux.

Il refusait de s'abandonner au désespoir. Les paroles du Serpent étaient ambiguës et il ne fallait pas toujours les prendre au pied de la lettre. Comme tous les dieux, le Serpent jouait sur le faux et le vrai. Mehuru se concentrait. Il attendait que se dissipe l'impression de roulis perpétuel. L'une de ses compagnes pleurait. Effarouchés, les enfants gardaient le silence. Tous comptaient sur les conseils de Mehuru, son avis sur ce qui les attendait. Le plus jeune le regardait avec les grands yeux confiants des tout-petits. Mehuru secoua la tête et détourna le regard. Il ne savait pas ce qui allait arriver, et n'avait aucun réconfort à offrir.

Peu après, la porte s'ouvrit à nouveau et l'homme leur apporta des miches d'un pain au goût étrange, des tranches de viande cuite, dure comme une semelle, des fruits fermes et agréables, à la peau verte et à la chair blanche et sucrée, ainsi qu'une cuvette emplie d'une eau fraîche un peu acidulée.

L'homme revint peu après, les fit se lever et mettre en rang. Mehuru ne chercha même pas une occasion de s'échapper. Il se rendait compte qu'il avait perdu la partie. Il ne savait pas où il se trouvait. Jamais il n'avait soupçonné l'existence d'un pays où l'air lui-même était gris et froid et sentait la crasse et la fumée. Comment aurait-il pu s'enfuir alors qu'il ne savait où aller? Il fallait bien filer doux devant cet homme qui avait deux pistolets à la ceinture, et à la main, une longue cravache. Contre lui, les captifs n'avaient aucune chance. Ils s'alignèrent comme du bétail, suivirent les ordres, avancèrent à l'aveuglette dans le boyau, puis montèrent les marches et débouchèrent dans la chaleur de la cuisine et sa normalité poignante.

On ne les y laissa pas s'attarder. Un valet les attendait, qui les fit sortir dans l'arrière-cour. Mehuru eut si peur qu'on les rembarque pour une autre traversée effroyable qu'il évita de lever les yeux, les gardant fixés sur ses pieds nus et gelés qui glissaient servilement sur les pavés ronds et froids. Ce n'étaient plus ceux d'un homme, mais d'un animal dressé.

« Avance, toi ! » grogna l'homme en tirant la chaîne de Mehuru. Devant eux, et de chaque côté, se dressait la masse rouge des entrepôts, avec leurs petites fenêtres à barreaux. Le regard de Mehuru remonta le long de ces façades qui semblaient n'en pas finir. Il avait déjà vu des bâtiments de pierre ; à Oyo, on trouvait des murs plus hauts et des édifices plus grands ; mais jamais encore il n'avait eu devant lui une construction aussi laide à force d'être utilitaire. Le rouge uniforme des murs força son attention : était-ce du sang qui avait donné cette couleur aux pierres ?

L'homme lui aboya un ordre et le tira vers la pompe au centre de la cour. Le valet actionna la manivelle jusqu'à ce que l'eau jaillît dans un seau. L'autre homme leur envoya des giclées d'eau sur la tête et fit une pantomime, indiquant qu'ils devaient se laver avec un morceau de savon. L'eau était glacée et avait un goût amer. Quant au savon, il sentait la cendre froide et la graisse de porc. Mehuru frissonna misérablement et se hâta d'obtempérer.

Deux des femmes semblaient paralysées par la peur. Persuadées que si on les lavait, c'était pour les donner à manger aux hommes blancs, elles se disaient que leur saleté était leur dernier rempart et se cramponnaient à leur pagne en s'efforçant d'éviter les seaux d'eau. A la fin, le valet s'arma d'une fourche pour les bousculer et rit en les voyant broncher sous l'eau froide et les piqûres des branches métalliques. Il les regarda en se léchant les lèvres, et le commandeur s'esclaffa en les voyant jeter des regards éperdus vers les hommes enchaînés, qui auraient voulu être aveugles plutôt que d'observer la scène, accablés et impuissants.

L'un après l'autre, ils se lavèrent et se séchèrent avec le même linge rêche. Après quoi, la porte de la cuisine s'ouvrit et la souillon, que le spectacle de leur nudité et de leur embarras égayait fort, leur apporta des vêtements. Le valet commençait à trouver le temps long. Il montra à l'un des garçons comment enfiler ses vêtements et laissa ses compagnons se dépêtrer pour passer les pantalons et les boutonner. La honte aux joues, les femmes tentaient de cacher leur sexe de leurs mains croisées en éventail. Amusé, le valet glissa un doigt curieux entre les fesses serrées de l'une d'elles. Mehuru dit à sa compagne quelques mots à voix basse et elle se dégagea lentement avec une dignité silencieuse. Le jeune garçon observa Mehuru, intrigué par les tatouages bleus de ses joues et de son front.

« Qu'est-ce que tu as à me regarder ? glapit-il en le menaçant de sa fourche. Arrête de me lorgner, sale brute ! »

« L'heure est-elle venue ? demanda Mehuru curieusement au Serpent, l'esprit détaché de la scène. Va-t-il m'embrocher et me tuer ? »

Le Serpent garda le silence.

Mehuru baissa les yeux et le valet reposa la fourche, frustré. « Quelle engeance ! dit-il au commandeur. Faisons-les sortir d'ici et redescendre à la cave. »

John Bates secoua la tête. « Ils sont attendus au premier. La nouvelle maîtresse va leur apprendre l'anglais, si elle peut. Ils doivent être domestiques. »

Le valet les regarda. « Ils parlent ? » s'exclama-t-il, incrédule. Il s'approcha de Mehuru. « Tu parles ? » lui demanda-t-il en lui postillonnant au visage.

Mehuru eut un mouvement de recul. Il n'avait pas la moindre idée de ce que l'autre lui criait. Le jeune garçon lui tira la langue.

« Tu as une langue ? hurla-t-il. Tu peux me parler ? »

A la vue de cette langue rouge surgissant entre les lèvres roses et obscènes, un frisson de terreur courut parmi les captifs.

« Tout doux, dit Mehuru à ses compagnons dans un souffle. Ne bougez pas.

— Il a marmonné quelque chose, s'écria le valet, ravi. Répète, animal ! Allez, vas-y ! »

Mehuru regarda le visage levé vers lui. Les yeux chassieux, gris-vert, l'observaient avec curiosité. La peau, d'une pâleur affreuse, était piquetée de taches brunâtres, comme si le garçon avait quelque étrange maladie.

« Ah, baste ! dit le commandeur, las des étonnements du jeune garçon. Tu as dû voir d'autres nègres avant ceux-ci !

— Oui, mais pas des nègres débarquant d'Afrique. J'en ai vu qui arrivaient des Antilles, mais pas de chez eux. Ils se mangent entre eux, à ce qu'on dit ?

— Toi, tu ne risques rien, fit John Bates. Tu sens bien trop mauvais ! Allons, pressons. Il faut les faire rentrer. »

Avec l'aide de la fourche, ils les divisèrent en deux groupes, dont l'un resta enchaîné dans la cour, tandis que l'autre, composé de Mehuru, des deux femmes, des deux petits garçons et d'un adolescent, enchaînés eux aussi, était conduit vers la porte de la cuisine. Mehuru se retourna et vit ses compagnons frissonner dans le vent aigre.

« Les dieux soient avec vous », leur dit-il.

L'homme resté dans l'autre groupe répondit : « J'espère que nous nous retrouverons dans un monde meilleur ! »

Ils entrèrent dans la cuisine en traînant leurs pieds, courbés sous le poids des colliers de fer qui leur entraient dans la chair. Avec son pantalon mal ajusté et sa chemise, Mehuru semblait plus vulnérable que lorsqu'il était vêtu de son seul pagne. On n'avait pas cru bon de leur acheter des chaussures ; les culottes des hommes s'arrêtaient juste au-dessous du genou, et ils étaient nu-pieds. Les femmes portaient des robes d'étoffe bon marché, qui leur arrivaient aux chevilles.

Dans le vestibule les attendaient Frances et Miss Cole. Frances eut un haut-le-corps en apercevant les petits, tant ils lui parurent décharnés. Les culottes et chemises leur étaient beaucoup trop grandes, et les cols bâillaient, laissant les petits cous exposés au froid. Le plus jeune devait avoir deux ans, et son aîné, debout près de lui, observant Frances de tous ses yeux, n'avait pas plus de cinq ans. Ils la regardaient solennellement, fixement, avec le visage ouvert des enfants dont l'expérience du deuil et de la cruauté n'a pas réussi à effacer le souvenir plus solidement ancré de l'amour. Ils étaient encore capables d'espérer.

« Ils sentent moins mauvais maintenant, madame, claironna John Bates. Vous allez les prendre au salon ?

— Oui, faites-les monter, dit Miss Cole. Ils ne sont pas dangereux, au moins ?

— Pas plus que des rats crevés ! annonça John Bates avec satisfaction.

— Pour la première leçon, ils garderont leurs fers », fit Miss Cole, nerveuse. Elle passa devant les esclaves qui, les yeux baissés, ne bronchèrent pas mais se mirent à trembler légèrement à la vue de cette créature pâle comme un fantôme.

« Allez, venez », dit-elle en s'engageant dans l'escalier. John Bates poussa la femme qui se trouvait en tête et ses compagnons enchaînés suivirent, serrant les lèvres pour ne pas crier tant était grande leur terreur, perceptible à la sueur qui perlait sur leur visage, et à leurs yeux exorbités.

Les prisonniers défilèrent devant Frances, qui en profita pour les examiner. Les deux femmes lui parurent les plus éprouvées. Elles avaient la peau un peu moins foncée et se cramponnaient l'une à l'autre. L'une avait une balafre sur la joue et Frances aperçut sur leur nuque des cicatrices. Derrière elles venait un adolescent gauche et dégingandé, qui essayait de rester à une distance convenable, mais trébuchait sans cesse contre ses compagnes à cause de la chaîne trop courte. Frances détourna le regard et s'effaça pour laisser passer la petite procession. Elle ne leva même pas les yeux en entendant le son mat d'un manche de fouet s'abattant sur le dos d'un captif.

« Il lambinait, madame », dit John Bates en guise d'explication.

Derrière Miss Cole, ils montèrent l'étroit escalier et pénétrèrent dans le salon. En arrivant dans la petite pièce, ils hésitèrent, ne sachant que faire. Miss Cole tira une chaise, mais ne voulant pas toucher la première captive pour lui montrer comment s'asseoir, fit sèchement appel à Bates. Il posa une grosse patte rouge sur l'épaule de la femme et la fit basculer sur la chaise. L'autre femme et l'adolescent se perchèrent sur le bord des chaises dures et regardèrent Miss Cole et Frances avec des yeux fous de terreur. Il fallut soulever les deux petits pour les asseoir. Après quoi, John Bates s'éloigna de la table et alla s'appuyer le dos contre la porte, les deux pistolets passés à la ceinture et le fouet lui barrant la poitrine.

« Installez-vous au bout de la table, Frances, et commencez la leçon », ordonna Miss Cole.

Mehuru baissait la tête, mais il remarqua le ton impérieux et vit que la jeune femme blanche s'exécutait.

Elle avait un aspect repoussant, avec sa pâleur lisse d'ivoire poli. Mais ce qu'il trouvait le plus laid chez elle, c'étaient ses cheveux, longs et épais comme une masse d'herbes aquatiques, qu'elle portait ramenés sur le sommet de sa tête, avec des mèches qui retombaient sur ses épaules ou encadraient son visage avec des ondulations d'algues. Défaits, ils devaient lui descendre jusqu'aux reins, plats et raides comme une chape. Elle avait les yeux aussi sombres que les siens, mais sa façon de bouger était celle des Blancs. Elle avançait à petits pas, et se tenait voûtée comme si elle se détestait, comme si elle essayait de cacher ses seins et son ventre.

Petite et osseuse, elle ressemblait à une fillette mal grandie. Il se concentra et eut la vision d'un corps en jachère, avec un bassin trop étroit et des fesses plates. Comment prendre dans ses bras une créature aussi maigre et se rouler joyeusement avec elle sur le sol ? Elle n'était pas femme à se cramponner à son amant pour le prendre en riant. Ni à crier sa joie à l'approche du plaisir. Il pensa à sa compagne, chez lui, et se revit, écrasant une épaule contre sa bouche pour étouffer ses cris d'exultation lorsqu'elle ouvrait tout grand ses jambes pour l'accueillir. Cette femme-fantôme ne savait rien de tout cela, était incapable de l'apprendre. Elle bougeait comme si elle se refusait tout plaisir depuis des années, comme si elle ne connaissait ni le désir, ni l'ardeur des sens. A la regarder se tenir, acharnée à nier sa féminité, on eût dit une criminelle.

Mehuru se rendit compte alors qu'elle le regardait et, redoutant d'avoir laissé transparaître ses pensées sur son visage, il détourna les yeux.

9

Frances prit une profonde inspiration et s'assit avec précaution à l'extrémité de la table pendant que Sarah allait s'installer dans l'embrasure de la fenêtre, sur la banquette, afin de ne pas perdre une miette de la scène. « Alors, dit-elle impatiemment, qu'est-ce que vous attendez ? »

Par la fenêtre entrait un concert de bruits : Josias vendait son sucre aux enchères sur le quai et Frances entendait sa voix devenir plus aiguë à mesure que montaient les enchères.

« Alors ? » reprit Sarah.

Frances regarda les visages de part et d'autre de la table. Les enfants pleurnichaient doucement et chacun tendait une main vers la femme assise à côté de lui. Seul Mehuru la fixait, avec son étrange regard scrutateur. Quand leurs yeux se croisèrent, il inclina légèrement la tête, comme s'il lui donnait une permission, et elle éprouva un sentiment inattendu d'humilité devant lui. En l'examinant plus attentivement, elle vit que ses tatouages, dont le bleu sombre se détachait légèrement sur sa peau noire, étaient en relief. Sa bouche était entourée d'une demi-douzaine de cercles bleus qui soulignaient la sensualité des lèvres charnues. Il avait des yeux sombres, impénétrables, un large nez plat, une peau noire et lisse.

Frances eut envie de le toucher pour s'assurer qu'il était bien réel.

Elle détacha ses yeux de son visage et tapa sur la table du plat de la main. « Table », dit-elle d'une voix douce.

Ils la regardèrent en silence, paralysés de peur.

Elle frappa la table derechef et répéta plus fermement : « Table. »

Par-dessus les têtes noires courbées, Miss Cole lui jeta un regard irrité. « Visiblement, ils ne comprennent pas ce que vous voulez. Il faut les faire parler. »

Frances inspira profondément et s'interrompit. Elle ne savait que faire.

« Permettez, madame. Lui, là, il parle ! » Du bout de son fouet, John Bates désignait Mehuru. « Tout à l'heure quand le gamin lui a demandé d'articuler un mot, il a parlé. Le gars, là, avec des dessins sur la figure ! »

Frances regarda Mehuru. « Dis : table, fit-elle sans beaucoup d'espoir. Taa-ble.

— Daa-ble », dit Mehuru.

Frances sursauta. Il avait la voix agréable et assurée d'un homme qui a l'habitude de se faire entendre. Frances fut aussi surprise que si la table elle-même avait parlé. Elle ne s'attendait pas à ce qu'il ait ce timbre clair et vibrant de baryton.

Elle inclina la tête et dit : « Oui. »

Miss Cole quitta son poste près de la fenêtre et s'approcha. La fièvre faisait palpiter sa gorge plate.

« Faites-le répéter aux autres ! Qu'ils le disent aussi. Faites-les tous répéter.

— A toi », dit Frances en désignant du doigt la femme assise au bout de la table. Elle frappa la table en regardant l'esclave. « Table. »

Du bout des doigts, l'adolescent tambourina légèrement sur la table, utilisant le langage rythmé traditionnel. « Qu'est-ce qu'il faut faire ? demandaient instamment les doigts. Qu'est-ce qu'il faut faire ? »

« Répéter », répondirent les doigts de Mehuru. Il regarda les visages apeurés autour de la table et inclina la tête. « Répéter », reprirent ses doigts. Ce n'était pas la voix chaude des tam-tams de chez eux, capables d'envoyer des messages sur des kilomètres à travers le pays, mais c'était un peu de pouvoir, un reste de pouvoir secret.

« Assez ! grinça Miss Cole, alarmée et furieuse. Au tour de sa voisine, maintenant. »

Frances désigna de nouveau la femme et frappa la table. Après le son délié des doigts de Mehuru, sa paume fit un bruit sec et désagréable.

« Daa-ble, ânonna la femme d'une voix à peine audible.

— Bravo ! » glapit Miss Cole, dont le timbre aigu les fit tous sursauter. Ils lancèrent des regards alarmés à Mehuru qui fixait la surface lisse et brillante.

« Tous ensemble, à présent ! ordonna Miss Cole. (Debout au bout de la table, elle cachait mal son excitation.) Qu'ils répètent !

— Table, dit Frances. T... t... ta-ble.

— Daa-ble », répétèrent-ils.

A l'insu de Frances, Mehuru l'observait. L'œil fixé sur le plateau de la table, il regardait le reflet de son visage pâle sur la surface polie.

« Daa-ble », fit-il à l'unisson, tout en invoquant mentalement l'aide du Serpent.

Lui, il saurait qui était cette femme-fantôme et ce qu'elle attendait d'eux. Mehuru l'implora de lui accorder la vision divinatoire. Le Serpent fit osciller son long cou et gloussa : « *Voir est chose facile.* » Alors, Mehuru vit cette même femme, les cheveux rassemblés en une grosse natte, allongée dans un lit haut sur pieds, sous plusieurs épaisseurs de couvertures blanches. Couchée sur le dos, elle avait le visage baigné de larmes. Mehuru sentit sa solitude et sa désolation. Jamais encore il n'avait rencontré de femme investie d'un tel pouvoir — sur lui et tous ses compagnons — et cependant passive au point de rester là, immobile comme une pierre, à se désoler pour rien.

Vaincue et terrifiée, cette femme avait renoncé à son pouvoir comme une sotte qui ne voulait rien savoir. Elle s'était aveuglée sur ses propres sentiments et avait nié sa nature profonde. Il ne lui restait plus rien que la froide coquille de son corps et — hélas, trois fois hélas — l'inépuisable fontaine de ses larmes. Les couvertures, comme la lumière qui baignait la pièce, étaient froides et blanches. Mehuru comprit qu'il s'agissait du pays où il se trouvait, mais sans doute pas exactement au même moment. Dans sa tête, il entendit rire le Serpent : « *Que t'importent le temps ou le lieu, à toi qui es emprisonné dans l'ici et le maintenant ?* »

« Daa-ble », répéta-t-il avec les autres. Daa-ble ? Que voulait-elle dire avec ce « daa-ble » ? Le mot désignait-il la matière ? La variété de bois ? L'encaustique qui faisait briller le bois ? Était-ce le nom du menuisier ? Ou celui du dieu des menuisiers ? Voulait-elle parler du poli du bois sous sa main ou du bruit qu'il faisait lorsqu'elle tapait dessus ?

Frances regarda la table et vit Mehuru froncer les sourcils tout en répétant le mot. Son sentiment d'impuissance lui fit brutalement monter le sang aux joues. Si elle ne réussissait pas à leur apprendre à parler anglais, on renoncerait à l'expérience et on enverrait les esclaves aux plantations. Personne ne résistait très longtemps au travail dans les champs de canne. Un sur quatre mourrait avant la fin de la première année et les autres ne survivraient pas plus de quatre ans.

C'était pour cela que les navires négriers sillonnaient l'océan Atlantique, déversant hommes, femmes et enfants dans les plantations qui les dévoraient presque aussi vite qu'elles broyaient la canne à sucre. Ils travaillaient si dur et menaient une vie si misérable que les naissances ne compensaient même pas les morts. Les enfants mouraient avant d'atteindre l'âge adulte ; les femmes mouraient avant de donner la vie et les hommes, avant de pouvoir engrosser une femme ; chaque mois, chaque semaine, chaque jour, il fallait capturer de nouveaux esclaves, les embarquer et les vendre. Sans eux, les plantations auraient dépéri et les Anglais auraient été privés de sucre, de tabac, de coton et de rhum.

Pour Frances, la vie n'avait guère été jusque-là qu'une succession d'événements insignifiants. Or voici que brusquement, elle était responsable de la survie de treize personnes, dont cet homme, assis devant elle comme s'il était drapé dans un manteau magique. Elle se tourna prestement vers le bahut.

« Verres, dit-elle en leur montrant deux verres à vin.

— Vèèèe, répétèrent-ils.

— Couteaux, fourchettes, cuillères », dit-elle en posant chaque couvert sur la table.

Affolés, car elle était allée trop vite, ils balbutièrent tant bien que mal. L'un des petits enfants se mit à pleurer. Miss Cole était toujours debout au bout de la table.

« Celui-là, fit-elle brusquement en désignant Mehuru. Celui qui a les marques sur le visage. C'est lui qui comprend le mieux. Il observe tout. »

Les autres cessèrent d'ânonner sans comprendre.
« Faites-lui dire son nom, enjoignit Miss Cole. Vous lui apprendrez à lui, et après, il expliquera aux autres dans leur langue. »

Frances se tourna vers Mehuru, dont elle sentait la peur, comme s'il se fût agi d'une fumée. Elle se posa la main sur la gorge et dit : « Frances. Frances. »

Puis, elle tendit l'index vers lui. Mehuru essaya d'avaler.

« Fran-cess », répéta-t-il. Il avait l'impression qu'un animal aux abois courait follement dans son cerveau. Que voulait-elle dire à présent ? Fran-cess ? Était-ce le mot qui désignait une femme ? Une gorge ? La soif ? Ou le battement terrifié de son cœur qu'il sentait en portant la main à son cou, pour imiter le geste de la femme ?

« Mais quel âne ! » fit Miss Cole agacée en le voyant se désigner du nom de Frances.

Les yeux sombres de Mehuru se tournèrent aussitôt vers elle, comme s'il s'attendait à une attaque sans savoir laquelle des deux femmes frapperait la première.

« C'est moi Frances, dit la première. (Elle désigna l'autre femme.) Miss Cole. » Mehuru nota l'antipathie que révélait sa voix. Elle tendit ensuite le doigt vers l'homme blanc au fouet, celui qui leur avait versé de l'eau dessus et qui avait ri quand le valet avait porté la main sur une de ses compagnes. « John Bates », dit-elle.

Mehuru hocha la tête. Il avait compris : c'étaient des noms. Il donna son nom public, celui dont tout le monde pouvait se servir sans qu'il ait à redouter qu'on appelle son âme ou qu'on lui fasse du mal. Il avait trois autres noms, mais les garda pour lui. Mettant sa main sur sa poitrine, il regarda la femme dans les yeux et articula : « Mehuru. »

Les yeux noirs de Frances s'écarquillèrent. Elle se pencha légèrement en avant, comme pour mieux entendre, porta sa main à sa gorge et sentit sous ses doigts battre le sang à un rythme rapide.

« Frances », répéta-t-elle. Puis elle tendit la main au-dessus de la table et mit sa main sur la poitrine de Mehuru. Il sentit les doigts trembler légèrement à son contact.

« Mehuru », dit-elle, levant vers lui son petit visage.

« Mehuru ? » répéta-t-elle sur un ton interrogatif, comme si elle cherchait une confirmation. Sous la mince chemise de coton, elle sentit la chaleur de sa poitrine et l'odeur du savon sur sa peau. Sur le visage, le lacis des tatouages était bleu, bleus aussi les cernes creusés sous ses yeux par la fatigue et le chagrin. Il avait les paupières obliques, en amande. Son regard croisa celui de Frances, méfiant comme celui d'un animal pris au piège.

« Mehuru », dit-elle en caressant les syllabes.

Un frisson d'alarme les parcourut tous ; la peur s'insinua en eux comme le vent chaud dans la savane : ils venaient d'entendre le ton d'une femme s'adressant à son bien-aimé.

Mehuru aussi avait entendu. Il baissa les yeux pour éviter le regard horrible et pénétrant de la femme.

« Mehuru, répéta-t-il docilement. Fran-cess. »

Miss Cole exultait. Elle aurait volontiers fait rester les esclaves toute la journée dans la petite pièce obscure, pour y apprendre de nouvelles leçons. Mais Frances s'y opposa.

« Ils doivent commencer à être fatigués. Et je suis lasse moi aussi. Nous avons assez travaillé pour aujourd'hui. »

Miss Cole céda de mauvaise grâce. « Bates, gardez-les enchaînés en deux groupes, pour qu'il n'y ait pas de confusion. Et vous ramènerez ceux-là demain pour leur deuxième leçon », ordonna-t-elle. Frances inclina la tête à l'adresse de Bates. Quant à Mehuru, il enregistra minutieusement chaque détail. Quand les deux femmes s'adressaient la parole, une profonde antipathie perçait dans leur voix. La plus âgée parlait sur un ton autoritaire. Pourtant, la plus jeune aussi avait du pouvoir. L'homme à la porte, celui qui se nommait Johnbates, était leur domestique. Mehuru avait donné des ordres en son temps, et il savait reconnaître l'angle d'une nuque prête à se pencher pour saluer. Johnbates était peut-être dangereux, mais face aux deux femmes, il n'avait aucun poids.

« Remmenez-les dans la cave », dit Miss Cole à Bates.

Mehuru jeta un rapide coup d'œil à Frances et rencontra ses yeux sombres. Elle rougit et Mehuru, fasciné, regarda le rose sombre monter du fichu blanc qui fermait le décolleté, envahir le cou et gagner le visage. « Rouge comme une fleur de frangipanier, pensa-t-il. Rouge comme une langue. »

Frances s'éclaircit la voix. « Ils ne devraient pas retourner dans la cave. Elle est sale et il y fait froid et noir. Maintenant qu'ils sont lavés et ont des vêtements propres... »

Miss Cole regardait par la fenêtre, toute à la satisfaction de voir ses projets en si bonne voie. « Quoi ?

— Il faut leur apprendre à rester propres, dit Frances, puisant dans sa réserve secrète de ruse féminine, cet art de maquiller sa pensée. Maintenant qu'on leur a fait faire leur toilette, ils ne devraient pas retourner dans un cellier crasseux, dans le noir. »

Stupéfaite, Miss Cole se retourna. « Pourquoi donc ?

— Parce qu'il faudra les relaver. Ils doivent apprendre à rester propres, à dormir dans des lits et à porter des vêtements convenables, argumenta Frances. Il leur faut de la lumière, et ils doivent manger comme nous dans des assiettes, pouvoir s'asseoir sur des bancs et marcher sur un sol propre.

— Mais ce sont des esclaves ! » objecta Miss Cole.

Frances pencha sournoisement la tête. « Pardonnez-moi. Je n'avais pas compris, mentit-elle. Je croyais qu'il fallait les préparer à être domestiques. »

Miss Cole ouvrit la bouche pour protester, mais se

ravisa. Frances avait raison. Il n'était pas trop tôt pour leur faire prendre les saines habitudes de règle dans une famille de bons chrétiens. D'ailleurs, ils seraient chargés de nettoyer la cave eux-mêmes.

« Bates ! fit-elle d'un ton cassant. Emmenez-les dans la cave. Qu'ils fassent le ménage en grand : faites-leur bien gratter le sol. Qu'on apporte des paillasses et des bancs. Accrochez une lanterne au mur, assez haut pour les éclairer.

— Il faudrait leur enlever leurs fers », ajouta Frances. Tendant la main vers les poings fermés de Mehuru, elle toucha l'anneau qui lui entourait le poignet. Mehuru se figea comme si un animal inconnu venait de l'effleurer.

« Pas encore, c'est trop tôt, dit Miss Cole avec appréhension, regardant le cercle de visages noirs impassibles. Quand ils seront un peu mieux apprivoisés.

— Si vous voulez, je leur donnerai des linges à mettre autour de leurs chaînes, proposa John Bates qui observait la scène, appuyé à l'embrasure de la porte. Ça leur évitera de tacher leur chemise. Et puis ça sentira moins mauvais, parce que les chaînes, à force, ça leur fait des ulcères pleins de pus.

— Je vous en prie ! coupa Miss Cole avec dégoût. Prenez toutes les mesures nécessaires, Bates. Emmenez ceux-ci et amenez-nous les autres cet après-midi pour leur leçon. Ceux-ci, vous nous les ramènerez demain matin. »

Le commandeur s'inclina et reprit sa place près de la porte. Mehuru remarqua qu'il adressait à la plus jeune des deux femmes un salut moins appuyé qu'à l'autre. Ainsi, la vieille était le chef, comme il l'avait supposé. Il se leva et nota son mouvement de recul lorsqu'elle le vit déployer son imposante stature.

Les autres le suivirent et sortirent de la pièce, la démarche entravée et maladroite, traînant les pieds.

Ils restèrent serrés sur le palier, appréhendant de descendre ces marches étroites. Mehuru se remémora les sages préceptes du Serpent : « *Toute peau finit par tomber un jour* », et descendit, comme une ombre, marche par marche, le corps droit. Les autres l'imitèrent. Frances le suivit des yeux jusqu'à ce qu'il eût disparu, et entendit la cuisinière commencer à ronchonner avec acrimonie.

« Eh bien, puisqu'il reste encore une heure avant midi, je vous suggère de faire les comptes du ménage. » Frances se tourna vers elle. « Oui, Sarah », fit-elle de son ton le plus suave.

Elles remontèrent ensemble au salon. Miss Cole sortit les factures et le registre, et donna la plume et l'encrier à Frances, qui s'installa docilement à la table et tira le livre vers elle.

Miss Cole vint s'asseoir tout près pour la regarder aligner les chiffres en colonnes.

« C'est bien », fit-elle au bout d'un moment et, rassemblant sa couture, elle annonça qu'elle laissait Frances en tête à tête avec les registres. « Vous voudrez certainement les examiner. »

Frances hocha la tête en silence mais, dès que Miss Cole eut fermé la porte, elle repoussa les livres et posa la joue sur la surface fraîche et lisse de la table.

Elle se sentait bizarre, un peu grise, comme si elle avait bu du vin nouveau. Il lui semblait que l'atmosphère de la pièce était moins confinée, que les reflets de soleil au plafond annonçaient une belle journée d'hiver, et que les bruits montant du quai affairé étaient joyeux. Elle se sentait jeune à nouveau, avec la vie devant elle. Avant la mort de sa mère, elle était une jolie petite fille, choyée, confiante en l'avenir. Sous la froide carapace de ses désillusions d'adulte, elle sentit frémir son âme, comme si elle s'apprêtait à se réchauffer et à revivre. Elle resta un long moment immobile, consciente de cette allégresse inexplicable. Elle ne savait pas pourquoi elle avait soudain le sentiment que la joie était possible, pourquoi l'air lui paraissait plus pur et la maison moins oppressante.

« Mehuru », dit-elle rêveusement, s'adressant aux pages ouvertes du registre. Elle ne pensait pas au pays d'où il venait. Elle ne savait rien de l'Afrique avant l'arrivée des Anglais, n'imaginait pas ce vaste continent composé d'une multitude de peuples et de royaumes, sillonné par des caravanes de marchandises, semé de comptoirs de troc et de vente ; un continent où certains travaillaient la terre et vivaient de leurs cultures, où d'autres, artisans et marchands, habitaient des villes et des cités ; où certains enfin, monarques de royaumes héréditaires, siégeaient sur des trônes d'or et d'ivoire et vivaient comme des dieux.

Elle ne voyait pas dans les esclaves des hommes issus d'une culture vivante et active. Devant l'esclave noir, elle se sentait investie d'un pouvoir encore inconnu d'elle. Femme dans un monde gouverné par les hommes, elle se trouvait pour la première fois de sa vie en mesure d'en regarder un en sachant qu'elle pouvait lui donner des ordres. Pour la première fois de sa vie, elle avait un pouvoir à exercer, et savait qu'elle était ainsi susceptible de modifier son univers. Avec un peu de ruse et d'intelligence, elle pourrait éviter à cet homme la mort dans les plantations. Elle sourit comme malgré elle : « Je peux lui sauver la vie, et il me doit obéissance. »

Quittant la table, elle alla se mettre devant la glace qui décorait la cheminée, s'attendant presque à voir la fillette qu'elle était lorsque sa mère vivait encore et que son père était heureux et prospère. Elle chercha son visage rond et confiant d'enfant et fut surprise en voyant le miroir renvoyer le reflet d'une femme mince aux traits tirés, qui la regardait.

Mais ses yeux rayonnaient.

La cave était plongée dans une pénombre rougeâtre et, à la lueur de la lanterne, les visages des esclaves rassemblés autour de Mehuru semblaient refléter la couleur écarlate et menaçante du grès. Ils étaient toujours enchaînés les uns aux autres, et les fers du premier et du dernier étaient fixés au mur. Mehuru, dont l'oncle pratiquait l'artisanat sacré du fer, examinait la chaîne, en quête d'un défaut. Lorsque le métal avait refroidi trop vite, il pouvait devenir cassant et un burin en venait aussi facilement à bout que d'une pierre. Dans la lumière vacillante de la chandelle, Mehuru passa chaque maillon en revue, tandis que ses compagnons attendaient patiemment leur tour. Au terme de son examen, il secoua la tête.

« La chaîne est parfaite », dit-il dans sa propre langue. Pour deux des femmes qui, n'étant pas yorubas, ne le comprenaient pas, il mit ses deux poings ensemble afin de signifier la force et secoua la tête avec une mine désolée. « Pour nous échapper, nous serons obligés d'attendre qu'ils nous enlèvent nos fers », dit-il.

Les autres approuvèrent solennellement de la tête. « Sais-tu où nous pourrions nous réfugier, Obalawa ? » demanda l'une des femmes. Elle baissa légèrement la tête en lui parlant, manifestant ainsi le respect instinctif dû à l'homme, mais aussi celui du simple mortel envers un être qui parle avec les dieux.

« Non, reconnut honnêtement Mehuru. Ici, je n'ai pas de vision. Comme vous, je suis aveugle. Comme vous, je suis perdu. »

Un frisson de déception les secoua. Les femmes se mirent à gémir doucement. Quant aux deux femmes Fulani, elles regardèrent l'un après l'autre les visages, essayant de comprendre ce que Mehuru venait de dire. Mehuru résista à la tentation de leur sourire et de rassurer ses compatriotes. A quoi bon leur offrir un réconfort mensonger, un simulacre de magie ?

« Ici, je n'ai pas de pouvoir. Je l'ai perdu, comme le soleil a perdu sa chaleur. Je n'en sais pas plus que vous. Chez nous, j'étais prêtre, j'avais l'oreille des dieux ; à la cour, j'occupais une position importante, et j'avais l'oreille du roi. Ici, je dois apprendre à n'être rien. Je ne suis pas un homme, mais un esclave. Je ne sais rien de plus que vous autres.

— Si nous marchons, suggéra l'une des femmes, si nous marchons avec le soleil de l'après-midi à notre droite, nous finirons par arriver chez nous. Vous vous souvenez, dans le grand bateau, quand les autres nous ont quittés, nous avions toujours le soleil de l'après-midi à gauche. Il faut aller vers le sud.

— A condition qu'il y ait moyen de marcher sur la terre ferme, objecta l'autre homme, nommé Kbara. Rien n'est moins sûr. Souvenez-vous, nous avons vogué pendant très longtemps, des semaines, des mois. Dites-vous bien que s'il était possible de faire le chemin à pied, personne n'entreprendrait une traversée pareille, surtout dans ces conditions. Ces gens ont des chevaux et des voitures. S'ils avaient pu passer par la terre, ils l'auraient fait. Peut-être sommes-nous venus de notre monde dans celui-ci par un immense océan de temps ? »

Instinctivement, tous les regards se portèrent sur Mehuru. Lui qui connaissait les mystères des mondes, il devait savoir répondre.

Mehuru secoua la tête. « Je ne sais pas. Pour ma part, je serai déjà bien content de pouvoir quitter cette maison, partir loin de ces gens — et de cette femme, ajouta-t-il à voix très basse.

— Il doit bien y avoir des gens normaux quelque part ! s'exclama Kbara. Ils ne sont tout de même pas tous blancs. Ils mangent, donc il doit y avoir des gens qui plantent des récoltes et élèvent du bétail.

Puisqu'ils mangent de la viande, il doit y avoir des pasteurs chez eux, comme les Fulani.

— Peut-être, dit Mehuru.

— Au moins, ils nous ont donné des vêtements, de l'eau, et à présent, de la lumière. Ils ne doivent pas avoir l'intention de nous manger, sinon, nous nous en serions déjà aperçus.

— Je ne pense pas qu'ils nous mangent, dit Mehuru avec circonspection. S'ils nous font apprendre leur langue, ils doivent avoir une bonne raison.

— Laquelle ? demandèrent les autres.

— Ils veulent que nous les servions. Si nous avions un esclave d'un pays lointain, nous commencerions par lui apprendre à parler notre langue. »

La plus jeune des femmes recula et s'adossa au mur, l'air révulsé. « Les servir ! Préparer leur nourriture, nettoyer leur maison, les toucher, supporter leur odeur et le regard de leurs yeux froids ! Je ne pourrai jamais ! »

Mehuru la regarda, le visage ravagé par la tristesse. « Je crois qu'ils nous apprendront à faire tout cela, et pire encore. »

Là-dessus, il se détourna, sortit du cercle rassemblé autour de la chandelle et s'accroupit face à la paroi suintante de la cave. La tête appuyée contre la pierre froide, il se laissa emporter par la nostalgie de l'Afrique, de sa chaleur et de ses parfums.

10

Josias, qui se trouvait au café, fit savoir qu'il aurait des invités pour le dîner, un gentleman et sa fille. Frances se reposait dans sa chambre après sa leçon avec le deuxième groupe d'esclaves, mais lorsque Brown vint lui apporter le message, elle épingla son bonnet et descendit en hâte au salon.

« Nous dînerons à cinq heures, dit Miss Cole. J'ai déjà dépêché quelqu'un chez le pâtissier pour commander les desserts et donné des ordres à la cuisine pour qu'on prépare un dîner de fête. Comme vous étiez repartie vous reposer, j'ai préféré ne pas vous déranger. Êtes-vous encore souffrante ? C'est votre toux ou votre migraine, aujourd'hui ?

— Ni l'une ni l'autre, dit Frances qui, pour la première fois depuis son installation sur ce quai nauséabond, n'éprouvait aucun malaise. Je me sens très bien. »

Sarah haussa ses maigres sourcils. « Vous m'en voyez ravie. Si vous voulez prendre votre thé ici, faites. Moi je n'ai pas le temps cet après-midi. J'ai encore des instructions à donner à la cuisinière. Et puis, je dois me changer.

— Moi aussi, dit Frances en suivant docilement Miss Cole pour remonter au second. Qui sont nos invités ? Josias vous l'a-t-il dit ?

— Sir Charles Fairley et sa fille. J'ai déjà rencontré Sir Charles lors d'une de ses dernières visites en Angleterre, mais je ne connais pas Miss Fairley. Sir Charles est un homme très important à la Jamaïque, et l'un de nos bons clients. Nous lui achetons du sucre et il nous donne un bon prix pour nos esclaves. D'ailleurs, nous arrivons à peine à lui en fournir assez.

— Ses propriétés sont-elles donc si grandes ?

— Disons qu'il fait un usage rapide des esclaves. Il en passe beaucoup plus que les autres planteurs. »

Frances commençait à reconnaître les euphémismes de la traite.

« Inutile de faire des élégances pour le dîner », lança Miss Cole d'un ton acerbe. « Nos invités nous tiennent pour les marchands honorables que nous sommes, et non pour des gens de condition. Je n'ai qu'une robe d'après-midi en soie foncée, que je porterai. Si vous avez une tenue simple, ce serait l'occasion de la mettre.

— J'ai une polonaise en soie grise, répondit Frances.

— Cela me paraît convenir tout à fait. »

Frances inclina la tête, entra dans sa chambre et referma la porte. Le miroir de sa coiffeuse lui renvoya l'image d'un joli visage à l'expression espiègle. « Je vais m'efforcer d'être laide à faire tourner une sauce, dit-elle au miroir. Pour vous tenir compagnie, chère belle-sœur. »

Frances et Miss Cole attendaient leurs invités, assises de chaque côté de la cheminée, devant une belle flambée. Vêtue d'une robe de soie bleu foncé à petite traîne, Miss Cole brillait de tous ses feux. Frances avait choisi une tenue de soie grise moirée, et portait des gants de soie assortis. La robe avait une taille haute, une jupe très ample et, dans le dos, un long pan flottant formait traîne ; les manches en soie blanche étaient garnies de lisérés de velours gris. Brown avait passé une heure au fer à friser pour essayer d'encadrer d'anglaises le visage de Frances. A la fin, elle avait opté pour des ondulations légères plutôt que pour les boucles en tire-bouchon que dictait la mode. La soie de la robe mettait en valeur le teint de Frances, dont la peau semblait crémeuse contre le gris. Miss Cole la considéra d'un œil critique.

« Il serait préférable que nos invités nous trouvent en train de coudre. »

Frances prit dans sa boîte à ouvrage un mouchoir de batiste qu'elle commença à roulotter à petits points réguliers. Les deux femmes n'échangèrent pas une parole. Enfin, elles entendirent Josias ouvrir la porte et des pas dans l'escalier. Frances posa son ouvrage et se leva pour accueillir les visiteurs.

Sir Charles entra le premier, suivi par sa fille. C'était un homme corpulent au visage coloré, au large torse et au ventre proéminent boudiné dans un gilet brodé. Des culottes au genou moulaient ses cuisses grasses et son triple menton s'étalait sur une cravate blanche nouée très haut et serré. Il portait une lévite doublée de zibeline qui étoffait encore sa silhouette.

« Ah, voici la jeune épouse ! » dit-il d'un ton jovial à Frances après avoir baisé la main de Miss Cole.

Frances lui répondit par une petite révérence et lui abandonna sa main qu'il étreignit entre deux paumes moites avant d'y déposer un baiser.

« Papa, je t'en prie ! » s'exclama Miss Fairley. Elle avait une voix nonchalante et un curieux accent chantant.

« Miss Cole, permettez-moi de vous présenter ma fille Honoria, dont je vous ai tant parlé. La voici enfin en Angleterre ! (Il se tourna vers Frances.) C'est un grand honneur pour moi de vous présenter ma fille, Mrs. Cole. »

Frances fit une révérence à la jeune fille. C'était une créature pâle et mince, vêtue d'une robe de soie d'un blanc neigeux qui tuait le peu de couleur de son teint et de ses cheveux d'un châtain terne. Elle portait de grosses perles au cou, aux oreilles et aux poignets, et un châle de brocart d'argent drapé autour des épaules. Comme si elle avait craint de se trouver dans une pièce non chauffée, elle avait jeté sur son épaule droite un deuxième châle de laine blanche, qui retombait négligemment.

« Très honorée », dit-elle sans chaleur. Son accent créole contrastait curieusement avec sa mise d'un classicisme très strict.

Josias entra en dernier. « Asseyez-vous, Sir Charles. Puis-je vous offrir à boire ? Le dîner ne tardera pas.

— Je prendrai volontiers un verre de rhum à l'eau, si vous avez chez vous l'un de mes excellents barils ! (L'homme adressa un clin d'œil à Frances.) L'inconvénient majeur de la vie aux îles, madame, c'est que l'on s'y habitue. Le soleil, les boissons, la compagnie... Vous devriez venir nous rendre visite. Nous vous accueillerions à bras ouverts, n'est-ce pas, Honoria ? »

La jeune fille acquiesça poliment, sans plus, et rectifia : « Il n'y a pas grand monde à fréquenter pour les dames.

— Mais quel climat merveilleux ! s'exclama Sir Charles en prenant le verre que lui présentait Brown. Depuis que nous avons pris la mer, je grelotte !

— Il a beaucoup plu, en effet, intervint Miss Cole. Je crois que le mois de décembre est le pire de tous, toujours froid et souvent humide.

— Ah, Miss Cole, j'aime mes aises, vous savez. Même si je venais en plein été, je trouverais encore qu'il fait froid. »

Frances buvait à petites gorgées son verre de ratafia. La fille de cuisine apparut à la porte et chuchota quelques mots à Brown, qui à son tour s'approcha de Josias et lui parla à voix basse.

« Le dîner est servi, annonça-t-il. Nous vous recevons sans façon, Sir Charles. Vous savez que vous êtes chez des gens simples. Nous dînons ici, dans le salon. Voulez-vous vous asseoir ici, monsieur, et vous, Miss Honoria, là ? »

Ils s'installèrent. Frances, qui, avant son mariage, n'avait jamais dîné à une table de moins de douze couverts, s'efforça de rester indifférente au regard méprisant qu'Honoria promena sur la pièce exiguë.

Brown se posta à la porte pour prendre les plats des mains de la fille de cuisine qu'on entendait clopiner dans l'escalier, chargée de lourds plateaux. Du bout de la table, Josias lança à Frances un regard si inquiet qu'elle eut soudain pitié de sa gêne. Il savait qu'il ne recevait pas selon les règles, sans pour autant les connaître. Frances lui sourit et le visage de son mari s'éclaira aussitôt.

« Comment vous portez-vous aujourd'hui, Mrs. Cole ? Avez-vous passé une bonne journée ? lui demanda-t-il.

— Ma foi oui, et vous m'en voyez fort aise. » Frances remarqua le coup d'œil surpris de Sarah en entendant son ton résolument enjoué.

« Je suis déçu de ne pas être servi par vos esclaves, fit Sir Charles. Mr. Cole me dit que vous en avez treize en apprentissage.

— Il faut compter plusieurs mois avant qu'ils soient dégrossis. Ma femme leur apprend l'anglais. »

Honoria tourna vers Frances son regard brun pâle et dédaigneux : « C'est vous qui êtes chargée de dresser les esclaves ?

— Oui, répondit Frances, sur la défensive.

— Chez nous, c'est un travail d'homme, déclara Sir Charles sans ambages. Dans ma plantation, les vieux régisseurs apprennent le métier aux novices quand ils passent la main. Vous avez confié à votre femme une lourde tâche, Cole.

— Elle est assistée par un commandeur. Et ces nègres ne sont pas dangereux : nous n'avons que deux hommes. Tous les autres sont des femmes et de jeunes enfants. »

Brown faisait le tour de la table en présentant aux invités une grande soupière. Frances reconnut l'argenterie, qu'on avait sortie pour l'occasion des coffres de la resserre.

« Ils n'ont pas besoin qu'on leur aiguillonne l'esprit, mais plutôt les côtes ! » s'exclama Sir Charles, qui s'esclaffa, content de lui.

Miss Cole gloussa à l'unisson et Josias sourit.

« Ce sont de vrais enfants, expliqua Sir Charles. Ils ne se souviennent de rien tant qu'on ne le leur enfonce pas dans le crâne de force. Et ils sont rebelles et hargneux de nature. Dans ma plantation, tous les jours, on flagelle au pilori. On les fouette pendant qu'ils travaillent aux champs ; mais j'en fais fouetter un attaché au pilori au moins une fois par jour. Je demande à mon forgeron de les marquer au fer, une fois, deux fois, trois fois, je ne saurais vous dire. Et en cas d'insolence, je leur fais couper la langue. Je m'ingénie à imaginer des punitions qui serviront d'exemple sans toutefois les empêcher de travailler ou les rendre invendables.

— Si vous saviez comme ils sont bêtes, soupira Honoria de sa voix haut perchée. C'est inconcevable.

— Dans quelle proportion meurent-ils ? » demanda Josias.

Sir Charles haussa les épaules. « Sur les deux cents, je dirais que nous en perdons cinquante à soixante par an. Ils se reproduisent très peu. En général, les femmes meurent en couches et les bébés arrivent souvent mort-nés. Quand j'entends ces imbéciles qui prêchent pour l'abolition de la traite, je me demande comment ils feraient à ma place, avec une plantation à gérer. Le moyen de faire pousser la canne à sucre sans esclaves ! »

Josias acquiesça et fit signe à Brown de remplir les verres. « Ce sont des propos en l'air. Et très au goût du jour. Mais les modes passent. Qui sont les partisans de l'abolition ? Quelques jeunes clergymen en mal d'éloquence facile et deux ou trois députés qui veulent se faire remarquer au Parlement ! Des méthodistes et des radicaux habiles à exploiter la mauvaise conscience et à faire signer des pétitions. Ils mènent un combat perdu d'avance. Ceux qui gouvernent ce pays connaissent les avantages de la traite, et ils aiment boire leur thé sucré. La racaille ne nous imposera pas sa loi.

» Prenez Bristol, par exemple ! Avant la traite, c'était une toute petite ville par rapport à l'importance qu'elle a aujourd'hui. Les fortunes faites ici sont un véritable monument à la gloire de l'esclavage. Une ville comme Liverpool a grandi et prospéré grâce au commerce triangulaire. On y construit à tour de bras des hôtels particuliers, on a édifié un nouvel hôtel de ville. Nos compatriotes savent où se trouve leur intérêt. La fièvre abolitionniste est sans gravité ni lendemain.

— Je l'espère, répondit Sir Charles. Vous n'imaginez pas à quel point ces discours séditieux nous alarment. Qu'en est-il de ce Wilberforce et de son projet de loi ? »

Josias se rembrunit et se versa un autre verre de vin.

« Le projet vient en examen devant le Parlement au mois de mai. Mais nous l'attendons de pied ferme. Nos partisans demanderont un supplément d'enquête et l'examen dudit projet sera ajourné. Il paraît d'ailleurs qu'on peut le faire ajourner indéfiniment. Que ce soit à Liverpool, à Londres ou ici, les magnats de la traite sont tous prêts à conjuguer leurs efforts. Et ils ont les poches bien remplies, croyez-moi. Je ne pense pas qu'une poignée d'ecclésiastiques et quelques ouvriers ignorants pèsent lourd devant eux. Il n'y a pas un seul membre de nos deux Chambres qui n'ait quelque investissement à cœur. Il est peu probable que les Communes et les Lords votent contre leurs intérêts.

— Savez-vous que je verse une pension à deux députés pour qu'ils sauvegardent les miens ? dit Sir Charles. Mais que ces radicaux m'exaspèrent ! Ils ne connaissent rien à la traite, ni aux difficultés auxquelles nous sommes confrontés. Tous les visiteurs que nous avons reçus à Clearwater sont repartis bien persuadés qu'il n'y avait d'autre façon d'exploiter la plantation. Impossible d'avoir une main-d'œuvre blanche. Quant aux Indiens, ils sont tous morts. Les derniers ont succombé quelques années après notre arrivée. Nous n'avons pas le choix. Quant aux nègres, qu'auraient-ils fait en Afrique, sinon se faire la chasse et s'entredévorer. Nous les avons sauvés du paganisme le plus abominable. Nous leur avons appris le travail et la discipline. Vous savez, je pourrais vous raconter des histoires...

— Papa, je t'en prie ! murmura Honoria.

— Je vous demande pardon. Ma fille est une demoiselle délicate. Il y a des choses dont je ne devrais pas parler devant elle.

— Je ne peux pas souffrir les nègres, dit Honoria à Frances tandis que les hommes discutaient entre eux. Comment faites-vous pour leur donner des leçons vous-même ? Moi, je ne veux pas qu'ils m'approchent.

— Vous n'avez donc pas de domestiques noirs ?

— Nous utilisons surtout des mulâtres. Des sang-mêlé, si vous voulez. Nous les préférons pour le service de la maison.

— Des sang-mêlé ? répéta Frances, qui entendait le mot pour la première fois.

— Oui, dit tranquillement Honoria. Papa préconise le métissage. »

L'euphémisme n'échappa pas à Frances qui, cependant, préféra ne pas en approfondir le sens. « Et comment vivez-vous, là-bas, dans la plantation ? »

D'un rapide coup d'œil, Honoria s'assura que son père, Josias et Sarah, qui discutaient ensemble, ne les écoutaient pas. « Fort languissamment, ma foi ! dit-elle. A moins d'aller à Jamestown, il n'y a personne à fréquenter sur place. Et même là-bas, on ne donne que deux bals par an. Nous sommes venus en Angleterre pour que je m'achète des robes et que je fasse quelques... connaissances, acheva-t-elle avec un petit sourire.

— Des jeunes gens ? »

Frances se vit gratifier d'un autre petit sourire et Honoria reprit : « Je n'ai rien à faire de toute la journée, que regarder pousser la canne à sucre et passer mes humeurs sur les domestiques. Maman ne quitte pas son lit. Elle est fragile et mal-portante. A tout instant, elle demande à Nanny, ma vieille nourrice noire, d'aller lui chercher quelque chose ; elle renvoie les plats à la cuisine... bref, elle passe son temps à se plaindre et à faire des caprices et des colères. »

Frances essaya d'imaginer la grande maison blanche, perdue dans un océan de végétation luxuriante, et habitée par trois insatisfaits. Le père trompait son ennui avec du rhum et la mère s'abandonnait à la neurasthénie, tandis qu'au-dehors, sous le soleil impitoyable, deux cents exilés travaillaient sans relâche, fouettés à la moindre défaillance, torturés par le mal du pays et l'absence des êtres chers.

Brown enleva la soupe et apporta sur la table plusieurs plats fumants : des côtelettes d'agneau, une pièce de bœuf, un pâté de chevreuil, des ris de veau.

« Vous autres, marchands de Bristol, vous savez faire bonne chère ! s'exclama Sir Charles. Chez vous, Miss Cole, je me régale toujours. »

Sarah répondit par son habituel sourire aigre-doux, et demanda combien de temps les Fairley comptaient rester à Bristol. Sir Charles donna les grandes lignes d'un itinéraire visiblement conçu pour la pêche au mari. Ils avaient prévu d'aller à Bath pour acheter une garde-robe à Honoria et profiter des agréments des thermes ; après quoi, ils devaient faire quelques séjours à la campagne pendant l'été, et passer la saison d'hiver à Londres, chez des amis.

« Nous espérons reprendre le bateau au printemps prochain, conclut-il. A moins que mon Honoria ne me réserve quelque surprise. »

Sa fille baissa les yeux et s'efforça de rougir. « Oh, papa !

— Qui s'occupe de votre plantation pendant que vous êtes en voyage ? demanda Josias. Vous avez un intendant digne de confiance ?

— J'ai un régisseur, un natif de Jamestown, qui a des ambitions. C'est une brute, mais je peux le laisser face à un régiment d'esclaves. Il sait comment se faire obéir, et il ne donnera pas quartier. Ah, certes, à mon retour je verrai quelques mines tristes chez les esclaves, et quelques nouveaux monticules au cimetière. Mais il n'y aura eu aucun incident pendant mon absence.

— Vous ne devez jamais en avoir à Clearwater ? » intervint Miss Cole.

Sir Charles secoua la tête tandis qu'on changeait les assiettes. « Je ne dors pas sans un pistolet à portée de main. Avec les nègres, on n'est jamais sûr de rien. Mieux vaut se souvenir qu'ils ont l'avantage du nombre et se montrer vigilant en permanence. Nous ne sommes que trois : Lady Fairley, Honoria et moi. Tandis qu'ils sont deux cents, davantage même si l'on compte ceux qui viennent clandestinement dans les cases, et les fugitifs qui se cachent dans les forêts avoisinantes. Je ne peux pas me permettre de relâcher la discipline un seul instant. Ils sont toujours à l'affût, en quête de la première occasion de s'enfuir. Il ne faut pas se laisser prendre au dépourvu. »

Il hocha la tête à l'intention de Frances. « Si c'est vous qui êtes chargée d'eux, Mrs. Cole, souvenez-vous de mes paroles. Ce sont des tueurs. Des tueurs-nés. Ne baissez jamais votre garde.

— Notre commandeur assiste aux leçons avec un fouet, intervint Miss Cole. Et ils sont enchaînés.

— Qu'ils le restent ! conseilla Sir Charles. Qu'ils le restent jusqu'à ce que vous soyez venus à bout de leur courage, et même de leur désir de vivre. Il faut qu'ils aient envie de mourir. Tant qu'ils tiennent à la vie, ils veulent améliorer leur sort. C'est précisément là que le bât blesse. »

Miss Cole avait l'air pensif. « Peut-être avons-nous été déjà trop bons... »

Brown posa devant Sir Charles une généreuse portion de sabayon, et versa de la crème dessus. « Brisez-les, et veillez à ce qu'ils ne reprennent jamais le dessus, reprit-il. Séparez les mâles des femelles, ne les nourrissez jamais à satiété, et regardez-les maigrir. Si vous leur accordez de petites récompenses quand ils vous ont donné satisfaction, ils s'efforceront d'en obtenir d'autres et cela leur occupera l'esprit. Au premier signe de mauvaise volonté, faites-les fouetter très sévèrement. Au besoin, faites-en même fouetter un à mort, cela servira de leçon aux autres, je vous assure. »

Miss Cole lui sourit. « Vous êtes très bon. Je tiendrai le plus grand compte de vos recommandations. »

Il lui rendit son sourire. « Ah, voilà une femme de tête ! fit-il avec satisfaction. Josias, je vous félicite d'avoir de telles assistantes. La beauté et l'intelligence. Vous ferez du chemin, je vous le garantis ! »

Josias sourit et leva son verre. Frances, elle, repoussa son dessert sans y avoir touché. A écouter la conversation, elle avait un goût amer dans la bouche.

Les hommes continuèrent à parler de la traite tandis qu'on apportait fruits et confiseries. Le regard figé par l'ennui, Honoria grignota une prune confite. Frances ne bougeait pas plus qu'une statue ; les mains croisées sur ses genoux, elle arborait un masque d'attention polie. Elle aurait aimé être sourde pour ne plus entendre la conversation des deux hommes.

Sur un signe de tête de Josias, elle se leva de table et alla prendre place à côté de la cheminée avec ses deux compagnes. Elle s'acquitta sans broncher de cette parodie pitoyable des rites de la bonne société, et conduisit imperturbablement Honoria à un fauteuil près du feu. A voir Frances, on eût pu croire que Lady Scott elle-même faisait toujours salon dans la pièce où elle prenait ses repas.

Josias annonça : « Nous passons dans mon bureau pour boire le verre d'après-dîner. Nous vous rejoindrons tout à l'heure, mesdames. »

Ils quittèrent la pièce d'un pas incertain, ayant déjà vidé presque quatre bouteilles à deux. Restées seules, Honoria, Sarah et Frances échangèrent quelques banalités et se firent apporter du thé. Les hommes ne revenaient toujours pas. La conversation languit et finit par s'arrêter. Sans vergogne, Honoria regardait les aiguilles de la pendule. Lorsque neuf heures sonnèrent, elle demanda de faire dire à son père par la bonne qu'elle souhaitait rentrer.

Sir Charles apparut dans l'encadrement de la porte, furieusement éméché. « Je suis désolé, ma petite fille, articula-t-il avec une lenteur méticuleuse, tu vas rentrer en chaise à porteurs, vois-tu. En chaise. Brown est partie en chercher une et elle te raccompagnera. Je te verrai demain matin. Demain matin. Josias et moi sommes en train de reconstruire le monde et de finir un porto divin. Tout à fait divin. Je souperai ici. »

Honoria le salua et laissa Frances l'aider à passer sa cape. « Je monte dans ma chambre, glissa Frances à Josias.

— Faites, dit-il gentiment. Partis comme nous sommes, nous n'irons pas nous coucher de sitôt, et il est inutile de nous attendre. »

Les deux hommes regagnèrent le bureau de Josias, entamèrent une autre bouteille et demandèrent qu'on leur apporte à souper. A minuit, ils étaient complètement ivres.

« Faites-nous monter une des esclaves, qu'on s'amuse un peu », suggéra Sir Charles.

Josias le regarda avec des yeux ronds. « Nous ne sommes pas à Clearwater ici. Pensez aux domestiques. Et aux dames. »

Sir Charles laissa fuser un rire onctueux. « La peste soit des domestiques. Quant aux dames, elles savent quand il est opportun de ne rien voir. Je vous garantis que Lady Fairley a l'art et la manière de regarder ailleurs quand il faut.

— Ce n'est pas possible ! protesta Josias. Je n'ai pas les clés et Mrs. Cole n'aimerait pas cela du tout.

— Qu'a-t-elle besoin de le savoir ? Allons, Josias, ne soyez pas si puritain ! »

Malgré son ivresse, Josias restait réticent. « Cela ne se fait pas en Angleterre. Je vous assure, mon cher ami. Sortons chercher une femme si vous voulez... Mais des esclaves, sous son propre toit... cela ne se fait pas.

— Parce que je ne sais pas ce qui se fait ou ne se fait pas, peut-être ? (Sir Charles commençait à devenir mauvais.) Je suis baronnet, sacrebleu !... Baronnet ! Ce n'est pas à vous de me dire ce qui se fait. Quand il s'agit de me vendre des esclaves au prix fort ou de m'acheter mon sucre et mon rhum au tarif le plus bas, là, vous ne tordez pas le nez sur mes manières, hein ?

— Je voulais juste dire...

— Quand je pense que j'ai proposé de prendre une part en commandite sur un de vos bateaux..., une part de mille livres, je vous le rappelle, Josias ! Ce ne sont pas des bonnes manières, peut-être ?

— Je ne voulais pas vous offenser, Sir Charles, se hâta de dire Josias.

— Allons, n'y pensons plus, répondit Sir Charles, brusquement rasséréné. N'y pensons plus. Mais il nous faut une fille, Josias, j'ai grande envie de lui faire une bonne manière !

— Les esclaves sont à la cave, et c'est ma femme qui a le trousseau de clés de la maison.

— Faites-lui dire que nous voulons voir les esclaves ! fit Sir Charles avec l'obstination des ivrognes. Allons, mon vieux, vous n'allez pas me dire qu'elle vous mène par le bout du nez alors que vous êtes à peine mariés ! Qui fait la loi chez vous ?

— Moi, voyons, dit Josias, piqué.

— Alors faites-nous monter une femme, tudieu ! »

Josias sonna Brown, qui monta d'un pas exténué s'enquérir de ce qu'il désirait.

« Dites à Mrs. Cole que nous voulons voir une des esclaves. Qu'elle m'envoie les clés. »

Brown fit une révérence et sortit.

Sir Charles, savourant déjà son plaisir, se versa un autre verre de porto en souriant. « Je vous assure qu'une fois que vous y avez goûté, vous ne pouvez plus vous en passer. Chez moi, je les possède quand l'envie m'en prend. »

Josias dissimula sa répugnance. « Vous ne craignez pas d'attraper une galanterie, Sir Charles ? Quelque maladie africaine ?

— Ah, dame ! Et je la donne comme je la prends ! Mais la prudence est devenue le cadet de mes soucis. Cela vous monte à la tête d'être le maître, le maître de toutes ces femmes ! C'est excitant, vous savez, de savoir qu'elles sont toutes à votre disposition, et que les autres ne peuvent rien faire, que regarder. (Il souffla une volute de fumée de cigare avec un petit rire chevrotant.) Il n'y a rien de tel. Gloire à notre empire, Josias ! Il fait de nous autres Anglais des dieux ! »

Josias acquiesça, prit une gorgée de porto pour noyer son dégoût. On frappa à la porte, et Frances apparut, en robe volante, son bonnet épinglé à la hâte. « Puis-je vous dire un mot, mon ami ? » demanda-t-elle.

Josias se leva et ferma à demi la porte sur eux, par souci de discrétion. « Que faites-vous ici dans cette tenue ? »

Frances regarda sa robe d'intérieur, qui était la toilette du matin habituelle des femmes à la maison. « J'étais couchée, dit-elle d'un ton conciliant.

— Vous vous montrez devant un invité à moitié habillée ? »

Frances laissa échapper un petit rire, mais se ravisa en voyant la mine contrariée de Josias. « Excusez-moi. Je ne pensais pas vous désobliger. »

Le gouffre qui séparait leurs deux mondes leur apparut alors. Josias savait bien qu'en matière d'étiquette il avait peu de chances de prendre Frances en défaut. Mais son ambition le rendait fort chatouilleux sur le chapitre de son honneur.

« Eh bien si, justement », persista-t-il, sachant qu'il avait tort et s'enferrait.

Frances baissa la tête. Voyant qu'il avait le vin mauvais, elle préféra le ménager : « Voulez-vous que j'aille me changer ?

— Non. Dites-moi ce que vous voulez.

— Brown est montée m'apporter un message. » La réaction de Josias avait décontenancé Frances, qui s'efforça de reprendre la situation en main. « Je suis venue aux nouvelles... Cette requête m'a semblé curieuse à cette heure... Puis-je vous demander pourquoi vous voulez voir une esclave ?

— Non, madame. Sir Charles souhaite examiner les esclaves. J'ai envoyé chercher les clés qui vous sont confiées. Vous n'aviez aucun besoin de descendre ni aucune raison de m'infliger vos questions.

— Cette femme, il veut juste la regarder ? L'examiner ? Il n'a pas l'intention de la... molester ? »

Josias s'empourpra. « Plaît-il, Mrs. Cole ? Vous passez les bornes ! Donnez-moi les clés et retournez dans votre chambre. Je ne veux pas que Sir Charles vous voie dans cette tenue et je vous interdis de tenir sur lui des propos aussi désobligeants ! »

Rouge d'embarras, Frances s'obstina cependant. « Je ne peux vous donner les clés, dit-elle d'une voix qui tremblait légèrement. Je vous supplie, monsieur, de ne pas me demander une chose pareille. Il s'agit de mes élèves, et ils sont sous ma responsabilité. Je ne peux pas vous donner satisfaction à moins d'avoir votre promesse solennelle. »

Josias ferma la porte et sortit sur le palier. Une violence d'ivrogne le faisait trembler et il postillonnait de rage. « Vous ne manquez pas d'impudence ! Comment osez-vous faire de telles insinuations ! Nous avons un invité de marque, un homme avec qui je fais de très bonnes affaires depuis des années. S'il a envie de voir l'une de nos esclaves, nous n'allons pas le lui refuser. Pour quelle raison, voulez-vous me le dire ? Allez chercher l'une des femmes, Mrs. Cole ! »

Frances recula jusqu'à ce que sa main touchât le pilastre de l'escalier. Elle tenait le trousseau de clés derrière son dos. « Il me faut votre promesse, insista-t-elle d'une voix mal assurée.

— Ma promesse ? » répéta-t-il, prêt à donner libre cours à sa fureur.

Devant l'attitude menaçante de Josias, le courage de Frances s'évanouit. Haletante, elle porta la main à son cœur qui battait à tout rompre. « Comme vous voudrez. Mais c'est seulement pour la regarder, n'est-ce pas ?

— Allez chercher une esclave, Mrs. Cole, hurla Josias. Vous auriez dû rester dans votre chambre et m'envoyer les clés par Brown. Quelle idée de descendre ! Pour la peine, allez donc chercher cette esclave vous-même. Après quoi, vous pourrez retourner vous coucher. »

Livide, Frances se détourna et lentement, très lentement, descendit l'escalier.

Dans la cuisine, Brown et Bates, assis de chaque côté du fourneau, attendaient que les maîtres et leur invité aillent se coucher pour pouvoir fermer les portes. A son entrée, ils se levèrent.

« Pardonnez-moi de vous déranger, articula-t-elle avec difficulté, car elle avait les lèvres exsangues et rigides comme du bois. Bates, pouvez-vous m'accompagner à la cave ? Votre maître veut voir l'une des esclaves. »

Bates renfila sa veste, rajusta sa cravate. Frances traversa la cuisine et tourna la clé dans la serrure.

La cave en contrebas était sombre. En descendant les marches, elle entendit le cliquetis d'une chaîne. Parmi les esclaves, un ou deux seulement dormaient, mais en entendant la porte s'ouvrir, ils s'agitèrent nerveusement. Mehuru se leva lentement, regardant tour à tour John Bates et Frances, essayant de lire sur leur visage.

Elle évita de croiser son regard. Inspectant la cave, mal éclairée par la lueur vacillante de la lanterne, elle indiqua du doigt la femme la plus grande, celle qui paraissait la plus robuste.

« Elle. »

John Bates s'avança pour ôter à la femme ses bracelets. Elle eut un mouvement de recul et lança un regard interrogateur et suppliant à Frances, qui resta impassible comme une statue de pierre.

« Que veut-elle ? » demanda la femme à Mehuru.

Il secoua la tête sans quitter Frances des yeux. Il

percevait en elle un sentiment de défaite ; plus même... une honte inavouable.

« Je ne sais pas, dit-il à mi-voix. Courage, ma sœur. »

La femme tremblait et serait tombée si John Bates ne l'avait attrapée par la taille et poussée vers la sortie. Ses genoux se dérobèrent et elle s'accroupit au pied des marches. « Ils vont me manger, soufflat-elle. Tu as vu son visage ? Elle est venue me chercher pour me manger. »

Mehuru regarda Frances et vit qu'elle mordait ses horribles lèvres minces. « Non, dit-il avec certitude. Elle n'agit pas de son propre gré.

— Sauve-moi, implora la femme. Mehuru, sauve-moi ! »

Mehuru resta figé, sentant une vague d'impuissance monter en lui et le submerger. Il savait qu'elle allait être violée et ne pouvait rien faire, alors même qu'on l'enlevait sous ses yeux. Il se sentit humilié comme jamais. A jamais peut-être. « Courage, ma sœur, fit-il entre ses dents. Nous sommes un peuple fier. Que ta fierté t'aide dans ton épreuve. » Mais ses paroles sonnaient creux, il le sentait bien. La fierté ! Mais où était la sienne, à lui qui en était réduit plus bas qu'un animal, sans même une tanière où se réfugier ?

La femme réussit à se mettre debout.

Bates, qui s'impatientait, demanda à Frances : « Voulez-vous que je la porte ? Elle a l'air incapable de monter les marches.

— Oui », dit Frances d'une voix sèche. Elle n'osait pas regarder Mehuru et gardait les yeux fixés sur ses pieds. Elle avait remis les chaussures qu'elle portait au dîner, les mules assorties à sa robe. Elle avança un pied et regarda les reflets de la soie moirée et la boucle en strass qui attrapait la lumière.

John Bates saisit la femme. Elle poussa un gémissement lorsque l'épaule charnue s'enfonça au creux de son ventre amaigri, puis sembla s'évanouir de peur. Sa tête roulait à chaque pas et ses bras pendaient mollement. « Dois-je l'emmener dans le bureau de Mr. Cole ? demanda-t-il.

— Oui. » Frances monta les marches derrière lui et ferma soigneusement la porte derrière eux. Bates traversa la cuisine, toujours suivi de Frances, qui ne détachait pas les yeux de ses talons éculés. Brown les regarda passer en silence.

Quand ils débouchèrent dans le hall sombre et glacé, la femme commença à réciter les prières de la mort. Elle répéta encore et encore le nom de son mari qui attendait toujours son retour ou des nouvelles. Encore et encore, elle invoqua ses ancêtres, leur demanda de lui préparer une place, les implorant de lui pardonner les torts qu'elle avait pu leur causer, et qui lui avaient valu d'être enlevée pour mourir dans l'exil et le déshonneur.

Frances entendit ses balbutiements implorants sans les comprendre. Elle ne saisissait pas que la femme l'appelait à l'aide, lui demandait ce qu'on attendait d'elle et s'il y avait moyen qu'elle soit épargnée. Frances ne voulait rien savoir et marchait derrière Bates, aveugle et sourde à la détresse de l'esclave.

Elle frappa à la porte de Josias, l'ouvrit en grand, le visage impassible, et laissa entrer Bates avec son fardeau vivant. Puis elle referma la porte et monta posément l'escalier pour regagner sa chambre. A travers la porte close, elle entendit soudain la femme crier d'une voix forte : « Daa-ble ! Daa-ble ! » Elle essayait désespérément de leur plaire, de dire le mot qu'on lui avait fait répéter le matin même ; de faire tout ce qu'ils voulaient.

En entendant ce cri désespéré, Frances faillit se raviser. Mais non, elle continua à monter l'escalier, lentement, le visage sombre et crispé. Elle s'assit devant sa coiffeuse et regarda son visage livide dans le trumeau. Alors, elle entendit le cri. Un cri de douleur violente vite étouffé par une main brutale.

Frances dégrafa son bonnet, natta ses cheveux, enfila sa chemise de nuit et se coucha. « J'ai fait un marché, se dit-elle. Je savais que tout ne serait pas toujours à mon goût. »

Après avoir remonté les draps froids jusqu'à son menton, elle ne bougea plus et ferma les yeux. De l'étage au-dessous lui parvenaient des grognements réguliers qui se répétaient sans relâche, comme ceux d'une machine poussive ; puis elle entendit un glapissement d'aise. Elle se couvrit le visage des mains, les pressant convulsivement comme pour s'étouffer, ne plus rien laisser entrer du monde extérieur, ni le bruit, ni l'air. « On m'avait avertie qu'ici, ma vie serait différente de celle que j'avais eue à la maison, chuchota-t-elle. Mais j'ai fait un marché. C'était une transaction, une traite comme une autre. »

D'en bas ne venait plus aucun son. Puis Frances entendit s'ouvrir la porte du bureau de son mari. Quelqu'un descendit lourdement l'escalier, remportant un fardeau dans la cave. Frances ne broncha pas. Froide et immobile comme une gisante de marbre blanc, elle n'entendait rien, ne voyait rien, ne pensait à rien.

11

Arrivé au bas des marches, John Bates laissa tomber la femme qu'il avait chargée sur son épaule à la place qu'elle occupait avant, sans plus de ménagements, qu'un débardeur pose un sac. Il sentit les regards accusateurs des esclaves peser sur lui.

« Mais je ne lui ai rien fait, moi », marmonna-t-il.

Elle s'accroupit sur la paille, pliée en deux par la douleur qui lui tenaillait le ventre. Bates eut du mal à la faire se redresser pour lui remettre son collier.

Les deux petits garçons le regardaient avec de grands yeux effrayés, mais leur instinct les empêchait de pleurer.

« Oh, et puis baste ! » grommela Bates. Il décrocha la lanterne, monta rageusement les marches et laissa les esclaves seuls dans le silence et l'obscurité.

Dans le bureau, Sir Charles et Josias entamèrent une autre bouteille de porto. Assouvi, Sir Charles était réconcilié avec le monde. Josias cachait son malaise : bien qu'il se fût enrichi grâce à la traite, jamais encore il n'avait fait violence à un individu. Les détresses et les souffrances se produisaient loin, là où il ne pouvait ni les voir ni les entendre. Mais assister à un viol sur son tapis de cheminée, dans son propre bureau, l'avait mis fort mal à l'aise. Il était bien allé s'asseoir à la fenêtre en faisant semblant de s'absorber dans la contemplation du quai noir pendant que Sir Charles besognait la femme, mais comment ne pas entendre le gémissement de douleur étouffé de celle-ci, et ne pas sentir l'odeur de sa peur comme celle, rance et surie, que dégageait le corps mal lavé de Sir Charles ?

Il se répéta que l'esclave n'était qu'une bête ; qu'elle n'éprouvait pas de sentiments humains ; malgré cela, il avait eu un choc désagréable en voyant son visage ravagé lorsqu'ils l'avaient enfin relevée. Même son meilleur porto n'avait pu effacer le goût désagréable qui persistait dans sa bouche. Il n'avait rien osé dire : Sir Charles était un client important pour Cole and Sons ; de plus, Josias se disait que le fait de ne pas éprouver de désir témoignait sans doute d'une absence de virilité.

Lorsque les deux hommes se séparèrent, l'aube approchait ; l'aube grise d'un jour d'hiver maussade. Après avoir pris congé de son invité, Josias monta se coucher.

De la chambre voisine, Frances, qui ne dormait pas et reposait, la tête bourdonnante de douleur, le corps glacé, l'entendit se mettre au lit et souffler sa chandelle. Elle ne se doutait pas que de sa vie il ne s'était senti aussi seul, et qu'il aurait volontiers donné le chargement d'un de ses bateaux pour se glisser près d'elle et sentir un peu de chaleur humaine.

Le lendemain, Frances se réveilla avec l'impression d'avoir dans la tête un ouragan de douleur. De petites lancées lumineuses lui picotaient les paupières. Elle avait les épaules contractées, la nuque raide. La peau de son visage et ses pommettes mêmes lui faisaient mal, comme si elle avait la fièvre.

La porte de communication s'ouvrit et Josias entra. Il commença sans préambule : « Je vous dois des excuses, madame. »

Frances entrouvrit à peine les yeux. « Pardonnez-moi, je suis souffrante.

— J'ai à vous parler, insista-t-il.

— Je ne suis pas en état de vous entendre, dit Frances d'une voix faible mais sans réplique.

— Avez-vous besoin de quelque chose ?

— Oui, de mon laudanum, sur l'écritoire. »

Il ouvrit le plateau de la petite boîte et sur la tablette du fond, trouva un flacon.

« Combien de gouttes ?

— Trois. »

Il fit tomber les trois gouttes dans le verre d'eau à son chevet et le lui donna. Elle but sans ouvrir les yeux et reposa sa tête sur l'oreiller, attendant que la douleur s'estompe.

« La conduite de Sir Charles hier soir a été tout à fait déplacée, dit Josias très distinctement. Vous avez eu raison de protester. J'avais un peu trop bu et je me sentais obligé envers mon hôte. Mais ce matin, en me réveillant, je me suis rendu compte que j'aurais dû tenir compte de vos objections. Je vous prie de m'excuser.

— Vous en avez assez dit, répondit Frances, détournant la tête.

— Votre esclave est en bon état. Quant à Sir Charles, il a regagné son hôtel au petit matin. J'ai l'impression qu'un trop long séjour aux îles lui a fait oublier les règles du savoir-vivre anglais. »

Il s'interrompit et regarda Frances comme s'il attendait une réponse.

« Je vous ai fait mes excuses, dit-il, piqué.

— Pardonnez-moi, soupira-t-elle d'une voix lasse. Ma tête...

— Vous vous sentirez mieux une fois levée et habillée, dit-il sans grande compassion. J'ai à faire. Je rentrerai dîner à l'heure habituelle. La bonne va vous apporter votre chocolat. Ma sœur vous attend au salon à neuf heures.

— Au salon ?

— Pour la leçon. Les esclaves doivent travailler aujourd'hui. Je vous conseille de les prendre en un seul groupe, sinon vous n'en finirez pas de les dégrossir.

— Je ne leur donnerai pas de leçon aujourd'hui. J'en serais bien incapable.

— Vous n'avez qu'à les garder moins longtemps. Commencez à neuf heures avec les deux groupes ensemble et faites-les travailler une heure environ. Je ne tiens pas à ce qu'ils manquent une journée de leçon. Sir Charles est persuadé qu'il faut les exercer très régulièrement sous peine de les voir devenir indociles. »

Frances chercha une objection qu'elle ne trouva pas et finit par dire avec humeur : « Jamais vous n'auriez dû faire monter cette femme dans votre bureau !

— Je ne l'ai pas touchée », dit piteusement Josias. Il s'arrêta là. Ni l'un ni l'autre ne parvenait à entrer dans le vif du sujet. « Elle est en bon état, répéta-t-il. Vous savez, à Clearwater, ou dans n'importe quelle plantation, ce sont des choses qui arrivent presque tous les jours. (Il hésita, et se réfugia dans les platitudes.) Ce n'est pas comme si on l'avait maltraitée. Elle devait s'y attendre. »

Un silence s'ensuivit. Josias se dirigea vers la porte.

« J'ai honte », dit soudain Frances. Sa migraine lui martela les tempes, comme pour saluer cette vérité qu'elle venait enfin de dire à haute voix.

Josias, qui sortait en fermant la porte sans bruit derrière lui, prit soin de ne rien entendre.

Les esclaves entrèrent dans le salon à la file indienne, tous les treize, et durent se serrer pour s'asseoir à la table trop petite, sans regarder Frances, qui y avait déjà pris place. Elle ne leva pas les yeux non plus à leur arrivée, mais sentit la présence de

Mehuru qui s'assit sur la chaise à sa droite. Elle le vit poser sur la table ses mains aux doigts croisés. Comme elle aurait aimé sentir sa main sur ses paupières fiévreuses, sur son front où la douleur lancinante resserrait ses tenailles ! Comme elle aurait aimé sentir ses mains sur ses paupières fiévreuses, et l'entendre dire qu'il lui pardonnait, qu'elle pouvait se pardonner aussi !

Elle lui jeta un regard douloureux, et les yeux très noirs de Mehuru se plongèrent dans les siens avec une intensité pénétrante et accusatrice, puis se détournèrent. Frances attendit, mais il ne voulait plus la regarder. Autour de la table, les autres esclaves observaient en silence. Hésitante, Frances tendit la main et toucha doucement de l'index les doigts croisés de Mehuru. Bien qu'elle n'eût fait qu'effleurer la main fine et puissante, elle en conserva quelques instants la chaleur sur sa peau.

« Mehuru », dit-elle doucement.

Il leva les yeux vers elle. Elle posa sa main à la base de son cou. « Frances », dit-elle à voix haute. Puis, dans un souffle, trop bas pour que Miss Cole ou John Bates entendent, elle ajouta : « Je suis désolée. Je n'ai pas pu les en empêcher. »

Mehuru, les yeux durs, ne voulut pas prêter attention à l'amende honorable de Frances. L'eût-il entendue qu'il ne l'eût pas comprise.

La leçon se passa mal. De son poste près de la fenêtre, Miss Cole soupirait et se curait les dents avec une petite pique d'argent qu'on entendait cliqueter contre l'ivoire gâté. Elle avait mal digéré le dîner de la veille et se dandinait sur son siège en poussant des soupirs de martyre hépatique. John Bates barrait la porte comme une statue vivante, le fouet devant lui. Mehuru fuyait le regard de Frances. La femme qui avait été violée se murait dans le silence, la tête penchée si bas qu'elle en touchait presque la table, ce qui empêchait de voir la meurtrissure sombre sur sa tempe et son regard éteint. Le plus jeune des enfants pleurait sans arrêt, poussant de pitoyables petits sanglots étouffés. Immobile sur sa chaise, il était penché en avant et ses larmes tombaient sur ses genoux nus qui sortaient de la culotte. A son âge, il ne savait pas encore souffrir en silence. Frances, interdite, se demandait comment s'y prendre dans ces conditions.

« Faites-leur dire leur nom, suggéra Miss Cole, quittant son siège à la fenêtre. C'est là-dessus que vous avez terminé hier. Qu'ont-ils donc tous aujourd'hui ?

— Sir Charles les a dérangés pendant la nuit », répondit Frances. Un ange passa. Miss Cole avait compris à demi-mot.

« Pourquoi ? demanda-t-elle, provoquant Frances pour voir si elle oserait dire la vérité.

— Je l'ignore », répondit celle-ci tout aussi délibérément. L'échange anodin masquait à peine la perspicacité de l'une et la honte de l'autre.

« Ma foi, cela n'est pas une raison pour être aussi abrutis, trancha Sarah. Ils ne devraient pas y trouver à redire. Demandez-leur de dire leurs noms. Tous. (Elle montra Mehuru du doigt.) Lui, il l'a dit, la dernière fois. Demandez aux autres comment ils s'appellent. »

Frances hocha la tête. Mettant sa main sur son fichu de batiste, elle articula son nom, puis désigna du doigt chacun des présents les uns après les autres, sans obtenir de réponse. Ils s'agitaient sur leur chaise, mal à l'aise, et regardaient Frances avec des yeux terrifiés. Quand elle tendit le doigt vers la femme que Sir Charles avait envoyé chercher dans la cave, tous poussèrent un léger gémissement.

Frances effleura à nouveau le dos de la main de Mehuru. Encouragée par la chaleur de la peau noire sous ses doigts, elle dit doucement : « Mehuru, cette femme, quel est son nom ? » Elle dirigea son doigt tendu vers sa propre gorge et articula : « Frances. » Puis elle tourna son index vers lui : « Mehuru. » Elle désigna la femme. « Son nom ? » demanda-t-elle.

« Elle veut savoir ton nom », dit Mehuru à la femme. Il avait pris pour s'adresser à elle une voix tendre, comme s'il parlait à une sœur mortellement blessée. Mais Frances perçut la rage qui brûlait sous les intonations tranquilles.

« Mon nom est Honte, répondit aussitôt la femme. Mon nom est Honte. Morte de Honte. »

En entendant ce bref échange, Frances fronça les sourcils et tourna la tête vers Mehuru.

« Honte, répondit-il en yoruba. Morte de Honte. »

L'air perplexe de Frances s'effaça et elle se détendit. « Morte de Honte », répéta-t-elle, satisfaite. Tendant le doigt vers le voisin, elle demanda : « Et celui-ci ? »

Kbara ne releva pas la tête. « Désespoir, répondit-il dans sa langue, le mandingue.

— Désespoir, répéta Frances avec le sourire. Nous faisons de grands progrès ! Et elle ?

— Orpheline, dit la fille en wolof.

— Orpheline ! » Frances s'efforçait de reproduire avec application les mots qu'elle entendait.

Mehuru ferma les yeux un instant, pris de vertige en entendant la voix de Frances répéter d'un ton encourageant la funèbre litanie.

« Et celle-ci ?

— Douleur.

— Celui-ci ?

— Maudit.

— Celle-ci ?

— Perdue.

— Vous feriez mieux de leur donner des noms anglais, coupa Miss Cole. Personne ne pourra prononcer leur baragouin. Rebaptisez-les, avec des noms chrétiens cette fois. »

Frances hésita. « Je préfère d'abord apprendre leurs noms africains. » Elle leur sourit et Mehuru eut un frisson en voyant l'horrible pâleur de sa bouche, et les dents blanches qui se détachaient à peine sur les lèvres sans couleur. « Il faut que je les apprivoise jusqu'à ce qu'ils me fassent confiance. »

Elle se leva, s'approcha de la desserte dont elle frappa le dessus. « Desserte », dit-elle. Elle attendit que Mehuru réponde et, sentant sa réticence, articula une seconde fois : « Desserte. »

Au centre de la table se trouvait une coupe de verre sur laquelle s'empilaient des fruits de serre coûteux achetés pour le dîner de la veille. Frances saisit dans sa main un abricot et le posa sur la table devant Mehuru, comme une villageoise eût déposé une offrande devant l'autel d'un dieu capricieux. Elle en avait d'ailleurs le sourire déférent et suppliant.

« Abricot », dit-elle.

Mehuru regarda le fruit, puis le visage de la femme. Un frisson de malaise courut parmi les autres esclaves. Frances ne remarqua rien ; elle ne les voyait même pas. « Mehuru. » Dans sa bouche, on eût dit une caresse. « C'est un abricot. Abricot. »

Il ne pouvait supporter son air implorant. Baissant les yeux vers la table, il articula très bas : « A-bricot. »

Frances exhala très lentement, comme s'il venait de conclure avec elle un pacte longtemps espéré. Elle porta l'abricot à sa bouche, y mordit et, prenant la petite bouchée d'entre ses dents, elle l'offrit en silence à Mehuru. Leurs yeux se croisèrent, il avança la main pour prendre le morceau de fruit doré et le mit dans sa bouche.

« Bon, dit-elle en hochant la tête.

— Bon », répéta-t-il docilement. Puis il recommença à observer la table, le visage impassible.

Frances prit un couteau dans le tiroir de la desserte et coupa l'abricot en petites tranches pour les autres. « Abricot », dit-elle à chacun d'entre eux, et, après qu'ils eurent répété le mot, elle leur donna un morceau de fruit, qu'ils mangèrent délicatement et en silence.

« Bon », dit-elle.

Ils répétèrent comme des automates, sans comprendre, jetant à Mehuru des coups d'œil interrogateurs, pour qu'il leur indique comment répondre à cette créature étrange et dangereuse, qui était capable de venir les chercher en pleine nuit comme Ayelala, la déesse de la mort et du jugement; et qui, le jour, se montrait implorante, demandait pardon et disait un seul mot à la fois, un mot sans rime ni raison.

En montrant l'assiette à dessert, elle articula : « Assiette...

— Assi-ette », dirent-ils, timidement.

Mehuru sentit sa conscience dériver, se retrancher du réel, comme un animal blessé qui va se terrer dans sa tanière, se couche dans l'obscurité et attend la mort.

« Assi-ette. »

Frances promena les yeux sur le cercle de visages fermés autour de la table. « Souriez ! (Elle découvrit ses dents.) Souriez ! »

Ils bronchèrent en voyant le terrifiant visage blanc à la bouche largement fendue. « Oh, mes aïeux, protégez-nous ! » murmura un adolescent. L'une des femmes laissa échapper un sanglot d'épouvante.

« Du calme », intervint Mehuru à mi-voix. Toujours retranché dans sa tanière, l'âme bien à l'abri de la femme blanche, il l'observait de ses yeux sombres.

Frances tourna vers lui des yeux aussi sombres que les siens. « J'essaie de vous aider, dit-elle. Je dois vous montrer et vous, vous devez imiter. Souriez.

— Sou-ri-ez », lui répondit Mehuru. Le visage inexpressif, les yeux éteints, il retroussa les lèvres dans une sinistre grimace, parodie grotesque de la joie.

12

Quand la leçon fut terminée, à dix heures et demie, et que les esclaves furent sortis, Frances resta assise à la table.

« Voulez-vous que je vous fasse préparer du thé avant le déjeuner ? » proposa Sarah.

Frances secoua la tête. « Je ne déjeunerai pas. »

Un bref silence accueillit sa déclaration.

« Vous n'allez pas vous mettre à avoir des vapeurs, Frances... »

Celle-ci releva la tête. « Des vapeurs ! Il s'agit bien de cela ! Ce que je fais me répugne, voilà tout. Je ne crois pas pouvoir continuer, Sarah. Il ne fallait pas me demander d'entreprendre une tâche impossible. Nous n'y arriverons jamais, ni eux, ni moi. J'en parlerai à Josias. »

Sarah quitta la fenêtre et vint s'asseoir en face de Frances.

« Au fond, vous ne voulez pas travailler.

— Pour faire ce travail-là, non. Je me sens incapable de préparer ces gens à une vie d'esclavage, une vie où leur maître peut les maltraiter à sa guise.

— Cela ne se passe pas ainsi en Angleterre. Ici, on ne leur fera aucun mal. Ils seront traités comme des domestiques.

— Alors, qu'ils en aient le statut. Avec des gages,

et le droit de quitter une maison s'ils ne s'y trouvent pas bien. »

Un ange passa.

Il y eut un silence, puis Sarah reprit : « Où serait le bénéfice ? Vous semblez avoir oublié le but de l'opération, Frances. Nous voulons faire un profit sur leur vente, comme sur celle du sucre ou du tabac. »

Frances laissa tomber sa tête dans ses mains et enfouit ses doigts dans ses boucles serrées, les crispant sur son crâne où bourdonnait la migraine. « Assez ! » gémit-elle.

Sarah l'observa un moment. « Vous ne réprouvez pas le principe de l'esclavage ? demanda-t-elle calmement.

— Évidemment non.

— Vous ne voyez pas d'objection à profiter des marchandises et des avantages que nous apporte l'esclavage ?

— Non plus.

— Mais vous ne voulez pas faire le travail vous-même ? »

Frances releva la tête. « Non », dit-elle.

Sarah haussa les épaules et se leva. « Alors, puisque ce n'est pas une question de principe, c'est de la paresse. J'avais prévenu mon frère qu'une femme du monde ne serait pas prête à travailler pour la compagnie comme nous le faisons lui et moi. Mais il croyait que vous aviez compris le marché que vous aviez conclu. Vous vouliez une famille et une maison à vous, et lui, il voulait une femme qui travaille. Vous lui avez apporté des relations aristocratiques en retour d'un contrat de mariage très avantageux pour vous. Lui, il respecte sa parole : la maison de Queens Square sera à vous. Mais vous, vous ne respectez pas la vôtre.

— Je ne suis pas une paresseuse, répliqua Frances, piquée au vif.

— Alors, honorez votre promesse et nous honorerons la nôtre. »

En bas, sous la surveillance de John Bates, les deux femmes noires sortirent le seau et en versèrent le contenu sur le tas d'immondices. Avant de retraverser la cour, celle qui s'était baptisée Morte de Honte recula près du mur, au pied duquel elle prit plusieurs poignées de terre qu'elle glissa dans son corsage.

Quand elles eurent regagné leur cave, John Bates leur apporta un seau de nourriture : du pain, des épluchures de pommes de terre, les restes du rôti servi à Sir Charles au dîner, ainsi que les os à nettoyer. Ils se servirent l'un après l'autre, choisissant dans le seau une part qu'ils posaient sur une assiette d'étain devant eux.

Mehuru sortit de sa bouche le morceau d'abricot qu'il avait glissé sous sa langue depuis que Frances le lui avait donné. Il s'accroupit, le posa soigneusement sur le sol entre ses pieds et l'examina. Autour de lui, les autres observaient le silence. L'obalawa était peut-être en train de parler avec les ancêtres ?

« Abricot », dit-il à mi-voix.

En pensant à la salive de la femme sur le morceau de fruit qu'il avait gardé dans sa bouche, il sentit sa gorge se serrer.

« Tu ne manges pas ? » demanda doucement l'une des femmes.

Il secoua la tête. Il ne voulait pas toucher à ces restes. Il se contenta de boire de l'eau et observa Morte de Honte. Quand son tour fut venu de se servir, elle sortit la terre de son corsage, la posa sur son assiette et mangea en même temps qu'eux, avalant bouchée après bouchée, jusqu'à ce que son visage fût barbouillé de boue et que son haleine sentît la mort.

Mehuru ne chercha pas à l'en empêcher. Il ne pouvait lui demander de conserver la volonté de vivre.

Quel réconfort pouvait-il lui offrir ? Comment lui dire en toute conscience que ce qui s'était passé n'était pas grave ? Que son mari ne saurait jamais rien ; que le bébé qu'elle avait laissé en Afrique ne serait jamais la risée des autres parce que sa mère avait été déshonorée ; que malgré la nouvelle vie et les épreuves qui les attendaient dans ce monde inconnu, ils pourraient survivre... De quel droit pouvait-il s'opposer à une décision prise en connaissance de cause ? Il n'avait aucun espoir à lui donner, lui qui n'en nourrissait aucun lui-même. Assis dans la pénombre, ils étaient tous prostrés, la tête dans les mains. Quand elle commença à gémir doucement, ils gémirent en chœur à voix contenue, unissant leurs plaintes aux siennes.

« Eh là, qu'est-ce qui se passe ? demanda la cuisinière, troublée dans sa préparation d'une pâte à tarte.

— C'est eux autres qu'on entend geindre, dit la fille de cuisine, inquiète.

— Mr. Bates, Mr. Bates ! s'écria la cuisinière. Qu'est-ce qu'ils fabriquent, en bas ? »

John Bates écouta à la porte de la cave : « Ils chantent, c'est tout. Et ils soupirent.

— Pourquoi ? grogna la cuisinière. Jamais ils n'ont fait ça jusqu'ici. Comment voulez-vous que je travaille proprement avec un sabbat pareil ! Non mais quand même ! »

John Bates réfléchit. « Je vais les corriger », décida-t-il. Et, prenant son fouet, il déverrouilla la porte et s'engouffra dans la cave. En entendant ses bottes, les esclaves se levèrent et tournèrent le visage vers lui, vers la porte d'où venaient de la lumière et la bonne odeur de pâtisserie. Il donna du fouet au hasard dans l'espace réduit et entendit la lanière claquer sur un bras, un visage, une oreille. Kbara cria, une femme hurla. John Bates promena sur eux un regard menaçant. Serrés les uns contre les autres, ils fixèrent son visage écarlate et ses yeux exorbités.

« Ça suffit ! Arrêtez ce bruit », gronda-t-il. Ils ne comprirent pas les mots, mais le ton était sans équivoque. Il tourna les talons et sortit. Ils entendirent la porte en haut des marches se refermer à toute volée et la clé grincer dans la serrure.

Ils s'assirent dans l'obscurité et gardèrent un moment de silence ; puis Morte de Honte mit ses mains sur sa bouche pour étouffer de son mieux ses gémissements de douleur. Les autres femmes s'approchèrent d'elle et, tout bas, se mirent à psalmodier à l'unisson une mélopée aussi douce que le ramage des touracos.

Tout bas lui aussi, Mehuru commença à réciter les prières des morts, invoquant les ancêtres de Morte de Honte, les implorant de venir chercher leur fille, de lui faire retraverser la longue mer pour qu'elle sente à nouveau le soleil sur son visage et qu'elle repose sur la terre fertile.

« Voilà que ça les reprend ! » grommela la cuisinière.

Bates tendit l'oreille. « On les entend à peine.

— Si. Moi, je les entends. Je vais prévenir Miss Cole que si ça continue, je rends mon tablier. Je ne serai pas en peine de trouver une autre place en ville : la réputation de la table des Cole n'est plus à faire. Comment voulez-vous que je garde mon tour de main, avec ces sauvages qui geignent dans la cave ? Non mais quand même ! »

Agacé, John Bates se tourna vers la fille de cuisine. « Va trouver Brown et dis-lui de prévenir Mrs. Cole que les esclaves gémissent. Puisqu'elle est censée leur apprendre à parler, elle peut aussi bien leur apprendre à se taire ! »

La fille de cuisine ôta son tablier crasseux, découvrant une souquenille en coton à peine plus propre. Elle trotta vers l'escalier et trouva Brown en train de cirer la petite table du vestibule. Sitôt informée, cette dernière monta frapper à la porte du salon.

« Je vous demande bien pardon, madame, mais les esclaves sont en train de gémir dans la cave. »

Frances regarda Miss Cole. « Comment cela ? »

Après un instant de silence, Sarah demanda : « Vous allez les laisser faire, Frances ? fit-elle en manière de défi. Moi, je n'ai pas le temps de m'occuper d'eux. Si vous, vous ne le faites pas, ils continueront à gémir jusqu'à ce que mon frère rentre.

— Bates propose de leur donner une correction, intervint Brown.

— Je descends », dit Frances. Et elle passa devant, suivie par Sarah. La cuisinière abaissait une pâte à grands coups rageurs. De la cave venait un léger bruit sourd, comme le halètement d'une bête blessée.

« Je les ai à peine effleurés, dit Bates. Mais ils ont recommencé. Pendant un moment, ils se sont tenus tranquilles. Ils savent bien qu'ils désobéissent. Voulez-vous que j'intervienne ?

— Non, répondit aussitôt Frances.

— A quel moment ont-ils commencé au juste ? demanda Miss Cole. Ils ont eu à manger ?

— Ils ont eu leur baquet », répliqua sans se retourner la cuisinière, dont le large dos exprimait une réprobation absolue. « Et je n'y avais mis que des bonnes choses. Après ça, ils ont commencé à faire leur sabbat. Ce n'est pas un bruit chrétien, et je ne vois pas pourquoi j'aurais à le supporter.

— Ça tombe sous le sens, dit Miss Cole. Nous allons y mettre bon ordre, et arrêter ça tout de suite. Frances, descendez voir ce qu'ils ont. »

Frances haussa les épaules et répondit avec humeur :

« Comment voulez-vous que je le devine ? Je n'ai aucune expérience.

— Si je les fouettais, madame ? proposa Bates. C'est ce qu'on faisait toujours à la Jamaïque. On les fouettait jusqu'à ce qu'ils se calment.

— Non. Je ne veux pas qu'ils soient fouettés.

— Alors, trouvez un autre moyen de les faire taire, insista Miss Cole. Usez votre salive ou le fouet à votre guise, pourvu qu'ils arrêtent ! »

Non sans réticence, Frances se dirigea vers la porte. John Bates la déverrouilla et déroula son fouet. « Je ferais peut-être mieux de passer le premier », fit-il. Elle perçut dans sa voix une note de peur.

« Ils sont enchaînés ?

— Oui, madame. »

Il descendit les marches le premier. Surprise par l'obscurité, Frances cligna les yeux. Au milieu de la cave, elle aperçut le baquet de nourriture entouré d'assiettes, dont l'une était maculée de traces noirâtres.

« Allez me chercher ça », dit-elle à Bates.

Il s'avança vers les quatre femmes qui s'écartèrent de lui comme un champ de canne à sucre ployant sous le vent. La femme nommée Morte de Honte avait mis de la terre sur ses cheveux, s'en était barbouillé le visage et, la tête dans les mains, laissait échapper une plainte légère comme un souffle.

« On dirait de la terre, madame », dit Bates en tendant l'assiette à Frances.

Ses yeux cherchèrent ceux de Mehuru, qui soutint son regard sans manifester la moindre émotion, tout au plus le mépris distant qu'il aurait eu pour une marchande malhonnête.

« Elle mange de la terre ? Mais pourquoi ? »

Bates haussa les épaules. Son mouvement fit se dérouler le fouet, dont la longue lanière se tordit sur le sol. Les femmes eurent toutes le même mouvement de recul et se tapirent tout contre le mur.

Frances montra l'assiette à Mehuru. « Morte de Honte ? » fit-elle. Dans sa bouche, le nom rendait un son curieux.

Mehuru hocha la tête.

« Elle mange de la terre ? »

Mehuru resta impassible.

« Je ne comprends pas », dit Frances, qui ne comprenait que trop bien. Elle se tourna vers John Bates. « Vous pouvez m'expliquer ?

— Ce sont des sauvages, expliqua-t-il. Peut-être qu'ils ont l'habitude de manger de la terre chez eux. Peut-être que cette négresse a eu envie de goûter à la boue de Bristol, pour changer ! » gloussa-t-il. Mais il reprit bien vite son sérieux en voyant la mine glaciale de Frances.

Elle tourna les talons et remonta à la cuisine, emportant avec elle l'assiette. « C'est la fille qui s'appelle "Morte de Honte". » Elle articula le nom africain avec soin. « Elle a mangé de la terre. Elle doit être malade, dit-elle à Sarah.

— Laquelle est-ce ? Vous savez que je ne peux pas me rappeler leur nom. »

Frances s'empourpra. « C'est celle... c'est celle... » Elle ne parvenait pas à dire que c'était la femme qu'elle-même avait envoyée à Sir Charles la veille. Comment dire cela devant les domestiques ?

« Je vois, dit Miss Cole, comprenant aussitôt. Mais encore ? Il doit y avoir une autre raison.

— Peut-être devrions-nous appeler le médecin ?

— Cela coûterait trop cher ! Et puis, comment voulez-vous qu'un docteur d'ici sache soigner une négresse ?

— Un maréchal-ferrant saurait peut-être, suggéra Bates. Il arrive qu'un cheval mange de la terre. Alors, un maréchal-ferrant, qui soigne les chevaux, doit s'y connaître. »

Miss Cole se tapota les dents avec son cure-dent. « Sir Charles saura, lui », fit-elle d'un ton sans réplique. Elle se tourna vers Bates. « Allez à son hôtel. S'il est là, donnez-lui mes compliments et demandez-lui s'il aurait la bonté de venir un instant, car nous aimerions le consulter. »

John Bates la salua, attrapa son chapeau sur la chaise et sortit par la porte de derrière. Miss Cole reporta toute son attention sur la cuisinière. « Tout va rentrer dans l'ordre, je vous le garantis. D'ici ce soir, ce sera fini. Sir Charles sait parfaitement s'y prendre avec les esclaves. Et je veillerai à ce que mon frère sache que vous avez été dérangée pendant votre travail. »

La cuisinière, qui n'avait visiblement pas désarmé, recouvrit de pâte une tourte au ventre rebondi, et en ourla prestement le bord. « Je l'espère, Miss Cole. Je n'ai pas l'habitude de travailler dans ces conditions-là. »

Miss Cole fit signe à Frances de passer devant pour remonter. Au salon, elle retourna s'asseoir près de la fenêtre et regarda Bates qui attendait sur le quai la barge du passeur pour gagner l'hôtel de Sir Charles, sur l'autre rive de l'Avon. « J'espère qu'il trouvera notre homme chez lui, dit-elle. Sinon, il faudra que j'envoie chercher Josias. »

Frances ne répondit pas. Elle sentait bien qu'elles n'auraient pas dû envoyer chercher Sir Charles, dont la science était sans conscience. Elle devinait pourquoi la femme mangeait de la terre, se mettait de la boue sur la tête et s'en barbouillait le visage. Frances savait qu'elle invitait un bourreau à prescrire le traitement à infliger à sa victime. Elle savait qu'elle était en train de se faire corrompre, lentement mais sûrement, par un système sur lequel elle n'avait aucune prise.

« Comment pourra-t-il nous conseiller ? demanda-t-elle.

— Clearwater est l'une des plantations les mieux tenues de Jamaïque.

— Mais il a dit que le quart des esclaves mourait au cours de la première année, et un autre quart pendant les quatre premières, de simple maladie. Il en perd encore davantage des suites des châtiments et avec les reventes.

— Ce sont de bons chiffres. Certaines plantations, surtout celles qui sont situées plus bas, dans des régions à fièvres, perdent tous leurs esclaves en l'espace de deux saisons. »

Frances s'assit à la table et reprit le drap qu'elle raccommodait. « Sir Charles a dit que sur dix esclaves embarqués en Afrique, deux mouraient pendant la traversée, deux la première année et deux autres avant la quatrième année, dit-elle d'une voix délibérément neutre. Si bien que pour dix qu'on attrape et qu'on emmène, il n'en reste que quatre en vie au bout de cinq ans.

— Oui, dit Miss Cole. Voilà pourquoi la traite est si fiable. Et si avantageuse pour nous.

— Je vois », dit Frances en baissant la tête.

Les deux femmes n'échangèrent plus une seule parole jusqu'à ce que Miss Cole avise Bates sur le quai. « Ils arrivent », dit-elle, au moment même où Sir Charles tambourinait à la porte d'entrée avec sa canne à pommeau incrusté de perles.

Brown l'introduisit au salon. Il baisa la main de Miss Cole, puis s'inclina très bas sur celle de Frances, à qui il adressa ensuite un sourire complice. On eût dit un gentil petit garçon surpris dans un verger avec des pommes plein les poches. Pour un peu, il lui eût fait un clin d'œil.

« Pardonnez-moi de ne pas être venu vous présenter mes hommages ce matin, fit-il d'un ton charmeur. Ma fille et moi avons passé une soirée délicieuse avec vous. Hélas, je me suis réveillé très tard. Votre vin était exquis.

— Nous sommes dans l'embarras à cause de l'une des esclaves, interrompit Miss Cole. C'est pourquoi nous vous avons envoyé Bates. »

Sir Charles cessa de caresser du regard le visage de

Frances et sourit à Sarah. « Je serai trop heureux de vous être de quelque assistance. Commandez et j'obéirai.

— C'est Frances qui a la conduite des esclaves », dit Miss Cole, assignant le blâme à qui de droit. « Or aujourd'hui, l'une des femmes a un comportement bizarre, et tous gémissent en chœur, ce qui dérange la cuisinière. »

Sir Charles eut un petit rire enjôleur et adressa un sourire à Frances. « On ne contrarie pas une perle pareille. Voulez-vous que j'aille les voir ?

— La femme en question refuse la nourriture, dit sourdement Frances. Elle mange...

— De la terre ? »

Frances leva brusquement les yeux. « Comment avez-vous deviné ? »

Il haussa les épaules. « C'est fréquent. Une habitude répugnante, n'est-ce pas ? Plus fréquente chez les femmes. Cela les rend malades comme des chiens et leur donne le pian. Il arrive même qu'elles en meurent. Quand je vous disais que les nègres sont impossibles ! Ils savent qu'ils vous font perdre l'argent qu'ils vous ont coûté, ces sales bêtes. Il vous faut utiliser une muselière, madame.

— Une muselière ? »

Il eut un claquement de langue irrité. « Suis-je bête ! Je me croyais chez moi. Ici, vous n'en trouverez pas. C'est un appareil que nous mettons aux esclaves qui mangent de la terre. Un masque de métal qui emprisonne la mâchoire et bloque la bouche. Le commandeur doit l'enlever au moment des repas et veiller à ce qu'ils avalent leur nourriture. Après, on le leur remet. Parce qu'ils sont malins comme des singes, vous savez. S'ils veulent manger de la terre, ils arrivent toujours à mettre la main dessus. La seule façon de les empêcher, c'est de les museler.

— Cela vous arrive souvent ? demanda Miss Cole, intéressée.

— Nous ne pourrions pas faire tourner nos plantations sinon. Ceux qui mangent de la terre ont droit à cet appareil ; beaucoup de gens en mettent aussi un à leur cuisinière et aux filles de cuisine pour les empêcher de goûter à ce qu'elles préparent. C'est un souci très fréquent chez nous, et nous utilisons donc beaucoup la muselière. Si vous voulez que je vous dessine un modèle, un maréchal-ferrant pourrait vous en fabriquer une. Cela ressemble au bâillon que l'on mettait autrefois aux mégères et présente en outre l'avantage de les empêcher de parler ! Celle qui vous cause tous ces soucis, quelle taille a-t-elle ? »

Miss Cole regarda Frances, qui aurait voulu dire : « C'est celle que vous avez violée », mais n'osa pas. L'homme qui se tenait devant elle était souriant, sûr de lui et charmant. Elle ne pouvait le traiter ouvertement de tortionnaire. Il avait forcé une femme qui maintenant mangeait de la terre et se mettait de la boue sur la tête. Et elle, Frances, elle restait lâchement muette.

« C'est la plus robuste, dit-elle.

— Alors il vous faut une muselière de taille moyenne, dit-il tranquillement. Assez serrée, pour bien bloquer la bouche et appuyer contre les lèvres, les dents et les gencives. Comme ça, la leçon entre mieux. Si la bouche de votre esclave saigne un peu, cela n'a pas d'importance. Je vais vous en dessiner une. »

Miss Cole invita Sir Charles à s'asseoir à la table et posa devant lui du papier et une plume. A traits rapides et sûrs, il dessina un petit casque avec une ouverture pour le nez, une plaque obturant la bouche, et des lanières de cuir s'attachant derrière la tête.

« Ne vous découragez pas, dit-il à Frances. Ce n'est qu'un petit contretemps sans importance. Je suis sûr que vous vous acquittez à merveille de votre tâche.

— Je vous remercie, articula-t-elle non sans effort.

— Pourquoi ne m'accompagnez-vous pas jusqu'à mon hôtel ? proposa-t-il. Vous prendrez une petite collation avec moi ainsi qu'un verre de vin. Honoria se joindra à nous. Elle sera ravie de pouvoir cultiver votre amitié, Mrs. Cole. » Frances regarda Sarah qui, surprise et flattée, répondit aussitôt : « Donnez-nous le temps de mettre un bonnet, Sir Charles. Dois-je mettre une cape ou un châle, à votre avis ?

— Il fait toujours aussi froid, mais Dieu merci, il a cessé de pleuvoir, s'exclama-t-il. Prenez tout votre temps, Miss Cole. Ce n'est pas tous les jours que j'ai l'honneur de me promener avec une beauté à chaque bras. J'attendrais toute la journée si besoin était ! » dit-il en souriant à Miss Cole, qui en rougit de plaisir. Mais le regard de biais qu'il coula vers Frances montrait bien à qui le compliment était destiné. La présence de cet homme qui ne doutait pas un seul instant de son pouvoir de séduction emplissait la petite pièce.

Lentement, Frances se dirigea vers la porte. Elle n'avait aucune envie de poser sa main sur le bras de Sir Charles, ni de déjeuner avec lui. Aucune envie de voir son sourire entendu, ni d'entendre son petit rire mi-confus, mi-fanfaron. Elle pensa à la femme noire qu'il avait prise contre son gré, à toutes les autres qu'il avait forcées aussi. Elle s'arrêta à la porte et rassembla son courage pour décliner l'invitation.

« Vous me faites un très grand plaisir, ronronna Sir Charles. En Angleterre, j'ai si rarement l'occasion de me trouver en compagnie de personnes du sexe. Grâce à vous, je me sens devenir plus civilisé de minute en minute. »

Avec une politesse dont elle sentait bien toute l'hypocrite lâcheté, Frances répondit : « J'en suis fort aise. »

13

Malgré l'affabilité de leur hôte et la bonne humeur de Sarah, flattée de se trouver en sa compagnie, le déjeuner ne fut pas une réussite. Honoria témoigna aux dames Cole une politesse aussi froide que la veille. Quant à Frances, elle sentit revenir le martèlement douloureux de sa migraine.

« Vous êtes pâle, Mrs. Cole, dit Honoria de sa voix chantante. Je vous envie, moi qui suis obligée de me protéger sans cesse le visage du soleil chez nous. Maman n'a qu'une peur : que je me gâte le teint et devienne aussi noire que les esclaves.

— Je ne me sens pas très bien en ce moment, dit Frances.

— La fatigue de la jeune mariée, sans doute? glissa Sir Charles, avec un sourire de connivence à l'adresse de Frances. Les responsabilités domestiques, celle des esclaves. Josias vous fait travailler dur! Vous devriez le lui reprocher!

— Le travail ne me fait pas peur. Je travaillais beaucoup plus chez moi. » Une brusque bouffée de nostalgie l'envahit : la nostalgie du presbytère et du petit village où son père et elle étaient connus de tous et jusque dans les coins les plus reculés de la paroisse; où elle menait une existence sereine, à l'abri de la mauvaise conscience. « J'allais visiter les pauvres par tous les temps. Mon père avait la cure et mon oncle, Lord Scott, les terres. Nous habitions dans les collines à côté de Bath, et je m'aperçois que la campagne me manque énormément.

— Pardi, vous êtes cloîtrée en ville ! s'exclama Sir Charles. Ah, mesdames comme j'aimerais vous emmener à Clearwater ! » Si son sourire incluait Sarah, son œil ne quittait pas Frances. « Vous pourriez rester allongée dans un hamac et regarder au loin la mer qui borde un paysage à vous ravir l'âme. Une nature fertile et luxuriante sur des centaines d'arpents. Songez donc, Mrs. Cole, que vous auriez dix esclaves prêts à satisfaire vos moindres désirs, quels qu'ils soient ! Voilà qui vous mettrait un peu de couleur aux joues. Et je vous préparerais moi-même des punchs pour vous faire battre le cœur plus vite. » Frances, que les inflexions caressantes de Sir Charles mettaient mal à l'aise, jeta un coup d'œil furtif vers Sarah.

« Ma belle-sœur est heureuse là où elle est, déclara celle-ci. D'ailleurs, d'ici un mois, nous habiterons Queens Square. L'achat de la maison a été retardé, mais quand nous serons installés là-bas, nous aurons un jardin à notre disposition.

— C'est une fort belle adresse, admit Sir Charles. Mais comment se fait-il que vous n'ayez pas songé à vous installer sur les hauteurs, à Park Street ? J'ai à peine reconnu la ville tant on a construit depuis ma dernière visite. Partout ce ne sont que nouveaux chantiers. »

Miss Cole secoua fermement la tête. « Non. Nous préférons habiter au centre. Mon frère dit toujours qu'un marchand n'est heureux que lorsqu'il voit les mâts de ses navires.

— C'est lui le meilleur juge, concéda aimablement Sir Charles. Ainsi, la prochaine fois que je viendrai à Bristol, je vous verrai dans un bel hôtel particulier, Mrs. Cole !

— Oui », dit Frances d'une petite voix.

Sir Charles fit signe à l'esclave qui se tenait derrière sa chaise de verser le vin. L'homme s'exécuta. Frances refusa : « Je ne bois que de l'eau à déjeuner.

— Ah, mais voilà pourquoi vous êtes si pâle ! s'exclama son hôte. Laissez-moi vous offrir un peu de punch de ma composition, fait avec le rhum de chez moi. Du punch, Sammy ! fit-il. Vite, vite ! »

L'homme s'inclina, impassible. « Oui, missié.

— Ne vous dérangez pas, je vous en prie, protesta Frances. Je vous assure, Sir Charles... »

Il sourit et, se penchant, posa sa main sur celle de Frances. A l'insu de Miss Cole, son petit doigt se glissa sous le poignet de Frances et caressa la peau délicate. « Soyez indulgente avec moi, dit-il de sa voix la plus enjôleuse. J'ai pris aux îles de mauvaises habitudes que je garde même ici. Il me faut passer mes caprices, Mrs. Cole ! »

En pensant à celui de la veille, et à la femme qui aujourd'hui se barbouillait la figure de boue et mangeait de la terre, Frances frémit et retira sa main.

« Vous êtes un hôte exemplaire, dit Miss Cole, qui surveillait Frances du coin de l'œil. Nous goûterons votre punch avec plaisir. Après quoi, nous prendrons congé, car nos après-midi sont bien remplis, vous vous en doutez. Ma belle-sœur est désormais une femme d'affaires, et elle a de nombreuses obligations. »

Sir Charles adressa à Frances un regard de sympathie, mais son attention fut distraite par le retour de l'esclave qui apportait un bol à punch en argent, dans lequel son maître pressa du citron et ajouta du sucre. Après quoi, il fit signe à l'homme de servir les gobelets et surveilla ses moindres mouvements.

« Il faudra que je parle affaires avec Mr. Cole aujourd'hui, dit Sir Charles.

— Mon frère sera ravi, s'empressa de répondre Sarah. Puis-je vous être de quelque utilité ?

— Vos conseils seront les bienvenus, madame, dit courtoisement Sir Charles. Je ne sais trop comment faire parvenir mes fonds en Angleterre. Or j'aimerais investir ici et acheter des terres, d'autant que j'entends revenir habiter l'Angleterre un jour. Et puis, il me faut songer à la dot d'Honoria. Il me semble hasardeux de confier mon or au premier navire venu, et je n'ai pas ici d'agent susceptible de négocier des lettres de change. J'ai apporté de l'or dont je ne sais que faire, faute de savoir à qui le laisser en dépôt. J'aimerais connaître le nom d'un homme de confiance qui puisse le garder, et l'investir le cas échéant. »

Miss Cole réfléchit quelques instants. « Vous n'avez pas de famille en Angleterre ?

— Hélas, non. Mon frère, qui était mon dépositaire, se chargeait de tout cela, mais il est mort il y a deux ans et je n'ai personne pour le remplacer. »

Miss Cole toussota et se lança. « J'espère que vous ne me jugerez pas trop présomptueuse si je vous propose nos bons offices. Nous avons une longue expérience du négoce, où nous n'avons pas si mal réussi d'ailleurs. Je serais très honorée de vous servir, et mon frère aussi, je le sais... Vous pourriez nous confier vos fonds et nous serions vos agents en Angleterre. Nous nous chargerions d'acheter ce dont vous avez besoin, et nous vous l'enverrions sur nos navires. Si vous nous donnez des billets à ordre pour tous les esclaves que vous achetez à d'autres négriers, nous vous les paierons sur présentation. »

Sir Charles hésita. « Je sais que certaines compagnies commerciales de Londres font cela. Mais — vous voudrez bien me pardonner ma franchise — il s'agit d'établissements plus importants que le vôtre. »

Sarah humecta ses lèvres sèches. « Nous prenons de l'extension, comme vous le savez. Et nous pouvons puiser dans nos propres capitaux. Nous connaissons bien la traite.

— Certes, mais il s'agirait d'acheter des terres... » Sir Charles n'acheva pas sa phrase, laissant entendre par là qu'un simple marchand de Bristol parti de rien n'était sans doute pas l'homme le plus compétent pour négocier l'achat de bonnes terres agricoles.

« Bien entendu, vous choisiriez vos domaines vous-même, s'acharna Sarah. Mais nous nous chargerions d'encaisser vos loyers.

— J'entends bien, dit Sir Charles, pensif. Mais la terre et la traite sont deux univers fort différents, ma chère Miss Cole.

— Je suis persuadée que mon oncle, Lord Scott, se ferait un plaisir de vous aider », dit brusquement Frances, piquée de voir qu'ils semblaient tous les deux estimer qu'elle n'avait pas son mot à dire dans une conversation d'affaires, qu'ils la prenaient pour la cinquième roue du carrosse, au même titre qu'Honoria, qui regardait fixement par la fenêtre. Sir Charles et Sarah tournèrent vers elle des yeux passablement surpris. « Il m'a dit que Josias pouvait le consulter à tout moment, poursuivit Frances. Il possède beaucoup de terres dans le Somerset et en Irlande, ainsi qu'un vaste domaine en Écosse.

— Lord Scott en personne serait prêt à me conseiller ? » fit Sir Charles, subitement intéressé. Il jeta un coup d'œil en direction de sa fille. « Pourriez-vous nous présenter ? »

Si Frances n'y connaissait pas grand-chose en matière de commerce, en revanche elle n'ignorait rien de l'étiquette. « Mon oncle Lord Scott serait ravi de vous être de quelque assistance, et de vous accueillir, Miss Honoria et vous, dans sa résidence de Londres. Il y séjourne avec Lady Scott pendant la saison. Ma tante a coutume d'y donner un bal. Je pourrais la prier de vous envoyer des billets. »

Honoria, qui s'était jusque-là désintéressée de la conversation et rêvassait, se redressa soudain sur sa chaise en adressant un regard appuyé à son père.

« Mon dieu, mon dieu, l'excellente idée que voilà ! fit Sir Charles ravi. Je serais très honoré de faire la connaissance de Lord Scott, et très heureux de passer un accord avec vous s'il acceptait d'être notre conseiller. » Il adressa à Frances un large sourire et à sa fille un clin d'œil entendu. « Une invitation au bal ferait le plus grand plaisir à Miss Honoria, je ne vous le cache pas. C'est fort aimable à vous, Mrs. Cole, et je suis votre obligé.

— Laissons cela », dit froidement Frances, qui regrettait déjà son offre. Proposer à Sir Charles les bons offices de son oncle était une sottise. Mais, blessée dans son orgueil en se voyant reléguée au second plan et exclue de la conversation, elle n'avait pas résisté à l'envie mesquine de damer le pion à Sarah ni à celle de remettre Miss Honoria à sa place. En outre, ayant accepté l'invitation de Sir Charles, il lui était difficile de garder ses distances sans faire preuve de discourtoisie.

Comme il s'était mis à pleuvoir, Sir Charles les fit raccompagner chez elles dans sa voiture. A mesure qu'elles se rapprochaient du dock, l'odeur fétide du fleuve devenait plus forte. Le crépuscule, qui tombait prématurément au creux de l'hiver, plongeait déjà la ville dans la pénombre. Les épaisses fumées noirâtres de la verrerie et de la fonderie obscurcissaient encore le ciel et stagnaient en lourds nuages autour du clocher de St. Mary. Chargée de poussières noirâtres, la pluie déversait ses souillures sur les dentelles de pierre et faisait ruisseler des larmes de suie sur le visage des statues. Sarah avait du mal à contenir sa joie : « Vous avez rondement mené l'affaire, ma chère. Très rondement. Sir Charles est un homme précieux à avoir comme ami.

— Je n'aime pas Sir Charles, dit Frances d'une voix lasse. Et j'ai mal à la tête.

— Pour nous, c'est un client très important, insista

Sarah. Et vous avez parlé de Lord Scott à point nommé. Pensez-vous vraiment pouvoir convaincre votre oncle ? »

Frances descendit de la voiture et gagna la porte d'entrée. Près du quai des Cole, un nouveau navire était au mouillage, et la grue géante des Marchands-Entrepreneurs déchargeait des tonneaux de la cale pour les déposer sur le quai avec un grincement qui finit d'irriter Frances. Elle était mécontente de s'être laissé piéger dans un déjeuner avec Sir Charles et furieuse de s'être montrée trop complaisante envers leur hôte. Rien ne l'obligeait à se mêler de cette discussion d'affaires et à proposer si obligeamment d'user de son influence. En retrouvant la vilaine petite maison du quai, elle se rendait compte qu'elle avait exercé ses talents de femme du monde pour charmer un sinistre débauché au profit d'une minable entreprise marchande du port.

« Lord Scott prend mes intérêts très à cœur, répondit-elle avec hauteur. Je suis sûre qu'il fera tout ce que je lui demanderai.

— Si nous pouvons compter sur sa participation, alors nous deviendrons les agents de Sir Charles. Finis les soucis d'argent ! »

La porte s'ouvrit et Frances entra la première. « Dieu vous entende ! » fit-elle en étouffant une quinte de toux.

Sarah serra les dents : « C'est vous qui avez fait cette proposition. A vous d'être à la hauteur à présent. Vous ne pouvez pas promettre et vous dédire ensuite. En affaires, la parole donnée est sacrée.

— N'en faites tout de même pas une religion ! riposta Frances. A vous entendre, un contrat est plus contraignant que les dix commandements !

— C'est pourtant le cas. Et vous qui êtes femme de marchand, vous feriez bien d'apprendre que mieux vaut manquer à l'un des commandements qu'à sa parole. Les fondements de notre maison reposent sur la confiance que nous inspirons.

— Si vous le dites, répondit Frances, qui sentait l'exaspération la gagner. Pour ma part, j'ai la charge des esclaves. Mais sachez que je ferai tout ce qui est en mon pouvoir pour servir les intérêts de la maison Cole. Si Josias le souhaite, je demanderai à Lord Scott de conseiller Sir Charles et de l'inviter avec Honoria à Scott House.

— Sir Charles est un homme du monde. Il sera parfaitement à l'aise à Scott House.

— J'en suis moins sûre que vous. Mais Lord Scott saura se montrer tolérant. »

Sarah avala la rebuffade sans mot dire. Brown referma la porte derrière elles et Frances fila aussitôt vers l'escalier.

« N'oubliez pas la leçon des esclaves cet après-midi, lui rappela Sarah.

— Je vais d'abord me reposer. Je les prendrai à quatre heures.

— J'espère que vous vous sentirez mieux d'ici là, fit Sarah à contrecœur. Aujourd'hui, ma chère, vous avez fait du bon travail, je dois le reconnaître. »

Frances lui répondit par un signe de tête et monta. Sitôt entrée dans sa chambre, elle referma la porte et s'adossa contre elle. S'il y avait eu un verrou, elle l'aurait poussé pour ne plus voir sa belle-sœur. Elle voulait tout oublier, cette maison qui engendrait la claustrophobie, comme la monumentale vulgarité de Sir Charles.

Sarah n'avait pas remarqué sa caresse équivoque sur le poignet de Frances. Qu'aurait-elle dit ? Dans le monde des Scott — celui de la noblesse campagnarde —, il n'était pas rare de voir un homme faire la cour à une femme mariée ; mais dans le milieu chatouilleux des marchands de Bristol, où une fortune pouvait dépendre des apparences, Frances ne savait trop quelle conduite adopter.

De plus, elle manquait trop d'expérience pour suivre son instinct : même adolescente, elle n'avait jamais connu les émois du cœur. Lors des bals, des soirées et des pique-niques qui s'étaient succédé dans sa jeunesse, elle s'était contentée de suivre d'un œil amusé les heurs et les malheurs amoureux de ses cousines. Celles-ci lui reprochaient à juste titre sa réserve. Elle manquait de flamme et, avec les années, était devenue de plus en plus distante, même vis-à-vis d'elle-même. La mort de sa mère, puis celle de son père, à un an d'intervalle, lui avaient appris que le prix de l'amour est la vulnérabilité, et elle s'était juré de ne plus jamais le payer. Elle avait cru que tous ses sentiments étaient morts avec son père, qu'à force de larmes, elle les avait évacués à jamais, et qu'elle ne percevrait plus le monde extérieur qu'à travers un filtre d'indifférence.

Elle se passa les mains sur le visage, pressant les doigts contre ses tempes pour tenter de soulager sa migraine, et alla s'étendre sur le lit, les yeux au plafond. Dehors, juste sous ses fenêtres, on roulait des tonneaux sur les pavés, et le vacarme semblait ébranler toute la maison. Elle chercha à se caler confortablement la tête contre l'oreiller, mais en vain. Ce ne fut qu'au bout d'un long moment qu'elle ferma les yeux et finit par trouver le sommeil.

La porte de sa chambre s'ouvrit et Brown entra. « Miss Cole m'a envoyée vous réveiller, dit-elle en manière d'excuse. Elle a fait dire à Bates d'amener les esclaves au salon à l'heure qui vous conviendra. »

Frances s'étira. « J'ai fait la sieste, dit-elle en bâillant.

— Pardi ! Entre le dîner d'hier soir avec Sir Charles et le déjeuner d'aujourd'hui, vous deviez tomber de fatigue. » Brown se déplaçait prestement dans la pièce, repliant le linge et le rangeant dans les tiroirs, remettant en place la brosse et le peigne de

Frances sur la lourde commode. « Même Miss Cole s'est reposée, c'est vous dire ! »

Frances se redressa et jeta un coup d'œil à sa robe qui gisait, toute froissée. Chez elle, elle aurait gardé la même robe toute la journée, mais ici, à Bristol, les vêtements se défraîchissaient très vite. L'air charriait tant de particules de suie et de cendre que tout se couvrait d'une pellicule sombre qui salissait le linge blanc en quelques heures.

« Il faut que je me change.

— Et si vous mettiez votre jolie mousseline imprimée avec une ceinture verte ? suggéra Brown. Évidemment, c'est une tenue un peu habillée pour la maison.

— Donnez-la-moi quand même. »

Brown sortit la robe, la secoua par les épaules et l'étala sur le lit. Le corsage et les manches étaient très ajustés, et l'imprimé, un motif floral discret, se retrouvait sur la ceinture brodée. C'était une robe de printemps, faite pour se promener à la campagne sur une pelouse ensoleillée et tondue de frais.

Frances se leva et se tint bras tendus pendant que Brown dégrafait sa robe, l'aidait à l'ôter et à enfiler celle qu'elle avait choisie pour l'après-midi.

« Vous m'attacherez simplement les cheveux sur la nuque avec un ruban.

— Ils sont si beaux ! Vous ne voulez pas que je vous les frise un peu ? Le fourneau est allumé dans la cuisine, je pourrais chauffer le fer en un rien de temps.

— Non », dit Frances en attrapant un châle, car il faisait froid dans la pièce. A quoi bon se faire friser alors que personne ne la verrait, sinon sa belle-sœur et son mari ? Et Mehuru, bien sûr. Mais pour lui, qu'importait qu'elle eût les cheveux raides ou frisés ? L'espace d'un instant, elle se demanda s'il la considérait comme une femme, ou seulement comme une négrière, une ennemie. Elle aurait tant voulu qu'il sache qu'elle ne lui était pas hostile. « Dites à Bates de faire monter les esclaves au salon. Nous pouvons commencer. »

Frances attendit que Brown eût transmis le message. Bientôt, elle entendit les esclaves qui montaient lentement les marches menant à la cuisine avec des murmures inquiets, et elle se dirigea vers l'escalier.

Mehuru, qui l'avait entendue fermer sa porte, leva les yeux et regarda Frances descendre, flottant comme un fantôme dans sa robe mousseuse. En voyant qu'il la fixait, Frances s'arrêta dans l'escalier et posa la main à sa poitrine où son cœur s'était soudain mis à battre très fort. Mehuru vit le sang lui colorer le cou et les joues, puis se retirer, la laissant encore plus pâle qu'avant.

« Mehuru, dit-elle.

— Fran-cess. »

Elle entra dans le salon derrière les esclaves, qui prirent leurs places habituelles. Elle sourit et les salua d'un « Bonjour ! ». Les visages d'ébène restèrent impassibles.

Frances était moins solidement encadrée qu'à l'ordinaire. Bates montait bien la garde à la porte, avec son éternel fouet, mais il avait l'air absent et distrait d'une sentinelle qui s'ennuie ferme à son poste. Près de la fenêtre, le siège de Miss Cole était vide. Frances dévisagea Mehuru, sans s'occuper des autres. Elle se sentait nerveuse, la tête vide. « Mehuru », répéta-t-elle. Celui-ci la regarda sans répondre.

Après avoir jeté les yeux autour de la pièce en quête d'une inspiration pour la leçon du jour, elle s'approcha de la fenêtre, saisit l'un des rideaux, le leur montra et dit : « Rideau. »

« Rideau ! » répéta-t-elle en se tournant vers Mehuru. « Rideau ! » répéta-t-elle d'une voix plus autoritaire, lui faisant un signe de tête.

Mehuru étouffa un soupir de lassitude « Ri-deau.

— Bien ! s'exclama-t-elle. Rideau. »

Elle frappa contre la vitre. « Fenêtre ! » dit-elle à tout le groupe.

Tous répétèrent. « Fe-nêt ! »

Elle revint vers sa chaise et montra du doigt le dossier. « Chaise ! » Ils répétèrent le mot d'une voix morne. Puis elle frappa la table du plat de la main.

« Qu'est-ce que c'est ? demanda-t-elle à Mehuru. Dis-moi ce que c'est.

— Table », répondit-il sans hésiter.

Elle pointa le doigt vers les rideaux, la fenêtre, la chaise. Il répéta les mots, qu'il avait mémorisés du premier coup. Mehuru apprenait vite. Depuis longtemps familiarisé avec le portugais, il n'avait guère de difficulté à apprendre une autre langue européenne. Il écoutait les ordres de Johnbates, ne perdait rien des conversations entre les domestiques dans la cuisine et cherchait à mettre un sens sur chaque mot qu'il entendait. Alors qu'il en était déjà à repérer le découpage des phrases chaque fois qu'on le tirait de la cave, et à essayer d'en composer de nouvelles dans sa tête, Frances, elle, lui apprenait les mots un par un, comme à un bébé...

Frances se leva encore et retourna à la fenêtre. Mehuru l'observa à la dérobée, comme un homme surveille un animal inconnu dont il ne sait s'il est hostile ou non.

« Viens ici », dit-elle en lui faisant signe d'approcher. Il se leva et se dirigea prudemment vers elle. Frances avait plaisir à lui donner des ordres. Elle aimait la façon dont il était venu silencieusement se mettre à côté d'elle, avec l'allure souple d'un danseur. Toute sa vie, elle avait été impuissante face aux hommes. Or voilà qu'elle pouvait commander celui-ci à sa guise.

« Regarde, dit-elle, en désignant le quai. Un bateau. Bateau ! »

Mehuru ne connaissait de la maison que l'arrière-cour d'où l'on apercevait un coin de ciel sale. De la fenêtre du salon, il vit, gisant sur le lit de boue qui tapissait le bassin à marée basse, le bateau sur lequel on les avait embarqués pour l'interminable voyage qui les avait menés jusqu'ici. Tel quel, échoué sur le flanc, il avait un aspect infiniment moins redoutable que le monstre vorace de son cauchemar, et paraissait presque vulnérable. Les panneaux d'écoutille qui, pendant ces longs mois, avaient été son seul horizon, étaient démontés et posés le long du bastingage. Par les ouvertures béantes, Mehuru apercevait la cale, son univers, récurée et prête à embarquer une nouvelle cargaison. On avait dégréé le navire et donné les voiles à réparer et à recoudre dans les voileries des entrepôts. Sur le bord du quai, des marins étaient assis, occupés à vérifier les câbles et les cordages et à refaire les épissures.

Mehuru reconnut le cycle de préparatifs précédant un départ. Bientôt le navire lèverait l'ancre. A nouveau, il se lancerait dans une longue expédition sur ces mers grises et dangereuses et gagnerait les côtes d'Afrique où il attendrait, traîtreusement embusqué, pour kidnapper les habitants par deux, par trois, et les rassembler pour une monstrueuse razzia avant de les embarquer tous dans un voyage qui les mènerait à la mort, ou vers une vie si cruelle qu'ils auraient mille fois préféré mourir.

« Bateau, sourit Frances. Bateau. Ce bateau-là, c'est la *Daisy,* sur laquelle vous êtes venus ici. »

Mehuru hocha la tête. Ce navire, il le connaissait mieux que n'importe quel marin. Ses pieds nus avaient dansé sur le pont, le sang de son dos avait imprégné les planches de l'entrepont, son goût de vivre et sa fierté d'homme avaient disparu dans les soutes. S'il le connaissait, ce bateau !

« Bateau, répéta-t-il froidement.

— Faites excuse, madame, intervint John Bates, toujours adossé à la porte, les petits se sont remis à pleurer. »

Le plus jeune des deux enfants, pelotonné sur sa chaise, se balançait comme pour se bercer. Il pleurait à chaudes larmes, le visage immobile. L'autre, celui de cinq ans, était agrippé à la robe de la Fulani et cachait son visage dedans ; on voyait ses épaules, secouées de sanglots. L'air inquiet, les deux enfants de sept ans semblaient au bord des larmes. Frances se retourna et les regarda sans savoir que faire.

« Allons, reprenons, dit-elle, prenant une assiette sur la desserte. Ça, qu'est-ce que c'est ? »

La leçon se poursuivit et les esclaves continuèrent à nommer divers objets que leur désignait Frances, jusqu'à ce qu'on frappe. Brown passa la tête par l'entrebâillement de la porte.

« C'est le maréchal-ferrant, madame. Il a livré votre commande.

— Ah ! ce doit être la muselière », dit Frances en jetant un regard gêné vers Mehuru. Celui-ci suivait toujours attentivement ses intonations de voix. Sans comprendre le détail de ce qu'elle disait, il perçut fort bien son embarras. Kbara se mit aussitôt à tambouriner sur la table : « Que se passe-t-il ?

— Je ne sais pas, tambourina Mehuru en retour.

— Raccompagnez-les en bas, ordonna Frances à John Bates. Vous mettrez à la femme l'appareil dans la cave.

— J'attendrai qu'ils soient enchaînés. Le grand, là, le païen, il pourrait bien me donner du fil à retordre.

— A votre aise », dit Frances. Elle ne voulait pas se mêler de cette affaire, ni voir Bates passer la muselière à la femme. La violence lui répugnait.

« Je demanderai au gamin de descendre avec moi et je prendrai mes pistolets. Si elle se débat, je serai peut-être forcé d'user du fouet. »

Frances hésita et regarda la femme. Prostrée, elle n'avait ni participé à la leçon ni proféré le moindre son. Dans ses orbites creuses, ses yeux étaient vides, comme aveuglés par le désespoir. Elle semblait ne rien voir et ne rien entendre. Frances céda : « Soit, soupira-t-elle. Faites comme bon vous semble. »

Bates ouvrit la porte, tira un coup sec sur la chaîne qui reliait les colliers entre eux, et les esclaves se mirent à la file. On entendait la pluie tambouriner contre les vitres, et Mehuru frissonna. Dans son pays, la saison des pluies était courte et suivie d'une longue période chaude et sèche. Il était effaré de voir qu'ici tombait chaque jour une petite pluie froide. Il avait l'impression qu'il n'aurait plus jamais chaud et que même s'il se retrouvait par enchantement chez lui, couché en plein soleil sur la berge du fleuve, il sentirait encore ce froid qui lui glaçait les os et garderait dans les narines cette odeur de décomposition.

En redescendant, Mehuru trébucha, tirant du même coup sur le collier du plus petit, qui le suivait. Muré dans son désespoir, l'enfant n'eut même pas un cri de douleur. Mehuru posa la main sur lui, mais le petit ne leva même pas la tête. Il pleurait toujours en silence.

Dans la cave, le valet les attacha en glissant la chaîne dans les anneaux fixés au mur. Après quoi, Bates et lui détachèrent Morte de Honte. Elle ne se débattit pas, n'implora pas Mehuru du regard. Elle les suivit dans une sorte d'hébétude, sans savoir ce qu'ils voulaient, comme indifférente à tout ce qu'ils pourraient lui faire. « Si on tirait un coup, ni vu ni connu ? proposa le petit valet avec un rire égrillard qui retentit bizarrement dans la cave silencieuse.

— Vas-y, dit Bates d'un ton désinvolte. Le monsieur de l'autre soir l'a bien fait. Pourquoi pas nous ? »

Sans ménagements, ils étendirent la femme sur le sol. Elle ne fit pas un geste pour se défendre, détourna seulement la tête et ferma les yeux. Le valet passa le premier, maladroitement, et eut vite fait son affaire ; puis ce fut le tour de Bates, qui la prit brutalement. La femme ne dit rien, elle poussa juste un gémissement lorsque Bates la pénétra. La scène se déroulait aux pieds de Mehuru, forcé d'assister à cet acte abject, et fou de rage de se voir réduit à l'impuissance.

Les deux hommes se relevèrent. Morte de Honte gisait toujours au sol.

« Qu'est-ce qu'elle a ? » demanda le valet.

Bates lui donna un coup du bout de sa botte pour la faire réagir. Elle ne bougea toujours pas.

« Ma sœur », dit Mehuru. Lentement, très lentement, elle tourna la tête vers lui et leva vers lui des yeux vitreux. Elle était ailleurs, en un lieu où nul ne pouvait plus l'atteindre et d'où il eût été cruel de la rappeler.

« Tu es sous la protection de tes ancêtres, dit Mehuru au visage inexpressif et aveugle. Ils t'aiment toujours.

— Bon, c'est pas tout ça. Faudrait quand même finir ce qu'on est venus faire, dit Bates. Il ne me plaît pas beaucoup, ce gaillard-là. Il apprend trop vite. C'est pas normal. Elle ne devrait pas leur farcir la tête. Ça ne vaut rien de bon. »

Il ramassa la muselière, qui traînait par terre. « Tiens-moi cette femme au sol, ordonna-t-il. T'as qu'à mettre les pieds sur la chaîne des bracelets, et si elle se débat, tu la cognes avec le manche du fouet. »

Il s'agenouilla à la tête de la femme et lui enfila brutalement l'appareil. C'était une plaque de métal où l'on avait découpé un trou triangulaire pour le nez ; un large ruban de métal enserrait la bouche, et l'ensemble se nouait derrière la tête par d'épaisses sangles de cuir fermées par des boucles. Bates mit en place la muselière, l'ajustant bien sur la bouche, puis repoussa fermement la tête sur le côté pour pouvoir boucler les sangles. La femme ne dit rien et n'opposa pas la moindre résistance tant que dura l'opération. En voyant Bates la manipuler comme une poupée de chiffon, Mehuru se demanda si elle s'était évanouie tant son cou était mou. Mais quand ils la lâchèrent, elle redressa la tête, et il vit briller de part et d'autre de la plaque de métal ses yeux qui regardaient fixement dans le vide.

« Rattache-la », ordonna Bates à son acolyte.

Ils durent se mettre à deux pour la soulever et la rattacher au mur avec les autres. La chaîne était assez longue pour permettre à chacun de se tenir à sa guise, couché ou debout.

« Et maintenant, va chercher le baquet, dit Bates.

— Et elle ? Elle ne va rien pouvoir avaler !

— Eh bien, elle se passera de dîner. Demain elle aura faim, et elle mangera. Ça lui servira de leçon. »

Le garçon fit diligence et revint alors que Bates était en train de remplacer la bougie de la lanterne et de l'accrocher au mur. Le valet posa à portée de main des esclaves le baquet, les treize écuelles de métal, la cruche d'eau et les gobelets. Puis ils sortirent et Bates ferma la porte à clé derrière eux.

14

La flamme vacillante de la chandelle éclairait faiblement la cave. Le benjamin dormait depuis quelque temps déjà. Pour rassurer les petits qui pleuraient, les femmes les avaient pris dans leurs bras et s'étaient endormies en les serrant contre elles. Mehuru s'était mis à invoquer le Serpent, mais il eut beau se concentrer, celui-ci ne vint pas. Il finit par s'appuyer contre le mur froid de la cave, et ferma les yeux pour trouver le sommeil.

Soudain, il sentit qu'on lui touchait le pied. « Obalawa ! » fit une voix étouffée. C'était la jeune femme qui s'était elle-même rebaptisée Morte de Honte. Sa muselière couvrait à moitié son visage, lui obturant complètement la bouche. Son nez saignait, coupé de chaque côté par les bords tranchants du métal grossièrement taillé. Elle ne pouvait desserrer les lèvres et la plaque métallique déformait ses paroles. Mehuru les distinguait à peine, mais savait ce qu'elle allait lui demander.

« Tu es un obalawa, un grand prêtre, un devin.

— C'est vrai, j'ai été initié et j'ai consacré ma vie aux dieux, mais je perds ma vision, ma sœur. Je deviens aveugle dans ce pays.

— Ils m'ont muselée comme une chienne. Ils m'ont humiliée. Et maintenant, ils m'affament.

— Je sais, ma sœur, répondit doucement Mehuru. Et mon cœur saigne pour toi.

— Appelle la mort sur moi, Obalawa. Je dois rejoindre mes ancêtres. Pourvu qu'ils me pardonnent ! »

Mehuru resta un instant silencieux. « Ils ne nous laisseront peut-être pas t'enterrer selon nos règles. Avec tes objets personnels... » Il s'interrompit. Elle n'avait rien ici. Ni marmite, ni morceau de craie, ni perles pour sa coiffure, ni coupe, ni cuillère, ni couteau aiguisé, ni houe, ni bourse remplie de pièces ou de cauris, ni peigne. Aucun de ces jolis accessoires féminins qu'une jeune épouse souhaite que l'on dépose dans sa tombe ne pouvait accompagner Morte de Honte dans l'autre monde. Et son fils, qui aurait dû être le premier à lui dire adieu, à lui laver le visage pour le rituel funéraire et à lui donner le baiser d'adieu, ce jeune fils, elle avait dû le quitter avant même qu'il sache dire autre chose que « maman », avant même qu'il sache faire autre chose que l'appeler, l'appeler sans cesse, sans obtenir la moindre réponse.

« Oui, pourvu qu'ils me pardonnent.

— Notre sort s'améliorera peut-être, dit Mehuru. Peut-être serons-nous libérés. Peut-être arriverons-nous à rentrer chez nous. Choisir la mort est souvent une erreur et même une offense envers notre mère la terre. »

Dans l'obscurité, il voyait l'éclat de ses yeux de part et d'autre du métal. On eût dit une danseuse masquée, appelée pour la danse rituelle des funérailles, tant son aspect était étrange, presque inquiétant. « Que vois-tu, Obalawa ? »

Mehuru fixa la bride métallique qui obturait la bouche de sa compagne. Il se concentra sur ce triste reflet, comme s'il espérait y distinguer leur avenir. Il finit par secouer la tête et déclara : « Je ne nous vois pas rentrer chez nous.

— De toute façon, j'en suis bien incapable. Essaie de voir encore. Regarde-moi. Regarde en moi. »

Mehuru se pencha vers elle et s'efforça d'intégrer tout ce qu'il voyait : l'aspect fantomatique du visage masqué, les épaules voûtées par la souffrance, les vêtements informes sous lesquels on devinait des seins ronds et lisses et des hanches aux lignes pures. Soudain, il sentit frémir une vie nouvelle et se rapprocha encore plus. Il étouffa un soupir : il voyait l'enfant de Sir Charles.

La jeune femme fit un signe, mais Mehuru ne se laissa pas distraire, car il percevait une anomalie dans l'embryon. Il inspira encore. Si seulement il avait eu la fumée, l'eau, le plateau de bois poli et les cauris pour se livrer à l'arithmétique complexe de la divination, il aurait pu savoir ce qu'il en était au juste.

« C'est l'enfant, dit-il. Je crois qu'il n'est pas sain.

— Cet homme était malade, pourri sur pied, répondit-elle. Il avait sur lui une odeur infecte, celle de la mort. »

Mehuru hocha la tête. L'enfant n'arriverait pas à terme. La mort de cette femme qui portait un bébé dans son sein n'anéantirait donc pas une autre existence viable en même temps. De toute façon, Morte de Honte ne pouvait plus espérer une vie digne de ce nom.

« As-tu le pouvoir de souhaiter ma mort ? Sans souffrir, mais le plus vite possible ? » demanda-t-elle.

Mehuru ferma les yeux, attendant que son guide lui indique la réponse. Patiemment, la femme resta assise à côté de lui. Ils restèrent sans mot dire pendant près d'une heure, au terme de laquelle Mehuru soupira lentement : « Oui.

— La déesse ne te mangera pas », dit la femme avec bonté, le libérant de toute culpabilité, l'absolvant de tout blâme, afin qu'Ayelala, qui châtie tous ceux qui violent les lois, ne s'en prenne pas à lui.

« Ni toi », dit Mehuru, lui rendant sa bénédiction.

Il la regarda une dernière fois avant qu'elle ne s'en retourne prendre place auprès des autres femmes. Il vit qu'elle avait le désir de mourir et que s'il intercédait, il irait dans son sens. La mort était déjà dans ses yeux, aussi ternes que le métal qui lui barrait la bouche.

Il l'entendit bouger doucement dans l'obscurité, se croiser les bras sur la poitrine. Il l'entendit prononcer tant bien que mal les noms d'êtres chers : son fils, son mari, sa mère, ainsi que ceux des ancêtres qui pourraient lui venir en aide et, malgré toutes les vicissitudes de son existence, lui pardonner. Puis il entendit le long, le très long silence d'une femme qui attend la mort.

Il se redressa, regarda droit devant lui dans l'obscurité et commença à prier.

Au matin, dans l'obscurité, il entendit les femmes remuer, et l'une d'elles pousser un hurlement : « Mehuru ! Morte de Honte est toute froide ! Mais tu devais le savoir ! »

Il se leva en titubant légèrement, les jambes ankylosées. « Oui, je le savais », dit-il.

Kbara, en bout de chaîne, était lui aussi réveillé. « Comment allons-nous faire pour l'enterrer ici ? »

L'une des femmes écarta la paille et frappa le sol de la cave. C'était de la pierre. « N'ont-ils donc pas de terre dans ce maudit pays ? demanda-t-elle. Comment allons-nous pouvoir ensevelir notre sœur ? Elle devrait reposer sous le sol de sa propre hutte !

— Elle savait que ce serait impossible et elle s'y était préparée. »

La femme qui s'était baptisée Douleur se rapprocha de Mehuru. « Elle t'a parlé ? »

Mehuru garda le silence.

« Comment allons-nous faire ? demanda Kbara. Faut-il crier pour qu'ils viennent ?

— Ils vont descendre avec le fouet ! s'écria Orpheline. C'est ce qu'ils font toujours quand ils trouvent que nous faisons du bruit.

— Alors chantons aussi doucement que possible, décida Douleur. Et préparons-la de notre mieux. Après quoi, Mehuru les appellera. Pourras-tu demander à voir Frances et la prévenir, Mehuru ? »

Il acquiesça. Quel soulagement de voir les femmes prendre la direction des opérations. Elles savaient comment respecter les coutumes. C'était leur affaire. Elles se rassemblèrent autour du corps et commencèrent à psalmodier doucement un chant de deuil. Il entendait la paille crisser sous leurs pieds tandis qu'elles procédaient à une toilette sommaire de la morte, rajustaient ses vêtements et lavaient son visage, ou du moins ce qu'elles en pouvaient nettoyer autour de la muselière.

« Ce n'est pas fait dans les règles, se lamenta Perdue. Comment peut-on les respecter ici ? »

Kbara, Mehuru et l'adolescent, Maudit, attendaient, mal à l'aise. Chez eux, il incombait aux hommes de creuser la tombe pour leur compagne à l'intérieur de sa hutte, près de la porte, dans son foyer, pour qu'elle ne soit pas séparée des siens. De prévenir les voisins. De faire un cadeau à la famille en deuil, ou de l'aider d'une façon ou d'une autre. De préparer une fête d'adieu. D'amorcer leurs fusils pour tirer des salves en l'honneur de la défunte. De répéter leurs pas et de préparer des masques pour la danse des funérailles. Il y avait tant à faire lorsqu'une mort survenait, surtout celle d'une jeune femme. Or ils étaient là, malheureux, inutiles, les bras ballants comme des bons à rien.

Lorsque la porte s'ouvrit, ce fut un soulagement. John Bates entra avec une marmite de soupe. En voyant Mehuru s'avancer vers lui de toute la longueur de sa chaîne, il eut un mouvement de recul.

« Holà ! Doucement, toi ! dit-il, inquiet. Chut ! Restez tranquilles.

— Frances, dit posément Mehuru. Voir... Frances. »

Stupéfait, John Bates en laissa presque tomber la marmite.

« Johnbates, reprit Mehuru, je... veux... Frances.

— Ma parole, mais il parle ! s'exclama-t-il. Il a dit mon nom ! »

Tournant la tête vers la cuisine, il hurla : « Le moricaud parle ! Le grand ! Il dit des mots ! »

La cuisinière apparut en haut des marches et le houspilla : « Vous n'avez pas bientôt fini, que je ferme cette porte ! Je ne vais pas la garder ouverte toute la journée. Et je vous enferme aussi ?

— Minute ! » Il planta la marmite dans les bras de Mehuru.

« Voir Frances, répéta ce dernier.

— Frances, dit Bates. Mrs. Cole. Enfin, je vois qui tu veux dire. » Et, ouvrant la bouche, il se mit à crier comme s'il s'adressait à un sourd : « Je vais la prévenir ! »

Il tourna les talons et monta les marches. « C'est bizarre, quand même ! dit-il en refermant la porte. Ah, Mrs. Brown, vous direz à Mrs. Cole que le grand nègre la réclame. Je ne sais pas ce qui lui prend. Il a dit son nom. »

Brown renifla, l'air réprobateur. « Elle n'est même pas encore réveillée. » Elle était en train de préparer le plateau de Frances : du chocolat chaud, un petit pain, du beurre tout frais sorti de la baratte et de la confiture de prunes.

« Eh bien, vous le lui direz en lui apportant son petit déjeuner. Elle aura sûrement envie de savoir. Elle se donne assez de mal pour eux. »

Brown prit le plateau sans répondre et sortit majestueusement de la cuisine. Lorsqu'elle eut réveillé

Frances, tiré les rideaux et posé le plateau sur les genoux de sa maîtresse, elle se décida à transmettre le message de Bates. « Le grand nègre vous a réclamée », dit-elle.

Frances se figea, la tasse à mi-parcours. « Il m'a demandée ?

— D'après John Bates, il aurait dit "Voir Frances". J'ai cru bon de vous en parler.

— Vous avez bien fait. J'y vais tout de suite.

— Vous ne buvez pas votre chocolat ? »

Frances écarta le plateau et sortit de son lit. « Non, vous m'en ferez un autre plus tard. » Elle avait pris l'habitude de commander à présent. « Allez me chercher une robe de chambre et attachez-moi les cheveux. Je vais le voir. A propos, Mr. Cole est-il là ?

— Non, madame. Il est sorti. Il est allé voir Sir Charles à son hôtel.

— Alors je descendrai en robe de chambre. »

Frances se brossa les cheveux, épingla son bonnet et noua soigneusement sa ceinture. « Dites à la cuisinière que je descends », dit-elle soucieuse de respecter le protocole de la cuisine.

Quand elle y entra, il régnait un silence de mort. John Bates l'attendait près de la porte de la cave. « Il a dit votre nom tout ce qu'il y a de plus clairement, Mrs. Cole. Voulez-vous que je vous accompagne ? Avec mon fouet ? »

Le premier mouvement de Frances fut de refuser, mais elle hésita.

« On ne peut pas savoir ce qu'il a derrière la tête. C'est peut-être un piège, madame. Je vais aussi prendre mes pistolets avant de vous laisser descendre. »

Une peur irraisonnée saisit Frances, la peur d'une femme seule devant un groupe d'hommes, la peur de l'individu face à un groupe d'une autre race, la peur du maître entouré par ses esclaves, la peur du chef qui se sait haï, la peur du négrier qui se sait criminel. Elle sentait monter dans sa gorge un goût puissant, enivrant comme celui du pouvoir sur autrui, amer comme celui de la peur d'être à son tour asservi. Puis elle pensa à Mehuru, à ses yeux sombres, à ce qu'elle devinait de lui. Elle ne parvenait pas à l'imaginer en fauteur de trouble, en rebelle dangereux. Elle lui faisait totalement confiance.

« J'y vais seule », dit-elle d'un ton léger en ouvrant la porte.

Mehuru s'avança pour l'accueillir au bas des marches. A son expression, elle comprit qu'il s'était passé quelque chose.

« Frances.

— Mehuru. »

Il dit simplement : « Morte de Honte. »

Frances ne se doutait pas que ces mots étaient bien plus qu'un nom — le nom que la femme s'était donné, mais aussi le diagnostic de son mal et maintenant, son épitaphe.

« Elle est malade ? » demanda-t-elle.

Il secoua lentement la tête en signe de dénégation et, l'inclinant de côté, mima une lassitude extrême et ferma les yeux. « Morte ? »

Il la regarda, scrutant son visage.

Frances imita la mimique qu'il venait de faire, et ferma les yeux. « Morte ? »

Mehuru hocha la tête. « Morte », dit-il de sa voix grave et calme, ajoutant ce mot à son vocabulaire. « Elle est morte. » Et il s'écarta pour laisser Frances voir le corps inerte autour duquel les autres femmes psalmodiaient doucement.

Frances s'avança et eut un haut-le-corps. Elle avait oublié la muselière. Le visage de la jeune femme était emprisonné dans une cage de métal. Des coulées de sang et de salive maculaient son cou. On eût dit une victime de cruelles tortures médiévales. Et c'était elle, Frances, qui les avait ordonnées. La femme était morte. Elle semblait paisible. Malgré l'étrange heaume, malgré le collier et les chaînes, les bracelets de fer, elle semblait détendue. Pour la première fois, elle donnait l'impression d'être libre, affranchie de tous les tourments qu'on lui avait infligés.

Frances secoua la tête, refusant la réalité, refusant sa responsabilité. « Mais pourtant, elle allait bien, dit-elle, quoique... » Elle s'arrêta. Elle ne pouvait décemment pas continuer à affirmer que Morte de Honte s'était toujours bien portée. Captive en terre étrangère, violée, désespérée au point de se remplir la bouche et le ventre de terre et, malgré le traitement barbare dont elle avait été victime, elle avait enfin échappé à ses bourreaux et avait trouvé sa mort.

Frances sentit qu'elle ne pouvait plus fuir sa responsabilité, même devant Mehuru. Elle était coupable, et partie prenante dans la capture de cette femme et dans sa mort. En troquant son rang contre la richesse et le confort que pouvait lui apporter Josias, elle s'était rendue complice du rapt de cette femme et de l'exil qui l'avait conduite à sa mort. Elle avait été violée et Frances avait déjeuné avec son bourreau, à qui elle avait promis des billets pour un bal mondain.

« Pardon », dit Frances, très bas. Mehuru n'identifia pas le mot, mais perçut une sincérité de ton qu'il entendait pour la première fois dans la bouche de Frances.

Il eut un hochement de tête étrangement cérémonieux et dit dans sa langue : « Nous avons tous nos fautes à porter. »

Frances ne répondit pas. Ils se faisaient face en silence. Quand elle leva le visage vers lui, il fut stupéfait de voir qu'elle pleurait. Fasciné, il regarda une larme rouler sur sa joue. Tendant la main, il la toucha, comme s'il voulait s'assurer qu'elle était vraie.

La peau était chaude et la larme, bien réelle. Frances retint sa respiration quand il toucha sa pommette d'un doigt hésitant et délicat, léger comme une caresse de plume.

Lentement, il porta son doigt à ses lèvres. C'était salé comme une vraie larme. Il plongea son regard dans les yeux de Frances comme s'il lisait en elle l'oracle d'Ifa.

« Je vous demande pardon à tous », répéta-t-elle.

15

Bates vint chercher le corps de Morte de Honte. Quand les autres esclaves virent le commandeur saisir le cadavre par les poignets et monter les marches en le traînant derrière lui comme une poupée désarticulée, ils frémirent d'horreur.

« Mais enfin, Mehuru, il faut la laver et l'envelopper dans un linceul ! dit Douleur, ulcérée. Tu ne l'as pas dit à Frances ?

— Comment voulais-tu que je fasse ? Je ne sais même pas comment on dit "sépulture digne" dans sa langue. Je l'ai prévenue que notre sœur était morte ; je croyais qu'elle saurait s'y prendre. »

Ils regardèrent disparaître Bates, qui claqua la porte.

« Peut-être l'enterreront-ils avec respect, comme l'une des leurs, dit Kbara. Même s'ils ont des coutumes différentes des nôtres, elles ne sont pas nécessairement mauvaises. »

La fille qui s'était baptisée Orpheline lui jeta un regard indigné : « C'est notre sœur, et elle doit être enterrée selon la coutume. Comment veux-tu qu'elle retrouve ses ancêtres sinon ? » dit-elle en wolof. Kbara s'apprêtait à répondre quand Mehuru s'interposa. Chez les Yorubas, pour apaiser les mères et canaliser vers le bien le pouvoir magique et terrifiant des femmes, la tradition voulait que l'on sacrifiât à la fête du Gelede, cérémonie faite de pantomimes rituelles, où tous dansaient et festoyaient dix jours d'affilée. Ici, en ce lieu qui évoquait tout aussi irrésistiblement la tombe que la matrice originelle, les femmes, en proie à leurs pulsions refoulées, en mal de mère et en mal d'enfant, risquaient de se laisser aller à toutes sortes de débordements. Si rien ne venait endiguer leur chagrin, tout pouvait déchaîner leur colère. Orpheline avait raison. Mehuru savait qu'il avait failli à Morte de Honte, car il ne l'avait ni accompagnée après son trépas, ni protégée de son vivant.

« Ce n'est pas Kbara qui est à blâmer, Orpheline, dit-il doucement dans la langue de la fille. C'est moi seul. On nous a réduits à l'impuissance, et ici, nous ne sommes plus des hommes. Vois, je ne peux pas subvenir à tes besoins. Je ne peux ni chasser, ni cultiver la terre, ni même te défendre. Je n'ai pas pu dire à Frances ce qu'il fallait faire. Comme elle semblait compatir, j'ai cru qu'elle ferait le nécessaire pour notre sœur. Je n'avais pas compris que les gens d'ici n'étaient pas vraiment faits comme nous, qu'ils pouvaient avoir le cœur d'un côté et la tête de l'autre.

— Elle a eu du chagrin en apprenant que notre sœur était morte ? demanda Maudit.

— Ses yeux se sont emplis de larmes. Je lui ai fait confiance. J'ai cru qu'elle éprouvait de la compassion.

— Tu dis qu'elle avait les larmes aux yeux ? intervint Douleur d'un ton irrité. Alors pourquoi a-t-elle chargé ce bourreau de l'enterrer, lui qui l'a violée ? Elle est sans cœur, cette femme.

— Tu as raison. » Assis sur le banc de pierre, Mehuru ramena ses genoux sous son menton et les entoura de ses bras comme pour s'isoler du monde et méditer.

« Tu pries, Obalawa ? » demanda Maudit de sa voix éraillée qui commençait à muer.

Mehuru secoua la tête d'un mouvement las : « Je n'arrive plus à faire apparaître mon guide. J'ai beau l'invoquer, l'attendre, il ne vient plus. J'ai beau chercher à y voir clair, c'est en vain que j'attends l'illumination. Un jour viendra peut-être où le sens de nos souffrances m'apparaîtra. »

La mort de l'esclave ne devait rien changer au déroulement de la journée. Ainsi en avait décidé Sarah. Le corps de Morte de Honte fut donc emmené au cimetière de Redcliffe et enseveli dans une tombe sans inscription. Pas à la fosse commune, non, mais dans un lopin de terre à trois pence. Sarah inscrivit dûment la somme sur son livre de comptes, dans la colonne des débits. Après avoir saupoudré la page de sable, elle referma le registre en lançant à Frances un regard réprobateur. « C'est une perte sèche. Vous feriez bien de leur apprendre à obéir. Cette opération est censée nous rapporter. »

A cet instant, les esclaves entrèrent en silence dans le salon et prirent leurs places habituelles. Les deux plus jeunes, encore sous le choc, ne pleuraient pas. Leurs deux petits visages, qui arrivaient juste à hauteur de la table, étaient figés, aussi gris et lisses qu'une ardoise vierge.

Frances, qui avait apporté ses cahiers de croquis et d'aquarelle, installa son chevalet au bout de la table. Elle montra d'abord une aquarelle qui représentait Whiteleaze avec son allée d'ormes.

« C'est une maison, dit-elle en s'adressant à Mehuru. Maison ! » répéta-t-elle en faisant signe à tous de reprendre après elle.

Les esclaves, qui savaient ce qu'elle attendait d'eux, s'exécutèrent d'une voix monocorde. Elle aurait aussi bien pu leur désigner le papier que le chevalet, l'artiste ou le dieu qui permettait aux hommes de rêver et de créer des œuvres d'art, ils s'en moquaient bien. Mais ils obéissaient, puisqu'elle le voulait.

« C'est mon ancienne maison, expliqua-t-elle à Mehuru. Enfin, celle de mon oncle. Mais j'y ai très souvent séjourné. Nous y dînions deux à trois fois par semaine. » Assise au coin de la fenêtre, Sarah Cole se pencha pour jeter un coup d'œil, la curiosité l'emportant sur l'antipathie qu'elle éprouvait pour sa belle-sœur.

Frances se désigna, puis pointa son doigt sur l'aquarelle. « C'est *ma* maison d'avant. *Ma* maison. »

Mehuru comprit alors d'où venait cette étrange impression de détresse qui se dégageait d'elle. Frances était elle aussi exilée. Ce qui expliquait aussi son manque d'autorité. Nouvelle venue dans cette maison, elle n'y avait pas encore sa place. Il pensa aux coutumes de son pays, au soin avec lequel on préparait l'arrivée d'une nouvelle épouse. La première épouse allait la chercher pour l'accompagner à son futur foyer. Puis on lui lavait les jambes avant de la conduire à la chambre de son époux. Au début, elle habitait la maison de la première épouse, pour y apprendre son rôle, ses tâches et comment s'en acquitter au mieux. Pendant trois mois, elle ne rendait visite à ses parents que le soir venu, une fois achevé le travail de la journée. C'était presque un jeu de rentrer retrouver sa mère et de partager avec elle, dans la confidence d'une ombre propice, les secrets et les difficultés de sa nouvelle existence. Passé ce temps, la période d'apprentissage était terminée et la jeune épouse connaissait ses droits et ses obligations. Ainsi, dans ce monde où hommes et femmes avaient un rôle bien défini, et où les dieux étaient miséricordieux, les complications étaient rares. Jusqu'à l'arrivée des Blancs, jusqu'à ce que les Européens arment d'autres peuples, en fassent des nations esclavagistes en les poussant à s'attaquer à leurs voisins, c'était une terre bénie, au sol fertile et au climat favorable, dotée d'une longue tradition de stabilité politique.

Frances tourna une page et leur montra une autre aquarelle, une nature morte exécutée d'une main sûre. « Ce sont des fruits, dit-elle. Fruits ! » Elle les désigna l'un après l'autre du doigt, les esclaves répétant à sa suite : « Pomme ! poire ! raisin ! pêche ! »

Elle tourna encore une page et découvrit l'image d'un épagneul nain assis au bord d'un champ. Des fleurs des champs de couleur vive, coquelicots et bleuets, émaillaient le vert tendre du pré. Sur les haies au pourtour se détachaient les taches claires des églantines et les crêtes pourpres des digitales.

« C'était ma chienne, dit Frances. Ma petite chienne. J'ai été obligée de m'en séparer quand j'ai commencé à travailler. C'était un épagneul. »

Mehuru, percevant dans la voix de Frances un tremblement de détresse, détacha ses yeux du cahier pour la regarder. Elle s'efforça de lui sourire. « C'était ma petite compagne, reprit-elle, les yeux brillants de larmes, tirant un mouchoir de sa poche. Je sais que c'est ridicule, mais je l'adorais. Elle me suivait partout. Et je l'ai perdue. Comme ma maison, comme mon père... »

Les femmes jetèrent des regards furieux à Mehuru. « Ce sont des larmes de crocodile, murmura Douleur d'un ton amer. Une pour Morte de Honte, violée trois fois et morte dans une cave, et dix pour l'image d'un chien.

— Oui, souffla Mehuru. J'ai eu tort de lui faire confiance. Ses larmes ne signifient rien.

— Eh là, les voilà qui jasent entre eux ! intervint Miss Cole. Comment voulez-vous qu'ils apprennent l'anglais s'ils s'obstinent à parler leur jargon ? Ils ne vous écoutent même pas. »

Frances se tamponna les yeux d'un petit geste

rapide et s'éclaircit la voix avant de reprendre. « Excusez-moi ! » dit-elle à la rangée de visages hostiles. La page suivante représentait une église. « Voilà l'église de mon père. » Elle regarda Mehuru en désignant le dessin. « Église. Jésus. Église ! »

Un murmure maussade s'éleva parmi les esclaves, qui répétèrent néanmoins les mots après elle. Satisfaite, Frances les remercia d'un sourire. « Une autre fois, je vous raconterai des histoires de la Bible. »

Elle tourna encore une page. « Maintenant, voici des fleurs. » Les désignant de l'index, elle nomma chacune et tous répétèrent.

Puis elle abandonna les cahiers et s'assit en bout de table. « Bien ! fit-elle avec un entrain forcé. Passons à autre chose. Moi, je m'appelle Frances, et je suis anglaise. » Elle désigna Mehuru. « Toi, tu t'appelles Mehuru, et tu es africain. »

Il la fixa avec une réticence manifeste.

« Vas-y, railla Douleur. Tu es son favori. Tu as goûté ses larmes, et tu lui as fait confiance. Obéis-lui donc. »

Frances répéta : « Dis après moi : "Je m'appelle Mehuru. Je suis africain." »

Le regard de Mehuru, toujours posé sur elle, se fit brûlant de reproches, au point que Frances, décontenancée, se mit à bredouiller. « Qu'est-ce qu'il y a ? » lui demanda-t-elle en cherchant ses mots et en jetant un rapide coup d'œil du côté de Miss Cole. « Que se passe-t-il ? »

Il détourna ostensiblement la tête.

« Mehuru, fit-elle d'un ton suppliant, dis-moi, qu'y a-t-il ?

— Je m'appelle Mehuru », articula-t-il distinctement, imitant à la perfection l'élégant accent de Frances. Mais sa voix vibrante de colère et son obéissance même venaient comme une gifle. « Je m'appelle Mehuru, et je suis africain. »

Josias rentra dîner d'excellente humeur. Frances, qui changeait de tenue dans sa chambre, l'entendit bavarder avec sa sœur en montant l'escalier.

« Aujourd'hui, j'apporte deux bonnes nouvelles ! D'abord, Sir Charles envisage de nous confier ses fonds pour que nous lui servions d'agents. Tu as bien fait de lui proposer nos services, Sarah. Et Frances nous fait honneur. Si elle peut obtenir pour lui et sa fille des invitations au bal des Scott, je lui en serai très obligé. L'autre nouvelle est encore meilleure : Stephen Waring a enfin conclu la vente de sa maison avec moi ! Je commençais à me demander s'il n'allait pas me faire faux bond.

— Et moi, je me demandais s'il ne valait pas mieux abandonner cette affaire. Brown m'a dit que le numéro 31 allait être mis aux enchères. Deux ventes en si peu de temps, cela veut dire qu'on peut discuter les prix.

— Queens Square, c'est Queens Square. Même si le prix varie, ce quartier restera le plus huppé de Briscol.

— Peut-être, mais pourquoi se presser ? Réfléchis, Josias : avec deux maisons en vente à Queens Square, tu peux marchander pour que Waring baisse son prix.

— L'affaire est faite et j'ai topé là. Je n'ai qu'une parole, tout le monde le sait. Une fois que j'ai accepté un prix, je ne reviens pas dessus !

— Et quand prévois-tu de déménager ? Quand devons-nous payer le reste de la somme ? »

Ils s'interrompirent net en voyant Frances surgir de sa chambre. Celle-ci se sentit aussi gênée que si elle avait été prise à écouter aux portes. « Excusez-moi, mais je vous ai entendus parler de la maison. Elle est enfin à nous ? »

Josias lui adressa un large sourire, gravit les dernières marches et lui prit la main pour la baiser.

« Mais oui, ma chère, elle est achetée. Vous pouvez vous y installer demain !

— Demain !

— Mon frère exagère toujours.

— Pas du tout ! Ils vident les lieux. Quand Mr. Waring déménage, on peut dire à son crédit qu'il ne traîne pas. Sa femme et lui se sont installés à l'auberge pendant que leurs domestiques se chargent de tout emballer dans les caisses. Il m'a envoyé un mot pour me dire que dès demain, nous pourrions avoir les clés et emménager.

— Et l'argent ? insista Sarah sans prêter attention à la joie de Frances. Quand devons-nous verser le solde ? Tu sais que nous n'avons pas une telle somme disponible pour l'instant, Josias.

— Fais-moi confiance, Sarah, dit Josias en prenant la main de sa sœur. On n'achète pas une maison comme celle de Queens Square avec un simple bas de laine. J'ai négocié un prêt à long terme sur les bénéfices de la *Rose,* et je n'ai rien à débourser avant son retour, à la fin de l'année prochaine. C'est mon premier gros investissement, mais j'en ai d'autres en tête. Cela fait longtemps que j'attendais une occasion comme celle-ci.

— Tu as anticipé la vente de la cargaison ? s'étrangla Sarah. Mais nous n'avons jamais fait une chose pareille, Josias ! Cela représente un risque énorme...

— Mais c'est merveilleux ! interrompit Frances. Nous allons certainement devoir acheter beaucoup de meubles. Et aussi repeindre et redécorer la maison. Y a-t-il beaucoup de travaux à faire avant de nous installer ?

— Nous irons la visiter dès demain matin et vous en jugerez par vous-même, répondit Josias. Mais je crois qu'il n'y a pas grand-chose à faire. Mr. Waring a tout décoré dans le style chinois l'an dernier. De sorte que, si cela vous plaît, nous n'aurons d'autre souci que de faire porter nos meubles pour emménager. »

Frances jugeait cette mode des chinoiseries du dernier mauvais goût, mais elle se jura de s'abstenir de toute critique. « Je suis certaine que cette maison est charmante ! Comme il me tarde d'habiter Queens Square !

— Allez-vous m'écouter, oui ou non ? coupa Sarah. Je le redis, le risque est énorme. Jusqu'ici, nous nous sommes toujours abstenus de négocier à crédit ! »

Déconcertée, Frances se tut et regarda Josias. Celui-ci répondit à sa sœur avec fermeté.

« Jusqu'ici, nous n'avons fait d'affaires que sur une échelle réduite. Nous avons commencé petit, Sarah, et il nous fallait jouer serré. Mais la fortune sourit aux audacieux, et je suis convaincu que l'heure est venue de tenter la chance. »

Sarah crispa ses mains l'une contre l'autre, trahissant son angoisse. « Le risque est trop grand », redit-elle. Frances scruta le visage de sa belle-sœur et vit qu'elle était au bord des larmes. « Si la *Rose* fait naufrage, nous voilà ruinés d'un coup. Autant jouer à quitte ou double l'avenir de la compagnie. Tu ne peux pas faire une chose pareille. »

Josias faillit un instant tout lui avouer sur la *Rose* : ses cales bourrées d'esclaves à vendre en contrebande aux colonies espagnoles, l'absence d'assurance et les incertitudes qui planaient sur la traversée d'Afrique aux Antilles... Mais, la voyant déjà blême d'inquiétude et ne tenant pas à affronter sa fureur, il se ravisa. « Calme-toi, Sarah, lui dit-il d'un ton apaisant, en posant une main affectueuse sur celles de sa sœur. Crois-moi, il n'y a pas lieu de t'alarmer. »

Elle le regarda comme s'il ne comprenait décidément rien : « Je suis née à même le sol d'une masure, moi. J'ai connu une pauvreté dont tu n'as aucune idée, Josias. Quand tu es né, nous étions déjà plus à l'aise. Tu ne sais pas ce que c'est que la misère. » Elle se tourna vers Frances. « Pas plus que vous. Vous, vous estimez que devoir travailler pour vivre, qu'habiter au-dessus d'un entrepôt, c'est déchoir. Je le sais, je vous ai vue tordre le nez en observant notre façon de vivre, que vous jugez mesquine. Mais moi, j'ai connu l'indigence, pas vous. Ni Josias. J'ai marché pieds nus, faute d'argent pour m'acheter des chaussures ; j'ai eu faim, faute d'argent pour acheter de quoi manger. Alors, je ne souffre pas de t'entendre parler comme tu le fais, Josias, ni de te voir mettre en péril nos moyens d'existence. Comme si la pauvreté ne nous guettait pas à chaque instant, prête à nous engloutir à la première fausse manœuvre. » Sarah en avait le feu aux joues et les larmes aux yeux. « Nous naviguons au plus près, Josias, et toi, avec tes dettes et tes coups de dés, voilà que tu prends le risque de nous faire chavirer !

— Sarah... Je..., bégaya Josias, stupéfait de la véhémence de sa sœur.

— Promets-moi de ne pas faire de dettes ! De t'arranger avec Mr. Waring pour lui payer la somme due sur les bénéfices réalisés et non pas sur la vente future de nos cargaisons ! »

Embarrassé, Josias tenta d'éluder : « Allons, tout doux, Sarah. Cela me fâche de te voir si inquiète.

— Promets-le-moi !

— C'est trop tard ! J'ai accepté de verser à Waring une somme forfaitaire. J'en ai emprunté une partie ; une autre vient des bénéfices de la *Daisy,* et j'ai d'avance vendu la cargaison de la *Rose.* Le risque est pris, Sarah. Accepte-le, tu n'as pas le choix. » Quant au reste — le défaut d'assurance de la *Rose* et la contrebande —, il jugea préférable de le passer sous silence.

Le visage de Sarah se fit plus livide encore et elle

tituba comme si elle était sur le point de défaillir. Frances, témoin silencieux de l'affrontement entre le frère et la sœur, se dit qu'à voir l'aînée on eût cru qu'elle venait de perdre le grand amour de sa vie. Obsédée par la sécurité matérielle, Sarah ne redoutait rien tant que les dettes. Au prix d'un violent effort sur elle-même, elle se ressaisit, prenant une profonde inspiration. « Je suis au regret de l'apprendre, dit-elle.

— Le marché est conclu, signé et dûment enregistré, précisa Josias pour bien marquer qu'il n'y avait pas à revenir dessus.

— Alors, je n'ai plus rien à ajouter, fit-elle avec dignité. Sinon que j'aurais aimé que tu me consultes, Josias. Jadis, tu n'aurais pas agi ainsi. En tout état de cause, tu aurais dû m'en parler, ajouta-t-elle en évitant soigneusement de regarder Frances.

— Bien sûr, mais tout cela s'est passé au café, très vite et le plus simplement du monde. Le risque est minime, Sarah. La *Rose* est un navire solide. Pourquoi veux-tu qu'il lui arrive quoi que ce soit en route ? »

Sarah s'empressa de toucher le bois de la rampe pour conjurer le sort et Frances vit Josias en faire discrètement autant.

« En renonçant à acquérir la maison de Queens Square, nous aurions perdu notre dépôt, lui rappela-t-il. Et j'avais promis par contrat une nouvelle maison à Frances.

— Celle-ci faisait l'orgueil de notre père !

— Il est vrai qu'elle nous a porté chance. C'est ici que nous avons commencé. Mais à présent, il nous reste à faire notre chemin dans le monde. » Il s'arrêta, sourit et reprit gaiement. « Et moi, il faut maintenant que je prenne celui de ma chambre pour faire un brin de toilette avant le dîner. Je meurs de faim. La journée a été rude et je n'ai eu le temps de rien avaler depuis ce matin.

— Pourquoi ? Tu as trouvé des commanditaires

pour la *Daisy* ? demanda Sarah, qui le suivait dans l'escalier.

— Bien sûr, dit Josias d'un ton satisfait. A commencer par Sir Charles, qui a pris une part de mille livres ; et j'ai d'autres partenaires en vue. L'argent appelle l'argent. Maintenant que tout le monde sait que Sir Charles est commanditaire, les amateurs se pressent. Quand nous habiterons Queens Square, les choses se feront encore plus facilement. Et pour vous, la journée a-t-elle été bonne ?

— Non. Frances a perdu une esclave. »

Josias se retourna rapidement vers sa femme, dont il vit la mine abattue. « Allons, ce sont les risques du métier, dit-il gentiment. Ne lui fais pas de reproches, Sarah. Nous devons nous attendre à en perdre deux ou trois par arrivage. Cela n'a pas d'importance. »

Il gravit les dernières marches, prit la main de Frances et la conduisit jusqu'à sa chambre.

« Je suis navrée, dit Frances. Vous n'auriez pas dû me confier cette charge, vous savez. C'était la femme que... » Elle voulait incriminer Sir Charles, mais ne put se résoudre à évoquer son attitude criminelle. « C'était cette femme qui s'était mise à manger de la terre. Je lui ai laissé mettre une muselière, et elle en est morte. »

D'un geste bienveillant, Josias fit doucement asseoir sa femme devant son miroir, restant debout derrière elle, les mains posées sur ses épaules. « Cela n'a pas d'importance, mon amie, je vous assure. Ne vous mettez pas martel en tête. C'est une expérience que nous tentons. Si elle réussit et que nous réalisions un bon bénéfice sur les ventes, nous recommencerons, sur une plus grande échelle cette fois. Et si tous les esclaves venaient à mourir, nous aurons au moins appris que l'expérience était irréalisable. Ne vous tourmentez pas. Vous ne ménagez pas votre peine, et dresser des esclaves n'est pas une mince affaire. »

Il défit les épingles qui fixaient la coiffure de Frances, dont les cheveux s'écroulèrent sur les épaules. Le geste apaisa Frances, qui eut l'impression d'être revenue à l'époque où sa mère lui faisait des tresses. « Je me demande si je suis capable de les former. Cela n'a rien à voir avec ma pratique de gouvernante. Ils sont si différents de nous et l'homme qui comprend le mieux, Mehuru... » Elle s'arrêta, cherchant maladroitement ses mots. « Mehuru ne..., il n'a rien d'un esclave. Je n'arrive pas à le considérer comme tel. J'ai l'impression d'avoir en face de moi un homme civilisé. »

Josias prit une des brosses d'argent de sa femme et se mit à lui lisser doucement les cheveux. « Vous dites des sottises, Frances. C'est la fatigue. Continuez à faire de votre mieux, et dites-vous que c'est un essai, rien de plus. On ne fait pas d'omelette sans casser des œufs. Et je ne peux nous assurer le train que je désire pour nous sans prendre de risques. Je suis un entrepreneur, Frances, pas un boutiquier ! »

Il rabattit en arrière les cheveux de sa femme, dégageant les tempes douloureuses. La pression légère des soies, le glissement lent de la brosse sur son cuir chevelu faisaient à Frances l'effet d'une caresse bienfaisante.

« N'empêche que cela m'inquiète de les savoir sous ma responsabilité.

— Il faut vous faire à la traite. Ne les considérez pas comme des êtres humains, vous vous chagrineriez inutilement. Ce sont des marchandises, ma chère, des biens que les marchands de notre pays achètent et vendent depuis plus d'un siècle.

— Depuis si longtemps ? Je l'ignorais ! Combien d'esclaves ont été capturés, alors ?

— Oh, mon Dieu ! Allez savoir ! Nous avons sans cesse dû agrandir les navires qui partaient là-bas. La traite a doublé, quadruplé ! »

Frances vit dans le miroir son propre visage défait. « Des centaines d'esclaves... Des milliers ? »

Josias haussa les épaules. « Plus, beaucoup plus. Des millions. Il s'agit d'un commerce énorme. Depuis le début du siècle, nous avons, à nous seuls, capturé au moins trois millions d'esclaves. Et il n'y a pas que nous : tous les autres pays d'Europe font, eux aussi, la traite des Noirs. » Il continuait de lisser les cheveux de Frances en arrière. « Cela semble vous surprendre, mais sachez que c'est un commerce considérable, la clé de voûte de notre économie. En Angleterre, il n'y a pas de port qui ne le pratique, de famille qui n'en sente les retombées bienfaisantes. C'est le plus important trafic de tous les temps, et le pays entier en tire avantage. Les navires négriers qui sillonnent l'océan Atlantique sont légion, les bénéfices sont à l'origine de fortunes colossales. Ce commerce profite à tous, nous compris.

— Je l'ignorais », dit Frances. Elle se remémora alors les conversations frivoles à la table de son oncle, les sermons où son père s'en prenait non sans indulgence à la paresse et à la gourmandise. Jamais elle n'avait entendu personne remettre en question devant elle le bien-fondé de la traite. Ni personne s'interroger sur l'esclavage. Non, elle se souvenait seulement d'avoir entendu critiquer les radicaux et les abolitionnistes, ces gens qui menaçaient la prospérité de la Grande-Bretagne, qui voulaient ruiner les colonies en payant les travailleurs à des taux prohibitifs. « Mais la traite a dû ruiner l'Afrique, s'exclama-t-elle soudain. A force de capturer tant d'indigènes, on a dû vider les villages et anéantir des régions entières, d'autant que ce sont surtout des jeunes et des hommes que l'on emmène. »

Elle essaya d'imaginer à quoi ressemblerait à présent l'Angleterre après cent ans du même traitement, ce qu'il en serait advenu si on lui avait enlevé trois millions d'hommes et de femmes, trois millions de jeunes. Ce serait un pays ruiné, saigné à blanc, où il n'y aurait plus rien, ni richesses, ni agriculture, ni industries, ni routes. La nation serait à la dérive. Et ces trois millions de personnes en moins diminueraient en proportion le nombre des naissances. A la génération suivante, ce serait sept millions d'enfants en moins, et quinze à celle d'après. Cela ouvrirait une brèche fatale où s'engouffrerait la misère, mère du désespoir. Il n'y aurait plus ni inventions ni entreprises, et les fermes, les manufactures et toutes les industries iraient au néant. Ce serait l'anarchie et le chaos.

« Considérez l'Afrique comme notre ferme, Mrs. Cole. Avec nos bateaux, nous en acheminons le produit là où il y en a l'usage. L'Afrique sert de réserve d'esclaves au monde civilisé. C'est un système aussi commode qu'efficace. »

Frances se pencha et sa chevelure se ferma comme un rideau sur son visage, masquant son expression au regard de son mari. Le monde tel qu'elle le découvrait dans les propos de Josias lui donnait le vertige. Comment était-elle restée si longtemps sans rien soupçonner ? La vérité était-elle donc si facile à travestir ? Or voici qu'à présent, son existence dépendait de l'heureuse poursuite de ce commerce, de la traite. « N'est-ce pas un système injuste ? demanda-t-elle, sans conviction excessive. Est-il légitime d'exploiter un continent tout entier et de le réserver à notre usage ? Ces gens-là ne sont pas du bétail, Josias. Les hommes et les femmes auxquels j'ai affaire sont tout comme nous doués de sentiments. C'est ce que je crois en tout cas.

— Qui sait ? répondit Josias, imperturbable. Quand vous leur aurez appris à parler et qu'ils seront dégrossis, peut-être même pourrez-vous commencer à leur enseigner la morale chrétienne ? Voilà qui serait louable. Je suis sûr, Frances, que vous vous acquittez fort bien de votre tâche, comme peu de femmes le feraient. »

Josias, le geste doux et régulier, continua un moment à lui brosser les cheveux. Puis il coula sa main sous la lourde chevelure et se mit à lui caresser la nuque. Frances ne broncha pas. Elle pensait aux milliers de morts dont il devait être responsable, aux tragédies qu'il avait provoquées dans ces centaines ou milliers de foyers. Elle leva les yeux et vit dans le miroir le visage débonnaire de son mari.

« Je reste persuadée que la traite est injuste, Josias. »

Il lui sourit : « Vous êtes très jolie les cheveux défaits. Je vous préfère ainsi. »

16

Josias vint lui-même réveiller Frances de bonne heure. Il entra dans sa chambre, ouvrit les rideaux de la fenêtre et tira celui du baldaquin. La souillon était venue sans bruit allumer le feu avant l'aube et il faisait bon dans la pièce.

« Allons, réveillez-vous, Mrs. Cole. Debout ! claironna Josias. J'ai commandé une voiture pour nous deux à huit heures. Debout ! Je vous emmène visiter votre nouvelle maison ! »

Frances s'assit, amusée de voir son mari aussi impatient. « Mais les Waring n'auront pas fini de faire leurs malles !

— Qu'à cela ne tienne ! Je les expédierai par la porte de service pendant que ma femme arrivera par l'entrée d'honneur. »

On frappa à la porte et Brown apparut dans l'embrasure, portant le plateau de Frances, l'air embarrassé.

« Donnez-le-moi, dit Josias, prenant d'autorité le plateau qu'il posa sur les genoux de Frances. Avalez vite tout ça, et rejoignez-moi en bas dans une heure. Ne me faites pas lanterner, surtout ! »

Frances sourit : « Je vous promets de faire diligence. »

Josias se pencha pour baiser son front. Instinctivement elle leva le visage et leurs lèvres se rencontrèrent. Josias déposa sur les siennes un baiser tendre et léger. Touchée par cette exubérance de gamin qui s'apprête à ouvrir un cadeau, elle se sentit soudain pleine d'indulgence à son égard. Aux yeux de Lady Scott, Josias n'était peut-être qu'un vulgaire marchand, mais pour Frances, il était son mari et à ce titre, l'homme dont dépendaient son avenir et son bonheur. Et en fin de compte, elle se mettait à éprouver quelque affection pour lui.

« Dans une heure ! » insista-t-il, avant de sortir de la chambre.

La voiture attendait devant la maison, sur les pavés du quai. Frances descendit sur le palier, les mains enfouies dans un manchon, élégamment vêtue d'une pelisse et d'un chapeau assortis à sa robe de velours bleu nuit.

« Vous êtes à ravir », s'exclama Josias, qui ignorait que cette robe n'était qu'une vieille tenue soigneusement reprise dont les plis et les coutures cachaient l'usure. « Vous avez grande allure. On dirait une dame de qualité.

— Cela vous étonne ?

— Mais non, mais non ! bafouilla Josias, conscient de sa maladresse. Êtes-vous prête à partir ? »

Apercevant sa belle-sœur à l'étage, Frances hésita. « Vous ne nous accompagnez pas, Sarah ?

— Si l'on veut que la *Daisy* appareille le jour dit, je n'ai pas le temps de lambiner. Je dois passer les commandes pour la cargaison et les vérifier. Sans compter qu'il faut aussi établir toutes les formalités et enregistrer les autorisations de chargement et d'exportation. J'ai de quoi m'occuper toute la matinée. »

Frances se sentit visée par ce reproche implicite, qui glissa sur Josias. « Parfait ! s'exclama-t-il. Et ne va pas nous prendre pour des jean-foutre, Sarah. Pour gagner de l'argent dans cette bonne ville, il faut savoir jouer sur plusieurs tableaux et, entre autres, afficher sa prospérité. Je te jure que ce déménagement va faire notre fortune !

— Et qui donnera leur leçon aux esclaves cet après-midi ? Pas elle, apparemment.

— Mais si ! » fit Josias, conciliant. Sur ce, il ouvrit la porte, conduisit Frances à la voiture et l'y installa. « Au fait, Sarah, dis à Brown de se faire aider par les esclaves pour tout emballer. Je tiens à déménager au plus vite. Qu'ils commencent aujourd'hui. »

Frances jeta un regard mi-ravi, mi-confus vers Sarah qui se tenait sur le pas de la porte, l'air peu amène. Josias se cala sur le siège près d'elle, tandis que la voiture s'ébranlait en cahotant sur les pavés. « Quelle mégère ! murmura-t-il d'une voix amusée. A présent, Mrs. Cole, vous allez voir ce que vous allez voir ! »

Josias n'avait pas menti en annonçant que la maison était décorée de chinoiseries. Au point qu'en pénétrant pour la première fois dans le grand salon, Frances ne put s'empêcher de fermer les yeux. La pièce était orgueilleusement ornée de moulages en plâtre qui, du tiers supérieur des murs, proliféraient et convergeaient vers une rosace au milieu du plafond. Ce n'étaient que dragons, oiseaux à long bec, volutes, entrelacs de feuillages et de vignes sauvages du dernier vulgaire. Les murs étaient tendus de panne de soie rouge — choix d'autant plus saisissant que le tapis, où s'enroulaient feuilles de vigne, grappes de raisin et vrilles, était bleu et les rideaux, verts.

« Superbe ! s'exclama Josias avec satisfaction. C'est très élégant. Et si gai ! Je doute qu'il y ait à Bristol une autre maison décorée de la sorte.

— Moi aussi », fit Frances, qui partit inspecter le salon d'en face, légèrement plus petit et plus sobre. « Ah, mais voici une très jolie pièce !

— Vous ne vous y tiendrez pas, décida Josias. Ne trouvez-vous pas que la plus belle pièce est celle du devant ? J'installerai mon bureau ici, de sorte que les négociants puissent venir me voir en passant par-derrière. Finis, les fâcheux qui frappent à votre porte, Mrs. Cole. Vous ne verrez plus de marchands traverser votre vestibule. »

Frances sourit. En dépit des stucs surchargés et de l'exubérance des couleurs, c'était une belle demeure, aux volumes simples et aux lignes harmonieuses. Quatre pièces au rez-de-chaussée, quatre au premier, quatre au second et, au-dessus, les soupentes aménagées sous le toit. La cuisine et les dépendances se logeaient tant bien que mal sur l'arrière-cour. Au sous-sol, une cave était prévue pour les vins et les provisions. De l'entrée où ils se tenaient, ils entendirent soudain un fracas suivi d'un juron étouffé : l'un des valets des Waring avait laissé tomber son chargement.

Frances se mit à réfléchir à haute voix. « Il nous faudra engager de nouveaux domestiques. Brown et la souillon ne suffiront pas à elles deux pour tenir une grande maison comme celle-ci.

— Vous avez raison. Eh bien, dorénavant, nous ferons travailler les esclaves. Et nous achèterons de quoi meubler cette maison. Souhaitez-vous des meubles chinois, ma chère ? Je pense à un négociant qui fait venir des Indes d'excellentes copies. C'est à s'y méprendre. »

Frances fit l'effort de sourire. « Je crois que je préférerais un simple mobilier anglais, objecta-t-elle.

— Mais la mode chinoise fait fureur ! insista Josias. C'est le dernier cri ! Et la maison s'y prête ! »

Frances lui lança un regard en biais, sans répondre.

« Peut-être trouvez-vous la décoration un peu trop chargée ? Je la croyais fort élégante. Ce n'est pas le cas ? » s'inquiéta-t-il, perplexe.

Frances effleura de ses doigts gantés la main de son mari. « Ne vous tracassez pas, Mr. Cole, elle me convient fort bien. Et les chinoiseries sont du dernier cri. Mais puisque vous me demandez mon avis, je crois que nous aurions un peu moins l'air de... (Elle hésita, essayant de trouver un mot qui ne le désobligerait pas.) ... de nouveaux venus si nous prenions des meubles plus anciens, des meubles qui, à défaut d'être à la dernière mode, donneraient une âme à cette maison.

— Tiens donc, une âme ! De l'ancien, dites-vous ? Mais je ne veux pas de meubles d'occasion. Je n'ai pas envie d'avoir chez moi les affaires des autres. Il n'y a que les huissiers pour aimer s'asseoir sur les chaises des autres.

— Le mobilier de mes parents se trouve à Whiteleaze. Ils possédaient quelques belles pièces. Sachez qu'il est bon que tout ne soit pas neuf dans une maison. Cela donne une impression de... continuité.

— Des vieux meubles ? Je n'ai pas envie d'avoir une maison pleine de vieilleries !

— Mais ce sont des meubles de famille, se hâta de préciser Frances. De la famille Scott.

— Ah, des meubles de famille ! fit Josias, aussitôt rasséréné. Voilà qui change tout ! Avec les armoiries des Scott ? Sur tous ? Peut-être pourrions-nous faire mettre aussi les armoiries des Scott sur tout ce que nous achèterons ? »

Frances faillit dire non, mais se retint en voyant l'expression d'exaltation qui se lisait sur le visage de Josias. Autant le laisser faire, puisque personne ne le verrait ; du moins, personne de son monde.

« Oui, pourquoi pas ?

— Mais nous achèterons aussi des objets chinois, n'est-ce pas ? Des vases, des potiches, enfin, de la porcelaine.

— C'est entendu. Je vais écrire cet après-midi à

Lady Scott pour qu'elle me fasse expédier mes meubles. Nous achèterons le reste quand nous aurons vu ce qui manque.

— Mais nous pourrions d'ores et déjà acheter une ou deux potiches. Et des dragons de porcelaine. J'en ai vu des rouges. Je rêve de deux dragons. »

Frances se mit à rire.

« Je vous accorde que sans dragons cette maison serait insupportable. Je compte sur vous pour les trouver ! »

Josias eut un sourire penaud.

« Vous me trouvez ridicule ? Mais tout le monde ne jure que par les chinoiseries !

— Sans doute... Tant que nous n'en avons pas trop, elles seront du plus bel effet.

— Vous nous ferez un bel intérieur ? »

Pour la seconde fois de la journée, Frances se sentit prise d'un élan d'affection. Elle se haussa sur la pointe des pieds pour lui déposer un petit baiser sur la joue. « Je m'y emploierai de mon mieux. »

Son geste surprit Josias et il y eut un instant de silence embarrassé.

« J'aimerais voir les pièces du haut », dit Frances en se dirigeant vers l'escalier.

Josias la suivit et ils visitèrent ensemble la maison de fond en comble. Ce ne fut qu'après avoir tout exploré, y compris la cuisine, que Josias consentit à partir, laissant aux domestiques le soin de fermer derrière eux sitôt achevé le déménagement. Au moment où ils sortaient, une voiture s'arrêta devant la maison. Mrs. Waring en descendit.

« Ah, Mrs. Cole ! fit-elle en tendant à Frances une main gantée de chevreau quelque peu défraîchi. Pardonnez-moi d'arriver ainsi sans cérémonie, mais je tenais absolument à vous voir pour vous souhaiter la bienvenue dans votre nouvelle demeure. Nous y avons connu des jours heureux et j'espère qu'il en sera de même pour vous.

— Comme c'est aimable à vous. Permettez-moi de vous présenter mon mari, Mr. Cole. »

Mrs. Waring tourna vers Josias un visage souriant et lui tendit deux doigts.

« Vous emménagerez tout de suite? demanda-t-elle à Frances. Vous comptez recevoir? Aurons-nous bientôt le plaisir de voir Lord et Lady Scott?

— Nous comptons emménager pour la nouvelle année. Mon oncle et ma tante viendront certainement nous voir très souvent. Nous feriez-vous le plaisir de venir prendre le thé quand nous serons installés?

— Je serais ravie.

— Notre jour est le jeudi », annonça Frances avec un parfait naturel.

Josias, qui ignorait qu'il y eût un jour de réception, ouvrit la bouche, mais se ravisa. De toute évidence, Frances savait ce qu'elle faisait. Là, elle était dans son élément, comme lui au port.

« Comment se porte Mr. Waring? poursuivit Frances.

— A merveille. Il se fera une joie de m'accompagner. A propos, je ne vous ai pas demandé de nouvelles de votre belle-sœur.

— Sa santé est excellente. Mais je ne veux pas vous retenir dans la rue...

— Où avais-je la tête! fit Mrs. Waring, qui, ayant parfaitement saisi la critique à peine voilée, remonta aussitôt dans sa voiture. Le jeudi, donc!

— Je serai très heureuse de vous voir, dit gracieusement Frances. A bientôt. »

La voiture s'ébranla et Frances leva la main pour faire un petit signe d'adieu.

« Par tous les saints! s'exclama Josias, impressionné. On peut dire que vous l'avez chatouillée dans le sens des poils! »

Frances prit l'air réprobateur mais, incapable de tenir son sérieux, se mit à pouffer : « Non, Josias, pas *des* poils. *Du* poil ! Et n'utilisez plus jamais cette expression, je vous l'interdis !

— Comme vous voudrez, sourit-il. Allons, Mrs. Cole, venez. Je veux vous montrer autre chose avant de rentrer. »

Frances s'installa dans la voiture et Josias donna au cocher l'ordre de prendre le chemin du *Hot Well.* Après avoir suivi Park Street, ils prirent donc la route des berges. La marée était haute et l'air tiède sentait les embruns. Des volées de mouettes en quête de détritus tournoyaient au-dessus du fleuve dont les eaux scintillaient sous le soleil de midi. Frances baissa la vitre et vit le bac de Rownham qui partait de l'autre rive.

« En été, j'aimerais bien traverser le fleuve pour faire un pique-nique.

— Si toutefois vos tâches ne vous retiennent pas sur cette rive-ci », dit Josias d'un ton plein de sous-entendus.

La voiture, parvenue à destination, passa devant la petite colonnade en demi-cercle qui abritait les élégantes boutiques situées à l'entrée de l'établissement.

« Le Pavillon, les boutiques et une bonne moitié des meublés, dit Josias, sont la propriété de la Compagnie des Marchands-Entrepreneurs. Ils veulent s'en débarrasser et cherchent un gérant. »

Frances ne put réprimer un sursaut de stupéfaction.

« Vous n'y songez pas !

— Surtout, pas un mot à Sarah ! Elle en serait aux cent coups, dit Josias avec un sourire complice. Savez-vous que cela me tente fort ? Bien sûr, je ne prendrais pas l'intégralité, loin de là. Mais je crois que je pourrais tirer quelques bénéfices de la source et du Pavillon. Qu'en pensez-vous ?

— J'imagine que ce projet ne date pas d'hier ! Lorsque vous m'avez amenée ici la première fois, vous y songiez déjà, n'est-ce pas ?

— J'avais eu vent de certaines rumeurs. Seulement je ne peux m'investir dans la gérance qu'avec l'accord des sociétaires. C'est une affaire que je ne peux conclure qu'avec leur bénédiction. »

Frances hocha la tête en regardant les jolies petites boutiques blotties sous la colonnade que dominait la masse imposante et carrée du grand Pavillon.

« Si je l'obtenais, pensez-vous que nous saurions attirer la clientèle voulue ? demanda Josias. Si vous pouviez m'aider à connaître les goûts et les habitudes du beau monde, si l'on pouvait convaincre Lord Scott de venir, peut-être même avec Lady Scott... Si nous pouvions faire de ces thermes un endroit aussi couru que Bath... ? »

Songeuse, Frances mordillait le bout de son gant.

« Oui, Bath ! Il faudrait que nous arrivions à égaler Bath, poursuivit Josias. La saison est trop courte ici ; il nous faudrait attirer plus de clientèle. L'hiver, il n'y a pas un chat. L'idéal serait d'attirer les gens de Bristol. Et moi, je ne vois pas bien ce qu'il faudrait changer pour cela. Le sauriez-vous ?

— Oui, dit Frances après réflexion. Oui, je crois que je sais ce qu'il faudrait faire et comment. Quant aux gens qui seraient susceptibles d'en lancer la mode, je les connais aussi. Là n'est pas la difficulté. En revanche, cela coûterait beaucoup d'argent, Josias. Je ne sais pas combien au juste.

— Avec le bail en poche, je pourrais emprunter. Seulement, il me faut d'abord l'accord de la Compagnie des Marchands-Entrepreneurs. (Josias serra les dents et frappa sa paume d'un coup de poing rageur.) Dans cette ville, je ne peux aller nulle part sans me heurter à eux, maugréa-t-il. Je ne peux pas obtenir une assurance aux mêmes taux et conditions qu'eux. Ni faire décharger mes navires sans louer une de leurs grues. Pour la plus petite vétille, j'ai besoin de leur accord. Il faut que je sois des leurs, Frances. Il n'y a pas d'autre solution.

— Je le sais. D'ailleurs, je l'ai compris dès le début. Mais probablement comptent-ils à présent vous inviter à entrer dans leur confrérie. Maintenant que vous avez pris de l'extension...

— Grâce à la maison de Queens Square, grâce à vous et aussi à l'appui de Lord Scott. D'autant que Sir Charles a placé son argent chez nous. Oui, certainement vont-ils me solliciter...

— Mrs. Waring ! s'exclama soudain Frances, comme si elle venait de trouver la clé de leur réussite sociale.

— Oui. Mrs. Waring, ses amies, et leurs maris. Voilà de quoi nous entourer d'un solide réseau de relations. Il faut que nous fassions partie de leur monde.

— Faites-moi confiance. (Frances sourit.) Je peux vous obliger sur ce point, Mr. Cole. Je me charge de Mrs. Waring, de ses amies et de leurs maris. Si vous tenez à ce que nous entrions dans ce monde, je vous l'ouvrirai. »

Pendant le reste du mois de décembre, Sarah s'enferma dans un silence morose. Dans la petite maison du quai, Noël ne fut guère marqué que par une visite à l'église et une veillée particulièrement courte. Comme on avait accordé une journée de repos à la cuisinière et à Brown, le dîner de Noël se réduisit à une collation froide préparée le matin à leur intention et composée de jambon desséché, de pommes de terre à l'eau froides et de tourte au poulet. Frances se consola de ce triste festin en se disant que dans un mois, ils seraient à Queens Square, et que là ce serait elle qui commanderait les menus à la cuisinière. Elle s'efforça de ne pas penser aux joyeux dîners de Noël qu'elle avait connus à Whiteleaze et au petit presbytère, du vivant de ses parents. Le repas fini, elle partit se coucher blottie dans son châle. Le lendemain matin, à son réveil, elle s'aperçut qu'elle avait dormi en étreignant son oreiller, sans doute par besoin de réconfort. Les fenêtres de sa chambre étaient couvertes de fleurs de givre. A Whiteleaze, on devait se préparer pour la chasse à courre et Lord Scott, resplendissant dans son habit rouge, devait déjà inspecter la meute rassemblée sur la pelouse devant le manoir. A moins que la famille ne fût à Londres, à recevoir comme tous les matins un défilé ininterrompu de visiteurs soucieux d'exhiber leurs belles fourrures d'hiver.

Vêtue de sa robe la plus chaude, Frances installait sa chaise aussi près que possible du feu. Il faisait si froid que ses pieds étaient gelés et souffraient d'engelures qui l'élançaient dans ses bottines. La pièce était mal aérée, et elle se sentait oppressée. Assise de l'autre côté de la cheminée, Sarah se tenait raide sur son siège, enveloppée de châles. Elle traînait un rhume et reniflait sans cesse. D'après les calculs de Frances, elle devait renifler trois fois par minute. La journée se passa ainsi, après quoi toutes deux occupèrent la soirée à coudre, à lire des sermons et à attendre que la pendule marquât neuf heures. Puis on leur monta le thé et elles allèrent se coucher.

Contrairement à ce que Josias avait annoncé, le déménagement ne fut pas une mince affaire. La maison du quai était sens dessus dessous, et la confusion telle qu'il fallait régulièrement défaire les paquets sitôt après les avoir finis pour y retrouver des objets dont on avait un besoin urgent. Meubles, vaisselle, vin, nourriture, ainsi que les lettres et papiers entassés au cours des ans, tout devait être transporté dans la maison de Queens Square, de l'autre côté du pont. Mais même avec l'aide des esclaves, dirigés par John Bates et son valet, il fallut plusieurs jours pour venir à bout de l'opération. Si bien que les deux premiers jours que Frances passa à Queens Square, elle dormit dans une chambre nue, à l'exception de son lit, et déjeuna dans de la vaisselle de cuisine.

Pour sa nouvelle maison, Frances n'avait retenu que les meilleurs meubles de l'ancienne. Le mobilier des Cole était vieux, usagé, et dans l'ensemble de facture très médiocre. Elle laissa sur place presque tout le mobilier du bureau de Josias, notamment sa table et sa chaise de travail, par trop vermoulues. Sarah tint en revanche à faire emporter le mobilier des chambres ainsi que la table et les chaises du salon. « Je les ai choisies moi-même l'année où nous avons acheté la *Lily* », avait-elle dit à sa belle-sœur en caressant le noyer de piètre qualité.

« Assurément, ce sont des pièces comme on n'en trouve pas partout », avait murmuré Frances.

Les rouliers arrivèrent de Whiteleaze avec les meubles entreposés là-bas. Ils apportaient également un mot de Lord Scott adressant à sa nièce ses meilleurs vœux de bonheur. Lady Scott avait joint sa carte. Frances, qui attendait peu d'affection de la part de sa tante, fut enchantée de cette froide courtoisie et mit ladite carte en évidence sur le plateau d'argent placé à cet effet dans le vestibule, afin que les visiteurs ne pussent manquer de la voir en déposant la leur.

Prise dans ce remue-ménage, Frances pensa néanmoins à commander une livrée et des chaussures aux esclaves.

« Ils ne peuvent continuer à circuler pieds nus dans Queens Square et ici, fit-elle valoir à Sarah, hostile à cette dépense. S'ils ont trop froid, ils tomberont malades. Ils ont déjà les pieds couverts d'engelures. A quoi cela nous avancera-t-il d'avoir des esclaves malades ? Par ailleurs, nous ne trouverons qu'avantage à ce qu'ils aient belle allure. »

Il était prévu que les esclaves seraient logés dans

deux des soupentes — l'une pour les hommes et les garçons, l'autre pour les femmes et les jeunes enfants — et disposeraient de paillasses, couvertures, brocs, cuvettes et pots de chambre. Ils devaient aussi être traités comme des domestiques et libérés de leurs chaînes.

« Mais il faudra les enfermer la nuit, précisa cependant Sarah. Et faire mettre des barreaux aux fenêtres. »

Frances acquiesça. En changeant de domicile, elle avait enfin acquis le statut de maîtresse de maison. Désormais, c'était elle qui prenait les décisions domestiques et elle ne consultait plus Sarah que par pure courtoisie.

« De toute façon, il faudra bien que nous les laissions aller librement un jour ou l'autre. Nous ne pouvons vivre dans la crainte permanente qu'ils s'enfuient. D'ailleurs, où iraient-ils ?

— Les preneurs ne manqueraient pas : certaines familles anglaises, bien trop contentes de se procurer gratuitement un domestique ; des capitaines de passage en Angleterre, qui iraient les vendre aux Antilles. Sans compter qu'ils pourraient se sauver pour vivre librement.

— Les Noirs qui travaillent sur le quai sont des hommes libres ?

— Pour la plupart, oui. Soit que leur maître les ait affranchis à sa mort par testament, soit qu'ils aient gagné de quoi acheter leur liberté, soit qu'ils aient fui. Il y a beaucoup de nègres libres. A Londres, ils sont des dizaines de milliers. Ils sont si nombreux qu'ils finissent par envahir tous nos ports.

— Donc, un jour, nos esclaves pourraient être libres... », fit Frances, soudain songeuse.

Elle se demandait ce que ferait Mehuru de sa liberté s'il l'obtenait un jour. Elle ignorait ce qu'il voulait. Lorsqu'il la regardait, elle était incapable de déchiffrer son expression impassible.

Dans le tourbillon du déménagement, elle avait dû écourter ses leçons aux esclaves, et certains jours, les annuler.

Mais, même sans elles, ils apprenaient du vocabulaire, à commencer par celui des ordres et des insultes. Mehuru en particulier suivait attentivement toutes les conversations. Elle le regarda soulever sur son dos un chargement de literie et vit qu'il comprenait parfaitement ce qui se disait. Toutefois, il avait beau maîtriser de mieux en mieux la langue, Frances ne parvenait pas à le faire s'exprimer. Quand elle s'y essayait, il prenait un regard vague et faisait semblant de ne rien comprendre, comme si ce mutisme était son dernier rempart. Frances n'avait pas prévu que Mehuru puisse refuser de parler alors qu'il comprenait presque tout. Quand elle lui posait une question, il la regardait d'un air niais et inexpressif. Frances se disait parfois que quand bien même il connaîtrait un million de mots d'anglais, et parlerait aussi couramment que Josias, il serait encore capable de se retrancher derrière une façade d'ignorance et de faire la bête.

Elle savait qu'il ne lui avait pas pardonné le sort de Morte de Honte et qu'il la tenait pour responsable de l'avoir traîtreusement livrée à Sir Charles. Mais les jours passaient et Frances, sans cesse occupée à courir de la cave au grenier et à surveiller le déballage des meubles et des objets pour les installer à leur nouvelle place, relégua ses remords dans un coin de son esprit. Comme le lui avait dit Josias, il s'agissait d'une esclave parmi d'autres, et il fallait s'attendre à en perdre deux ou trois la première année. Si elle n'était pas morte dans la cave, elle aurait aussi bien pu mourir de froid ou de maladie. Frances n'eut donc pas trop de mal à faire taire son sentiment de culpabilité. D'autant que, sollicitée par de multiples préoccupations, il lui était plus facile d'oublier cet épisode que de s'en souvenir.

Mehuru, lui, n'oubliait pas Morte de Honte. Les autres non plus. Tous observaient d'un œil inquiet l'effervescence qui accompagnait le déménagement, se demandant ce que tout cela pouvait bien signifier. Les premiers jours, les bas et les chaussures leur parurent horriblement inconfortables. La sensation de ce cuir grossier qui leur comprimait les pieds était intolérable. Mais au bout de quelques jours, avec toutes les allées et venues qu'ils devaient effectuer entre Queens Square et le dock Redcliffe, ils finirent par s'y faire, et trouvèrent même quelque agrément à ces souliers qui les protégeaient des pavés glacés.

Délesté de son lourd collier et de ses chaînes au cliquetis incessant, Mehuru essaya de se redresser, espérant pouvoir enfin aller la tête droite. Mais les muscles de son cou étaient noués et raides, comme si sa nuque ne parvenait pas à oublier le poids du fer. Il était resté entravé si longtemps qu'il mit des jours à réapprendre à marcher le dos droit, à ne plus se traîner comme un chien à l'attache. Avec ses bas et ses chaussures, sa culotte chaude et sa chemise grossière, Mehuru cheminait péniblement de la maison du quai à celle de Queens Square, tantôt portant des ballots, tantôt poussant une voiture à bras, la nuque ployée, la tête basse, comme un homme sans fierté ni espoir. Comme l'esclave qu'il était.

17

A la fin du mois de janvier, l'installation à Queens Square était terminée, et le premier jeudi de février, Frances inaugura son « jour de réception ».

Arrivèrent d'abord Mr. et Mrs. Waring, accompagnés de Mrs. Shore, leur belle-sœur et sœur respective, épouse de l'un des premiers Marchands-Entrepreneurs de la ville. Pendant qu'ils prenaient le thé, on annonça Mr. Woolwick, le voisin, qui venait présenter ses civilités à la nouvelle maîtresse de maison.

« Pardonnez-moi de venir à l'improviste, fit-il en manière d'excuse, mais nous habitons à côté et quand j'ai vu les voitures, j'ai pris le risque de frapper à votre porte.

— Vous avez été bien inspiré, dit Frances, faisant signe à Brown d'apporter une autre tasse. Vous connaissez Mr. et Mrs. Waring et Mrs. Shore ? »

Mr. Woolwick adressa un signe de tête à Mr. Waring et un salut aux dames. « Vous savez, nous sommes un tout petit monde. Mrs. Shore a épousé mon cousin. »

Frances sourit. « Alors, c'est vous qui devriez me présenter puisque c'est moi l'étrangère ici.

— Bienvenue à nos nouveaux voisins, déclara galamment Mr. Waring. La présence d'une dame de qualité telle que vous nous fait honneur. N'avez-vous pas de famille à Bristol, Mrs. Cole ?

— Seulement ma chère belle-sœur. » Laquelle, assise en vis-à-vis, grimaça un sourire contraint. « Je suis née à la campagne, près de Bath, reprit Frances, et j'y ai passé mon enfance.

— A Whiteleaze ? s'enquit Mr. Woolwick.

— Par exemple ! Vous connaissez donc mon oncle, Lord Scott ?

— De nom, bien sûr. Nous sommes membres du même club à Londres, mais je ne le connais pas personnellement.

— J'espère qu'il viendra bientôt nous rendre visite avec Lady Scott et mes cousines.

— Mr. Cole n'est pas là ? » s'enquit Mrs. Waring.

Frances lui sourit. « Je ne connais pas les goûts de Mr. Waring, mais mon mari n'est guère amateur de thé. Heureusement qu'il n'en importe pas ! »

Mr. Waring et Mr. Woolwick laissèrent échapper un petit rire entendu.

« Pour ma part, reconnut Mr. Waring, je n'en bois qu'à mon corps défendant. Mais j'ai fait une exception pour notre charmante hôtesse !

— J'espère que vous accepterez plus volontiers de venir dîner bientôt, dit gracieusement Frances en levant le regard vers lui. Si mon mari trouve mille excuses pour échapper à la menace d'une tasse de thé, il se laisse en revanche facilement tenter par la promesse d'une bonne table !

— Je constate que nos maris ne rechignent pas à rester dehors pour vaquer à leurs affaires, confirma Mrs. Waring. Encore que je me demande ce qu'ils peuvent bien faire toute la journée dans ce fameux estaminet du port !

— Ma foi, ils boivent du café, nous buvons du thé, et nous mettons tous du sucre dans notre tasse ! s'exclama Frances.

— Ah, Mrs. Cole, la traite n'a plus de secrets pour vous ! lui dit Mr. Woolwick avec un large sourire. Mr. Cole est un homme heureux ! »

Frances préféra ne pas imaginer ce qu'auraient pensé ses parents. Eux qui s'étaient tant appliqués à sauvegarder leurs liens précaires avec Whiteleaze et à ménager soigneusement leurs distances vis-à-vis du monde du négoce, quel eût été leur sentiment s'ils avaient vu leur fille faire des grâces à des marchands de Bristol dans son propre salon, et recevoir des compliments sur la façon dont elle s'y entendait en affaires ?

La porte s'ouvrit à ce moment-là sur un Josias très élégant. Comme Frances le lui avait conseillé, il avait revêtu des culottes de cheval couleur chamois, des bottes cirées comme un miroir et une redingote marron foncé bien coupée à col et revers ton sur ton. Il eût mis ses plus beaux habits si Frances ne l'en avait dissuadé. La tenue de cavalier lui allait mieux et lui donnait l'air à la fois plus naturel et plus cossu. « Mais je n'ai pas de cheval ! avait-il objecté.

— Pas encore, avait rectifié Frances. Et bien malin qui saura que vous n'en avez pas loué un pour vous promener.

— Un jour de semaine ? »

Frances avait levé un index comminatoire. « Des culottes de cheval, Josias ! » Et il avait obéi.

Elle joua la surprise : « Tiens, quand on parle du loup !... » et présenta son mari aux dames. Il salua les maris. « Moi qui me plaignais de ne pas pouvoir vous faire avaler du thé !

— J'ai horreur du thé, mais j'ai fait préparer du punch dans mon bureau pour ceux qui voudraient y goûter. »

Aussitôt, Stephen Waring et George Woolwick se levèrent. Frances leur adressa un sourire indulgent. « Allez, je ne saurais rivaliser avec les charmes du punch ! Ne retenez pas trop longtemps mes invités, Mr. Cole... Eh bien, mesdames, puisque nous restons entre nous, profitons-en pour bavarder tout à loisir. Vous me direz qui je dois fréquenter à Bristol. Mrs. Waring. Puis-je me permettre de vous demander le nom de votre modiste ? L'autre jour, j'ai remarqué votre bonnet, et aujourd'hui encore, vous portez un chapeau charmant ! »

Sous l'œil ébahi de Sarah, Frances se mit en devoir de se gagner les bonnes grâces des épouses après avoir charmé les maris. Josias avait fait disparaître les hommes aussi prestement qu'un pickpocket vide un gousset, et les avait installés devant un bol de punch pour parler affaires. Personne n'aurait pu se douter que l'opération avait été soigneusement montée par Frances.

Lorsque le dernier visiteur eut pris congé et que Brown eut refermé la porte derrière lui, Josias fit apporter une bouteille de champagne et la déboucha, renversant de la mousse sur le tapis du salon.

« A votre santé, Mrs. Cole ! s'écria-t-il en versant à Frances un verre plein à ras bord. A la tienne, Sarah. Et à la mienne ! Figurez-vous qu'on vient de me proposer d'assurer la *Daisy* aux conditions consenties aux Entrepreneurs. Moi qui craignais de devoir la faire naviguer sans assurance ! Maintenant, elle peut partir, et j'attends la *Lily* incessamment. Ils me l'assureront au même taux. Et je crois qu'on ne tardera pas à me demander de faire partie de la compagnie.

— Pas déjà ! s'écria Frances.

— Si ! Dans le bureau, à l'instant. Je n'en croyais pas mes oreilles. Tout en buvant leur punch, ils m'ont posé des questions sur Lord Scott et Sir Charles, et j'ai suivi à la lettre vos conseils. J'ai tenu ma langue. Comme ils n'ont rien pu tirer de moi, ils sont tombés dans le panneau, et ont cru que Sa Seigneurie et Sir

Charles étaient mes associés. Avant que j'aie eu le temps de dire "ouf", voilà qu'on me demande si j'ai une assurance pour mes navires. Alors je réponds : "Ma foi, pas encore." Là-dessus, ils me disent : "Est-ce que ça vous ferait plaisir d'assister la semaine prochaine à un petit souper à l'Hôtel des Douanes, entre messieurs ?" Vous pensez bien que je n'ai pas refusé... »

Frances tendit son verre pour trinquer avec Josias. « Vous avez mené l'affaire de main de maître, mon ami ! fit-elle avec un rire de gorge.

— Eh oui ! Je savais que nous réussirions. J'avais confiance en vous. Mais jamais je n'aurais cru que cela nous tomberait tout rôti dès le premier jour ! »

Pour la première fois depuis de nombreuses années, Frances éclata de rire. « J'en serai quitte pour acheter un affreux bonnet à la modiste de Mrs. Waring !

— Laissez-moi vous l'offrir ! dit Josias. Dès qu'il aura rempli son office, vous pourrez le jeter dans le bassin !

— Je ne comprends pas, dit Sarah d'une voix lente. Je croyais que vous ne vouliez pas mettre les pieds dans le salon de Frances.

— Ah, mais c'était une ruse ! s'écria triomphalement Josias. Frances avait tout prévu : du thé pour les dames d'un côté et du punch de l'autre pour les messieurs. Tu conviendras qu'elle a vu juste, Sarah. Nous avons fait plus de chemin en un après-midi que dans toute notre vie de travail ! »

Sarah reposa son verre de champagne avec une violence mal contenue. « Ce que je vois, c'est que nous nous faisons passer pour ce que nous ne sommes pas ! dit-elle avec aigreur. Que nous faisons valoir des associés que nous n'avons pas. Que nous cherchons à vivre au-dessus de notre condition en arguant de parents et de relations qui n'existent pas.

Notre père n'a jamais eu honte d'être mineur, ni ensuite gabarrier. Et voilà que je dois faire comme si j'étais une intime de Lady Scott de Whiteleaze alors que je ne l'ai vue qu'une fois et qu'elle ne m'a guère plu. »

Frances tourna vers Josias un visage consterné.

« Sarah..., commença-t-il.

— Nous sommes des marchands, poursuivit rageusement sa sœur, et Frances nous transforme en chiens savants.

— Allons, tu es mal remise des fatigues du déménagement et...

— Non, je ne suis pas fatiguée ! Jamais je ne l'ai été tant que je travaillais toute la journée sur les papiers et les comptes de notre compagnie. Mais passer des heures assise au salon à raconter des sornettes à des écervelées, voilà qui me fatigue, par exemple ! Je n'aime pas le tour que prennent nos affaires. J'ai été commis aux écritures, agent, capitaine d'armement, et maintenant tu voudrais que je fasse la conversation dans ce salon avec une bande de pies-jacasses ? »

Josias resta interdit. « Mais Sarah, tu as toujours ta place dans la compagnie.

— Je ne sais ni débiter des banalités ni parler chiffons. Je suis incapable de faire des grâces comme Frances.

— Mais je ne te demande pas de...

— Si, justement ! fulmina Sarah. Je suis restée là tout l'après-midi à écouter des balivernes alors que toi, tu parlais affaires dans ton bureau. Comme si ce n'étaient pas aussi mes affaires ! La compagnie nous a été léguée à tous deux. Jamais notre père n'a dépensé un penny sans me consulter. J'étais au courant de toutes les transactions, grandes ou petites. Je savais à la guinée près ce que nous avions gagné. Et maintenant, tu me laisses avec les femmes pendant que tu décides avec les hommes.

— Il faut bien en passer par là si nous ne voulons pas rester un petit comptoir de troisième ordre. Nous ne pouvons pas continuer à végéter, toi aux registres et moi sur le quai. Nous embaucherons des commis et ouvrirons des bureaux. Il nous faut viser plus haut et faire partie de la bonne société.

— Je ne suis pas une dame de qualité, moi ! glapit Sarah. Notre père gagnait sa vie à la sueur de son front et j'en suis fière. »

Il y eut un silence.

« Je vous fais mille excuses, Sarah », dit Frances d'une voix étranglée, s'efforçant de dominer sa peur face à l'explosion de rage de Sarah, mais elle s'étouffa et partit d'une toux nerveuse, qui résonna bruyamment dans la pièce. « Je ne voulais ni vous offenser ni vous mettre dans l'embarras.

— Vous n'y pouvez rien, vous avez été élevée ainsi, dit Sarah avec un haussement d'épaules, la bouche encore tremblante de colère. Mais j'ai du mal à jouer cette comédie. Je n'en ai pas envie, d'ailleurs. L'univers où j'ai été élevée, celui où je me sens à l'aise, c'est celui des négociants, qui vivent de leur labeur et se livrent à un commerce honorable. Mais s'il s'agit d'entrer à toute force dans un monde qui n'est pas le nôtre, de fréquenter les notables, de se prévaloir d'une parenté avec des gens titrés et de tabler dessus pour décrocher des affaires, alors, ne comptez pas sur moi. »

Le silence retomba et les deux femmes attendirent la réaction de Josias. « Il faut en passer par là, répéta-t-il enfin. Il faut que j'entre dans la corporation, Sarah. Sinon, je ne trouverai ni capitaux, ni assurances, ni affaires avantageuses.

— Tu n'avais pas besoin de te marier et de te donner du jabot en invoquant ta parenté avec des lords. Tôt ou tard, les Entrepreneurs t'auraient proposé de devenir l'un des leurs sur tes seuls mérites, rétorqua-t-elle sans regarder Frances.

— Jamais de la vie ! Tu n'imagines pas comme ils me battaient froid au café ou sur le quai, Sarah. Jamais ils ne m'auraient accepté sans cette maison et sans Frances. Nous serions restés dans l'entrepôt jusqu'à la fin de nos jours.

— Et alors ? dit Sarah avec amertume. Tu voudrais bien oublier nos origines, Josias. Il y a pire que d'habiter l'entrepôt d'un marchand prospère.

— Oui, mais il y a mieux aussi ! Nous avons le vent en poupe, Sarah. Frances sait manœuvrer, et moi je sais garder le cap. Tu ferais mieux de te réjouir et de te faire à cette idée.

— Je crains le pire », dit-elle, le visage blême et buté.

Josias ne répondit pas.

« Je vous souhaite le bonsoir à tous les deux. Je dînerai dans ma chambre. »

Arrivée à la porte, elle hésita comme si elle s'attendait à ce que son frère la rappelle, mais Josias, qui se chauffait le dos à la cheminée, ne broncha pas. Elle referma soigneusement la porte.

Un silence s'ensuivit, que Frances rompit avec embarras. « Je suis bien fâchée...

— Ce n'est pas votre faute. Nous allons à un train trop rapide pour elle et elle perd pied. Sarah appartient à la vieille école, et elle est têtue comme une mule.

— Mais vous êtes sûr de vous ? Sûr de prendre la bonne voie ? Ne risquez-vous pas de brûler les étapes ?

— Je ne cours pas après des châteaux en Espagne, dit Josias, se rassurant lui-même. Cela fait des années que je me suis fixé ce but. Même mon père aurait voulu être Marchand-Entrepreneur, si l'occasion s'était présentée. Je le répète, Cole and Sons a le vent en poupe. Finissez votre champagne, Frances. Nous avons bien travaillé cet après-midi, quoi qu'en dise Sarah. »

Cela leur parut étrange de dîner en tête à tête. Pour la première fois en six mois de mariage, ils ne sentaient pas peser sur eux le regard critique de Sarah. En regardant Josias assis à l'autre bout de la longue table, Frances se dit qu'enfin elle se sentait vraiment mariée. Josias et elle avaient des projets et des ambitions en commun, et ils venaient de partager l'émotion de leur premier succès. Cette maison, ils l'avaient choisie et meublée ensemble. Si les pièces étaient un peu disparates, si elles hésitaient entre le bon ton et le clinquant, elles reflétaient la nature même de leur couple et les compromis consentis par l'un et l'autre pour les besoins de la cause.

Josias était assis à la place qu'occupait jadis le révérend Scott à cette même table et Frances se dit que le jugement que le révérend Scott eût porté sur son mari lui était aujourd'hui indifférent. Elle éprouvait même un certain agacement en imaginant sa consternation probable devant un gendre qu'il eût assurément réprouvé. Mais son père n'avait-il pas fait preuve d'une coupable négligence vis-à-vis d'elle en ne prévoyant rien pour assurer son avenir, ni rente susceptible de lui assurer une existence indépendante, ni mari de son choix ? Josias était le seul prétendant qui se fût présenté. Peut-être n'était-il pas né comme son père l'eût souhaité, peut-être ne maniait-il pas la langue avec toute la correction souhaitable, peut-être avait-il des goûts discutables — même pour Bristol — en matière de vêtements, de meubles et de décoration. Mais il consacrait toute son énergie à leur conquérir à tous deux une place convenable dans le monde, et cet acharnement à sortir de sa condition forçait le respect de Frances, comme la touchait le désir qu'il manifestait de l'associer à son succès. L'imprévoyance paternelle l'avait finalement contrainte d'accepter pour époux cet homme à qui elle savait gré de sa ténacité. Lui, au moins, il prendrait soin d'elle.

Elle lui adressa un sourire et Josias, toujours sensible à la moindre marque d'approbation de son épouse, le lui rendit.

Ce soir-là, quand il vint dans sa chambre, Frances ouvrit les draps pour l'inviter à la rejoindre et, pour la première fois, elle n'eut pas de mouvement de recul lorsqu'il s'approcha d'elle. Il souffla la chandelle avant de la toucher et pour une fois, son embarras ne lui coupa pas ses moyens. Il s'acquitta de sa tâche de façon moins fastidieuse pour Frances et moins humiliante pour lui.

Ce n'était pas de l'amour, loin de là ; mais ce fut plus agréable que les autres fois et beaucoup plus qu'ils ne s'y attendaient l'un et l'autre.

Dans sa mansarde au-dessus d'eux, Mehuru ne trouvait pas le sommeil. La pièce était éclairée par une petite fenêtre carrée ménagée dans les ardoises du toit et condamnée par des planches solidement clouées. Allongé sur le dos, il apercevait les étoiles, piquées comme des têtes d'épingles argentées sur la soie indigo du ciel. Il se sentait seul à pleurer. Ses trois compagnons, Kbara, Maudit et Chagrin, dormaient. Quant aux deux bouts de chou, ils logeaient à côté, avec les femmes. Mehuru invoqua le Serpent, afin qu'il lui permette de voir l'avenir et lui dise ce qu'il adviendrait d'eux tous.

Aucune vision ne vint. Mehuru se dit que le froid avait pénétré son corps ; que les matins sombres et les après-midi gris avaient déteint sur son imagination, et qu'ils finiraient par décolorer jusqu'aux pigments de sa peau. Chaque jour, il sentait le Serpent s'éloigner un peu plus de lui, tant et si bien qu'un jour redouté, il n'aurait plus rien d'africain et serait un Anglais lent et lourd comme tous ceux qui l'entouraient.

Il pensa à sa maison d'Oyo, si fraîche le matin ; au soleil qui dorait les murs et les pavés de la rue, aux pies-grièches noires qui attendaient autour du puits que Siko leur verse de l'eau pour s'y baigner et y boire. Il se rappela l'intérieur de sa maison, reposant et ombreux, même quand le soleil se faisait brûlant à l'extérieur; l'agréable tiédeur des pierres, dehors, quand il rentrait après une journée de voyage et s'adossait au mur. Il pensa à ses vêtements, aux soies légères et multicolores de ses robes de cour brodées avec art; au coton frais des tenues d'intérieur, à la laine douce de ses capes de voyage. Il évoqua l'une après l'autre chaque pierre du linteau de sa porte d'entrée, les comptant avec la passion exacerbée de l'exilé. Il revit Oyo se détacher sur le ciel, les hauts murs du palais, les tours imposantes, la ligne arrondie du mur d'enceinte qui protégeait tous les citoyens et entourait une ville dont les habitants pouvaient être fiers.

Il se remémora chaque toit, chaque fenêtre, chaque recoin. Il songea à sa ville comme un homme songe à sa bien-aimée, faisant resurgir le plus infime détail. Et, fixant du regard l'étoile lointaine qu'il apercevait par la lucarne, il pria de toutes ses forces : que sa vie actuelle ne soit qu'un rêve et qu'au matin il se réveille chez lui, dans son lit où Siko lui apporterait un gobelet rempli de thé à la menthe, avec la perspective d'un monde plein de promesses.

La *Daisy* était enfin prête pour le départ, dûment assurée et commanditée. Le 20 février, Josias alla la voir appareiller. Le capitaine Lisle était déjà à bord.

« Je vous ramènerai une autre vingtaine d'esclaves pour votre femme, promit-il. Êtes-vous sûr de ne pas en vouloir davantage ? »

Josias secoua la tête en riant : « Il s'agit d'un essai, mon commerce ne repose pas là-dessus. Vendez les esclaves et rapportez-moi de bons barils de sucre !

— Comptez sur moi ! »

Josias lui serra la main et descendit la passerelle, qu'on retira derrière lui. Les amarres furent larguées tandis que les remorqueurs prenaient le relais. Josias fit un signe d'adieu à son bateau. Il lui avait rapporté un bénéfice de mille livres au cours de sa dernière traversée, et il y avait de fortes chances qu'il fasse de même cette fois-ci. Josias devait plus d'argent que son père n'en avait gagné dans toute sa vie, mais il avait confiance. Il investissait gros et gagnait gros.

« A Dieu vat ! » cria-t-il en guise d'adieu au navire glissant sur l'eau grise.

Comme si elle prenait congé, la *Daisy* piqua du nez sous la traction des remorqueurs. Josias regarda s'éloigner lentement la poupe triangulaire. Au-dessus tournoyait une troupe de mouettes, guettant les épluchures de la cuisine. La dernière vision qu'il eut de son navire avant qu'il disparaisse derrière un coude du fleuve fut celle d'un gréement net, d'une coque solidement plantée dans l'eau, escortée d'un nuage de mouettes qui criaient comme des anges éplorés.

Dans l'hôtel particulier de Queens Square, les esclaves assuraient désormais le service. La besogne ne manquait pas. Chaque jour, il fallait balayer les vastes pièces et faire les carreaux des hautes fenêtres que le brouillard gras et sale de Bristol ternissait aussitôt. Les rideaux, les tapis et le linge de maison demandaient à être nettoyés souvent tant les industries qui proliféraient dans la ville souillaient l'air ambiant.

Dans chaque cheminée, on allumait du feu tous les jours. Chaque matin, Mehuru et Kbara charriaient de pleins seaux de charbon de la cave, à l'arrière de la maison, jusqu'aux différentes pièces où les femmes, sous la surveillance de la souillon — peu rassurée au demeurant —, nettoyaient les grilles et préparaient le feu qu'ils allumaient tant bien que mal avec des briquets à silex. Frances aimait avoir un feu dans sa chambre quand elle se réveillait, et avant le milieu de la matinée, chacune des pièces du bas était ainsi chauffée. Les esclaves savonnaient les planchers et les rinçaient à grands seaux d'eau froide. Ils se mettaient à genoux pour répandre sur les tapis des feuilles de thé infusées et frotter jusqu'à ce qu'ils soient propres. Kbara et Mehuru transportaient dans la cour les beaux tapis d'Orient de Frances et les battaient. Mehuru, qui les examina minutieusement, les trouva d'une qualité bien inférieure à ceux qui ornaient les murs et le sol dallé de sa maison d'Oyo. Sans doute avaient-ils été achetés à des marchands arabes, qui, d'après lui, avaient roulé les Européens.

Mehuru s'habitua au travail domestique comme un pur-sang à qui l'on ferait tirer une charrette. Il s'en acquittait aisément mais se sentait amoindri par ce labeur sale et ingrat : sortir les ordures ménagères et les brûler dans l'arrière-cour ; vider les pots de chambre dans la charrette à vidange qui passait chaque matin derrière les maisons. Il faisait des corvées que Siko lui-même eût repoussées. Ses mains devenaient calleuses et ses ongles, autrefois si soignés, étaient cassés et incrustés de saleté.

Son anglais s'améliorait de jour en jour. Il avait appris de John Bates une bonne dizaine de gros mots et de la cuisinière un flot de réprimandes. Il savait même distinguer les accents : l'élégance affectée de Brown s'adressant à ses maîtres et l'intonation traînante du Somerset qu'on entendait à la cuisine et dans la rue.

Les leçons avaient repris. Matin et soir, les esclaves devaient monter au salon et s'asseoir autour de la grande table, sous les chinoiseries du plafond. A présent, tous connaissaient le nom des objets usuels et comprenaient des phrases simples, pourvu qu'elles fussent articulées distinctement. Sarah revenait sans cesse à la charge pour que les esclaves reçoivent de nouveaux noms, anglais cette fois-ci, et Frances finit par céder. Elle les choisit sans grand soin, presque au hasard, dans l'histoire sainte. Elle commença par les enfants, et appela les deux plus jeunes James et John, et les trois fillettes Susan, Ruth et Naomi. Les deux garçons furent rebaptisés Mark et Matthew, et les trois femmes, Martha, Mary et Elizabeth. Elle appela Kbara Julius, puis regarda Mehuru.

« Tu seras Cicéron », dit-elle en lui adressant un sourire qui ressemblait à celui d'une petite fille baptisant ses poupées. Il sentit la colère monter en lui, une rage violente comme il n'en avait plus éprouvé depuis qu'il menait cette existence servile.

« Je m'appelle Mehuru et je suis africain », dit-il dans l'espoir de lui rappeler la leçon qu'elle lui avait elle-même apprise. En le rebaptisant, elle lui ôtait la dernière chose qui lui restait de son origine : son nom, son identité.

« Tu as très bonne mémoire ! dit-elle d'un ton léger, sans avoir encore pris la mesure de sa révolte. Mais tu sais, vous devez tous être rebaptisés avec des noms de chez nous qui vous iront très bien. Kbara et toi aurez des noms antiques. C'est la grande mode. Il s'appellera Julius et toi, Cicéron. »

Mehuru secoua la tête. « Je m'appelle Mehuru », répéta-t-il d'une voix calme où perçait néanmoins une note hostile. Le sourire de Frances se figea. Elle se tourna vers le groupe. « Vous pouvez descendre », dit-elle. Et elle ajouta à l'intention de John Bates : « Emmenez-les à la cuisine et voyez ce que la cuisinière a comme travail à leur donner.

— Peut-être ferais-je mieux de rester avec vous, madame. S'il est insolent, je peux lui donner le fouet. »

Mehuru tourna vers lui un visage de marbre.

« Ce n'est pas parce qu'il parle correctement qu'il

ne peut pas se faire corriger, dit Bates à l'intention de Mehuru. Il n'y a pas de loi qui interdit de le fouetter, même s'il parle chinois !

— Je sais, répondit Frances. Mais je n'ai pas besoin de vous, Bates. Faites redescendre les autres. »

Les esclaves sortirent d'un pas traînant, les laissant seuls, toujours assis côte à côte à la grande table.

« Tu t'appelleras Cicéron », lui dit calmement Frances. Mehuru voulut voir jusqu'où il pouvait aller.

« Ne prenez pas mon nom, dit-il. J'en ai un. Je n'en veux pas d'autre.

— Les Anglais n'aiment pas les noms africains.

— Alors, ils ne devraient pas... prendre des esclaves africains. »

Frances poussa un petit soupir agacé. « Les esclaves doivent faire ce qu'on leur dit. »

Mehuru garda le silence.

« Je veux t'appeler Cicéron, poursuivit-elle. C'était un homme admirable, un grand Romain. C'est te faire un compliment que t'appeler comme lui. »

Elle avait parlé trop vite pour lui et il ne comprit ni ce qu'elle voulait dire par « admirable », « Romain », ni « compliment », mais il saisit clairement le sens de sa réplique. Il s'obstina néanmoins et répéta : « Je m'appelle Mehuru.

— Cicéron ! Tu t'appelleras Cicéron ! » Et Frances tendit la main pour lui donner sur la main une petite tape malicieuse. Mais elle n'acheva pas son geste, car il lui saisit la main au vol. Stupéfaite, elle se figea, les lèvres entrouvertes et l'œil en alerte. Il crut qu'elle allait pousser un cri, mais elle était pétrifiée. Il ne bougea pas, ne la libéra pas. Frémissant de rage, il avait le visage tout près du sien, et elle, les pupilles dilatées. On eût dit deux amants en train de se disputer. Frances retrouva enfin sa respiration et son souffle chaud frôla la joue de Mehuru. Lentement, très lentement, il exhala aussi et sentit son visage, sa nuque et ses épaules se détendre. Ses doigts se décrispèrent et il la lâcha.

Elle se leva d'un bond et se précipita vers la porte, mais sans l'ouvrir ni appeler John Bates. Le dos tourné à Mehuru, elle tenait dans sa main le poignet qu'il avait serré.

« Je vous en prie, dit-il avec tout le respect voulu. Vous m'avez tout pris. Laissez-moi mon nom. »

Frances se retourna lentement et le regarda dans les yeux. Il n'avait pas l'air suppliant, mais très grave. Elle retourna jusqu'à la table où il était toujours assis et lui posa doucement une main sur l'épaule. Il leva vers elle des yeux où il n'y avait toujours aucune humilité et soutint son regard sans crainte ni tendresse.

« Tu es mon esclave, dit Frances comme pour le leur rappeler à tous deux. Je peux te donner le nom qui me plaît.

— Je sais.

— Je t'appellerai donc Cicéron. C'est un très beau nom. »

Mehuru se leva et Frances eut un mouvement de recul involontaire.

« Très bien. »

Il resta devant elle, les bras le long du corps, sans la quitter des yeux. La livrée verte faisait ressortir sa peau sombre ainsi que les tatouages bleus entourant ses yeux et ses lèvres.

Brusquement, le sang monta aux joues de Frances et se retira. Très pâle, elle tendit la main vers Mehuru.

« Je t'appellerai Ci-cé-ron. » On eût dit qu'elle lui demandait une permission. Elle toucha du doigt la paume noire et lisse et, baissant les yeux, vit le contraste des couleurs de peau.

« Cicéron », chuchota-t-elle.

Il ne referma pas sa main, ne s'approcha pas, et

resta immobile comme un roc. Elle eut un léger mouvement vers lui, mais il ne broncha pas, l'œil rivé sur un point du mur, au-dessus d'elle, comme si à la place de la tenture il voyait les grandes savanes de son pays natal.

Elle se détourna et alla à la fenêtre. « Tu peux partir, Cicéron », dit-elle avec brusquerie.

Il se dirigea vers la porte, sans avoir regardé Frances. « Je te verrai demain, à la leçon, reprit-elle, cherchant à le faire parler. Cicéron ? Tu viendras demain prendre une autre leçon. »

Mehuru baissa la tête et quitta la pièce en silence.

18

Après avoir vu s'éloigner son navire, Josias prit le bac pour traverser le fleuve, mais au lieu de rentrer déjeuner chez lui, il se rendit à l'estaminet où se retrouvaient les marchands pour traiter leurs affaires. Bien qu'il fût encore tôt, la salle était déjà bondée. Josias se dirigea vers sa table habituelle, cherchant à repérer un visage connu.

« Josias Cole ! Hé, Cole ! »

L'homme qui venait de le héler n'était autre que Stephen Waring, installé à la table des notables, au fond de la salle. George Woolwick, qui était là aussi, fit à Josias signe de s'approcher. « Venez donc vous asseoir avec nous ! »

Josias crut que son cœur allait éclater. Saluant au passage ses familiers, il fendit la foule dense et se dirigea avec une fausse nonchalance vers la table tant convoitée, celle qui avait toujours une nappe bien blanche, celle où l'on servait toujours en premier les meilleures victuailles et les boissons les plus fines.

« Mon cousin, je vous présente Josias Cole, dit George Woolwick à son voisin. Josias, je vous présente John Shore. Vous avez déjà rencontré sa femme l'autre jour, dans le salon de Mrs. Cole.

— En effet. » Josias salua Mr. Shore, qui s'écarta pour qu'il puisse s'asseoir.

« Oui, mon épouse m'a parlé de sa visite, dit John Shore. Savez-vous qu'elle avait des visées sur votre maison ? Je n'ai pas fini d'en entendre parler. Elle a trouvé que vous aviez de très beaux meubles et m'a chargé de vous en demander la provenance.

— Les meubles chinois ?

— Non, dit John Shore en fronçant légèrement les sourcils. Je ne me souviens pas qu'elle ait parlé de meubles chinois. Encore que j'aie écouté d'une oreille distraite. Des meubles anciens, me semble-t-il.

— Ah, je vois ! s'exclama Josias qui eut une pensée émue pour la résistance de Frances aux chinoiseries. Je crois que les plus beaux meubles viennent de Whiteleaze. Ma femme est une demoiselle Scott et elle possède de jolies choses.

— Si je comprends bien, je ne peux espérer que vous vous en sépariez, fit John Shore, déçu.

— Non, je suis au regret. Ce sont des meubles de famille, marqués aux armes des Scott. Ils n'ont pas de prix, d'ailleurs. Vous savez l'importance que ces vieilles familles attachent au patrimoine.

— Tant pis. Je dirai à Mrs. Shore qu'ils ne sont pas à vendre, dit John Shore d'un air résigné. Mais je crains son accueil ! »

Josias prit un air complice : « Les femmes sont tenaces pour tout ce qui touche à leur maison. J'ai beau dire, Mrs. Cole entend mener la sienne à sa guise.

— Et Dieu sait que ce n'est pas une maison facile à tenir ! intervint Stephen Waring. Vous avez engagé d'autres domestiques ?

— Pas un seul, dit Josias d'un petit air satisfait. Il y a quelque temps, j'ai fait venir des nègres pour servir à la maison et ma femme s'est chargée de leur apprendre le travail. Ils s'en acquittent à la perfection.

— Par exemple ! La bonne idée que voilà !

s'exclama Stephen Waring. Mais je croyais que votre chambrière était anglaise ?

— En effet. Je la garde pour l'instant. Mais si j'écoutais ma femme, nous n'aurions que des négresses à la maison. Elles sont travailleuses, obéissantes et une fois convenablement dressées elles font de bien meilleures domestiques que nos Anglaises.

— De quelle race sont vos esclaves ? demanda George Woolwick. J'ai toujours entendu dire que les nègres du Dahomey étaient très rebelles.

— Il y en a beaucoup qui se suicident, dit Stephen Waring. Ils deviennent mélancoliques, et un beau jour ils se couchent et meurent, comme ça !

— Les nôtres ont été soigneusement choisis. Ce sont en majorité des Yorubas ; nous avons deux femmes Fulani, un Mandingue et une Wolof. Mais ce qui fait toute la différence, c'est qu'ils ont reçu une éducation maison, grâce à ma femme qui s'en est chargée. Ils ne sont ni mélancoliques ni suicidaires. A l'inverse des esclaves domestiques des îles, ils n'ont pas pris de mauvaises habitudes pour la bonne raison qu'ils ne savent pas ce que c'est qu'une plantation. Mes esclaves viennent tout droit des côtes d'Afrique et ont été dressés à ma convenance.

— Vous dites que c'est votre femme qui s'est chargée de les dégrossir ? » demanda Stephen Waring.

Josias hésita. Frances lui avait bien répété ce qu'il devait dire pour convaincre ses interlocuteurs, et lui avait recommandé de ne surtout jamais parler de ses années de gouvernante. « Elle est habituée aux grandes maisons, répondit-il en souriant. A Whiteleaze comme dans le presbytère de son père, elle commandait aux domestiques. Avec son expérience, former une douzaine d'esclaves est un jeu d'enfant. »

Stephen Waring hocha la tête et ses compagnons semblèrent impressionnés. Josias appela le valet et lui commanda une pinte de petite bière et une assiette de viande froide avec du pain.

« Ces esclaves, vous avez l'intention de les garder pour votre usage personnel ? s'enquit George Woolwick.

— Seulement quelques-uns. Une fois que nous aurons terminé notre installation et qu'ils seront bien stylés, je les vendrai pour le service domestique. Les hommes pourront être valets de pied ou même majordomes. Quant aux femmes, elles feront d'excellentes intendantes ou femmes de chambre.

— Mrs. Shore serait ravie d'en avoir un, glissa aussitôt John Shore. Soyez gentil de lui réserver votre meilleur valet. Je sais que je me fais là son interprète.

— J'en prends bonne note, dit Josias. Le meilleur, qui s'appelle Cicéron, je crois, vous sera réservé.

— Il y a des enfants ? demanda Stephen Waring.

— Deux petits garçons, deux autres de sept et quinze ans et trois filles.

— Alors, moi, je vous prendrai l'un des deux petits. Ma femme souhaite un compagnon de jeu pour les enfants. Et quand il sera plus grand, il pourra être page.

— L'un des deux est un bel enfant.

— En bonne santé ?

— Tout à fait. Cela fait trois mois que ces esclaves sont arrivés chez moi. D'ici à ce qu'ils soient bons pour la vente, ils seront aussi robustes que de petits Anglais du même âge. Comme ils sont venus tout droit d'Afrique chez moi, je pourrai m'en porter garant.

— Ma foi, c'est une belle opération ! approuva John Shore. Combien les vendez-vous, Cole ? Je n'ai pas pensé à vous le demander tout à l'heure.

— Cent dix chacun. » C'était le prix astronomique fixé par Frances. Un silence stupéfait suivit l'annonce de Josias.

« Fichtre ! Comment avez-vous donc arrêté ce prix ? demanda Stephen Waring.

— J'ai consulté ma femme, avoua franchement Josias. Elle m'a dit que c'est ce que Lady Scott paiera pour l'esclave que nous lui destinons. Les meilleurs esclaves vont chercher les meilleurs prix. (Il hésita, se demandant s'ils mordraient à l'appât.) Ce sont tous des serviteurs parfaits, mais ils ne vous demanderont ni gages, ni jours de repos. Ils ne vous quitteront pas pour aller vendre leurs services ailleurs. Songez à ce que vous coûtent vos domestiques, à la façon dont ils se comportent, et vous comprendrez la valeur d'un esclave ! (Il s'interrompit et haussa les épaules.) Maintenant, si vous voulez revenir sur ce que vous me demandiez tout à l'heure, sentez-vous tout à fait libres. Je ne serai pas en peine de trouver des acquéreurs, vous savez. Les Londoniennes raffolent des esclaves noirs.

— Ma femme en voudra un, j'en suis sûr, dit John Shore. Surtout si Lady Scott en a retenu un. »

Le valet posa devant Josias une pinte de bière blonde et lui présenta une pièce de bœuf rôtie dont il se mit en devoir de couper des tranches moelleuses à cœur qu'il disposa savamment en éventail sur l'assiette. Par-dessus son épaule, Josias regarda ses vieux amis qui le regardaient siéger à la table enviée, et leur sourit.

« Mrs. Waring aussi aura son page, dit Stephen Waring. Vous avez dit cent dix ?

— Guinées, fit Josias en fixant son interlocuteur par-dessus le rebord de sa chope. Cent dix guinées.

— Vous êtes un rusé compère ! approuva Stephen Waring. Cela vous intéresserait-il de vous joindre à un projet que j'ai en tête ? Je voudrais faire forer un puits profond dans ma mine de Bedminster et j'ai besoin de capitaux supplémentaires pour financer les travaux. Il s'agirait de me consentir un prêt, disons à quatre pour cent sur deux ans. »

Josias prit l'assiette que lui tendait le valet et se pencha pour cacher sa jubilation. « Peut-être, dit-il. De quelle somme avez-vous besoin ? »

Stephen haussa les épaules. « Oh, pas plus de cinq mille livres. Auriez-vous des disponibilités ? »

Josias releva la tête. « Ce n'est pas impossible, dit-il calmement. Cela dépend du projet, bien entendu.

— Bien entendu ! Voulez-vous venir voir la mine avec moi ? Il y a un filon de bonne qualité, pourvu que nous puissions descendre assez bas pour l'atteindre. Êtes-vous libre cet après-midi ? »

Josias beurra une large tartine sur laquelle il mit plusieurs tranches de viande. « Tout à fait, Mr. Waring. Je serais heureux de vous accompagner.

— Alors c'est entendu. Maintenant, voyons les chiffres des taxes portuaires. Le secrétaire de mairie nous conseille d'augmenter les droits de port pour réunir les capitaux nécessaires à la construction d'un bassin à flot. Il en est question depuis des années, mais rien n'est encore fait. Voici les plans. (Il tira une feuille d'une liasse de papiers à côté de sa chaise.) Cela veut dire que les taxes portuaires vont encore augmenter...

— Sauf pour nous, intervint John Shore. Sauf pour les Entrepreneurs.

— Cela va sans dire, confirma Stephen Waring. Les petits négociants supporteront le coût de l'opération. Pour nous, les taxes ne changeront pas. »

Josias rentra chez lui vers midi pour passer sa tenue de cavalier. Frances lui avait fait retenir un cheval aux écuries de louage et elle l'accompagna jusqu'à la porte, où elle lui tendit ses gants.

« Je n'investirai pas, dit Josias. Ou alors, il faudrait que le projet soit vraiment très rentable. Je serais obligé d'emprunter l'intégralité de la somme et, compte tenu des intérêts, je doute fort que l'opération puisse me rapporter.

— Ne dites rien ni dans un sens ni dans l'autre », lui conseilla Frances. Elle avait beau ne rien entendre aux taux d'intérêts, elle savait qu'il était de bonne politique de ne pas décevoir une nouvelle connaissance. « Laissez l'affaire en suspens jusqu'à ce qu'on vous ait fait membre de la compagnie. Après ce dîner, vous verrez de quel côté souffle le vent.

— Je n'ai pas le capital, mais je me suis bien gardé de le dire. J'ai parlé comme un homme qui a du foin dans ses bottes.

— C'est exactement ce qu'il fallait faire.

— Ah, si vous m'aviez vu au café, installé à leur table comme l'un des leurs... J'ai vu les plans du nouveau bassin et discuté des droits de port avec eux. Quant aux esclaves, j'en ai déjà placé quelques-uns. Ce matin, j'ai gagné plus de deux cents guinées avant le déjeuner ! »

Frances sourit, gagnée par son enthousiasme. « Nous faisons notre chemin. Mais ne dépensez pas vos deux cents guinées avant de les avoir !

— Au reste, ce sont les vôtres, puisque ces esclaves ont été achetés avec votre dot et formés par vos bons soins. Ce sont les esclaves de Miss Scott.

— Alors mettez soigneusement de côté mes deux cents guinées ! Je n'ai guère envie d'un puits de mine !

— De toute façon, je ne crois pas qu'il serait d'un grand rapport et je ne tiens pas à ce que nous soyons gênés aux entournures. Waring a eu vite fait de nous vendre sa maison, je ne l'oublie pas. Aujourd'hui, j'ai appris que deux autres maisons étaient à vendre à Queens Square. Si j'avais attendu, j'aurais fait une meilleure affaire. »

Frances dressa l'oreille. « Tiens ! Et pourquoi ?

— Oh, pour différentes raisons. Mais qui n'ont

rien à voir avec la qualité de la construction, ma chère, rassurez-vous.

— Ce n'est pas à cela que je pensais. Pourquoi les propriétaires vendent-ils ? insista-t-elle.

— Une famille va s'installer à Clifton. L'autre fait construire à Park Street. »

Frances resta songeuse. Josias prit son chapeau, qu'elle tenait encore à la main. « Ces gens font une bêtise. Queens Square sera toujours la meilleure adresse de Bristol. Clifton est trop loin du centre. Quant aux maisons de Park Street, elles n'ont aucune unité. Rien à voir avec un élégant ensemble comme celui-ci.

— En effet », dit Frances, se rangeant poliment à son avis. Elle vit une ombre traverser le visage de Josias. Il était beaucoup moins sûr de lui qu'il ne voulait le paraître et se fiait de plus en plus au jugement de Frances. Elle le rassura. « Vous avez mille fois raison. Cette maison est très plaisante et je ne voudrais pas vivre ailleurs !

— C'est vrai. C'est la plus grande et la plus belle de la place. Aucune autre n'a de proportions aussi harmonieuses. Nous avons fait là un excellent investissement.

— Je sais. »

Josias ouvrit la porte et prit congé. « Je serai de retour avant la tombée de la nuit, vers cinq heures.

— Alors, nous retarderons un peu le dîner. Bonne promenade. » Après lui avoir adressé un signe de la main, Frances rentra dans la maison et ouvrit la porte du salon.

Sarah était assise à la table, le livre de comptes de la *Daisy* ouvert devant elle. Frances s'immobilisa dans l'embrasure, mais Sarah leva les yeux. « Entrez, dit-elle. Je voulais justement vous parler. » Elle ferma le registre et attendit que Frances ait tiré une chaise et pris place en face d'elle non sans quelque appréhension.

« C'est bientôt l'heure de ma leçon de l'après-midi, fit-elle pour désamorcer une éventuelle attaque.

— Il ne s'agit pas de cela.

— Vous voulez me reparler des visites d'hier ?

— Non, ce que j'ai à vous dire est beaucoup plus important. »

Il y eut un instant de silence, puis Sarah commença : « Vous avez beaucoup d'influence sur mon frère. Surtout depuis que nous avons emménagé ici. Il admire votre goût, il vous consulte. »

Frances inclina la tête sans répondre.

« Il serait bon que vous vous rendiez compte de notre situation.

— Elle ne s'est pas améliorée ?

— Comment le peut-elle, alors que nos dépenses domestiques ont triplé, voire quadruplé, et que nos rentrées, elles, n'ont pas augmenté ?

— Nos dépenses se sont accrues à ce point-là ? »

Sarah se mordit les lèvres pour retenir une repartie cinglante. « Au lieu d'avoir un feu, nous en avons quatre. Vous avez acheté des rideaux et des tentures pour cinq pièces, ainsi que de la porcelaine de Chine — ces vases et les dragons —, et du mobilier. Je sais bien que vous avez en grande partie meublé la maison avec des choses qui vous appartenaient. Il n'empêche qu'il faut bien payer les rouliers. Aujourd'hui, Josias a loué un cheval ; dans la semaine, vous avez loué une voiture à trois reprises. J'imagine qu'avant longtemps vous en voudrez une à vous ; ce qui signifie acheter des chevaux, avoir une écurie et payer un cocher pour vous conduire.

— Josias a eu besoin d'un cheval pour se rendre aux mines de Mr. Waring, où il est question d'un investissement. Nous ne gaspillons pas d'argent, Sarah. Nous avons le train de maison qu'exige la position de Josias. »

Sarah pinça les lèvres et croisa doucement les

mains sur ses genoux. Elle était bien décidée à ne pas se mettre en colère. « Je ne suis pas sans savoir que mon frère est ambitieux. Ni que vous le soutenez. Mais je me permets de vous rappeler que nous n'avons pas de quoi vivre dans le luxe. Les factures domestiques ont triplé. Celles de votre couturière sont arrivées ce matin. Vous avez dépensé plus en un mois que moi en un an. Nos affaires ne vous rapportent pas assez pour vous permettre de vivre sur un tel pied.

— Sachez que Josias a pris deux commandes d'esclaves aujourd'hui. Et que les acheteurs ne sont autres que nos visiteurs d'hier, riposta Frances. Il a fixé le prix à cent dix guinées chacun.

— Alors, qu'ils soient vendus tout de suite pour faire rentrer ces deux cent vingt guinées sans délai. Je pourrai ainsi régler deux factures en souffrance : celle des fournisseurs de la cargaison de la *Daisy* et celle du maître voilier. »

Réticente, Frances secoua la tête. « Ils ne sont pas prêts. Ils savent s'acquitter de tâches simples, mais seul Mehuru — Cicéron — parle convenablement.

— Peu importe. Il faut les vendre tous au plus vite, sauf deux femmes. Cette maison est tellement grande que nous serons bien obligées de garder deux paires de bras pour faire le travail. Après Pâques, je donnerai leur congé à Brown et à la fille de cuisine. Nous ne pouvons pas nous permettre d'avoir autant de domestiques.

— Sans doute... » Frances revit soudain la main de Mehuru, se remémora la chaleur de sa paume sous son doigt, le tracé de lignes sombres sur la peau claire de sa paume, l'angle de sa nuque, et ce moment où il lui avait saisi le poignet. « Si seulement...

— Quoi donc ?

— Si seulement nous pouvions les garder plus longtemps ! Il leur reste tant à apprendre. Notre monde leur est tellement étranger.

— Ce n'est pas pour eux que vous les formez. Le but de l'opération est d'augmenter leur valeur. Et à son retour, la *Daisy* vous en rapportera une autre fournée.

— Ce ne sera pas la même chose, murmura Frances, comme si elle se parlait à elle-même.

— Vous n'oubliez pas qu'il s'agit d'esclaves, ma chère ! Ce sont des denrées commerciales, au même titre que du sucre ou des chaudrons de cuivre.

— Voyons ! Je n'aurai garde d'oublier qu'ils me doivent l'obéissance, se hâta de répondre Frances. J'ai eu des domestiques sous mes ordres toute ma vie.

— Une fois encore, il ne s'agit pas de domestiques, mais de marchandises.

— J'entends bien », dit Frances.

Les mains enfoncées dans les poches de son nouveau manteau d'hiver, Josias regardait son navire la *Lily* entrer au port.

En ce dernier jour de février, il faisait un froid très vif, mais rien ne réussit à effacer le sourire triomphant qui s'étalait sur le visage poupin de Josias. Les remorqueurs guidèrent doucement le navire à quai, les ouvriers parèrent un choc trop brutal de la coque contre la pierre et attrapèrent les cordages pour amarrer le navire. On abaissa la passerelle et Josias monta à bord.

« Vous avez bien marché, dit-il au capitaine.

— Oui. Et nous avons aussi fait un bon bénéfice. Les prix des esclaves ont remonté aux Antilles. Tenez, pour les deux plus robustes, j'ai obtenu soixante-dix livres. »

Le sourire de Josias s'élargit encore. « Et le prix du sucre et du tabac ?

— Honnête. Je crois que vous serez content. J'ai les livres à vous montrer.

— Avez-vous rapporté de l'or ?

— J'ai trois cents livres dans mon coffre. Tout est noté.

— Donnez-les-moi maintenant.

— Mais il faut que je paie l'équipage ! Sans compter les primes ! objecta le capitaine.

— Cela attendra demain. Je ferai le nécessaire. Vous toucherez votre part, ne craignez rien. » Il siffla pour appeler l'un des marins et le capitaine le regarda prendre le coffre, redescendre du bateau et regagner l'ancien entrepôt.

« Jamais je ne l'ai encore vu faire ça ! marmonna le capitaine, resté seul. D'habitude, c'est le chargement qu'il veut voir, ou les registres. Mais emporter le coffre avant même d'avoir goûté le tabac... Alors là, je n'en reviens pas ! »

Haussant les épaules, il cria à l'équipage de commencer à décharger. Après avoir fixé une poulie au mât, les marins se mirent à hisser les lourds barils de tabac entreposés dans la cale et à les déposer sur le quai. Dans l'entrepont aux esclaves, il régnait encore une puanteur telle que les hommes travaillaient avec une écharpe autour du nez et de la bouche. Ni l'arôme puissant du tabac ni l'odeur un peu écœurante de la mélasse n'arrivaient à la couvrir.

Dans son bureau, Josias comptait l'or et le plaçait en tas, en équilibre sur diverses factures. Il n'avait pas encore réglé toutes celles de la *Daisy*, partie depuis plus d'une semaine pourtant. Il devait toujours de l'argent au plâtrier et au charpentier pour les travaux de Queens Square. Ainsi qu'au ramoneur. Et il n'avait toujours pas payé les rideaux ni les nouveaux tapis. Les bénéfices de la traversée — qui servaient d'habitude à payer les réparations et la nouvelle cargaison — allaient devoir être répartis entre les créanciers, et Josias se mettait en quête de nouveaux associés pour le voyage suivant afin de faire face aux dépenses pour le navire.

« Foutre dieu ! » s'exclama-t-il. En faisant sonner une pièce sur le coin de son bureau, il venait de s'apercevoir qu'elle était fausse. C'était un métal léger, doré pour avoir l'apparence de l'or. Il ne lui manquait qu'une guinée, le coffre renfermait plus de trois cents livres et son navire ramenait un gros chargement de sucre et de tabac ; mais l'espace d'un instant, en constatant qu'on l'avait dupé, Josias fut épouvanté.

Scott House,
Londres.
Vendredi 20 mars 1789

Ma chère nièce,

Cette lettre t'apportera tous mes compliments et te préviendra de notre retour à Whiteleaze à la fin mai.

Sans doute seras-tu bien aise d'apprendre que Sir Charles Fairley et Miss Honoria ont laissé leur carte à Lady Scott qui, selon votre désir, les a invités à notre bal. Si leurs manières manquent un peu de raffinement, ils se sont passablement tenus et Sir Charles en particulier s'est acquis les sympathies de mes invités en perdant lourdement au piquet. Je l'ai parrainé à mon club où sa malchance obstinée au jeu lui assure une grande popularité.

Mais laissons cela pour aborder un sujet plus sérieux. Sir Charles me dit qu'il envisage de prendre Cole and Sons comme agent. Je lui ai donc promis de me mettre personnellement en quête d'une propriété pour lui et de vous consulter le moment venu. Il m'a précisé la taille de la maison qu'il désire, ainsi que l'étendue des terres. Il ne devrait pas m'être difficile de lui trouver ce qu'il veut, et à des conditions qui soient avanta-

geuses pour toutes les parties intéressées. Je suis ravi de voir que tu fais une femme d'affaires fort avisée depuis que le destin t'a poussée dans cette voie. Avec Sir Charles, tu as un client dont tu peux être fière : un homme aussi généreux qu'étourdi. Et au demeurant fort riche. Je suis persuadé que nous trouverons tous notre compte à cette association.

Tu ne me tiendras pas rigueur de ma franchise si je te dis que tu as rendu un fier service à ton mari en réussissant à associer la fortune de Sir Charles à votre compagnie. Je serai ravi de faire tout ce qui sera en mon pouvoir pour que cet arrangement serve vos intérêts — et les miens. Il n'est d'ailleurs pas douteux que Sir Charles y gagne également. Je te tiendrai informée de toutes les possibilités d'investissements qui se présentent et offrent quelque intérêt. En ce moment, j'ai l'œil sur un projet immobilier à Londres, dont j'ai bien l'intention de réserver une part pour Cole and Sons si je le trouve avantageux. Par ailleurs, on cherche des investisseurs pour un projet de bassin flottant à Liverpool. Je te tiendrai au courant.

Pardonne-moi ce curieux mélange de nouvelles familiales et commerciales, mais j'ai à cœur de voir ton mari et toi-même continuer à prospérer. Je suppose qu'une visite de Lady Scott pour prendre le thé ne nuirait pas à votre crédit auprès de vos voisins. Je prends donc la liberté de te la promettre dès notre retour à la campagne.

Tu n'es pas sans savoir que les abolitionnistes, derrière la bannière de Mr. Wilberforce, entendent présenter au Parlement un projet de loi cette session pour abolir la traite des esclaves. J'ai reçu l'assurance que Wilberforce échouera. Il y a à la Chambre trop de députés dont la fortune dépend de la traite. Néanmoins, Cole and Sons ferait bien à l'avenir de ne pas tout miser sur la traite et d'avoir plusieurs cordes à son arc. Il y a de grandes chances pour que soit votée une loi limitant le nombre d'esclaves dans les cales, ce qui rendra la traite beaucoup moins profitable. Si vous pouviez trouver un autre client comme Sir Charles et abandonner le transport de marchandises pour le courtage, vous seriez bien inspirés. Les capitaux sont beaucoup plus faciles à déplacer que les marchandises, ou même que les hommes !

J'imagine que tu es bien installée dans ta nouvelle maison et que les meubles sont arrivés sans encombre. Je pense souvent à toi. Tu sais que ton bonheur et ton avenir tiennent fort à cœur à

Ton oncle affectionné,

Scott de Whiteleaze

Frances posa la lettre et regarda rougeoyer les braises dans la cheminée. Josias, qui s'était rendu au souper des marchands de Bristol, n'était pas encore rentré. Ces soirées se terminaient rarement avant minuit et Josias revenait en général passablement éméché. Les excès de la corporation étaient légendaires, même dans une ville comme Bristol où l'on buvait sec. Josias rentrait le visage congestionné, les vêtements imbibés d'une odeur de rôti et de rhum, la voix cassée d'avoir lancé des plaisanteries à tue-tête et chanté des chansons paillardes.

Sarah avait beau faire grise mine à son frère au déjeuner, Frances était persuadée que ces soirées de ripaille préparaient l'accès de Josias au saint des saints de la corporation de Bristol et des Marchands-Entrepreneurs, au cercle qui y détenait le pouvoir, à l'alliance impie qui régnait sur la ville. Et puis, quel que fût l'état dans lequel il rentrait le soir, il était le lendemain au travail sur le quai à la même heure que d'habitude, avant les autres négociants. Comme il ne refusait jamais de conclure une vente, fût-elle très modeste, ni de traiter avec ceux qui voulaient investir leurs petites économies, il arrivait en général bon dernier à l'estaminet pour déjeuner.

Frances reprit la lettre de son oncle. S'il avait raison et si leur affaire pouvait se développer comme il le suggérait, alors Josias n'aurait plus besoin de courir après les capitaux des petits investisseurs. Ni de se ronger les sangs pour des questions d'assurances et de bateaux, de tempêtes et de mâts arrachés. Tout cela serait avantageusement remplacé par le travail de l'argent, qu'il suffisait de faire simplement circuler d'une opération financière à l'autre... Frances savait cependant que rien ne pourrait convaincre les Cole d'abandonner complètement la traite. Rien ne remplacerait pour eux le sentiment de sécurité que leur donnait leur entrepôt rempli de tabac, de barils de rhum et de sucre. Pour eux, les transactions sur des billets à ordre étaient des opérations beaucoup trop abstraites. Ils préféraient les marchandises dont ils sentaient l'odeur et les espèces sonnantes et trébuchantes.

La plupart des marchands de Bristol avaient abandonné la traite à ceux de Liverpool, dont les navires négriers étaient plus rapides et mieux adaptés. Mais les Cole s'y accrochaient obstinément. Même quand Josias rêvait de devenir gérant du *Hot Well,* il n'envisageait cela que comme une activité complémentaire.

L'argent que Sir Charles leur avait laissé en dépôt lorsqu'il était allé à Londres n'avait pas été complètement utilisé. Si Frances avait laissé faire Josias, il eût enfermé cet or à double tour dans un coffre caché sous son lit, n'y eût touché que pour payer les factures de Sir Charles et acheter ce qu'il demandait. Il n'eût investi que dans ses propres bateaux et puisé dans cette réserve en signant des reconnaissances de dette dont Sir Charles eût été le bénéficiaire. Mais

Frances avait insisté pour acheter une part d'un bateau qui allait chercher du coton en Amérique et Josias avait vu d'un œil dépité le bateau rival quitter le port avec les fonds de Sir Charles.

Josias veillait sur ce capital avec un soin aussi jaloux que sur le sien. Mais Frances avait été bien inspirée, car le navire *Endeavour* devait rapporter un bénéfice de plus de cinquante pour cent, dont quarante pour cent seraient versés au crédit de Cole and Sons.

Frances entendit Josias frapper à la porte. Kbara, qui avait veillé pour l'attendre, descendit d'un pas lourd lui ouvrir et lui dire que Mrs. Cole l'attendait.

Josias traversa l'entrée, ouvrit la porte du salon et y passa la tête. La lumière le fit cligner des yeux comme un hibou. « Ma chère, vous êtes bien bonne de m'avoir attendu. Je vous suis obligé. Très obligé, ma chère. »

Frances étouffa un rire. « Je crois que monsieur mon mari a beaucoup bu.

— Un peu de punch. Du porto, du vin, du sherry et pas mal de rhum, de mon excellent rhum. Et puis aussi du cognac.

— Voulez-vous une tasse de thé ?

— Pouah ! Je suis sûr que ça me donnerait mal à la tête demain.

— Quelle prudence !

— Prudence est mère de sûreté. Allons, madame, cessez de vous moquer d'un pauvre homme. Je vous apporte des nouvelles qui vous donneront envie de boire à ma santé, et avec autre chose que du thé. »

Frances se dressa sur son siège. « Les Entrepreneurs ? Ils vous ont proposé de devenir membre ? »

Josias ouvrit tout grand les bras. « Enfin ! »

Frances courut vers lui et l'étreignit. Il avait une haleine lourde, chargée d'alcool.

« J'ai l'impression d'avoir attendu un siècle ! Ce

n'est pas trop tôt ! Maintenant, je n'aurai plus besoin de payer les droits de bassin, les droits de phare et je toucherai une part de l'argent des taxes et amendes versées par les usagers du port. Maintenant, je pourrai voir les plans des nouveaux bassins, je saurai où il faut construire un nouvel entrepôt. Maintenant, j'entends battre le cœur de cette ville, Frances. Enfin ! »

Frances posa sa joue sur le jabot froissé.

« Tout cela, c'est grâce à vous, lui chuchota-t-il à l'oreille. A votre nom, à votre rang, à la façon dont vous en avez joué, à celle dont vous avez formé les esclaves. Frances, vous avez fait ma fortune !

— Voyons, je n'ai rien fait du tout.

— Si, si, vous avez fait ma fortune. J'avais un but, mais je ne savais pas comment l'atteindre. Vous, vous avez vu ce que nous devions faire et, ensemble, nous avons réussi. Maintenant, plus rien ne nous résistera, ma chère. Je vous achèterai une voiture à deux chevaux, ainsi qu'un cheval de selle. Nous aurons une maison à Londres pour y passer la saison et une autre à la campagne. Je prendrai le bail du *Hot Well* et vous en serez la magicienne. Vous êtes une perle, ma Frances, vous valez plus que toutes les perles du monde !

— Josias ! s'exclama Frances, étourdie par ce flot de compliments.

— Nous aurons des fils, annonça-t-il fièrement. Et nous leur laisserons une fortune. Une fortune à chacun. Nous fonderons une famille. J'achèterai un titre de baronnet. Vous n'aurez pas à vous repentir de vous être mariée au-dessous de votre condition. Je m'élèverai, Frances, et vous retrouverez la place qui était la vôtre.

— Mais je ne me suis jamais repentie... »

Josias était lancé et il n'y avait pas moyen de l'arrêter. « Je mettrai de nouveaux navires en chantier. Aussi gros que ceux de Liverpool et plus rapides. Le premier, je le baptiserai *Frances*, le second, *Perle*, le troisième, *Vertu*, et le quatrième, *Épouse*.

— Josias ! » répéta Frances, attendrie.

Il se laissa tomber sur le sofa. « Je me repose quelques instants. Vous me préparerez un verre de punch et nous boirons à votre santé.

— Vous feriez beaucoup mieux d'aller vous coucher, dit Frances, hésitante.

— Des citrons, commanda Josias d'une voix ensommeillée. Des citrons frais et beaucoup de sucre... »

Frances se dirigea lentement vers le cordon, mais avant même qu'elle ait tendu la main pour sonner Kbara, Josias dormait.

19

Sarah elle-même se réjouit de la nouvelle lorsque Frances la lui apprit au déjeuner. En revanche, les projets de Lord Scott la jetèrent dans une agitation fébrile de vieille fille maniaque. « Surtout, pas de précipitation ! Ne commettons pas d'imprudence. L'argent de Sir Charles doit servir pour des placements sûrs et non pour des opérations hasardeuses. Nous connaissons bien les risques de la traite, mais que savons-nous du marché immobilier de Londres ? Et des bassins de Liverpool ?

— Voilà justement pourquoi nous sollicitons l'avis de Lord Scott, répondit patiemment Frances. Si Sir Charles a choisi Cole and Sons comme agent et Lord Scott comme conseiller, c'est bien pour que son argent soit placé de la façon la plus rentable possible.

— Nous connaissons la traite, s'entêta Sarah. Je peux lui trouver de bons investissements à Bristol. Certaines traversées peuvent rapporter cinq, voire dix pour cent. »

Inutile de lui objecter que les opérations proposées par Lord Scott pouvaient rapporter trente à quarante pour cent. La perspective de profits importants effrayait Sarah presque autant que celle de la faillite. Frances se borna donc à lui répondre : « Je vais écrire à Sir Charles pour lui demander ses instructions. »

Il y eut un bruit de vaisselle brisée. Une esclave venait de faire tomber l'une des tasses du buffet.

« Dites-lui donc d'être plus soigneuse, s'écria Sarah.

— Elle comprend l'anglais. Vous pouvez le lui dire vous-même.

— Tu ne peux pas faire attention ! glapit Sarah. Toi, là, attention ! »

La femme fit une révérence, comme Frances le lui avait appris et dit « Pardon, madame ».

Frances la regarda. L'espace d'un instant, au lieu d'une esclave maladroite méritant une réprimande, elle vit une femme un peu plus jeune qu'elle, coiffée d'un bonnet blanc et gênée aux entournures par sa robe verte toute simple, toujours grelottante de froid, partagée entre l'épuisement et l'ennui de devoir accomplir interminablement les mêmes tâches pénibles et ingrates.

C'était une Fulani, une nomade de l'Afrique occidentale. Chez elle, elle eût été occupée à récolter du bois, des racines, des graines et des baies ; à garder le bétail, piler le mil dans le grand mortier de pierre, remonter l'eau du puits. Elle eût habité un village où les huttes, disposées en cercle, étaient de construction sommaire puisque chaque année, au plus tous les deux ans, les familles émigraient vers de nouveaux pâturages. Mais la fruste demeure eût abrité un lit couvert de cotonnades aux teintes vives, un panier de feuilles de palmier tressées pour y ranger les vêtements. Au pied du lit se fût trouvé un berceau sculpté à la main, dans lequel eût dormi béatement un beau bébé couleur chocolat. Cette vie-là, n'importe quel paysan anglais l'eût reconnue : c'était la vie pastorale, rythmée par les saisons, où les hommes circulaient dans les plaines, libres et légers comme les troupeaux d'antilopes ; une vie aussi différente de l'esclavage que l'est une troupe d'aigrettes d'une poule de basse-cour.

« Garderons-nous celle-ci ou l'autre ? demanda Sarah, arrachant brutalement Frances à sa rêverie.

— Nous les vendrons toutes les deux et nous garderons Elizabeth. Elle travaille à la cuisine en ce moment. C'est une Yoruba, comme Cicéron et plusieurs autres. Je crois qu'il est bon qu'ils puissent parler entre eux.

— Nous n'en garderons que trois. Un garçon et deux femmes.

— Oui. Nous les vendrons cet été, dès qu'ils parleront convenablement et seront capables d'obéir à des instructions. » Elle se tourna vers la femme et lui sourit. « Dis aux autres d'aller au salon, fit-elle en montrant la porte. Je vais venir pour la leçon. »

Quand elle entra, les esclaves l'attendaient, assis en silence autour de la table. Frances était seule avec eux. John Bates avait reçu son congé. Maintenant qu'ils étaient devenus de parfaits domestiques, les esclaves n'inspiraient plus aucune crainte et ils n'avaient plus besoin de directives pour exécuter leurs tâches ménagères.

Non, ils n'étaient plus dangereux. Ils ne parlaient plus de retourner chez eux et ne cherchaient plus à s'évader de leur prison. Ils travaillaient bien trop dur pour penser à autre chose qu'à survivre. Et fatalement, ils avaient perdu leur initiative et leur courage. Redoutant le labyrinthe des rues plus encore que les lourdes corvées ménagères, ils avaient renoncé à s'enfuir. Ils étaient malheureux, certes, mais cela les angoissait moins de s'installer dans leur servitude que d'affronter l'inconnu en prenant la fuite.

Mehuru était las et émacié. Chaque jour, il se levait à cinq heures. A dix, il avait déjà vidé les baignoires, apporté les seaux de charbon pour allumer les feux et les fourneaux de la cuisine, nettoyé les grilles des cheminées, vidé les cendres, préparé les feux et sorti les ordures. Il ne déjeunait que lorsque la cuisinière était prête, et elle prenait un malin plaisir à ne nourrir les esclaves qu'avec les restes de la maisonnée. Il avait froid en se réveillant ; il avait froid en travaillant. Même les rudes corvées ménagères ne parvenaient pas à le réchauffer. Il maigrissait et n'avait plus un pouce de graisse sur des muscles d'acier. Les femmes aussi travaillaient dur et les petits ne restaient pas inactifs non plus : on leur faisait balayer les planchers et ranger les pièces. L'un d'eux commençait à tousser : une petite toux sèche, tenace, qui les empêchait tous de dormir la nuit.

« Bientôt, articula Frances à haute et intelligible voix, très bientôt, nous célébrerons la fête de Pâques, qui marque le jour où Notre Seigneur est ressuscité des morts. C'est notre Dieu. »

Elle regarda les esclaves, qui la regardaient aussi, l'œil inexpressif. S'adressant à Mehuru, elle poursuivit. « Nous adorons le Seigneur Jésus. Il est venu naître sur terre pour nous sauver de nos péchés.

— C'était un homme ?

— Oui, un homme qui a vécu il y a très longtemps. Il est mort pour nos péchés, et après sa mort, il est allé au paradis. Il est toujours vivant et nous aime tous. »

Il y eut un silence. Mehuru assimilait les paroles de Frances et les passait au crible de ses propres certitudes. « Où est le paradis ? »

En l'entendant manifester de la curiosité, Frances rougit de plaisir. « Le paradis n'est pas dans ce monde-ci. C'est un endroit merveilleux entre tous. Si vous êtes des gens de bien, articula-t-elle soigneusement, vous irez au paradis après votre mort.

— C'est ailleurs ?

— Oui. Très loin.

— Alors, c'est drôle, dit Mehuru, cherchant des mots simples pour exprimer une idée complexe, parce que le meilleur endroit pour un homme, c'est sa maison. »

Frances secoua la tête. « Une maison n'est rien, comparée à l'amour de Dieu. Pas plus que la famille. Rien ne compte autant que d'obéir à Jésus et d'aller au paradis. »

Mehuru réfléchit. Si Frances croyait que l'amour que l'on porte à sa maison et aux siens importait moins qu'un homme qui était mort depuis longtemps, alors, elle le décevait beaucoup. Après tout, on pouvait comprendre pourquoi ces Blancs s'attendaient à voir danser et chanter ceux qu'ils avaient arrachés à leur pays et emmenés en captivité, puisqu'ils pensaient trouver le bonheur en s'exilant dans un paradis lointain. Sceptique, il demanda : « Vous croyez vraiment cela, vous autres Blancs ?

— Oui. Et j'espère bien qu'un jour vous le croirez aussi. Alors, vous serez libérés du fardeau du péché et de la mort.

— Libérés ? Alors, je serai libre ? » demanda Mehuru, en savourant le mot.

Frances comprit son erreur. « Tu seras encore un esclave, rectifia-t-elle. Mais tu seras libéré du péché.

— Je serai un esclave libre ?

— Oui... Enfin, je veux dire... En quelque sorte... oui. »

Mehuru la regarda et elle vit luire dans ses yeux un éclair d'amusement. Il ne put s'empêcher de sourire, puis il se mit à rire. « Oh, Frances ! »

Frances se rendit compte qu'elle aussi souriait. Devant pareille malice païenne, comment expliquer les choses correctement ?

« Je parle sérieusement, protesta-t-elle. C'est très sérieux, tout cela. »

Mais le rire exubérant de Mehuru était contagieux. Sans comprendre tout ce qui avait été dit, les autres se rendirent compte que le bon sens de Mehuru l'avait emporté sur la théologie volubile de Frances, et ils sourirent aussi. Mehuru se pencha et posa la main sur celle de Frances.

« Commencez d'abord par me libérer », dit-il, souriant toujours.

En guise de cadeau pascal, Lord Scott envoya à Frances une boîte de jonquilles cueillies dans les bois de Whiteleaze. Elle les disposa dans un grand vase en cristal dans le vestibule, et leur frais parfum vert embauma toute la maison. Mehuru apporta l'eau dans un grand broc en émail.

« Elles sentent bon, ces fleurs », dit-il.

Frances se pencha sur le vase, rêveuse, respirant le parfum. « Elles sentent le printemps. Quand j'étais petite, il y avait toujours un gros bouquet de jonquilles sur la table pour le déjeuner de Pâques. Je me levais tôt et c'était moi qui les cueillais pour ma mère. Elles ont l'odeur de l'espoir, l'odeur de la jeunesse et de la confiance dans l'avenir.

— Ce sont des fleurs libres ? »

Frances hésita. « Tu veux dire des fleurs sauvages ? Oui. C'est pour cela qu'elles sont si belles. Elles poussent surtout au bord des rivières et sous les arbres. Il y en a de plus en plus chaque année. »

Tout en l'observant, il ébaucha un sourire. C'était la première fois qu'il la voyait manifester une joie sensuelle. Il se sentait curieusement touché par la façon dont elle se laissait ravir par le parfum des fleurs, dont le reflet d'or dansait sur son visage incliné. Elle avait une tache jaune sur la joue : du pollen. Instinctivement, il devina ce qui avait provoqué la joie de Frances en voyant cette gerbe de fleurs : leur pouvoir de croître et de se multiplier. Les fleurs représentaient tout le contraire de la maison, de la compagnie, de la traite même, qui plongeait ses racines dans la pauvreté, la détresse et l'avidité. La terre généreuse donnait sans compter ses richesses, comme cette profusion dorée. C'était la traite qui était une erreur, un acte contre nature.

« Toujours davantage ? » répéta-t-il. Il eut la satisfaction de voir les yeux noirs et rêveurs se tourner vers lui.

« Oui. N'est-ce pas merveilleux ? Quand elles sortent du sol, ce ne sont que de petites feuilles. Puis on les voit s'épaissir, former de petits bourgeons tout gonflés et soudain, les fleurs se mettent à éclore et le sol n'est plus qu'un tapis jaune. Les cerisiers sauvages ont des grappes de petites fleurs blanches que le vent fait danser et dont il effeuille les pétales. Les oiseaux commencent à chanter comme des fous et on entend le cri du coucou.

— Mmm », dit-il. S'il ne connaissait pas tous les mots qu'elle venait d'utiliser, il percevait le plaisir qu'elle prenait à évoquer ces images. Elle paraissait soudain beaucoup plus jeune, avec son teint rose avivé par l'éclat des jonquilles. Il porta doucement la main à la joue de Frances pour ôter les grains de pollen.

A son contact, elle se raidit, presque comme si elle avait peur, mais ne détourna pas le visage. Le doigt noir effleura la tache jaune, et Mehuru lui montra la poussière qu'il avait retirée. Les joues de Frances se colorèrent. Se rendait-elle compte qu'elle avait l'air juvénile et désirable ?

Elle recula d'un pas. « Tu peux disposer, Cicéron. »

Le jour de Pâques fut décevant. Josias et Sarah n'avaient rien prévu d'autre pour marquer l'occasion que de remplacer le sempiternel mouton par une oie rôtie et de ne pas ouvrir de la journée les registres de la compagnie. Les Cole n'observaient aucune tradition festive telle que faire rouler des œufs durs multicolores sur les pentes du jardin, dénicher les œufs de Pâques, ou même faire une promenade dans la campagne.

« Vous n'invitez jamais personne ? s'enquit Frances.

— Ma foi non ! répondit Josias, surpris. Nous sommes toujours restés à la maison le jour de Pâques, et personne n'est jamais venu nous rendre visite sur le quai.

— Et vos amis, votre famille ? N'allez-vous donc jamais les voir ?

— Notre famille habite le pays de Galles, expliqua Sarah. Et quand nous sommes venus nous installer à Bristol, nous avons perdu l'habitude de nous voir. Ce sont des mineurs des Galles du Sud. Mon père a eu raison de quitter sa vallée. Jamais il n'a voulu y retourner, d'ailleurs.

— Qu'allons-nous faire aujourd'hui ? » demanda Frances.

Ni le frère ni la sœur ne savaient que proposer. Ils échangèrent un regard perplexe, et Sarah finit par dire : « Je pensais que vous iriez à l'église, pour faire vos pâques. Moi, j'irai au culte. »

Les deux femmes regardèrent Josias. Avant son mariage, il accompagnait Sarah à la chapelle unitarienne, dont les murs nus et la foi simple attiraient de nombreux négociants qui pratiquaient la traite. Un bon sermon sans prétention et des cantiques chantés à tue-tête. Frances, fille d'un ecclésiastique de l'Église anglicane, considérait les chapelles, fréquentées par le petit peuple laborieux, comme des repaires d'évangélistes et d'exaltés de tous poils. Elle s'était efforcée — mais en vain — de dissimuler son mépris à Sarah qui, de son côté, lui avait bien fait sentir qu'à ses yeux, la richesse et la beauté de l'église St. Mary, à Redcliffe, sentaient le papisme et l'idolâtrie.

Pris entre les convictions religieuses des deux

femmes, Josias allait parfois à l'église à deux reprises le dimanche, en compagnie de Sarah le matin et de Frances l'après-midi. Mais comme Frances, fine mouche, l'avait prévu, il ne tarda pas à remarquer que les plus ambitieux parmi les Marchands-Entrepreneurs fréquentaient la cathédrale près de l'université, sur la rive nord.

« Bien entendu, j'irai à la cathédrale, dit Frances. Mais si nous profitions de la journée pour faire une excursion ? Nous pourrions aller nous promener à la campagne.

— Il n'est pas question que je monte dans une voiture un dimanche, fit Sarah avec componction. Faites comme bon vous semble. Moi, je vais aller au culte ; après quoi je dînerai, je lirai ma Bible, je souperai dans ma chambre et j'irai au lit. Je ne vois pas de raison de faire des dépenses somptuaires un jour réservé à la réflexion et à la prière. »

Frances pinça les lèvres pour ne pas répondre. Josias intervint.

« Les domestiques prennent leur demi-journée cet après-midi. La cuisinière prévoit un repas froid pour pouvoir quitter ses fourneaux. D'ailleurs, ils font un repas de fête entre eux.

— D'habitude, Brown et la fille de cuisine rentrent chez elles voir leur mère. Mais puisqu'elles quittent la maison demain, je suppose que ce soir elles dîneront à nos frais. »

Frances hocha la tête. Quand elle était enfant, il y avait toujours une ribambelle d'invités pour Pâques à la cure de Whiteleaze. Ses parents recevaient des amis de Londres qui venaient passer une semaine chez eux. Toute la maisonnée allait se promener dans les collines aux alentours de Bath et récolter des brassées de jonquilles. On peignait les arbres dont les feuilles commençaient à pousser, ou on faisait des croquis. Si les Scott de Whiteleaze venaient, c'étaient de longues chevauchées dans la campagne pour profiter des jours plus longs et de la température plus douce. Même après la mort de son père, alors que sa joie de vivre se tarissait lentement, Frances se sentait toujours plus légère lorsqu'il faisait jour à son réveil et qu'on servait le dîner au coucher du soleil.

« J'aurais dû prévoir quelque distraction, dit Josias, penaud. Je ferai mieux l'année prochaine. Je suis désolé, Frances, mais jusqu'ici Pâques n'est pas une fête que nous avons beaucoup marquée.

— Mon père pensait que la résurrection du Seigneur devait être célébrée dans le recueillement et la gravité, dit Sarah.

— Ah oui ? Eh bien, le mien était homme d'Église, et il devait savoir ce qu'il faisait, je suppose ! lui rétorqua Frances. L'année prochaine, je recevrai ! »

Sarah haussa ses maigres sourcils mais se garda de rien ajouter.

*

La journée fut aussi dépourvue d'agréments que le redoutait Frances. Josias l'accompagna à la cathédrale, et elle étrenna le nouveau bonnet qu'elle avait commandé à la modiste de Mrs. Waring. Le jour de Pâques, l'office durait plus longtemps que d'habitude et en sortant, les fidèles se retrouvèrent non sans soulagement sur la pelouse, au soleil. Frances eut le plaisir de se voir saluée par tous ceux qui, à Bristol, tenaient le haut du pavé et remarqua que Josias paraissait très à l'aise avec les notables.

Mais cette petite récréation fut de courte durée. De retour à Queens Square, lorsque l'oie fut mangée, les desserts et les confiseries servis et la table débarrassée, l'après-midi lui parut bien sombre, bien morne et interminable. Le soleil avait disparu et il commençait à pleuvoir : un crachin régulier qui donnait l'impression que le soir tombait déjà, comme en hiver. Sarah s'installa près de la cheminée du salon avec un livre de sermons et parut s'en trouver fort aise. Sur le sofa, Josias somnolait déjà. Frances s'assit dans un fauteuil en face d'eux et se sentit plus seule que jamais.

Un bruit ténu venait du plancher, sous ses pieds : d'abord un léger battement persistant, puis quelques bribes de chansons indistinctes. Frances regarda son mari. Il dormait à poings fermés. Derrière le livre de sermons, Sarah dodelinait de la tête. Frances se leva sans bruit, se dirigea vers la porte et l'entrebâilla légèrement.

De la cuisine venait une sorte de crépitement, comme si la pluie tambourinait avec force. Frances traversa l'entrée, poussa la porte capitonnée qui s'ouvrait sur le couloir menant à l'office. Dès qu'elle l'eut franchie, la musique l'enveloppa comme une vague impétueuse.

Elle entendit le bom-bom-bom d'un tambour et, en contrepoint, un rythme précipité et allègre. Les deux sons se poursuivaient, malicieux et folâtres. Frances sentit ses pieds marquer la cadence sans le vouloir. Une voix s'éleva, une voix profonde et ferme, celle de Mehuru. Il chantait en yoruba une chanson d'amour, célébrant la beauté provocante des filles et le plaisir qu'il y a à les satisfaire. Il y était question de magie, de la magie des yeux des femmes, de l'obscure clarté de leur sourire en coin. Et à chaque fin de vers, à chaque fin de couplet, on entendait six ou sept voix reprendre en chœur ou approuver, à l'unisson.

Frances s'avança dans le couloir sur la pointe des pieds et jeta un coup d'œil furtif par la porte entrouverte, comme un enfant épiant les grandes personnes en train de s'amuser.

Mehuru était assis à la table de la cuisine devant une grosse caisse improvisée avec un baquet retourné et deux cuillères en bois. Il avait renoncé à se servir des cuillères, trop dures pour produire la moindre résonance, et il frappait à mains nues pour faire jaillir sous ses doigts, de cette cloche de bois creux, un battement rythmé et lancinant, presque une mélodie. A côté de lui, nu-pieds sur les dalles de pierre, Kbara se balançait en cadence, martelant une casserole de cuivre, tantôt avec une fourchette, tantôt du plat de la main. Mehuru chantait, la tête en arrière, les yeux mi-clos pour mieux sentir la musique ; un sourire retroussait ses lèvres pleines et sensuelles et tout son visage illuminé de joie était si méconnaissable que Frances eut l'impression de le voir pour la première fois. Le grand gaillard renfermé et maussade s'était métamorphosé en homme heureux de vivre, chantant avec une voix qui venait du fond des âges, tout au plaisir de ce rythme obsédant et irrésistible.

Quant aux femmes... Frances tendit le cou pour les voir. Elles ressemblaient à un chœur de tragédie antique. Elles chantaient et se balançaient à l'unisson comme si elles étaient sous le charme de Mehuru. De temps à autre, l'une d'entre elles sortait du groupe et s'avançait vers lui en dansant pour lui seul, comme hypnotisée. Alors, la timbale de Kbara se faisait persuasive, de plus en plus aiguë à mesure que la fourchette battait le cuivre, et déversait sur la danseuse une pluie de notes perçantes. Mehuru lui aussi accélérait le rythme comme s'il voulait la forcer à danser plus vite, toujours plus vite, pour lui et lui seul. Et la femme — Martha, Mary ou Elizabeth — rassemblait ses jupes et les relevait, découvrant ses pieds nus, ses jambes brunes, et martelait le sol de ses pieds qui se mouvaient si vite que Frances, postée dans son embrasure de porte, ne voyait plus qu'un tourbillon. Penchée en avant, ondulant des hanches, la danseuse frappait le sol, et ses pieds faisaient naître à leur tour une nouvelle cadence, un rythme rapide et sensuel qui se superposait aux autres, puis elle laissait retomber ses jupes et rejoignait le groupe, refusait en riant les compliments et acclamations que lui lançaient Mehuru et Kbara avant de reprendre le rythme initial de leur chanson.

En voyant sa très britannique cuisine envahie par cet exotisme débridé, Frances resta stupéfaite. Les deux domestiques anglaises n'étaient pas non plus restées insensibles à l'entêtant battement des tambours. Les deux petits vinrent tirer chacun par une main la cuisinière, qui avait pourtant mené une campagne de récriminations et de représailles contre les esclaves depuis leur arrivée. Elle aussi releva ses jupes et se mit à sautiller d'un pied sur l'autre. Pour elle aussi, Kbara et Mehuru accélérèrent la cadence, lancèrent des encouragements et forcèrent le rythme. Rose de confusion et d'émotion, la cuisinière lâcha les mains des deux enfants. « Non, non, danser n'est plus de mon âge ! »

Mehuru secoua la tête et continua à frapper sur son tambour. « Allons ! Une belle femme comme vous ! » lui cria-t-il.

La cuisinière lui adressa un large sourire attendri. « Demandez donc à Brown de vous danser une gigue. Elle est irlandaise par sa mère ! »

Mehuru se leva, cala le baquet sous son bras et, saisissant une cuillère en bois, s'avança vers Brown en souriant, et en battant la mesure. Aucune femme n'aurait pu lui résister, se dit Frances.

« Mais je ne sais pas danser ! » protesta Brown, tout en rougissant et en levant sur Mehuru un regard conquis.

Il ne dit rien et laissa la musique faire son œuvre. Les pieds de Brown commencèrent à s'agiter. « Je ne peux pas. Je ne sais pas danser comme vous autres. »

Mehuru recula devant elle, battant le sol du pied au rythme de la musique et se balançant de tout son corps. Brown se leva et, lui faisant face, imita ses mouvements, tel un pâle reflet. Il fit quelques pas glissés, puis tapa du pied, et Brown suivit. Quand il amorça un mouvement tournant vers la droite, elle en fit autant. Puis il se retourna et avança à grands pas. Brown suivait toujours. Alors il pirouetta, l'invitant à se lancer. Brown rassembla ses jupes des deux mains et laissa ses pieds marteler le sol au rythme de la gigue irlandaise, exécutant sur l'irrésistible cadence du tambour africain la danse endiablée des Celtes, toute en frappements de pointes et de talons.

En voyant Brown s'abandonner ainsi, Mehuru éclata de rire et tambourina de plus belle pour lui rendre hommage en se tournant vers les autres femmes. La cuisinière se leva et entra dans la danse, suivie de la fille de cuisine, tandis que les autres tapaient dans leurs mains en cadence et se balançaient, chantant une mélopée obsédante dans une langue incompréhensible et caressante.

Cette soudaine explosion de joie sensuelle et de vitalité sur le sol de pierre de sa grande maison morose mit un comble au trouble de Frances. Quittant brusquement sa cachette pour s'arracher au charme des tambours et des voix, elle tourna les talons et prit la fuite. Elle grimpa les escaliers quatre à quatre, contenant à grand-peine des sanglots qu'elle laissa éclater dès qu'elle eut claqué la porte de sa chambre, et se jeta sur le lit où elle donna libre cours à son chagrin, pleurant sur la solitude glacée qui lui figeait l'âme et le corps. Elle enfouit son visage dans l'oreiller pour y sangloter tout son saoul avec un abandon sans précédent et s'avoua enfin que Mehuru était à ses yeux le seul homme qui pût la sauver de la mort sournoise à laquelle la vouait sa parfaite éducation de dame de qualité. Elle s'avoua aussi que, pour la première fois de sa vie, elle était follement, éperdument amoureuse.

20

Le lendemain matin, quand Mehuru frappa à la porte du salon, Frances était assise à la table de noyer ronde, avec, en face d'elle, une autre chaise. Une coupe de jacinthes blanches et charnues, pareilles à des fleurs de cire, décorait le milieu de la table et embaumait la pièce. Au premier coup d'œil, Mehuru vit qu'il ne s'agissait pas d'une leçon, puisque la table n'avait pas été débarrassée. Mais le visage fermé de Frances ne lui laissa rien augurer de bon. Elle était très pâle, avec des cernes bleuâtres sous les yeux, comme après une nuit d'insomnie. Était-elle malade ?

Chez les esclaves, un deuxième enfant s'était mis lui aussi à tousser depuis peu : une petite toux sèche et persistante. Tous trouvaient interminable et pénible la transition vers des jours plus chauds. Peut-être que les Blancs, dont la peau était pourtant adaptée à ce climat brumeux et humide et à ces longs après-midi gris, appréhendaient eux aussi les longues heures d'obscurité et la pâleur désespérante du soleil de midi ?

« Assieds-toi, je te prie », dit Frances d'une voix qui tremblait un peu.

Mehuru tira une chaise, s'installa en face de

Frances, croisa les doigts et posa les mains sur la table.

« Je me rends compte... Je me rends compte... que depuis des mois je t'apprends diverses choses, mais je ne sais rien de toi. Je t'ai appris à parler, mais je ne t'ai jamais posé de question sur toi ni sur la vie que tu menais avant d'arriver dans ce pays. »

Tel un masque d'ébène, le visage de Mehuru resta impassible. Où Frances voulait-elle en venir ? Il ne savait pas qu'elle l'avait entendu jouer du tambour. Ni que pour la première fois de sa vie elle sentait s'éveiller en elle des émotions violentes et douloureuses.

« Vous êtes curieuse de moi ?

— Parle-moi de ton pays natal, Cicéron.

— Cicéron est un esclave anglais, rétorqua-t-il aussitôt d'une voix nette. Cicéron est né ici, dans cette pièce, et c'est vous qui l'avez baptisé. »

Elle se mordit la lèvre supérieure si fort que son visage en fut momentanément déformé.

« Soit. Je t'appellerai donc Mehuru pour cette fois. Où es-tu né, Mehuru ? Où habitais-tu ? Que faisais-tu ? »

Cette curiosité subite surprit Mehuru et lui parut suspecte. Néanmoins, il ne résista pas au plaisir d'évoquer son pays, fût-ce à Frances. « Je suis né dans la ville d'Oyo. Ma mère était dame de compagnie de la mère du roi et mon père, l'un des Eso... (Il s'interrompit, cherchant un équivalent anglais.) Je ne sais pas comment vous dites...

— Que faisait-il ? dit Frances avec un sourire, s'imaginant qu'il s'agissait d'un groupe de chanteurs, de paysans, ou encore de quelque clan primitif.

— Il conduit les soldats. Ceux qui montent à cheval.

— La cavalerie ? Vous avez des chevaux chez vous ?

— Oui. Une armée à cheval. (Mehuru hésita à nouveau, cherchant ses mots.) Il y a cent chevaux par seigneur et chaque seigneur obéit à un supérieur, l'Eso. Tout en haut, il y a un chef qui rend des comptes à l'Alafin, c'est-à-dire au roi. »

Frances cilla. Tout ceci semblait bien compliqué, pour une tribu de cannibales emplumés.

« Et qui d'autre rend compte devant l'Alafin ?

— Le Premier ministre et le conseil des nobles. (Mehuru réfléchit un instant.) Sept seigneurs, qui désignent l'Alafin. Et puis, il y a l'Église, représentée par notre grand prêtre, qui est le gardien de l'oracle et a d'autres prêtres sous ses ordres. Je travaillais pour lui.

— Tu étais prêtre ? »

Mehuru hocha la tête. Il avait le regard flou, comme s'il avait du mal à se souvenir de cette époque. « J'étais devin et j'interrogeais l'oracle sur les questions importantes. L'oracle s'était prononcé contre l'esclavage et je transmettais son message.

— Mais chez vous aussi, vous pratiquez l'esclavage, protesta Frances.

— Pas comme vous. Par exemple, on condamnera un criminel à l'esclavage ; ou encore, un homme libre se vendra... » Brusquement, il pensa à Siko, qui s'était vendu à lui pour qu'il le protège, et qui avait vu sa confiance mal récompensée. Jamais Mehuru ne retrouverait l'adolescent. Il devait être loin, aux Antilles, et sans doute déjà mort. Siko n'avait pas une constitution assez robuste pour survivre au travail épuisant et cruel des champs de canne à sucre, ni à la chaleur infernale du moulin à sucre où l'on nourrissait les broyeuses dix ou douze heures par jour. La gorge serrée, Mehuru détourna le regard. « C'est difficile à expliquer.

— Et les sacrifices humains... Vous sacrifiez bien vos esclaves... »

Mehuru la regarda sans comprendre, puis répondit avec beaucoup de dignité : « Vous devez confondre. Le meurtre est considéré comme un crime dans tout le royaume yoruba. »

Frances sentit qu'elle avait commis une maladresse. « On m'avait dit que toute l'Afrique était un pays païen, où l'on se livrait aux sacrifices humains et... » Elle s'interrompit, répugnant à évoquer les pratiques sexuelles bestiales, rougit et reprit : « ... et à des inconvenances.

— L'Afrique est immense, expliqua Mehuru avec la patience d'un homme qui s'adresse à une enfant opiniâtre et bornée. Il y a beaucoup de nations différentes et de coutumes différentes. Chez nous, les Yorubas, les villes sont plus propres que celle-ci et nos lois interdisent des actions que les vôtres permettent. Nous faisons du commerce, nous travaillons la terre, nous chassons ; notre façon de travailler le cuivre est réputée et nos mines d'or sont prospères. Nous vendons nos cuirs et nos objets d'art très loin, même plus loin que le désert du Sahel. Dans cette maison, vous avez du cuir de chez nous.

— Du cuir africain ! s'exclama Frances, incrédule.

— Les pantoufles de Mr. Cole.

— Ah, mais elles viennent du Maroc ! D'un pays arabe. »

Mehuru haussa les épaules. « Nous vendons notre cuir aux Arabes, qui le revendent ensuite. Il ne faut pas confondre le vendeur et l'artisan. Ce cuir est travaillé à la manière yoruba.

— Ce n'est pas possible ! dit Frances. Pour que le cuir de chez vous parvienne au Maroc, il faudrait qu'il traverse des milliers de lieues, sans compter les déserts !

— Nous avons de grandes routes pour les caravanes. Et de puissantes cités sur ces routes. (Une ombre passa sur son visage.) Enfin, nous en avions...

avant, rectifia-t-il d'une voix étouffée. Avant l'arrivée des négriers, les routes étaient sûres. Ce n'est plus vrai maintenant. Je me demande même si elles existent encore. »

Il s'arrêta. Frances, qui plissait machinalement le tissu de sa robe, puis tirait dessus, regardait ses mains. Ce matin-là, elle avait revêtu l'une de ses tenues les plus seyantes, mais qu'elle mettait rarement : une robe de mousseline avec un ruché de velours bleu, et un caraco de velours assorti. A force de tortiller le tissu de la jupe, elle l'avait chiffonné et elle le lissa d'une main fiévreuse.

« Mehuru, dit-elle très bas.

— Qu'y a-t-il ? »

En entendant la sollicitude dans sa voix, elle leva les yeux vers lui. Il remarqua alors ses lèvres tremblantes, son visage qui trahissait son émoi, ainsi que le frémissement de ses mains et de tout son corps.

« Mehuru, chuchota-t-elle à nouveau.

— Vous vous sentez mal, Frances ? Vous voulez que j'appelle l'une des femmes ? »

Elle ne répondit pas, et il regarda avec une attention nouvelle son visage pâle et défait, l'expression de ses yeux sombres et plus bas, près de l'échancrure de sa robe, le battement d'une veine dans le creux du cou. Il vit s'accélérer la respiration de Frances, le sang lui monter aux joues, et ses yeux se remplir de larmes inexplicables.

Il se leva d'un bond, mais elle tendit la main pour l'arrêter. Au contact de cette main sur son bras, il s'immobilisa et retint son souffle. Brusquement, il comprit.

En silence, il recula. « Je vais vous appeler une femme », dit-il avant de quitter la pièce.

A l'estaminet du port, Josias déjeuna à la table du fond. Il était de fort belle humeur, ayant reçu un message de la *Rose* par le truchement d'un corsaire de Bristol qu'elle avait croisé au large des côtes d'Afrique occidentale. Prudemment, le capitaine Smedley s'était gardé de faire la moindre allusion aux esclaves qu'il devait vendre en fraude aux colonies espagnoles et se bornait à promettre d'en embarquer autant que le bateau pourrait en contenir. Les cales étaient déjà à moitié pleines. Il priait Josias de lui faire toute confiance et l'assurait qu'il entendait parfaitement ce qu'on attendait de lui.

« Vous êtes en avance ce matin, Josias, dit Stephen Waring en prenant un siège à côté de lui.

— A qui se lève matin...

— Avez-vous pensé à ma mine ?

— C'est une entreprise prometteuse, j'en conviens, mais j'ai en tête un autre projet qui risque de mobiliser mon capital. Et vous êtes le mieux placé pour me conseiller, si vous voulez bien.

— Disons plutôt si je peux, fit Waring avec son sourire patelin. Maintenant que vous faites partie des nôtres, vous n'avez qu'à demander pour que dix personnes proposent de vous aider. » Là-dessus, il fit signe au valet de lui apporter une assiette de jambon et une pinte de bière blonde.

« Je sais, fit Josias en se rengorgeant. C'est pourquoi je me permets de vous demander quels sont les projets des Entrepreneurs concernant le *Hot Well.* J'ai entendu dire que vous cherchiez un gérant pour reprendre le bail. C'est vrai ?

— Ma foi, répondit prudemment Stephen Waring, il me semble en avoir entendu parler, mais je n'en suis pas absolument certain. Le bail vous intéresserait ?

— Oui. Pourvu que les conditions soient satisfaisantes, bien sûr. Mais avec un petit investissement et les conseils de ma femme et de la famille Scott, je pense pouvoir tirer profit de l'entreprise.

— Tiens, vous envisageriez de changer votre fusil d'épaule ? Vous me surprenez, Josias.

— Ah, mais il faut savoir répartir ses investissements, et les diversifier, surtout aujourd'hui.

— Je me renseignerai, promit Waring. Et si vous souhaitez donner suite, pourquoi ne pas en parler à notre dîner mensuel ? Je suis tout prêt à soutenir votre proposition, vous savez.

— Vous feriez cela ?

— Mais voyons, mon cher ! Pour un nouveau membre, un nouveau confrère tel que vous ? Je serai ravi de vous rendre service !

— Je ferai bien évidemment une offre, dit Josias, se départant de son habituelle prudence. Il faudrait que je puisse avoir connaissance des capitaux investis dans le *Hot Well* et des chiffres des bénéfices.

— Ils risquent d'être trompeurs, murmura Stephen Waring. Tout à fait entre nous, Josias, les Entrepreneurs ont englouti beaucoup d'argent dans les bâtiments et il ne reste guère de capitaux pour gérer l'établissement. Ils ont construit des thermes magnifiques et réputés, qui ont tout pour se développer. Mais maintenant, ils voudraient s'en débarrasser. Ils se contenteraient de rentrer dans leurs frais, pourvu que quelqu'un d'autre assume les dépenses quotidiennes.

— Donc un nouveau venu...

— ... trouverait la place toute chaude, termina Waring. On a fait des rénovations, construit des arcades qui abritent de nouvelles boutiques, installé le nouveau système de pompes et de filtrage, bref tout est prêt pour une exploitation lucrative. Le seul inconvénient est qu'il faut une mise de fonds au départ. Si vous avez ces fonds, sachez qu'une fois vos employés payés, vous verrez l'argent rentrer dès votre second mois d'exploitation.

— Je n'aurai donc à sortir en plus que les gages des employés et le fonds de roulement ? demanda Josias, contenant à peine son excitation.

— Exactement. L'affaire m'aurait tenté si elle n'était aussi éloignée de celles que je traite habituellement, dit Stephen Waring en souriant. Et puis, je n'ai pas comme vous des relations par alliance. La chance vous tend les bras, Cole, avec une occasion pareille.

— Personne d'autre ne se mettra sur les rangs ?

— Vous pensez bien que si, dès la chose rendue publique. Mais si vous avez les fonds disponibles et mon soutien, je gage que vous enlèverez l'affaire. Bien entendu, il y aura le bail à acquitter et un loyer annuel.

— A combien pourra-t-il s'élever ?

— Comme je vous l'ai déjà dit, je n'ai pas vu les chiffres. Il faut sans doute compter dans les deux mille livres. »

Josias roula des yeux effarés. « Tant que cela ?

— Évidemment, cela paraît cher à l'achat, mais les bénéfices sont en conséquence. Toutefois, je ne vous conseillerais pas de vous y lancer sans de grosses disponibilités.

— Oui, oui, j'ai ce qu'il faut, s'obstina Josias. Pourvu que les conditions soient avantageuses. »

Stephen piqua sa fourchette dans un morceau de jambon, et la bouche pleine, déclara : « Vous êtes un homme avisé. Voulez-vous que je me procure les chiffres pour que vous les examiniez ?

— Oui. Bien sûr, tout dépend des conditions.

— Bien sûr, sourit Stephen. Je vous envie votre habileté. J'aimerais être à votre place, heureux mortel ! »

Après la soirée de Pâques, la cuisinière s'était considérablement adoucie avec les esclaves. Depuis le départ de Brown et de la souillon, la cuisine semblait très vide, et Mary Allen n'avait d'autre compagnie que celle des esclaves. Ils passaient les soirées tous ensemble ; Mehuru, Kbara et les trois femmes dînaient à la table de la cuisine tandis que les plus jeunes étaient installés autour d'une petite table près du feu. Depuis le départ de John Bates, c'était la cuisinière qui distribuait le travail de la cuisine ; et maintenant que Brown était partie aussi, Elizabeth supervisait le ménage et le blanchissage, et Mehuru veillait à la sécurité de la maison et des dépendances.

Peu à peu disparaissaient les distinctions entre Mary Allen et les esclaves dans la cuisine, qui devenait à la fois lieu de travail et cadre de vie pour tous. Grâce à la chaleur des fourneaux, on y était beaucoup mieux que dans les chambres sous les toits, et après le dîner les garçons débarrassaient la table, les filles faisaient la vaisselle et les enfants la rangeaient pendant que les adultes approchaient leurs tabourets de la cheminée et bavardaient. Mehuru restait à table pour lire. Frances, qui s'était inscrite à la bibliothèque de prêt du *Hot Well*, envoyait Mehuru changer ses livres une fois par semaine. Il revenait avec des romans pour elle et, pour lui, des livres d'histoire, de géographie et de longs ouvrages ardus d'économie politique. Il voulait tout savoir du monde où il vivait à présent et Frances était bien incapable de satisfaire sa curiosité ; d'ailleurs, les explications souvent simplistes qu'elle lui donnait le laissaient sceptique.

Le petit James toussait sans relâche et Elizabeth lui dit d'arrêter la vaisselle pour venir s'asseoir à ses pieds près du feu. Il n'avait que deux ans lorsqu'il avait quitté l'Afrique, et il avait oublié le visage de sa mère ainsi que la chaleur de son pays natal.

« Vous devriez parler de cette toux à Mrs. Cole, dit la cuisinière à Martha. Dites à madame "Petit garçon malade". »

Ce fut Elizabeth qui répondit : « Les deux garçons malades. Je dirai.

— C'est peut-être grave, dit la cuisinière en regardant d'un air pensif l'enfant dont les paupières semblaient très lourdes. Bien sûr, avec cette peau noire, on a du mal à voir la mine qu'il a.

— Je la vois, moi, intervint Mehuru avec un léger sourire. Il a mauvaise mine, et le soir il est brûlant et tousse beaucoup.

— Il faudrait prévenir Mrs. Cole, insista la cuisinière. Elle ne voudra pas le perdre, surtout maintenant qu'il commence à parler et qu'il fait si bien le petit page.

— Bien sûr. Il faut qu'il soit vendable », dit Mehuru, sarcastique.

La cuisinière examina l'enfant assis sur le sol, appuyé contre les jambes d'Elizabeth, l'œil fixé sur le fourneau. La porte du foyer était ouverte et les braises formaient un paysage de rêve, un labyrinthe captivant.

« J'aime pas ça, grogna la cuisinière. Je parie que sa mère doit se languir.

— Comme si lui mort pour elle », dit soudain Elizabeth. Son anglais n'était ni fluide, ni rapide, mais elle se faisait comprendre. « Lui, fils unique, il m'a dit. »

Le petit ne les écoutait pas, perdu dans son rêve d'un pays dont il ne se rappelait qu'un goût, un goût obsédant, celui de la chair douce et sucrée de la mangue. Ses paupières se fermèrent et il dodelina de la tête. Elizabeth se pencha pour l'installer sur ses genoux. Le petit corps s'abandonna contre le sien avec la confiance spontanée de l'enfance.

« J'aime pas ça, répéta la cuisinière. Vous allez donc tous être vendus ?

— Je ne sais pas, dit Mehuru. Il faudra bien qu'elle garde quelques-uns d'entre nous pour servir. Elle n'a pas dit lesquels.

— En tout cas, moi, je ne veux pas d'une nouvelle fournée », grommela la cuisinière en se levant. Elle ferma la porte du foyer et dénoua son tablier. « Sur ce, je vais me coucher ! »

Elizabeth serra plus étroitement contre elle le petit garçon. Assommé par la fièvre, il somnolait, le front sec et brûlant. Mary souleva l'autre petit et les deux femmes sortirent de la cuisine chacune avec un enfant sur la hanche. Mehuru les regarda partir. A leur allure souple et altière, on eût pu croire qu'elles étaient chez elles, sur la terre de leurs ancêtres, et portaient leurs propres enfants.

« C'est pas des choses à faire », dit la cuisinière en regardant Mehuru. Il avait un visage crispé par l'amertume. « Non, reprit-elle. C'est pas des choses à faire. »

Couchée sur le dos, Frances regardait le froid reflet de la lune se déplacer d'un côté de la chambre à l'autre à mesure que s'égrenaient les heures. Il n'y avait cette nuit-là aucun nuage pour masquer la faucille acérée de la lune de printemps. Dans la cheminée, il ne restait que quelques cendres tièdes et grises. Le silence régnait dans la maison.

Elle ne parvenait pas à dormir. Immobile, elle écoutait le battement régulier de son cœur. Jamais plus elle ne trouverait le sommeil. A l'étage au-dessus, dans la mansarde, Mehuru dormait. Si elle appelait, il se réveillerait peut-être. Si elle se glissait hors de son lit, montait l'escalier et ouvrait sa porte, elle pourrait le voir dormir. Quelques instants, elle se laissa aller à rêver qu'elle le rejoignait, imagina le contact du plancher froid sous ses pieds nus, le grincement des marches, la poignée qui tournait sous ses doigts et la stupéfaction de Mehuru en la voyant apparaître.

Soudain, elle sortit de sa rêverie. Il fallait balayer ces chimères. Que pouvait-elle donc avoir à dire à cet homme ? Quel besoin, quelle mystérieuse attirance pouvait la pousser, elle, une femme mariée, à se rendre en pleine nuit dans la chambre d'un domestique ? Moins que cela, même, un esclave...

Pâle comme une morte, Frances fixait le plafond. Rien ne pouvait justifier qu'elle montât voir Mehuru. Ni l'influence de la lune, ni le froid de la nuit, ni sa récente découverte de la tragédie de cet homme, contraint de quitter une civilisation urbaine et raffinée pour cette servitude grossière dans sa maison à elle, ni sa propre solitude, ni cette inexplicable envie d'entendre le tambour de Mehuru et son rire. Non, rien. Elle était prisonnière de ses principes, de l'habitude qu'elle avait prise de refouler tous ses désirs. Elle resta donc allongée comme une gisante, à attendre que vienne le matin qui lui permettrait de revoir Mehuru.

21

29 Queens Square.
2 mai 1789

Cher oncle,

Nous n'avons jamais été plus agréablement surpris qu'à la réception de vos ravissantes jonquilles et nous vous en faisons mille remerciements. D'autant que j'ai la nostalgie des arbres du parc de Whiteleaze et du manoir. En ville, c'est à peine si l'on remarque les changements de saison. Nous sommes au printemps, l'été ne tardera guère, mais je n'ai qu'un petit platane pour m'en aviser! Josias et Miss Cole se portent bien et vous envoient leurs compliments.

Nous avons eu un temps gris et froid, et les plaisirs de la société ici sont restreints. Ni Josias ni Miss Cole ne savent danser, or en dehors des bals et assemblées, il y a fort peu d'occasions de voir du monde. Je ne sais pas pourquoi ma présente condition me donne moins de satisfaction que je n'en attendais. Depuis Pâques, je me sens agitée et tourmentée.

Je suis bien sûre que vous me rappellerez que je dois obéir à mon mari et épouser sa façon de vivre et ses intérêts. Je n'ai garde de l'oublier. Nous avons fait un mariage de convenance et je ne m'en plains pas. Au reste, je me suis promis de ne jamais le regretter. Dans le négoce, la parole donnée est sacrée, et j'ai donné la mienne à Josias. Les humeurs passent, mais le devoir et la fidélité restent.

Croyez-moi, mon oncle, votre nièce à jamais dévouée,

Frances Cole

Après avoir relu sa lettre, Frances la froissa et l'envoya rejoindre de nombreuses autres boulettes dans la corbeille près de son petit secrétaire. Le meuble était l'un des achats chinois de Josias, sculpté avec recherche, tout en dragons soufflant des flammes et en petits tiroirs masqués par des sampans, des ponts et des rivières sinueuses. Frances se pencha et se prit la tête entre les mains.

« Vous m'aviez prévenue, murmura-t-elle. Mais je ne vous ai pas écouté. Quoi qu'il en soit... » Elle s'interrompit à l'idée de ce qu'aurait été sa vie si elle avait refusé la proposition de Josias.

Elle tira une feuille de papier satiné, trempa sa plume dans l'encre et traça quelques phrases en pattes de mouches anguleuses qui ne ressemblaient guère à son élégante écriture habituelle.

Cher oncle,

J'ai commis la regrettable erreur de tomber amoureuse d'un homme qui, selon toute probabilité, n'éprouve que de l'indifférence pour moi. Ce n'est qu'un domestique, pis encore, un esclave. Il est à mon service et je dois le vendre à quelque autre maître pour faire un bénéfice. Cet amour est un sentiment contre nature et je ne saurais en éprouver de tel.

La lettre subit le même sort que les autres. Frances

prit alors la corbeille et la vida dans la cheminée où était préparé un feu de charbon et de petit bois. Elle éparpilla les lettres sur le bois et alla chercher sur son secrétaire la chandelle, avec laquelle elle mit le feu à une demi-douzaine de feuilles et regarda les pages se racornir, noircir et flamber. Agenouillée devant la cheminée, elle attendit que le papier fût réduit en lambeaux fragiles et calcinés, que les mots, transformés en inoffensive fumée, eussent rejoint par la cheminée le brouillard grisâtre qui stagnait sur Bristol.

« Jamais je ne pourrai confier ce secret à quiconque. Je ne me l'avouerai jamais plus à moi-même. Il faut mettre un point final à cela. Je n'ai pas le choix. »

Elle se leva lourdement, comme si elle était très lasse, souffla la chandelle et alla fermer les volets. Après quoi, elle tourna la petite clé dans la serrure de son secrétaire. On eût dit qu'elle verrouillait à jamais sa jeunesse, son désir tout neuf et ses espoirs.

« Point final », dit-elle d'un ton sans réplique. Là-dessus, elle s'assit devant la cheminée et se mit en devoir d'ourler des mouchoirs, comme si elle pouvait voir ses points à travers les larmes qui lui brouillaient les yeux.

Quand Josias rentra déjeuner, Frances n'avait pas bougé. Intrigué par sa raideur inhabituelle, il demanda : « Vous vous sentez bien, Mrs. Cole ?

— Parfaitement, je vous remercie, répondit-elle avec un sourire. Vous me cherchiez ?

— J'ai prévu une petite distraction pour vous, ma chère. Vous m'avez dit qu'à Whiteleaze, vous alliez vous promener à cheval. Il se trouve que l'écurie a un cheval de dame à louer. Je vous l'ai retenu pour cet après-midi. Vous vous ferez accompagner par l'un des domestiques. L'un des deux hommes sait monter à cheval, non?

— Cicéron doit savoir, dit Frances d'une voix unie. Mais je demanderai à Julius.

— Cela vous fait plaisir? Je vous trouve un peu pâle.

— Votre sollicitude m'oblige. Je serai ravie de me promener à cheval. Je vais tout de suite poser la question à Julius. »

En sortant dans le vestibule, elle avisa Kbara qui descendait l'escalier avec un plateau lourdement chargé.

« Julius, sais-tu monter à cheval?

— A cheval? dit-il, les sourcils froncés. Non, madame. Je ne sais pas faire ça.

— Ah... » Frances se retourna. Derrière elle se trouvait Mehuru, un seau à charbon à la main. Pour éviter de salir sa livrée, il avait passé par-dessus un grossier tablier de chanvre.

« Et toi, Cicéron? Sais-tu monter?

— Oui.

— On dit : "Oui, madame" », rectifia Frances.

Mehuru reçut l'information en baissant la tête, mais ne répéta pas la phrase.

« Je vais monter à cheval cet après-midi. Tu m'accompagneras. Va aux écuries chercher un cheval pour toi et emprunte une tenue de cavalier. Tu auras besoin de bottes. »

Il ne parut pas spécialement réjoui. Penché pour faire contrepoids au seau à charbon, il attendait qu'elle le congédie.

« Nous irons galoper au soleil sur les collines. Cela nous fera un peu d'exercice. »

Il ne dit toujours rien.

« Tu n'as pas envie de te promener avec moi? fit-elle, agacée par son silence. Je pensais que tu serais content de sortir et d'avoir un après-midi de repos. »

Mehuru fit un très léger signe de tête.
« Oui, madame. »

Les écuries leur fournirent deux beaux hunters. Lorsque Frances sortit, vêtue de sa vieille tenue d'amazone grise, Mehuru parlait avec le valet qui avait amené les chevaux. Elle dut mettre sa main en visière au-dessus de ses yeux tant la lumière était vive. La haute silhouette mince de Mehuru se détachait à contre-jour comme un camée noir. Il était un peu plus de midi et la place était baignée de soleil. Les branches des jeunes arbres ployaient sous le poids des bourgeons. Dans les jardins, les pelouses verdoyaient, constellées de pâquerettes au nez rose. Devant l'une des maisons, un cerisier planté dans une caisse déployait ses branches fleuries comme une écharpe de mousseline flottant sur le grès ocre. Sur les toits et dans les arbres, les oiseaux, infatigables, interprétaient une symphonie en l'honneur du soleil. Frances sentit monter en elle une bouffée de joie subite et se mordit les lèvres.

L'écurie avait loué à Mehuru une tenue de cavalier. Avec les bottes hautes et la culotte fauve, la chemise blanche à jabot et la jaquette de cheval marron foncé, il avait fière allure. Sa peau sombre se détachait sur la cravate nouée haut. En voyant Frances apparaître à la porte, il se tourna vers elle, sourit, et lui tint son cheval tandis que le valet d'écurie présentait ses mains jointes pour qu'elle puisse prendre appui et monter en selle.

Mehuru monta à son tour et laissa son cheval faire des pas de côté et des courbettes. « Il... danse. Je ne sais pas comment vous dites.

— Danser est un bon mot, acquiesça Frances en constatant que Mehuru avait une assiette parfaite. Nous dirions plutôt qu'il est vif — en d'autres termes, qu'il est impatient, ardent.

— Vif? Je croyais qu'on disait "vif" pour le froid. » Mehuru prit son cheval en main et le fit trotter à côté de celui de Frances, qui prenait la direction de Park Street.

Frances s'aperçut que la proximité de Mehuru la troublait tant qu'elle avait du mal à garder les idées claires. « Parfois », admit-elle. Puis elle fit un effort pour donner une explication plus satisfaisante. « Un froid vif est un froid qui fait une impression forte, vigoureuse. Un cheval vif est un cheval qui sort de l'écurie et qui a beaucoup de vigueur.

— Je comprends, dit Mehuru. L'anglais est une langue intéressante. »

Frances, qui connaissait juste assez de français pour soutenir une conversation courante et n'avait que quelques notions d'italien, considérait l'anglais comme la seule langue du monde, et non comme une entre mille.

« Et en quoi l'anglais est-il différent de votre langue ? » demanda-t-elle.

Comme une charrette les croisait, le cheval de Mehuru donna un coup de tête et fit un écart. Son cavalier le maintint fermement et lui caressa doucement le cou en lui parlant jusqu'à ce que la charrette fût passée. « Vous nommez certaines choses qui n'existent pas chez nous. Mais nous avons des nuances que vous n'avez pas.

— Par exemple ? fit-elle d'un ton égal, très maîtresse d'elle-même à présent.

— Tenez, vous avez le mot "beauté". Pas nous.

— Vous ne croyez pas à la beauté ?

— Bien sûr que si. D'ailleurs, cela se voit. Mais nous n'avons pas comme vous de mot spécial pour en parler. Nous en avons un qui signifie qu'une chose est bonne, bien adaptée ; que c'est la chose qui convient pour un endroit donné ; ou la bonne couleur. Nous avons un mot qui n'existe pas chez vous, pour dire que rien ne manque. Au lieu de dire d'une chose qu'elle est belle, nous disons qu'elle est complète.

— Alors, si vous aimiez une dame, vous ne lui diriez pas qu'elle est belle ? demanda Frances avec un petit sourire enjôleur.

— Non ! » dit-il en détournant les yeux comme s'il refusait à son regard de s'attarder davantage sur la ligne de la joue et la courbure des cils de Frances.

Ils entrèrent côte à côte dans Park Street. De part et d'autre, la rue était hérissée d'échafaudages de bois ; des maisons aux pierres ocre pâle sortaient de leurs fondations et montaient à l'assaut de la colline comme un grand escalier de pierre. Par endroit, entre les rangées de maisons, là où un lot n'avait pas trouvé d'acquéreur, là où un architecte avait arrêté les travaux, faute de fonds, s'ouvrait un espace béant, comme si la rue était brèche-dent. Dans cette ville où l'appât du gain primait tout, on construisait sans méthode ni souci d'unité.

« Comment feriez-vous donc, insista Frances, si vous vouliez dire à une dame que vous l'aimez et que vous la trouvez belle ?

— Chez nous, un homme lui dirait qu'il veut l'avoir pour épouse, répondit simplement Mehuru. Il ne lui dirait pas qu'il la trouve aussi agréable qu'une autre femme : ce serait absurde. Ni qu'elle le charme, comme une statue ou un dessin. Non, il lui dirait qu'il a envie d'elle ; qu'il ne connaîtrait aucun répit tant qu'elle ne serait pas dans ses bras, sous lui, près de lui, au-dessus de lui, tant qu'il ne pourrait avoir sa bouche comme lac, et son corps comme jardin. Le désir n'a rien à voir avec la "beauté" — comme si une femme était un objet d'art ! Le désir, c'est l'envie qu'on a d'une femme entre toutes ; parce qu'elle peut bien être laide comme un pot de terre, c'est celle qui vous attire à en perdre la tête. »

Étouffant une exclamation indignée, Frances

talonna son cheval, passa devant Mehuru, raide comme la justice et le feu aux joues, puis se lança au grand galop.

Il la rejoignit.

« Mais enfin qu'avez-vous ? Qu'est-ce que j'ai dit ?

— Tu ne devrais pas me parler ainsi, dit-elle d'une voix sourde, refusant de tourner la tête pour le regarder.

— Mais c'est vous qui m'avez posé des questions ! protesta-t-il. Vous m'avez demandé comment j'éprouvais du désir. Je vous l'ai dit.

— Tu ne devrais pas dire ces choses-là, répéta Frances d'une voix pincée, le visage toujours détourné.

— Et que dois-je éprouver ? Vous qui commandez toujours tout, Mrs. Cole, dites-moi ce que je dois éprouver ! » Il tira sur les rênes de son cheval et la suivit à quelque distance, comme il sied à un laquais.

Ils finirent de remonter Park Street en silence l'un derrière l'autre. Frances se tenait la tête haute, mais sentait son cœur cogner dans sa poitrine. Derrière, Mehuru rongeait son frein en regardant la mince silhouette de Frances, droite comme un « I » sur sa monture. Au sommet de la colline, la route s'arrêtait, cédant la place à un chemin de terre le long duquel se trouvaient des hangars et baraquements où l'on entreposait pierres, planches et tuyauteries. Installés sous des abris de fortune, des tailleurs de pierre s'activaient, les uns débitant des blocs à dimension, les autres sculptant des frises et toutes sortes d'ornements destinés à décorer les façades. Sur plusieurs centaines de mètres s'étalaient des chantiers de maçons témoins de la fièvre bâtisseuse qui s'était emparée de la ville. Ici mieux qu'ailleurs, on sentait que la cité était en pleine croissance, en pleine mutation.

Frances et Mehuru poursuivirent leur route. Frances se protégeait le nez et la bouche d'un mouchoir pour ne pas respirer l'épaisse poussière produite par les tailleurs de pierre. Ils dépassèrent bientôt la zone des chantiers et traversèrent des jardins potagers, puis des champs où broutaient des vaches. Chemin faisant, Mehuru observait le paysage, surpris par le poil épais et luisant des vaches, et l'herbe incroyablement grasse. En ce début de mai, même les haies resplendissaient, gorgées d'eau par les pluies continuelles. Les buissons s'ornaient de chatons tremblants aussi jaunes que les primevères au pied de la haie. Alisiers, charmes et chèvrefeuilles étaient couverts de fleurs blanches et vaporeuses. Les hêtres déployaient leurs tendres bourgeons dans un halo verdoyant tandis que plus loin au bord d'un champ, un bosquet de bouleaux avait déjà revêtu son lumineux feuillage de printemps.

Dans son pays, les arbres n'avaient cet éclat dru et tendre que pendant le bref interlude de la saison des pluies. Il savait par la cuisinière qu'en Angleterre, l'eau abondait car il pleuvait tout le temps. Voilà pourquoi les champs y étaient aussi luxuriants que des forêts et le pelage des vaches, aussi luisant que celui des lions. Mehuru regarda Frances. Dans un pays si riche et si fertile, comment se faisait-il que l'éducation pût rendre une femme aussi dure et répressive avec elle-même ?

Frances sentit peser sur elle son regard. « Pardon, je n'aurais pas dû te poser ces questions », dit-elle.

Il écarta la remarque d'un revers de main. « Peu importe. Ces vaches dans les petits prés, elles n'en sortent pas pour chercher leur nourriture ? »

Frances lui jeta un regard de biais. « Tu t'intéresses plus aux vaches qu'à mes excuses, semble-t-il ! »

Mehuru fit avancer son cheval si près que sa jambe toucha le flanc du cheval de Frances. En tendant la main, elle aurait pu le toucher. Il lui répondit avec un sourire singulièrement doux.

« Comment voulez-vous que nous parlions à cœur ouvert, Frances ? Je suis votre esclave et vous pouvez me commander à votre guise. Quand vous parlez, comment puis-je savoir si vous êtes sérieuse ou non ? Si je vous déplais, vous pouvez me battre ou me vendre. Si vous êtes contente de moi, vous me gratifierez d'une friandise ou d'un mot gentil. Je suis votre chien, votre cheval. On ne dit pas "Pardon" à son chien, ni à son cheval. Vous agissez à votre guise. Il n'y a d'autre règle entre nous que votre bon plaisir.

— Tu te méprends, répondit Frances d'une voix à peine audible. Comme si je te prenais pour un chien ! Tu es un gentilhomme dans ton pays, un dignitaire avec une fonction élevée au gouvernement. Je ne souhaite pas que tu sois mon esclave... Je voudrais... Je voudrais que tu sois mon ami. »

Le silence tomba pendant quelques instants. Les chevaux tiraient doucement sur leur mors et dressaient les oreilles en découvrant le paysage qui s'ouvrait devant eux, une colline et un chemin qui grimpait sur son flanc, une avenue d'arbres et déjà une légère odeur d'embruns.

« Dans ce cas, il faut m'affranchir, dit Mehuru. Seul un homme libre peut donner son amitié. Si vous voulez que nous soyons amis, je dois être libre. Le reste n'est que dévouement servile et ne signifie rien. Il faut m'affranchir, Frances. »

Elle laissa son cheval partir au trot, puis au petit galop, imité par celui de Mehuru. Bien d'aplomb sur sa selle, ce dernier regarda Frances se pencher en avant tandis que sa monture accélérait l'allure. Ils gravirent la colline côte à côte et débouchèrent au sommet des Downs. Le cheval de Frances allongea le pas et se mit à galoper sur l'herbe rase. Le soleil était vif et le vent, léger et tonique, sentait le sel, les bourgeons fraîchement éclos et le thym sauvage. Mehuru se sentit soudain ivre de liberté et d'allégresse, et il poussa un hurlement impétueux de chasseur. Son cheval dressa les oreilles et s'élança aux trousses de celui de Frances. Ils firent la course jusqu'à ce que Frances crie : « Holà, ho ! » pour le freiner et : « Attention ! La falaise ! » à l'intention de Mehuru.

Ce dernier arrêta son cheval à côté du sien. Une grossière palissade marquait le bord de la falaise. Au-delà, c'était un à-pic vertigineux de roches crayeuses avec, à plusieurs centaines de pieds en contrebas, la rivière jaunâtre qui étalait entre des berges fangeuses ses paresseux méandres. De l'autre côté, des falaises aussi hautes, couvertes de bois d'où surgissaient çà et là de blanches saillies spectaculaires, déployaient leurs escarpements jusqu'au bord de la rivière. C'était un spectacle saisissant, une gorge puissante qui s'incurvait vers l'ouest en direction de la mer lointaine.

« Est-ce par ici que nous sommes arrivés ? Notre bateau a remonté la rivière ?

— Oui. Il y a des bateaux qui remorquent les navires dans la gorge. Les vents sont incertains et le chenal, très étroit. »

Il regarda le précipice et la rivière en contrebas. « Heureusement qu'il faisait nuit et que j'étais dans la cale ! Sinon, en voyant de chaque côté ces parois immenses, j'aurais cru entrer dans une prison à vie.

— Je ne peux pas t'affranchir, dit-elle au mépris de toute logique.

— J'appartiens à qui ?

— A moi. Mais je ne peux pas t'affranchir. »

Il regardait vers l'ouest, là où le fleuve faisait un coude et dérobait l'embouchure à sa vue. Il aurait aimé voir les vagues, l'horizon dégagé, pour se dire qu'à des milles et des milles de là, les vagues du même océan se brisaient sur les grèves blanches de son pays.

« Que ferais-tu si tu étais libre ?

— Je rentrerais chez moi, répondit-il aussitôt. J'y serais utile. » Il pensa à tout ce qu'il pourrait dire sur les Blancs à ses compatriotes, à ce qu'il savait à présent. Pour les guider en ces temps troublés, ses compétences dans divers domaines et sa connaissance de la langue anglaise leur eussent été précieuses. « Il faut que je retourne là-bas », ajouta-t-il à voix très basse.

Frances vit la nostalgie envahir son visage et ne dit rien. Il la regarda. « Je ne pourrai pas être heureux tant que je ne serai pas chez moi.

— Je ne peux pas te laisser partir, répliqua-t-elle. C'est tout à fait impossible. » L'espace d'un instant, il se dit qu'elle parlait plus comme une femme possessive et amoureuse que comme la maîtresse d'un esclave.

Dans le petit salon de Queens Square où il avait fait son bureau, Josias examinait les comptes du *Hot Well.* Stephen Waring les lui avait obtenus et lui avait dit, avec un clin d'œil complice, de les lui rendre au plus tard avant le dîner mensuel du mois de mai. Josias comprit que les papiers avaient été empruntés tout exprès et que déjà, il jouissait des privilèges de son amitié avec Stephen Waring et de son entrée au sein de la compagnie.

Les chiffres remontaient au siècle précédent, au moment de la découverte de la source. A l'époque, elle était submergée toute la journée, sauf une heure à marée basse, où l'on voyait bouillonner un flot mousseux et chaud, dont la transparence tranchait sur les eaux brunes du fleuve. Un négociant avait ouvert un établissement thermal, avant de mettre l'eau en bouteilles. Josias nota que dès que l'endroit avait commencé à devenir rentable, les Marchands-Entrepreneurs s'y étaient intéressés. Ils l'avaient acheté et mis en gérance. Le dernier gérant en date, Mr. James, avait senti le vent de la mode tourner en faveur du thermalisme et s'était employé à attirer à Bristol la bourgeoisie marchande, qui fréquentait Bath jusque-là. Il avait gagné son pari : les eaux de Bristol rivalisaient avec celles de Bath. Les convalescents, clientèle instable entre toutes, quittaient souvent Bath pour le *Hot Well.* Les cas désespérés étaient prêts à payer n'importe quel prix pour recouvrer la santé, et la source, avec sa réputation de guérir les maladies de peau, le diabète, les affections de l'estomac et même les douleurs cardiaques et pulmonaires, leur ouvrait des perspectives de guérison. Le prédicateur méthodiste John Wesley lui-même en avait bénéficié. Grâce à son parrainage et à celui de malades qui étaient davantage dans le siècle, le succès était venu et les Marchands-Entrepreneurs avaient décidé de donner au *Hot Well* une plus grande extension.

Les chiffres montraient les dépenses : un investissement de deux mille livres pour le Pavillon, qui devenait du coup la salle de réunion la plus vaste du pays ; mille livres pour la jolie galerie marchande. Ils avaient aussi fait planter une double rangée d'arbres le long de l'allée menant au Pavillon et installer un système sophistiqué de pompes et de filtres pour éviter que l'eau pure de la source ne soit contaminée par celle du fleuve qui, de plus en plus pollué par les industries de Bristol et par ses égouts, devenait une menace plus préoccupante chaque jour. Les Marchands avaient tout fait pour que l'affaire rapporte, mais, ne voulant pas avoir le souci de la gérer eux-mêmes, ils souhaitaient la céder sans pour autant perdre les bénéfices de leurs investissements.

Josias sourit et sonna. Kbara apparut sans bruit, très élégant avec sa livrée.

« Vous désirez, monsieur ?

— Du rhum à l'eau », commanda Josias.

Prenant une feuille de papier, il griffonna quelques chiffres. Il pensait pouvoir emprunter les deux mille livres du bail contre la cargaison de la *Daisy*, qui devait emplir ses cales aux comptoirs bien organisés de la Compagnie royale d'Afrique, et regagner Bristol en décembre. Si le capitaine achetait judicieusement et faisait force de voiles, Josias pourrait gagner une petite fortune avec cette traversée.

L'argent serait le bienvenu. Compte tenu des aléas de la traite, ses trois navires étaient parfois en mer en même temps. D'avril à juillet, ils faisaient le plein sur les côtes d'Afrique. Pendant cette période creuse, Josias ne pouvait rien faire qu'attendre, sachant que les intérêts de ses dettes augmenteraient régulièrement. Il ne pouvait rembourser un penny tant que ses navires ne rentraient pas au port. Les bénéfices du *Hot Well* lui permettraient de pondérer les fluctuations excessives de la traite qui pouvaient ruiner un homme alors que le jour suivant, son navire entrait au port les cales pleines.

Josias devait encore rembourser mille livres sur l'achat de la maison et cinq cents de frais d'aménagement divers. Les mille livres, il les avait empruntées en prenant la *Rose* comme caution et avait préféré prendre le risque d'assumer seul la moitié de la cargaison plutôt que d'avoir à partager ensuite les bénéfices à parts égales avec ses associés. En décidant de charger son navire à pleine capacité, d'y entasser tout ce qu'il pouvait contenir d'esclaves pour les vendre aux Espagnols, Josias avait opté pour une opération plus risquée et plus rentable à la fois. C'était de la contrebande de vendre des esclaves aux colonies espagnoles, car la législation anglaise limitait le commerce avec les plantations rivales. Mais les marchandises de contrebande se payaient en or, alors que dans les plantations anglaises, Josias devait consentir aux planteurs un crédit qui ne serait remboursé qu'un ou deux ans plus tard. La *Rose* devait rentrer en novembre chargée d'or, avec dans ses cales du sucre monnayable sur-le-champ. En retour du risque le plus considérable qu'il avait pris depuis le début de sa carrière de marchand — une traversée avec une assurance et une commandite partielles —, l'opération devait lui rapporter le plus gros bénéfice qu'il ait jamais fait. Arriveraient ensuite à Bristol la *Daisy*, en décembre, et la *Lily*, deux mois plus tard. Alors, sa fortune serait faite et sa réputation aussi.

Il avait besoin d'être publiquement reconnu. Il avait beau faire partie des Entrepreneurs, ses navires n'attiraient pas pour autant les investissements. Les bénéfices de la traite étaient hasardeux comparés à ceux que garantissait la terre. Le commerce triangulaire entre l'Afrique, les Antilles et l'Angleterre ne faisait plus guère rêver personne. Ceux qui comptaient jadis sur lui pour faire un triple bénéfice préféraient à présent acheter et vendre le sucre directement aux Antilles. Les prix étaient plus faciles à calculer et les profits, plus rapides. En coupant deux des côtés du triangle, on diminuait les risques des deux tiers puisqu'on accélérait le retour du navire ainsi que les profits. Seuls les vieux habitués de la traite et les petits épargnants, qui ne trouvaient pas à engager leur argent ailleurs, investissaient encore dans l'esclavage et les navires des Cole.

Mais Josias avait bon espoir. Déjà, il voyait les retombées de sa récente promotion. Grâce à ses nouveaux confrères, il pourrait s'assurer intégralement pour ses traversées futures, et même être couvert en cas de pertes d'esclaves — sauf si la mort était due à la maladie. Il pourrait donc garantir toute sécurité aux futurs investisseurs. Et surtout, en devenant membre des Marchands-Entrepreneurs, il le devenait automatiquement de la Compagnie royale d'Afrique. Pour la première fois, les navires des Cole n'auraient pas à caboter le long des côtes infestées de fièvres tropicales, à capturer les esclaves un par un, à marchander avec les chefs locaux, à courir le risque de la maladie, des embuscades à terre et des mutineries à bord. Désormais, leurs navires jetteraient l'ancre devant l'un des fortins de la compagnie pour se ravitailler en eau et en nourriture. Les esclaves attendaient les acheteurs dans d'immenses enclos. Le capitaine n'aurait qu'à choisir parmi les captifs et s'il avait besoin d'un plus grand nombre, il lui suffirait d'envoyer un message aux autres comptoirs établis au bord du fleuve, à l'intérieur des terres, afin qu'on lui expédie autant de « pièces d'Inde » qu'il en désirait. Le navire pourrait repartir aussi vite que lorsqu'il remplissait ses cales au départ de Bristol. Ces comptoirs faisaient du ramassage des esclaves une véritable industrie. Josias allait enfin pouvoir tourner la page sur les incertitudes et les aléas du passé. Pourvu que l'océan soit clément, il pourrait garantir à ses associés un bénéfice sur chaque traversée. Dorénavant, compte tenu de ces circonstances favorables, lorsque les investisseurs verraient les livres de comptes de ses navires, ils seraient prêts à lui confier leurs capitaux.

Les seules ombres au tableau étaient les dettes de Josias sur la maison et sur la *Rose* — trois mille livres en tout —, ainsi que le coût de son nouveau train de vie. Mais cela ne l'inquiétait pas encore. La valeur de la maison justifiait qu'il se fût endetté, le prêt sur la *Rose* était un capital d'investissement ; quant au coût de la vie, il était normal qu'il augmente. Quand on aspire à devenir un notable, il ne faut pas regarder aux dépenses domestiques.

Il prit une feuille de papier et écrivit un billet pour Stephen Waring.

Cher Waring,

Je vous retourne ces papiers au plus vite, comme convenu, et avec mes remerciements. Je ferai certainement une offre pour la gérance du Hot Well, *à condition que l'on me garantisse que le bail me sera consenti pour une durée de dix ans au moins pendant lesquels le loyer ne sera pas augmenté. Je vous remercie de votre soutien dans cette entreprise. Je vous verrai donc au dîner où je ferai cette proposition à l'honorable compagnie.*

Croyez-moi, cher Waring, votre serviteur,

Cole

Josias plia la lettre et la cacheta en apposant son sceau sur la cire chaude ; puis il sonna Mehuru et lui dit d'envoyer l'un des petits porter la lettre et les papiers au comptoir de Mr. Waring. Mehuru parut hésiter.

« Qu'y a-t-il ? demanda Josias.

— J'irai moi-même.

— Comme tu voudras. Mais veille à faire l'aller et retour d'une seule traite. »

Mehuru s'attardait dans le bureau. « Si je vois un fleuriste, voulez-vous que j'achète un bouquet pour Mrs. Cole ?

— Quoi ? fit Josias en se retournant sur son siège.

— Les jonquilles de l'entrée sont fanées, et Mrs. Cole adore les fleurs. Tous les jours, il y a des bouquetières devant la maison. Voulez-vous que je rapporte des fleurs pour votre femme ?

— Hein ? », fit Josias, passablement surpris. Jamais il ne prêtait attention aux cris des bouquetières, pas plus qu'à ceux des rémouleurs ou des marchands d'oublies, certain que ces gens-là ne vendaient rien qui pût l'intéresser. « Elle aime les fleurs ? »

En pensant au ravissement extatique de Frances

devant les jonquilles, Mehuru n'eut garde de lever les yeux pour cacher son amusement à Josias. « Oui, beaucoup.

— Voilà un penny, achète-lui un bouquet. »

Mehuru prit la pièce. « Elle préférerait un très gros bouquet. C'est pour le grand vase dans l'entrée. »

Avec un « pfft » agacé, Josias porta la main à son gousset, et ramena des piécettes qu'il jeta à Mehuru. « Tiens, prends une demi-couronne... allez, une couronne... et rapporte-moi la monnaie. N'oublie pas, surtout ! »

Mehuru fit un salut, prit la lettre et les papiers et s'éclipsa prestement avant que Josias regrette son geste et que ses instincts économes reprennent le dessus. Il mit son chapeau et son manteau et, sortant discrètement par-derrière, se dirigea d'un pas vif vers l'entrepôt de Mr. Waring, qui se trouvait plus au nord, remit le pli et avisa une bouquetière sur le quai, près du pont de Redcliffe. Elle portait un éventaire garni de gros bouquets de violettes des bois aux feuilles encore humides, cueillies le matin même, et qui embaumaient. Elle avait aussi des centaines et des centaines de jonquilles tardives dont les bourgeons renflés commençaient à laisser apparaître les pétales jaune pâle, et dont les trompettes s'ouvraient au soleil du matin.

« Combien ? demanda Mehuru.

— Un demi-penny le bouquet. »

La fille avait un accent de Bristol si prononcé qu'il avait du mal à la comprendre. « D'où venez-vous ? », demanda-t-il avec curiosité.

Elle lui adressa une grimace impertinente : « Sûrement de moins loin que vous !

— Je ne veux pas de bouquet, dit-il en souriant. A combien vous me feriez le tout ? »

Interloquée, elle regarda Mehuru. « Le tout ?

— Oui, répondez-moi vite, je n'ai pas beaucoup de temps.

— Jamais je n'ai vendu toutes mes fleurs à la fois.

— Il me faudra aussi l'éventaire, pour les porter. »

Devant sa mine ébahie, Mehuru ne put s'empêcher de rire. Cette fille était aussi sotte et dure à la détente qu'une paysanne de chez lui. « Personne ne m'a encore acheté toutes mes fleurs d'un seul coup !

— Sans doute, dit patiemment Mehuru. Mais moi, c'est ce que je veux faire. Combien me les vendez-vous ?

— Vous êtes de Londres ? demanda-t-elle, comme si seul un habitant de la capitale pouvait se permettre une pareille excentricité.

— Et alors ? Dites-moi, quand vous rentrez chez vous le soir après avoir bien travaillé, c'est-à-dire avoir presque tout vendu, combien avez-vous en poche ?

— Si je vendais tout, ça me ferait une demi-couronne. Mais ça s'est jamais vu.

— Je vous propose trois shillings pour le tout. Vous m'accompagnez jusque chez moi avec l'éventaire et j'emporte les fleurs à la maison. Ensuite, ou bien vous remplissez votre éventaire et vous continuez à vendre, ou bien vous considérez que vous avez fini votre journée. »

Elle cligna des paupières effarées puis, pleine d'espoir, proposa : « Si vous me donniez quatre shillings, je pourrais me payer un bon dîner et ne pas travailler demain.

— Pourquoi pas ? répondit Mehuru, généreux avec l'argent gagné à la sueur du front de Josias. Mais tout de suite, alors !

— Allons-y ! »

Mehuru partit d'un bon pas, la bouquetière trottant sur ses talons.

« C'est pour une dame ? Une dame qui aime les fleurs ?

— Oui, répondit Mehuru sans tourner la tête.

— Et vous l'aimez ? » demanda-t-elle en se cognant contre lui, car il venait de s'arrêter à la grille de derrière.

Il ne répondit pas tout de suite, pensant aux sentiments contradictoires que lui inspirait Frances. Il savait que la vie serait plus facile pour lui s'il ne tombait pas amoureux d'elle, et moins dangereuse aussi si le mot « amour » n'était jamais prononcé entre eux.

« Mais non, je ne l'aime pas. Je lui apporte des fleurs, voilà tout ! » Et, après avoir mis les pièces de Josias dans la main de la fille, il rassembla les brassées de jonquilles. Quant aux bouquets de violettes, il les mit avec précaution dans les poches profondes de son manteau.

« Vous allez sentir le printemps, dit la bouquetière, remarquant seulement maintenant qu'il était bel homme avec sa large carrure, son corps mince et musclé et sa peau lisse comme du bronze. Et elle, elle vous aime ? »

Mehuru secoua la tête et sourit. « Au revoir, dit-il avec fermeté. Et régalez-vous bien à l'auberge. »

La cuisine était déserte, à l'exception de la cuisinière, qui ne le regarda même pas car elle tournait une sauce sur le fourneau. Il passa derrière elle avec sa brassée de fleurs en boutons, les poches gonflées de petits bouquets.

Discrètement, il se glissa dans le vestibule et monta l'escalier pour gagner la chambre de Frances. Le lit était fait et la pièce bien rangée. La froide élégance de l'ensemble le frappa : la brosse et le peigne, bien à leur place sur la coiffeuse ; les petits cadres, disposés géométriquement sur les murs tendus de soie bleu pâle ; le tapis, bleu pâle aussi, et la petite chauffeuse de soie bleue, à l'angle de la cheminée, vide pour l'instant. Mehuru avait prévu de disposer les fleurs dans des vases tout autour de la chambre, mais l'ordre méticuleux de la pièce déclencha chez lui une réaction malicieuse et provocatrice. Il pensa au dieu facétieux à la robe indigo semée de coquilles de cauris, ce dieu qui bouleverse le destin des hommes et des femmes pour y faire régner un joyeux désordre. Il se mit à rire et pensa aussi à sa propre folie qui l'avait poussé à couvrir Frances de fleurs.

Il ouvrit le lit, versa pêle-mêle les brassées de jonquilles sur les draps blancs, et constella les oreillers de dizaines de bouquets de violettes. Après quoi, se reculant, il regarda avec satisfaction le désordre.

Déjà, la pièce embaumait : les violettes distillaient leur essence et les jonquilles fraîchement écloses exhalaient leur parfum subtil et insidieux. Riant toujours, Mehuru sortit de la pièce sur la pointe des pieds et referma la porte avec le sentiment d'avoir introduit dans cette maison si bien réglée comme un vent de folie.

Si bien que lorsque Frances monta se changer à midi, elle trouva sa chambre envahie d'un parfum capiteux et son lit jonché de fleurs.

Au premier coup d'œil, elle sut qui lui avait apporté ces fleurs. Qui d'autre dans la maison était capable d'une fantaisie et d'une exubérance pareilles ? Qui d'autre savait qu'elle adorait les jonquilles et que ce printemps avait fait naître en elle les premiers émois du désir ? Avec l'insouciance d'une jouvencelle, elle se débarrassa à la hâte de sa robe et de sa chemise et, se laissant tomber dans le lit, enfouit son visage dans cette fraîcheur verte et ardente comme pour s'immerger dans le parfum suave et humide des fleurs. Elle se roula sur elles, s'y enfonça comme une nageuse plongeant dans un étang vert, jusqu'à ce que son corps fût luisant de sève et ses cheveux épars sur les épaules, emplis de pétales. Le suc blanc des jonquilles lui éclaboussait la peau et les lèvres, lui imposait son goût amer et mouillait la blancheur immaculée des draps du lit où Frances riait à perdre haleine, oubliant enfin sa pudeur.

22

En attendant l'annonce du dîner, Josias s'occupait à faire des additions. Devant lui s'étalaient cinq ou six feuilles couvertes de calculs différents. Le premier navire attendu au port était la *Rose*, mais Josias avait déjà emprunté sur sa cargaison pour acheter la maison de Queens Square. Certes, le navire rapporterait un bénéfice supplémentaire en or grâce aux esclaves vendus aux Espagnols, mais l'on ne pouvait pas emprunter sur des marchandises de contrebande, dont le secret devait rester jalousement gardé. Josias attendait la *Daisy* environ un mois après. Grâce aux facilités consenties en Afrique et aux Antilles aux Marchands-Entrepreneurs pour charger et décharger les navires, son voyage serait plus rapide et elle devait arriver à Bristol vers la fin du mois de décembre. Quant à la *Lily,* elle serait là deux mois après au plus tard.

Josias espérait se procurer de l'argent contre les bénéfices prévus de la *Daisy,* qu'il comptait proposer comme caution afin d'emprunter l'argent nécessaire à l'achat du *Hot Well.* Sur chaque feuille, il calculait à combien s'élèveraient ses remboursements s'il empruntait à trois pour cent ; et combien lui coûterait un éventuel retard de la *Daisy* : une semaine, deux semaines, un mois... L'imprévisibilité de la traite constituait un handicap majeur. En moyenne, une traversée durait quatorze mois. Mais un navire pouvait se trouver retardé par les tempêtes, et dans le cas d'un mât cassé, il fallait compter plusieurs mois d'arrêt dans un port étranger. En cas d'urgence, le capitaine était autorisé à payer les réparations, sachant cependant qu'il risquait de se faire escroquer, ou de payer le prix fort. Dans ce cas-là, il rentrait au port sans or, parfois même sans cargaison, s'il avait dû la vendre pour couvrir ses frais.

Tant que le navire n'était pas à quai, Josias ne pouvait savoir si la traversée se soldait par un bénéfice ou par une perte : le capitaine n'avait aucun moyen de lui faire parvenir un message, à moins de croiser en mer un autre navire de Bristol rentrant avant lui. Josias se trouvait donc contraint d'attendre, sachant combien il était dangereux d'emprunter sur des bénéfices alors même qu'ils étaient peut-être ballottés par la tempête sur un bateau en train de sombrer.

On frappa à la porte, qui s'entrebâilla sur Frances.

« Je vous dérange, Josias ? » Elle avait changé sa coiffure habituelle et portait les cheveux lisses, lâchés sur les épaules. Son expression radieuse lui donnait une séduction que Josias ne lui connaissait pas.

« C'est une nouvelle robe ? demanda-t-il.

— Non.

— Ah bon...

— Est-ce vous que je dois remercier pour mes fleurs ?

— J'ai envoyé Cicéron vous en acheter un bouquet. Vous en a-t-il trouvé un beau ? »

La question fit rougir Frances. « Il est revenu avec beaucoup de fleurs. Elles sont superbes, et je tenais à vous remercier. »

Josias l'arrêta d'un geste. « Que puis-je pour vous, Mrs. Cole ? Le déjeuner n'est pas encore servi, j'imagine ?

— Non, dit Frances, dont l'expression se fit grave. Je voudrais consulter un médecin pour l'un des négrillons — le plus jeune — qui est très fiévreux. Depuis Pâques, il a une toux persistante, et maintenant, la fièvre s'y met.

— Faites-lui préparer un lait de poule, et qu'il reste au lit.

— Il y est déjà. La cuisinière ne sait plus quoi faire et elle dit que c'est du ressort du médecin. Je crois qu'elle a raison.

— Les esclaves sont censés nous rapporter, fit Josias, réticent. Or le docteur fait payer ses visites, et il y aura des remèdes à acheter. Tant pis pour le petit, mais il est hors de question de le soigner comme s'il était notre fils. Attendons de voir.

— C'est tout vu : il est très malade.

— Sans doute, et je le déplore. Seulement, rendez-vous compte qu'après deux visites du docteur ce négrillon nous aura coûté plus cher qu'il ne peut nous rapporter. »

Frances détourna son visage, d'où avait à présent disparu tout éclat.

« Si son état empire, pourrai-je appeler le médecin ? Vous savez, Josias, à supposer que l'enfant meure, la perte sera plus lourde, fit-elle en se dirigeant vers la porte.

— Je ne vous dis pas qu'il faut le négliger, mais bien veiller à équilibrer profits et pertes. Sinon il ne s'agit plus d'une entreprise commerciale, mais d'une mission humanitaire. Notre but n'est pas d'aller chercher de petits enfants en Afrique pour les élever dans des foyers civilisés et dépenser une fortune en remèdes. Ils doivent gagner le pain qu'ils mangent.

— Soit, concéda Frances. Il n'en reste pas moins que son état m'inquiète.

— Vous avez un cœur tendre. (Josias sourit.) Envoyez chercher le médecin si vous y tenez et si cela doit vous tranquilliser. Mais souvenez-vous que nous devons ménager la dépense.

— Bien sûr », répondit Frances, qui s'éclipsa sur un sourire. Elle monta immédiatement au dernier étage et trouva le petit James allongé sur sa paillasse et Elizabeth à son chevet, qui lui bassinait le visage avec de l'eau vinaigrée. L'enfant roulait sa tête sur l'oreiller, l'œil vitreux.

« Très malade, dit Elizabeth lorsque Frances entra.

— Il ne va pas mieux ?

— Non. »

Frances se pencha et posa la main sur le front de l'enfant. Il était brûlant et la sueur qui mouillait les boucles serrées faisait paraître la peau sombre encore plus foncée.

« S'il ne va pas mieux ce soir, j'enverrai chercher le docteur, dit Frances.

— Pas mieux, dit Elizabeth en secouant la tête.

— Tu ne comprends pas, dit Frances, agacée. J'ai dit que j'enverrais chercher le docteur ce soir s'il n'allait pas mieux. »

Elizabeth secoua la tête à nouveau et répéta : « Pas mieux.

— C'est vous qui ne comprenez pas, intervint doucement Mehuru, debout dans l'embrasure de la porte. Elle dit qu'il ne va pas mieux et ne guérira pas.

— Bien sûr que si ! protesta Frances. C'est un accès de fièvre, comme en ont tous les enfants. D'ici quelques jours, il sera debout et recommencera à courir et à jouer.

— Il n'a jamais beaucoup joué, même quand il allait bien », fit remarquer Mehuru.

Frances rougit.

« S'il était allé aux plantations, il aurait coupé la canne à sucre du matin au soir. Ici, il a une vie plus douce.

— Et s'il était resté en Afrique, il aurait été sur le

dos de sa mère pendant qu'elle allait aux champs. Le soir, il aurait joué avec les autres enfants en attendant que son dîner soit prêt. Et après, elle l'aurait couché dans son lit, à côté d'elle. »

Frances ne dit rien. Dans le silence, on entendait la respiration rauque et oppressée de James. « Je sais qu'on n'aurait jamais dû lui faire quitter son pays », dit Frances très bas.

James tournait et retournait sa tête sur l'oreiller, cherchant un endroit frais. Frances se pencha pour lui soulever la nuque pendant qu'Elizabeth retournait son oreiller, puis elle reposa doucement la tête sur le coton lisse. « Mieux vaut faire venir le docteur tout de suite, décida-t-elle.

— J'y vais, dit Mehuru. Où habite-t-il ?

— A Trenchard Lane, près de l'hôpital. C'est le Dr Hadley. Attends, je te donne un mot pour lui. »

Suivie de Mehuru, Frances descendit chercher dans le salon une de ses cartes de visite sur laquelle elle écrivit quelques mots à la hâte. « Tiens. Qu'il vienne le plus tôt possible. »

Mehuru prit la carte, descendit à la cuisine chercher sa veste et son chapeau et sortit en trombe par la porte de derrière. A la course, il prit le quai de la Frome en direction de John's Bridge.

Le médecin n'était pas là. Mehuru partit à sa recherche et, après un périple dans les quartiers élégants, le trouva enfin à Culver Street, où il venait de terminer un accouchement. C'était un jeune Écossais blond, connu pour ses idées radicales, un libre penseur que les citoyens conservateurs de Bristol ne toléraient qu'en raison de sa compétence remarquable et de son diplôme de médecine de l'université d'Édimbourg. Il fit monter Mehuru dans son phaéton et prit le chemin de Queens Square.

« Vous êtes affranchi ? demanda-t-il avec curiosité.

— Non. J'appartiens à Mrs. Cole.

— Vous parlez bien anglais et paraissez instruit.

— Mrs. Cole m'a appris à parler et j'ai appris à lire tout seul.

— Tiens donc ! Vous lisez les journaux ?

— Quand ils me tombent sous la main. Je n'ai pas de quoi m'en acheter ; pas plus que des livres.

— Pourquoi n'allez-vous pas à la bibliothèque ou au café ?

— Je n'ai pas d'argent. Ni de jour de congé. Je suis esclave et non domestique, et je n'ai pas le droit de sortir. »

Le médecin maugréa dans sa barbe et demanda : « Vous avez entendu parler de Granville Sharp ?

— Non.

— Il habite à Londres et s'est fait une réputation en défendant les gens de votre race.

— Esclaves ou affranchis ? »

Le docteur fit claquer sa langue à l'intention de son cheval comme ils débouchaient sur Queens Square.

« Esclaves. Il a défendu un esclave fugitif — comment s'appelait-il, déjà ? Ah oui ! Strong. Jonathan Strong. Et aussi un nommé James Somerset. Les deux affaires ont été jugées et les magistrats ont conclu que l'on ne pouvait pas forcer ces individus à quitter le pays contre leur volonté. Donc, si l'on essaie de vous envoyer aux plantations, vous pouvez refuser, tout esclave que vous êtes. Vous saviez cela ?

— Non ! dit Mehuru en sautant du phaéton et en saisissant la tête du cheval. Je croyais qu'on pouvait disposer de moi totalement.

— Eh bien, non, pas totalement ! Dans notre belle Angleterre, patrie de la liberté, vous avez quelques petits droits. Par exemple, on peut vous battre, mais pas jusqu'à ce que mort s'ensuive !

— Pourrai-je vous revoir, pour discuter à nouveau avec vous ? demanda instamment Mehuru.

— Je dîne au café Crossways tous les lundis.

Beaucoup d'amis viennent y discuter avec moi. Nous serions très contents de vous voir si vous pouvez vous libérer.

— Je m'arrangerai.

— Évitez de vous faire embarquer d'ici lundi, déclara le médecin le plus sérieusement du monde en sortant son sac. Il y a toujours un bateau en partance pour les Antilles et vous ne seriez pas le premier à vous faire enlever.

— A lundi ! »

Hadley lui fit un signe de tête et monta les marches à la course. Martha, qui guettait son arrivée, ouvrit la porte aussitôt et le conduisit au chevet du petit. Quand il redescendit, Frances l'attendait.

« Est-ce très grave ?

— Il peut s'en sortir. Il a une fièvre violente et une angine putride. Mais il est très faible et très menu. J'ai donné à la femme qui s'occupe de lui des pastilles à brûler dans la pièce et du sirop pour faire baisser la fièvre.

— Je ne le croyais pas aussi malade, dit Frances, qui entendit dans sa propre voix le besoin de se disculper.

— Il n'est pas bien vieux, dit Hadley. Quel âge a-t-il, ce bout de chou ? Trois ans ? Il devrait être avec sa mère. Qu'est-ce qu'il fait ici, d'ailleurs ?

— C'est une idée de ma belle-sœur. Nous faisons venir des esclaves directement d'Afrique et nous les formons pour en faire des domestiques... (Sous le regard bleu et aigu de son interlocuteur, elle perdit son assurance.) C'est un travail plus agréable que celui des plantations, et une existence plus confortable, conclut-elle sans conviction.

— Vous m'en voyez persuadé. La mort doit être plus douce que le travail dans les plantations.

— Vous êtes contre l'esclavage ! s'exclama Frances. Vous êtes un abolitionniste !

— Dans cette ville ? (Il haussa ses sourcils pâles.) Celui qui l'admettrait se ferait massacrer ! Je suis médecin, et je fais mon métier. Je viens quand on m'appelle et je garde mes opinions pour moi en règle générale.

— Vous pensez devoir revenir ?

— Je repasserai plus tard pour voir comment il va. La femme me dit qu'il y a un autre petit malade ?

— Je l'ignorais. Pourrez-vous l'examiner aussi ?

— Quand je reviendrai ce soir. Il est sorti porter un message pour votre mari. » Hadley regarda par la fenêtre les nuages poussés par le vent. « Drôle de temps pour envoyer un petit garçon malade faire des courses en ville. Enfin, je ne veux pas vous importuner davantage, Mrs. Cole. Je vous souhaite le bonjour. » Et, après un bref salut, il quitta la maison à grands pas.

A son comptoir, Stephen Waring discutait avec deux autres marchands de ses projets de mine. Ils prenaient congé lorsqu'il rappela l'un d'eux dans son bureau.

« Ah ! Green, j'oubliais... Vous vouliez vous débarrasser des maisons que vous avez au *Hot Well* et transférer vos affaires à Clifton, si je ne m'abuse ? »

L'autre ferma prestement la porte derrière lui pour que la conversation se déroule à l'abri des oreilles indiscrètes. « Ma foi oui, j'ai l'intention de vendre les maisons meublées de Dowry Parade. Je suis persuadé que Clifton va devenir l'endroit à la mode : les maisons y sont belles et le voisinage élégant.

— Vous avez peut-être raison, ronronna Stephen Waring. Mais je connais quelqu'un que le bail du *Hot Well* intéresse. Peut-être serait-il disposé à vous racheter vos maisons.

— Il sait ce que coûtera le bail du *Hot Well* ?

— Je crois. Mais il pense pouvoir s'y retrouver.

— Je n'aurais pas cru que quelqu'un se mettrait sur les rangs pour obtenir cette gérance ! s'exclama Green, sortant de sa réserve.

— Les Entrepreneurs trouvent qu'ils ont trop d'argent immobilisé dans cette affaire. Pour ma part, je ne serais pas fâché de pouvoir disposer des fonds pour d'autres projets. Et si le *Hot Well* devenait plus rentable, nous en tirerions tout profit. Il faut liquider cette dette, et c'est ce que l'acquéreur en question serait prêt à faire pour nous. »

Mr. Green hésita. « Si tant est qu'on puisse gagner de l'argent avec le *Hot Well*, dit-il d'un ton dubitatif. La bonne société commence à quitter les bords du fleuve pour s'établir à Clifton. Malgré tous ses agréments, le Pavillon est mal situé. Si l'homme auquel vous pensez est un de vos amis, sans doute aurez-vous à cœur de l'avertir. C'est un beau bâtiment, certes, mais je crois que l'avenir se trouve à Clifton.

— Il s'agit d'une entreprise comme une autre. Là où il y a profit, il y a toujours risque. Notre homme n'est pas sans le savoir, puisqu'il est négociant. »

Quand le médecin revint voir James en fin de soirée, l'état de l'enfant avait empiré. La fièvre avait baissé, mais maintenant, le petit claquait des dents. Il gisait immobile sur le petit lit et on entendait sa respiration lente et difficile. Quand Hadley saisit le frêle poignet, il eut du mal à trouver le pouls, et regarda la femme assise à la tête du lit. Penchée vers l'enfant, elle tenait entre les doigts la frange de son châle et lui en caressait doucement la joue. Il avait la tête tournée vers elle et les yeux fermés. Le docteur haussa le sourcil en la regardant.

« Pas mieux », dit-elle à mi-voix.

Il ouvrit son sac et prit une petite fiole de laudanum, dont il versa quatre gouttes dans un verre d'eau. « S'il pleure parce qu'il souffre, donnez-lui cela à boire. Pas plus de quelques gorgées à chaque fois. Je ne peux plus rien pour lui. Il s'affaiblit rapidement. Il s'en va.

— Non, il rentre », dit-elle simplement.

Stuart Hadley sentit sa gorge se nouer et, se penchant, posa sa main sur la joue moite. L'enfant était si menu que la main blanche recouvrait tout son visage, des cheveux bouclés au petit menton.

« Il rentre », répéta-t-il après elle. Et, fermant son sac d'un coup sec, il sortit.

Frances l'attendait dans l'entrée. « Il va mieux ? »

Il la regarda froidement. « Il agonise, madame. Demain, il sera mort. »

Elle tituba légèrement et devint très pâle.

« C'est un risque à courir quand on importe des esclaves en Angleterre. Ils résistent aussi mal aux maladies de chez nous que les Blancs à celles d'Afrique. Les Noirs sont particulièrement sensibles au froid et à l'humidité. C'est le premier que vous perdez ?

— Non, admit Frances, se souvenant de Morte de Honte, de la tombe sans nom au cimetière de Redcliffe.

— Et de quoi est mort l'autre ? »

Frances secoua la tête sans répondre.

« De maladie ?

— C'était une femme. Elle a mangé de la terre, dit Frances d'une voix très basse. Et un matin, on l'a trouvée morte. Elle a passé dans son sommeil.

— Comme c'est contrariant ! fit-il avec sarcasme. Si vous voulez bien m'excuser, j'ai d'autres malades à voir. J'envoie ma note à Cole and Sons, je suppose. Il s'agit d'un dommage commercial, si j'ai bien compris ? »

Frances s'empourpra. « Je vous réglerai moi-même. »

Le médecin la salua et se dirigea vers la porte.

« Vous me méprisez parce que nous avons des esclaves ! », lui lança-t-elle.

Il la regarda et vit qu'elle avait les larmes aux yeux et qu'elle tremblait.

« Non, répondit-il avec une brusque franchise. Ce serait injuste de ma part. A une époque, j'ai bu mon thé sucré et j'aime toujours les douceurs. Je fume du tabac, je porte du coton. Je profite de la traite tout comme vous, mais je m'efforce de n'en user que par contrecoup et de garder les mains propres. Comment puis-je évaluer exactement les bénéfices que j'en retire ? L'université où j'ai étudié reçoit des dotations d'hommes riches, dont la fortune vient des colonies. Mes patients sont tous des négociants. Tous autant que nous sommes, nous profitons de la mise à sac de l'Afrique. Même si nous arrêtions la traite demain, nous nous engraisserions encore sur tout ce qu'elle a perdu.

— Vous voudriez voir l'esclavage aboli ?

— Je crois qu'il le sera un jour et je prie le ciel que le Parlement y mette un terme ce mois-ci. Il n'empêche que la cruauté dont nous avons fait preuve nous empoisonnera jusqu'à la fin des temps. »

Derrière Frances, la porte du salon s'ouvrit et elle sursauta comme si elle était prise en faute. « Ah, Sarah. Je vous présente le Dr Hadley, qui s'en va.

— L'enfant va mieux ? demanda Sarah.

— Le docteur pense qu'il va mourir. »

Sarah adressa à Hadley un petit signe de tête distant. « Merci d'être venu, docteur. »

Celui-ci leur fit un salut et sortit en fermant la porte derrière lui.

Sarah jeta à sa belle-sœur un regard noir. « Encore un enterrement ! Cela revient cher, vous savez. J'appellerai les fossoyeurs demain matin.

— Quand ils viendront, je veux les voir.

— Cela ne sera pas nécessaire. » Sarah fit le tour

du salon en soufflant les bougies, sans même demander à sa belle-sœur si elle voulait aller se coucher.

« Je le sais bien, reprit celle-ci, mais je tiens à ce que l'enfant soit enterré décemment. »

Sarah prit sa tasse et versa sur le feu le thé qui restait au fond, pour éteindre le petit morceau de charbon auprès duquel elle s'était chauffée toute la soirée. « Ils connaissent leur métier. Vous pouvez les laisser faire.

— Mais c'est un négrillon ! Les siens voudront sans doute respecter leurs usages. La femme qui le veille, Elizabeth, l'a soigné comme s'il s'agissait de son propre fils. Elle ne voudra pas qu'on le lui prenne pour le jeter directement dans une tombe. Elle voudra lui dire adieu à sa façon. »

Sarah tourna vers Frances un visage furieux.

« Vous pouvez toujours jouer les cœurs sensibles ! siffla-t-elle. Je vous ai entendue parler avec ce docteur. Tant que vous y êtes, louez donc un corbillard et allez à l'enterrement. Ce sera un emplâtre sur une jambe de bois. L'enfant est mourant, soit. Mais dès le départ, vous saviez parfaitement que sur le nombre deux ou trois ne passeraient pas la première année. C'est le déchet normal. S'il faut prendre le deuil toutes les fois qu'un esclave meurt, autant pleurer un baril de sucre éventré !

— Mais c'est un enfant, s'écria Frances avec véhémence. Un tout petit garçon...

— C'est notre fonds de commerce. Et si nous ne pouvons pas faire en sorte qu'il nous rapporte, nous courons à la faillite. Portez des voiles de deuil si vous voulez, ma chère. Mais que les esclaves soient fin prêts pour la vente. »

23

Le lendemain matin, au lieu d'appeler Mehuru pour lui demander comment les esclaves souhaitaient dire un dernier adieu au petit James, Frances descendit à la cuisine où elle aperçut Elizabeth qui somnolait sur la table, la tête sur les bras.

« Puis-je entrer ? demanda-t-elle à Mary Allen. Je voudrais dire un mot à Elizabeth. »

De mauvaise grâce, la cuisinière répondit par une révérence.

« Faites, Mrs. Cole. Mais la pauvre fille est fourbue. Elle n'a pas dû dormir plus de quelques heures ces deux derniers jours. »

Tirant un tabouret, Frances posa doucement la main sur le bras d'Elizabeth, qui sursauta et ouvrit des yeux aux paupières gonflées par le manque de sommeil et les larmes.

« On va venir chercher James pour l'enterrer, articula soigneusement Frances, attentive aux réactions d'Elizabeth. Mais j'ai prévenu qu'avant, vous voudriez le préparer selon vos rites. Ai-je bien fait ? »

Elizabeth hocha la tête.

« Je demanderai à Mehuru de passer la matinée avec vous et les fossoyeurs, pour veiller à ce que tout se passe convenablement, promit Frances. Je regrette, dit-elle à mi-voix en se levant, l'œil toujours fixé sur le visage de la femme, comme si elle implorait son pardon. Je regrette que James ait été malade et qu'il nous ait quittés. »

Elizabeth inclina gravement la tête. Frances sortit et se mit en quête de Mehuru, qu'elle trouva dans le salon, à quatre pattes devant la cheminée dont il nettoyait la grille.

« Cicéron, on va venir chercher le corps de James pour l'ensevelir. Tu resteras avec Elizabeth pour veiller à ce que les fossoyeurs suivent bien ses instructions. Il doit être enterré comme elle l'entend, dans la mesure du possible, bien sûr. Dis-leur que je paierai les suppléments si besoin est. »

Mehuru se leva et s'essuya les mains sur le sarrau qui protégeait sa livrée. « Comment voulez-vous qu'on l'enterre ? » demanda-t-il.

Pour la première fois depuis le début de l'entretien, Frances le regarda en face et se mit à bafouiller : « Mais..., à votre manière. Selon vos coutumes africaines. »

Il secoua la tête. « Elizabeth est yoruba, comme moi. James était songhai ; Kbara est mandingue. Quelles coutumes faudra-t-il respecter ? »

Frances joignit les mains. « Je ne sais pas, moi ! J'essayais simplement de montrer ma bonne volonté, Mehuru. De faire au mieux. »

Il lui saisit doucement une main, la noircissant de poussière de charbon. « Au mieux ? Comment pouvez-vous améliorer quoi que ce soit en ce qui le concerne ? dit-il d'un ton presque tendre. Pour cela, il est un peu tard. Je veillerai en tout cas à ce qu'on l'enterre dignement. »

Frances recula, leurs mains se séparèrent. « Merci », chuchota-t-elle avant de quitter la pièce.

Mehuru s'abstint de demander la permission de sortir le lundi soir, quelques jours après l'enterrement. Le soir venu, il prit la cuisinière par la taille, qu'elle avait solide, au moment même où elle s'apprêtait à verrouiller la porte de derrière, et lui glissa quelques mots à l'oreille. Elle lui donna une tape sur la main. « Impertinent !

— Je serai de retour à minuit, plaida-t-il. Et je promets de tout bien fermer derrière moi !

— Et si on est tous assassinés dans notre sommeil d'ici là, hein ? Avec la porte de derrière ouverte, n'importe quel gueux peut entrer !

— Je demanderai à Kbara de rester dans la cuisine et d'attendre mon retour. Vous n'aurez rien à craindre.

— Et si le maître descend et le trouve debout en train de vous attendre ?

— Mr. Cole ne descend jamais jusqu'ici. Vous le nourrissez trop bien pour qu'il vienne se ravitailler aux cuisines pendant la nuit ! Vous êtes une cuisinière comme il n'y en a pas deux. »

Elle lui donna une autre petite tape. « Ça suffit ! Et d'abord, où veux-tu aller ?

— Juste au café, pour parler un peu. Vous avez bien un soir de congé, vous. Moi, jamais !

— C'est bon, fit-elle avec réticence. Mais attention ! Ne va pas te faire enlever, ni enrôler de force ! Tu sais que les capitaines de négriers embarquent n'importe qui pour servir sur leurs navires. Quant aux sergents recruteurs, ils ne sont pas regardants ! Et surtout, ne bois pas. Et puis, ne va pas avec les femmes si tu ne veux pas attraper des maladies ou te faire attirer dans un guet-apens où tu prendras des mauvais coups ! »

Mehuru leva les mains en riant : « Je vais droit au café et je reviens directement, je le jure ! »

Elle entrebâilla la porte. « Ne pars pas sans argent. Tiens ! » et, fouillant sous son tablier, elle retira de sa poche une bourse d'où elle tira six pence.

Mehuru hésita. « Comment voulez-vous que je vous les rende ? Je ne gagne rien !

— Je le sais bien ! » Pestant contre les Cole, elle lui glissa une pièce dans la main, puis une seconde. « C'est quand même un monde, ça ! On te fait trimer toute la journée, sans même te donner de quoi boire un petit coup le soir. On ne m'ôtera pas de l'idée que ce n'est pas juste. »

Le café était bruyant et bondé ; une fumée bleue stagnait à hauteur des têtes et les fenêtres embuées ruisselaient. Chaque fois que la porte s'ouvrait, un nuage de vapeur et de tabac s'échappait mollement dans la rue sombre. Indécis, Mehuru s'arrêta sur le seuil et eut alors la surprise de voir que nombre de clients étaient noirs comme lui. Il se décida à entrer et vit Hadley attablé avec trois autres hommes, dont un Noir. Il le héla : « Docteur ! Me voilà !

— Cicéron ! Asseyez-vous. » Hadley s'était mis à l'aise ; il avait ôté sa veste, portait les cheveux en simple catogan, non poudrés, et paraissait las.

« Je vous présente un de vos compatriotes, Cesar Peters. Je vous présente aussi Edgar Long et James Stephenson. »

Mehuru resta les bras ballants, suffoqué par la joie de rencontrer en égal d'autres hommes qui le regardaient en face et le saluaient familièrement. Pendant tant de mois, il n'avait été qu'une marchandise, un animal enchaîné, nourri et dressé. Seuls ses compagnons et deux femmes de la maison — la cuisinière et Frances — le traitaient comme un être humain. La fréquentation de ses semblables et la convivialité naturelle des hommes libres lui avaient cruellement manqué. Il eut soudain l'impression d'être libéré d'un poids terrible — de son mal du pays lancinant ainsi que d'un douloureux sentiment d'injustice — et de se redresser, de grandir. Il se souvint alors du jour où on lui avait enlevé ses fers ; après, il avait dû se débarrasser de l'habitude des entraves et réapprendre à marcher le dos droit, la tête haute, sans traîner les pieds.

Approchant un tabouret, il sourit à la ronde. « Bonsoir, messieurs. Je suis heureux de me trouver parmi vous. Je m'appelle Mehuru. Cicéron est mon nom d'esclave. (Il regarda l'autre Noir et demanda :) Es-tu mandingue ?

— Je suis jamaïcain », répondit l'homme avec un petit sourire.

Il parlait d'une voix zézayante, avec un tel accent que Mehuru dut faire un effort pour comprendre ses paroles.

« Je suis né dans une plantation, poursuivit-il. J'y ai été élevé. On m'a séparé de ma mère quand j'étais tout petit. Je ne connais pas l'Afrique et je n'en parle aucune langue. On me dit que j'ai l'air d'un Mandingue, mais pour moi cela ne signifie rien.

— Es-tu libre à présent ?

— Oui. J'ai été embarqué de force. Le capitaine et ses officiers se moquaient bien de savoir si j'étais affranchi ou non, car ils avaient besoin de marins. A la fin de la traversée, quand j'ai débarqué à Londres, ils m'ont payé ma solde. Maintenant, je travaille chez un imprimeur d'ici. J'ai apporté quelques brochures à ces messieurs.

— Y a-t-il beaucoup de Noirs affranchis ? » demanda Mehuru. Il avait cru l'Angleterre peuplée exclusivement de Blancs et s'efforçait de rectifier sa première impression.

« Des milliers, répondit l'autre. Rien qu'à Londres, il y en a plus de dix mille. Là où j'habite, le propriétaire est noir ; et mes voisins aussi.

— Des milliers ! (Mehuru n'en croyait pas ses oreilles.) Mais que font-ils... que faisons-nous tous ici ? »

Amusé, l'homme partit d'un rire profond. « Certains sont des esclaves que leurs maîtres ont ramenés de la Jamaïque ou des Antilles en revenant s'installer en Angleterre. D'autres ont acheté leur liberté. La plupart se sont enfuis. Parmi eux, il y a beaucoup d'esclaves américains fugitifs ou affranchis. Ils ont profité de la guerre d'Indépendance pour partir.

— Et tu n'as pas envie de rentrer chez toi ? demanda Mehuru.

— Chez moi ? Mais c'est à la Jamaïque ! Là-bas, un Noir n'a rien à espérer. Il s'échine à longueur de journée, sachant qu'il se fera fouetter pour sa peine. Je préfère rester gagner ma vie ici. »

Mehuru secoua la tête d'un air si perplexe que Hadley éclata de rire. « Vous croyiez être le seul homme de votre race en Angleterre ?

— Ma foi... Par la fenêtre de la maison, j'ai bien vu un ou deux autres Noirs travailler sur les quais, mais je ne leur ai pas parlé.

— Vous avez dû vous sentir très seul.

— Oui.

— Eh bien, vous ne l'êtes plus, maintenant. Nous faisons partie d'une société radicale », dit-il en baissant la voix ; mais le vacarme les mettait à l'abri des oreilles indiscrètes. « Stephenson est charron et Long écrit dans un journal. Nous avons créé la Société d'information constitutionnelle de Bristol, qui préconise la réforme du Parlement. Il est temps de songer à élargir le suffrage. Tout citoyen doit pouvoir élire son gouvernement. Les lois sont faites par les propriétaires terriens aux dépens des hommes qui travaillent. De plus, fit-il à l'adresse de Cesar et de Mehuru, nous devons abolir l'esclavage en Angleterre ainsi que dans les colonies britanniques. Comment aller vers une liberté véritable tant que nous serons une nation de négriers et d'esclavagistes ?

— La campagne en faveur de l'abolition prend de l'ampleur, dit Cesar. Dans tout le pays, des réunions se tiennent et des pétitions se préparent. Le débat a été ajourné une fois, mais Wilberforce va présenter un projet de loi au Parlement le onze de ce mois, c'est-à-dire la semaine prochaine en somme. Pitt, Burke et Fox le soutiendront.

— Le gouvernement me semble très timoré, intervint Edgar Long. Nous devrons veiller à ne pas enfreindre la loi. Les Américains d'abord et les Français ensuite affichent des opinions si révolutionnaires que ceux qui ont la charge de ce pays prennent peur.

— Mais nous sommes déjà en infraction ! objecta Hadley. Critiquer le gouvernement lorsqu'on est plus de trois est illégal. Avec tous les délits prévus par les Registres des Statuts, on n'a que l'embarras du choix pour nous prendre en faute.

— La société londonienne est surveillée, dit Cesar, et il ne fait pas de doute que nos lettres sont ouvertes.

— Tout bien considéré, je redoute moins le gouvernement que la rue, dit Edgar, qui avala d'un trait le reste de sa bière et commanda une autre tournée. Les bourgeois montent la populace contre nous, l'abreuvent d'alcool et nous la lâchent dessus. Nous vivons une époque dangereuse.

— Oui, mais aussi une époque d'ouverture, rectifia le Dr Hadley. Regardez l'Amérique et la France. Le changement est en marche et nous avançons avec. Le monde évolue, grâce à nous. Je n'ai pas peur de la rue. De plus en plus de gens comprendront que l'avenir est à la réforme, qui va dans le sens du progrès. Grâce aux nouvelles lois, les citoyens auront des salaires et des conditions de travail plus convenables. Regardez ce qui se passe en France ! C'est admirable de voir le peuple réagir et amener à merci un régime corrompu et tyrannique. Je vous assure que, face à toutes les misères de l'hôpital de Bristol, le roi lui-même deviendrait révolutionnaire ! »

Un valet approcha et posa cinq chopes de bière sur la table. Mehuru se rendit compte alors que c'était la première fois qu'on le servait depuis qu'il avait perdu Siko. La chaleur et l'animation du café s'estompèrent brusquement. Siko ! Si prompt à sourire et à lancer des impertinences... Avec une grimace, Mehuru prit la chope et goûta la bière. Elle était tiède et un peu plate, mais cela le changeait agréablement de la petite bière qu'il buvait d'habitude et du thé indéfiniment étendu d'eau que faisait la cuisinière.

« Qu'en est-il du projet d'abolition de la traite ? s'enquit Edgar Long. A-t-il des chances de passer, à ce qu'on sait ?

— Oui, dit Cesar. Il doit être adopté, cela ne fait pas l'ombre d'un doute. Nous avons derrière nous l'opinion publique et les chefs parlementaires. Wilberforce va soumettre à la Chambre douze résolutions interdisant de capturer des esclaves et de les embarquer.

— Cela ne se passera pas si facilement, fit Edgar Long. Dans ce pays, beaucoup d'argent est lié à la traite. L'opposition reste cachée, car elle est honteuse, mais elle n'en existe pas moins.

— Elle n'est pas honteuse, dit Hadley. N'oubliez pas que moi, je les côtoie, ces gens dont vous parlez, Edgar. Ils sont sans vergogne. Ils font fortune sur le dos des autres, dînent dans de la vaisselle d'or et préfèrent oublier que chaque penny qui tombe dans leur escarcelle est souillé par le sang et la torture.

— Le projet sera adopté, répéta Cesar. Nous avons une majorité en notre faveur. Nous avons fait des démarches auprès des députés, qui nous ont promis leur soutien loyal. La traite des esclaves va être supprimée, après quoi on pourra abolir l'esclavage, et ceux de ma race... (il s'interrompit en regardant Mehuru)... ceux de *notre* race, mon frère, seront libres. »

Médusé, Mehuru resta sans voix. « J'étais loin de me douter...

— Tu reverras ton pays. Et tu auras un fils africain », affirma Cesar.

Le visage de Mehuru se crispa soudain et il mit la main sur ses yeux. « Pardonnez-moi. J'avais presque renoncé à tout espoir. »

Stuart lui donna une bourrade amicale. « Le vent tourne. Bientôt, vous pourrez aller où bon vous semble. »

Ces paroles ramenèrent Mehuru dans la réalité. Il regarda la pendule et s'exclama : « Il est l'heure que je parte. Mais vous savez, pour la première fois depuis que je suis dans ce pays, j'ai l'impression d'y avoir des amis. J'ai promis à la cuisinière de rentrer avant minuit pour fermer la maison et je préfère tenir parole.

— Vous pourrez revenir ? demanda Edgar Long.

— Je ne sais pas. Je courrais volontiers le risque, mais c'est la cuisinière qui est responsable des clés. Si mes maîtres s'apercevaient que je suis dehors, la brave femme aurait de gros ennuis. » Il avala le reste de sa pinte à grandes gorgées. « Mais je ferai de mon mieux, je vous assure. Vous vous retrouvez ici chaque semaine ?

— Eux oui, confirma Cesar. Je ne viens qu'une fois par mois environ.

— Je vous raccompagne chez vous, dit le Dr Hadley à Mehuru. Messieurs, à la semaine prochaine. D'ici là, nous aurons eu le temps de lire les brochures de Cesar. Et nous nous reverrons mardi soir, car nous aurons des nouvelles du débat au Parlement. »

L'air nocturne était frais après la taverne. Mehuru frissonna et serra son manteau étroitement autour de lui.

« J'ai apporté ceux-là pour vous, dit Hadley en sortant d'une poche une liasse d'opuscules. Des pamphlets abolitionnistes, dont l'un est écrit par un de vos compatriotes, Equiano, un affranchi.

— Comment a-t-il obtenu sa liberté ?

— Il l'a rachetée. A présent, il est marié à une Anglaise et il a écrit un livre fort intéressant que je peux vous prêter si vous voulez.

— Il a épousé une Blanche ? Je ne croyais pas que c'était possible.

— Aucune loi ne l'interdit. La plupart de vos compatriotes épousent des Blanches. Où trouveraient-ils des compagnes, sinon ?

— Il n'y a donc pas d'affranchies ?

— La plupart des esclaves que l'on fait venir des Antilles sont des hommes : valets de pied ou pages. Il y a aussi ceux qui ont été enrôlés de force sur des bateaux ou dans l'armée. Les femmes noires sont donc rares en Angleterre. Mais vos compatriotes s'accommodent très bien des femmes de chez nous. Ils ont de très beaux enfants, café au lait. » Stuart Hadley eut un petit rire sarcastique. « D'ici deux siècles, on aura du mal à déceler les descendants des Africains. Mais tout Anglais aux cheveux ou aux yeux noirs pourra se demander s'il n'a pas eu un arrière-grand-père esclave. Ce sera peut-être votre revanche : d'ici cent ans, il n'y aura plus de race blanche absolument pure.

— Je n'ai aucun désir de revanche, dit Mehuru à mi-voix. Je veux rentrer chez moi. On a besoin de moi là-bas et je préfère malgré tout épouser une femme de ma race. » Il eut une brève vision de la ligne des pommettes de Frances, et de l'éclat crémeux de sa peau.

« Il existe un projet pour rapatrier en Afrique ceux qui en viennent. On a acheté sur la côte un territoire appelé Sierra Leone. Beaucoup de Noirs vivant actuellement à Londres pensent comme vous et veulent retourner en Afrique comme pionniers, avec des concessions de terrains à cultiver.

— Sans doute me suis-je mal exprimé, dit Mehuru en souriant. Moi, je ne suis pas un pionnier. Quand je dis que je veux rentrer chez moi, ce n'est pas pour camper sur des terres vierges. Je veux retourner dans mon pays, retrouver ma maison, et mes fonctions. »

Le Dr Hadley marqua une hésitation. « Pardonnez-moi. Je m'imaginais que tous les Africains étaient des peuples pasteurs et qu'ils vivaient dans... disons dans des cases en torchis. »

Mehuru pensa aux grandes murailles de pierre d'Oyo, à l'architecture du palais et des belles demeures. « A ce compte-là, je pourrais croire, moi, que tous les Anglais vivent dans des entrepôts à côté de rivières qui empestent ! »

Ils arrivaient à l'arrière de Queens Square. La grue géante des marchands jetait sur le quai son ombre qui évoquait celle d'un monstrueux gibet.

« Vous avez raison de rectifier mes erreurs. Un Blanc a du mal à s'imaginer votre pays.

— Sans doute. J'ai parfois du mal à me le rappeler moi-même, mon pays... »

Lorsque Mehuru regagna discrètement la cuisine, Kbara somnolait sur sa chaise. Il s'éveilla en sursaut et Mehuru lui plaqua aussitôt une main sur la bouche.

« Chut ! Tout est calme ? souffla-t-il en mandingue.

— Le petit est malade.

— Comme James ?

— Oui.

— Il ne va pas aussi mal ?

— Pas encore, d'après Elizabeth. Mais elle se fait du souci.

— Crois-tu qu'il faut aller chercher le médecin maintenant ?

— Elizabeth a demandé que tu ailles la voir quand tu rentrerais. »

Mehuru ôta ses chaussures, les prit à la main et monta sans bruit l'escalier tandis que Kbara fermait à clé la porte de la cuisine et tirait les verrous bien huilés.

Arrivé au premier palier, Mehuru hésita. Les deux grandes chambres du devant étaient celles de Josias et de Frances. De celle de gauche — celle de Josias — venait un ronflement sonore. Frances était donc seule. Mehuru brûlait d'envie de la regarder dormir. Il voulait la voir à son insu, endormie, à demi dévêtue dans la chaleur du lit et oublieuse de tout ce qui lui donnait barre sur lui. Il avança sans bruit sur les tapis d'Orient, tourna la poignée de chez Frances et entra.

Elle n'avait pas complètement fermé ses doubles rideaux et la lune inondait la pièce de sa lumière pâle. Mehuru s'approcha du lit. Elle dormait sur le dos, un bras rejeté en arrière. Ses longs cheveux étaient réunis en une simple tresse et elle portait une chemise de nuit de linon blanc à l'empiècement nervuré et brodé. Le dernier bouton s'était défait, dévoilant son long cou pâle et flexible et l'amorce de sa gorge.

Mehuru avala sa salive. Elle était belle sous cet éclairage lunaire. Pâle comme une femme de farine, comme une femme sculptée dans de la crème. Il pensa à ce que venait de lui dire le Dr Hadley sur les Noirs qui épousaient des Blanches, et se demanda s'il lui arriverait un jour de faire de nouveau l'amour avec une femme.

Il avait du mal à résister à l'envie de s'approcher davantage de Frances, de toucher sa main abandonnée et de poser ses lèvres dans son cou, là où battait lentement et régulièrement une artère.

Entendant les pas feutrés de Kbara dans l'escalier, il sortit, fermant doucement la porte derrière lui, et rejoignit son compagnon qui arrivait sur le palier. Ils montèrent l'étage suivant ensemble et frappèrent doucement à la porte des femmes. Bien entendu, elle était verrouillée. C'était la cuisinière qui, après avoir fermé les portes sur la rue, était chargée d'enfermer les esclaves dans leurs chambres. Kbara prit la clé suspendue à son crochet, la tourna dans la serrure et Elizabeth ouvrit la porte de l'intérieur. Encore mal remise de la mort de James, du spectacle des fossoyeurs qui avaient emmené le corps pour l'ensevelir dans une terre froide et étrangère, elle avait les traits tirés, le visage las. Et maintenant, voilà que John toussait à son tour, et que sa fièvre montait.

« Ne faudrait-il pas appeler le docteur tout de suite ? » dit Mehuru.

Elle fit un signe d'assentiment. « C'est un homme bon. Fais-le venir.

— Je dois d'abord demander la permission à Frances.

— Parce qu'il faut attendre qu'elle se réveille ? dit Kbara. Attendre demain matin ? »

La tentation fut trop forte pour Mehuru. « Je descends la réveiller, dit-il à Kbara. Je vais lui demander si je peux aller chercher le médecin. Frances me donnera la clé de la porte d'entrée. »

Et avant que les autres aient pu réagir, il redescendit l'escalier à la hâte et frappa à la porte de Frances. En l'entendant entrer, elle ouvrit vaguement les paupières et crut un instant qu'il n'était qu'un rêve, un phantasme issu de ses désirs. Elle cligna les yeux et se réveilla tout à fait, avec sur le visage une expression de joie qui ne trompait pas : « Mehuru ! » murmura-t-elle en tendant un bras vers lui. Il effleura la main tendue et aussitôt leurs doigts s'enlacèrent. Mehuru se pencha sur le lit, prit Frances et la serra contre lui. Sans même prendre le temps de réfléchir, elle lui jeta les bras autour des épaules et l'enlaça tandis qu'il enfouissait son visage dans le creux du cou tiède et palpitant. Il fit remonter ses lèvres jusqu'à la bouche de Frances qui s'ouvrit, chaude et moelleuse sous la sienne, puis il redescendit vers sa gorge, sentant sous ses baisers le renflement lisse des seins au délicat parfum d'eau de rose.

Elle amorça un geste pour défaire la cravate de Mehuru, lorsqu'il se figea. « Frances, attendez...

— Qu'y a-t-il, Mehuru ?

— Il ne faut pas... J'étais venu vous dire... Le petit John est malade. »

Elle cilla à deux ou trois reprises, et soudain elle se raidit et son visage se ferma. Trente-cinq ans d'éducation venaient de s'abattre comme une chape sur ses émotions. Sa main remonta jusqu'à sa gorge pour refermer le col de sa chemise de nuit.

« Ah ! C'est donc cela.

— Elizabeth voudrait que le docteur l'examine. Puis-je aller le chercher ? »

Elle rejeta les couvertures et il eut la vision fugitive de longues jambes blanches. « Frances... »

Mais elle avait repris son implacable maîtrise et, sans même accorder un regard à Mehuru, elle jeta un châle sur ses épaules. Quand elle se retourna, elle avait un visage de marbre. « Mr. Cole ne veut pas qu'on appelle le médecin à moins d'une urgence.

— Le petit est malade.

— Gravement ? »

Mehuru retint une exclamation d'impatience et tendit les mains vers Frances, mais elle recula d'un pas avec une expression glaciale qui décourageait toute familiarité. Piqué au vif, il répliqua d'un ton acerbe : « Pardonnez-moi de vous avoir dérangée, madame. Oui, l'enfant est malade. Comme le petit James. Voulez-vous qu'on le laisse mourir ou dois-je aller chercher le médecin ? »

Mortifiée, elle rougit. « Soit. Va le chercher. »

Il s'éloigna vers la porte, se demandant si elle allait

le rappeler. Il avait la bouche encore chaude de ses baisers et ne comprenait pas comment elle pouvait si vite se transformer en une créature froide et distante.

« La clé de la porte d'entrée se trouve dans le tiroir de la table du vestibule, articula-t-elle d'une voix précise.

— Bien, madame. »

Lorsque Mehuru arriva chez Stuart Hadley, sans chapeau et hors d'haleine, il le trouva en train de lire dans son bureau. Avant de sortir, le médecin se rafraîchit le visage en l'aspergeant d'eau et prit son sac pendant que Mehuru attelait le cheval et conduisait le phaéton devant la porte d'entrée.

« Ce sont les mêmes symptômes ?

— Symptômes ? Que veut dire ce mot ?

— Il signifie signes, les signes de la maladie.

— Ah alors, ce sont les mêmes, je crois.

— Pourvu que ce ne soit pas la typhoïde ! »

La cloche de St. Mary Redcliffe sonna deux heures et celle de la cathédrale lui répondit de l'autre bout de la ville.

« Vous êtes bien rentré tout à l'heure ?

— Oui. »

La voiture traversa John's Bridge avec fracas et Mehuru prit un virage serré à droite, sur les pavés inégaux du quai. La marée était basse et la boue fumait, engraissée par les immondices qui se déversaient dans le fleuve pendant la nuit. Malgré la fraîcheur de l'air, l'odeur prenait à la gorge.

« On se demande comment font les gens pour survivre ici ! » s'exclama Hadley.

Mehuru fit tourner le cheval et ils se trouvèrent sur l'élégante place de Queens Square.

« Je le dételle ?

— Non. Il a l'habitude d'attendre. »

Mehuru passa les rênes autour d'un barreau de la

grille et guida le médecin. Ils passèrent devant la porte de Frances et grimpèrent jusqu'aux soupentes des domestiques.

Au premier coup d'œil, Stuart Hadley nota la promiscuité. Les femmes et les filles avaient tiré leurs couvertures sur elles et dormaient, épuisées. Seule Elizabeth veillait au chevet du petit garçon comme sur son propre fils, qu'elle avait laissé en Afrique si petit qu'il ne devait même plus se rappeler son visage. A leur entrée, elle releva la tête.

« John », dit-elle en montrant l'enfant.

Malgré sa fièvre, il était conscient et ouvrit de grands yeux étonnés en voyant l'homme blanc s'approcher de son lit. Mehuru le rassura et lui dit qu'il était venu pour le guérir. Stuart sourit au petit, lui prit le pouls et lui tâta le front et la joue.

« Il ne va pas encore trop mal. Voici d'autres pastilles à faire brûler. Cela devrait suffire à éviter la contagion. Vous êtes bien à l'étroit ici. Vous ne devriez pas dormir à plus de quatre dans une pièce de cette taille. J'en toucherai deux mots à Mrs. Cole demain matin. En attendant, voici de quoi faire dormir le petit. Passez-lui sur le visage de l'eau vinaigrée pour le rafraîchir et laissez-le boire tout son saoul. »

Mehuru traduisit ces instructions à Elizabeth.

« Et si jamais l'un de vous a le moindre malaise, dit Hadley à Mehuru, appelez-moi tout de suite. » Ils refermèrent la porte de la chambre et descendirent l'escalier sans bruit.

« Je ne pense pas qu'il s'agisse de la typhoïde, mais je n'en ai pas la certitude.

— Qu'est-ce que c'est ?

— Une mauvaise maladie, qui donne une fièvre très forte et fait beaucoup de morts. »

Arrivés au premier, ils passèrent avec précaution devant la porte fermée de Frances. En prenant congé à la porte d'entrée, Stuart Hadley déclara : « Je reviendrai demain matin pour voir comment va le petit.

— Elle ne tiendra peut-être pas à ce que vous vous dérangiez. Ils ne veulent pas payer. »

Les deux hommes se regardèrent. « Si la typhoïde se déclare dans cette maison, elle sera très pressée de me voir arriver, croyez-moi, rétorqua Stuart. Je repasserai demain. »

Grimpant dans la voiture, il saisit les rênes. « Je vous dis bonsoir pour de bon, cette fois-ci », fit-il à mi-voix en faisant prendre à son cheval la direction du retour.

Mehuru regarda s'éloigner le phaéton, savourant le silence de la place la nuit et un sentiment de liberté. La voûte bleu-noir était piquetée de centaines de milliers d'étoiles. Il s'arracha à sa contemplation, ferma la porte et remit la clé en place.

Sans bruit, il remonta l'escalier et s'arrêta devant la porte de Frances, se demandant si elle s'était rendormie. Il mourait d'envie d'ouvrir sa porte pour voir si elle se blottirait à nouveau dans ses bras, mais il eut une vision de son visage soudain glacé et se souvint de la façon dont elle pouvait souffler le chaud et le froid à sa guise, alors que lui, il était condamné à l'obéissance. Au reste, la présence de Josias dans la chambre voisine leur interdirait de parler autrement qu'à voix basse.

Étouffant une exclamation de dépit, il allait remonter quand la porte s'ouvrit en silence et Frances apparut dans l'embrasure.

Elle avait les cheveux dénoués et, dans la lumière diffuse venant du vestibule, il distinguait à peine son visage. Ses yeux ressemblaient à deux lacs d'ombre, mais quand il amorça un pas vers elle, il vit qu'elle souriait. Sans qu'il sût pourquoi, il sentit que les multiples frontières qui les séparaient étaient abolies et que Frances était décidée à passer outre aux principes de son éducation. L'espace d'une nuit, ils étaient libres de s'aimer comme des égaux.

Attendant un geste de Mehuru, Frances restait immobile. Elle songea un instant à la litière de jonquilles et se demanda si dans les bras de Mehuru elle connaîtrait le même abandon sensuel, la même ivresse de liberté. Il lui effleura la joue d'une caresse. Frances ferma les yeux et s'appuya contre lui. Au contact de ce corps chaud, de ces lèvres douces qui lui rendaient ses baisers, il sentit son désir se réveiller. Il l'étreignit, la souleva comme une plume, referma la porte et la précipita sur le lit avec l'allégresse insouciante qu'il avait éprouvée en y jetant les fleurs.

24

De bonne heure le lendemain matin, le phaéton de Stuart Hadley s'arrêta devant la maison de Queens Square. Frances l'attendait dans l'entrée, vêtue d'une robe de soie pêche et coiffée à la lionne, les cheveux relevés. Dès qu'elle le vit, elle lui annonça : « Je crois que le petit va mieux.

— Vous êtes allée le voir ?

— Vous pensez que j'ai un cœur de pierre, n'est-ce pas ? fit-elle avec un petit sourire. Bien sûr que je l'ai vu. Et je le trouve beaucoup mieux. Elizabeth s'occupe de lui. Voulez-vous monter ? »

Mehuru apparut dans l'escalier. En l'apercevant, Frances baissa aussitôt les yeux. Mais lui, après l'avoir saluée, fut incapable de détacher d'elle son regard.

« Conduis le docteur au chevet de John, Cicéron », dit-elle d'une voix étudiée.

Mehuru s'inclina courtoisement et fit demi-tour. Lui emboîtant le pas, Stuart Hadley se retourna pour regarder Frances et surprit sur le visage de la jeune femme qui les regardait monter un sourire si radieux qu'il s'arrêta, perplexe. « Vous vouliez me dire quelque chose, madame ? »

Confuse, Frances s'empourpra. « Pardonnez-moi. J'avais... euh... l'esprit... ailleurs... »

Mehuru s'était arrêté lui aussi. « Et où l'aviez-vous donc, madame ? » demanda-t-il, gardant son sérieux à grand-peine.

Rouge comme une pivoine, Frances voulut répondre, mais bafouilla et finit par s'engouffrer dans le salon dont elle referma la porte.

« Tiens donc ! dit Stuart, qui n'avait pas ses yeux dans sa poche.

— Tenez donc plutôt votre langue ! » dit Mehuru en le regardant avec insistance.

Ils continuèrent à monter les marches menant aux soupentes sans échanger un mot de plus. Mais avant d'ouvrir la porte, Stuart posa la main sur le bras de Mehuru.

« J'espère que vous ne vous exposez pas à de trop grands dangers, mon ami, dit-il à mi-voix. Vous vous êtes engagés sur une voie difficile, l'un comme l'autre. »

Mehuru hocha la tête. « Je ne peux pas reculer. C'est mon Ifa... mon destin. » Il s'effaça pour laisser entrer Hadley dans la chambre. John était assis sur les genoux d'Elizabeth, qui lui faisait manger du gruau à la cuillère. Elle leva les yeux et sourit au médecin.

« Mais c'est vrai qu'il va beaucoup mieux ! La fièvre a donc baissé dans la nuit ? »

Elle fit signe que oui et posa sa main sur le visage de l'enfant. « Pas chaud. Va bien.

— Qu'il se repose quelques jours. Et surtout, qu'il n'aille pas faire des commissions sous la pluie. Il faut qu'il mange beaucoup pour reprendre des forces. Je crois que cette fois-ci, nous avons eu de la chance. »

Elizabeth sourit.

« Et vous, reposez-vous aussi, dit le Dr Hadley avec sollicitude. Ce n'est pas la peine de tomber malade à votre tour. Dormez. »

Sachant qu'un esclave ne se reposait que si on lui en donnait la permission, elle regarda Mehuru.

« Je vais en parler à Frances, dit-il. Elle te donnera la permission de ne pas travailler. Aujourd'hui, repose-toi avec John. »

Les deux hommes quittèrent la chambre et redescendirent. Mehuru frappa à la porte du salon et s'écarta.

« La fièvre est tombée, annonça Stuart, sans entrer dans la pièce, où se trouvaient Frances et Sarah. Ce n'est pas la typhoïde, dit-il aux deux femmes. Vous avez eu de la chance avec celui-ci. »

Frances sourit. « Tant mieux.

— Il faudrait permettre à la femme qui s'est occupée de l'enfant de se reposer aujourd'hui, poursuivit le médecin. Elle l'a veillé toute la nuit. »

Sarah allait protester, mais Frances répondit : « Cela va sans dire, docteur. Et merci de vous être dérangé en pleine nuit. »

Il leur adressa un bref salut et retraversa l'entrée. Mehuru, qui l'attendait, lui tendit son chapeau et ses gants et l'accompagna jusqu'à sa voiture.

« Je veux ma liberté, dit-il à brûle-pourpoint. Quoi qu'il arrive, je ne changerai pas d'avis sur ce point.

— Vous avez raison. Tel que vous êtes aujourd'hui, vous n'avez aucun avenir ici. Et l'esclavage est un mal qui vous contamine tous, vous comme elle. C'est ce qu'ils ne voient pas, les négriers, les négociants. Celui qui exploite un autre humain est lui aussi réduit en esclavage et atteint par la corruption. D'ici une semaine, lorsque sera voté le projet de loi de Wilberforce, vous commencerez tous à vous acheminer vers la liberté ! Mardi soir ! » souffla-t-il à Mehuru en grimpant dans le phaéton.

29 Queens Square,
Bristol.
7 mai 1789

Mon cher oncle,

J'ai reçu aujourd'hui des nouvelles de Sir Charles. Il s'apprête à aller séjourner chez Lord Bartlet et fera une halte ici. Il a décidé de vous acheter le manoir de Selby et espère signer le bail en passant chez nous. Il souhaite que là encore, nous agissions comme mandataires et que nous nous chargions d'investir ses loyers et de régler les dettes concernant le manoir. Quant aux soins à apporter au domaine proprement dit, je crois comprendre qu'il y a un régisseur qui s'occupera des fermes. Ayez donc la bonté de m'envoyer le bail, et je vous le retournerai signé, avec la somme que vous aurez fixée pour l'achat.

Nous avons ici un temps fort incertain, comme si l'hiver entendait se prolonger indéfiniment. Cette ville est sujette à des intempéries pernicieuses ainsi qu'à des brouillards épais et les fumées malodorantes des usines y stagnent de façon bien incommodante. Josias et Miss Cole n'y prêtent guère attention, habitués qu'ils sont à respirer l'air de Bristol. Lorsqu'il fait beau, je sors en voiture pour me promener sur les Downs, où l'air est bon. Malgré ces petits désagréments, je coule ici des jours heureux et ne me suis jamais sentie si gaie ni en meilleure santé. Je me réveille chaque matin guillerette et n'éprouve plus aucune lassitude.

Permettez-moi de solliciter votre opinion sur un conseil à donner à une dame de ma connaissance qui s'est confiée à moi. Bien qu'elle soit l'épouse d'un marchand de Bristol, elle éprouve une vive attirance pour un étranger de passage dans notre ville. Cet homme, qui est noble dans son pays, lui témoigne l'attachement le plus tendre, et elle croit à la sincérité de son amour. Elle me dit qu'il est désormais toute sa vie, que jamais elle n'a éprouvé un tel bonheur, et me demande ce qu'elle doit faire. Je souhaiterais savoir ce que vous pensez de sa situation. Bien entendu, il ne saurait y avoir d'avenir pour eux, et je lui ai donné mon sentiment, à savoir que les liens du mariage ne sauraient être déliés.

J'espère que vous vous portez bien, mon cher oncle. Croyez-moi votre nièce affectionnée,

Frances

Frances séchait sa lettre et la scellait lorsque Mehuru entra après avoir frappé.

« Puis-je vous parler ? »

Elle rosit aussitôt et lui sourit : « Ferme la porte, chuchota-t-elle.

— Je me demandais si vous pourriez nous donner des gages. »

Elle sursauta comme s'il l'avait giflée. « Des gages !

— Nous travaillons, comme la cuisinière, poursuivit-il de son ton le plus persuasif. Or elle, elle reçoit des gages et a des jours de congé. Nous sommes des domestiques comme elle.

— Vous êtes des esclaves.

— J'aimerais que nous soyons des domestiques. Même en vous servant, j'aurais ma dignité.

— C'est impossible...

— Frances, c'est la situation présente qui est impossible à supporter. Je ne peux pas continuer à vous appartenir comme un objet, ne le comprenez-vous pas ? Vous devez m'affranchir. Faute d'être un homme libre, je ne peux pas avoir avec vous les liens que je souhaite. La situation présente est humiliante pour nous deux. Il faut me rétribuer, rétribuer notre travail à tous. Au moins, vous saurez que je reste par choix, et je me sentirai indépendant.

— Josias n'acceptera jamais... Sarah non plus.

— Si vous me payez assez, je pourrai louer une chambre où vous recevoir. Nous pourrions même vivre sous mon toit, sans avoir besoin de nous cacher. »

Elle secoua la tête. « C'est impossible, Mehuru. Impossible.

— Mais puisque c'est vous ma propriétaire !

— Je ne le suis que de nom. Tout ce que je possède, mes vêtements aussi bien que les meubles de mon père, appartient à Josias en qualité d'époux. L'idée de faire venir des esclaves pour qu'ils servent comme domestiques est la sienne. Il vous a tous achetés. Qui paierait votre affranchissement ? Il y a le coût de la traversée, de la nourriture, de l'entretien... Et Sarah tient les comptes...

— Nous pourrions vous rembourser sur nos gages.

— Mehuru ! Tu es vendu, et John aussi. Cent dix guinées chacun. Jamais tu ne pourras gagner une telle somme. Nous payons la cuisinière treize livres l'an, et elle a derrière elle des années d'apprentissage et d'expérience. Ce que Josias a en tête, c'est un projet à grande échelle, et vous représentez le premier arrivage. D'autres suivront et... » Elle s'interrompit en voyant la stupeur sur le visage de Mehuru. « Mais qu'est-ce que tu as ?

— Vous avez bien dit que j'étais vendu ? Et le petit John aussi ? »

Elle baissa la tête.

« Vous m'avez vendu ? »

Le regard de Frances glissa furtivement vers la porte comme si elle espérait que quelqu'un vînt interrompre ce tête-à-tête. « Cicéron, je...

— Ne m'appelez pas ainsi !

— Qu'ai-je dit ?

— Ne m'appelez pas Cicéron ! fit-il amèrement. Dans votre chambre, vous m'appeliez Mehuru ! Je ne veux pas être un homme libre dans votre lit et un esclave dans votre salon.

— Mehuru... Il n'y a pas eu de vente officielle. On a fait une proposition à Josias et il l'a acceptée. C'était avant Pâques... avant que je sache... avant que nous... Je ne pensais pas... »

Il lui tourna le dos, alla jusqu'à la fenêtre et regarda la cour, pour tenter de se calmer. C'était une matinée chaude et ensoleillée. Tout près, sur le mur, un rosier grimpant commençait à fleurir. Mehuru regarda une abeille se poser sur un bouton à peine ouvert.

« Vous allez donc me vendre ? » reprit-il.

Elle ne voyait pas son visage et ne savait comment interpréter la tension de sa voix.

« Mais non ! Je t'en prie, Mehuru, écoute-moi ! » Elle sentait la panique l'envahir. Jamais encore elle n'avait osé tenir tête à un homme. « Je dirai à Josias que nous devons te garder et nous vendrons Julius à ta place. Tu sais bien que je ne pourrais pas supporter de te perdre. »

Il fit volte-face et la regarda droit dans les yeux.

« Jusqu'au jour où vous vous lasserez de moi. Quand vous en aurez eu assez, vous me vendrez. Et pourquoi pas à une femme qui a besoin d'un homme ? Vous pourriez même recommander mes services, et dire que ce n'est pas la peine de me payer pour mon travail, mais qu'on peut s'amuser avec moi et m'utiliser pour... (dans sa rage, ne trouvant pas le mot, il fit un geste obscène)... pour servir comme un taureau sert une vache. »

Frances pâlit affreusement et se laissa tomber dans un fauteuil. « Mais que vas-tu t'imaginer... »

Il se dirigea vers la porte à grandes enjambées

furieuses. « Vous voudrez bien m'excuser, madame. Je n'ai pas descendu le seau des femmes. Il va sentir mauvais. J'ai du travail.

— Mehuru ! » cria Frances. Mais la porte claqua derrière lui.

Elle se leva et courut la rouvrir. Devant le vestibule vide, elle hésita, une main sur son cœur qui cognait douloureusement. Elle ne pouvait ni appeler Mehuru, ni le poursuivre dans la maison. Si elle oubliait, ne fût-ce qu'un instant, la distance qui les séparait, elle s'exposait à un déshonneur tel que la mort elle-même serait encore préférable. Si Josias savait... Si Sarah savait... Cette seule idée fit frissonner Frances, qui rentra dans le salon. Elle reprit place devant son secrétaire, regardant le papier à lettres avec des yeux aveugles.

Quiconque fût entré dans le salon eût vu une dame de qualité, élégamment vêtue, en train d'écrire. Figée comme si elle posait pour son portrait, Frances attendit, espérant que Mehuru se calmerait et reviendrait. Elle attendit toute la matinée, l'oreille aux aguets. Chaque fois qu'elle entendait un pas dans l'entrée, son cœur battait la chamade.

Mais Mehuru ne revint pas.

25

Vers trois heures, Josias rentra du café où il avait réussi à vendre à terme la cargaison de la *Daisy*. Le navire, qu'on avait vu quitter les côtes d'Afrique, était attendu au port en décembre. Josias, qui avait besoin d'argent pour faire face aux dépenses quotidiennes, comptait que la *Daisy* rentrerait en temps voulu avec un bon chargement de sucre. Ce matin-là, il avait également discuté avec un ami de Stephen Waring, un certain Mr. Green, qui lui avait chaudement recommandé de prendre le bail du *Hot Well*. Selon lui, c'était une excellente affaire, qui l'eût intéressé s'il n'avait par ailleurs engagé ses fonds dans les nouveaux chantiers de Clifton. En attendant, il proposait à Josias de lui vendre une maison meublée à un prix défiant toute concurrence, et l'avait félicité d'avoir su flairer une bonne affaire avec le *Hot Well*. Josias rentra chez lui avec le sentiment grisant d'avoir enfin accès aux sphères les plus influentes de Bristol, là où se faisaient et se défaisaient les réputations.

Dès son retour, Frances demanda à la cuisinière de préparer une collation froide qui fut servie dans le petit salon, où Sarah les rejoignit.

« Vous êtes bien pâle, Frances. J'espère que vos malaises ne vont pas recommencer.

— Non, non. Je me sens très bien, mentit Frances, qui éprouvait au cœur une vague douleur lancinante.

— Voulez-vous un peu de rhum à l'eau ? proposa Josias.

— Non, merci. Je prendrai un verre de ratafia et grignoterai quelques biscuits. »

Il lui avança une chaise et sonna. « On s'est enquis de nos négrillons. J'ai promis à Mr. Waring de lui céder celui qui a guéri. Il va assez bien pour qu'on le vende, j'espère ?

— Mon dieu, non ! s'écria Frances, prise au dépourvu. Pas encore, en tout cas. Il est bien petit. » Elle jeta un coup d'œil inquiet vers Mary, qui découpait le jambon sur le buffet ; elle connaissait maintenant assez d'anglais pour suivre la conversation.

« Quel âge peut-il avoir ? demanda Josias, la bouche pleine.

— Quatre ans, peut-être cinq.

— Il est en âge de porter des messages. Il pourrait fort bien être vendu comme page.

— Sa santé m'inspire encore quelques inquiétudes, dit Frances, à court d'arguments. De quoi aurions-nous l'air s'il tombait malade ou mourait sitôt vendu ? Nous ne pouvons pas le céder à un autre maître tant que nous ne sommes pas sûrs qu'il est complètement rétabli.

— Cela va sans dire, acquiesça Josias. Mais l'argent serait le bienvenu, Frances.

— Et la *Rose* ? demanda Sarah. Tu n'as pas eu de mauvaises nouvelles, Josias ?

— Aucune, ni dans un sens ni dans l'autre. Je me disais seulement qu'il était temps de vendre les esclaves. Voilà six mois qu'ils sont chez nous : c'est plus que nous ne pensions les garder au départ.

— Certes, mais avec le déménagement, je n'ai pas pu m'occuper d'eux aussi régulièrement que prévu, insista Frances. Donnez-moi un délai supplémentaire.

Je voudrais qu'ils nous fassent honneur... Or ils ne parlent pas tous encore convenablement. Et il faudra garder Mehuru, enfin, Cicéron, pour s'occuper de la maison et dégrossir les nouveaux arrivants...

— Soit, dit Josias d'un ton conciliant. Faites comme bon vous semble, ma chère. »

Frances pressa furtivement une main contre son flanc pour faire taire la douleur qui la tenaillait.

« Vous ne m'avez pas dit comment vous aviez passé cette matinée, poursuivit Josias, s'efforçant de meubler la conversation.

— J'ai écrit à mon oncle, qui séjourne en ce moment chez des amis, dans le Yorkshire.

— Dans le Yorkshire ! Vous m'en direz tant ! Quelle idée d'avoir des amis dans le Yorkshire ! C'est le pays de cette fripouille de Wilberforce, le Yorkshire ! Un repaire d'agitateurs. Ils sont tous partisans de l'abolition, là-bas ! (Josias adressa un regard entendu à Sarah.) Mais je crois que pour l'instant nous n'avons pas de raison de nous inquiéter. Les Entrepreneurs disent que le projet ne sera qu'un pétard mouillé. Wilberforce a peu d'appuis en fin de compte, tandis que nous sommes un groupe puissant. Il a contre lui toutes les grandes villes du royaume et tous les manufacturiers.

— Quand le vote doit-il avoir lieu ? demanda Frances.

— Le 11.

— Et si la traite était abolie, que ferions-nous ?

— Il ne nous resterait qu'à acheter des navires, quitte à emprunter ou à mendier pour cela, et faire le plus grand nombre possible de traversées, dit-il avec un petit sourire. Les bénéfices sur les esclaves seraient alors faramineux.

— Mais si l'on interdisait la traite ?

— L'interdiction ne serait pas applicable immédiatement, voyons ! dit Sarah. Il faudrait plusieurs années avant qu'elle entre en vigueur, et pendant ce temps les esclaves se vendraient à prix d'or. Tout le monde voudrait s'en procurer avant qu'il ne soit trop tard.

— Et les négriers recevraient un dédommagement en fonction des profits dont ils pourraient justifier. Quoi qu'il en soit, je ne redoute pas l'abolition. Nous avons trop de pouvoir. Le Parlement actuel nous est acquis. Il est choisi par notre électorat, et les députés qui y siègent sont ceux que nous avons mis en place. Il ne peut que servir les intérêts des honnêtes gens, négociants et propriétaires. »

Frances hocha la tête.

« J'ai l'intention de me rendre au *Hot Well* cet après-midi, reprit Josias. M'accompagnerez-vous, Frances ? Je voudrais voir s'il est fréquenté en semaine. C'est le début de la saison, donc le moment où les affaires devraient tourner.

— Assurément », répondit Frances, dont la première pensée fut qu'elle ne pourrait pas voir Mehuru avant le soir. Mais elle devait d'abord satisfaire les désirs de son mari. « Cela me ferait grand plaisir d'y aller.

— Et puis je sais que vous mourez d'envie de boire un verre d'eau de la source ! » plaisanta Josias. « Nous accompagneras-tu, Sarah ? Tu devrais venir voir le *Hot Well*. J'envisage très sérieusement d'en prendre le bail. J'ai consulté les registres et ils montrent que les dépenses principales ont déjà été faites. Stephen Waring est sûr que l'affaire peut rapporter gros.

— Autant qu'un circuit en Afrique et aux Antilles ? Cela m'étonnerait ! fit Sarah.

— On ne peut comparer des entreprises aussi peu comparables. Il faut évoluer avec son époque, Sarah. Toutes les grandes compagnies des Entrepreneurs font du commerce maritime, certes, mais elles investissent aussi dans la terre, les mines et le bâtiment. Nous serions bien inspirés de faire comme elles : avoir de l'argent non seulement en mer, mais aussi à terre, où il peut fructifier à moindre risque en produisant des bénéfices plus réguliers et beaucoup plus rapides. Il n'y a pas à les attendre si longtemps. Maintenant que nous avons des dépenses élevées et constantes, nous avons besoin de rentrées chaque mois, et non une fois tous les deux ans. »

Sarah toussota. « Vous pouvez aller, Mary. » L'esclave fit une révérence et sortit. Sarah attendit que la porte se soit refermée derrière elle. « Je ne voulais pas parler devant elle, Josias. Maintenant que nous sommes entre nous, il faut que je vous dise ce que j'ai sur le cœur. »

Josias se renfrogna. « Je t'écoute, Sarah. Tu sais que ton avis m'est précieux. C'est ta compagnie tout autant que la mienne et l'instrument de ta fortune, à toi aussi. »

Sarah jeta un coup d'œil à Frances. « Ne croyez pas que je vous cherche querelle, Frances, ni à toi, Josias. Mais le tour que prennent les choses m'inquiète. Du temps de mon père, quand nous nous occupions tous les deux des affaires, nous mettions un point d'honneur à traiter avec l'argent en caisse. Nous payions comptant les marchandises à exporter, nous achetions des esclaves avec lesdites marchandises, nous vendions les esclaves contre de l'or, avec lequel nous achetions du sucre. Ce sucre, nous le vendions avec profit sur le quai, et nous récoltions de l'or qui nous servait à payer la traversée suivante. »

Josias acquiesça.

« Quand nous avons commencé à nous apercevoir que la traite rapportait moins et que les gros commanditaires se faisaient rares, nous avons décidé d'importer directement des esclaves en Angleterre. Tu as épousé Frances afin de financer leur achat grâce à sa dot, et d'avoir quelqu'un qui puisse les former sans qu'il nous en coûte un sou et les vendre ensuite à ses amis. »

Frances, qui entendait pour la première fois formuler aussi froidement ce qui avait motivé l'offre de mariage de Josias, cilla, mais dut admettre en son for intérieur que Sarah n'inventait rien.

« Pourquoi vouloir tout changer à présent ? demanda Sarah, véhémente. L'argent de la vente des esclaves devrait servir à en acheter d'autres. Les bénéfices de chaque traversée devraient permettre d'armer nos navires pour les suivantes. Au lieu de quoi, ils sont engloutis dans cette maison et gaspillés dans un train de vie trop luxueux. Je ne t'entends plus parler que de grands projets et de châteaux en Espagne. Comme si nous ne savions pas ce qu'il en coûte de gagner l'argent ! Nous avons été élevés dans le négoce et nous devrions nous y tenir. Et traiter les affaires avec l'argent effectivement rentré. »

Josias et Frances restèrent muets.

« Autre chose encore, poursuivit Sarah plus calmement. Je sais que toute ta vie tu as voulu faire partie des Marchands-Entrepreneurs, et je te félicite d'avoir été élu membre. Encore que cet honneur serait certainement venu à son heure récompenser le travail d'un négociant honnête et industrieux. Permets-moi cependant de te rappeler que ce sont là des amis de fraîche date, Josias, et qu'ils n'ont pas encore été mis à l'épreuve. Si Mr. Waring te propose une affaire avantageuse ou veut t'emprunter de l'argent, tu devrais le traiter avec autant de méfiance qu'un capitaine qui bat le pavé. Il nous a roulés avec cette maison...

— Voyons, Sarah, ce n'est pas vrai.

— Ah oui ? Sitôt que nous lui avons eu payé l'acompte, trois maisons ont été mises en vente. Celles de voisins et amis à lui, comme par hasard. Et toutes à un prix plus bas que la sienne. Il leur avait demandé d'attendre qu'il ait plumé son pigeon, pardi ! Et comme tu as la folie des grandeurs, tu n'y vois que du feu. »

Piqué au vif, il riposta avec aigreur : « C'est un comble ! Depuis que je fais ce métier, jamais je ne me suis fait rouler ! Et même, j'ai toujours su voir les occasions que toi, tu aurais manquées. Il faut aller de l'avant, Sarah. Toi, tu ne sais que regarder en arrière. Somme toute, tu étais plus heureuse quand nous habitions avec notre père au-dessus de l'entrepôt, et que nous n'avions qu'un vieux rafiot. Tu penses petit, Sarah, et tu veux me rogner les ailes pour que je me contente des mêmes choses que toi. »

Frances baissa la tête et se mit en devoir de couper le pain en toutes petites tranches fines. Elle aurait donné cher pour se trouver loin de cette pièce et ne plus entendre ces voix stridentes.

« Tu ferais mieux de penser comme moi, Josias, siffla Sarah, à savoir que tu es un petit négociant et que tu nages maintenant avec de gros poissons voraces qui ne feront de toi qu'une bouchée. Stephen Waring ne m'inspire pas confiance et ses idées non plus. Et si c'est lui qui te recommande de prendre le bail du *Hot Well,* l'opération ne me dit rien qui vaille. Quel jobard tu fais ! Pourquoi ne t'en tiens-tu pas à un commerce que tu connais ? »

Le visage congestionné, Josias repoussa son assiette, quitta la table et alla se mettre à la fenêtre. Son regard tomba sur un vendeur ambulant qui s'installait à sa place habituelle pour chanter ses ballades. En voyant son air furibond, l'homme ramassa son éventaire et partit sans demander son reste.

Josias se cramponna au rebord de la fenêtre jusqu'à ce que ses articulations blanchissent et ravala sa colère. Quand il se sentit assez maître de lui, il s'éclaircit la voix et se retourna. « Allons, Sarah, ne monte pas sur tes grands chevaux, dit-il d'un ton conciliant. Je m'efforce d'agir au mieux. Ne nous disputons pas et laisse-moi t'expliquer mon point de vue. »

Encore tremblante de colère, Sarah fit néanmoins signe à Josias qu'elle était disposée à l'écouter. Le frère et la sœur regardèrent Frances qui, toujours tête baissée, pliait et repliait sa serviette sur ses genoux. Josias et Sarah eurent une mimique agacée, puis reportèrent leur attention l'un sur l'autre.

« Quand nous achetons des marchandises — qu'il s'agisse de pacotille, d'armes ou d'esclaves — nous les faisons voyager afin de les vendre avec profit ; autrement dit, nous les transportons sur les marchés où elles se vendront le mieux. »

Sarah fit un signe d'assentiment.

« Or ce transport nous coûte de l'argent. De plus, un bateau court toujours des risques d'avaries pendant une traversée. Il peut perdre des voiles ou un mât ; au pire, il risque de sombrer corps et biens.

— Où veux-tu en venir ?

— Quand on achète du terrain — comme par exemple la source du *Hot Well* —, on l'exploite sur place. On connaît les risques, et ils sont moindres. Ce n'est pas comme un bateau ballotté par la mer et le vent. L'eau sort du sol toute chaude et pétillante. Nous la mettons en bouteilles pour la distribuer, ou nous la vendons à la source même. C'est de l'argent sûr, Sarah. Beaucoup plus que celui qui navigue. Sans compter les plus-values.

— Quelles plus-values ? grommela-t-elle.

— Les prix montent. C'est Lord Scott lui-même qui a attiré mon attention là-dessus à propos du montant de ses loyers, au moment où nous nous mettions d'accord sur le paiement de la dot de Frances. A présent, on utilise de nouvelles méthodes pour cultiver la terre, si bien que toutes les fermes, je dis bien *toutes* les fermes d'Angleterre ont plus de valeur qu'il y a vingt ans. Le sol sous nos pieds, même celui des villes, prend de la valeur. Quand nous vendrons cette maison, nous la céderons pour plus cher que nous ne l'avons achetée. Ce sera la même chose pour le *Hot Well.* Chaque jour, tout ce que nous possédons prend de la valeur. »

Sarah secoua la tête, effarée par cette notion incroyable.

« C'est un miracle, Sarah, un vrai miracle. Tout ce que nous possédons, même l'entrepôt, même le rocher où sont creusées les caves, augmente sans que nous ayons rien à faire, qu'à le convertir en argent liquide quand nous voudrons. »

Sarah voulut l'interrompre, mais Josias était lancé, fasciné par la perspective d'une richesse qui s'engendrait elle-même. « Prends le prix du terrain à Park Street, par exemple. Si nous en avions acheté il y a dix ou vingt ans, nous aurions pu l'avoir pour dix livres l'arpent. Tu sais combien il vaut maintenant ? »

Sarah secoua la tête.

« Des centaines de livres. Tu n'as qu'à fixer ton prix.

— A quoi bon, puisque nous n'en avons pas acheté ? fit Sarah, butée. Nous ne savions pas que cet endroit deviendrait le quartier à la mode. Nous ne pouvions pas prévoir qu'il prendrait autant de valeur. Et toi, tu n'as jamais rêvé d'autre chose que d'une maison à Queens Square.

— Oui, mais maintenant, nous sommes en mesure de prévoir. A l'époque, nous ignorions que des gens comme les Waring iraient s'installer sur la colline, pour la bonne raison que nous ne les connaissions pas. Je ne les entendais pas parler de leurs projets, je n'étais pas invité à leur table au café. Mais maintenant je suis au fait des dernières rumeurs, Sarah. Je sais où va se loger la mode, et je peux te dire que

Park Street et le *Hot Well* sont au goût du jour. Pour Park Street, nous avons manqué le coche, mais il est encore temps de mettre la main sur le *Hot Well.* Et dans dix ans, nous le revendrons dix fois ce que nous l'avons payé, sans compter les profits que nous aurons faits d'ici là en l'exploitant. »

Sarah était presque convaincue. « Si l'affaire est aussi avantageuse, demanda-t-elle lentement, pourquoi les Entrepreneurs s'en séparent-ils ? Et pourquoi Mr. Waring ne l'achète-t-il pas lui-même ? »

Josias abattit son poing fermé dans sa paume. « Parce que je m'y suis pris au bon moment, moi ! Voilà pourquoi ! Mon heure est venue. Waring achète des terrains à Clifton, mais Clifton ne se développera pas avant des années et Waring s'y prend un peu tôt. James aussi, l'actuel propriétaire du *Hot Well,* s'y prend trop tôt. La compagnie, qui a fait tous les aménagements nécessaires, souhaite maintenant rentrer dans ses frais. Je saisis la balle au bond. Clifton sera peut-être à la mode d'ici vingt ans. Pour Park Street, il fallait acheter il y a dix ans. Mais le bon moment pour le *Hot Well,* c'est maintenant. Et moi, je suis là, prêt à racheter le bail.

— Avec quoi ? demanda Sarah, allant droit au but, comme toujours.

— J'emprunterai contre la cargaison de la *Daisy,* ainsi que deux mille livres sur la *Rose.* »

Sarah étouffa un gémissement. « Emprunter encore davantage sur la *Rose* ? Mais tu as déjà anticipé la vente de la cargaison pour payer cette maison ! S'il arrive quoi que ce soit au navire, nous sommes ruinés !

— Je suis propriétaire de la moitié de sa cargaison. Je n'ai pas pu trouver de commanditaires, ce dont je me réjouis maintenant. J'emprunterai tout ce que je peux contre ses bénéfices et ceux de la *Daisy.*

— Autrement dit, nous avons deux navires qui servent de caution à tes emprunts ?

— Et alors ? Regarde donc autour de toi, Sarah. Personne ne fait plus de commerce avec son argent personnel. Tous les grands projets sont financés à crédit. Prends n'importe quelle industrie, les mines ou les fonderies : toutes sont créées avec des capitaux empruntés. Tu le sais pertinemment.

— Ce n'est pas notre habitude.

— Non. Nous avons toujours avancé avec prudence. Mais je veux aller plus vite, Sarah. Je veux le *Hot Well*. Si je te montrais les chiffres, tu verrais que j'ai raison. Il faut que nous empruntions pour acheter ce bail. D'ailleurs, ma décision est prise. »

Sarah détourna les yeux du visage obstiné de Josias et se tourna vers sa belle-sœur. « Frances ! Votre fortune aussi est en jeu. Voulez-vous voir Josias emprunter de l'argent sur un bateau qui n'est même pas encore rentré au port ? »

La question fit sursauter Frances, qui était en train de penser à Mehuru, se demandant quand elle le reverrait et comment elle pourrait le distraire de son projet de demander des gages. Sortant brutalement de sa rêverie, elle se réfugia derrière son excuse habituelle : « Pardonnez-moi, mais je ne m'y entends guère en affaires. »

Sarah tourna vers son frère un visage blême. « Je ne te ferai pas changer d'avis ?

— Non.

— Et tu mettras ton projet à exécution, quoi que j'en dise ? »

Il hocha la tête.

Sarah garda le silence quelques minutes, jaugeant leur obstination respective. « Tu as promis à mon père que je participerais à la gestion de nos affaires, lui rappela-t-elle non sans amertume. Tu le lui as promis sur son lit de mort, Josias.

— Oui, et je n'ai jamais violé ma promesse.

— Ah ? Mais tu la violes en ce moment, puisque

tu refuses de m'écouter, que tu te jettes tête baissée dans des entreprises dont nous ne savons rien et que tu accumules les dettes !

— J'ai promis que tu participerais à la gestion des affaires, mais pas que tu ferais la loi. Je n'ai jamais promis que je te laisserais me mettre des bâtons dans les roues et me ruiner.

— Hein ? Moi, te ruiner !

— Oui, toi ! grinça-t-il. Puisque tu tiens toujours les livres de comptes de la maison, tu vois combien nous dépensons chaque mois. D'où allons-nous sortir cet argent, Sarah, si nous ne trouvons pas de nouveaux moyens d'en gagner ? Même toi, tu ne souhaites pas nous voir faire faillite et retourner vivre au bord du bassin ! »

Elle ne trouva rien à répondre.

« Nous devons aller de l'avant. L'hésitation mène à la ruine. »

Après quelques instants, Sarah reprit la parole. « Je n'ai pas vu les livres de comptes des bateaux depuis que nous avons déménagé, et je ne les ai pas mis à jour. Il faudra que je consigne les dettes que tu as contractées, et que j'indique que les cargaisons sont déjà vendues.

— Les livres ? Ils sont à l'entrepôt. » Josias se leva et se dirigea vers la porte. « J'y ai établi mon bureau et j'ai pris un commis aux écritures. Il tient les registres pour moi. C'est plus commode. »

Il ouvrit la porte et sortit, sans oser regarder sa sœur, clouée sur place.

26

La promenade fut décevante. Le ciel s'était couvert et, sous les nuages sombres et ventrus, le Pavillon thermal avec sa colonnade de boutiques semblait écrasé par la falaise en surplomb et n'apparaissait guère à son avantage.

La marée était basse et le fleuve, réduit à une mince nappe d'eau qui s'écoulait sur un lit de boue grasse et noirâtre, avait déserté les berges d'où se dégageait une odeur fétide et douceâtre de champ d'épandage. Le vent qui ridait la surface se chargeait de lourds effluves qui s'intensifiaient à mesure que chauffait le soleil.

Malgré ses proportions imposantes, le Pavillon avait des airs d'entrepôt. En regardant le mur nu qui faisait face au fleuve, les trois étages de pierre dont rien ne rompait la monotonie que des rangées de fenêtres carrées, Frances se dit que, jusque dans les moindres recoins de Bristol, tout portait la marque du commerce. Même ce bâtiment qui se voulait prestigieux, péchait par son toit asymétrique, ses cheminées anarchiques et tournait vers le fleuve une façade aussi quelconque et austère que celle d'une minoterie.

A l'arrière du Pavillon, la pompe qui dispensait gratuitement l'eau de la source avait, comme toujours, attiré une foule de miséreux. Voyant la voiture, ils s'approchèrent, la main tendue, demandant l'aumône de quelques piécettes. Josias leur fit signe de s'écarter et le cocher brandit son fouet. L'une des pauvresses, une jeune femme, leva vers eux un visage ravagé par une maladie de peau. Frances se rejeta vers l'intérieur de la voiture.

« C'est vrai, admit Josias, ils n'offrent pas un spectacle très ragoûtant. Allez, décampe, toi ! Tu vois bien que tu fais peur à ma femme ! »

La troupe de loqueteux s'écarta, mais Frances entendit l'un d'eux les maudire, elle et Josias, tandis qu'ils entraient dans le Pavillon. Il y régnait une activité réduite. Frances alla boire un verre d'eau, espérant que ses vertus calmeraient les palpitations qui l'oppressaient depuis sa dispute du matin avec Mehuru. Josias inspecta les lieux, comptant les clients présents. La plupart étaient des infirmes ou des poitrinaires à la mine blême, secoués de quintes de toux grasse. Mais il y avait aussi du beau monde, des élégants venus pour la journée, qui prenaient le thé ou dégustaient des coupes de fraises vendues à prix d'or et servies avec de la crème. Hélas, ils étaient trop peu nombreux.

« Comment attirer ici les gens de la bonne société ? Que feriez-vous, Frances ? demanda Josias en regardant sa femme.

— Je louerais à bas prix des cabinets à de bons médecins, dit-elle après quelques instants de réflexion. Ils conseilleraient à leurs clients de venir. Peut-être ferais-je aussi construire une Salle des Bains avec de belles mosaïques, et je la meublerais en jardin d'hiver.

— Comment verriez-vous ces Bains ?

— Ma foi... Que diriez-vous de larges baies vitrées et d'une terrasse donnant sur le fleuve ? On pourrait les construire sur le modèle d'un cabinet de verdure, un peu comme celui de Whiteleaze. Ah, c'est vrai que vous ne l'avez jamais vu. C'est une fort belle pièce, spacieuse et très lumineuse, avec une quantité de plantes, et très bien chauffée. Un lieu où il fait bon se tenir en hiver. Et quand vient la saison des fruits, on croirait se trouver dans un jardin. Nous pourrions appeler cette salle "Le jardin d'hiver de Bristol" ! Ainsi, la saison durerait toute l'année et le *Hot Well* ne désemplirait pas !

— Pardi ! Frances, vous avez de l'esprit comme quatre ! Et à qui devrions-nous nous adresser pour le construire ? Quel est le meilleur homme de l'art ?

— Il nous faut un architecte expert en grottes et folies, qui nous imagine un endroit romantique et charmant, bref, quelque chose qui sorte de l'ordinaire. »

Josias secoua la tête. « Sans doute, mais je ne fréquente pas ces gens-là. J'ai entendu parler d'une grotte à Goldney House, à Clifton. On la dit très pittoresque, tout ornée de coquillages et de statues païennes. Il y aurait même une fontaine.

— C'est le fin du fin, dit Frances. Une fontaine et des statues. Il nous faut des Bains de style rocaille. Lord Scott nous dira à quel architecte nous devons nous adresser pour avoir satisfaction.

— Rocaille ! Mais cela ne paraîtra-t-il pas extravagant ?

— Justement ! sourit Frances, amusée par sa mine inquiète. Pour faire venir ici les habitués de Bath, il convient de piquer leur curiosité. Bath est une ville d'eaux si réputée que tout le monde la connaît et la fréquente. Il nous faudra faire preuve de beaucoup de fantaisie et d'imagination pour attirer ici les amateurs de nouveauté.

— Vous êtes meilleur juge que moi, déclara Josias comme pour se rassurer. Écrirez-vous à Sa Seigneurie pour lui demander conseil ?

— Certainement. Au reste, je lui ai écrit ce matin une lettre que je n'ai pas encore cachetée, où je lui dis que Sir Charles désire lui acheter son manoir de Selby, et qu'il viendra chez nous signer les papiers. Sir Charles entend nous confier les fonds nécessaires à l'entretien de cette maison et nous laisser nous charger des transactions avec son agent. »

Josias fit la grimace. « Voilà qui va demander beaucoup de paperasse et de correspondance, non ?

— Voyons, Josias ! Il nous confie ses fonds. Nous pouvons les investir comme bon nous semble. Cela mérite bien quelques écritures, vous ne trouvez pas ?

— J'ai toujours traité mes affaires de vive voix, fit-il en manière d'excuse. Et je déteste écrire.

— A moi, cela ne me coûte guère. Je m'en chargerai volontiers, et mon oncle nous conseillera pour les investissements à faire au nom de Sir Charles. J'en garderai bonne note et rendrai compte à Sir Charles de chaque démarche.

— Ne préférez-vous pas confier cette tâche à Sarah ?

— Non, je m'en occuperai. Sarah s'intéresse surtout aux bateaux.

— Certes ! Elle aurait fait un excellent capitaine ! L'avez-vous entendue au déjeuner ? Elle ne supporte pas l'idée d'investir un penny sur la terre ferme.

— Elle a vos intérêts à cœur, dit Frances avec diplomatie. Et puis, elle a dû faire face à de nombreux changements, entre mon arrivée et notre déménagement. »

Josias hocha la tête, regarda autour de lui et s'approcha de la jeune femme qui servait l'eau.

« Est-ce plus animé dans la journée ? lui demanda-t-il. Et l'hiver, comment marchent les affaires ?

— Ma foi, en semaine, c'est gai comme un cimetière, ici ! Certains jours, on ne voit pas un chat, et d'autres, seulement les incurables. Il y a de quoi sécher sur pied, monsieur. Si vous cherchez de la distraction, vous feriez mieux d'aller à Bath.

— Merci du conseil, ma fille, grogna Josias. Nous partions, justement. » Il offrit son bras à Frances et la guida à grands pas vers la sortie. « Dès que j'aurai repris le bail, je la congédie. Aller dire à un client que l'endroit est gai comme un cimetière ! »

Dehors, le ciel était plus sombre que jamais. Comme ils s'installaient dans la voiture, ils entendirent un grondement sourd et menaçant et quelques gouttes se mirent à tomber. Les chevaux piaffaient nerveusement. « Holà, cocher, cria Josias, remontez la capote ! »

L'homme appela un gamin pour lui confier les rênes, et descendit de son siège pour relever la capote de toile. Mais celle-ci, repliée sur ses arceaux de bois, refusa de venir. Le cocher avait beau s'escrimer, les charnières rouillées refusaient obstinément de céder... Elle aurait dû se déplier facilement, de l'arrière et de l'avant, et les deux parties, se rejoindre au milieu et se fermer au-dessus des sièges. Mais les charnières, rouillées, restaient bloquées. Le cocher tirait et la pluie tombait de plus en plus dru. Frances monta dans la voiture et se mit une couverture sur les genoux.

La marée était en train de s'inverser. Un vent froid soufflait du défilé et ébouriffait les vaguelettes qui venaient maintenant lécher les berges boueuses. L'orage qui s'annonçait arrivait sur eux. Un coup de tonnerre retentit juste au-dessus du *Hot Well*. Il pleuvait à verse à présent. Frances, qui ne portait qu'un manteau léger sur sa robe de soie, se pelotonna sur son siège en serrant la couverture autour d'elle.

« Ma femme se mouille ! s'exclama Josias. Dépêchez-vous, que diable !

— Faites excuse, monsieur, mais la capote est coincée. Je fais ce que je peux. »

Un autre coup de tonnerre assourdissant couvrit la

fin de sa phrase. Un éclair incendia brièvement le paysage et Frances ne put retenir un cri. Josias sauta à terre et tira de l'autre côté pour tenter de débloquer les ferrures grippées. Les chevaux bronchèrent dangereusement et Frances hurla : « Tenez-les, Josias, sinon ils vont s'emballer ! »

Un torrent de pluie glaciale s'abattit sur la voiture. « Restons-en là ! », cria Josias. « Descendez, Frances, nous attendrons ici que l'orage soit passé.

— Je suis déjà trempée ! Autant rentrer à la maison le plus vite possible.

— Alors, fouette cocher ! Mais je ne paierai pas la course ! »

Le cocher sauta sur son siège et laissa s'ébranler l'attelage. Les chevaux apeurés partirent au galop et il dut réfréner leur ardeur pour les faire revenir au trot. La pluie fouettait le visage de Frances et le vent malmenait son bonnet. La couverture enroulée autour de ses jambes avait bientôt été transpercée. Le bord de son bonnet avait formé comme une gouttière, et l'eau ruisselait dans son cou. Frances sentait l'eau traverser sa jupe à présent, et les minces semelles de ses chaussures.

Lorsque la voiture arriva enfin devant chez eux sous un véritable déluge, Frances claquait des dents, transie jusqu'aux os. Martha, qui guettait leur retour, ouvrit aussitôt la porte. Mehuru dévala les marches avec un parapluie, ouvrit la porte du landau et déplia l'escabeau pour sa maîtresse, qu'il se hâta d'abriter. Martha conduisit Frances dans sa chambre, la débarrassa prestement de ses vêtements mouillés, l'enveloppa dans des couvertures chaudes et l'installa dans un fauteuil près du feu.

Mais Frances, livide, les lèvres exsangues, continuait à trembler...

« Vous avez toujours froid, madame ? demanda Elizabeth, qui la couvait d'un regard inquiet. Vous vous sentez mal ?

— J'ai juste pris la pluie, dit Frances en s'efforçant de sourire et de maîtriser le tremblement nerveux de ses mâchoires. Ce n'est rien. Apportez-moi du thé. »

Elizabeth s'inclina et sortit. Sur le palier, elle se trouva face à face avec Mehuru, qui attendait. « Comment va-t-elle ? demanda-t-il en yoruba. Crois-tu que je puisse aller la voir ? »

Elizabeth secoua la tête. « Tu ne peux pas entrer, elle est dévêtue. Elle prétend qu'elle va mieux, mais je trouve qu'elle a l'air malade. Toi qui sais, toi qui es guérisseur, que vois-tu ? »

Mehuru hésita. Il y avait si longtemps qu'il n'avait exercé ses dons de prêtre qu'il n'était plus sûr de savoir s'en servir. Et puis, il regardait Frances avec les yeux d'un amant. Il se concentra cependant jusqu'à ce qu'apparaisse dans son esprit le visage de Frances, encadré de sa longue chevelure brune. Il vit sa mine pâle, ses cernes qui ne la quittaient jamais, sa peau fine et délicate, presque transparente, si prompte à rougir. Et dans sa propre poitrine, il perçut le mal de Frances, cette douleur permanente, cette gêne, cette crispation du cœur. Il ressentit une sensation d'oppression, d'étau qui écrasait les poumons et songea au geste qu'elle faisait sans cesse, à la main qu'elle portait à sa poitrine comme si elle étouffait. « C'est une femme blanche, dit-il, tentant de se rassurer au mépris de ce qu'il avait senti. Elles me paraissent toutes malades. »

Josias, qui s'était changé et avait passé une robe de chambre, se fit servir un bol de punch fumant et demanda à Kbara d'allumer le feu dans son bureau. Il se chauffait le dos à la cheminée lorsque Sarah frappa à sa porte. « La négresse qui s'est occupée de Frances me dit qu'il faudrait envoyer chercher le Dr Hadley. Veux-tu le voir, Josias ? »

Il nota le ton réticent de sa sœur. « Non, je ne suis pas malade. Frances se sent mal ? »

Sarah ne chercha pas à cacher son indifférence. « Elle n'est jamais dans son assiette...

— Que veux-tu au juste, Sarah ? »

Elle prit une profonde inspiration et lui fit face. « Voir les livres de comptes des navires. Je m'en suis occupée toute ma vie, Josias, et même si tu as un commis, mieux vaut passer derrière lui. Laisse-moi regarder les livres et vérifier ses comptes. »

Josias lui tourna le dos pour se chauffer les mains au feu. Si elle mettait le nez dans les registres, elle s'apercevrait au premier coup d'œil qu'il avait laissé partir la *Rose* sans assurance pour la traversée d'Afrique aux Antilles. Pour l'instant, elle ne se doutait pas non plus de l'importance des dettes touchant l'entretien de la maison, ni des intérêts que payait Josias sur ses emprunts. Il se savait incapable de supporter sa détresse lorsqu'elle verrait les chiffres dans leur intégralité.

« Mais certainement. Je te les apporterai ici. Mais pour l'instant, le commis les étudie afin de prendre modèle sur toi.

— Je pourrais lui apprendre..., proposa aussitôt Sarah.

— D'ici une semaine ou deux, tu le verras et tu examineras les livres avec lui.

— Ce n'est pas seulement le travail qui me manque. Encore que je trouve bien difficile — insupportable, même — de rester là à me croiser les bras, moi qui ai travaillé toute ma vie. »

Josias, qui la regardait par-dessus son épaule, vit que sa bouche tremblait et qu'elle refoulait des larmes, ce qui ne lui ressemblait guère.

« Je ne me sens pas chez moi dans cette maison et je ne parviens pas à m'y habituer.

— Tu ne regrettes tout de même pas le bruit du quai ni sa puanteur, Sarah !

— Si ! Même l'odeur du bassin à marée basse, confessa-t-elle. Ici, je n'ai rien à faire. Je ne te suis d'aucune utilité. C'est Frances qui tient la maison, et c'est à elle que tu confies tes projets. »

Il faillit se retourner et lui tendre les bras ; il faillit lui montrer la profonde tendresse qu'il éprouvait pour elle, la sœur qui lui avait servi de mère tout au long de son enfance austère. Mais entre eux, les habitudes de réserve étaient trop solidement ancrées. Il haussa maladroitement les épaules et s'éclaircit la voix, mais ne trouva rien à lui dire.

Pendant quelques instants, elle attendit. Ne voyant rien venir, elle tourna les talons et se dirigea vers la porte. « Si tu insistes, j'enverrai chercher le docteur, lança-t-elle avec aigreur. Frances va en profiter pour se prélasser au lit pendant des semaines. »

27

Après son expédition sous la pluie, Frances fut si malade que Mehuru ne la vit pas de plusieurs jours. Quand il montait le seau à charbon ou l'eau chaude, il restait sur le seuil de la chambre pour les donner à Elizabeth, Martha ou Mary, selon le moment de la journée. L'une des trois femmes portait à la malade ses repas sur un plateau, et Elizabeth avait reçu l'ordre de dormir sur un lit de fortune dans la chambre de sa maîtresse au cas où celle-ci aurait un malaise pendant la nuit.

Jamais les esclaves n'avaient été aussi libres qu'en cette période où Josias était tout entier absorbé par ses projets pour le *Hot Well* et où Frances gardait la chambre. L'après-midi, les femmes emmenaient les enfants dans les jardins de la place. Personne ne se plaignit et l'on ne tarda pas à s'habituer à voir le petit John, Susan, son aînée de quatre ans, et Matthew en train de jouer, sur les pelouses ombragées de jeunes arbres, aux jeux traditionnels de chez eux que leur apprenait Elizabeth.

Ils formaient à présent une famille d'un genre particulier, une famille africaine qui avait adopté le vêtement et la langue des Anglais, une communauté gouvernée par les femmes, bien qu'il y eût deux hommes en son sein. Hélas, le groupe ainsi formé était précaire puisque l'un ou l'autre de ses membres pouvait à tout moment être vendu. Jamais ils n'oubliaient leur condition d'esclaves dont le confort et la sécurité dépendaient intégralement du bon vouloir de leur maître, garantie fort mince au demeurant. Le soir, à la veillée, ils s'asseyaient autour de la table de la cuisine et, tandis que les enfants s'évertuaient à lire — ou vaquaient à des occupations moins ardues, la couture pour les filles ou les jeux d'osselets pour les garçons —, les adultes, eux, discutaient à voix basse de ce qu'ils pourraient faire pour recouvrer leur liberté ou la racheter de façon à rester ensemble.

Appelé au chevet de Frances, Stuart Hadley diagnostiqua une fluxion de poitrine provoquée par son refroidissement, et prescrivit à la malade du repos au lit. Lorsque le médecin redescendit, Mehuru alla lui tenir son cheval dehors afin d'avoir un prétexte pour pouvoir lui parler seul à seul.

Hadley le rassura. « Ses jours ne sont pas en danger, mais elle n'a pas une constitution robuste. C'est une de ces femmes délicates et nerveuses qui supportent mal les soucis ou les querelles. Dans sa famille, on a le cœur fragile, à commencer par sa mère, qui est morte jeune. Mrs. Cole a le teint pâle et les cernes des cardiaques. Elle a besoin d'une vie calme et devrait habiter la campagne. Pour des poumons délicats comme les siens, l'air d'ici est toxique.

— Guérirait-elle à la campagne ? » demanda Mehuru. Il eut une vision soudaine de Frances confortablement installée sous l'auvent d'une maison, dans son pays, vivifiée par le soleil africain ; ou encore, sous un parasol de bois, le teint coloré par la chaleur et respirant la santé.

« Elle irait mieux, en tout cas. Serez-vous des nôtres mardi soir ? Nous attendrons les nouvelles du débat sur l'abolition. Wilberforce prend la parole à la Chambre lundi soir et Cesar a promis de nous envoyer un messager.

— Je ne manquerais cela pour rien au monde, déclara Mehuru. Mais je dois rentrer à présent », fit-il après avoir jeté un coup d'œil en direction des fenêtres de la maison.

Hadley voulut lui glisser une pièce dans la main, mais Mehuru eut un mouvement de recul immédiat. « Je vous en prie !

— Vous m'avez tenu mon cheval, dit Hadley d'un ton conciliant. C'est ce que je donne toujours. »

La fierté le disputait visiblement à la nécessité chez Mehuru. « Bien, dit-il enfin, non sans réticence. Je vous remercie. »

Stuart lui adressa un petit sourire malicieux. « Merci d'avoir accepté. J'ai vu le moment où vous alliez me jeter la pièce à la figure ! »

Mehuru se força à sourire. « Je ne m'habitue pas à l'état de domestique. D'ailleurs, je n'ai aucune envie de m'y habituer.

— Avez-vous eu le temps de lire les brochures que je vous ai données ? »

Mehuru lâcha le cheval et recula : « Oui. Je les lis aussi à haute voix à mes compagnons. Nous en discutons le soir à la veillée.

— Parfait ! Il faut que tout le monde comprenne bien ce qui est en jeu. Plus il y aura de gens bien informés et mieux cela vaudra. Nous vivons une époque de grands changements, et des gens comme vous et moi avons un rôle à jouer.

— Je suis un révolutionnaire », dit Mehuru, essayant un mot nouveau.

Stuart lança un coup d'œil inquiet autour d'eux. « Pour l'amour du ciel, gardez cela pour vous, sinon vous serez un révolutionnaire mort et moi, je figurerai sur la liste noire de tous les marchands de Bristol. »

Mehuru sourit : « Qu'avez-vous contre le noir ?

— Ah ! le jour où un étranger commence à faire

des jeux de mots en anglais, c'est qu'il en sait trop ! Bonsoir ! » fit Stuart en agitant son fouet.

Scott House.
9 mai 1789

Ma chère nièce,

Tu trouveras ci-joint le bail à faire signer à Sir Charles. Il sera propriétaire d'un beau domaine que je lui ai cédé à un prix honnête. Tu remarqueras que je ne lui ai pas vendu les droits miniers. Il ne les a pas demandés et je préfère les conserver. Tu m'obligerais en n'attirant pas son attention sur cette omission vénielle.

Dis à Josias, qui s'inquiétait de l'agitation concernant l'abolition de la traite, qu'à ma connaissance Wilberforce n'a d'autre soutien que celui de Pitt et de quelques autres. Il est vrai qu'en dehors de la Chambre il commence à souffler sur le pays un vent révolutionnaire qui ne peut qu'inquiéter les vrais patriotes.

Telle que je vois la situation — et de grâce, gardez tous deux ceci pour vous — on fera semblant d'approuver Wilberforce tout en ajournant indéfiniment le débat. Je tiens qu'aucun négrier n'a à redouter de voir diminuer ses bénéfices pendant la durée de ce Parlement-ci. Les marchands de Liverpool, de Bristol et de Londres emplissent de pièces d'or les poches des députés que nous avons mis en place afin qu'ils fassent s'enliser le débat. Il n'est pas douteux que les abolitionnistes sont une petite minorité à la Chambre des communes. Chez nous, aux Lords, il n'y en a pas et il n'y en aura jamais. Tous les Lords et la plupart des gens de qualité de ce pays ont investi une partie de leur fortune dans la traite — qu'il s'agisse de celle des esclaves ou du commerce du rhum, du sucre et du tabac ; à moins que ce ne soit dans les transports maritimes, les projets immobiliers ou la construction des canaux, toutes choses qui dépendent également de la prospérité générale de la nation.

A Londres, il existe une très grande fraternité entre les nègres affranchis et les classes laborieuses, car ils s'imaginent faire cause commune. Il va de notre intérêt, à nous autres propriétaires, de les séparer. Si nous parvenons à convaincre les ouvriers de ce pays que les nègres sont des animaux inférieurs, nous aurons brisé cette solidarité fâcheuse. D'ici là, ne crains rien. Les nègres et les ouvriers auront toujours un point commun, le manque de pouvoir. Ils ne disposent ni de l'oreille de la nation, ni d'un vote pour changer de maîtres, et n'ont pas d'argent. Nous pouvons donc dormir en paix.

J'ai en ce moment en tête un très bel investissement et si le portefeuille de Sir Charles permet de disposer de mille livres, je pourrais lui acheter une part. Fais-moi savoir ce qu'il en est par retour du courrier. Il s'agit d'un projet de houillère dans le Kent.

Les nouvelles de la famille sont bonnes, puisque Lady Scott est à nouveau grosse, et elle m'assure que cette fois elle me donnera un héritier mâle, ce que j'espère aussi ardemment que tu peux l'imaginer. Elle séjournera chez elle au bord de la mer jusqu'à l'automne, après quoi je compte bien qu'elle restera à Whiteleaze, au calme, jusqu'à la naissance de mon fils.

J'en viens maintenant à la question que tu me poses à propos de ton amie qui éprouve un penchant pour un noble étranger. Je te le dis tout à plat, ma chère nièce, je ne vois pas d'un bon œil ces mariages entre différents états. Une dame ne saurait se satisfaire d'un homme qui est son infé-

rieur à tous égards, sauf à celui de la fortune. Un jour ou l'autre, elle rencontrera un homme de son rang dont la compagnie lui paraîtra plus agréable. Quoi qu'il en soit, elle a épousé un homme d'une classe où l'on ne tolère guère de liberté en la matière et une indiscrétion serait fatale. Une femme mariée doit savoir dominer ses inclinations et rester fidèle à son mari. Pour elle comme pour sa famille, tout autre choix serait désastreux. Son déshonneur rejaillirait sur tous ses proches. Je plains sincèrement celle qui se trouve dans cette pénible situation, car elle n'a aucune issue. Elle a fait un choix et doit s'y tenir. Fais bien comprendre cela à ton amie. Elle doit oublier l'homme qu'elle aime et respecter ses vœux d'épouse.

Je suis bien fâché, ma chère nièce, de te donner une telle réponse.

J'espère recevoir sans délai tes instructions concernant nos affaires.

Ton oncle affectionné,

Scott

Frances glissa la lettre dans le tiroir de la petite écritoire qu'on avait posée sur ses couvertures. Elle n'avait pas le courage d'y répondre sur-le-champ, mais l'avis de son oncle ne faisait que confirmer ce qu'elle savait déjà. Elle s'était prise à rêver, l'espace d'un moment, que peut-être il lui écrirait que, lorsqu'on a la chance de trouver sur son chemin un amour qui transforme le monde alentour, rien ne peut y résister. Elle eut un sourire las. Son oncle n'était pas homme à lui conseiller de braver les convenances. Quant à elle, toute sa vie elle s'était pliée à ce que lui dictaient la prudence et la peur.

Toute la journée du mardi, Mehuru rôda autour du

bureau de Josias, espérant glaner quelques informations concernant le débat sur l'abolition.

Josias manifestait lui aussi une certaine nervosité. Pendant la moitié de la matinée, il attendit des nouvelles de Londres, puis, n'y tenant plus, il sortit sur le quai, en quête de renseignements. Il trouva de petits groupes qui tenaient des conciliabules. Toutes sortes de rumeurs circulaient déjà : Wilberforce s'était fait huer et avait quitté les Communes en larmes... Wilberforce avait été acclamé et avait pleuré de joie... La traite allait être frappée d'interdiction sur-le-champ. Josias et les autres, passant du soulagement à la consternation, trouvèrent la journée des plus éprouvante.

Le soir venu, ils se rassemblèrent à l'estaminet du port. Stephen Waring, qui était déjà installé quand arriva Josias, le héla cordialement : « Cole ! Venez donc partager un bol de punch avec moi ! J'attends d'un moment à l'autre mon émissaire à Londres, qui doit m'apporter des nouvelles du débat. »

Dans la salle bondée où les discussions allaient bon train, Josias se fraya un chemin jusqu'à la table du fond. « Je boirai volontiers quelque chose, avoua-t-il. Quelle journée !

— Moi, je n'ai aucune inquiétude », dit tranquillement Stephen. Et il se mit à presser un citron de plus dans le punch, qu'il goûta avant d'en verser un verre à Josias.

« Oui, mais vous, vous avez diversifié vos investissements, et vous en avez fait aussi ailleurs qu'à Bristol. Tandis que moi qui vous parle, j'ai trois navires en mer en ce moment. Que va-t-il arriver aux gens comme moi si on abolit la traite du jour au lendemain ? »

Un sourire cynique fendit le visage de Stephen Waring. « Les députés ! Abolir ! Allons donc ! Est-ce que les chats tourneraient le dos à la crème ? Et les cochons à leur auge ? Aussi longtemps que l'esclavage rapportera, le gouvernement se gardera bien de l'abolir. L'Afrique est notre vache à lait, Josias. Vous pensez bien que tant qu'on pourra la traire, il n'y a pas de danger qu'on change les lois nous y autorisant ! »

Ragaillardi par le punch autant que par l'arrogante confiance de Waring, Josias s'exclama : « Vous paraissez bien sûr de vous.

— Prenez donc un autre verre, proposa cordialement Stephen. Il n'y a pas d'entreprise sans risque, nous sommes tous les deux bien placés pour le savoir. A propos, êtes-vous toujours décidé à vous porter acquéreur du *Hot Well* ? »

Josias accepta le verre, avala une autre gorgée du chaleureux breuvage et, à mesure qu'il tournait ses pensées vers ses projets de gérance, sentit ses peurs s'évanouir. Dehors, le soleil descendait lentement sur Redcliffe Quay et Bristol Quay. Dans le chenal, porté par la marée du soir, arrivait un navire négrier dont les haubans luisaient comme des fils de cuivre tandis que le pont prenait dans le couchant des reflets d'or bruni. Autour des mâts tournoyaient des mouettes qui lançaient leurs cris infatigables. Le vent portait jusqu'au port une odeur de mort et de désespoir. La traversée avait été une affaire de routine : quatre cents hommes et femmes entassés dans les compartiments pendant les six mois que prenait le chargement, puis les trois mois de souffrance et d'épouvante que représentait le voyage. Certains étaient devenus fous, d'autres s'étaient suicidés, beaucoup étaient morts de maladie. Quatre-vingts d'entre eux, morts pendant la traversée, avaient été jetés par-dessus bord comme les déchets de la cambuse. Presque tous ceux qui avaient été vendus à profit à la Jamaïque seraient morts dans quatre ans.

« Quel beau spectacle ! » s'exclama Josias. A

l'approche du navire qu'il observait des fenêtres du café, il songea avec émotion à la *Rose*, à la *Lily* et à la *Daisy*, qui emplissaient leurs cales sur les côtes africaines.

« Magnifique ! » renchérit Stephen Waring.

A neuf heures, Mehuru s'éclipsa par la porte de derrière. Personne ne s'apercevrait de son absence, ni Frances, confinée dans sa chambre, ni Josias, parti attendre sur le quai des nouvelles de Londres, ni Sarah, occupée à lire un volume de sermons au salon. Il fit au pas de course le trajet qui le séparait du café, et arriva juste au moment où le phaéton de Stuart Hadley s'arrêtait devant la porte.

« Alors ? demanda-t-il.

— Rien encore, dit Stuart la mine grave. Cesar a promis de nous envoyer des nouvelles dès qu'il verrait de quel côté le vent tourne. Il tiendra parole. »

Ils entrèrent, commandèrent de la bière blonde et allèrent s'installer dans un coin de la salle, où Edgar Long ne tarda pas à se joindre à eux, ainsi que deux autres hommes. Un Noir affranchi vint saluer Mehuru. C'était un Zoulou, originaire d'Afrique australe. A leur grand amusement, ils s'aperçurent qu'ils communiquaient plus facilement en anglais.

« Ma langue devient blanche, se lamenta Mehuru. Bientôt, j'aurai oublié tout ce que je savais. »

L'atmosphère se tendait et devenait fébrile à mesure que la soirée s'avançait. Edgar Long soutenait que les députés avaient dû voter à une large majorité en faveur de l'abolition de la traite, et que la loi serait appliquée rapidement. « Après quoi, il faudra s'attaquer à l'abolition de l'esclavage », déclara-t-il avec fougue.

L'attente se poursuivit. A minuit, de nombreux clients commencèrent à maugréer, car ils devaient être au travail dans moins de six heures. La salle se vida, à l'exception de quelques obstinés, dont Hadley et ses compagnons. « Cesar a dit qu'il me préviendrait dès qu'il verrait la tendance se dégager, dit Stuart. Il ne peut pas y avoir d'imprévu, car tout le monde est parfaitement au fait de la question. Dieu sait qu'on en a assez discuté.

— A moins que le débat n'ait fait le plein des partisans de la traite ? avança Edgar.

— Voyons, protesta Stuart, le projet ne peut pas être repoussé ! »

A deux heures du matin, un voyageur couvert de poussière poussa la porte et inspecta la salle. « Par ici ! » cria Stuart. L'homme se dirigea vers leur table et se laissa tomber dans le fauteuil qu'ils lui avaient avancé. D'autres clients s'approchèrent, attendant qu'il parle.

« Alors ?

— Alors, rien !

— Quoi !

— Rien qui vaille la peine d'être raconté, fit l'homme avec amertume. Après l'ajournement du débat, j'ai dormi six heures, puis j'ai sauté sur mon cheval et j'ai galopé toute la journée pour venir vous prévenir, comme promis et vous dire... que je n'ai rien à dire, hélas.

— Buvez ça », dit Mehuru en poussant vers lui une pinte de bière. Le messager but à longues gorgées et reposa la chope vide sur la table. « Wilberforce a commencé son intervention dans l'après-midi. Il a été on ne peut plus clair. Il a déclaré que tout le monde était coupable, lui comme les autres, et qu'ils devaient s'efforcer de réparer leurs fautes en conséquence. »

Un murmure courut dans l'auditoire. « Il avait préparé douze propositions pour mettre fin à la traite et il était prêt à les soumettre au vote.

— Et alors ? demanda Stuart, impatient.

— Alors, rien !

— Comment cela ? s'écria Stuart.

— Rien, je vous dis ! Ils ont refusé de mettre le projet au vote et une demi-douzaine de députés ont demandé la parole. Jamais les débats ne se prolongent après minuit, alors vous pensez bien que ces beaux messieurs n'allaient pas sacrifier une heure de sommeil pour des gens comme lui ! fit-il en désignant du pouce Mehuru qui écoutait, le visage crispé. Tous les députés à la solde de la traite étaient là, habillés de frais, la montre en or au gousset, attendant leur tour de parole. Soyez sûrs qu'ils feront traîner le débat en longueur jusqu'à ce que tout le monde se lasse.

— Et il sera ajourné ?

— C'est déjà fait. Ils ont jacassé comme de grosses pies jusqu'à onze heures. Après quoi, ils ont ajourné le débat pour dix jours.

— Le vote est donc remis à dans dix jours.

— Ah, vous croyez ! fit l'homme avec sarcasme. Moi, je parie qu'ils continueront à faire assaut d'éloquence jusqu'à ce que la cause soit perdue, Wilberforce vaincu, et la liberté et la justice toujours aussi bafouées dans ce pays. Que dis-je, plus bafouées que jamais ! »

Stuart se tassa dans son fauteuil et laissa échapper un grognement. Les autres échangèrent des regards atterrés. Mehuru avait la nausée.

« Le combat continue, dit Stuart d'une voix étouffée. Maintenant, je rentre me coucher. » Il leva les yeux vers le messager. « Je vous sais gré d'avoir apporté les nouvelles, même si elles sont mauvaises. Si vous n'êtes pas attendu ailleurs, voulez-vous que je vous héberge cette nuit ?

— Ce n'est pas de refus. Je suis rompu.

— Que va-t-il se passer maintenant ? » demanda Mehuru.

Stuart grimaça un sourire : « Nous continuons à lutter. Il y a d'autres échéances : dans dix jours, dans un mois, dans un an. Voulez-vous que je vous dépose devant chez vous ?

— Je préfère marcher, marmonna Mehuru. Je ne suis pas pressé de me retrouver entre quatre murs.

— Alors, à lundi prochain. D'ici là, nous en saurons davantage. »

Mehuru hocha la tête et s'éloigna dans la nuit de mai.

Au cours de la semaine qui suivit, l'état de Frances ne s'améliora que peu. Sa fluxion de poitrine l'avait laissée sans forces, et elle ne parvenait pas à se rétablir. Depuis quinze jours qu'elle était en convalescence, elle gardait le lit. Pendant les huit premiers, elle n'avait vu personne, que les femmes de chambre et le docteur. Maintenant qu'elle allait légèrement mieux, Josias venait de temps en temps lui tenir compagnie après le dîner et, lorsqu'elle avait soumis son intention de reprendre l'après-midi ses leçons de lecture à Mehuru, il avait donné son accord.

Pour la première de ces leçons dans sa ruelle, Frances avait mis son plus joli bonnet et sa robe d'intérieur blanche brodée. Elizabeth avait reçu l'ordre de s'installer près de la fenêtre avec du linge de table à raccommoder afin de jouer les chaperons. Mehuru s'était installé sur un siège au chevet de Frances. De temps à autre, elle se penchait pour lui indiquer un passage à lire, et, sous le couvert du livre, leurs doigts se frôlaient.

Piètre dérivatif pour des amants ! Mais Frances trouvait cela apaisant. Elle aimait sentir Mehuru près d'elle sans avoir à redouter l'une de ses colères imprévisibles. Sa présence lui faisait du bien.

Quant à lui, il était profondément troublé par cette intimité. Lorsqu'il effleurait la main de Frances, il avait le plus grand mal à se retenir de la lui prendre pour en baiser le creux. Lorsqu'elle se penchait, il sentait le léger parfum de lavande de ses vêtements.

Et lorsqu'elle disait : "Ca-ta-logue", le mot écrit là est "catalogue", ce qui signifie "une liste de choses", il regardait remuer ses lèvres, il écoutait les inflexions de sa voix sans guère entendre ce qu'elle lui expliquait.

On sentait dans la pièce comme un frémissement de désirs inassouvis. L'atmosphère ambiante finit même par affecter Elizabeth, sagement occupée à coudre au coin de la fenêtre. Elle posa les mains sur ses genoux et laissa son regard vagabonder sur la place où les arbres déployaient leurs frondaisons vertes, et où les oiseaux volaient en tous sens, pressés de porter la becquée à leurs petits.

Frances s'adossa à ses oreillers et écouta la voix de Mehuru. Elle lui avait donné à lire un passage du *London Magazine* sur le succès des bibliothèques de prêt. Il lisait couramment, avec aisance, et ne butait que rarement sur des mots qu'il ne connaissait pas.

« Comment se fait-il que tu aies appris si vite ? », interrompit-elle.

Il leva les yeux et ils échangèrent un long regard, témoignage muet de leur désir mutuel. Près de la fenêtre, Elizabeth, aveugle à leur échange silencieux, était perdue dans son rêve.

« J'aime les langues. Je parle quatre langues africaines et le portugais », expliqua Mehuru. Les mots lui venaient lentement, comme s'il avait l'esprit ailleurs. Il observait Frances, scrutant son visage, ses yeux sombres et sa bouche tendre. Elle était si différente de la femme qui était apparue des mois auparavant dans la cave de l'entrepôt. Jamais il ne l'avait vue si vive, si épanouie. Elle avait l'air radieux, un teint frais et lumineux de petite fille. La première fois qu'il l'avait vue, elle était à demi morte. Son désir d'elle, la passion qu'elle éprouvait pour lui l'avaient ramenée à la vie, tirée de ces limbes glacés où semblaient languir toutes les Anglaises.

« Avant d'arriver en Angleterre, je croyais que tous les Blancs parlaient portugais. L'anglais n'est pas si différent, d'ailleurs. Quelques mots sont pareils dans les deux langues, comme vous devez le savoir. »

La façon dont il lui souriait du regard tandis que ses lèvres proféraient des banalités la fascinait. C'était un jeu sensuel et délicieux que de parler à bâtons rompus, alors que les yeux de Mehuru la dévoraient et que son désir était visible dans chaque ligne de son corps. Derrière le livre ouvert, son regard était comme une caresse. Lorsque ses yeux s'attardaient sur le col de la robe de chambre, elle croyait sentir ses doigts sur sa peau.

« Tu as appris beaucoup plus vite que les autres. Moi, je ne parle pas le portugais, avoua-t-elle. Je ne connais que le français et un peu d'italien.

— Alors, vous êtes très ignorante ! » déclara Mehuru, avec une impertinence délibérée.

Frances se pencha pour lui donner une petite tape sur la main et se retint juste à temps. Le ton familier et câlin avait attiré l'attention d'Elizabeth qui était sortie de sa rêverie et les regardait. Frances s'empourpra.

« Que pensez-vous du projet de loi proposé au vote ? demanda Mehuru, changeant prestement le sujet de leur conversation.

— Je trouve qu'il est mal venu », dit Frances avec le plus grand sérieux, répétant les discours qu'elle avait entendus dans sa famille. « Voilà des gens qui n'ont rien investi dans la société, et qui veulent faire la loi ! Les seuls à pouvoir exercer le pouvoir dans une société sont ceux qui possèdent des terres, cela tombe sous le sens.

— Chez moi, personne ne possède de terres.

— Ce n'est pas possible ! »

Mehuru sourit en voyant sa mine stupéfaite. « Eh, si ! Mon pays est immense. Il y a plus de terre qu'il n'en faut pour suffire aux besoins de chaque famille. On peut marcher ou chevaucher pendant des jours entiers sans voir personne. Celui qui veut un champ pour son usage personnel le borne, le laboure, l'arrose et déclare que c'est le sien. Vous auriez du mal à imaginer notre richesse, vous qui habitez dans un pays si petit que tout le monde se sent obligé de posséder quelque chose de peur que le voisin ne le lui prenne ! »

Lasse, Frances ferma les yeux et murmura : « Parle-moi de ton pays. Raconte-moi tout.

— La capitale est une grande cité entourée de murs, beaucoup plus importante que Bristol. Elle s'appelle Oyo, et c'est là que vit l'Alafin, dans son palais au cœur de la ville. C'est le roi, à ceci près qu'il consulte le peuple et agit en fonction des désirs qu'il exprime. Chaque année, on le confirme dans ses fonctions. Son rôle est de mettre tout le monde d'accord, de trouver des compromis. Moi, j'étais devin, je servais l'oracle d'Ifa. J'assistais le grand prêtre dont la tâche était d'interpréter l'oracle pour le roi.

— Oh ! Alors, tu sais prédire l'avenir », dit Frances sans ouvrir les yeux.

Il regarda son pâle visage avec tendresse. « Oui. Je lis l'avenir des filles naïves qui veulent tout savoir sur leur futur amoureux. »

Elizabeth, qui ne perdait rien de la conversation, mit une main devant sa bouche pour étouffer un rire. Mehuru lui fit un clin d'œil.

« Décris-moi le mien, dit Frances, les yeux toujours obstinément fermés, faisant fi de toute prudence.

— Il n'est autre que moi, souffla-t-il.

— Et comment ferons-nous pour être ensemble ?

— Je ne peux vous répondre sans voir la paume de votre main. »

Frances lui tendit sa main fermée. Il déplia les

doigts un à un et caressa la peau douce et blanche de la paume et du poignet.

« Que dit-elle, cette main ?

— Que nous irons ensemble dans mon pays et que vous habiterez dans ma maison. » Frances sourit et se pelotonna sous les couvertures comme une enfant à qui on raconte une histoire pour s'endormir.

« Et puis ?

— Que vous porterez des robes de soie indigo avec des turbans de soie assortie fixés par des épingles d'or... Que vous serez ma femme et que vous me donnerez beaucoup de beaux enfants. »

Scandalisée et ravie, Frances souffla : « Chut !

— Le soleil et l'air chaud des plaines vous guériront, promit-il. Le pays vous plaira. Les arbres sont immenses, solides, et leur ombre, douce à ceux qui s'y reposent. Quand le vent souffle dans les palmiers, on dirait une pluie d'orage. Par temps calme, on entend chanter les oiseaux par centaines et par milliers. Les rivières sont profondes, toutes vertes, et reflètent si bien la forêt que l'on croirait en voir deux : une forêt à l'endroit, qui monte au ciel, et l'autre à l'envers, qui plonge dans les eaux. Je vous emmènerai vous baigner là où le sable des berges est blanc, et les petits poissons viendront tourner autour de vous en essayant de grignoter votre peau blanche. Sur l'eau, vous verrez flotter comme des petits bateaux des nénuphars blancs et roses aux racines sucrées, bonnes à manger.

» Je vous emmènerai dans les forêts où vous cueillerez toutes sortes de fruits délicieux. Ils y poussent librement sans appartenir à personne. Vous pourrez en manger autant que vous voudrez, et même toute la journée. Vous verrez des singes sauter dans les arbres, d'une cime à l'autre, vous entendrez rugir les lions la nuit, vous verrez les grands troupeaux d'éléphants traverser la savane, les antilopes et les daims galoper si vite qu'on croirait un océan de flancs bruns et de cornes gracieuses. » Sa voix se tut.

« Elle s'est endormie », dit doucement Elizabeth dans leur langue.

Il hocha la tête.

« Tu l'aimes ? » fit-elle, comme si c'était plus une affirmation qu'une question.

Il hocha la tête de nouveau.

« Et elle aussi, elle t'aime ?

— Je crois que oui. »

Elizabeth se leva et vint poser sa main sur l'épaule de Mehuru.

« Pauvre fou, dit-elle d'une voix vibrante de compassion. La vie n'était déjà pas facile pour toi, Mehuru, mais tu te l'es rendue mille fois plus douloureuse encore. »

28

Chambre des lords,
Westminster.
29 mai 1789

Cher Josias,

Je vous écris en hâte ces quelques lignes de la Chambre pour vous dire que nous les maîtres — nantis et propriétaires fonciers —, l'avons emporté, comme je vous l'avais garanti. Le projet de loi sur l'abolition de la traite des esclaves s'enlise dans des discours interminables. On nommera un comité, qui n'en finira pas d'examiner la question. Il y aura des pleurs et des grincements de dents, mais en pure perte. S'il vous prenait l'envie d'embarquer toute la population d'Afrique pour l'emmener en esclavage, personne en Angleterre ne pourrait vous en empêcher. Ce jour est à marquer d'une pierre blanche pour tous ceux qui ont du bien. Wilberforce en est malade de chagrin. Certains tiennent même qu'il s'en remettra difficilement tant cette déception affecte sa santé. Mes civilités à Miss Cole et à ma nièce.

Scott

Mehuru lut la lettre que Josias avait laissée ouverte

sur son bureau et son visage se durcit. Il se dirigea vers la porte, puis haussa les épaules avec philosophie — ou résignation. Depuis qu'il était esclave, il avait appris à attendre peu et à recevoir moins encore. Il savait que Stuart, le premier désespoir passé, redoublerait d'activité, écrirait pamphlet sur pamphlet, lettres et libelles et reprendrait la lutte clandestine. Quant à lui, ne lui avait-on pas pris jusqu'à sa colère ? Il fallait être un homme libre pour laisser éclater son indignation. Il fallait jouir de son libre arbitre pour éprouver de la rage. Un homme de peine ne songeait qu'au sol qu'il avait encore à laver, à la grille qu'il lui restait à nettoyer. Quand le messager venu de Londres avait dit à Stuart que Wilberforce n'avait pas encore réussi à faire voter son projet, Mehuru avait compris que les Blancs n'étaient pas près de le laisser partir. Ils n'allaient pas gaspiller un investissement ni renoncer à leurs bénéfices. Pourquoi le feraient-ils ?

Mehuru souleva le seau à charbon bien rempli et le posa lourdement sur le marbre du foyer. S'il voulait sa liberté, il lui faudrait s'enfuir.

Les Marchands-Entrepreneurs étaient réunis pour leur dîner du mois de juin. On venait d'ôter la nappe et de faire circuler le rhum et le porto. Installé au milieu d'une longue tablée, Josias sirotait du rhum à l'eau en fumant une pipe. Il avait distribué quelques feuilles de son tabac à ses voisins pour leur en faire sentir l'arôme riche.

« C'est vous qui l'importez, Cole ? », s'enquit l'un d'eux. Josias opina. « Alors, pouvez-vous m'en faire livrer un baril ? », demanda son interlocuteur, baissant la voix lorsqu'il vit Henry Lord, qui présidait, frapper la table avec le manche de son couteau.

« Si nous parlions un peu affaires en attendant de commencer vraiment la soirée ? » Des cris d'approbation saluèrent sa proposition. Sir Henry fit un signe au commis qui égrena rapidement une série de décisions que la compagnie devait prendre. Toutes furent approuvées sans débat, d'un commun accord, les Marchands ayant tous le même souci de leurs intérêts. Quand on en arriva au bail du *Hot Well,* Stephen Waring défendit la proposition de Josias.

« Permettez-moi de dire, Sir Henry, que je soutiens l'offre de mon ami Josias Cole — qui est l'un de nos nouveaux membres, un homme qui a pignon sur rue à Bristol et dont tout le monde connaît l'esprit d'entreprise. Il souhaite recevoir l'assurance que le loyer actuel pour le bail du *Hot Well,* soit neuf cents livres par an, ne sera pas augmenté pendant dix ans, afin de lui permettre de rentabiliser au mieux son investissement. »

Sir Henry plissa les yeux pour mieux voir Josias assis à quelque distance de lui. « Prévoyez-vous de nouvelles constructions sur place ?

— Oui. Un jardin d'hiver et une Salle des Bains de style rocaille avec des plantes d'intérieur et une vue sur la rivière. Un peu comme une serre, Sir Henry.

— Vous seriez bien avisé de faire d'abord des bénéfices !

— Je veux que le *Hot Well* devienne la première ville d'eaux d'Angleterre ! », déclara Josias.

Sir Henry hocha la tête, en homme qui préfère garder son opinion pour lui.

« Mon ami Cole ici présent est prêt à verser de suite deux mille livres pour entrer en jouissance, ainsi que le loyer de la première année », rappela Stephen Waring.

De l'autre côté de la table, Mr. James, l'ancien gérant, qui avait renoncé au bail quand la compagnie avait fait des travaux d'amélioration, leva son verre à l'adresse de Josias en un geste qui pouvait se lire comme un hommage à un confrère mieux inspiré que lui en matière de finance. Josias sourit et lui adressa un petit salut.

« Fort bien, dit Sir Henry, tournant le regard vers le commis. Vous avez les papiers, Browning ? »

L'homme lui présenta un bail au bas duquel il griffonna sa signature. « A lui, maintenant », dit-il en agitant les papiers, pour que le commis l'en débarrasse. Ce dernier les apporta à Josias avec une plume et un encrier. Avec un sourire triomphant, Josias apposa sa propre signature, ronde et appliquée, au bas du document. Sa carrière d'entrepreneur commençait vraiment.

« Eh bien, bonne chance avec le *Hot Well.* Mes vœux vous accompagnent ! », déclara Mr. James de sa voix nonchalante et raffinée.

Josias s'efforça de garder un air modeste.

« Vous allez faire de jolis bénéfices, je n'en doute pas, poursuivit Mr. James. Je sais bien que je n'aurais pas dû partir si tôt, mais j'avais besoin de libérer des capitaux pour d'autres projets. Le *Hot Well* sera sûrement une petite mine d'or pour vous.

— Je l'espère.

— Est-ce là votre seul investissement ?

— Sur la terre ferme, c'est mon premier. Mais j'en ai d'autres ailleurs.

— Je m'étonne que la fièvre immobilière ne vous ait pas encore atteint. Je croyais que tout le monde achetait des terrains à bâtir.

— Il se trouve que grâce à certaines de mes relations, le *Hot Well* peut s'avérer particulièrement intéressant, fit Josias, soucieux de garder sa réserve. Et puis, je m'y connais très mal en matière de construction.

— Bah ! Cela n'arrête personne ! La moitié des négociants que je connais ont la marotte du bâtiment. C'est une fièvre contagieuse que nous avons tous attrapée.

— Chaque chose en son temps, dit Josias. Clifton et les Downs sont des projets à long terme, tandis que le *Hot Well* est une opération rentable à court terme. Cela me convient mieux.

— Eh bien, bonne chance, mon cher, dit Mr. James. Vous avez un loyer élevé. Exorbitant, même. Comment vous y prendrez-vous pour faire des bénéfices malgré tout ?

— J'augmenterai les tarifs, bien entendu. Plus de prix spécial pour les familles, plus de réductions pour les habitants de la région, plus de distribution d'eau gratuite. Et puis, j'espère attirer une clientèle londonienne plus importante. Une clientèle de gens qui donnent le ton, comprenez-vous. La famille et les amis de ma femme, entre autres. »

Les membres de la compagnie regagnèrent leurs places et le président passa à d'autres questions à l'ordre du jour. On vota une nouvelle taxe portuaire, une augmentation du louage de la grande grue. Il y eut des boutades que Josias ne comprit pas à propos des magistrats de la ville, mais il sourit et s'esclaffa avec les autres. Il avait l'impression grisante de fouler un sol inconnu. Enfin, il était admis dans la compagnie de ceux qui contrôlaient tout à Bristol. Il avait encore du mal à saisir les plaisanteries, les allusions de chapelle, mais il se savait en passe d'être intégré au cénacle. D'ici un an, peut-être deux, il assisterait aux discussions où se décidait ce que l'on votait maintenant. Josias n'avait pénétré dans la compagnie que pour s'apercevoir qu'à l'intérieur se cachait une autre hiérarchie. Dans un an, peut-être deux, il comprendrait toutes les allusions et serait parmi les privilégiés qui tenaient les rênes du pouvoir. Pour l'instant, il était satisfait de son sort, content d'être l'un des nouveaux venus qui donnaient leur approbation à des décisions dont ils comprenaient mal la portée, s'en remettant à la sagacité de leurs chefs. Josias se sentait entouré d'amis prêts à sauvegarder ses intérêts.

A l'autre bout de la ville, dans un estaminet misérable, Mehuru assistait lui aussi à une réunion : une séance en bonne et due forme de la Société d'information constitutionnelle de Bristol, l'une des nombreuses associations militant en faveur du suffrage pour tous et de la réforme des structures politiques corrompues. Elle se tenait à huis clos et la porte était gardée pour éviter d'éventuelles indiscrétions. C'était la riposte que Stuart avait imaginée après l'échec du projet de Wilberforce. Il était résolu à élargir leur campagne, à obtenir la liberté pour les Noirs dans le cadre de la liberté des ouvriers anglais. Installé au bout de la table, il présidait la discussion d'une motion proposée par l'un des membres les plus radicaux, à savoir que la société devait s'allier avec ses frères en lutte pour leurs droits en France, en Amérique et aux colonies.

Mehuru écoutait le débat de toutes ses oreilles, s'efforçant de suivre les interruptions passionnées. La société s'était divisée en deux grands camps : d'un côté, ceux qui craignaient qu'une association avec les réformateurs étrangers ne provoque par contrecoup l'hostilité des patriotes ; de l'autre, ceux qui considéraient le mouvement de réforme comme un phénomène international par nature.

« Nous vivons des jours historiques, des jours de changements radicaux. Le peuple prend le pouvoir en France. En Amérique aussi. Dans toutes les colonies, les esclaves se soulèvent contre leurs maîtres. Qui peut douter que le peuple prenne le pouvoir en Angleterre ? La tyrannie du roi, du clergé et des nantis est-elle à l'abri de tout danger chez nous ? Il y a un siècle, nous avons fait une révolution sans effusion de sang. Qui peut douter que nous soyons en route vers une autre ?

» Dans tout le pays, les hommes s'unissent pour demander à être convenablement représentés au Parlement, à choisir leurs chefs au lieu de subir les fantoches qu'on leur impose. Dans les nouvelles cités industrielles comme dans les bourgs, tous les hommes de bon sens demandent à faire entendre leur voix et attendent des changements. Dans les ports de Grande-Bretagne comme dans les colonies britanniques, les citoyens noirs réclament aussi des droits. Ils veulent un salaire minimum décent, ils veulent leur liberté. Enfin, ils veulent avoir le droit de retourner dans leur pays. Nous sommes engagés dans une croisade glorieuse ! Je suis fier de mettre la motion aux voix. Que ceux qui sont en sa faveur disent "Oui".

— Oui », cria Mehuru en même temps qu'une vingtaine d'autres voix. Il sentait que Stuart, porté par un puissant mouvement d'opinion international qui ne pouvait échouer, avait raison : la logique de son raisonnement était imparable et sa position morale, inattaquable. Le « oui » de Mehuru sortait du fond du cœur.

Stuart consigna soigneusement les résultats du vote dans le nouveau livre de la société et déclara la séance close. On commanda à boire, du café et de la petite bière. Mehuru remarqua que tous respectaient l'anathème qu'ils venaient de prononcer, en évitant de boire du rhum et de mettre du sucre dans leur café. Étant tous signataires de pétitions de soutien en faveur de l'abolition de l'esclavage, ils refusaient de soutenir de quelque façon que ce fût le commerce des plantations tant que l'esclavage ne serait pas aboli.

« Avez-vous pu trouver le temps de lire les brochures que je vous ai données ? demanda Stuart en buvant quelques gorgées de bière. Que pensez-vous du projet de Sierra Leone ?

— Je le trouve risqué, répondit Mehuru. Ceux qui

l'ont conçu ignorent tout de ce qui se passe sur cette côte. Depuis l'arrivée des négriers, c'est le chaos. Comprenez-le bien, il ne s'agit pas d'un désert ou d'un territoire vierge où l'on irait fonder une colonie. Il y a des habitants là-bas, et ne croyez pas qu'ils vivent en paix au sein d'une nation civilisée. Les régions côtières de l'Afrique sont en état de lutte armée et d'agitation perpétuelle. Les Blancs paient les bandits et leur donnent toute latitude pour agresser les populations et capturer des esclaves. Chaque village est une forteresse, sauf ceux qui ont déjà été détruits et dont les survivants vont se cacher dans la forêt pour y trouver de quoi survivre. Le désordre règne dans un pays réduit à l'état sauvage. Dans ces conditions, il ne servirait pas à grand-chose de tracer une ligne sur la carte et de dire qu'en deçà de la ligne en question, il n'en sera plus ainsi.

— Mais on a négocié des traités... »

Mehuru eut un rire amer. « Vous avez devant vous l'émissaire du roi des Yorubas, la nation la plus puissante d'Afrique. Je parlais la langue de trois pays voisins et assez de portugais pour me faire comprendre. Alors que j'étais en mission par ordre du roi, sous sa protection, j'ai été capturé, on m'a pris mon serviteur et j'ai été jeté comme un sac au fond d'une pirogue. On m'a ôté mes vêtements, nourri de force, enchaîné au fond d'un navire où l'on m'a laissé mariner dans mon vomi et mes excréments. Si les négriers ont pu me traiter ainsi, comment traiteront-ils un groupe de pauvres fermiers qui n'auront à montrer qu'un papier signé à Londres, à deux mois de bateau de là? »

Stuart Hadley hocha la tête. « Ce que vous m'apprenez me consterne. Je suis assez lié avec l'un des directeurs de la Compagnie[1] et nous comptions

1. Compagnie du golfe de Saint-George, fondée en 1786 par Granville Sharp pour les Noirs pauvres et sans emploi, affranchis ou anciens combattants de la guerre d'Indépendance américaine *(N.d.T.)*

trouver des chefs, des Africains, pour aller s'établir là-bas. Un homme comme vous, qui parle plusieurs langues, aurait été parfait. Cela me désole de voir que l'entreprise vous paraît si aléatoire.

— Seule l'abolition de la traite des esclaves pourrait la rendre viable, déclara Mehuru.

— C'est pour bientôt, promit Stuart. Au printemps prochain, Wilberforce défendra à nouveau son projet. Le Parlement sera bien obligé d'y souscrire. Et la Sierra Leone sera un pays d'avenir. Nous pourrions en faire une colonie de la couronne et demander qu'elle soit sous la protection de notre marine... » Stuart s'arrêta net en voyant le sourire sardonique de Mehuru.

« Tiens donc ! ironisa celui-ci. Il est question de fonder une nouvelle colonie pour l'Angleterre ! Je n'avais pas saisi. J'avais cru qu'on voulait libérer les Noirs et leur permettre de retourner chez eux. Mais non ! Il s'agit de créer de nouvelles plantations !

— Colonie ne veut pas dire plantation, protesta Stuart. Et vous savez très bien que je ne songerais pas à faire une chose pareille.

— C'est pourtant le danger, dit gravement Mehuru. Si les États européens renoncent à pratiquer l'esclavage, cesseront-ils pour autant de considérer l'Afrique comme leur chasse gardée ? Nous laisseront-ils reprendre possession de notre pays, y faire régner notre ordre et rétablir nos lois ?

— Ah, ça... Ils estiment tous qu'il faut convertir l'Afrique au christianisme et à la civilisation européenne. »

Il y eut un silence. « Civiliser l'Afrique ? La convertir ? C'est cela qu'ils ont en tête ? » demanda Mehuru.

Stuart Hadley acquiesça en silence.

« Alors, l'Afrique est perdue. »

A la porte de l'Hôtel des Douanes, Stephen Waring goûtait la douceur de l'air nocturne. Plusieurs de ses collègues de la compagnie passèrent à côté de lui et s'enfoncèrent dans le parc obscur. Certains, qui avaient trop bien arrosé leur dîner, avaient la démarche pour le moins incertaine.

Sir Henry sortit à son tour et lui prit le bras. « Vous rentrez chez vous à pied? demanda-t-il.

— Ma foi, pourquoi pas? (Waring jeta son cigare et siffla un petit porte-flambeau.) J'ai trouvé que la soirée s'était fort bien passée, dit-il comme ils commençaient à marcher côte à côte.

— En effet », répondit Sir Henry. Après un silence, il reprit : « Sauf pour le petit Cole.

— Ah oui? Pourquoi donc? Il voulait son *Hot Well*. Il l'a eu.

— Au prix fort. Et il s'en mordra les doigts, vous le savez aussi bien que moi.

— Il l'a cherché », dit Stephen sans s'émouvoir.

Ils s'avancèrent tranquillement sur le pont à bascule. La marée descendait et les berges commençaient à sentir mauvais. La boue noire reflétait la torche mouvante du jeune garçon.

« Enfin, peut-être rentrera-t-il dans ses frais, fit Sir Henry d'un ton optimiste. S'il attend le temps qu'il faut.

— Ce qui compte, c'est que les Entrepreneurs, eux, rentrent dans leurs frais. Tout ce que Cole paiera comme loyer représente d'ores et déjà un bénéfice pour nous autres.

— Où comptez-vous investir cet argent? A Clifton? Sur les Downs?

— Il faudrait améliorer les installations du port. Liverpool est en train de se développer à nos dépens.

Il faut canaliser le fleuve et aménager un mouillage en eau profonde. C'est une gageure de vouloir faire fonctionner un port de commerce sur un site qui est celui d'un port à marée.

— Je l'admets volontiers, fit Sir Henry avec nonchalance. Mais vous ne verrez pas les bénéfices de l'opération avant cinquante ans.

— Il n'en reste pas moins que c'est un chantier à lancer.

— J'aurais plutôt cru que vous envisageriez quelque investissement à Clifton, lança Sir Henry non sans malice. J'avais entendu dire que vous caressiez toutes sortes de grands projets pour installer de nouveaux salons de réception et des hôtels particuliers.

— Tiens ?

— A quoi j'ai objecté que Clifton ne serait jamais qu'un charmant faubourg.

— C'est votre opinion ? demanda Stephen Waring, intéressé.

— Tant qu'il n'aura pas d'approvisionnement d'eau, il ne se développera pas. Le sous-sol est calcaire, donc beaucoup trop sec. Comment voulez-vous construire une ville sur du calcaire ? Pour atteindre l'eau, il faut creuser — disons à trois cents pieds. »

Waring hocha la tête. La torche de leur guide éclaira un instant son visage songeur. « Si profond que cela ? demanda-t-il.

— Oui, mais en admettant que vous trouviez de l'eau les prix deviendraient faramineux à Clifton.

— Alors, nous avons tous été bien avisés d'acheter des terrains là-bas. Sans compter que la compagnie possède le manoir, ainsi que toute la colline de Clifton et celle de Durham.

— Vous m'en voyez ravi, dit Sir Henry en s'arrêtant, car il était arrivé chez lui. J'apprécie votre conversation, Waring. Vous n'êtes pas de ceux qui parlent pour ne rien dire ! »

Stephen Waring eut un rire bref. « Je crois que nous nous sommes fort bien compris. »

Quand vint juillet, Frances était suffisamment rétablie pour se lever et sortir de sa chambre, mais elle se fatiguait encore très vite et s'essoufflait rapidement. Le Dr Hadley, qui venait la voir chaque semaine, profita d'une de ses visites pour demander à Josias de l'accompagner jusqu'à son phaéton afin de lui parler discrètement.

« L'air de Bristol ne vaut rien à votre femme. Il stagne et les brouillards qui montent du fleuve sont fort malsains. L'atmosphère est pleine de miasmes. Des cas de fièvre typhoïde se sont déclarés à moins d'un kilomètre de chez vous, et Queens Square est dans une boucle où se déversent tous les égouts de la vieille ville. Avec son cœur fragile, Mrs. Cole est à la merci de la moindre affection sérieuse. »

Mehuru, qui tenait le cheval de Stuart, tendait l'oreille.

« Je ne peux tout de même pas déménager ! s'exclama Josias. Nous venons juste de nous installer !

— Dommage, dit Stuart d'un ton mesuré. Peut-être Mrs. Cole pourrait-elle séjourner à la campagne une fois par an, de préférence l'été ?

— Elle peut aller tous les jours au *Hot Well,* suggéra Josias. Je viens d'acheter le Pavillon. Les lieux sont à sa disposition.

— Le changement d'air ne serait pas suffisant. Elle a besoin d'un climat plus tonique en été, et plus chaud l'hiver. La France ou l'Italie, par exemple. Il lui faut un air doux et sec, surtout en hiver. »

Josias secoua la tête. « Mais jamais nous n'avons voyagé à l'étranger ! D'ailleurs, pour moi, ce ne serait pas une mince affaire. »

Derrière son masque impassible, Mehuru bouillait d'impatience.

« Ce n'est pas si difficile à mettre sur pied, insista Stuart. Je ne réponds pas de sa santé si elle passe l'hiver prochain à Bristol. Elle a une constitution délicate et je crains qu'une nouvelle fluxion de poitrine ne lui soit fatale.

— A ce point-là ? s'exclama Josias, effaré.

— Votre femme peut vivre encore des années, se hâta de répondre Stuart. Mais avec des poumons fragiles comme les siens, il est difficile de prévoir. Si elle pouvait passer ses hivers dans un climat plus chaud, sa santé s'améliorerait. »

La révélation avait fort secoué Josias : « J'y songerai. Je vous avoue que je n'y aurais pas pensé. Ma sœur et moi ne vaquons jamais, sauf pour les fêtes majeures, et jamais nous n'avons quitté Bristol. Comment faire ? »

Mehuru contenait mal son exaspération et tentait de donner le change en s'occupant du cheval.

« Ne vous inquiétez donc pas, dit Stuart. Parmi ses proches — famille ou amis —, Mrs. Cole connaît certainement des gens qui vont en Europe.

— Mais elle resterait très longtemps partie, alors ! protesta Josias. J'ai acheté cette maison pour qu'elle en profite et elle seule s'entend à la ménager. Je croyais qu'elle y serait bien.

— Elle s'y plaît sûrement beaucoup, fit Stuart pour l'apaiser. Mais un temps aussi chaud que celui de ces dernières semaines n'est salubre pour personne. Il faudrait songer à l'envoyer faire un petit séjour au soleil l'hiver prochain, voilà tout.

— Je vais m'efforcer de trouver une solution. S'il y va de la santé de Frances, je ne lésinerai pas, quoi qu'il en coûte d'un voyage à l'étranger. Il ne sera pas dit que je lui aurai refusé quoi que ce soit. »

Après avoir salué Stuart Hadley, il rentra.

« L'imbécile ! siffla Mehuru, laissant éclater son exaspération. Comment peut-on être aussi bête !

— Il me fait pitié, dit sobrement Hadley. Il s'est marié pour avoir des relations, et voilà qu'il se trouve obligé de faire face à des besoins auxquels il n'entend rien !

— Mais enfin, il est armateur, oui ou non ? (Mehuru pestait à voix contenue alors qu'il aurait voulu crier sa rage.) Ses fichus navires circulent sur tous les océans ! Voulez-vous me dire pourquoi il ne l'embarque pas sur l'un des trois ? Et pourquoi il ne l'envoie pas en Afrique, hein ? Ou aux Antilles ? Bon dieu, si c'était ma femme et que vous me disiez qu'elle a besoin de soleil, je l'emmènerais, quitte à la porter moi-même sur mon dos ! »

En écoutant l'explosion de rage de Mehuru, Stuart eut un sourire las. « L'aimez-vous donc tant que cela ? »

Mehuru se demanda un instant si la remarque était ironique, mais ne voyant aucune trace de raillerie sur le visage de son interlocuteur, il répondit simplement : « Oui. »

Stuart secoua la tête et se percha sur le siège du phaéton. « Alors je vous plains. Et elle aussi », dit-il simplement.

Au lieu de lâcher le cheval, Mehuru garda les rênes dans sa main, forçant Stuart à attendre. Son visage était contracté comme s'il souffrait. « Parce qu'elle est malade ? Plus gravement que vous ne l'avez laissé entendre à Mr. Cole ? Vous me plaignez parce qu'elle va mourir ? »

Stuart garda pour lui son diagnostic médical et répondit : « Je vous plains parce que vous n'avez nulle part où aller. Elle ne peut pas le quitter, et vous ne pouvez pas vous aimer au grand jour. Si j'étais à votre place, mon ami, je préférerais m'embarquer pour la Sierra Leone, malgré tous les aléas de l'entreprise, plutôt que de soupirer pour la nièce d'un pair du royaume, une femme mariée qui, par-dessus le marché, se trouve être votre propriétaire. »

Le visage de Mehuru s'adoucit. Ses yeux se plissèrent, puis tout son visage s'illumina d'une joie communicative. « Vue ainsi, la situation n'est pas tenable. Seulement voilà, Stuart, quand je lui touche la main, rien d'autre n'existe. »

Les deux hommes restèrent quelques instants silencieux.

« Avez-vous des nouvelles de France ? demanda Mehuru. J'ai lu dans le journal de Josias que la Bastille avait été prise. Jusqu'où iront-ils, à votre avis ? »

Aussitôt, Stuart s'anima. « Qui sait ? Pour tous les partisans de la liberté, c'est une grande nouvelle. Ces bons messieurs de Westminster doivent être plus morts que vifs. Dans le monde entier, le peuple prend le pouvoir. L'avenir nous appartient.

— On libérera les esclaves ?

— Assurément. Je suppose que les colonies françaises deviendront des départements et que nous verrons des Français noirs représenter des circonscriptions blanches ! »

L'idée fit sourire Mehuru avec bonheur.

« C'est prodigieux !

— Rapide, surtout. Les Français forceront leur roi à comprendre qu'il doit consulter son peuple. Quant à notre George (il baissa la voix), que Dieu lui vienne en aide, à ce pauvre fou..., notre roi deviendra aussi celui de tous ses sujets. On en finira avec la traite, avec l'esclavage, et les ouvriers obtiendront le droit de vote. L'histoire est en marche.

— Je dois moi aussi avoir ma place. Puisque les temps changent, je dois pouvoir faire entendre ma voix. Et vivre avec Frances. Puisqu'on a vu s'écrouler la Bastille, les liens du mariage doivent pouvoir se délier quand il est malheureux. Il n'y a pas de liberté sans liberté d'aimer.

— Mais voyons, elle ne pourra pas quitter son mari pour vous, intervint Stuart, sous peine de se déshonorer.

— Si nous sommes à l'âge des prodiges, pourquoi cela serait-il impossible ? » objecta Mehuru.

Stuart haussa les épaules, mais n'osa pas dire à Mehuru qu'il doutait fort que Frances vive assez longtemps pour assister à la libération des esclaves anglais. Ni qu'à son sens il serait infiniment plus difficile d'affranchir une dame de qualité comme Frances du joug d'un mariage sans amour que Mehuru de celui de l'esclavage.

« Allez-vous enfin lâcher mon cheval ? demanda-t-il. Si vous n'y voyez pas d'inconvénient, j'aimerais aller voir mes autres patients.

— Je pensais à mon pays, au bon soleil de là-bas. Si je pouvais y emmener Frances, elle se porterait comme un charme !

— On dirait que vous avez une visite ! » dit Stuart.

Une imposante calèche aux portières armoriées venait de s'arrêter derrière le phaéton. Stuart, qui regardait Mehuru, eut alors la surprise de voir son expression animée se changer brutalement en masque de haine et de mépris.

« Qui est-ce ?

— Un dénommé Sir Charles Fairley. Lors d'une précédente visite, il a violé l'une de nos compagnes, une Yoruba. Quand elle a voulu manger de la terre, il lui a fait mettre une muselière. Elle est morte à présent. Il l'avait engrossée alors qu'il avait la vérole. »

Stuart observa la voiture à la dérobée. Le valet de pied installa l'escabeau et un esclave noir descendit le premier pour aider son maître à s'extraire.

« Un planteur, chuchota Stuart.

— Un richard qui s'est engraissé aux Antilles. On devrait le pendre.

— Et bientôt, il se retirera chez nous, achètera une circonscription et se présentera au Parlement, renchérit Stuart. Nous avons de quoi faire si nous voulons une Angleterre propre... Attendons le printemps prochain. Mehuru ! Le printemps prochain !

— Je vous trouve bien optimiste. La dernière fois aussi, vous étiez sûr de vous. Pourtant, votre homme a fini par se faire museler.

— Cette fois-ci, cela ne se passera pas de la même façon. Il faut continuer la campagne pour alerter l'opinion. Maintenant que nous savons où sont nos adversaires, nous sommes mieux armés. Vous verrez que votre cher ami planteur aura quelques fort déplaisantes surprises. »

Mehuru regarda Sir Charles passer devant lui, l'allure avantageuse, monter les marches et faire signe à son esclave d'actionner le heurtoir.

« Ce que je voudrais, moi, c'est qu'on mette un terme à ses affaires et qu'on libère tous ses esclaves.

— Moi aussi. Mais nous devons procéder par petites étapes. D'abord, abolir la traite ; ensuite, obliger les maîtres à mieux traiter leurs esclaves. Et une fois l'esclavage aboli, il disparaîtra de lui-même, Mehuru. Les anciens maîtres s'habitueront petit à petit à payer des salaires et vos frères gagneront de quoi s'affranchir. Nous verrons ces changements s'accomplir de notre vivant.

— Vous êtes bien confiant, dit Mehuru avec un sourire mi-figue, mi-raisin.

— Je suis certain de ce que j'avance ! Maintenant, Mehuru, laissez-moi partir, j'ai mes malades à voir. »

Mehuru s'écarta. Stuart fit claquer sa langue et s'éloigna tandis que sur le perron de Queens Square, l'esclave continuait à tambouriner à la porte.

Lorsque Mary vint ouvrir, Mehuru la vit changer de visage quand elle devina l'identité du visiteur. Elle s'effaça pour le laisser passer.

Frances était dans son boudoir où elle brodait un gilet pour Josias. Quand Sir Charles entra, elle posa son ouvrage et lui tendit les deux mains. « Sir Charles ! Quelle bonne surprise ! Mais vous êtes en avance. Vous avez fait diligence. »

Il lui baisa les mains, la trouvant à part lui bien pâle, avec les traits tirés. « Ma foi, les routes étaient passablement poussiéreuses, mais carrossables. Je me demande comment je m'en accommoderai en hiver ! »

Frances se mit à rire et, se tournant vers Mary, lui dit : « Va préparer le thé et prévenir Miss Cole de l'arrivée de Sir Charles. Prendrez-vous du thé, Sir Charles, ou par ce temps, préférez-vous de la limonade ? A moins que vous ne vouliez du punch. Vous voyez que vos goûts n'ont pas de secret pour moi !

— Je prendrai volontiers du punch. »

Frances s'assit et fit signe à Sir Charles d'en faire autant, mais il resta devant la fenêtre qui donnait sur la place.

« Votre nouvelle maison vous plaît-elle, madame ? Vous voilà installée sur un grand pied, à présent.

— Après Whiteleaze, je me trouve un peu à l'étroit, dit Frances sans se départir de son gracieux sourire, comme si elle n'avait jamais vécu dans la maison étriquée du quai où elle faisait salon dans la pièce même où elle dînait. Mais nous sommes fort bien ici.

— Et fort à la mode aussi, renchérit Sir Charles en fixant les deux dragons de porcelaine rouge qui, dans un coin de la pièce, étaient figés dans un vis-à-vis hargneux.

— Comptez-vous rester quelque temps à Bristol ? demanda Frances.

— Non. Dès que j'aurai signé mes papiers ici, j'irai rejoindre Miss Honoria chez Lord Bartlet où elle est déjà. De vous à moi, madame, je gage qu'elle épousera le fils de Lord Bartlet.

— Sir Frederick ? Par exemple ! s'exclama Frances, se disant que Lord Bartlet devait vraiment être aux abois pour laisser son héritier tomber dans les filets d'une Miss Honoria, si fortunée soit-elle.

— Non, pas lui. Il s'agit de Nicholas, le fils cadet.

— Ah, Nicholas... » Ne pouvant prétendre ni à l'Église ni à l'armée, le cadet se trouverait fort bien d'un mariage avec une héritière créole. « Quel charmant jeune homme.

— Je serais bien aise de cette union, annonça Sir Charles. Notez bien que rien n'est encore décidé, mais Lord Bartlet et moi, qui connaissons la musique, nous nous sommes fort bien compris. »

Frances sourit poliment, mais frémit en imaginant le vieux joueur ruiné, en train de cligner de son œil injecté à l'adresse de Sir Charles. Comparé à ce grossier maquignonnage, son propre mariage avec Josias ressemblait à un roman d'amour.

« Dans ce cas, je n'aurai garde de vous retarder, dit-elle. Le bail est prêt. »

Elle se dirigea vers son secrétaire, sortit le papier et l'étala sur la table devant Sir Charles, qui s'assit pour lire les différentes clauses, sans toutefois remarquer que le droit d'exploiter les ressources minières ne figurait pas parmi elles.

« Auriez-vous l'obligeance de signer là ? »

Sir Charles s'exécuta.

« Et voici les comptes concernant les fonds que vous nous avez confiés. Les intérêts n'apparaissent pas encore, car ils sont versés annuellement. Mais vous voyez les investissements que j'ai faits en votre nom. Lord Scott m'a conseillé d'engager mille livres dans une mine de charbon du Kent.

— Vous avez fort bien fait, dit Sir Charles avec un sourire épanoui. Sa Seigneurie est bien bonne, et je me réjouis de vous voir prendre soin de mon capital. Jamais je n'aurais trouvé mon domaine sans vous, madame, et je vous en suis très obligé ! »

Frances sourit. La porte du boudoir s'ouvrit et Sarah entra, suivie de Mary avec le thé, et de Mehuru, portant le bol de punch sur un plateau d'argent qu'il posa devant Sir Charles.

Frances perçut immédiatement la fureur rentrée de Mehuru, sensible à la précision même avec laquelle il posa le rhum, le sucre, l'eau et les citrons à portée de Sir Charles ; sensible aussi à la façon dont il la regarda, l'œil figé comme par quelque sombre verglas, et dont il dit : « Ce sera tout, madame ?

— Fichtre ! Il parle bien, celui-ci ! » s'exclama Sir Charles, se retournant dans son fauteuil pour examiner Mehuru comme s'il se fût agi d'un animal exotique.

« Depuis votre dernière visite, nos esclaves ont fait de grands progrès, dit gracieusement Sarah. Ma belle-sœur n'a pas ménagé sa peine. Tous comprennent notre langue et la parlent à présent. Quant aux deux jeunes gens, ils savent même lire. Celui-ci aussi.

— Tout à fait remarquable », dit Sir Charles, dévisageant Mehuru sans vergogne. Mehuru lui rendit son regard, le visage fermé et l'œil insolent. « Voulez-vous le faire lire pour moi ? »

Frances prit une grande inspiration. « Une autre fois. Son service l'appelle ailleurs pour l'instant.

— Beau mâle, commenta Sir Charles.

— Tu peux disposer, Cicéron », dit précipitamment Frances.

Il fit un salut parfaitement méprisant.

« Ah, mais je sais ce que je vais vous envoyer ! fit Sir Charles. Des petits colliers d'esclave. Vous verrez, c'est charmant. »

Mehuru s'immobilisa devant la porte et, se retournant, vit le regard inquiet de Frances fixé sur lui.

« Et très au goût du jour, poursuivit Sir Charles. On dirait un collier de chien, mais fort joliment travaillé. Figurez-vous une petite chaîne avec, sur le devant, une plaque en métal où est gravé le nom de l'esclave. Personnellement, j'ai un faible pour l'argent. A Londres, ils en portent tous et ont fière allure. Écrivez-moi donc leurs noms, et je vous en enverrai un assortiment.

— C'est très aimable à vous », dit Frances, qui se sentait de plus en plus oppressée tant elle redoutait que Mehuru ne fît un esclandre.

De fait, il se retourna et revint vers le centre de la pièce à grandes enjambées. Frances se leva d'un bond, renversant du même coup sa boîte à ouvrage qui atterrit avec fracas sur le sol où se répandirent soies, rubans et bobines de coton. « Mon dieu ! Comme je suis empotée ! s'écria-t-elle. Cicéron, va chercher Martha ou l'une des filles. Tout de suite, je te prie. Va ! »

Il eut un instant d'hésitation, comme s'il allait la défier.

« Tout de suite ! insista Frances, la gorge et la voix sèches. Appelle-moi une soubrette. Dépêche-toi, s'il te plaît. »

De mauvais gré, il lui obéit et se dirigea vers la porte, hérissé de colère, le pas raide.

« Je suis fâchée de ma maladresse », dit Frances, haletante.

Miss Cole la regarda en s'efforçant de maîtriser son agacement. « Voulez-vous que je serve le thé, Frances ?

— Volontiers. Et vous, Sir Charles, préparez-vous votre punch et donnez-nous des nouvelles de Londres. Racontez-nous le bal chez mon oncle l'hiver dernier. Miss Honoria s'y est-elle amusée ? »

La jeune Ruth vint ranger la boîte à ouvrage. En entrant dans la pièce, elle eut un mouvement de recul et son visage devint gris.

Frances savait pertinemment qu'elle avait en face d'elle l'homme qui avait violé une esclave, et qu'elle le faisait servir par les compagnons de la victime.

« Dépêche-toi, dit-elle à Ruth. Trouvez-vous le punch à votre goût, Sir Charles ? »

Elle eut besoin de tous ses talents de société, soigneusement acquis au fil des ans, pour poursuivre son aimable bavardage pendant que Ruth rangeait avec une lenteur maussade et délibérée. Elle eut besoin de tout son charme pour distraire Sir Charles et faire en sorte que Sarah ne remarque pas la mauvaise grâce que mettait Mary à servir le thé. Elle entendait sa propre voix, un peu essoufflée, certes, mais légère et frivole, et elle se méprisait de donner ainsi le change. Elle avait envie de dire à Sir Charles qu'elle n'ignorait rien de ses turpitudes, qu'il la dégoûtait et que jamais elle ne lui pardonnerait l'outrage qu'il avait infligé à une femme dont elle avait la charge. Mais le souci des bienséances l'emporta comme toujours et la femme du monde qu'elle était continua de tourner sa cuillère dans sa tasse, d'offrir les gâteaux et de rire aux bons mots de son visiteur, comme on lui avait appris à le faire depuis toujours. Comme un chien de manchon, se dit-elle avec amertume, qui s'assied ou fait le beau quand on lui en donne l'ordre, ose à peine aboyer et semble avoir complètement oublié sa nature canine.

Heureusement, la visite fut de courte durée. Sir Charles entendait gagner au plus tôt le manoir de Lord Bartlet à Kings Weston.

« Mon frère sera fâché de ne pas vous voir, dit Sarah.

— Ce n'est que partie remise. Aujourd'hui, je vous ai fait une simple visite d'affaire. »

Quelque peu surprise, Sarah acquiesça néanmoins.

« Je suis contente de voir Frances gérer votre capital. J'aurais cru que vous souhaiteriez revoir les comptes avec mon frère.

— Je ne saurais rêver meilleur agent que Mrs. Cole pour s'occuper de mon modeste portefeuille. Je n'en désire pas d'autre !

— Du moment que vous êtes satisfait..., dit Sarah d'un ton sceptique.

— Je suis enchanté et n'ai qu'un regret, celui de ne pouvoir partager votre repas. Mais je souhaite arriver chez Lord Bartlet à temps pour souper. »

Frances sonna et l'esclave de Sir Charles apparut avec le manteau, le chapeau et la canne de son maître.

« Voulez-vous une brique chaude pour vous mettre sous les pieds dans la voiture, Sir Charles ? proposa Sarah. Même en cette saison, les soirées sont parfois fraîches.

— J'espère que mon esclave en a déjà mis une. Toi avoir mis brique chaude, Sammy ? »

L'homme lui jeta un regard las et blasé. « Oui, missié. »

Frances ferma un instant les yeux pour ne plus voir la tête courbée de l'homme et son air morne.

« Tenez, Sammy porte l'un de ces colliers dont je vous parlais. Sammy ! Montre chaîne ! Montre ! »

L'homme porta la main à sa gorge pour dégrafer le col de sa veste. Une chaîne d'argent lui entourait le cou, et sur la plaque on lisait son nom, « Sammy », gravé en élégantes lettres cursives.

« Joli, n'est-ce pas ? fit Sir Charles. Marquez-moi les noms de vos esclaves et je vous manderai ces babioles. »

Frances garda son sourire bien accroché sur son visage, comme un masque lors d'un bal de carnaval. Prenant une feuille sur son écritoire, elle inscrivit soigneusement les onze noms, commençant par Cicéron et finissant par John, le benjamin.

« A la bonne heure, dit Sir Charles. Onze en tout ? Il vous en reste onze ?

— On nous en avait mis vingt de côté, intervint Sarah. Nous n'avons eu que neuf morts : sept pendant la traversée, mais seulement deux ici. Nous sommes très satisfaits. »

La main de Frances trembla et sa plume fit un pâté. Elle eût voulu dire à Sir Charles que la femme qu'il avait violée était morte et l'accuser. Au lieu de quoi, elle lui tendit la liste de noms et observa Sammy. L'homme évita son regard. Elle ignorait que chez lui, à la Jamaïque, il eût été fouetté pour avoir regardé une femme blanche, ce qui était considéré comme une impertinence. Il baissa donc la tête et s'absorba dans la contemplation de ses chaussures. Sur la peau délicate du cou, et s'incurvant vers l'oreille, Frances remarqua le profond sillon mâchuré d'une cicatrice laissée par un coup de fouet mal placé.

« Permettez-moi de prendre congé », dit Sir Charles, jetant son manteau sur ses épaules et se penchant sur la main de Frances pour y déposer un baiser humide.

« Je vous souhaite bon voyage », dit Frances à mi-voix.

Les deux femmes escortèrent le visiteur jusqu'à la porte et restant sur le perron illuminé par le soleil du soir, lui firent des signes d'adieu tandis que s'éloignait la voiture.

« Quel homme affable ! soupira Sarah en regardant la voiture disparaître à l'angle de la place.

— Et obligeant, dit Frances du bout des lèvres. Fort obligeant. »

29

Le lendemain, Sarah se réveilla de très bonne heure et se prépara à sortir avant même que Josias fût levé. Elle sonna Mehuru et lui ordonna de mettre sa livrée pour l'escorter. Il la suivit donc à distance respectueuse, intrigué mais impassible, tandis qu'elle se dirigeait vers le fleuve.

Ce fut lui qui appela le passeur et tint le bras de Sarah pour l'aider à descendre les marches glissantes et à enjamber le bord de la barque. Avec la chaleur de l'été, le bassin dégageait une odeur putride à laquelle Sarah ne sembla même pas prêter attention. Lorsqu'ils arrivèrent sur l'autre rive, Mehuru sauta à terre et prêta de nouveau assistance à Sarah pour sortir du bateau et gravir les marches menant à Redcliffe Quay.

Ils trouvèrent porte close à l'entrepôt, le comptable n'étant pas encore arrivé. Sarah attendit donc patiemment, debout sur les marches de son ancienne maison. Mehuru resta à ses côtés, mais elle ne lui dit pas un mot. Au reste, elle n'adressait la parole aux esclaves que pour leur donner des ordres.

Au moment précis où les cloches de St. Mary Redcliffe sonnèrent huit heures, Mehuru avisa l'homme qui descendait le quai d'un pas rapide. Aussitôt, il sentit frémir Sarah.

« Bonjour, dit-elle. Je suis Miss Cole. Je veux voir les livres de bord des navires et les comptes de la compagnie. Pouvez-vous m'ouvrir ? »

L'homme marqua une hésitation et glissa un coup d'œil vers Mehuru, qui garda un visage inexpressif.

« Mais... Je ne sais pas..., commença le comptable.

— Merci ! » dit-elle d'un ton sans réplique. Elle prit la clé qu'il tenait à la main, ouvrit la porte de l'entrepôt et monta dans le bureau de Josias, à l'étage. Comme elle l'espérait, les livres se trouvaient à leur place habituelle, sur son bureau. Tournant la tête vers Mehuru, elle lui ordonna d'aller l'attendre dehors.

Il sortit avec le comptable et ils entendirent derrière eux Sarah donner un tour de clé dans la serrure. L'homme regarda Mehuru comme s'il attendait de lui quelque assistance, mais Mehuru se contenta de hausser les épaules et se mit en devoir d'attendre ainsi qu'on le lui avait enjoint.

Pendant ce temps, Sarah s'installa au bureau de Josias et tira vers elle les registres de la compagnie. Si l'écriture du comptable lui déplaisait, elle devait reconnaître qu'il s'était correctement acquitté de son travail. Elle tourna les pages pour consulter les débits et fronça les sourcils. Une somme massive, cinq mille quatre cents livres, était inscrite dans la colonne des débits face au nom de Hibbard and Sons, petit établissement bancaire auquel Josias avait emprunté deux mille livres pour le bail du *Hot Well*, et mille livres pour la maison de Queens Square. Il s'était aussi fait prêter neuf cents livres pour la première année de loyer du *Hot Well*, mille livres pour équiper la *Rose* et cinq cents pour acheter la cargaison. Enfin, il avait fait à Hibbard and Sons une reconnaissance de dette de cinq cents livres, qui avaient servi à payer l'ameublement et la décoration. Sarah pensa aux dragons chinois et porta la main à sa bouche, qui se mit à trembler. Jamais de telles sommes n'avaient figuré dans la colonne des débits de la compagnie Cole and Sons pendant toutes ses années d'existence. Elle ne maudit pas Josias, n'éprouva aucune colère, mais se sentit envahie par une angoisse qui la glaça jusqu'à la nausée. Pour éponger une pareille dette, il faudrait une traversée proprement miraculeuse. Or, loin d'augmenter, les bénéfices allaient s'amenuisant.

En contractant cet emprunt à long terme, Josias avait bien pris soin d'étaler largement les remboursements. Le premier ne venait à échéance qu'en novembre, date à laquelle on attendait la *Rose*. Et la *Daisy* devait rentrer peu après. Mais Sarah, qui avait toujours tenu les comptes, détestait voir se remplir la colonne des débits. La perspective d'un endettement de longue durée la rendait malade, comme d'autres femmes l'eussent été en s'apercevant que leur robe était mal agrafée dans le dos. Et il ne s'agissait pas d'une petite dette. Des marchands aux reins beaucoup plus solides que les Cole s'étaient trouvés ruinés pour moins que cela. A elle seule, la *Rose* ne suffirait pas à liquider cette dette. Il faudrait quatre traversées, peut-être cinq, pour la solder, et cela prendrait au moins deux ans.

Faute d'avoir l'argent nécessaire, ils allaient devoir emprunter pour radouber la *Rose* après son retour. Ils ne pourraient pas non plus prendre une commandite importante sur la traversée suivante. « Elle naviguera au profit de nos associés », marmonna Sarah, accablée.

Elle tira vers elle le livre de comptes de la *Rose* et passa en revue la cargaison de départ. Elle vit les articles habituels destinés aux marchands d'esclaves d'Afrique : casseroles et marmites de cuivre, couteaux, colliers de strass imitant le diamant, cotonnades médiocres appelées « toile à nègres », miroirs de pacotille et méchants fusils. Elle regarda une seconde fois les comptes et crut un instant que Josias s'était trompé et avait consigné les marchandises en double, car la valeur en espèces était deux fois ce qu'elle aurait dû être. Elle vérifia la quantité de marchandises en la comparant à celle des pages précédentes : il y en avait deux fois plus. Josias avait armé son navire de façon à doubler le volume du commerce sur la côte africaine.

Plissant le front, Sarah prit alors le registre de la *Lily*, qui avait quitté Bristol en dernier. Non, elle était partie avec la cargaison habituelle. C'était la *Rose* seule dont Josias avait bourré les cales de marchandises européennes au départ de Bristol. Sarah examina attentivement les autres totaux de traversée. Les comptes étaient faits de la main même de Josias, dont elle reconnaissait l'écriture nette, et ils étaient faciles à lire. Elle s'était demandé à l'époque pourquoi il avait insisté pour s'en charger, alors que d'habitude, il était toujours prêt à lui remettre les liasses de bordereaux et à lui laisser recopier les totaux sur le registre du navire concerné. Cette fois-là, Josias l'avait fait lui-même. Or, justement, les comptes étaient différents.

Sarah ne releva rien d'anormal jusqu'à ce qu'elle en arrive au montant de l'assurance, curieusement peu élevé. Suivant du doigt la ligne qui traversait les différentes colonnes pour retrouver sur l'autre page l'écriture correspondant à la somme, elle aboutit à ce libellé de la main de Josias :

4 septembre 1788

Assurance du navire la Rose *et de sa cargaison pour la traversée d'Angleterre en Afrique et celle des Antilles en Angleterre...*

Sarah resta paralysée sur sa chaise tandis que son esprit vacillait. Josias n'avait pas assuré le navire pour la traversée intermédiaire, où le bateau devait affronter non seulement les menaces et les traîtrises de l'océan, mais aussi les risques de maladie et de mutinerie. Il n'avait pas non plus assuré la précieuse cargaison d'esclaves pour la redoutable traversée de l'Atlantique d'est en ouest.

Elle commença à établir des rapports entre différents éléments : le mal qu'avait eu Josias à trouver une assurance ; ses critiques de la façon dont avait été jugée l'affaire du *Zong*, qui avait éveillé la méfiance des assureurs, leur faisant soupçonner les négriers de jeter purement et simplement les esclaves par-dessus bord pour réclamer leur prime, et le fait qu'il ait accepté un nombre insuffisant d'associés. Il avait pris dans la même foulée une épouse et un risque monumental. Dans son désir de sortir de sa condition, il s'était mis en tête de faire fortune pour établir sa famille, et à cette fin il avait doublé le nombre d'esclaves transportés et omis de prendre une assurance entre l'Afrique et les Antilles. Il n'avait même pas cherché à réduire une perte éventuelle en la divisant par un nombre élevé de commanditaires. Non, il avait pris tous les risques afin de garder pour lui les profits.

Sarah, qui détestait le risque autant que la dépense, eut un rictus qui la fit brusquement paraître vieille et émaciée. Depuis l'enfance elle avait l'habitude de l'épargne, fruit d'un travail régulier et assidu. Elle avait vu son père descendre et remonter inlassablement la Severn avec des chargements de marchandises. C'était au cours de l'enfance de Josias qu'étaient apparues les perspectives d'une plus grande aisance. Josias avait quinze ans lorsque leur père avait ramené au port la *Marguerite*, le brick français. Cela avait donné à Josias le goût du risque et de la spéculation sur une grande échelle. Avec ses dix ans de plus que lui, Sarah gardait le souvenir détestable de leur pauvreté initiale et, plus conservatrice, elle préférait la sécurité de gains réguliers.

Un bruit venant d'en bas la fit sursauter. Elle ôta de devant sa bouche la main dont elle venait de mordiller les ongles en lisant les livres de comptes. L'index était rongé jusqu'au sang.

« Mais qu'est-ce qui se passe ici, bon dieu ? » fit une voix. C'était Josias qui montait l'escalier.

« Miss Cole est arrivée ce matin de bonne heure et elle s'est enfermée dans votre bureau », répondit le comptable.

Sarah se leva pour aller déverrouiller la porte, qu'elle ouvrit tout grand. « Entre, Josias. »

Josias se préparait à passer à l'attaque avant que sa sœur ait pu dire un mot, mais en voyant le visage de celle-ci il resta muet. Elle referma la porte au nez du comptable et se rassit au bureau, laissant Josias debout, comme au temps où elle le grondait et le giflait pour ses désobéissances.

L'œil de Josias se posa sur le livre de comptes aux armes de la *Rose*.

« Ah ! soupira-t-il.

— Comme tu dis ! Tu n'es pas assuré pour la seconde partie de la traversée.

— Je n'ai pu trouver personne qui veuille le faire. Ce n'est pas faute d'avoir essayé, je te le jure.

— Et les autres navires, tu les as assurés ?

— Sarah, à partir du moment où j'ai fait partie des Marchands-Entrepreneurs, tout a été facile. Nous nous assurons entre nous et nous partageons tous les risques. Mais quand la *Rose* est partie, je n'étais pas encore membre. J'ai fait tout Bristol. Personne n'a voulu me couvrir pour la traversée du milieu. Elle est assurée pour le voyage d'aller en Afrique et celui du retour à partir des Antilles. »

Sarah prit une inspiration en tremblant : « Tu as pensé aux risques... »

Josias haussa les épaules. « Que voulais-tu que je fasse ? Il fallait bien lui donner l'ordre d'appareiller. En restant à quai, elle me coûtait de l'argent. Je me suis dit que j'arriverais peut-être à l'assurer après son départ. Mais je n'ai pas pu.

— As-tu reçu des nouvelles de son capitaine ? s'enquit Sarah du ton ardent d'une femme qui demande après son amant. Est-elle arrivée à bon port ?

— Je ne sais rien d'elle depuis qu'elle a quitté les côtes d'Afrique avec son chargement. Mais je n'attends pas de nouvelles tant qu'elle n'est pas arrivée à la Jamaïque. Le capitaine ne peut me faire parvenir un message que s'il croise un navire anglais en route pour le retour. Calme-toi, Sarah. Il se peut fort bien que nous voyions arriver la *Rose* dans le bassin sans qu'elle nous ait donné signe de vie depuis des mois.

— Je sais, admit-elle. Je sais.

— Pardonne-moi, dit Josias avec embarras. Les assureurs ne m'ont pas laissé le choix.

— Et pour quelle raison as-tu embarqué une telle quantité de marchandises d'exportation ? »

Josias regarda la porte comme s'il craignait que quelque espion fût embusqué derrière. « Tu vas être fâchée, Sarah... mais j'avais besoin de me procurer de l'argent rapidement. »

Elle comprit à demi-mot. « Oh, Seigneur ! Tu as fait de la contrebande !

— Sur une cargaison, une seule. J'ai donné au capitaine Smedley l'ordre de bourrer l'entrepont tant qu'il pouvait et de vendre ensuite son chargement de bois d'ébène aux plantations espagnoles. Il n'acceptera aucun billet à ordre et ne prendra que de l'or ou du sucre au meilleur prix. Personne ne sera au courant et l'opération me rapportera une petite fortune.

— Une petite fortune ! Mais tu viens d'en dépenser une ! Voilà pourquoi nous sommes dans une situation pareille !

— Cette traversée suffira à nous tirer d'affaire. Quand la *Rose* reviendra, en novembre, je rembourserai mes créanciers. Après quoi, il nous restera encore de l'argent. C'est un coup de dés, mais nous connaissons bien les risques du jeu. Pourquoi perdrions-nous maintenant un navire qui a fait maintes fois la traversée et à qui il n'est jamais rien arrivé ? » En disant cela, il tapota le chambranle de la porte. Malgré son aplomb, Josias était fort superstitieux et il avait l'habitude de toucher du bois.

« Tu comptes faire un bénéfice de combien ? s'enquit Sarah, tentée malgré sa réticence par l'idée alléchante d'un bateau chargé d'or.

— Disons qu'il y a six cents esclaves dans les cales...

— Six cents ! Mais il n'y a de place que pour trois cents !

— J'ai dit au capitaine de bien les tasser. Mettons qu'il en ait embarqué six cents et qu'il en débarque quatre cent cinquante.

— Tu prévois cent cinquante morts pendant la traversée ?

— Plus ils voyagent tassés et plus les risques de maladie augmentent. Sans compter qu'à cause du nombre le capitaine aura dû réduire les rations de nourriture et d'eau. Peut-être aurons-nous une bonne surprise. En tout cas, en admettant qu'il en débarque quatre cent cinquante, et qu'il les vende cinquante livres pièce...

— Pas plus ?

— Dans le lot, il y a sûrement beaucoup de petits enfants... Ça nous fait vingt-deux mille cinq cents livres. »

Sarah ouvrit le registre. « Moins les huit mille sept cent trente-deux livres dépensées pour les denrées d'exportation. »

Josias lui adressa un large sourire. « Ce qui laisse un bénéfice de près de quatorze mille livres.

— Une vraie fortune, dit Sarah. Voilà qui te permettra d'acquitter tes dettes sur la maison et sur le *Hot Well*, et de nous remettre à flot par-dessus le marché.

— Je dois mille livres pour la maison et j'ai emprunté de quoi payer la garantie de deux mille livres pour le *Hot Well*. Il me reste à régler les meubles et les tapis de Queens Square et j'ai aussi emprunté de quoi lancer la saison aux thermes. Pour armer la *Rose*, j'ai emprunté plus de mille livres. En tout, je dois plus de cinq mille livres, mettons six mille en comptant les intérêts. J'espère tout payer d'un coup en novembre, lorsque la *Rose* sera rentrée, c'est-à-dire dans quatre mois, même pas. »

Sarah hocha la tête. « Tout repose sur la *Rose*. Si elle rentre sans encombre, nous serons cousus d'or. Mais si elle ne rentre pas...

— Dans le commerce, on n'est jamais sûr de rien, Sarah. Mais j'ai bon espoir. Et toi aussi, tu devrais avoir confiance, toi qui es fille et sœur de marchand. Les risques font partie du métier. Songe aux bénéfices !

— N'empêche qu'elle navigue sans assurance, fit Sarah, butée. Elle traverse les mers les plus dangereuses du monde, et vogue avec des cales surchargées vers une destination illégale. Si nous perdons la *Rose*, Josias, nous sommes ruinés. Nous ne possédons même pas le toit de Queens Square. Nous n'avons rien à nous, sinon nos deux autres navires et cet entrepôt. Et en cas de malheur, nous serons obligés de vendre la *Daisy* et la *Lily*. »

Josias tapa de nouveau sur le bois de la porte pour conjurer le sort. « A quoi bon me le rabâcher, Sarah, je le sais ! Pourquoi crois-tu que je m'échine à rendre le *Hot Well* rentable ? Pourquoi crois-tu que tous les matins, je suis sur le quai, en train d'essayer de négocier l'achat ou la vente de barils de marchandises d'autres navires ? Pourquoi crois-tu que je tire jusqu'à la dernière goutte du crédit que me consentent les Marchands-Entrepreneurs ? Je sais bien que je navigue au plus près. Personne n'est mieux placé que moi pour le savoir ! Mais si je réussis, notre fortune est faite et notre réputation aussi. Seulement voilà : qui dit traite dit risque, Sarah ! »

Elle avait de nouveau porté la main à sa bouche, et se rongeait les ongles jusqu'au sang.

« Arrête, Sarah. J'aurais aimé t'épargner ces soucis.

— Je préfère être au courant, fit-elle d'une voix sourde. Je m'attendais à pire.

— Maintenant, tu sais à quoi t'en tenir.

— Me promets-tu de ne plus me mentir ?

— Me promets-tu de ne plus te mettre en travers de mon chemin ?

— Josias...

— Je veux être maître chez moi, Sarah. Et diriger Cole and Sons comme je l'entends.

— Tout cela, c'est la faute de Frances ! s'exclama soudain Sarah, n'y tenant plus. Si tu ne l'avais pas épousée, tu serais satisfait de ton sort !

— Satisfait ! Mais je ne l'étais pas. Je l'ai épousée parce que l'entrepôt ne me suffisait plus. Je voulais autre chose. Et je touche au but. Ne me mets pas de bâtons dans les roues, Sarah. Je ne te laisserai pas faire. »

Elle se détourna et regarda par la fenêtre. Dans le bassin, un navire concurrent était en cale sèche, le pont couvert d'hommes en train de rassembler les voiles pour les faire réparer, tandis que cinq ou six matelots, à quatre pattes, calfataient les planches du pont à grand renfort de goudron et d'étoupe.

« Avant, nous faisions cause commune, dit-elle.

— Je sais. »

Il y eut un silence.

« Je n'irai pas contre ta volonté, Josias, soupira Sarah. Tu n'as pas besoin de me faire de cachotteries, tu sais. Je ne suis ni une idiote, ni une oisive. J'ai été élevée dans ce métier et je peux t'être utile. »

Josias, qui l'avait écoutée attentivement, s'approcha d'elle et, lui passant un bras autour de la taille, la serra un instant contre lui. « Je sais, répéta-t-il. Tu n'imagines pas combien cela m'a pesé de garder tous ces soucis pour moi. »

Ils restèrent côte à côte quelques minutes à observer le navire, comme des parents en deuil regardant le bébé de quelqu'un d'autre dormir dans son berceau.

« Il faut que je parte, dit Josias, s'arrachant à cette contemplation. Mon cheval m'attend.

— Tu as encore loué un cheval ? »

La réflexion de Sarah le fit rire. « Voyons ! Maintenant que je suis propriétaire du *Hot Well*, il faut bien que j'aille surveiller ce qui s'y passe. Bien sûr que j'ai loué un cheval. Et dès que j'en aurai trouvé un à ma convenance, je l'achèterai. Il faut bien que je me déplace pour m'assurer de la bonne marche de mes affaires. Je ferais un piètre entrepreneur si je n'allais pas les surveiller, tu en conviendras toi-même ! »

Elle eut un sourire mi-figue, mi-raisin. « Sans doute. Mais c'est la dépense qui me chagrine.

— Il m'en coûterait davantage si je ne veillais pas au grain. Allons, laisse-moi partir. »

De la fenêtre, elle le regarda monter à cheval tandis que Mehuru tenait sa monture. Quel curieux spectacle de voir Josias vaquer à ses affaires à cheval ! Lui qui, de sa vie, n'était pas allé plus loin que le bout du quai, il avait aujourd'hui des allures de gentilhomme, avec ses bottes et sa cape. Sarah se dit que de loin, elle ne l'aurait pas reconnu. Il s'éloignait d'elle, le petit frère qu'elle avait élevé, et elle ne le comprenait guère mieux que les affaires dans lesquelles il s'était engagé. Les chiffres que renfermaient les registres n'étaient plus de petites sommes faciles à gérer, à additionner ou à soustraire, mais des sommes dangereuses, des dettes hasardeuses. Quant à Josias, ce n'était plus le petit frère qui venait la consulter et n'envoyait jamais un navire en mer sans lui avoir demandé de vérifier le livre de bord et les comptes. C'était un homme prêt à prendre des risques considérables afin de gagner la maison de ses rêves pour l'épouse qu'il s'était choisie.

A l'insu de Josias, elle leva la main en un petit geste d'adieu qui ressemblait en fait plutôt à un appel.

A mesure que le cheval s'éloignait de la ville sur la route qui longeait le fleuve, Josias se rassérénait. La marée montait et le soleil faisait étinceler l'eau. Sur chaque rive, les bois écrasés de chaleur sous le soleil de juillet avaient perdu leur éclat tendre du printemps. Josias se sentait mieux après son aveu à Sarah. Elle le conseillait depuis si longtemps dans ses transactions commerciales qu'il trouvait pénible de lui cacher quoi que ce fût. Et en rassurant sa sœur, il s'était convaincu lui-même.

Les frondaisons de la coûteuse allée plantée par les Marchands-Entrepreneurs étaient tout empoussiérées par les allées et venues des carrosses. Les vagues qui venaient lécher les murs du Pavillon faisaient entendre un clapotis irrégulier. Une brise de mer avait dissipé la brume sale qui stagnait en permanence au-dessus de la ville et dégagé un ciel bleu où s'étiraient çà et là les stries floconneuses de quelques nuages blancs. En avançant dans la petite avenue, le poing sur la hanche, Josias éprouva le plaisir encore inconnu pour lui de promener sur les lieux l'œil du propriétaire. Il inspecta son domaine avec une attention complaisante, englobant au passage le ciel et les oiseaux qui y tournoyaient comme s'ils faisaient aussi partie du lot et devaient être portés au crédit de son sens des affaires.

A l'arrière du bâtiment, des ouvriers s'employaient à condamner le robinet qui avait jusque-là dispensé gratuitement l'eau de la source. Ils ôtèrent leur casquette au passage de Josias, qui leur répondit d'un petit geste dégagé.

Il eût fort bien pu attacher sa monture à l'un des anneaux prévus à cet effet et fixés sur la façade principale. D'autant que plusieurs autres attendaient sagement, tous harnachés à la mode de Bristol d'une de ces selles à deux places où la femme s'asseyait derrière le cavalier. Mais Josias préféra siffler un gamin désœuvré et lui demanda de garder son cheval, lui promettant un penny pour sa peine. Non que l'animal fût trop ombrageux ou trop nerveux pour qu'on le laisse sans surveillance — l'écurie, qui savait que Josias ne montait pas très bien, lui donnait toujours une brave bête placide —, mais Josias découvrait l'agrément qu'il y a à dépenser. Même si un penny était une somme minime, le fait de payer un gamin pour lui tenir son cheval alors qu'il avait devant lui de quoi l'attacher sans bourse délier relevait à ses yeux de la prodigalité pure et simple. Et il lui plaisait fort d'être prodigue. Il imaginait un avenir où il distribuerait des pourboires généreux, ne regarderait plus aux petites dépenses ni aux petits plaisirs, et aurait toujours soin le matin de garnir son gousset en prévision des bagatelles qu'il aurait envie de s'offrir dans la journée.

Il entra d'un pas nonchalant dans son Pavillon et regarda le spectacle qui s'offrait à lui. Les malades chroniques étaient à leur place habituelle, occupés à boire de l'eau ou à se promener sous la colonnade pour y prendre un peu d'exercice, comme on le leur avait prescrit. Josias leur accorda à peine un coup d'œil. Ce n'était pas leur présence qui lancerait le *Hot Well.* Il avait besoin d'attirer là les élégants et les dilettantes de la capitale, ainsi que la clientèle de Bath, qui pouvait venir faire une excursion pour la journée. Ces visiteurs-là, il en était venu des centaines les années précédentes, et Josias avait pris la peine de faire paraître dans les journaux des annonces disant que la direction des thermes avait changé, et offrant des tarifs avantageux pour la première saison. A n'en pas douter, avec un ciel aussi bleu et la vue enchanteresse sur laquelle s'ouvraient les grandes baies du Pavillon, ils viendraient par centaines cette année encore...

« Ah, Mr. Cole ! » Le maître des cérémonies, fraîchement installé dans ses fonctions par Josias, mais choisi par Frances, vint à sa rencontre pour le saluer. « Mr. Cole, notre heureux propriétaire ! Comme vous le voyez, nous sommes fin prêts pour le lancement de l'établissement sous votre houlette ! D'ailleurs, j'ai déjà reçu quelques cartes m'annonçant l'arrivée de dames du meilleur monde. Je suis persuadé que nous aurons une année pleine d'agréments. Si, si, je vous assure ! Il est vrai que nous commençons peut-être un peu tard. Un peu tard dans la saison, j'entends. Mais les gens ne vont pas à Londres avant octobre ou novembre, et je suis tout à fait sûr que les agréments que nous offrons attireront ici toutes les familles qui séjournent dans leurs manoirs de campagne. Après tout, il nous reste encore la fin de ce mois-ci, ainsi que les mois d'août et septembre pour faire leur conquête ! »

Josias sourit. L'homme le mettait mal à l'aise, avec son corset si serré sous ses vêtements que son gilet ajusté ne faisait pas un pli et que le tombé de son habit était parfait, des épaules rembourrées à l'ourlet plombé. « Très bien, se borna-t-il à répondre. On est en train de condamner le robinet public, je crois.

— En effet, confirma l'homme. Il serait fâcheux que nos visiteurs voient une foule de guenilleux et d'estropiés se presser à l'arrière du Pavillon, alors que nous misons tant sur l'élégance et le raffinement du cadre. En outre, comment pourrions-nous faire payer l'eau à l'intérieur si nous la donnons gratuitement à l'extérieur ?

— En effet, répondit Josias d'un ton sec. La salle a belle allure. Je vais emporter le registre des clients et celui des comptes chez moi.

— Faites donc, dit l'homme avec affabilité. Je crois que vous serez satisfait. Pour ma part, je trouve que la saison s'annonce au mieux. Bien sûr, nous avons nos pauvres petits malades, comme toujours, mais aussi un certain nombre de visiteurs venus pour le plaisir. Ce sont eux qui donnent à notre station le cachet nécessaire.

— Sans doute, fit Josias, perplexe.

— Puis-je me permettre de vous suggérer quelques petites améliorations ? poursuivit le maître des cérémonies d'un air sagace. J'aurais pris ces initiatives sans vous importuner, mais hélas, elles coûtent de l'argent et je préfère consulter celui qui tient les cordons de la bourse. C'est que je ne veux pas que vous puissiez me reprocher de jeter l'argent par les fenêtres !

— De quoi s'agit-il ? »

L'homme leva une main fine et compta sur ses doigts soigneusement manucurés. « Primo, le quatuor ne joue que l'été, ce que je regrette fort. L'hiver, quand tout est gris dehors, il nous faut de la musique, des lumières et de la gaieté dedans. N'est-ce pas votre avis, Mr. Cole ?

— Soit, dit Josias, piqué. Vous direz aux musiciens de rester.

— Secundo, je voudrais engager une petite créature accorte à souhait qui tiendrait un comptoir où l'on pourrait prendre le thé. Bien sûr, aujourd'hui, on peut commander du thé, mais moi, je voudrais solliciter les regards. Qu'on voie la théière, qu'on ait envie de thé et qu'on puisse se le faire servir incontinent. Sitôt vu, sitôt bu ! Vous me suivez, monsieur ? »

La volubilité de l'homme étourdissait Josias. Il secoua la tête et dit : « Faites comme bon vous semble, mais lorsqu'une dépense excède dix livres, consultez-moi avant de l'engager.

— Voilà une politique fort raisonnable ! s'écria le maître des cérémonies. Mais suis-je bête, vous êtes un homme d'affaires avant tout, Mr. Cole, n'est-ce pas ? Voyons, avais-je autre chose à vous demander ? » Comme il penchait la tête de côté, un petit nuage de poudre parfumée s'échappa de sa perruque. « Ma foi, non. Rien du tout. Puis-je vous offrir un verre de votre eau ? »

Josias déclina la proposition. « Non, non. C'est inutile. On en dépose quelques bouteilles à l'intention de ma femme quand on livre en ville. Elle l'apprécie beaucoup. Quant à moi, je n'en bois pas. Je me porte comme un charme, Dieu merci. »

L'homme posa une main gantée sur le bras de Josias, qui recevant en plein nez une bouffée sucrée de parfum au géranium, léger mais reconnaissable, fronça le nez. « Vous ne voulez vraiment pas vous laisser faire ? ronronna-t-il.

— Non, non, je dois partir. Les affaires n'attendent pas, vous savez », dit Josias, au supplice.

Il sortit précipitamment, enfourcha son cheval et jeta un penny au gamin. Mais une fois à bonne distance, il tourna la tête pour regarder les lieux et eut un petit rire. Qu'aurait pensé son père — fils de mineur lui-même — de la fulgurante ascension de ses enfants et de ce nouveau commerce excentrique ?

30

« J'ai pensé à ce que nous pouvions faire, annonça Mehuru à Frances.

— Nous ? », fit-elle en levant les yeux vers lui avec un léger sourire, comme si elle s'étonnait qu'il utilise ce pronom.

Ils se trouvaient dans le jardin au centre de Queens Square. Frances, obéissant à Stuart Hadley qui lui avait conseillé de prendre un peu d'exercice, était sortie se promener sur la place, escortée de Mehuru. Un peu lasse, elle venait de s'asseoir sur un banc, abritant son teint avec une petite ombrelle, tandis que Mehuru se tenait debout à côté d'elle. Par cette belle journée du mois d'août, elle portait une robe de mousseline blanche mouchetée de rose, un châle assorti, et un bonnet agrémenté de fleurs en soie rose. Inquiet de la voir si légèrement vêtue, Mehuru se retenait de l'envelopper plus étroitement dans son châle. Depuis que Stuart lui avait appris qu'elle était de santé précaire, il vivait dans la crainte qu'elle n'attrape froid et la traitait comme si elle était une plante africaine rare qui risquait de ne pas résister aux traîtrises du climat anglais.

« Le médecin ne vous a donc rien dit de votre santé ? reprit Mehuru.

— Non. Je suis rétablie maintenant. »

Mehuru fit la moue.

« Pas vraiment. Il pense que vous avez les poumons fragiles.

— Oh, je le sais. Je tiens cela de ma mère.

— Il a conseillé à Josias de vous envoyer passer l'hiver à l'étranger.

— Ah ? Josias ne m'en a rien dit.

— Josias ne sait pas quoi faire, maugréa Mehuru. Lui qui a trois navires, il ne sait pas comment vous envoyer dans un pays chaud ! »

Frances fit tournoyer son ombrelle et lui jeta un regard de biais à travers les franges. « Ne sois pas si sévère avec Josias. On ne peut rien lui reprocher.

— Mmm, grogna Mehuru, qui n'en pensait pas moins. Toujours est-il que le Dr Hadley estime que vous devriez passer les mois d'hiver dans un pays où le climat est moins rude.

— Dis-moi, Mehuru, comment sais-tu tout cela ? demanda brusquement Frances.

— Je tenais le cheval du Dr Hadley et j'ai écouté, dit Mehuru sans le moindre embarras. Les domestiques savent toujours tout, Frances, vous ne l'ignorez pas.

— Mais pour nous..., ils sont au courant ?

— Frances ! poursuivit calmement Mehuru, j'essaie de penser à l'avenir.

— Ma réputation...

— Rassurez-vous, personne ne se doute de rien, affirma Mehuru. Maintenant, laissez-moi vous parler de mes projets...

— Quels projets ?

— D'après le Dr Hadley, vous ne devriez pas rester ici l'hiver. Il craint beaucoup pour vos poumons, et il a sûrement raison. Il estime que le froid et l'humidité ne vous valent rien. Or votre maison est située dans une cuvette, et trop près du fleuve. Quant à l'air de la ville, il est irrespirable ! »

Frances hocha la tête, pensive. « Il est vrai que depuis que j'habite Bristol je ne me suis jamais sentie bien-portante.

— Si nous partions ensemble, Frances ? dit Mehuru se jetant enfin à l'eau. Nous pourrions aller en Italie. Ou mieux encore, en France. Là-bas, la situation politique a changé et, pour nous, ce serait le pays le plus accueillant. Allons en France. Nous y vivrons comme mari et femme. »

Effarée, Frances se dressa sur son banc, toute tendue, et referma son ombrelle d'un coup sec. « En France ! s'exclama-t-elle.

— Là-bas il y aura un Parlement gouverné par la volonté du peuple, expliqua Mehuru. Les Noirs des colonies françaises et les représentants blancs y siégeront côte à côte. Ils libéreront les esclaves dans leurs colonies et aux yeux de la loi française Blancs et Noirs seront égaux. C'est le pays idéal pour des gens dans notre situation. Je sais écrire, Frances. Je trouverai du travail dans un journal et je vivrai de ma plume. »

Frances, qui n'en croyait pas ses oreilles, lui jeta un regard stupéfait en secouant la tête.

« Pourquoi pas ? insista-t-il.

— Ils ne peuvent pas affranchir les esclaves ! Jamais ils ne feront cela.

— Si ! Et je le sais de bonne source. La France sera un asile rêvé : là-bas, nous pourrons vivre ensemble au grand jour. »

Elle secoua la tête.

« Je ne pourrais pas vivre en France, gémit-elle.

— Alors, allons en Italie.

— Je ne peux pas m'expatrier. Il me serait impossible de vivre ailleurs qu'en Angleterre. Ma famille est ici.

— Mais vous ne la voyez jamais, votre famille ! »

Elle le regarda comme si elle savait qu'elle aurait du mal à lui expliquer pourquoi.

« Le nom que je porte compte beaucoup pour moi. En Angleterre, on sait qui je suis. C'est mon pays, ma patrie. »

Mehuru réfréna son impatience. « Marchons un peu », proposa-t-il. Il n'en pouvait plus de rester debout à côté d'elle sans pouvoir la toucher, ni de l'entendre refuser obstinément sa seule chance de recouvrer la santé et leur seule chance d'être heureux ensemble. Obéissante, elle se leva et ils prirent l'allée menant au centre du jardin, elle devant et lui, à un demi-pas à peine derrière elle.

« Comme vous voudrez, dit-il. Trouvons donc une maison dans un endroit où l'air est bon. Pourquoi pas là où vous habitiez auparavant, près de votre ancienne demeure ? Vous vous y plaisiez, n'est-ce pas ? Ou à Bath ? »

Oppressée, Frances sentit son cœur s'accélérer et sa respiration aussi.

« Tu ne comprends pas, Mehuru. Si nous vivions ensemble, je serais une femme perdue.

— Je conçois que la famille de Josias et ses amis ne veuillent plus vous voir, dit-il. Mais votre famille continuerait à vous aimer, non ? »

Elle porta une main à sa gorge, cherchant à reprendre son souffle. « Non. Je serais une femme perdue de réputation, Mehuru. Ils me renieraient et je ne les reverrais jamais.

— Même votre oncle ? Celui qui vous écrit, Lord Scott ? »

En songeant à sa position catégorique sur l'infidélité et ses conséquences fatales, Frances eut un petit rire nerveux. « Il serait le premier à me condamner ! En quittant Josias, je me mettrais au ban de la société, Mehuru. Et si je le quittais pour partir avec toi, ma famille ne me le pardonnerait jamais. »

Mehuru eut soudain la sensation douloureuse d'avoir perdu la bataille avant même d'avoir pu la livrer. « Moi, j'ai tout perdu, Frances. Ma famille, mon pays et mes fonctions, qui me procuraient de grandes joies. Pourtant, je suis prêt à tout recommencer. Pourquoi ne pouvons-nous, vous et moi, construire une autre vie ?

— Tu ne comprends donc pas que c'est impossible, Mehuru ? Impossible ! Im-pos-sible ! » Là-dessus, elle pressa brusquement le pas et prit l'allée qui menait chez elle, avec l'intention manifeste de rentrer.

« Pourquoi impossible ? demanda-t-il en la rejoignant.

— Nous n'aurions pas d'argent, dit-elle, tout essoufflée d'avoir marché à un train trop rapide. Je n'ai que ce que Josias me donne, et toi, tu n'as rien du tout. Comment veux-tu que nous prenions une maison, alors que nous n'avons même pas de quoi louer une simple pièce ? Je ne sais rien faire, sauf un travail de gouvernante, et toi, tu ne peux pas gagner d'argent.

— Nous trouverons des gens pour nous aider. J'ai déjà quelques amis, membres d'une société pour la réforme de la constitution. Je suis sûr qu'ils nous accueilleraient et nous prêteraient assistance. Et si nous quittions Bristol pour aller à Londres ? Un de mes amis est là-bas, et il habite dans un quartier nommé Wapping. Nous pourrions nous y installer en arrivant. »

Frances le regarda avec des yeux écarquillés. « Tu as assisté à des réunions de révolutionnaires ? Toi ? Comment as-tu pu faire une chose pareille, Mehuru ? Comment as-tu fait pour retrouver ces gens-là ?

— Je suis sorti en cachette. J'ai assisté à plusieurs réunions. »

Elle faillit s'étrangler. « Mais ce sont des factieux. Des gens qui menacent la nation tout entière ! Des agitateurs politiques dangereux ! »

Tout en s'efforçant de sourire de ses alarmes, il se sentait pris d'angoisse à mesure qu'il se rendait compte du gouffre qui les séparait. « Vous ne les connaissez pas, Frances. Moi, si. Ce ne sont pas des agitateurs dangereux, mais des hommes pacifiques et de bon sens, qui souhaitent voir ce pays adopter des réformes de bon sens, et mettre fin à l'esclavage. Deux ou trois d'entre eux sont de ma race et ils comprennent ma situation. »

Horrifiée, Frances avait blêmi. « Tu as comploté avec des esclaves fugitifs ?

— Ce ne sont ni des esclaves ni des fugitifs, riposta-t-il. Ce sont des hommes libres.

— C'est insensé, Mehuru, dit-elle en portant une main gantée à sa joue et l'autre à son cœur. J'étais loin de me douter de tout cela. Ces gens sont subversifs. Ils vont se faire arrêter, pendre ou déporter. Et toi, si tu te fais prendre, on t'expédiera en Australie ou aux plantations. Promets-moi de ne jamais recommencer ! Jamais !

— Sinon ? »

Trop absorbée par ses craintes, Frances ne prit pas garde à l'inflexion de voix de Mehuru. « Je dirai à Josias de fermer les portes à clé la nuit. Je ne veux pas que tu fréquentes ces gens-là.

— Faites-moi enchaîner, pendant que vous y êtes. Ou fouetter ! » fit-il d'un ton acerbe.

Quand elle se rendit compte de sa maladresse, elle se reprit : « Comprends-moi, Mehuru. Les étrangers comme toi, qui n'entendent pas parfaitement les subtilités de notre langue, ne savent pas toujours à qui ils ont affaire. Je veux seulement te protéger.

— En m'enfermant et en m'empêchant de choisir mes amis ? Je n'ai pas besoin de cette protection-là ! fit-il furieux. Je ne veux pas d'une femme qui me menace de m'emprisonner. Qui me désire mais ne veut pas l'admettre, et compte passer le reste de sa vie aux côtés de son mari ! »

Il tourna les talons et s'éloignait déjà quand Frances, au mépris du qu'en-dira-t-on, courut derrière lui et le saisit par la manche de son habit. « Arrête ! s'écria-t-elle, hors d'haleine. Je t'en prie, Mehuru ! »

Impressionné par sa pâleur et sa respiration haletante, il s'immobilisa et se pencha vers elle en soupirant. « Retournez vous asseoir, Frances. Respirez lentement, et à fond. » Il la guida, un bras passé derrière son dos et l'installa sur un banc. « Calmez-vous, Frances, je vous promets de ne plus vous faire de reproches. » Après quelques inspirations tremblantes, Frances reprit quelques couleurs.

« Pardon, dit-elle dès qu'elle put parler. Ne te mets pas en colère, Mehuru.

— C'est à moi de vous demander pardon. Je n'aurais pas dû oublier votre santé. » Il leva les yeux vers toutes les fenêtres qui donnaient sur la place et résista à l'envie de prendre Frances dans ses bras. Lorsqu'il vit qu'elle avait retrouvé son souffle, il poursuivit : « Je tiens tout de même à vous dire que ces gens dont vous parliez à l'instant sont honnêtes et généreux, et qu'ils sont mes amis. Il ne faut pas croire les critiques que vous avez entendues contre les clubs de réformes : elles sont fausses. »

Elle hocha la tête, soucieuse d'éviter une dispute. « Cela se peut.

— Et il paraît que, lorsque des Anglaises épousent des hommes de ma couleur, ces mariages sont heureux.

— J'en ai entendu parler, en effet. » Elle se garda de lui dire qu'elle tenait son information d'un article de journal déplorant cet état de fait et taxant d'immoralité et de dépravation les femmes blanches qui épousaient des affranchis.

« Ces couples-là seraient nos voisins, nos amis. Et nous, nous commencerions une nouvelle vie, ensemble. »

Frances prit une grande inspiration et s'efforça de parler calmement. « Mehuru, tes intentions sont bonnes, mais sache que tes projets sont irréalisables. Les Anglaises dont tu parles sont des femmes du peuple, des ouvrières, et non des dames de qualité. Quant à Wapping, ce n'est pas un endroit qui ressemble à Queens Square, mais un méchant faubourg de Londres, où habitent de petites gens. Tout le monde me mépriserait et moi, je n'arriverais même pas à comprendre mes voisins, à cause de leur accent. Tu n'imagines pas à quel point ce quartier est sale et malsain. En comparaison, Redcliffe Quay est un paradis ! Jamais je ne pourrai habiter là-bas. Je ne supporterai pas de vivre dans la pauvreté. Pas plus que toi, d'ailleurs. »

Il lui lança un regard meurtri.

« Sans compter que Josias pourrait nous poursuivre, te faire arrêter comme fugitif. Qu'adviendrait-il de moi, une fois seule ? » Sa voix se mit à trembler. « En dépit des apparences, Mehuru, je ne suis pas à l'abri de la pauvreté. Et je l'ai connue. Si tu m'avais vue avant mon mariage... J'ai été obligée de me placer comme gouvernante pour ne pas être à la charité, et je n'ai même pas eu l'impression de remplir convenablement ma tâche. Je n'ose pas quitter Josias, ni tourner le dos à ma famille. Je m'appelle Frances Scott Cole. C'est grâce à l'argent des Scott et des Cole que je suis nourrie, logée, vêtue. Sans eux, je serais perdue. »

Mehuru ne dit rien. Debout derrière elle, il se tenait comme doit se tenir un esclave : prêt à répondre au moindre désir de sa maîtresse, mais à distance respectueuse.

Il laissa vagabonder son regard par-dessus le bonnet aux absurdes petites fleurs, et il sentit son cœur se serrer en pensant à Frances, à l'avenir romanesque et invraisemblable qu'il avait rêvé pour eux. Quand il posa à nouveau son regard sur elle, elle lui parut si menue, si vulnérable, avec son air d'enfant battu et ses yeux sombres qui lui mangeaient le visage, cernés de bleu par la maladie, qu'il se sentit submergé de tendresse pour elle.

« Alors, qu'allons-nous faire? demanda-t-il. Qu'avez-vous l'intention de faire, Frances?

— Je ne sais pas », dit-elle en secouant la tête.

Sur le quai, Josias regardait le bateau d'un concurrent qui se disposait à appareiller, alors que l'emplacement de ses navires à lui restait désespérément vide. Les ouvriers de la voilerie tiraient sur les pavés des chariots dont les patins grinçaient sous le lourd chargement. L'un d'eux avisa Josias et, après un instant d'hésitation, il s'approcha.

« Votre facture de mars, Mr. Cole. Pour la *Lily*. Si vous pouviez me la payer maintenant, cela m'obligerait... »

Josias porta la main à sa poche, puis s'immobilisa. « Pas de chance, George, dit-il, j'ai laissé ma bourse à la maison. »

George parut contrarié. « Et vous n'avez rien dans votre bureau, Mr. Cole?

— Non, répondit Josias. Je ne laisse pas d'or ici, depuis que nous n'y habitons plus, ce n'est plus un lieu sûr. J'enverrai un de mes esclaves à votre atelier ce soir pour vous payer ce que je vous dois. »

L'homme lui adressa un petit salut et cria à son commis de décharger les voiles. Josias descendit les marches pour prendre le bac. Assis à l'avant, il se retourna pour regarder le bateau en partance, qui faisait de simples navettes entre l'Angleterre et les Antilles, son propriétaire ayant renoncé à la traite des esclaves. Josias se racla la gorge et expédia un crachat dans l'eau sale. Lui, il n'était pas si bête! Quand la *Rose* rentrerait en novembre, suivie par la *Daisy*, puis sans tarder par la *Lily*, tous se rendraient compte qu'il avait bien fait de persévérer dans ses habitudes — et dans le seul négoce qui lui fût familier. Quand le bac accosta sur l'autre rive, Josias lança une pièce au petit passeur et, mettant pied à terre, se dirigea vers l'estaminet du port.

En entrant, il vit Stephen Waring qui déjeunait à la table du fond. L'entrepreneur leva la tête et lui fit signe de venir le rejoindre, sans son sourire coutumier toutefois.

Josias se commanda une assiette de viande froide, du pain et une pinte de bière.

« J'espère que vous ne le prendrez pas mal si je vous rapporte certains bruits qui courent à votre sujet », dit Stephen. Il termina sa viande sans se presser et rompit un morceau de pain pour saucer son assiette, où restaient encore du jus et un peu de moutarde.

Josias haussa un sourcil impatient.

« D'après les on-dit, vous auriez condamné le robinet de distribution gratuite au *Hot Well*. C'est vrai ?

— En effet.

— Et pourquoi donc ? »

Josias sourit. « Cela va de soi, pourtant. Je me suis porté acquéreur du bail des thermes moyennant un dépôt de garantie de deux mille livres et un loyer de neuf cents livres par an. Avec tous les frais que j'ai, vous voudriez que je distribue l'eau gratis ? Mais j'ai le personnel à payer, moi. Et l'architecte, à qui pas plus tard que ce matin, j'ai versé deux cents livres pour qu'il me dessine un jardin d'hiver. Je ne fais pas la charité, mais du commerce. Et vous, Waring, distribuez-vous le charbon de votre mine à tous les visiteurs ?

— A ceci près que j'en suis le propriétaire, et non le gérant.

— Et alors ?

— Je n'ai pas de bail stipulant que je suis tenu de donner mon charbon à tous ceux qui viennent en chercher. »

Josias sembla désarçonné. Son déjeuner arriva, mais il repoussa l'assiette. « Seriez-vous en train de me dire que d'après mon bail, je suis tenu de donner l'eau gratis ?

— Il y est clairement spécifié que les nécessiteux et les malades de Bristol ont le droit de tirer gratuitement l'eau de la source, je suis au regret de vous le confirmer, dit Stephen d'un ton uni. Cette décision a été prise lorsqu'on a construit le Pavillon à l'emplacement de la source et le sentiment général est que vous devriez la respecter. »

Josias avala une gorgée de bière. « Peut-être, si l'on prend le bail au pied de la lettre, répliqua-t-il. Mais en toute bonne foi, qui peut s'attendre à ce que je distribue l'eau de ma source ? Après tout ce qui a été dépensé pour le Pavillon ! Après tout le mal que nous nous sommes donné pour en faire un endroit à la mode, fréquenté par le meilleur monde ! »

Waring recula sa chaise de la table et haussa les épaules.

« Ce sont les termes du contrat, dit-il tranquillement. Je voulais vous prévenir à titre amical que la compagnie entend que toutes les clauses en soient respectées, celle-ci comme les autres.

— Mais c'est absurde ! s'exclama Josias, qui n'en croyait toujours pas ses oreilles. Vous imaginez la canaille et la gueusaille de Bristol venant faire la queue nuit et jour au robinet, avec bouilloires et cruchons ! Rien n'est prévu pour ces gens-là. Ils n'ont pas leur place ici. Ils gêneront la circulation des carrosses, ils piétineront les jardins. Ce n'est sûrement pas le but recherché par la compagnie ! »

Avec un autre haussement d'épaules, Stephen Waring reprit : « Vous avez signé le bail, Josias. Et il y est écrit noir sur blanc que les indigents de Bristol auront gracieusement accès à l'eau de la source. Je crois que vous n'avez pas le choix. Et maintenant, si vous voulez bien m'excuser, j'ai à faire. J'attends un bateau d'un jour à l'autre. Comme c'est contrariant d'attendre, n'est-ce pas ? A propos, où sont vos navires ?

— Dieu sait ! grogna Josias. La *Lily* doit être en train de croiser sur les côtes d'Afrique, la *Daisy* doit se trouver quelque part entre l'Afrique et les Antilles ; quant à la *Rose*, je suppose qu'elle est aux Antilles. Cela dit, j'aurais été mieux inspiré de me cantonner au commerce maritime. Au moins, avec mes bateaux, je connais les règles du jeu. Personne n'est encore venu me dire qu'il fallait que je cède la moitié de ma cargaison. Franchement, Waring, je ne crois pas être en mesure de donner libre accès au robinet. Il n'y a pas de place pour les indigents au *Hot Well*.

— A votre aise », fit Stephen Waring sans se départir de son calme. Et avec un petit signe de tête, il prit congé. Dehors, il mit son chapeau et se dirigea tranquillement vers le quai. « Vous vous apercevrez bientôt que vous avez commis une erreur, dit-il rêveusement aux mouettes qui tournoyaient dans le ciel clair. Et que la compagnie sait fort bien ce qu'elle fait. »

Frances et Sarah se levaient de table pour laisser Josias savourer son porto seul dans la salle à manger, lorsqu'il déclara d'un ton maussade : « Si seulement Lady Scott avait pu venir au *Hot Well* ! Vous saviez que je comptais sur la visite des Scott pour attirer ici d'autres familles élégantes, Frances. »

Elle haussa les sourcils : « Mais Lady Scott ne peut voyager dans son état. Elle a séjourné longtemps au bord de la mer cette année. Nous la verrons certainement ici au printemps. Quant à mon oncle, il m'assure qu'il viendra cet automne.

— C'est maintenant que leur présence aurait été nécessaire, insista Josias. Nous sommes en pleine saison, et l'été est beaucoup plus couru que l'hiver. En hiver, les gens vont à Londres. L'été, ils préfèrent aller à la campagne ou prendre les eaux. C'est maintenant que nous avons besoin de clientèle. Sinon, nous risquons de ne voir personne avant un an.

— Si je demandais à mes cousines de venir ?

— Qu'ai-je à faire de vos cousines ! Pourquoi ne pas demander aux paroissiens de votre père de venir, tant que vous y êtes ! Si ce sont des aristocrates, passe encore. Mais sinon, ils n'attireront pas ici de gens de qualité et ne me seront d'aucune utilité. »

Le ton péremptoire de Josias fit tressaillir Frances. « Je suis désolée, Josias, dit-elle avec un calme affecté. Je suis sûre que Lady Scott n'avait nulle intention de vous désobliger.

— Je comptais sur vous pour faire venir du beau monde, Frances.

— Mais j'ai invité plusieurs amies, protesta-t-elle, se sentant de nouveau oppressée, haletante. Deux d'entre elles ont promis de venir avec leur famille.

— Nous avons beaucoup augmenté le prix de l'inscription. Avant, il était de dix shillings par famille, quel que soit le nombre de personnes ; maintenant, nous l'avons fait passer à vingt-six shillings par tête et par mois.

— Tu ne crains pas de décourager les clients ? » dit Sarah.

La réflexion piqua Josias au vif, car il rougit.

« Voyons ! Ces gens-là n'en sont pas à quelques shillings près ! Prenons l'habitude de penser large, nous aussi ! Je m'inquiète simplement pour ces premières semaines. »

Sarah le regarda avec insistance. « Mieux vaut ne pas se montrer trop gourmand.

— Écoute, Sarah, je dois aux Marchands-Entrepreneurs une année de loyer d'avance. Il faut que je puisse la leur payer. Une fois la *Rose* dans mon bassin, je rembourserai les emprunts que j'ai faits pour obtenir la gérance du *Hot Well* et je serai plus à l'aise. On sait que j'ai du répondant, et je compte réaliser un très gros bénéfice sur la traversée de la *Rose*.

— La récolte de sucre est donc si bonne à cette période de l'année ? s'étonna Frances.

— Oui, oui, excellente », mentit Josias. Comment aurait-il pu lui avouer que le prix du sucre n'était pour rien dans les profits escomptés ? Il préféra prudemment passer sous silence ce que savait déjà Sarah : la présence des esclaves entassés dans un entrepont prévu pour un nombre deux fois moindre, et la préférence des planteurs espagnols pour les femmes et les enfants, plus dociles et moins susceptibles de se révolter contre un travail épuisant et cruel.

« Et quel jour attendez-vous la *Rose* ? reprit Frances.

— Ce n'est pas une diligence, glissa Sarah d'un ton acide. On ne peut prévoir ni le jour ni l'heure.

— Elle doit rentrer en novembre, dit Josias. Plaise à Dieu qu'elle arrive tôt, et que j'aie enfin l'esprit en repos à son sujet.

— Je suis bien fâchée de vous voir vous tracasser ainsi », dit Frances avec sollicitude.

Josias accueillit la remarque avec une mine revêche. « Mais aussi, vous pourriez bien réduire vos dépenses ! »

Frances jeta un coup d'œil en direction de Sarah, qui les regardait avec une curiosité non dissimulée. Frances comprit qu'il n'était même pas venu à l'idée de Josias qu'une telle conversation eût dû avoir lieu en tête à tête.

« Mais certainement, répondit-elle avec dignité. Je

ne soupçonnais pas que vos affaires n'étaient pas aussi prospères qu'elles le paraissent. Si vous m'en aviez parlé plus tôt, Josias, je n'aurais pas commandé de robes pour la demi-saison. Je vais tout annuler. »

Chez Josias, le goût du paraître le disputa à l'inquiétude. Il finit par grogner : « Non, ce n'est pas une bonne idée. Je ne veux pas qu'on raconte partout que ma femme est obligée de porter ses vêtements de l'an passé. Faites-vous faire vos robes, Frances. Mais économisez sur ce qui ne se voit pas. La lingerie ou les chaussures, par exemple. »

Le rouge monta aux joues de Frances, choquée par l'indélicatesse de son mari. « Certainement, dit-elle en se dirigeant vers la porte. Si vous désirez poursuivre cette conversation en privé, vous me trouverez dans le petit salon. »

Quand elle ferma la porte, elle entendit le rire méprisant de Sarah. Elle traversa le vestibule, entra dans le salon et s'appuya contre le battant laqué de blanc avec un soupir de soulagement.

Mehuru était devant elle, en train d'allumer le feu. Malgré le soleil de septembre, l'air était frais et Mehuru préparait toujours un feu à l'intention de Frances. Elle devait recevoir les enfants à six heures, pour leur leçon de catéchisme. En le voyant, Frances eut un sourire ravi et s'écria : « Cicéron !

— Appelez-moi par mon nom.

— Mehuru ! » dit-elle d'une voix basse et sensuelle.

Il allait l'attirer à lui pour l'embrasser, mais en entendant des pas dans le vestibule il réfréna son geste. A distance respectable, ils échangèrent un long regard.

« Comment vous sentez-vous aujourd'hui, Frances ? demanda-t-il tendrement.

— A merveille. » S'asseyant près du feu, elle lui sourit, pendant qu'il observait son visage, pour s'assurer qu'elle ne lui mentait pas.

« Je t'assure que je me porte tout à fait bien. »

Il s'agenouilla devant le feu pour le garnir en charbon, puis s'assit sur ses talons pour la regarder.

« Mais si, c'est vrai. Si tu veux... » Frances laissa sa phrase en suspens, mais il vit qu'elle avait le rose aux joues, les yeux brillants, et lui souriait.

« Si je veux quoi ? demanda-t-il, devinant ce qu'elle avait en tête.

— Si tu veux monter dans ma chambre... », chuchota-t-elle si bas qu'il l'entendit à peine.

Il ne répondit pas tout de suite. « Vous savez que je vous désire... », commença-t-il d'une voix hésitante.

Elle prit sa broderie, comme si elle voulait avoir un prétexte pour baisser les yeux. Il observa l'ombre courbe de ses cils sur ses joues. « Je me disais... Je me demandais..., bégaya-t-elle.

— Mais je ne peux pas... Pas ici. Pas dans la maison de Josias, avec lui dans la chambre voisine. Il pourrait se réveiller et entrer à tout moment. »

Elle hocha légèrement la tête et lança un bref regard à Mehuru. « Je craignais...

— Quoi donc ?

— Que tu ne...

— Que je ne vous désire plus ? »

Elle regarda sa broderie et rougit à nouveau. « Oui. »

Il eut un rire bref. « Frances, je pense à vous si fort que j'en perds le sommeil. Pendant toutes ces longues semaines où vous avez été malade, je n'ai eu qu'une idée, vous serrer à nouveau dans mes bras. Je ne dors plus à cause de vous. J'ai faim de vous. Je me dis même parfois que je vais devenir fou. »

Elle exhala un « Oh ! » de bonheur.

« Je vois que vous ne vous souciez guère de mon manque de sommeil. »

Avec un délicieux petit rire de gorge, elle s'exclama : « Je devrais ? Alors, pardonne-moi !

— Mais je ne peux pas monter dans votre chambre alors que votre mari dort dans la pièce voisine, dit Mehuru sur un ton plus grave. Je me sentirais embarrassé... humilié.

— Tu l'as fait, pourtant, lui rappela-t-elle dans un murmure.

— Je ne l'oublie pas. J'étais fou de désir. Nous étions fous l'un et l'autre cette nuit-là. Mais je ne peux pas me glisser tous les soirs dans votre chambre comme un voleur, Frances.

— Je comprends tes scrupules. Tu as bien fait de m'en parler. »

Il posa les pincettes et le long tisonnier sur le côté de la cheminée, balaya les restes de poussière de charbon, puis se releva. « Qu'allons-nous faire ? Ne serons-nous plus jamais ensemble ? Vous ne voulez pas le quitter et partir avec moi ? Ou m'affranchir pour que je puisse gagner de quoi nous offrir un toit ? »

Instantanément, le visage de Frances s'assombrit. « Je ne cesse de réfléchir, Mehuru. Nous trouverons un moyen. Il doit bien en exister un.

— J'attendrai. Pas toute ma vie, mais quelque temps. Peut-être Wilberforce obtiendra-t-il gain de cause au printemps prochain. Peut-être verrons-nous la fin de l'esclavage. Peut-être serai-je légalement affranchi, et libre de partir. Alors, il faudra bien que vous choisissiez.

— Peut-être, dit-elle, le visage toujours grave.

— Et vous, comment voteriez-vous ? Toute votre fortune repose sur la traite : la richesse de Josias, cette maison, tout ce que vous possédez. Si vous aviez le choix, aboliriez-vous la traite ? »

Frances leva les yeux vers lui. Jamais elle ne s'était posé la question. Dans la balance, il y avait d'un côté la tendresse qu'elle éprouvait pour Mehuru, la conscience qu'elle avait des injustices et des souffrances cruelles qu'on lui avait infligées ainsi qu'à des millions, des dizaines de millions d'autres Africains. De l'autre, sa peur de la pauvreté, son acharnement à garder coûte que coûte son statut de dame de qualité. Elle ne pouvait voir avec faveur ce qui menaçait son aisance et sa sécurité.

Elle hésita, mais n'osa pas lui dire la vérité, à savoir qu'elle balançait et ne voulait pas se forcer à choisir. Elle prit donc la solution de facilité et déclara : « Je voudrais que la traite n'ait jamais existé. Que nous n'ayons jamais touché à l'Afrique. Qu'on ne vous ait jamais capturés, ni toi, ni tous les autres. Je te le jure, Mehuru ! »

Il hocha la tête, remit soigneusement le seau à charbon en place et sortit.

Dans la cuisine, Mary Allen coupait une tourte pour le dîner des domestiques. Mary et Elizabeth équeutaient des fraises tardives de Cheddar pour le souper de Frances.

« Mehuru, dit timidement Mary, nous étions en train de nous demander, Martha, Elizabeth et moi...

— Quoi donc ?

— ... si nous n'allions pas essayer de nous enfuir. »

31

A bord de la Rose
En mer entre l'Afrique et les Antilles.
4 juillet 1789

Cher Mr. Cole,

Je vous mande la présente par un ami de confiance qui est venu mettre en panne à côté de nous aujourd'hui pour échanger des nouvelles. Il se nomme Stephens et est second sur la British Guinea, *qui fait voile vers Bristol et arrivera sans doute au port au début de septembre, soit deux mois avant nous, qui devons encore faire escale aux Antilles. Je lui ai donné des instructions pour qu'il vous remette cette lettre en mains propres, et je sais qu'il le fera.*

Pour commencer, vous serez satisfait d'apprendre que nous avançons à bonne allure pendant cette seconde traversée, et que nous avons un ciel dégagé et des vents favorables. J'espère arriver en vue des îles espagnoles d'ici un mois, si Dieu le veut. Suivant vos consignes, j'ai embarqué surtout des femmes et des enfants et en les entassant bien, j'en ai fait tenir près de deux fois plus que d'habitude. Je n'ai jamais vu traversée si calme, car il n'y a eu ni mutinerie ni amorce de bagarres. Ces nègres sont très mélancoliques et meurent très tranquillement. Je vous assure que je fais tout pour qu'ils restent en bonne santé, mais en vain. J'ai laissé les plus jeunes enfants avec leur mère, je les fais tous monter sur le pont le plus souvent possible, je veille à ce qu'on les tienne propres et à ce que les marins ne les molestent pas trop. Mais en dépit de mes efforts, il y a de grosses pertes, et ce, à cause de leur tempérament, qui est le plus réfractaire jamais vu. Nous avons fixé des filets au bastingage pour les empêcher de se jeter à la mer, mais quand je vous aurai dit qu'une femme a réussi à glisser son enfant entre les mailles et à le lancer par-dessus bord, préférant le noyer plutôt que de le voir rester avec nous, vous comprendrez à quelle mauvaise troupe nous avons affaire.

Sur le chargement initial de cinq cent soixante-treize, je n'en ai perdu que dix par noyade ; sachant que pendant cette longue traversée les femmes et les enfants circulent sans chaînes pour la plupart, vous apprécierez sans mal le soin que j'ai pris d'eux. L'une des femmes a réussi à se percer une veine du bras à l'aide d'une cuillère qu'elle avait martelée jusqu'à la rendre tranchante, et à s'en taillader le poignet. Après quoi, j'ai perdu de semblable façon une dizaine d'autres femmes qui l'ont imitée et se sont vidées de leur sang pendant la nuit. Une vingtaine d'autres, qui se sont ainsi ouvert les veines, n'ont pas péri tout de suite mais, la blessure s'étant infectée, ont succombé à un empoisonnement du sang. Vingt-deux sont mortes d'inanition, car elles se sont mises à vomir quand on leur a mis le masque et l'entonnoir pour leur faire avaler la soupe, et n'ont pu être sauvées. Une douzaine d'entre elles sont nourries de force en ce moment. Quatre, qui étaient de connivence, se sont pendues en fabriquant la corde avec leurs propres vêtements. Le chargement s'est fait au plus vite, selon vos ordres, mais dans la précipitation, nous avons embarqué quelques esclaves souffrant d'un flux de ventre, et la contagion gagne. La maladie en a déjà tué trente, ainsi que quatre de mes hommes d'équipage, qui me font cruellement défaut. Quatre bébés sont morts dans les bras de leur mère sans que l'on sache pourquoi.

En tout, nous en avons près de cinq cents et nous commencerons à les préparer pour l'inspection et la vente aux enchères à l'arrivée, le mois prochain. Sur le nombre, une centaine a piètre allure, notamment des vieilles avec les seins qui tombent et des malades. Mais nous boucherons ceux qui ont la colique, et passerons au cirage ceux qui ont des plaies et des ulcères. Nous nous en débarrasserons, vous pouvez compter sur moi.

Ceux que je ne pourrai ni maquiller ni blanchir, je les vendrai par lots. Quant à ceux qui me resteront sur les bras, je les noierai en allant à la Jamaïque.

J'achèterai du sucre de la meilleure qualité, autant que je peux en embarquer commodément ; après quoi je rentrerai en faisant force de voiles. J'espère que ces nouvelles vous seront agréables, monsieur. Ma fierté de capitaine souffre d'avoir perdu tant de vies, mais c'était un risque à courir, comme vous l'aviez vous-même admis à l'époque. Les bénéfices nous consoleront assurément tous les deux.

Je reste votre humble serviteur,

Capitaine Stephen Smedley

Pour lire cette lettre, Josias s'installa dans le petit salon que Frances avait fait aménager en bureau à son intention. Il la relut attentivement et prit une feuille de papier. D'après ses calculs, une fois que le capitaine Smedley en aurait fini avec eux, en leur bouchant l'anus et en maquillant leurs plaies, il réussirait à faire passer pour sains quatre cents esclaves, dont la vente rapporterait environ vingt-deux mille livres. Une vente par lot — où les planteurs, pauvres ou avares, paient leur entrée à la passerelle et descendent directement dans l'entrepont pour choisir dans l'obscurité, prenant les esclaves à l'aveuglette et ne pouvant savoir avant de remonter à l'air libre s'ils ont mis la main sur des sujets malades ou même mourants — une telle vente ne rapporterait pas plus de deux cents livres.

Une fois la *Rose* au port, et les profits partagés entre les commanditaires, il ne resterait pas à Josias beaucoup plus de dix mille livres. Il hocha la tête. En se vantant auprès de Sarah des quatorze mille livres de bénéfice qu'il escomptait, il avait surestimé son profit. Malgré tout, la somme lui permettrait de payer ses dettes et il lui resterait plus d'argent que n'en avait jusque-là rapporté aucune traversée dans les caisses de Cole and Sons.

Il n'aurait jamais cru que tant d'esclaves pussent mourir pendant le voyage, et il y avait plus de sujets malades ou invendables qu'à l'issue des traversées ordinaires. Jamais un capitaine n'avait annoncé aussi froidement qu'il se disposait à jeter par-dessus bord les femmes et les enfants malades. Josias haussa les épaules. L'opération lui rapporterait de quoi satisfaire ses créanciers et garder une marge de profit confortable.

S'approchant de la cheminée où l'on avait préparé un feu de charbon disposé sur du petit bois, il porta son briquet allumé à la lettre compromettante, mit soigneusement le feu à un coin et s'accroupit sur ses talons pour la regarder flamber, se racornir en pellicule noire, puis tomber en cendres. Elle avait mis deux mois à l'atteindre. Il pouvait supposer que la vente des esclaves avait eu lieu et qu'à présent, la *Rose* faisait voile vers l'Angleterre, les cales chargées de sucre, la cassette du capitaine remplie d'or et mise soigneusement à l'abri. Pour la portion finale de la traversée, le navire était assuré, très bien assuré, même. Le pari de Josias avait payé.

« Encore deux mois, et je serai sorti d'affaire, dit-il à mi-voix. Nous serons en novembre et la *Rose* sera de retour, chargée d'or et de sucre. »

Retournant à son bureau, il examina ses autres lettres. Avisant une écriture inconnue, il ouvrit le pli, le lut, puis le relut.

C'était une sommation à comparaître devant les magistrats de Bristol, à la demande de la Compagnie des Marchands-Entrepreneurs, pour avoir failli à respecter les termes du bail, à savoir laisser aux indigents de Bristol libre accès à l'eau médicinale de la source du *Hot Well*.

Pendant quelques instants, la stupeur de Josias fut telle qu'il comprit à peine ce qu'il venait de lire. Puis il se sentit envahi d'une rage si aveugle qu'il ne voyait même plus la lettre dans sa main, ni le bureau, ni la fenêtre donnant sur la petite cour que Kbara était en train de balayer sans hâte.

« Bon dieu ! gronda-t-il, presque surpris par la colère qui le faisait trembler. Bon dieu ! »

Il ne comprenait pas pourquoi ils le poursuivaient à cause de ce misérable robinet, pourquoi ces gens, qui s'étaient enrichis avec la sueur des pauvres de Bristol et le sang des esclaves d'Afrique, avaient brusquement des scrupules de conscience à propos d'un misérable robinet. Il y avait bien eu cet avertissement de Stephen Waring, mais pouvait-il penser un seul instant que la puissante compagnie — ce club dont il faisait à présent partie, où il évoluait parmi des amis de fraîche date — le traînerait devant la justice ?

En se levant, il faillit trébucher et, serrant la lettre contre sa poitrine, il alla trouver Frances.

Assise dans son salon chamarré, elle brodait, mais en voyant la mine de Josias, elle lâcha son ouvrage.

« Que se passe-t-il ?

— Lisez ceci ! » dit-il en lui tendant la lettre.

Il ne la quitta pas des yeux tandis qu'elle parcourait la lettre, puis la relisait. Il la vit se crisper, comme si elle avait trouvé matière à inquiétude.

« Qu'en pensez-vous ? Waring m'avait averti, mais je ne me doutais pas que la compagnie irait aussi loin. Pourquoi veulent-ils me traîner en justice pour une vétille ?

— Vous avait-il prévenu qu'ils vous assigneraient à comparaître ? demanda Frances en fronçant les sourcils.

— Pas du tout ! D'ailleurs, je ne l'aurais pas cru ! Il m'a seulement laissé entendre que la compagnie souhaitait que ce robinet soit ouvert. Mais pourquoi ces messieurs y tiennent-ils tant ? Pourquoi risquer de gâcher le site en laissant les miséreux et les malades circuler avec leurs seaux pour venir chercher l'eau de la source ? Pourquoi donc veulent-ils que les guenilleux viennent au *Hot Well* ?

— Je ne sais pas, dit Frances en secouant la tête. C'est incompréhensible. Je croyais qu'ils voulaient faire du Pavillon un lieu élégant et raffiné pour les personnes du meilleur monde. (Elle réfléchit quelques instants.) Quand votre audience doit-elle avoir lieu ?

— La semaine prochaine.

— Pouvez-vous rouvrir le robinet d'ici là ? Et empêcher que l'affaire aille devant le tribunal ?

— Bien sûr. J'ai simplement fait enlever la tête du robinet. Mais je ne vois pas pourquoi je devrais céder. Quelle idée de me demander une chose pareille !

— Avez-vous un homme de loi, Josias ? »

Il secoua la tête d'un air penaud. « Jusqu'à présent, je n'en ai jamais eu besoin. Mes affaires, comme celles de mon père, ont toujours été conclues en topant là. Tout le monde vous le dira : quand je donne ma parole, elle vaut toutes les garanties. Jamais je n'ai eu recours aux services d'un homme de loi, et j'ai toujours pensé qu'ils ne valaient pas l'argent qu'ils coûtent, ni les tracas qu'ils procurent.

— Je crois pourtant qu'il nous en faut un à présent, trancha Frances. L'attitude de la compagnie cache quelque chose. Nous avons besoin de comprendre le fin mot de l'histoire et de nous faire conseiller. (Elle regarda de nouveau la convocation.) Qui est le premier magistrat de Bristol ? Mr. John Shore, si je ne m'abuse ?

— Oui. Il est le beau-frère de Stephen Waring. Et son associé.

— Raison de plus pour consulter un homme de loi », répéta Frances, la mine grave.

Le conseil de l'homme de loi fut clair et sobre. Josias lui-même admit qu'il en avait eu pour son argent : le robinet serait ouvert à certaines heures dans la journée, et les indigents pourraient venir aux heures dites. Les gens de qualité fréquentant les lieux ne seraient donc pas incommodés par ces miséreux faisant la queue. Il n'y eut ni amende à payer, ni frais autres que les honoraires de l'homme de loi. Josias comparut devant le magistrat, qui lui fit un gracieux signe de tête en prenant place, pendant que Josias expliquait qu'il s'agissait d'une négligence qu'on avait d'ailleurs déjà réparée. Tout se régla le plus simplement du monde.

Josias aurait préféré que Sarah ne sache rien de cette affaire ; mais une semaine après l'audience, elle en lut un compte rendu dans la presse. Le journaliste avait monté l'incident en épingle, et l'interprétait comme une victoire morale remportée sur la cupidité du nouveau gérant. A le lire, on eût dit que les Marchands-Entrepreneurs avaient agi en vaillants défenseurs des pauvres et des affligés de Bristol, et avaient préservé leur droit d'accès à l'eau miraculeuse. Le journaliste avait obtenu sur Josias des informations abondantes, mais peu flatteuses pour la réputation de ce dernier. On le faisait passer pour un nouveau riche, âpre au gain, qui avait essayé de bafouer les droits des petites gens. L'eau de la source était la providence des pauvres de Bristol : c'était la seule eau qu'ils pussent boire sans danger dans cette ville sale et viciée. A cette eau miraculeuse, on devait d'innombrables guérisons : maladies de peau, troubles digestifs, affections pulmonaires et cardiaques. Or, le nouveau gérant, un parvenu, un négrier, tentait d'ôter de la bouche des indigents cette manne offerte par la nature !

« Cela n'a aucune importance, Sarah, dit Josias lorsque sa sœur vint déposer sur son bureau un exemplaire du journal.

— Jamais on n'avait parlé de nous dans le journal, dit-elle d'une voix vibrante d'indignation. Et on t'y traite de parvenu ! »

Le sang monta aux joues de Josias. « Bah ! fit-il, affectant l'indifférence.

— Tu ne m'avais pas parlé de cette affaire !

— Comme l'incident n'avait rien à voir avec nos navires, je ne voulais pas t'inquiéter inutilement. J'ai pris conseil auprès d'un homme de loi. Tout ceci n'est qu'une tempête dans un verre d'eau.

— Comment savoir ? Le mois dernier encore, les Marchands-Entrepreneurs étaient tes nouveaux amis. Et ce mois-ci, ils te traduisent en justice.

— J'avoue que cela m'a surpris, admit Josias. J'y vois un avertissement, Sarah. Les apparences sont parfois trompeuses.

— Dans cette ville, elles le sont toujours.

— Tu es pleine de préjugés, Sarah, sourit Josias. Tu es restée une petite Galloise. »

Elle secoua la tête. « Je suis la fille d'un homme qui est parti de rien, répondit-elle avec simplicité. Jamais je ne ferai confiance aux bourgeois. »

Au dîner de la compagnie, au mois d'octobre, on reprocha plaisamment à Josias d'avoir voulu opprimer les pauvres, et il subit les railleries avec un petit sourire crispé. Personne ne jugea bon de lui dire pourquoi la compagnie avait failli poursuivre l'un de ses membres, et il ne se sentait pas assez sûr de lui pour demander des explications. Lorsqu'on en vint à approuver les résolutions, il eut la surprise d'entendre que Cole and Sons serait exonéré de la taxe pour les phares le long du canal de Bristol pendant les deux ans à venir.

En voyant Stephen Waring faire un signe de tête avec un sourire à son intention, Josias devina que la faveur venait de lui, et, pour cacher sa confusion, leva son verre à la santé de son éminent confrère. Suivirent les toasts et les chansons à boire, mais au milieu de ce charivari, Josias pouvait difficilement prendre Waring à part pour lui demander ce qui lui avait valu ce passe-droit inattendu. En se réveillant le lendemain avec un violent mal de tête, il se dit que finalement, les Marchands-Entrepreneurs avaient fait mine de lui intenter un procès pour montrer à quel point ils se souciaient du peuple de Bristol, et l'avaient dédommagé des embarras ainsi causés en le dispensant de leur payer certaines taxes. Le marché paraissait raisonnable.

La publicité qu'entraîna la réouverture du robinet ne nuit pas à la réputation du *Hot Well*; bien au contraire, elle en souligna l'élégance. Un autre journal de Londres publia l'anecdote et vanta les nouveaux agréments du lieu et le goût exquis de l'ensemble, ce qui fut à l'origine de quelques réservations supplémentaires. Puis on cessa de parler de cet épisode, et on l'oublia.

Seule Frances continuait à se demander pourquoi les Marchands de la compagnie s'étaient donné autant de mal pour faire figure de redresseurs de torts et de défenseurs du petit peuple. Et pourquoi ils avaient exigé de Josias qu'il paie non seulement le dépôt de garantie mais une année entière de loyer, et pris le risque de compromettre son entreprise dès la première saison. Pourquoi, enfin, ils avaient fait jouer à Josias, leur nouveau gérant, tout nouveau membre de leur confrérie, le rôle du bouc émissaire.

Quand elle fit part de ses inquiétudes à Josias, il la rabroua sèchement et la pria de se rendre au *Hot Well* pour constater par elle-même ce qu'il en était et lui dire ce qu'il pouvait faire pour augmenter les bénéfices. Frances et Sarah partirent donc ensemble en calèche par une journée ensoleillée de la fin du mois d'octobre.

Le vent avait emporté les larges feuilles jaunes des petits platanes et, dénudée, l'allée offrait une perspective austère. De l'autre côté du fleuve, les bois de Rownham étaient parés de tous les rouges, les jaunes et les ors de l'automne. Frances portait l'une de ses nouvelles robes sous une jolie casaque doublée de fourrure; mais en voyant les rangées de chevaux de selle attendre les clients devant le Pavillon, et en constatant l'absence de carrosses aux emplacements prévus à cet effet, elle se dit qu'elle aurait dû prendre au sérieux la réflexion irritée de Josias et annuler ses commandes à la couturière.

« Cela semble fort calme », dit-elle à Sarah non sans appréhension.

Sa belle-sœur ne répondit pas.

Les deux femmes descendirent de voiture et pénétrèrent dans le Pavillon, où le maître des cérémonies les accueillit avec effusion. « Mrs. Cole ! Miss Cole ! Quel plaisir de vous voir ici toutes deux ! Vous prendrez bien une tasse de thé ! »

Sarah hocha la tête et Frances laissa l'homme les installer à l'une des petites tables, où une accorte soubrette vint les servir.

Frances promena son regard alentour. Quelques malades se reposaient dans des chaises longues disposées autour de la salle où résonnaient les moindres sons. Le quatuor jouait avec un entrain de commande. Les tables de jeu étaient vides, et les paquets de cartes disposés aux quatre coins n'avaient pas encore été ouverts. Quelques promeneurs arpentaient lentement la pièce, la mine lugubre, pour prendre de l'exercice. Le spectacle était plutôt sinistre.

« Je ne savais pas qu'il y avait si peu de monde ici, dit Frances.

— Aujourd'hui, certes, est une journée un peu creuse, dit l'homme, comme s'il venait seulement de s'en aviser. Vous savez, les milieux de semaine sont souvent très calmes. Nous avons toujours ceux qui viennent faire une cure chez nous. Mais les commerçants de la ville ne viennent plus nous rendre visite.

— Parce que c'est trop cher, fit brusquement Sarah.

— Disons que le *Hot Well* est... très élégant, répliqua-t-il avec suavité.

— S'il est trop élégant pour les marchands de Bristol et leurs familles, alors je ne vois pas comment il peut être rentable.

— Sarah ! » souffla Frances. S'adressant au maître des cérémonies, elle reprit : « J'espère que la situation va s'améliorer. Et vous, Mr. Tucker, qu'en pensez-vous ?

— J'en suis certain ! Quand notre jardin d'hiver sera terminé, nous ne désemplirons pas. L'été, il y a toujours foule. Ces mois d'automne sont les plus difficiles pour le *Hot Well.* Avec ceux d'hiver, bien entendu. Les registres vous le confirmeront. Ce sont des mois où les personnes de qualité se trouvent dans la capitale. Il faut nous armer de patience et attendre le printemps. Vous reprendrez bien un peu de thé, Miss Cole ?

— Non merci, répondit Sarah, qui contenait à grand-peine son irritation.

— Nous devrions rentrer, intervint Frances. C'est Mr. Cole qui nous a demandé de passer voir de quel train allaient les choses au Pavillon.

— Dites-lui qu'elles vont bien, dit Mr. Tucker avec un bel aplomb. Aujourd'hui, elles peuvent sembler un peu... engourdies, mais le beau temps revenant, elles iront s'améliorant. Nous tous qui sommes à votre service ici, nous attendons le printemps de pied ferme, et avec confiance.

— Mais enfin, nous ne sommes qu'en octobre, siffla Sarah tandis qu'elles remontaient en voiture. Comment cet âne-là croit-il que nous tiendrons jusqu'au printemps ?

— La *Rose* va peut-être revenir plus tôt que prévu », dit Frances. Les deux femmes tournèrent leurs regards vers l'embouchure du fleuve, où des mouettes tournoyaient sur l'eau déserte.

« Elle doit rentrer le mois prochain, si tout va bien. Nous n'avons plus que quatre semaines à attendre. Quatre semaines, si elle n'a pas de retard. Avec tous les espoirs qu'elle porte, elle ne peut pas nous faire languir ! »

32

La dette chez Hibbard and Sons venait à échéance le 1er novembre. Josias avait prévu de l'acquitter grâce aux bénéfices qu'il tirerait de la *Rose*. Or, la *Rose* n'était toujours pas de retour. Il rédigea donc à l'intention de ses créanciers une note leur expliquant que son navire souffrait d'un léger retard et qu'il leur saurait gré de bien vouloir retarder d'un mois ladite échéance.

Hibbard and Sons répondirent dans la semaine par une note tout aussi succincte, lui disant simplement qu'ils ne souhaitaient pas lui accorder de délai, et qu'en conséquence ils lui sauraient gré de régler immédiatement la somme due, à savoir cinq mille quatre cents livres plus les intérêts.

Josias resta un long moment à contempler la lettre en silence. Il avait beau penser et repenser à la situation, il ne voyait aucune solution. La *Rose* pouvait rentrer aujourd'hui ou demain. Voire après-demain...

Il appela Kbara et lui demanda d'aller louer une monture. Peut-être les recettes de *Hot Well* s'étaient-elles améliorées. Sa promenade le long du fleuve le laissa plutôt morose. Aucun navire de fort tonnage n'était en vue. La marée était de trop faible amplitude, et les fonds, hasardeux. Seule une gabarre remontait le fleuve, poussée par le flux. En regardant filer l'embarcation, qui lui rappela le premier bateau de son père, il eut l'étrange sentiment qu'il eût sans doute été plus heureux aujourd'hui s'il s'était contenté d'une simple barque pour faire du petit transport sur le fleuve, rentrant retrouver Sarah le soir venu.

Parvenu à destination, Josias attacha son cheval à l'anneau du mur et pénétra dans le bâtiment. La splendide salle de danse, fraîchement repeinte en blanc, était quasiment déserte. Dans un coin, le quatuor à cordes jouait sans conviction. Les tables de jeu étaient encore vides et les paquets de cartes neufs disposés sur le tapis vert semblaient attendre les amateurs. Dans un coin chuchotait une fontaine à thé en argent près de laquelle se tenait une accorte soubrette prête à faire le service. Sur le registre des visiteurs, placé bien en évidence à l'entrée, ne figurait aucun nom nouveau.

Il n'y avait que des malades, toujours aussi pâles et souffreteux, affalés sur leurs sièges tout autour de la pièce. Josias les regarda avec animosité comme s'il espérait qu'une mauvaise rechute les emporte tous d'un coup plutôt que de les voir traîner là davantage, à faire régner cette déprimante atmosphère d'hôpital.

« Mais où sont donc les clients ? demanda-t-il au maître des cérémonies. On a beau être à la mi-novembre, il devrait y avoir un peu plus de monde, non ? J'ai vu le registre de l'an dernier. Le *Hot Well* était plus fréquenté. Bien qu'on ne soit plus en plein été, il devrait tout de même y avoir ici des gens venus se remettre des fatigues de la saison londonienne. Où sont-ils donc ?

— Vous me voyez très déçu, lui répondit l'homme. Et même tout à fait fâché.

— Je le regrette, maugréa Josias. J'ajouterai votre déception à la liste de mes soucis. Mais pourquoi n'y a-t-il personne, bon dieu ? »

L'homme secoua sa tête emperruquée : « Difficile à dire, monsieur. A la vérité, je l'ignore.

— Fort bien, dit posément Josias. Donnez-moi au moins votre avis. Car j'imagine que vous en avez un. Que suggérez-vous ? »

L'homme le considéra d'un air réservé : « Je pense qu'il y a de multiples raisons à cela, avança-t-il prudemment. Prendrons-nous le thé ?

— Merci, non. De multiples raisons, dites-vous ?

— Nos tarifs, monsieur, fit l'homme d'un ton suave en caressant des yeux la fontaine à thé et la soubrette. Disons qu'ils sont relativement élevés. Sans doute trop, Mr. Cole. Les gens les jugent ruineux. De fait j'estime qu'ils sont dissuasifs. Plus personne ne vient de Bristol, notre source y a la réputation d'être trop chère, trop huppée. Peut-être sommes-nous victimes de notre succès », ajouta-t-il avec une délicate affectation.

Josias hocha la tête. « Et les autres raisons ?

— L'atmosphère, monsieur », reprit l'homme. Sa main finement gantée de chevreau blanc eut un geste nonchalant pour désigner la rangée de cadavres ambulants. « Ce n'est pas précisément le genre de spectacle qui engendre la gaieté et prête à la distraction.

— C'est un lieu de cure ! s'exclama Josias. On peut s'attendre à y voir des malades, tout de même ! Les gens sont censés venir ici pour se soigner, non ?

— Certes. Mais l'ennui, voyez-vous, c'est qu'ils aient tous l'air si mal en point. Savez-vous qu'on appelle Dowry Parade "l'Allée des Allongés" ?

— Pardon ?

— Mmm, fâcheux, n'est-ce pas ? Comme vous le constatez, l'effet en est plutôt désastreux. »

Josias serra les dents. « Quoi d'autre ?

— La France, je le crains. »

Josias sentit grincer ses dents. Il desserra lentement les mâchoires.

« La France ?

— Oui, la France est à la mode, cette année. Les villes d'eaux françaises sont très courues de nos jeunes dandys. Ah, les Français...

— Qui ?

— Les Français, monsieur. Les Jacobins. Vous savez, *liberté, égalité*...

— Foutre dieu, je ne vois pas le rapport avec le *Hot Well* ! », hurla Josias. Le quatuor s'arrêta net. S'avisant du silence qui s'était abattu sur la salle, Josias, rouge de confusion, refoula sa fureur et murmura : « Dites-leur de continuer à jouer. »

Le maître des cérémonies leur fit signe en agitant la main d'un geste aérien. Les musiciens firent un salut à Josias et reprirent leur petite rengaine.

« Qu'est-ce que la prise de la Bastille vient faire dans mes affaires ? grommela Josias entre ses dents.

— La liberté, monsieur. Tout ce qui se passe en France suscite un vent de passion. Cette année, tout le monde s'y précipite. Notre pauvre petite ville de province ne peut rivaliser avec la France.

— C'est insensé, je renonce à comprendre, se lamenta Josias. Quoi d'autre encore ? »

L'homme haussa les épaules. « Je l'ignore, monsieur. C'est très préoccupant, monsieur, je vous l'accorde.

— Je vois, fit Josias d'un ton amer. Autrement dit, pour que nos affaires s'arrangent, il ne nous reste qu'à baisser nos tarifs d'inscription, interdire aux malades de venir ici et mettre un terme à la Révolution française. »

Le maître des cérémonies lui lança un regard circonspect. « Les temps sont rudes !

— C'est bien ma chance », gronda Josias avant de quitter la pièce au pas de charge. Le maître des cérémonies le suivit en froufroutant, toutes dentelles dehors.

« Mais ne vous découragez pas, je vous en conjure. Nous ne sommes qu'en novembre. Sitôt passé l'hiver — et Dieu sait que je crains l'hiver ! — sitôt passé l'hiver, disais-je, tout peut changer. Avec le retour du printemps, tous les espoirs sont permis... »

Josias se retourna si brusquement que l'homme, ses talons hauts dérapant sur le parquet ciré, fit une belle glissade avant de s'immobiliser.

« Eh bien, remettez-les dans votre poche, vos espoirs ! vociféra Josias. Cet endroit me coûte dans les mille livres l'an rien que pour le bail, et près d'une centaine de livres la semaine pour les frais de fonctionnement. Tous les espoirs sont permis, dites-vous ? Pas celui de voir cet endroit me rapporter, en tout cas !

— Ah, les soucis d'argent ! s'exclama l'homme. Les soucis d'argent ! Quel casse-tête !

— Dites-moi, je vous paie combien ? lui demanda sèchement Josias.

— Combien ? Actuellement, Mr. Cole, vous me donnez quatre-vingts guinées par saison.

— Je peux toujours les économiser. Vous êtes congédié.

— Plaît-il ? fit le maître des cérémonies, franchement stupéfait. Mais voyons, monsieur, ce n'est pas possible ! Vous commettez une erreur. »

A grandes enjambées furieuses, la tête dans les épaules, Josias sortit, suivi par l'autre. « Congédié ! répéta-t-il, inflexible. Vous êtes congédié. Vous pouvez aller faire vos paquets.

— Moi ? Mes paquets ?

— Emportez-les, faites-en ce que vous voulez, mais je ne veux plus vous voir ici après la fin de la semaine. Vous étiez engagé pour attirer du beau monde. Je n'en vois pas. Donc, vous êtes congédié. »

Le maître des cérémonies s'immobilisa sur ses hauts talons et jeta : « Ce n'est pas ce qui arrangera vos affaires, monsieur ! »

Josias détacha son cheval de l'anneau et se mit en selle dans un silence pesant.

« Si le *Hot Well* n'est pas rentable, c'est parce que vous l'avez payé trop cher, lança encore l'autre. Jetez-moi la pierre tant que vous voudrez, mais vous feriez mieux de vous en prendre à vous ! Chacun sait que c'est votre faute et celle de personne d'autre. »

Une telle expression de fureur se peignit sur le visage de Josias que l'homme prit peur et recula. Mais Josias tourna bride et s'engagea sur le chemin du retour vers les docks. Les docks où la *Rose*, attendue ce mois-ci, accosterait bientôt avec sa cargaison d'or et de sucre.

Bien que l'heure du dîner fût proche, Josias ne rentra pas directement chez lui. Il ramena sa monture aux écuries et se rendit à pied jusqu'au quai, assez mal à l'aise dans ses bottes de cheval peu faites pour la marche. Le bac était amarré sur l'autre rive, mais le passeur retraversa le fleuve en entendant son appel.

« Bonne promenade, Mr. Cole ? » demanda-t-il en le prenant à bord.

Josias lui jeta un regard peu amène et le jeune passeur se remit à la rame en silence, passablement surpris. L'affabilité de Josias était pourtant légendaire sur le quai. Mais depuis peu courait le bruit qu'il s'était engagé bien au-delà de ses moyens et que ses affaires allaient mal. Parvenu à destination, le garçon prit son demi-penny sans mot dire, se contentant d'ôter sa casquette tandis que Josias escaladait les marches du débarcadère.

Il régnait là une animation réconfortante pleine de bruits familiers. Le quai jouxtant celui de Cole and Sons avait retrouvé son activité avec l'arrivée d'un navire en provenance des Antilles. Tirés par les portefaix qui juraient et pestaient sous le poids de la charge, les lourds traîneaux allaient et venaient en tous sens en crissant sur les pavés gras. Josias les vit hisser une passerelle et le capitaine descendit saluer le propriétaire du bâtiment. Josias se tint à l'écart en attendant la fin de leur conciliabule. Puis, voyant l'armateur monter à bord afin de vérifier lui-même l'odorante cargaison, il héla le capitaine.

« Tiens ! Mr. Cole ! fit l'homme en se retournant.

— Bonne traversée, capitaine Smythe ?

— Sans plus.

— Combien de temps avez-vous mis ?

— Huit semaines et demie de quai à quai.

— Auriez-vous aperçu mon navire, la *Rose* ?

— La *Rose* ? Non, je ne l'ai pas vue. »

Pour la forme, Josias essaya de sourire, mais il savait que sa mine trahissait sa préoccupation.

« Allons donc, vous avez forcément dû l'apercevoir. J'ai reçu un message de la *Rose,* daté de juillet. Elle se trouvait alors au large des Grandes Antilles. Elle devait y charger du sucre et mettre le cap sur l'Angleterre. Vous avez certainement dû la dépasser dans le chenal. Je ne comprends pas qu'elle ne vous ait pas précédé. »

L'homme secoua la tête d'un air navré : « Non, je ne l'ai pas vue, Mr. Cole. Ni dans la mer des Antilles, ni sur le chemin du retour. Personne non plus ne m'en a parlé. J'espère qu'elle n'a pas fait fausse route.

— La *Rose* ! Pensez-vous ! fit Josias avec un petit sourire forcé. C'est le navire le plus chanceux qui soit, et c'est le capitaine Smedley qui le commande. Il pourrait faire le chemin du retour les yeux fermés ! La *Rose* sera là dans la semaine, j'en suis certain.

— Je l'espère aussi, dit le capitaine. Nous avons essuyé quelques grains sévères. Certaines nuits, nous aurions pu passer à moins d'une brasse de la *Rose* sans la voir.

— Tout juste ! s'exclama Josias. La voilà, l'explication ! Allons, il n'y a pas de quoi s'inquiéter. Elle sera là d'un jour à l'autre. »

L'armateur émergea de la cale, l'air ravi : « Ah, le parfum du sucre frais ! Une pleine cargaison ! Voilà qui flatte toujours les narines, hein, Cole !

— Eh oui, dit Josias avec un petit sourire contraint.

— Mr. Cole me demandait des nouvelles de son navire, la *Rose*, fit étourdiment le capitaine.

— Ah, la *Rose* ! Elle a du retard ?

— Oh, non ! s'empressa de dire Josias. Elle est dans les temps. Je me disais seulement qu'ils avaient peut-être dû la dépasser.

— Cela dit, vous devez avoir bien autre chose en tête à présent, fit l'armateur d'un ton où perçait la jalousie. Avec votre nouvelle demeure, votre entrée chez les Entrepreneurs et votre acquisition du *Hot Well*, j'imagine que le retour de la *Rose* est le cadet de vos soucis !

— En effet », dit Josias en grimaçant un sourire.

Fuyant les regards qui pesaient sur lui, il gagna son entrepôt et monta dans son ancien bureau, qu'il trouva désert et poussiéreux. On n'y avait laissé que les meubles trop vétustes, entre autres le vieux fauteuil branlant de son père qu'il tira près de la fenêtre.

Il resta là assis à regarder le quai, le bassin, le fleuve... La marée baissait et le navire qui venait d'accoster ne serait déchargé que le lendemain. On relâchait les amarres pour le laisser peu à peu s'échouer sur la vase. Même avec la lourde cargaison qu'il portait dans ses flancs, il ne risquait pas de se disloquer. Construit dans les chantiers navals de Bristol, le bâtiment était assez solide pour résister aux marées qui, deux fois par jour, couchaient sur la quille tous les navires du port.

Inutile de chercher à apercevoir la *Rose*. Elle n'entrerait pas au port à contre-courant. Il n'avait plus qu'à attendre la marée suivante. Un instant, Josias l'imagina se balançant tranquillement sur les flots avec sa cargaison de sucre bien arrimée dans la cale, solidement ancrée pour la nuit au mouillage de Kingsroad, fanaux de proue et de poupe allumés. Immobile devant la fenêtre, le regard posé sur les eaux fuyantes du port, il rêvait à son navire avec tant d'ardeur qu'il aurait presque pu croire le voir se matérialiser sous ses yeux.

« *Rose...* », murmura-t-il.

Quand il arriva chez lui, à cinq heures, en retard pour dîner, Josias eut la désagréable surprise de voir, arrêté devant la porte d'entrée, un carrosse aux armoiries des Scott.

Lord Scott se trouvait dans le salon avec Frances et Sarah. Josias y entra à contrecœur.

« Ah, Cole, vous voici ! s'exclama Lord Scott. Nous commencions à vous croire disparu corps et biens avec un de vos bateaux. »

A l'idée d'un navire en train de sombrer, Josias ne put s'empêcher de tressaillir.

« Je travaillais, grommela-t-il.

— Ah, mais je vois que vous revenez du *Hot Well*, dit Frances en avisant ses bottes et ses culottes de cheval. Êtes-vous satisfait de votre inspection ?

— Non ! »

Il y eut un silence embarrassé, que Frances s'empressa de rompre en égrenant l'un de ses petits rires mondains : « Quel guignon ! Vous nous raconterez tout cela pendant le dîner. Voulez-vous que je fasse dire à la cuisine d'attendre pour servir que vous vous soyez changé, Mr. Cole ?

— Inutile, répondit sèchement Josias. Je peux très bien passer à table comme ça. »

Une ombre de contrariété passa sur le visage de Frances. « A votre guise, dit-elle d'une voix égale.

— Je vous sais gré de me mettre à l'aise, sourit Lord Scott. Voyez, je suis en tenue de voyage, mais ma nièce a insisté pour que je reste dîner. Je ne m'étais arrêté que pour prendre le thé en rentrant à Whiteleaze. »

En fait de vêtements de voyage, Lord Scott portait un habit d'un gris clair immaculé sous un manteau du même ton, et semblait sortir d'une boîte. Josias hocha la tête, l'air peu engageant : « J'espère que vous reviendrez avec votre épouse visiter le *Hot Well.* »

Ne sachant trop comment répondre à cette invitation faite à brûle-pourpoint, Lord Scott lança un regard interrogateur à Frances avant de répondre d'un ton uni : « Mais bien entendu. Dès que Lady Scott sera suffisamment remise pour sortir, nous viendrons. Vous me voyez fâché d'apprendre que vos affaires là-bas vous donnent du souci. Mais comptez avec le temps de la mise en train. Et puis, vous êtes nouveau dans la partie.

— Qu'est-ce qui te tracasse, Josias ? » coupa Sarah sans chercher à sacrifier aux grâces de la conversation de salon.

Il la regarda bien en face : « Hibbard and Sons me harcèlent, le *Hot Well* perd de l'argent et j'attends toujours la *Rose*, voilà ce qui me tracasse. »

Elle soutint son regard et répondit crânement : « C'est vrai qu'il faut compter avec le temps. Et puis ce n'est pas la première fois qu'un navire se fait attendre un peu et finit par arriver chargé de bonnes surprises. »

Le sang-froid de Sarah agit sur son frère comme un baume et il parut se détendre un peu : « Oui, tu as raison. »

Lord Scott en profita pour changer de sujet : « Je vous ai apporté un cadeau, annonça-t-il. Non que je l'aie choisi moi-même. Je ne suis que le messager de Sir Charles Fairley. Après sa dernière visite ici, il a commandé à votre intention quelques articles qu'il m'a fait remettre. Je les ai laissés dans l'entrée. Souhaitez-vous les voir ?

— Naturellement », dit Frances en tendant la main vers la sonnette.

Mary entra et Lord Scott lui demanda de dire au cocher d'apporter les boîtes.

« Qu'est-ce que c'est ? » s'enquit Josias en voyant entrer le cocher, les bras chargés de coffrets qu'il déposa sur la table près de Lord Scott.

« Des colliers d'esclaves, répondit aimablement Lord Scott. A Londres, c'est la grande mode. Sir Charles vous en a commandé de fort jolis, tous gravés aux noms de vos esclaves. »

Il ouvrit la première boîte d'où il sortit une chaînette en argent. Celle-ci portait une petite plaque, également en argent, gravée au nom de « Julius ».

« Et vous, votre nom ? demanda-t-il à Mary.

— Mary », répondit-elle, le visage fermé.

Lord Scott ouvrit deux autres boîtes. « Ah, la voici ! », fit-il en exhibant l'objet. Et avec autant de désinvolture que s'il manipulait une poupée, il prit la jeune femme par les épaules et la fit pivoter pour pouvoir lui attacher la chaîne sur la nuque.

« Vous ferez sceller le fermoir par un forgeron. Après, le collier ne s'enlève plus. Mais il est simplement décoratif, symbolique, dirais-je. Si un esclave s'enfuit, il lui suffit de tirer dessus assez fort pour s'en libérer. C'est juste une petite fantaisie.

— Ravissant, s'extasia Sarah. Mary, va chercher les autres. Chacun aura le sien. »

Frances esquissa un geste pour l'arrêter, mais ne sut quoi dire.

Quand les esclaves pénétrèrent un par un dans la pièce, Mehuru tenait le petit John par la main. Il regarda Frances d'un œil interrogateur et lut dans ses yeux comme un avertissement.

Sarah avait pris quelques boîtes, et Lord Scott les autres. Sans un mot d'explication aux esclaves, ils leur donnèrent l'ordre de ne pas bouger et leur attachèrent les chaînes autour du cou avant de les renvoyer à la cuisine. Dernier de la file, Mehuru resta seul dans la pièce avec les Blancs. Quand Lord Scott se saisit de la chaîne, Mehuru eut un mouvement de recul : « Je ne porterai pas cela. »

Lord Scott marqua un temps d'arrêt. « Crois-tu avoir le choix ? dit-il avec un petit sourire. Viens ici. »

Mehuru recula encore d'un pas. « Je ne porterai pas cela, répéta-t-il.

— Cicéron... », dit doucement Frances.

Il lui jeta un regard qui était un appel à l'aide. « Ce n'est pas mon nom », plaida-t-il.

Lord Scott retourna la plaque. « Cicéron, lut-il. Regarde, c'est ton nom, là. Tu vois le C ? Ça signifie Cicéron.

— Je sais lire ! Je ne m'appelle pas Cicéron. Je m'appelle Mehuru. Je suis l'émissaire royal des Yorubas. Je ne me laisserai pas mettre un collier comme un chien. »

Josias, dont les nerfs étaient mis à rude épreuve depuis le matin, explosa soudain.

« Tu feras ce qu'on te dira de faire ! hurla-t-il avec une violence déplacée dans le cadre raffiné de la pièce. Tu mettras ce qu'on te dit de mettre, et tu as bougrement intérêt à obéir aux ordres. »

Il jaillit de son fauteuil, se jeta sur Mehuru et lui expédia son poing en pleine figure, l'atteignant à l'œil.

Frances poussa un cri et se leva d'un bond.

Mehuru recula sous le choc et, trébuchant contre une table, s'écroula. En un éclair, Josias fut sur lui et se mit à lui marteler le visage et la poitrine. Sur un signe de tête de Lord Scott, le cocher saisit Josias par-derrière et le maîtrisa en lui maintenant les bras.

« Josias ! Allons, du calme ! fit Lord Scott. Pas ici. Pas devant ces dames. »

Relâché par le cocher, Josias chercha de la main le dossier d'une chaise et se releva péniblement et rectifia l'ordonnance de sa cravate. Le cocher se précipita alors sur Mehuru, le tourna face contre le sol et lui tordit les bras dans le dos pour l'immobiliser. La face contre le tapis, Mehuru ne tenta pas de se débattre.

« De grâce, arrêtez..., haleta Frances, pâle comme un linge, la main sur la poitrine. De grâce...

— Assieds-toi, Frances, et calme-toi », ordonna Lord Scott d'un ton sans réplique.

Elle avait si bien pris l'habitude d'obéir dans son enfance qu'elle se laissa tomber dans un fauteuil, sans toutefois quitter Mehuru des yeux.

« Mettez-lui ça, dit Lord Scott en tendant la chaînette au cocher. Et toi, je te conseille de te tenir tranquille, ajouta-t-il posément à l'adresse de Mehuru. Sinon, tu le regretteras. »

Comme s'il n'avait rien entendu, Mehuru resta inerte. Il ne bougea même pas quand on lui mit la chaîne autour du cou et qu'on la fixa en écrasant le métal mou du fermoir afin qu'il ne puisse plus l'ôter.

« Laissez-le se relever », dit Lord Scott à son cocher, qui lâcha Mehuru et recula vivement d'un pas, prêt à cogner au premier geste suspect.

Mehuru se redressa lentement. Son œil, affreusement tuméfié, gonflait rapidement et se fermait. En le voyant, Frances poussa un petit cri étouffé et détourna la tête. Il la regarda, grimaçant un rictus amer, mortifié d'avoir subi pareille humiliation devant elle. Lord Scott, qui observait la scène, la trouva passablement dégradante.

« Va dans ta chambre te passer un peu d'eau sur le visage », dit-il d'un ton radouci.

Mehuru le foudroya du regard et sortit d'un pas raide. Son collier renvoya un reflet fugitif. Sur la plaque, on lisait distinctement « Cicéron ».

« Enfermez-le ! aboya Josias en relevant la tête.

— Est-ce bien nécessaire ? demanda Lord Scott. Vous ne l'avez pas martyrisé. Il ne va certainement pas se précipiter chez un juge pour se plaindre. Nous sommes à Bristol, que diable ! Qui écouterait un esclave !

— Je ne veux pas qu'il sorte, un point c'est tout ! répliqua sèchement Josias. Dites à votre homme de l'enfermer dans sa chambre pour la nuit et de me rapporter la clé.

— A votre aise. » Lord Scott fit signe à son cocher, qui s'inclina et suivit Mehuru. « Après tout, peut-être avez-vous raison de prendre vos précautions.

— C'est de la bête de race qui vaut dans les cent dix guinées, maugréa Josias. Et je ne tiens pas à ce que ça aille se noyer de désespoir dans l'Avon. »

Le dîner fut servi en retard et avec une mauvaise volonté évidente. Kbara, Matthew et Mark avaient dissimulé leur collier en le glissant sous leur cravate montante. En revanche, les décolletés des femmes laissaient voir leur chaîne qui scintillait à la lueur des chandelles. En les voyant ainsi évoluer autour de la table avec leur plaque autour du cou, étiquetées comme des carafes à vin, Frances se dit qu'on avait enfin trouvé là le moyen de les estampiller comme de vulgaires marchandises de Bristol.

Josias mangea peu mais but beaucoup. Lord Scott, assis à la droite de Frances et face à Sarah, alimenta la conversation en causeur accompli. Il donna des nouvelles des cousines de Frances et de la santé de Lady Scott, recluse à Whiteleaze pour ses couches. Il parla aussi de Londres et des rumeurs qui circulaient dans la Cité et au Parlement.

« Le débat sur l'abolition est plutôt calme en ce moment. Mais il va à coup sûr reprendre l'année prochaine. Ses partisans n'ont aucune chance de l'emporter, pas tant que les classes possédantes seront contre eux. Mais ils risquent de monter les esprits.

— Ils n'aboutiront à rien, affirma Sarah. Ce Wilberforce parle sans savoir. Il ferait mieux de se préoccuper des filatures du Nord, c'est plus près de chez lui. Mais non ! C'est une vraie mouche du coche, qui veut se mêler de tout. Tenez, près de Cheddar, il a même participé à la création d'une école pour les enfants des ouvriers agricoles. Du coup, les fermiers se plaignent de ne plus pouvoir faire travailler les enfants normalement. Et pour cause : ils sont toujours fourrés à l'école de Mr. Wilberforce. Je serais curieuse de savoir ce qu'il dirait si on se mêlait de ses affaires et si on votait des lois pour les interdire. Vous croyez qu'il serait content ?

— Certes non, fit Lord Scott que l'indignation de Sarah fit sourire. Je crois même qu'il n'aimerait pas cela du tout. Mais nous ne pourrons pas repousser l'abolition indéfiniment. Votre compagnie ferait peut-être bien de songer à d'autres entreprises.

— Je ne fais que cela, maugréa Josias. Chaque jour, je songe à mon *Hot Well* et chaque jour, je vois qu'il me coûte davantage. »

Il y eut un instant de malaise, et Lord Scott s'adressa aussitôt à Frances.

« J'ai été navré d'apprendre que tu étais souffrante. Bristol paraissait si bien te convenir. Je m'étais fait une telle joie de te savoir si heureuse et en si bonne santé quand tu m'as écrit. Es-tu complètement rétablie ? »

Frances, qui n'avait rien suivi de la conversation, sursauta : « Oh, je vais très bien », répondit-elle machinalement. Encore sous le choc de la scène brutale dont elle avait été témoin dans son salon, elle se rongeait d'inquiétude pour Mehuru. Son mari lui faisait horreur. Élevée dans le calme d'un presbytère et protégée des réalités brutales de la vie par son rang et sa condition de femme, elle s'effrayait au moindre signe de violence. L'accès de fureur de Josias chez elle, dans son propre salon, suffisait à le transformer en monstre à ses yeux.

A la fin du repas, quand vint l'heure pour les dames de se retirer, Frances murmura à son oncle qu'elle se sentait indisposée et préférait lui souhaiter bon voyage dès à présent. Lord Scott se leva de son siège et l'attira contre lui. « Je suis désolé de te voir dans cet état. » La remarque s'appliquait autant à la pâleur maladive de sa nièce qu'aux désagréments de la soirée.

« C'est la première fois...

— Je reviendrai dès que Lady Scott aura accouché, dit-il, soucieux de la réconforter. Tu viendras séjourner chez nous. Vous aussi, Miss Cole, et Josias, ajouta-t-il en se tournant vers eux. Lady Scott sera enchantée de vous avoir à Whiteleaze. »

Sarah le regarda, franchement incrédule. Quant à Josias, affalé dans son fauteuil et l'œil rivé sur son verre, c'est à peine s'il entendit l'invitation. Le regard perspicace de Lord Scott glissa sur lui sans s'attarder.

« Bonne nuit », dit Frances. Et elle s'éclipsa.

33

Sitôt leurs maîtres couchés, les esclaves avaient déverrouillé la porte de Mehuru et étaient descendus à la cuisine avec lui. Il était à présent installé au coin du feu, les enfants à ses pieds, tandis que les femmes, l'air grave et solennel, se serraient sur le banc face à lui et que Kbara s'était accoudé à la table. Sur la chaise à l'autre coin de la cheminée, la cuisinière crispait et décrispait machinalement ses mains croisées sur son tablier comme pour retenir son indignation. Au cou des femmes, les colliers d'esclaves accrochaient la lumière vacillante des flammes.

« Ce n'est pas juste, marmonna la cuisinière. Je ne veux pas me mêler de cette histoire. Ce n'est pas à moi de vous dire ce que vous avez à faire. Mais je ne resterai pas au service de gens qui vous traitent ainsi. Je ne suis pas en peine de trouver une autre place. Raison de plus pour quitter une maison où il se passe des choses pareilles. Non, tout ça, ce n'est pas juste. (Elle se leva, ouvrit la plaque du fourneau et tisonna les braises.) Ce n'est pas juste », marmonna-t-elle encore.

Mehuru hocha la tête. Cela lui rappela un instant les palabres des conseils de village en Afrique. Pour un profane, tout se déroulait comme si personne n'était capable de prendre la moindre décision, comme si les hommes ne se réunissaient que par désœuvrement, pour le plaisir de bavarder ; alors qu'en fait, à force de discussions laborieuses, on finissait par arriver de haute lutte à un consensus. Ce que Mehuru trouvait beaucoup plus primitif en fin de compte, c'était un gouvernement où s'affrontaient deux partis en lutte permanente, chacun s'acharnant à battre l'autre. En Angleterre, le système judiciaire, fondé sur la confrontation de deux points de vue opposés, ne valait pas mieux que le système politique. Plus lente et plus laborieuse, la méthode africaine reposait sur la conviction qu'on finissait toujours par s'entendre, et qu'hommes et femmes pouvaient trouver un moyen terme acceptable par tous. Il n'y avait ni vainqueurs ni vaincus.

Kbara était partisan de fuir cette nuit même en emmenant tout ce qu'ils pourraient transporter. Les femmes — Elizabeth surtout — redoutaient les conséquences d'une telle initiative. Dans les colonnes des journaux s'alignaient les avis de recherche d'esclaves fugitifs et les récompenses offertes étaient suffisamment alléchantes pour tenter les bonnes gens.

« Justement, rétorqua Mehuru, ces récompenses prouvent que les Anglais cachent des esclaves. Pour amener les Anglais à trahir les esclaves en fuite, les propriétaires sont obligés d'offrir de fortes primes. Loin de nous inquiéter, voilà qui devrait nous rassurer au contraire. Bien entendu, il est hors de question de rester à Bristol. Nous devrions aller à Londres, où vivent des milliers de gens de notre race.

— Peut-être, dit lentement Mary. Mais ils vont offrir une forte récompense pour nous tous, et si nous restons ensemble comme nous le souhaitons, on nous trouvera facilement. Et puis d'abord, qu'est-ce que nous ferions là-bas ?

— Mehuru et moi pourrons travailler, dit Kbara.

— En quoi faisant ?

— Ce n'est pas l'ouvrage qui manque au port. Il paraît que les Noirs sont nombreux à y être employés.

— Et nous autres, nous pourrions nous placer comme domestiques, suggéra Martha. Faire le ménage, la lessive, ou servir à table. Nous avons été à bonne école. Elizabeth pourrait se faire engager comme soubrette ou même femme de chambre. Moi, je pourrais louer mes services comme cuisinière.

— Et les garçons ? Peut-on les mettre en apprentissage ? demanda Elizabeth. Il leur faut un métier convenable. Je ne veux pas qu'ils aillent travailler sur le port, eux. C'est trop dur et trop dangereux. Sans compter qu'il suffirait que quelqu'un se cherche un esclave pour qu'on les enlève. »

Mehuru s'était renfrogné. « Jamais on ne les prendra comme apprentis. A Londres, en tout cas. Le maire en personne a interdit l'accès de l'apprentissage aux jeunes Noirs. On a même voté une loi tout exprès. » Il eut un petit sourire amer. « A croire que si les Blancs se protègent ainsi contre nos apprentis, c'est qu'ils doivent nous trouver très habiles.

— Et les filles ? poursuivit Elizabeth. Elles ne vont tout de même pas entrer en service comme souillons de cuisine ! Notre petite Susan est fine comme pas deux. Chez nous, on l'éduquerait... » Elle marqua une pause. Au pays, une fille intelligente avait de l'avenir. Elle pouvait entrer au palais et se hisser à une place à la mesure de ses talents. « Ça semble si loin maintenant, ajouta-t-elle tristement.

— Et si nous retournions chez nous ? proposa Kbara. Que diriez-vous de la Sierra Leone ? Une fois à Londres, nous pourrions nous embarquer pour là-bas. Même si nous y trouvons des gens d'autres races, au moins, nous serions entre Africains et sur la terre de chez nous. Sans compter que de là, nous pourrions peut-être rentrer au pays en faisant le voyage par les terres. »

Mehuru secoua la tête. « Non, ce n'est pas possible. Les routes commerciales ont disparu et nous ne trouverions aucune caravane à laquelle nous joindre. De la côte à l'intérieur des terres, le pays a été ravagé sur des lieues et des lieues. Les populations ont été réduites en esclavage ou se cachent, les champs sont en friche. Personne ne descend plus les rivières, sauf les chasseurs d'esclaves. Le pays est dangereux.

» Quant à la Sierra Leone, je ne pense pas qu'elle soit plus sûre. Vous vous souvenez des brochures que je vous ai lues à tous à son propos ? J'en ai aussi entendu parler par un des membres de la Société pour la réforme de la constitution. Il dit que ce n'est pas à proprement parler une colonie mais juste un territoire où l'Angleterre expédie les esclaves affranchis pour s'en débarrasser. C'est en refusant de payer leur solde aux soldats noirs démobilisés s'ils ne signaient pas pour partir là-bas qu'ils ont réussi à avoir des "volontaires" pour le premier établissement. Quand les navires venus d'Amérique ont accosté à Plymouth, les capitaines ont cloué les écoutilles pour empêcher les Noirs d'aller à terre. Comme ils sont restés enfermés pendant l'escale, ils ont mangé ce qu'ils ont trouvé. Or c'était la nourriture prévue pour le voyage, si bien qu'ils se sont retrouvés affamés pendant le reste de la traversée. On a même refusé de leur donner de quoi s'éclairer et se chauffer ! Cela ne vous rappelle rien ? Une longue traversée à souffrir de la faim et du froid ? Hein, Kbara ?

— Mais s'il y a l'Afrique au bout ? L'Afrique et la liberté...

— Et s'il n'y a au bout que deux malheureuses fermes, une méchante palissade pour toute protection et un pays en proie aux razzias, livré du nord au sud à la chasse aux esclaves par appât du gain ? Combien de temps crois-tu que nous puissions tenir ? Et ces enfants qui se retrouveront aux mains des esclavagistes, crois-tu qu'ils en réchapperont une seconde fois ? »

Kbara garda un instant le silence. « Alors, qu'allons-nous faire ? demanda-t-il. Nous ne pouvons pas laisser passer l'occasion. Josias est absent de la maison toute la journée et Sarah bien trop occupée par ses affaires pour nous surveiller. Profitons-en. On ne va pas continuer à mener cette vie, à porter ces colliers comme des chiens. »

Mehuru porta la main à son col, là où il sentait au moindre mouvement le métal contre sa peau. Le collier était lisse et de bonne facture, mais son contact lui était aussi pénible que s'il se fût agi d'épines.

« C'est insupportable, répondit-il. Tu as raison, il faut sauter sur l'occasion. Tout bien réfléchi, je ne crois pas que nous puissions regagner l'Afrique ni rester à Bristol. Mais il y a d'autres cités, d'autres villes. Il y a des endroits où nous pourrons trouver du travail, peut-être aussi envoyer les enfants à l'école, leur faire apprendre un métier. Stuart Hadley nous aidera, il nous dira où aller. Je ne peux pas rester ici. »

Le collier le démangeait, comme si le frottement du métal poli lui irritait la peau au moindre mouvement.

« Restons ensemble, dit Mary.

— Tu es comme ma sœur, fit Elizabeth en posant sa main sur la sienne. Je ne supporterais pas d'être séparée de toi.

— Je demanderai conseil à Stuart, conclut Mehuru. Demain, je sortirai discrètement et j'irai le voir. »

Josias se réveilla avec la tête lourde et un goût amer dans la bouche. Après une toilette sommaire, il s'habilla à la hâte et descendit. Dans le hall, il croisa

Kbara qui s'écarta brusquement de lui, sans mot dire, l'air sombre. En voyant sa mine, Josias se rappela soudain que Mehuru devait toujours être enfermé dans sa chambre.

Il remonta donc, grimpant les marches quatre à quatre, et alla frapper à la porte de Frances. Celle-ci ne dormait plus mais était encore au lit. En le voyant entrer, elle se tassa contre ses oreillers et, sentant le cœur lui manquer, porta la main à sa gorge. Elle revit son brusque accès de violence de la veille lorsqu'il s'était jeté sur Mehuru pour le frapper au sol, et la façon dont il s'était consciencieusement enivré pendant le repas. Son mari lui faisait horreur à présent. Au-delà de la peur, ce qu'elle éprouvait, c'était du ressentiment.

Josias ne se rendit compte de rien. Trop soucieux, trop préoccupé par le désastre qui se précisait chaque jour davantage, il avait oublié le climat de confiance qui s'était lentement établi entre eux et la joie qu'il avait eue à faire sourire Frances ; oublié aussi le sentiment de bien-être et d'abondance qui se dégageait de cette luxueuse demeure ; oublié enfin l'épanouissement tardif de cette épouse chèrement acquise. Rien ne comptait plus à ses yeux que le montant croissant de ses dettes et l'inflation constante des intérêts à échoir. En regardant sa femme, pâle et recroquevillée dans son lit, il ne voyait qu'une source de dépenses supplémentaires.

« Puisque vous êtes censée vous occuper des esclaves, dit-il avec rudesse, veillez à ce que Cicéron soit prêt à la vente dès ce matin. Si je peux m'entendre avec Stephen Waring, je conclurai l'affaire aujourd'hui même. Et je mettrai dans le lot le plus petit des garçons. Quant aux autres, je m'en débarrasserai dès que je pourrai annoncer leur vente dans le journal. Nous avons besoin d'argent, un besoin urgent, et j'en ai assez de voir ces paresseux traîner leur carcasse dans ma maison. »

Ce disant, il tira de sa poche la clé de la chambre de Mehuru et la lança sur le lit.

« Vous n'allez tout de même pas vendre Cicéron ! protesta-t-elle d'une petite voix fluette qui contrastait avec les glapissements de Josias.

— Qu'est-ce qui m'en empêcherait, foutre dieu ? »

Frances sursauta. Jamais encore Josias n'avait juré en sa présence.

« Je... Je l'ai promis à mon oncle Scott, mentit-elle. Vendez Julius à Mr. Waring, il ne verra pas la différence. Mais mon oncle, lui, a bien précisé qu'il voulait Cicéron.

— Je lui souhaite bien du plaisir. Tout ce que mérite ce nègre, c'est d'être expédié dans les plantations.

— Vous n'allez tout de même pas... ?

— Non, pour la bonne raison que ça ne rapporterait rien, dit Josias d'un ton hargneux. Si je pouvais en tirer quelque chose en le vendant comme viande pour chiens, je ne m'en priverais pas ! Maintenant, madame, debout ! Vous devriez déjà vaquer à vos tâches domestiques au lieu de vous prélasser au lit. Tout va à vau-l'eau. Les esclaves sont sous vos ordres et vous ne leur en donnez pas. Ils n'en font qu'à leur tête. Et Dieu sait ce qu'ils me coûtent. Dieu sait ce que vous me coûtez tous ! »

Il sortit de la chambre, sans même prendre la peine de refermer la porte derrière lui. Frances resta paralysée dans son lit. Elle l'entendit dévaler les escaliers, traverser l'entrée au pas de charge et claquer la porte. Alors seulement elle se détendit.

Dehors, c'était une de ces belles matinées fraîches d'automne. Sur la place, un jardinier balayait les feuilles mortes et les rassemblait en grands tas humides. Insensible à la transparence du ciel comme à la fraîcheur vivifiante de l'air, Josias ne jeta pas un regard alentour. Cependant, il sentait dans ses narines l'odeur caractéristique de la marée montante qui ramenait vers la cité son lot d'ordures et d'épaves flottantes. Convaincu que la *Rose* reviendrait avec cette marée-ci, il descendit au port pour tenter d'apercevoir son navire. Il parcourut du regard son bassin désert et ne vit rien qu'un quai désespérément vide sur toute sa longueur. Il regarda en aval, vers les premières falaises, là où se profilait le défilé qui menait à la mer. Aucun navire fatigué d'avoir bourlingué sur les océans ne remontait l'estuaire dans le sillage d'un remorqueur. Rien en vue et toujours aucun signe de la *Rose*.

Après le départ de Josias, Frances s'habilla rapidement, prit la clé et monta à la chambre de Mehuru. Elle frappa discrètement à sa porte.

« Oui ? répondit-il en yoruba.

— C'est moi. J'ai la clé. »

Elle la tourna dans la serrure et ouvrit. Lavé et rasé de frais, Mehuru avait changé de linge et se tenait devant elle, élégant et impassible. Son œil tuméfié formait une auréole noire sur sa peau brune.

« Je suis désolée, fit Frances, qui ne savait quoi dire.

— Vous allez me retirer mon collier ?

— Je n'ose pas, avoua-t-elle dans un murmure. Ce serait défier ouvertement Josias.

— Je vais m'enfuir, prévint-il. Je vais m'enfuir et vous ne me reverrez jamais. »

Elle lui jeta un bref coup d'œil, mais détourna aussitôt le regard.

« Oui, je crois aussi que c'est ce que tu as de mieux à faire, dit-elle d'une voix à peine audible. Il veut te vendre, il m'a annoncé qu'il allait conclure l'affaire aujourd'hui même. J'ai réussi à gagner du temps en lui racontant un mensonge et il va vendre Julius à ta place. Je ne peux pas te protéger, Mehuru. Ni aucun d'entre vous. Je le regrette. Si tu savais comme j'en suis malheureuse...

— Alors nous partirons cette nuit.

— Très bien, fit-elle en hochant la tête, les yeux toujours baissés.

— Nous ne reviendrons jamais. »

Ils restèrent un instant silencieux, à trois pas l'un de l'autre, sans se toucher ni se regarder.

« Je sais, murmura-t-elle. Je sais que je ne te reverrai plus. Que Dieu te protège.

— Vous ne voulez pas venir avec moi ? demanda-t-il. Saisissez la chance maintenant, Frances. Vous n'avez rien à espérer ici. Josias perd la tête et Sarah vous déteste. Partez avec moi, nous trouverons un endroit où vivre ensemble, un endroit où l'on nous acceptera. »

Elle eut un petit geste fataliste.

« Je ne peux pas. Je n'ose pas. Je n'ai pas d'argent et je suis incapable de travailler. Je suis malade, Mehuru. Tu n'irais pas bien loin avec une femme malade. (Elle le regarda droit dans les yeux.) Et je suis lâche, Mehuru. Hier soir, je l'ai vu te battre, là, sous mes yeux et tout ce que j'ai fait, c'est de me lever en criant “Josias !”. Après quoi, je n'ai rien trouvé de mieux que de lui servir le thé. J'ai honte.

— Que vouliez-vous faire d'autre ? dit-il en haussant les épaules. Et des raclées, j'en ai subi de pires.

— Peut-être, mais je n'ai rien fait. Ni pour te sauver, ni pour sauver Morte de Honte. Je suis lâche, Mehuru. Toute jeune, j'avais du caractère et du courage, mais on a fait de moi une parfaite femme du monde, rompue à l'étiquette, et tout ce que j'ai su faire, c'est me tordre les mains et servir le thé.

— Il ne tient qu'à vous de fuir tout cela. Changez de vie et soyez la femme d'un Africain. Épousez l'Afrique. »

Un bruit de porte leur parvint de l'étage au-dessous. « Frances ? » cria Sarah d'une voix aiguë.

Comme une enfant prise en faute, Frances se

retourna instantanément pour obéir. Mehuru posa la main sur la manche de sa robe blanche.

« Louez une voiture, lui glissa-t-il d'un ton persuasif. Faisons une dernière promenade ensemble cet après-midi. Nous n'en aurons plus jamais l'occasion. »

Elle resta le dos tourné, incapable de le regarder en face, redoutant l'appel qu'elle verrait dans ses yeux. Elle fit « Oui » dans un souffle avant de descendre rejoindre Sarah.

Josias alla déjeuner à l'estaminet. La porte s'ouvrait et se refermait au rythme des allées et venues dans un grand brouhaha, laissant pénétrer des bouffées d'air froid tandis que s'échappaient dans la rue des nuages âcres de fumée de tabac. A l'entrée de Josias, les conversations cessèrent ; le silence ne dura qu'une fraction de seconde, mais Josias le perçut. C'était le genre de silence que fait un troupeau lorsqu'il s'avise qu'un des siens est à l'agonie. On eût dit que tous allaient se retourner contre lui pour l'éliminer et qu'ils étaient prêts à le dévorer vif. Chez eux, l'instinct de survie était une force bien plus puissante que toute forme d'amitié ou de loyauté. Le bruit circulait que Josias était endetté jusqu'au cou et que la *Rose* avait deux semaines de retard.

Sur son passage, un homme se leva et posa une main sur sa manche : « Josias ! dit-il d'un ton affable, je peux te dire un mot ? »

Josias, qui se dirigeait vers la table des Entrepreneurs, hésita et jeta à son interlocuteur un regard torve.

« Oui ?

— Une petite facture qui traîne, dit l'homme. Une broutille. Pour l'armement de la *Lily* lors de son dernier passage au port.

— C'est sûrement un oubli, grogna Josias avec un

haussement d'épaules. Je m'en occupe. Renvoie-moi la facture, elle a dû s'égarer.

— Oh, c'est déjà fait ! Et même à deux reprises. Si tu veux bien me payer maintenant. Ça fait trente guinées. »

Josias secoua sa manche pour se dégager. « Tu crois que je règle mes factures au pied levé ? Viens donc à mon entrepôt après déjeuner et je te réglerai.

— Quand je t'ai connu, tu réglais tes factures au pied levé, justement, et tu racolais des clients à toute heure, répliqua l'homme en haussant le ton. Sans compter que je me suis déjà rendu à ton entrepôt deux fois hier et une fois ce matin, et que je n'ai trouvé personne qui puisse me payer. Sauf ton respect, Josias, je veux mes trente guinées tout de suite.

— La peste soit des grippe-sous ! » s'exclama Josias en plongeant la main dans la poche de sa cape. Il en sortit une bourse en cuir qu'il se mit à agiter sous le nez de l'autre. « Prends ça, et si ça ne suffit pas, fais-le-moi savoir, je te paierai le complément plus tard. C'est tout ce que j'ai sur moi. Peut-être veux-tu mes boutons de veste, pendant que tu y es ? C'est du pur cuivre. »

Mais l'homme ne se démonta pas.

« Ne prends pas la mouche, Josias, mais ça traîne depuis un moment. Je ne peux pas te faire crédit davantage. C'est à mon détriment.

— Je ne négocie pas à crédit ! rugit Josias, excédé. Je suis fiable, moi. Avec moi, monsieur, on ne court pas de risque. »

L'homme ne dit mot. Un silence total régnait dans la salle où tout le monde s'était tu pour écouter la discussion. Josias lança un regard furibond à la ronde. Aussitôt, tous ceux qui le fixaient des yeux reprirent leur conversation plus ou moins bruyamment et les autres firent mine de se concentrer sur leur déjeuner. Ils n'étaient pas dupes. La colère de Josias était celle d'un être aux abois que la chance abandonne.

« Je te souhaite le bonjour », marmonna Josias, en plantant là son interlocuteur.

L'homme tourna les talons et rejoignit ses amis. A l'abri de la table, il vida la bourse de Josias dans le creux de sa main et en compta rapidement le contenu. Il y avait vingt-trois livres, dix shillings et huit pence. Il remit le tout dans la bourse qu'il glissa dans sa poche.

« Il n'y a pas le compte, confia-t-il à son voisin. Mais je crois que je n'en obtiendrai pas plus.

— Fichtre ! dit l'autre, l'air inquiet. Il a encore du matériel à me régler. Je n'ai pas pensé à le relancer pour la facture. Et maintenant, il n'y a sûrement plus rien à en tirer. Toi, Tobias, je crois que tu viens de finir de le mettre sur la paille.

— Attends un autre jour et mets-lui le grappin dessus le matin. A mon avis, c'est la seule façon de te faire payer. En tout cas, dorénavant, il n'est plus question que je fasse le moindre crédit à Cole and Sons. Crois-moi, Josias va faire la culbute. »

34

Frances se changea pour la promenade et s'installa à la fenêtre de sa chambre pour attendre l'arrivée de la voiture de louage. En entendant le fracas des roues sur les pavés et le bruit des fers des chevaux dans la rue, elle descendit l'escalier à la hâte. Dans le vestibule, elle trouva sa belle-sœur, raide comme la justice. « C'est vous qui avez commandé cette voiture ?

— Je vais prendre l'air.

— Nous ne pouvons pas nous permettre de satisfaire vos caprices ! dit Sarah. Savez-vous combien nous devons déjà à l'écurie ? »

Frances ajusta minutieusement ses gants afin de ne pas voir le regard accusateur de sa belle-sœur. « Je me le tiendrai pour dit. C'est la dernière fois, Sarah.

— Pardi ! Après cette promenade, il y en aura une autre, et vous direz toujours que c'est la dernière ! Nous n'avons plus les moyens, vous entendez ? Renvoyez cette voiture. »

Mehuru arriva sur ces entrefaites et ouvrit la porte d'entrée à l'intention de Frances.

« Attends, Cicéron ! glapit Sarah.

— Je suis pressée », souffla Frances, qui se glissa dehors et fut en bas des marches avant que Sarah eût pu la retenir.

Mehuru fit un salut à l'adresse de Miss Cole et,

emboîtant le pas à Frances, l'aida à monter sur le siège du conducteur.

« Assieds-toi à côté de moi », lui glissa Frances, hors d'haleine. Mehuru fit signe au garçon d'écurie de lâcher les chevaux, et sauta près d'elle. « Croise les bras et tiens-toi très droit », fit-elle. Il obéit avec un petit sourire ironique. Frances fit claquer les rênes pour donner aux chevaux le signal du départ.

Lorsqu'ils eurent quitté la place, elle se détendit un peu. « J'ai cru qu'elle allait m'empêcher de partir, dit-elle avec un petit rire tremblant. Et m'enfermer dans ma chambre pour ne pas me voir dépenser d'argent.

— Ils sont aux abois.

— Elle pouvait toujours se mettre en colère, je n'avais aucune intention de céder. » Frances effleura les chevaux de son fouet d'un geste précis. « Alors, en route pour les Downs ? proposa-t-elle.

— Comme vous voulez. Pourquoi pas en route pour l'Afrique ? »

Elle retint sa respiration avec un petit bruit, mi-rire, mi-sanglot. « Si seulement... »

Il acquiesça. « C'est notre dernière promenade ensemble, Frances. Je ne demanderai plus rien, et vous n'aurez plus à me répondre “non”. Profitons de cet après-midi à nous. Nous avons quelques heures devant nous, le soleil brille, vous êtes remise et je vais être libre.

— Alors, efforçons-nous d'être heureux pendant ces quelques heures », dit-elle d'une voix tremblante.

Au moment de franchir le petit pont, elle fit ralentir les chevaux qui montèrent au pas la pente raide de Park Street. Depuis leur dernière sortie, il n'y avait pas si longtemps, de nouveaux bâtiments étaient sortis de terre et on voyait le tracé de fondations, là où devaient en surgir d'autres.

Malgré le froid de novembre que le soleil n'adoucissait guère, les ouvriers portaient pour tous vêtements une culotte et une chemise déguenillées. Mehuru regarda les dos maigres et musclés, les visages las. « L'Angleterre est un pays cruel. Dans le peuple, je n'ai pas encore vu d'homme ou de femme qui ait l'air d'avoir mangé ou dormi son saoul. »

Frances garda les yeux fixés sur le bout de route qu'elle apercevait entre les oreilles du cheval qui balançait la tête devant elle.

« Vous ne voyez donc pas ? demanda-t-il.

— Il y a beaucoup de misère, concéda-t-elle, toujours sans dévier le regard.

— Je parle de ces hommes, insista Mehuru. Ceux qui sont en train de travailler là, dans le fossé. »

Elle ne bronchait toujours pas.

« Vous refusez de les regarder ? »

A présent, elle était rouge comme une pivoine. « Mais ils sont à moitié nus, Mehuru, et tu voudrais que je jette les yeux sur eux ! » dit-elle avec une indignation retenue.

Il s'esclaffa. « Oh, Frances ! Même si je devais vivre ici jusqu'à cent ans, je ne vous comprendrais toujours pas. Enfin, vous êtes mariée ; vous voyez bien Josias. Vous m'avez vu aussi. »

Frances sursauta. Le souvenir de Mehuru dans sa chambre, de son corps sombre sur lequel ruisselaient les reflets de lune n'était que trop vif.

« Pourquoi ne pouvez-vous regarder un malheureux ouvrier en culotte et chemise ?

— Parce que je suis une dame, rétorqua aussitôt Frances, piquée au vif. Il y a certaines choses que je ne saurais voir. Et d'autres dont je ne saurais parler, même avec toi.

— J'aimerais vous prendre dans mes bras, et vous embrasser pour vous empêcher de dire ces bêtises. »

Le visage de Frances s'adoucit soudain. « Ah, j'aimerais bien, moi aussi ! » chuchota-t-elle.

Il sourit à son profil. « Je me dis parfois qu'il y a deux femmes en vous : la dame rigide et froide, avec ses manières sévères et ses principes stricts ; et puis ma bien-aimée, mon adorée, aussi naturelle et spontanée qu'une Africaine.

— J'ai reçu l'éducation d'une Anglaise de bon rang. Il est trop tard pour me changer.

— Je ne désespère pas », fit-il à mi-voix, s'obstinant envers et contre tout. Mais Frances secoua la tête et refusa de poursuivre la conversation.

Au sommet de Park Street, les maisons avaient cédé la place à des chantiers de fortune, et la route s'était transformée en une piste boueuse à travers champs. Frances prit à gauche en direction de Clifton le sentier qui contournait la butte ronde de Brandon Hill. Plus haut, à flanc de colline, des lavandières étalaient leur linge à sécher sur l'herbe des prés.

Sur un claquement de langue de Frances, les chevaux se mirent au trot rapide.

« Ce sont de bonnes bêtes. Josias a promis de m'acheter une voiture et deux chevaux lorsque les affaires iront mieux... Si tant est qu'elles s'améliorent un jour.

— Pourquoi l'avez-vous épousé ? » demanda Mehuru.

Frances réfléchit quelques instants. « Ce n'est pas simple à expliquer », dit-elle. Elle poussa les chevaux sur le bas-côté pour céder le passage à un chariot chargé de bouteilles soigneusement calées dans de la paille. Devant eux se déployait le charmant paysage vallonné des abords de Clifton. A gauche se trouvaient les marécages de Rownham Mead, où des hordes d'oiseaux migrateurs sillonnaient le ciel en tous sens, en quête d'un abri pour l'hiver. Plus haut tournoyaient des mouettes dont les ailes brillaient comme de l'argent sous le soleil clair. Un héron cendré pêchait dans l'eau stagnante et la boue des marais.

« Il faut que tu comprennes que je n'avais aucun avenir, commença Frances. Absolument aucun. Je n'avais pas d'argent, ni même de toit. J'avais toujours vécu au presbytère, et quand le nouveau pasteur et sa femme sont arrivés, j'ai dû partir. Je ne voulais pas être une parente pauvre recueillie par charité à Scott House. »

Elle s'interrompit et regarda Mehuru, qui écoutait attentivement et s'efforçait de trouver un sens à ce qu'elle racontait. Chez lui, une fille sans argent ni mari n'en restait pas moins membre de la famille et était traitée avec égards. On l'accueillait tout naturellement, on la laissait participer aux travaux domestiques, elle mangeait avec toute la famille et jouait avec les enfants. La notion même qu'une personne pût être de trop était radicalement étrangère à l'univers mental de Mehuru.

« Vous n'aviez nulle part où aller ? », demanda-t-il.

Frances secoua la tête. « J'ai pris une place de gouvernante.

— De domestique, en somme ? »

Frances fit une légère grimace. « Pire en un sens. Les gages sont très bas, mais tu n'oses pas te plaindre. Quant aux enfants, ils peuvent te traiter à leur guise et te jouer les pires tours... » Elle s'interrompit. « Jamais je n'aurais soupçonné la cruauté dont ils sont capables. Je n'arrivais pas à me faire obéir et leur mère se moquait de moi. Chaque matin au réveil, j'appréhendais la journée à venir. C'était un calvaire. »

Mehuru garda le silence. Les chevaux avançaient d'un bon pas le long du sentier qui montait de la vallée vers Clifton, d'où leur arrivait le bruit des ciseaux sur la pierre et des roues de chariot.

« Josias avait passé une annonce pour une gouvernante, et j'y ai répondu, reprit Frances. Quand je l'ai rencontré, il ne m'a pas précisé en quoi consistait le travail, et s'est borné à me dire qu'il m'écrirait. Ce qu'il a fait, en me proposant de l'épouser. J'ai eu l'impression que toutes mes prières étaient exaucées. Je suis sa femme et en contrepartie, je suis logée, nourrie, vêtue. Quand je serai vieille, j'aurai toujours le vivre et le couvert. Pour rien au monde je ne voudrais redevenir gouvernante, Mehuru. C'était pis encore que l'esclavage... » Elle s'interrompit. « Pardon d'utiliser ce mot devant toi ! Mais la gouvernante et l'esclave ont de nombreux points communs. Je n'étais pas libre de faire ce que je voulais, d'aller où je voulais, alors que ceux qui m'employaient pouvaient me renvoyer à leur fantaisie.

— Vous n'êtes toujours pas libre, fit remarquer Mehuru.

— Non, mais Josias non plus. Nous sommes tous deux liés par un contrat. Il faut qu'il prenne soin de moi, quoi qu'il advienne. »

Ils continuèrent d'avancer en silence pendant que les chevaux tiraient sur leur collier dans la montée. Avant d'arriver à Clifton, la route longeait un escarpement de plus en plus abrupt. A leur gauche, en contrebas, marqué par le surplomb de la falaise, se trouvaient les boutiques à arcades de Josias et le *Hot Well.* Un joli sentier, sur lequel seuls pouvaient s'aventurer les chevaux de selle les plus agiles, dessinait ses épingles à cheveux au flanc de la falaise et rejoignait la source en bas. Les rares clients en bonne santé l'empruntaient parfois pour grimper jusqu'à Clifton afin de jouir de la vue exceptionnelle et de se promener dans les bois.

Devant eux s'ouvrait une rue élégante aux rangées de maisons harmonieuses qui s'étageaient pour épouser le relief. Ils longèrent un ensemble d'hôtels particuliers pompeusement nommé « Granby Place », mais débouchèrent en fin de compte sur un amas de pierres de taille laissées là par quelque maçon. La rue se transformait en chemin de terre. Frances se mit à rire et arrêta les chevaux. « Nous aurions dû apporter une carte. Je n'ai pas la moindre idée de l'endroit où nous sommes. »

A droite, des bois épais couvraient les collines qui descendaient jusqu'au sentier, défrichées çà et là par les chauliers dont on apercevait les fours à travers le feuillage clairsemé des arbres. Au-dessus d'eux s'élevait une belle bâtisse de pierre flanquée d'un grand échafaudage soutenant des appareils de forage.

« Tiens ? Ce n'est tout de même pas une mine ! Il n'y a pas de charbon à Clifton.

— Voulez-vous monter voir ? demanda Mehuru. Nous trouverons bien quelqu'un pour tenir les chevaux. » Sur un signe affirmatif de Frances, il siffla un gamin qui les observait, assis sur un mur, et qui, à son appel, s'avança pour tenir les rênes.

Mehuru descendit de son siège, aida Frances à mettre pied à terre et lui offrit son bras. Ensemble, ils se dirigèrent vers le nouveau bâtiment. Dans un nuage de poussière et de terre, les ouvriers creusaient un trou tandis que grinçaient les treuils au-dessus de leur tête. A leur droite, des maçons posaient les pierres d'assise de ce qui s'annonçait comme un édifice de taille imposante.

« Demande-leur ce qu'ils construisent, dit Frances à Mehuru. A en juger par la taille des fondations, cela pourrait être un hôtel de ville. »

Mehuru s'adressa à l'un des hommes qui portait un panneau sur lequel était agrafé un plan. Un contremaître sans doute. L'homme tourna la tête pour regarder Frances, ôta sa casquette et s'approcha d'elle.

« Je vous souhaite le bonjour, madame. Le moricaud, là, me dit que vous aimeriez savoir ce que nous sommes en train de construire.

— En effet. »

Il lui tendit le plan, où l'on voyait le tracé d'un grand bâtiment carré dont une moitié se composait de petites pièces tandis que l'autre était entièrement occupée par une large salle, de bal ou de réunion. En haut du plan se trouvait la légende suivante, joliment calligraphiée : *Le nouveau* Hot Well, *Pavillon et Bains.*

Frances lut et relut ces mots et finit par demander : « Qu'est-ce donc que ceci ?

— Le nouveau *Hot Well*, répondit l'homme.

— Qu'est-ce à dire ?

— C'est une nouvelle source thermale, madame, avec son établissement de bains. Nous sommes en train de creuser pour arriver à la source d'eau chaude, et c'est là que s'élèvera le Pavillon. Vous en voyez le plan ici. Il y aura une fort belle salle de réunion et là, vous voyez les bains où l'on s'immergera dans l'eau. On a prévu de construire de chaque côté des maisons alimentées par l'eau de la source. Rendez-vous compte ! De l'eau chaude au robinet ! »

Frances porta une main à sa gorge qui lui semblait se paralyser. « Je ne comprends pas. Il doit y avoir erreur !

— Il ferait beau voir ! fit l'homme dont le large visage se fendit d'un sourire. Nous avons déjà creusé sur près de deux cents pieds et nous ne devrions pas tarder à tomber sur la source.

— Mais de quelle source parlez-vous ? demanda Frances. Vous ne devez pas être loin du *Hot Well*, qui se trouve juste au pied de cette falaise.

— Nous sommes juste au-dessus, exactement à l'aplomb, madame, dit le contremaître. C'est pourquoi nous savons que nous n'allons pas tarder à atteindre une source d'eau chaude, à l'emplacement de l'ancien *Hot Well.* C'est cette source que nous allons capter. »

Frances recula en titubant. Aussitôt, Mehuru lui

passa autour de la taille un bras solide qu'elle ne sentit même pas. « Qui est au courant de vos travaux ? demanda-t-elle d'une voix sèche. Qui a donné la permission ? Qui est propriétaire du terrain ? Comment se fait-il que vous creusiez sans autorisation ? »

L'homme grommela : « Adressez-vous donc au propriétaire ! Moi, j'ai ordre de surveiller le travail des ouvriers. Si je vous ai désobligée, madame, j'en suis fâché. Mais c'est vous qui êtes venue me poser des questions. » Il la salua, puis tourna les talons et s'éloigna.

Frances se dégagea du bras de Mehuru et courut derrière le contremaître. « Qui est propriétaire du terrain ? » Elle le retint par la manche. « Dites à vos hommes d'arrêter tout de suite ! Ils n'ont pas le droit de faire cela ! J'en aviserai mon mari. »

Il se dégagea et regarda en direction de Mehuru, espérant qu'il allait le débarrasser d'elle. Voyant son visage livide et crispé par l'angoisse, l'homme redouta qu'elle n'ait une crise de nerfs. « Les gens font ce qu'ils veulent sur leur terre, madame, objecta-t-il, adoptant une position de défense. Maintenant j'ai du travail, et des ordres à donner. Si vous voulez bien m'excuser... » Et il s'éloigna.

« Mais c'est un affreux malentendu », s'écria Frances. A nouveau, elle courut derrière l'homme, et lui agrippa la main. « Dites-moi qui vous a donné l'ordre de faire ceci. Qui est propriétaire ? Dites-le-moi, je vous en conjure ! Mon mari est un notable. Il est membre de la Compagnie des Marchands-Entrepreneurs. Il l'empêchera de continuer !

— Eh bien, justement ! Ce terrain appartient à la compagnie. Ce sont les Entrepreneurs qui ont préparé ce projet. Ils en ont confié la réalisation à Mr. Waring et à Mr. James, l'ancien gérant du *Hot Well*, lança le contremaître, excédé. Si vous avez quelque chose à dire, c'est à eux qu'il faut vous adresser, madame. Moi, je n'ai rien à voir là-dedans ! » Et, tournant les talons, il repartit, ses plans sous le bras.

Frances retourna vers la voiture comme une femme ivre, trébuchant sans les voir sur les aspérités du sol. Mehuru fut obligé de la hisser sur le siège.

« Que se passe-t-il ? Qu'est-ce qui vous arrive ? demanda-t-il.

— Ramène-moi à la maison », fit-elle dans un souffle.

Il prit les rênes et conduisit pendant que Frances se cramponnait au siège du passager, le chapeau de travers, le visage blanc comme un linge.

« Qu'y a-t-il, Frances ? Vous êtes souffrante ? »

Elle poussa un petit gémissement. « Je veux voir Josias.

— Mais enfin, dites-moi ce qui se passe ! », insista-t-il en se retenant à grand-peine de hausser la voix. Il fouetta les chevaux et la voiture descendit la colline à un train d'enfer.

« Je crois que nous sommes ruinés, articula-t-elle entre ses lèvres crispées. Je veux voir Josias. » Et il ne put obtenir d'elle un mot de plus.

« Dites-moi ce qu'il y a, je vous en prie ! Je ne comprends pas. »

Elle le regarda sans le voir, comme s'il lui était devenu étranger. « Ramène-moi à la maison. Je veux voir Josias. »

Il serra les dents et conduisit aussi vite qu'il l'osa. Il vit que Frances s'agrippait à la voiture et était secouée, mais il ne chercha pas à retenir les chevaux et de son côté, elle ne lui demanda pas de ralentir l'allure. Elle avait l'air hagard et regardait droit devant elle, cramponnée à la barre d'appui, tandis qu'ils descendaient à grand bruit Park Street. Une voiture, qui venait en sens inverse, s'arrêta. C'était Mrs. Waring, qui agitait la main en signe de reconnaissance, mais Frances passa sans la voir, les yeux vides, défigurée par l'angoisse.

« Ramène-moi vite à la maison. Je veux voir Josias », répéta-t-elle lorsqu'il arrêta les chevaux avant le pont pour laisser traverser une autre voiture.

Lorsqu'ils arrivèrent devant la porte, elle n'attendit pas qu'il fasse le tour pour la soulever de son siège, ce qui leur eût permis quelques précieuses secondes d'intimité. Possédée par l'idée fixe de parler à Josias, elle semblait avoir oublié que c'était sa dernière promenade avec Mehuru. Elle sauta du marchepied, souleva l'ourlet de sa robe et, découvrant ses petites bottines en chevreau, monta à la course les marches du perron. Saisissant le heurtoir, elle frappa frénétiquement.

Lorsque Kbara lui ouvrit, elle passa devant lui sans un mot et traversa le vestibule à toute vitesse en direction du bureau de Josias, où elle entra en trombe. Surpris, Josias, qui examinait les registres de la compagnie, se retourna.

« Eh bien, Frances !

— Avez-vous entendu parler d'un nouveau *Hot Well* ? bégaya-t-elle. D'un nouveau *Hot Well* à Clifton ?

— Quoi ? » Il remarqua sa pâleur et le désordre de son apparence. « Que vous arrive-t-il, Frances ? Vous semblez souffrante. Asseyez-vous, je sonne Elizabeth.

— Josias ! fit-elle, pour l'amour du ciel, répondez-moi ! Savez-vous que l'on construit un nouveau *Hot Well* à Clifton ? »

Les paroles de Frances commencèrent à faire impression sur lui. « Un nouveau *Hot Well* ? Un nouveau Pavillon ? A Clifton ? Ce n'est pas possible. Il n'y a pas d'eau à Clifton. C'est du calcaire. »

Elle se laissa tomber dans un fauteuil, arracha son

bonnet et retira ses gants. « J'ai pris une voiture pour aller à Clifton », fit-elle d'une voix basse et monocorde. On eût dit une femme à qui l'on demandait de retracer le déroulement d'un accident mortel dont elle avait été témoin.

« J'ai vu un bâtiment neuf, à côté duquel se trouvait du matériel de forage. Cela a éveillé ma curiosité et je me suis approchée. »

Malgré le soleil qui inondait la pièce, malgré le feu qui flambait dans la cheminée, Josias sentit le froid l'envahir.

« Et alors ? Continuez.

— Mehuru est allé voir le contremaître, qui est venu me montrer les plans du bâtiment. Il doit y avoir une très grande salle pour bals, concerts et réunions, ainsi que des bains. Ils sont en train de creuser juste au-dessus de notre Pavillon, et vont s'approvisionner à notre source. Vous m'entendez ? Ils vont capter l'eau de notre *Hot Well*. Ils ont même prévu de la pomper pour alimenter les nouvelles maisons qu'ils bâtissent à Clifton. Ils créent des thermes, entourés d'ensembles d'hôtels particuliers, dont chacun aura son eau chaude, en provenance de la source. » Elle passa la langue sur ses lèvres sèches et déglutit pour tenter de dénouer sa gorge serrée. « J'ai vu les plans, reprit-elle. Les fondations sont terminées et les ouvriers ont commencé à monter les murs.

— Ce n'est pas possible, articula Josias avec peine. Il doit y avoir un malentendu. J'y vais sur-le-champ. La voiture est-elle encore là ? Cicéron va me conduire à Clifton. Ce n'est pas possible, Frances. Vous devez faire erreur.

— J'ai vu les treuils. J'ai vu les ouvriers creuser. Le contremaître m'a dit qu'ils étaient déjà descendus à deux cents pieds. Ils savent qu'ils trouveront de l'eau chaude puisqu'ils sont en train de forer jusqu'à notre source. »

Josias s'obstinait. « Comment diable cela aurait-il pu se produire sans la permission des Marchands-Entrepreneurs, sans leur aval ?

— Mais ils l'ont donné, leur aval ! cria Frances. Vous êtes aveugle, Josias ! Vous ne comprenez donc pas ? Le terrain leur appartient ! Ce sont eux les propriétaires ! Voilà pourquoi ils construisent là-haut. Ils possèdent Clifton et toutes les Downs, falaise comprise. Ils possèdent tout. Et ils veulent faire de Clifton le dernier endroit à la mode pour y prendre les eaux. Ils vous ont dupé, Josias. Ils vous ont tout pris, et maintenant que vous avez signé un bail de dix ans, vous vous retrouvez propriétaire d'une source sans eau ! »

Il la regarda avec stupéfaction. « Qui vous a raconté ça ? gronda-t-il. Ce sont mes amis. Il s'agit d'une erreur !

— Ah oui ! Et qui vous a conseillé d'acheter le *Hot Well* ? Qui vous a montré les livres et vous a parrainé au dîner des Marchands ? » siffla Frances. Ses cheveux lui tombaient sur le visage et elle avait les traits tirés, l'air égaré, la mine cireuse. L'espace d'un instant, Josias se prit à la haïr. « Waring, répondit-il. Mon ami Stephen Waring. »

Elle se laissa aller contre le dossier de son fauteuil comme s'il l'avait poignardée en plein cœur. Malgré ses lèvres crispées, elle réussit à articuler : « C'est lui le propriétaire du nouveau *Hot Well*. Et il a pour associé Mr. James, l'ancien gérant du *Hot Well*. Ils vous ont escroqué, Josias. Ils ont commencé par vous prendre votre argent. Et maintenant, c'est votre eau qu'ils vous prennent. »

Les genoux flageolants, Josias tendit un bras derrière lui pour s'assurer que son fauteuil était bien là et s'y effondra. « Ce n'est pas possible, répéta-t-il encore, le visage décomposé. J'ai emprunté sur les bénéfices que je comptais faire. J'ai payé deux mille livres de garantie. Et il faut que je trouve près de deux mille livres par an pour le bail, sans compter les intérêts de mon emprunt, les gages des employés et la redécoration. »

Frances roula la tête sur le dossier du fauteuil, les yeux fermés.

Josias, lui, regarda son bureau, posa la main sur les papiers étalés et caressa les pages du registre de comptes d'un de ses navires. « Je suis ruiné, dit-il d'un ton effaré. Ils m'ont fait entrer chez eux et m'ont dépouillé. »

Frances porta la main à sa gorge, cherchant à dégrafer son col. Le visage plus livide que jamais, elle suffoquait. « Josias...

— Je suis ruiné, répéta-t-il. Ils m'ont dépouillé.

— Josias... » Elle poussa un cri de douleur.

Mehuru, qui était resté dans le vestibule à ronger son frein, ne put y tenir. Il fit irruption dans la pièce au moment où Frances s'écroulait en avant. Il la rattrapa, mais trop tard pour l'empêcher de se cogner la tête contre l'un des chenets et de s'ouvrir la tempe. Elle avait les lèvres bleues et ne respirait plus.

« Il faut un médecin ! cria Mehuru. Qu'on aille chercher Stuart Hadley ! » Il la pressa contre lui, mais elle était molle comme une poupée de son et sa tête pendait. Ne sachant que faire, il la serra plus fort en la berçant et en l'appelant par son nom.

Comme elle ne respirait toujours pas, il la souleva.

« Je suis ruiné », répéta Josias, qui n'avait pas bougé de son bureau. Mehuru lui jeta un regard méprisant et sortit de la pièce avec son fardeau. « Kbara », hurla-t-il.

Ce dernier arriva de la cuisine en courant. « Dételle un cheval de la voiture, va trouver le docteur et ramène-le de toute urgence, ordonna Mehuru. Dis-lui que Frances est malade. On dirait une morte. Allez, file ! »

Kbara partit comme une flèche.

Sarah Cole apparut à la porte du salon alors que Mehuru se précipitait vers l'escalier avec Frances dans les bras. « Qu'est-ce que c'est que tout ce remue-ménage ?

— Allez chercher les femmes, fit Mehuru sans même se retourner. Frances est malade. »

Bouche bée, Sarah le regarda monter, puis elle se précipita sur ses talons. « Pose-la. Pose-la immédiatement ! » glapit-elle.

Mehuru continua comme si de rien n'était. Arrivé dans la chambre, il étendit Frances sur le lit avec précaution, puis saisit l'échancrure de sa robe et l'ouvrit d'un coup sec, arrachant les boutons qui volèrent sur le sol.

« Tu passes les bornes ! » s'indigna Sarah.

Mehuru saisit Frances par les épaules et la secoua doucement. « Respire ! » murmura-t-il en yoruba d'un ton pressant. « Respire ! Tu ne vas pas t'arrêter de respirer pour si peu ? Allez, respire, petite idiote ! »

En l'entendant, Sarah recula d'un pas et Elizabeth, qui arrivait avec un verre de cognac d'une main, une carafe d'eau de l'autre, dut l'éviter. L'esclave aspergea d'eau froide le visage grisâtre, puis, tandis que Mehuru tenait solidement le corps inanimé à demi relevé, elle versa du cognac dans la bouche de Frances. Aussitôt, celle-ci se mit à tousser, à suffoquer, à se débattre, puis elle se redressa brusquement, cherchant sa respiration.

Mehuru déchira le tissu mouillé de sa robe pour mieux lui dégager la poitrine. Elizabeth attrapa l'édredon au pied du lit et le passa à Mehuru, qui le jeta autour des épaules de Frances avant de la serrer contre lui.

« Surtout, ne parlez pas, dit-il. Stuart Hadley va arriver d'un instant à l'autre. Respirez bien, Frances. Respirez, c'est tout. »

Ses lèvres perdaient peu à peu leur horrible couleur bleue, mais elle était toujours d'une pâleur de cire.

« Va chercher une bassinoire, dit Mehuru à Elizabeth. Elle n'arrive pas à se réchauffer. »

Elizabeth dut contourner Sarah, plantée dans l'embrasure de la porte, et lança du palier une volée de paroles rapides en yoruba. De la cuisine, on lui cria une réponse et l'un des garçons grimpa l'escalier, tenant un briquet. Sarah bloquant toujours l'entrée, il se faufila sous son bras et s'agenouilla pour allumer le feu. Elizabeth revint dans la pièce et entreprit de déshabiller Frances.

« Cicéron, sors d'ici », ordonna Sarah qui s'avança dans la pièce pour tenter de reprendre la situation en main.

Mehuru lui lança un regard qui la figea sur place et, soulevant Frances comme une plume, prit une paire de ciseaux sur sa coiffeuse pour couper les lacets de son corset. Elizabeth la débarrassa de son jupon et découvrit le lit. Mehuru y allongea Frances, vêtue de sa seule chemise et enveloppée dans l'édredon. Martha arriva avec la bassinoire qu'elle glissa entre les draps.

Le feu avait pris et le petit bois crépitait sous les morceaux de charbon. Frances ouvrit les yeux et adressa un faible sourire à Mehuru. Il lui prit une main et la pressa contre ses lèvres. « Petite sotte, chuchota-t-il. On se repose et on ne parle pas ! »

Frances referma les yeux : « J'ai mal là. C'est mon cœur », chuchota-t-elle, posant sa main entre ses seins. Elle avait toujours le visage pincé. D'un geste, Mehuru arrêta Elizabeth, qui se proposait d'ouvrir la fenêtre. « Non. Qu'elle reste bien au chaud en attendant l'arrivée du médecin. » Il redoutait toujours pour elle le froid et l'humidité.

« Allez, partez, maintenant », dit-il à Mark et à

Martha. Sarah se tenait toujours au milieu de la chambre, rigide comme une statue, observant la scène avec la plus grande attention et enregistrant tout : l'autorité de Mehuru, l'obéissance spontanée des autres et l'affection manifeste qu'il témoignait à Frances. Voyant cela, il n'hésita pas un seul instant. « Je vous prie de sortir, Miss Cole. Frances a besoin de repos.

— Pour qui te prends-tu ? » demanda-t-elle d'une voix tranchante comme un rasoir.

Il marcha sur elle et la poussa hors de la pièce sans ménagements. « Elle a besoin de repos, entendez-vous ? répéta-t-il à mi-voix dès qu'il eut refermé la porte derrière eux. Sa vie ne tient qu'à un fil. Ce que vous avez à me dire, vous me le direz plus tard.

— Je te ferai fouetter, promit-elle. Que crois-tu...

— Votre frère est malade lui aussi, coupa-t-il. Vous devriez aller vous occuper de lui. »

Partagée entre l'inquiétude et l'incrédulité, elle hésita, mais il lui tourna le dos et retourna dans la chambre.

« Je sais ce qui me reste à faire, dit-elle d'un ton menaçant à la porte. Et je vais avertir mon frère ! » Elle resta quelques instants indécise, mais son appréhension pour son frère l'emporta et elle descendit l'escalier à la hâte.

Josias était assis à son bureau et feuilletait les pages du grand livre de comptes, tantôt en avant, tantôt en arrière. En voyant ce geste distrait, presque enfantin, Sarah se figea sur le seuil.

« Josias ? »

Il tourna vers elle un visage d'où avait disparu la marque des années, un regard ouvert et confiant comme celui d'un enfant. « Ils m'ont dupé, Sarah, dit-il d'une voix de petit garçon meurtri par un bobo. Ils m'ont fait entrer chez eux, se sont moqués de moi et m'ont pris tout notre argent. »

Bien qu'elle sentît son corps se glacer, elle demanda d'un ton calme : « Comment cela, Josias ? Que t'ont-ils fait ?

— Ils m'ont vendu le *Hot Well* et un bail d'exploitation de dix ans. Deux mille livres comptant et neuf mille sur dix ans. »

Un instant révulsée par l'énormité de ces sommes, Sarah ferma les yeux. « Mais tu as vu d'après les registres que l'affaire était rentable. Nous en avons déjà parlé, et nous savions en le prenant que nous pourrions nous y retrouver. Quand la *Rose* rentrera...

— Cela semblait être un investissement sûr. Et j'ai emprunté pour la mise de fonds.

— Mais c'est une bonne affaire ! D'après tes renseignements, elle doit nous rapporter. Tu n'es pas homme à prendre des risques inutiles. Pas lorsque des sommes pareilles sont en jeu ! »

Josias s'éclaircit la voix. « Elle aurait dû nous rapporter. Et ce n'est pas faute d'être allé sur place inspecter l'état des lieux ! Tu sais que je me suis souvent déplacé, Sarah. Tu sais que j'ai engagé un architecte pour faire des plans. Je n'ai pas ménagé ma peine. Je n'ai pas traité nos affaires à la légère.

— Je sais, Josias, je sais.

— Là-dessus, ils m'ont assigné en justice, pour m'obliger à laisser ce robinet ouvert, poursuivit-il à mi-voix. Je ne comprenais pas du tout pourquoi ils agissaient ainsi... Mais aujourd'hui, je me dis..., je me dis... Si je me plains, je ne m'attirerai que de l'antipathie. Les gens de la ville, la corporation, la compagnie... tous pensent que j'étais dans mon tort. Que les Marchands-Entrepreneurs ont à cœur les intérêts de la ville, tandis que moi, je ne suis qu'un... — comment m'ont-ils appelé, déjà ? — un parvenu ! »

Sarah hocha la tête sans répondre.

« Ils ont détruit ma réputation, poursuivit Josias

d'une voix défaillante. Plus personne ne me défendra. Ils m'ont fait passer pour un charlatan. Personne ne prendra mon parti.

— Mais le *Hot Well* nous rapportera malgré tout..., commença Sarah.

— J'aurais dû lever les yeux, fit Josias, suivant le fil de ses idées. Regarder ce qui se passait sur la colline, juste au-dessus de ma source.

— Mais pourquoi ? Qu'y a-t-il donc à voir là-haut ?

— Il y a qu'ils creusent, répondit-il simplement. Ils creusent pour arriver jusqu'à ma source. Ils construisent une nouvelle salle de bal, de nouveaux Bains et ils vont capter l'eau de ma source. Ils créent un nouveau *Hot Well.* Ils n'ont même pas changé le nom. Ils disent à tout le monde que mon Pavillon est le vieux, qu'il sera bientôt à sec. Et le leur, ils l'appellent le nouveau *Hot Well.* »

Les dents serrées, Sarah siffla : « Le nouveau *Hot Well* ? Tu es sûr ?

— Frances a vu ce qu'ils construisent. Le contremaître lui a montré les plans. »

Sarah traversa la pièce à grandes enjambées et alla se poster près de la fenêtre, regardant la cour sans la voir.

« Tu es sûr qu'il n'y a rien à faire ? lui demanda-t-elle en se retournant. As-tu regardé les termes de ton bail ? As-tu les droits d'exploitation de la source ? On ne doit pas pouvoir acheter un pavillon thermal sans acheter la source ? »

Il secoua la tête d'un air absent. « Jamais je ne me serais douté de ces distinctions. J'ai acheté les bâtiments et les installations mais j'ai été bien naïf, car je n'ai pas songé à acheter les droits d'exploitation de la source. Je suis habitué à la traite, moi. Je fais naviguer mes bateaux, mais je n'achète pas la mer. J'en dispose.

— Qui a manigancé tout cela ? fit Sarah, indignée. Qui t'a dupé ainsi ? Qui est propriétaire des nouveaux bâtiments ? »

Incapable d'affronter son regard, il répondit d'une voix sans timbre : « Stephen Waring. Il aura bien profité de nous, du début jusqu'à la fin. Il m'a plumé comme un petit pigeon. »

Sarah ne dit rien. Elle redressa ses épaules comme si elle s'efforçait de faire contrepoids à une lourde charge. « Il nous reste nos bateaux, Josias. Ainsi que les esclaves et l'entrepôt. Nous ne sommes pas encore ruinés. »

Il feuilleta machinalement les pages du livre de comptes. « Nous verrons, fit-il d'un ton distrait. Mais je ne sais pas ce qui restera quand toutes les dettes seront payées. En admettant que je ferme le *Hot Well*, que je renvoie tous les employés et que je vende les meubles... Je ne sais pas, Sarah. Au temps où tu tenais les comptes et où le commerce marchait bien, je savais où j'en étais à un penny près. Mais aujourd'hui, j'ai des intérêts énormes à rembourser, et mes créanciers n'accepteront pas de retard de paiement... Je ne sais plus comment m'y prendre, Sarah. »

Il se leva en chancelant. « Il faut que j'aille voir, dit-il, le regard dans le vague. La *Rose* peut arriver d'un jour à l'autre, tu sais. Chargée de rhum et d'or. Je veux être sur le quai pour voir entrer mon navire dans le bassin. Il devrait déjà être là, alors peut-être rentrera-t-il aujourd'hui, avec la prochaine marée. Ou la suivante. »

Sarah tendit une main vers Josias pour l'arrêter, mais il passa devant elle comme un automate, sans même la voir, prit son chapeau sur la console de l'entrée et sortit en manches de chemise, comme un ouvrier, bien que le crépuscule fût déjà gris et l'air du soir plutôt âpre.

« Quand la *Rose* rentrera, toute cette histoire nous fera bien rire, dit-il d'une voix sans timbre. Nous serons riches alors. »

Lorsqu'il fut parti et qu'il eut refermé la porte d'entrée derrière lui, alors seulement Sarah se laissa tomber dans le fauteuil. Fixant d'un œil hébété l'âtre vide, elle commençait à entrevoir le spectre de la ruine.

35

Lorsque Sarah entendit le heurtoir de la porte d'entrée, elle ne tourna même pas la tête tant le bruit lui semblait venir de loin. Elle entendit la voix du médecin, mais ne prit pas la peine d'aller le saluer, laissant à Elizabeth le soin de le conduire à l'étage.

Stuart Hadley fit sortir Mehuru de la chambre pendant qu'il examinait Frances. Elle était un peu moins pâle, mais se tenait toujours recroquevillée sous l'effet de la douleur. La coupure sur la tempe avait séché, et la chair meurtrie commençait à bleuir.

Frances répondit à ses questions d'une petite voix cassée et haletante. Elle avait du mal à trouver son souffle et le moindre mouvement la faisait souffrir. Stuart Hadley se dit que son cœur, trop fragile, avait mal résisté au choc et que ses poumons malades étaient spasmés. Il lui administra une forte dose de laudanum et regarda ses joues reprendre lentement des couleurs sous l'effet de la drogue.

Il ne l'avait jamais vue autrement que serrée dans son corset et c'était la première fois qu'il discernait les lignes de son corps sous les draps et les couvertures. Intrigué par la discrète rondeur de son ventre, il lui demanda la permission de l'examiner et lui palpa doucement l'abdomen. Il le sentit ferme et tendu. Un instant, il craignit quelque tumeur, puis un sourire éclaira son visage.

« Depuis combien de temps attendez-vous cet enfant ?

— Cet enfant ? souffla-t-elle en posant sur lui deux yeux stupéfaits.

— Il semble que vous soyez enceinte, madame. » Il palpa à nouveau. « C'est même une certitude. »

Frances crut défaillir. Une vague brûlante envahit son cou et monta jusqu'à son front. Elle ferma les yeux et tourna la tête sur son oreiller, cherchant à fuir le regard du médecin. « Seigneur ! murmura-t-elle.

— Vous ne vous en étiez pas rendu compte ? »

Hébétée, elle secoua la tête.

« Je n'ai pas été indisposée depuis six mois. Mais je croyais... Je m'étais dit... Je n'ai jamais été régulière... »

Il écouta sans rien dire. Fort peu de dames de son monde avaient une idée précise de la conception. Elles se mariaient vierges et il était bien rare que leur mère leur expliquât la moindre chose sur la grossesse ou l'accouchement. Même celles qui vivaient à la campagne étaient tenues à l'écart des fermes où elles auraient pu apprendre comment naissent les animaux. Frances ne connaissait de la nature que les fleurs et les arbres qu'elle voyait de la fcnêtre du presbytère. Ce n'était pas la première fois, loin de là, que Stuart Hadley diagnostiquait une grossesse avancée chez une femme qui ne se doutait de rien.

« Comment aurais-je pu m'imaginer... Mon refroidissement m'a rendue malade si longtemps. Et puis, je n'ai guère grossi.

— Je conçois votre surprise, mais il n'y a aucun doute sur votre état. » Stuart Hadley toussota. Une question lui brûlait les lèvres, et ne sachant trop comment la formuler, il opta pour la franchise brutale. « Pardonnez-moi mon indiscrétion, mais êtes-vous certaine que l'enfant est de Mr. Cole ? »

Stupéfaite, Frances écarquilla les yeux, puis tourna lentement la tête vers le mur. Stuart Hadley craignit de l'avoir mortellement offensée.

Mais lorsqu'elle reprit la parole, ce fut d'une voix égale. « Justement non. J'ai un doute, dit-elle en regardant fixement le mur. Mr. Cole est... » Elle s'arrêta, moitié par embarras, moitié parce que les mots lui manquaient. « Disons que je vois mal Mr. Cole faire un enfant », dit-elle simplement.

Il y eut un long silence. Sans demander la permission cette fois, Stuart Hadley s'assit sur le bord du lit et prit la main menue de Frances dans la sienne. Malgré le feu dans la cheminée, elle était glacée. Il se demanda si sa constitution déjà ébranlée supporterait ce nouveau choc. « Ne craignez rien, nous trouverons une solution. Ne craignez rien, madame. »

Frances garda le silence.

« Mehuru est un de mes amis, reprit-il. J'ai de l'estime et du respect pour lui. C'est un homme d'honneur. » Il sourit à part lui en s'entendant user du jargon de leur classe. « Oui, un homme d'honneur », répéta-t-il avec conviction.

Elle lui jeta un rapide coup d'œil. « Est-ce vous qui l'avez introduit dans ces clubs révolutionnaires ? Qui lui avez mis en tête toutes ces idées de liberté ? », demanda-t-elle avec amertume.

Stuart Hadley s'abstint de répliquer. Cette femme était l'une de ses patientes, et il devait avoir des égards pour sa santé. « Ce que je voulais dire, c'est qu'un enfant de Mehuru, même de mère blanche, aura une peau foncée, beaucoup plus foncée que les autres nouveau-nés. »

Elle le regarda d'un air si hébété qu'il se dit qu'elle n'avait peut-être pas compris, ou que son attaque avait peut-être altéré ses facultés. Un instant, il craignit d'avoir commis un monstrueux impair en supposant que Mehuru et Frances étaient amants et que l'enfant était de Mehuru.

« Tout enfant engendré par Mehuru portera sur sa peau la marque de son origine.

— Il sera noir comme lui ?

— Aux Antilles, on appelle ces enfants des mulâtres. Ce sont de beaux bébés à peau brune, très attachants. »

Frances prit un air songeur. Elle se souvenait — mais cela remontait à une autre vie — d'avoir entendu Miss Honoria lui dire qu'elle et son père avaient toujours eu une préférence pour les domestiques mulâtres. Et de la façon dont Miss Honoria avait glissé sur certaines vérités déplaisantes : « Papa est partisan du métissage. »

Soudain, elle partit d'un rire strident et convulsif qui fit sursauter Stuart Hadley. Un rire d'automate.

« Assez ! » lança Stuart Hadley, brisant net sa lancée.

Elle le regarda, les yeux hagards. « Que vais-je faire ? Je suis perdue.

— Savez-vous quand il doit naître ? »

Frances parut reprendre ses esprits. Elle se souvint de cette douce nuit de mai et revit les jonquilles dans son lit. Son visage s'adoucit. « Oui, fit-elle d'une voix sourde. Il a été conçu en mai.

— Il arrivera donc en janvier, peut-être avant.

— Dieu sait s'il sera viable », dit-elle.

Instinctivement, sa main descendit vers son ventre et elle posa sa paume là où devait se trouver l'enfant.

« Vous préféreriez un enfant mort-né ? »

Frances s'anima soudain et rosit. « Non ! s'écria-t-elle avec une ferveur et une véhémence surprenantes. C'est un enfant de l'amour. Mon enfant et celui de Mehuru. Si je veux qu'il vive ! Mais c'est mon plus cher désir !

— Alors, il faut vous ménager. Évitez toute agitation et toute contrariété, et reposez-vous le plus possible. Dans votre intérêt comme dans celui du bébé.

— Si mon cœur ne résiste pas...

— Astreignez-vous au repos, insista-t-il. Nous pouvons vous tirer d'affaire, et votre enfant aussi. »

Elle garda quelques instants le silence, puis se tourna vers lui et le regarda bien en face. « Je ne me soucie pas de moi. Voyez-vous, Mr. Hadley, je n'ai jamais eu beaucoup de chance. Ni comme jeune fille, ni comme épouse, ni même comme amante. Oh, Mehuru n'y est pour rien. Mais le gouffre entre nous était tel que jamais nous n'aurions pu le combler. Et je ne l'ai même pas rendu heureux. » Elle s'interrompit et réfléchit. « Si mon état empire et si jamais vous vous trouvez contraint de choisir... sauvez le bébé. »

Stuart Hadley fit une grimace. « J'espère bien ne jamais avoir à prendre ce genre de décision.

— Mais si je meurs et si vous pouvez sauver le bébé, vous le ferez, n'est-ce pas ?

— Si tel est votre désir.

— Oui, je le veux. Le bébé de Mehuru... Songez que ce sera l'enfant du miracle !

— Allez-vous pouvoir dormir à présent ?

— Oui. Le laudanum m'a engourdie. »

Il lui tint la main : « Je reste à votre chevet jusqu'à ce que vous vous assoupissiez. »

Les paupières de Frances s'alourdissaient.

« Ne dites rien à Mehuru, murmura-t-elle.

— Vous tenez à lui annoncer la nouvelle vous-même ? » demanda Stuart Hadley, surpris.

Frances entrouvrit les yeux. « Ce que je veux, c'est qu'il soit libre de partir, chuchota-t-elle si bas qu'il l'entendit à peine. Il faut qu'il soit un homme libre. Je dois l'affranchir. » Elle jeta un bref regard à Hadley. « C'est ce que vous voulez, vous aussi, n'est-ce pas ?

— En effet.

— Pourrez-vous leur dire où aller, à lui et aux

autres, sans courir le risque d'être retrouvés par Josias et remis en esclavage ?

— Je vous le promets.

— Alors, il doit être libre de partir tout de suite, dit-elle simplement. Il ne peut pas rester avec moi. »

Ses yeux se fermèrent malgré elle. Assis à côté d'elle, Stuart Hadley la laissa s'endormir, le regard posé sur son visage épuisé.

La porte de la chambre s'ouvrit doucement et Mehuru apparut dans l'embrasure.

« Vous pouvez entrer, dit Stuart Hadley à mi-voix. Elle dort. »

Mehuru se glissa dans la pièce avec la souplesse d'un chat. Quand il vit Frances sur ses oreillers, sa pâleur cireuse, le mouvement si ténu de sa poitrine qui se soulevait et s'abaissait au rythme de sa respiration oppressée, il s'immobilisa.

« Il faudra quelqu'un à son chevet nuit et jour, lui dit Stuart Hadley. Son cœur est très faible et elle a besoin de calme. Elle ne doit avoir aucune contrariété. »

Mehuru garda le silence, sans quitter Frances des yeux.

« Je peux lui trouver une garde-malade pour les premiers jours. Sachez cependant qu'on ne peut guère faire confiance à ces femmes-là. Croyez-vous que Miss Cole la soignera ?

— Je m'en chargerai moi-même, décida Mehuru.

— Vous ne pouvez pas...

— Si. Et il est normal que je le fasse, dit-il avec une dignité tranquille. Je la veillerai pendant qu'elle dort et je serai là à son réveil. »

Josias ne rentra pas cette nuit-là. Le lendemain matin à l'aube, Sarah, inquiète de son absence, se rendit discrètement à l'entrepôt. Là, elle découvrit qu'il avait passé la nuit dans leur ancienne maison, et le trouva assis dans son ancien bureau, à contempler le dock en guettant la *Rose*.

Une semaine s'écoula sans qu'il regagne la luxueuse maison de Queens Square. Il préférait rester dans son vieil entrepôt, couchant sur un simple grabat par terre, enroulé dans son manteau. Dès les premières lueurs de l'aube, il se postait à son ancienne place à la fenêtre et regardait son dock vide. Il passait ses journées sur le quai à marchander et à faire de pitoyables transactions, allant jusqu'à négocier des sommes ridicules. Cela pendant que les dettes proliféraient et prospéraient sur les livres de comptes de Queens Square comme des asticots sur un cadavre, et que les lettres de Hibbard and Sons avertissant Josias qu'ils allaient le poursuivre pour non-paiement de leurs créances, s'entassaient, non décachetées, sur son bureau.

Il préférait rester dîner à l'estaminet, dans un coin, bien à distance de la table du fond. Certes, il aurait pu s'y rendre sans se faire éconduire, et peut-être même y recevoir un accueil cordial de certains ; mais il ne se sentait guère enclin à tenter l'expérience. Il ne voulait plus s'asseoir avec ces gens-là. Il s'installait donc à l'écart de ses amis, les anciens comme les nouveaux, seul à une petite table près d'une fenêtre, où il lui suffisait de lever les yeux pour apercevoir son dock et l'entrée du port. Il s'attendait toujours à voir la *Rose*, et chaque fois qu'à marée montante la silhouette d'un brick fatigué se détachait sur l'eau miroitante, Josias se dressait sur son siège, laissait tomber sa serviette et se ruait vers la porte. Mais ce n'était jamais la *Rose*. Malgré la foi de Josias, les courtes journées de novembre se succédèrent dans la grisaille sans qu'elle revînt.

Dans la maison silencieuse de Queens Square, Frances passait ses journées allongée dans sa chambre, à regarder les carrés de ciel que découpaient les vitres de sa fenêtre. A une ou deux reprises, elle avait essayé de se lever, mais l'effort l'avait tant épuisée que Stuart Hadley lui avait imposé de garder le lit, ou de rester au moins allongée sur le divan de sa chambre.

Le temps lui aussi s'était mis de la partie : le clair soleil du début d'automne avait disparu derrière une épaisse chape de brouillard. Quand Elizabeth ouvrait les fenêtres sur les instances de Frances, une brume fumeuse et jaunâtre venait ramper et se lover dans la pièce comme un gros serpent. L'odeur puissante et nauséabonde du fleuve s'infiltrait partout à l'arrière de la maison et s'introduisait même par les fenêtres donnant sur la place. Elizabeth fermait tout soigneusement et brûlait des bougies parfumées pour essayer de purifier l'air. Rien ne parvenait à débarrasser la ville de ses vapeurs insalubres et le moindre courant d'air dans la pièce était glacial et chargé de relents de brûlage d'immondices.

Sarah passait les après-midi au chevet de sa belle-sœur, mais les deux femmes n'étaient l'une pour l'autre que piètre compagnie. Le teint cireux et le souffle court, Frances bougeait à peine et dissimulait soigneusement son corps alourdi sous d'amples robes d'intérieur ou sous ses couvertures. Elle n'avait aucune envie de sc confier à Sarah ni à quiconque. Et Sarah n'avait rien à lui dire non plus. Jamais elle n'avait voulu d'une belle-sœur; elle ne l'avait tolérée que dans l'intérêt des affaires et parce que Josias la lui avait imposée. Maintenant que Frances était alitée, silencieuse et souffrante, Sarah la trouvait de trop. Les relations aristocratiques de Frances n'avaient amené aucun visiteur au *Hot Well*, où ne coulait d'ailleurs plus qu'un mince filet d'eau qui n'était même plus très chaude. A Clifton, on avait capté l'ancienne source et chaque jour, on pompait des litres et des litres pour alimenter les élégantes demeures qui s'étageaient sur le haut de la colline. Ne fréquentaient plus l'ancien *Hot Well* que ceux qui étaient trop pauvres ou mal en point pour faire autrement. En l'absence de Josias et depuis le départ du maître des cérémonies, les affaires périclitaient chaque jour davantage. Il rentrait de moins en moins d'argent alors que les gages et le bail devaient être réglés, eux. Seuls les indigents continuaient à venir aux jours qui leur étaient réservés. Trop éloignée de la ville, la nouvelle source leur était inaccessible ; au reste, les Marchands-Entrepreneurs avaient veillé à ce qu'à Clifton rien n'autorise une distribution gratuite d'eau.

Chaque fois qu'elle venait s'installer au chevet de sa belle-sœur, Sarah apportait de quoi repriser, et elle cousait à petits points exaspérés pendant que Frances reposait, les yeux mi-clos, les nerfs mis à rude épreuve par le mépris manifeste de Sarah, par le bruit lancinant de sa respiration chuintante et par sa façon irritante de manier l'aiguille comme s'il s'agissait d'un poinçon.

A Mehuru, qui mettait un point d'honneur à la servir, Frances adressait à peine la parole. Il ne laissait personne d'autre lui monter son broc d'eau chaude dans sa chambre le matin, ni son repas en fin d'après-midi. Et chaque fois qu'il déposait le plateau près de son lit, il s'enquérait de sa santé. Mais elle ne voulait rien lui dire et s'enfermait dans son silence en tournant son visage vers le mur. Elle se refusait à lui parler de l'enfant. Elle ne se souvenait que trop bien de la panique qui l'avait saisie lors de leur dernière promenade, de son besoin éperdu de voir Josias et de la façon dont elle s'était précipitée pour rentrer. Ce jour-là, elle avait nettement montré de quel côté penchait la balance : celui de son mari. Elle avait le sentiment d'avoir trahi Mehuru et ne se le pardonnait pas. De plus, elle s'efforçait de s'armer contre la douleur de le perdre bientôt. Il lui avait dit qu'il partirait. Elle ne voulait pas le retenir, et ne voulait pas non plus que son enfant — leur enfant — le retienne. C'est pourquoi elle s'imposait le secret, afin qu'aucune obligation ne pèse sur lui.

« Vous vous sentez mieux aujourd'hui ? s'inquiétait à chaque fois Mehuru.

— Oui, je te remercie », se contentait-elle de répondre. Mais après le départ de Mehuru, lorsque Elizabeth venait arranger le lit de Frances, elle trouvait son oreiller mouillé de larmes.

« Qu'y a-t-il ? demandait-elle avec sollicitude. Que vous a-t-il dit pour vous faire tant de peine ? »

Mais Frances se bornait à secouer la tête sans répondre.

Un soir où elle redescendait le plateau à la cuisine, Elizabeth arrêta Mehuru dans l'escalier. « Elle pleure chaque fois qu'elle te voit, dit-elle d'un ton de reproche. Que lui as-tu fait ? »

Mehuru écarta les mains dans un geste d'impuissance. « Moi ? Rien du tout. Je lui ai dit que je l'aimais et lui ai demandé de partir avec moi. Mais depuis le jour où elle s'est aperçue qu'on construisait ce nouveau Pavillon à Clifton, elle refuse de me parler. C'est la femme de Josias, pas la mienne, et elle me le rappelle de la façon la plus cruelle qui soit.

— Ma foi, je ne sais pas ce qu'il en est, mais on voit bien qu'elle est malade de chagrin.

— Que faire, Elizabeth ? demanda Mehuru. Je ne suis pas son jouet. J'ai beau l'aimer de toute mon âme, que puis-je faire si elle détourne son visage quand je lui parle ?

— Eh bien, demande-le-lui, au lieu de te draper dans ton orgueil ! rétorqua Elizabeth. Demande-lui ce qu'elle a, au lieu de faire comme si tu savais tout. Tout ! Je te demande un peu ! Tu pourrais aussi utiliser tes dons. Tu as celui de double vue, non ? Tu pourrais bien voir ce qui la ronge ! » Et elle descendit les escaliers en pestant contre les hommes et leur bêtise et s'engouffra dans la cuisine. Les sourcils froncés, Mehuru la regarda disparaître, puis il gagna lui aussi la cuisine, où tous les autres étaient en train de dîner. Il prit place au bout de la table et inclina un instant la tête pour remercier la Terre de l'abondance des nourritures qu'elle offrait et rendre grâce d'avoir la force de les manger.

Quand il releva la tête, Kbara prit la parole. « Nous avons réfléchi, lui dit-il. Nous pensons qu'il faut partir sans plus tarder. Nous avons remis notre projet à cause de la maladie de Frances, mais il nous semble imprudent d'attendre davantage. »

Mehuru prit un morceau de pain et le rompit, tandis qu'une des filles posait devant lui un bol de soupe. « Oui. J'ai parlé à Stuart. Il sait où il faut que vous alliez. Il vous donnera de l'argent pour le voyage et l'adresse d'amis qui vous accueilleront. Il est sage en effet que vous partiez maintenant.

— Et toi ? Il n'est pas question de nous séparer !

— Nous formons une famille à présent, renchérit Mary. Nous n'allons pas partir en te laissant ici, Mehuru.

— Je regrette, dit-il en secouant la tête, mais je ne peux pas abandonner Frances malade. »

Un murmure de protestations s'éleva. « Il faut que tu viennes, insista Martha, se faisant l'interprète de tous. Nous avons décidé de rester tous ensemble. Et toi, Mehuru, tu dois être avec nous.

— Je l'aime, dit-il avec simplicité. Et elle est gravement malade. Elle risque de mourir. Avec la belle-sœur qu'elle a, je ne peux pas la laisser seule. Qui la réconfortera ? Qui lui lavera le visage et le corps quand elle sera froide ? Vous voyez bien que je ne peux pas partir pour l'instant !

— Mais puisqu'elle refuse de te parler ! intervint

Elizabeth. Tu dis toi-même que c'est à son mari qu'elle tient, et pas à toi. »

Mehuru eut un geste fataliste. « Peu importe. Ce n'est pas facile pour nous de nous aimer. Tant pis si elle ne veut pas me parler et si elle est sa femme et non la mienne. Ce qui compte, c'est que malgré cela, malgré tous ces murs qui nous séparent, elle m'a aimé, et que moi, je l'aime encore. Je ne la quitterai pas avant de lui avoir dit adieu.

— Elle peut fort bien guérir et te vendre, fit Kbara brutalement. Tu sais qu'elle a déjà fixé votre prix, à John et à toi. Imagine qu'elle vous vende tous les deux demain ! Avec toutes leurs dettes, ils ont besoin d'argent, ces gens-là. »

Mehuru hocha la tête. « Partez. Il y va de votre sécurité et de celle du petit John. J'attendrai qu'elle me dise elle-même de partir. Alors, je viendrai vous retrouver. Je vous aime tous tendrement, et j'aime ces petits comme s'ils étaient les miens. Mais j'aime Frances comme si elle était ma femme et je ne peux pas l'abandonner tant qu'elle ne me dira pas de partir. En attendant, je reste auprès d'elle.

— Si nous sommes séparés et que tu ne peux plus nous retrouver, que ferons-nous ? demanda Mary.

— C'est un risque à prendre. Mais Stuart connaît un endroit où nous serons tous en sécurité. Partez les premiers et je vous y rejoindrai plus tard. Pensez à ce que nous avons déjà surmonté. Après toutes ces épreuves, nous trouverons un moyen de vivre tranquillement tous ensemble. »

Kbara semblait déçu. « J'aurais cru que tu serais venu avec nous. Que tu aurais fait passer ceux de ta race d'abord.

— Je suis écartelé, reconnut Mehuru. Vous êtes les miens. Mais Frances, elle, est sans doute condamnée. Et vous voudriez que je la laisse ?

— Alors, moi aussi, je reste ! » déclara Elizabeth.

Stupéfaite, Mary se tourna vers elle. « Toi aussi ? »

D'un petit geste à l'abri de la table, Elizabeth lui fit discrètement signe de se taire.

« Je serai utile ici », dit-elle avec une dignité tranquille, malgré la réprobation visible des deux hommes. « Vous ne pouvez pas comprendre. On aura besoin d'une femme dans cette maison et je resterai aux côtés de Frances.

— Mais enfin..., commença Mehuru.

— N'insiste pas », dit Elizabeth d'un ton sans réplique.

Son autorité désarma tous les autres. Mehuru songea à certains conseils au pays : les hommes pouvaient palabrer toute la journée, mais si l'une des femmes d'expérience venait dire qu'il fallait faire telle ou telle chose, il n'y avait plus à discuter.

« Alors, j'en suis heureux pour Frances, car moi, on ne me laisse pas la soigner et Miss Cole n'a aucune tendresse pour elle.

— Je m'occuperai d'elle jusqu'à la fin, déclara Elizabeth. Quand son corps sera froid, quand je lui aurai fait sa dernière toilette et qu'elle sera prête à être ensevelie selon leurs rites, alors, je vous rejoindrai. » Son regard fit le tour de la table. « Et j'amènerai Mehuru avec moi. Ne craignez rien, ils ne vont pas nous enfermer pour le seul fait d'être restés.

— Soit ! » dit Kbara.

Il regarda Mehuru, qui, jadis, aurait déjà prédit grâce à ses dons de voyance le temps que la malade avait encore à vivre.

« D'après ce qu'a dit le docteur, ce ne sera sans doute pas très long. Toi, tu ne peux pas le prévoir ?

— Je ne sais pas, dit Mehuru, refusant d'imaginer, fût-ce en songe, la mort de Frances. Comment veux-tu que je le sache ? »

36

Installé à sa vieille table de travail, dans son vieux fauteuil, face à la fenêtre donnant sur le quai, Josias avait retrouvé son cadre familier. Il avait oublié cette maison de Queens Square qui lui avait coûté tant de peine et d'argent, de même que son *Hot Well*, ses ambitions et ses projets. Il était là dans son bureau comme s'il était revenu des années en arrière, comme s'il s'attendait à ce qu'à tout moment Sarah — ou leur père — l'appelle pour passer à table dans le salon d'à côté.

A première vue, il semblait plongé en plein travail, comme à l'ordinaire. Il avait étalé devant lui tous les registres de ses navires et passait en revue des colonnes de chiffres, comptabilisant et additionnant les avoirs et les bénéfices. Le relevé de ses dettes était inscrit sur une autre feuille où il reportait régulièrement le total de ses actifs pour le soustraire des sommes dues. C'était une tâche absurde, un vrai délire arithmétique. Chaque fois qu'il faisait le compte, le montant de ses dettes restait pratiquement le même, ou à peu de chose près. Sa ruine aurait dû lui crever les yeux, mais il était trop anéanti pour la voir.

Seules la vente de ses navires et de son entrepôt ainsi que la cession du bail de son bassin pouvaient régler ses dettes. Josias avait beau calculer inlassablement les montants des stocks de tabac, de rhum et de sucre encore entreposés dans ses magasins, soustraire le total au cumul de ses dettes sur la *Rose*, sur le *Hot Well* et sur la maison de Queens Square, les chiffres parlaient d'eux-mêmes : il devait encore des milliers et des milliers de livres.

La pièce était glaciale. La pluie crépitait contre les vitres crasseuses en laissant des coulées grasses ; le vent qui soufflait en bourrasques de la gorge faisait vibrer les fenêtres, et les courants d'air venaient siffler aux oreilles de Josias qui, penché sur l'inextricable puzzle de sa faillite, ignorait le froid ambiant, insensible à tout sauf à la feuille de papier blanc si lisse sous ses doigts. Il avait beau calculer, additionner et soustraire, le résultat était toujours le même, désastreux. Il avait beau manipuler les chiffres en tous sens, il aboutissait toujours au même passif.

Seule la *Rose* pouvait le sauver, à condition qu'elle rentre bientôt avec sa cargaison de sucre et de rhum et un plein chargement de lingots. Oui, son salut reposait sur la *Rose*, pourvu qu'elle arrive à temps, pourvu qu'elle arrive avant l'échéance de la prochaine traite sur le *Hot Well*, avant que Hibbard and Sons lui demandent de régler sa dette en liquidant ses biens : sa coûteuse demeure de Queens Square, ou bien son *Hot Well* inexploitable et ses trois navires. Si elle n'arrivait pas bientôt, Josias devrait vendre Queens Square et revenir ici, dans l'entrepôt que son père appelait orgueilleusement sa maison et qu'il avait été, lui, si fier de quitter voici à peine dix petits mois.

Frances sortit de son léger sommeil avec l'impression subite qu'on venait de tirer sur sa manche. Elle demeura un instant, encore somnolente, à se demander ce qui l'avait réveillée : sans doute un bruit à l'extérieur, dans la rue, ou quelqu'un qui l'avait appelée.

Soudain, la chose se reproduisit, nettement cette fois : un petit mouvement, un frémissement, un effleurement, comme une caresse. Dans son ventre, son bébé venait de bouger, et elle, qui dormait tranquillement, l'avait senti. C'était une sensation extraordinaire, merveilleuse, aussi distincte que le cri d'un enfant qui appelle sa mère. Elle posa une main sur son ventre rond, et sentit l'enfant donner un coup de pied. Il était vivant, bien vivant. Ce petit être qui s'agitait et gigotait, elle avait pris l'habitude de sa présence et appris à l'aimer.

« C'est pour bientôt », murmura-t-elle.

Quelqu'un frappa discrètement à sa porte.

« Entre ! » dit-elle, en s'attendant à voir Elizabeth.

Ce n'était pas elle, mais Mehuru, qui apparut dans l'embrasure, l'air grave.

Frances tira instinctivement les couvertures sur elle et sur la rondeur de son ventre.

« Puis-je entrer ? » demanda Mehuru avec humilité, attendant sur le pas de la porte qu'elle lui en donne la permission.

« Oui », fit-elle, détournant les yeux afin de ne pas croiser son regard. Elle avait le sentiment de l'avoir trahi, et cette trahison remontait au jour où ils se trouvaient ensemble pour la dernière fois, où elle avait gâché ces instants précieux, obnubilée qu'elle était par la peur de la faillite, par son souci de Josias. « Oui, répéta-t-elle calmement, bien sûr que tu peux entrer. Qu'y a-t-il ?

— Une nouvelle qui va vous contrarier », annonça-t-il. Un instant, elle crut que Stuart Hadley avait manqué de parole et lui avait dévoilé sa grossesse. Il avait fait le serment de ne rien dire, et il était tenu au secret professionnel, mais il était aussi l'ami de Mehuru, et, à ce titre, peut-être avait-il estimé que celui-ci avait le droit de savoir qu'elle était enceinte de lui ? Inconsciemment, elle porta la main à son ventre comme pour le protéger et sentit sous ses doigts le bébé donner encore un coup de pied.

« Une mauvaise nouvelle ? »

Mehuru était venu lui annoncer le départ des autres et se demandait comment le lui dire sans déclencher une de ses crises d'étouffement. Sans l'analyser, il enregistra instinctivement le geste de Frances. En Afrique, il aurait tout de suite compris ce qu'il signifiait. Mais, au fil du temps, Mehuru s'était de plus en plus mis à réagir comme un Anglais. Quand il avait quelque chose en tête, il était comme aveugle au reste et rien ne pouvait le distraire de son propos.

« Vous reste-t-il de cette potion que le médecin vous a laissée ? »

Elle fit un petit geste rapide vers la table de chevet où se trouvait le flacon de laudanum. « Mais je n'en ai pas besoin, dit-elle, alors que sa poitrine l'oppressait déjà. Quelle nouvelle ? C'est Josias ? Il est malade ?

— Non, votre mari va bien, pour autant que je sache. Je vous en prie, ne vous inquiétez pas.

— Dis-moi vite !

— Il s'agit de vos esclaves, dit-il posément. Ils se sont enfuis, Frances. Tous, sauf Elizabeth. Ils sont tous partis. »

Elle mit un moment à comprendre, le regardant comme si ce qu'il venait de dire était sans queue ni tête.

« Partis ?

— Ils sont partis cette nuit, expliqua-t-il. Après que la cuisinière eut fermé à clé. Elle n'était pas au courant. On ne doit rien lui reprocher.

— Mais tu savais, toi ?

— Je savais », dit-il en hochant la tête.

Il y eut un instant de silence. Frances se dressa dans son lit.

« Et tu ne les as pas suivis ? »

Mehuru s'approcha.

« J'ai décidé de rester.

— Sais-tu où ils sont ?

— Dans une ferme, dans une région qui s'appelle le Yorkshire. On doit pouvoir travailler la terre là-bas. (Sa gravité céda soudain la place à un grand sourire.) Si tant est qu'on puisse faire pousser quelque chose sur cette terre glacée ! Mais deux des femmes sont des Fulani ; elles savent élever le bétail. Je pense que nous pourrons nous y établir.

— Tu vas les rejoindre ?

— Cela dépend de vous. (Il marqua un temps d'arrêt, pesant soigneusement ce qu'il allait lui dire.) Je n'ai pas changé, Frances. Je vous ai dit que je vous aimais, et je vous aime toujours. Je sais que vous êtes malade, que Josias est ruiné, et que rien ici ne sera plus comme avant. Mais si vous acceptez de partir avec moi, nous pouvons aller dans le Yorkshire ensemble. Sinon, je resterai ici avec vous. Vous pouvez aussi me renvoyer. Dites-moi seulement ce que vous voulez. »

Il s'approcha d'elle et lui prit la main ; l'autre reposait toujours sur son flanc, et Mehuru se souvint soudain du geste qu'elle avait fait. Il la regarda ct, pour la première fois, vit la courbe harmonieuse du ventre qui se cachait sous le drapé de sa chemise et des couvertures.

« Vous êtes enceinte », dit-il.

Elle faillit nier son état, puis hocha la tête.

« L'enfant de Josias ! dit Mehuru avec un rictus amer. Vous risquez votre vie pour l'enfant de Josias ? »

Redoutant de se trahir si elle ouvrait la bouche, elle garda le silence et hocha à nouveau la tête.

Mehuru détourna son regard du visage blême et tendu de Frances, alla à la fenêtre et se mit à regarder la place à l'extérieur. Les arbres, à présent dénudés, avaient perdu leur éclat d'automne et l'herbe ternie avait pris des teintes grisâtres qui lui rappelèrent celles de son pays à la fin de la saison sèche.

« J'espère toujours que nous pourrons aller en Afrique, dit-il, comme pour lui-même.

— Tu iras », murmura Frances.

Elle ne pouvait se résoudre à le renvoyer. Tout ce qu'elle pouvait faire, c'était l'autoriser à partir, lui dire que rien ne le liait à elle. Il aurait pu s'enfuir, lui qu'on avait tant de fois humilié devant elle. Frances comprit qu'elle devait lui rendre sa liberté, bien qu'il fût le père de son enfant ; ou bien plutôt parce qu'il l'était, justement. Mehuru secoua la tête d'un air songeur.

« Cela ne change rien, dit-il enfin. Que vous portiez ou non un enfant de Josias, cela ne change rien à ce que je ressens pour vous. Vous êtes malade, et votre mari n'est jamais là. Je vous aime et je me suis promis de rester auprès de vous jusqu'à ce que vous me disiez de partir.

— Je n'ai jamais exigé de toi la moindre promesse, coupa-t-elle. Je ne t'oblige pas à rester.

— Cette promesse, je me la suis faite à moi-même, répliqua-t-il. Je n'ai jamais aimé d'autre femme que vous, Frances. Vous êtes la première, et je vois maintenant que cet amour était vain. Trop de choses nous séparent. Et notre différence de couleur de peau n'est pas l'obstacle le plus insurmontable. » Il eut un geste pour marquer tout ce qu'il y avait d'inconciliable entre eux, leurs cultures, leurs mœurs, leurs valeurs... « Mais peu importe ! Rien de tout cela ne compte alors que vous n'avez plus rien à attendre de la vie, et que je vous vois si malade. Je vous aime, et je resterai jusqu'à ce que vous me disiez de partir.

— Et si je te disais de t'en aller ?

— Alors, j'irais rejoindre mon peuple.

— Et si je te disais de rester?

— Alors, je resterais. »

Frances regarda Mehuru, toujours près de la fenêtre, et scruta son visage où se lisait à livre ouvert la tendresse. Elle devait le laisser partir tant qu'il en était encore temps, le laisser refaire sa vie avec les siens. Elle était certaine qu'ils réussiraient avec leur ferme. Ils étaient tous dotés d'un indestructible instinct de survie, d'un sens de la nature et du partage auquel Josias et Sarah étaient totalement étrangers. Ils se marieraient, fonderaient des familles, auraient des enfants dont ils feraient de bons Anglais, et l'Afrique ne serait plus pour tous qu'un souvenir flou inscrit au plus profond de leur mémoire.

Elle eut un geste de la main. « Je ne te demanderai pas de rester, dit-elle d'un ton résolu. Je crois qu'il est plus sûr pour toi de partir. Josias n'a pas renoncé à te vendre. Contre ses décisions, je ne peux rien. Je ne pourrais te sauver et... (Elle s'arrêta.) Je suis malade, Mehuru, et je n'ai plus très longtemps à vivre. J'ai vu ma mère mourir ainsi. Rien ne te retient ici. »

Mehuru traversa la pièce et vint près d'elle. Elle paraissait fragile comme un petit oiseau. Il prit sa main, déjà décharnée par la maladie, et sentit les os frêles de son poignet.

« Je resterai tant que vous aurez besoin de moi », lui promit-il en déposant un tendre baiser dans sa paume.

Tous deux savaient que le temps leur était compté.

Frances ne voyait pas Sarah de la journée, sauf un moment avant l'heure du dîner, lorsque celle-ci venait s'installer à son chevet. Les deux femmes avaient à présent des vies pratiquement séparées. Sarah continuait de dîner en bas, seule dans la grande salle à manger, et Frances prenait ses repas sur un plateau dans sa chambre. Ni l'une ni l'autre n'avait grand appétit. Josias, lui, ne rentrait jamais et Sarah prenait bien garde de ne pas le distraire de ses affaires. Dans un dernier sursaut d'optimisme, elle conservait le vague espoir que Josias réussirait à se tirer de ses dettes, qu'un jour, il reviendrait triomphalement à la maison, le chapeau en bataille, avec en tête quelque nouveau projet mirifique pour les remettre à flot. Elle avait beau savoir que les chances étaient minces, elle espérait envers et contre tout.

Dans le même temps, elle ne pouvait supporter de voir son frère se tuer à la tâche et se perdre dans des calculs obsessionnels. Le troisième soir où il n'était pas rentré dîner, elle était allée au port dans l'intention de le ramener. Apercevant une lueur à sa fenêtre, elle avait levé les yeux vers son bureau et l'avait vu courbé sur sa table de travail, s'affairant à trier des papiers, les déplaçant d'une pile sur l'autre, pour les mélanger en fin de compte. Puis il recommençait aussitôt le même manège, inlassablement. Pendant une demi-heure, Sarah avait attendu sur le quai, sans pouvoir se résoudre à aller trouver Josias pour le prier de rentrer chez lui. Mais comment rompre avec des années de froideur et de réserve ? Finalement, elle avait laissé Josias à sa veille stérile sur ses dettes, et était rentrée sans lui.

Sarah, qui reprochait à sa belle-sœur d'être la seule et unique responsable de leur ruine, ne lui adressait plus la parole que pour sauver les apparences. Elle voyait Frances s'affaiblir chaque jour davantage sans parvenir à éprouver la moindre pitié pour elle. Le jour où Stuart Hadley lui avait annoncé que Frances était gravement malade du cœur et si fragile qu'une crise risquait de lui être fatale, Sarah s'était contentée de hausser les épaules en disant : « A chacun ses faiblesses », comme s'il s'agissait d'un échange de banalités.

« Peut-être me suis-je mal exprimé, avait insisté Stuart. Le moindre choc pourrait la tuer.

— Frances a toujours été une petite nature », avait-elle répliqué sans même prendre la peine de le regarder.

A l'entendre, Frances ne valait guère mieux qu'une vulgaire balle de mauvais coton. Somme toute, on les avait trompés sur la marchandise. Car Sarah avait bel et bien le sentiment que tout le monde, à commencer par les Scott, s'était ligué contre Josias et elle pour les escroquer et les acculer à la ruine.

Elle se forçait donc pour aller rendre à sa belle-sœur une visite quotidienne de pure forme.

« Vous allez mieux ? lui demanda-t-elle ce jour-là, glaciale comme à l'accoutumée.

— Non, pas mieux, répondit Frances. Mais aujourd'hui, j'ai eu de mauvaises nouvelles. »

Sarah, qui était restée debout au pied du lit, prête à repartir sitôt après avoir sacrifié à la courtoisie la plus élémentaire, haussa un sourcil.

« Les esclaves sont partis, annonça Frances sans préambule.

— Comment ça, partis ?

— Ils se sont enfuis.

— Mais je viens de voir Cicéron à l'instant !

— Elizabeth et lui sont les seuls à être restés. »

Sarah s'éloigna du lit et se laissa tomber dans la jolie petite chauffeuse bleue qui se trouvait au coin du feu.

« Je ne comprends rien à ce que vous racontez.

— Ils sont partis cette nuit, expliqua Frances. Cicéron me l'a appris ce matin.

— Pourquoi ne pas m'en avoir informée aussitôt ? Nous aurions pu avertir les magistrats...

— Ils devaient avoir soigneusement préparé leur fuite, dit sèchement Frances.

— Ils n'ont rien volé ?

— Je l'ignore.

— Vous auriez dû me prévenir tout de suite ! »

Frances lui lança un regard las.

« A quoi bon ? soupira-t-elle. Au point où nous en sommes... »

Ce fut comme si le spectre de leur faillite venait d'apparaître. Les récriminations de Sarah cessèrent. Au train où allaient les choses, songea-t-elle, ils n'auraient bientôt plus rien, ni maison, ni affaire. Quand bien même ils auraient tiré quinze cents livres de la vente des esclaves, toute la somme serait passée directement dans la poche des créanciers.

« Quand je pense que votre dot a servi à les acheter, maugréa-t-elle. Pour ce que ça nous a rapporté... »

Frances releva aussitôt la critique implicite.

« Ce n'est pas une réussite, dit-elle. Ni les esclaves, ni les affaires, ni même mon mariage. Au fait, quand avez-vous vu Josias pour la dernière fois ?

— La nuit dernière. Il s'est installé en bas, dans la maison du quai. Il ne m'a pas vue, mais je l'ai aperçu derrière la fenêtre.

— Est-il souffrant ?

— Il tente de sauver son affaire. Il travaille jour et nuit, dit Sarah qui, toujours prompte à prendre le parti de son frère, s'abstint de préciser que Josias travaillait comme travaille un dément, s'acharnant à des broutilles qui ne changeaient rien à rien.

— Lui direz-vous pour les esclaves ?

— Je vais d'abord lancer un avis de recherche. Et si nous ne remettons pas la main sur eux, alors je lui en parlerai. A quoi bon se presser d'annoncer les mauvaises nouvelles ? Josias a bien assez de soucis. »

Elle se releva de son siège comme si elle portait tout le poids du monde.

« Au fait, Cicéron et Elizabeth ? Savent-ils où les

autres sont partis ? Croyez-vous qu'ils nous aideront à les retrouver ?

— Ils l'ignorent, mais s'ils le savaient ils ne nous le diraient pas.

— Nous pourrions les y forcer. A coups de fouet, si nécessaire. »

Frances poussa un soupir excédé.

« A coups de fouet, dites-vous ? Alors qu'ils sont les seuls à être restés ! Belle manière de récompenser la fidélité !

— Pourquoi ne se sont-ils pas enfuis avec les autres ? »

Frances détourna les yeux.

« Je l'ignore. Mais je suis contente qu'ils ne l'aient pas fait. D'autant que je crois que nous ne pouvons nous payer les services de domestiques.

— Non, il n'y a même plus de quoi faire face aux dépenses quotidiennes. Les commerçants nous font encore crédit, mais ils ne vont pas tarder à apprendre que nous n'avons plus d'argent pour les payer. Je ne sais même pas s'il reste quoi que ce soit des bénéfices de la *Lily*. Jusqu'à présent, j'ai évité d'en parler à Josias, mais il va bientôt falloir que je sache. Je crains que tout soit passé dans cette maison et dans le *Hot Well*. Et qu'il ne reste rien, rien du tout. »

37

A sept heures, un matin de janvier où il gelait à pierre fendre, des coups furent martelés à la porte d'entrée. Mehuru, qui montait de l'eau chaude au premier, posa ses brocs pour aller ouvrir.

Un homme en habit de serge brune entra d'autorité, suivi de deux autres, et mit une main sur le bras de Mehuru.

« Les huissiers, fit-il d'un ton rogue. Ton maître est là ? Patron ? Toi comprendre ? »

Mehuru dégagea sa manche. « Mr. Cole est à l'entrepôt. »

L'homme cligna les yeux et la surprise se peignit sur son visage poupin. Manifestement, il ne s'attendait pas à un anglais aussi parfait. D'une main ferme, il agrippa à nouveau Mehuru : « Hé là, toi, tu restes ! Tu vas venir avec nous.

— Qui va là ? demanda la cuisinière, surgissant du couloir qui menait à l'office.

— Les huissiers, répéta l'homme d'un ton sec. On vient saisir les biens. Les biens meubles, pour une valeur de deux mille livres. »

La cuisinière se planta devant eux. « Et qu'est-ce que vous lui voulez, à lui ? gronda-t-elle en tirant sur la manche de Mehuru pour faire lâcher prise à l'autre.

— Ça, c'est un bien meuble. Et il doit valoir son pesant d'or.

— Il est libre, mentit la cuisinière. C'est un affranchi, un domestique comme moi.

— C'est ce qu'on va voir, dit l'huissier. J'ai mandat de saisir les biens de cette maison.

— Attendez ici, ordonna la cuisinière en faisant signe à Mehuru de monter. Va réveiller Miss Cole et préviens-la. »

Mehuru s'exécuta et alla frapper un coup discret à la chambre de Sarah, qui lança un « Entrez » revêche. Il ouvrit, en restant prudemment sur le pas de la porte.

« Il y a un certain Leshuissiers », annonça-t-il.

Il entendit Sarah pousser une exclamation et sortir du lit en hâte. Après avoir jeté un châle sur ses épaules, elle se précipita, la mine inquiète :

« Tu as bien dit "Les huissiers" ?

— Oui », confirma-t-il.

Elle lui lança un regard furieux, l'air encore plus pincé qu'à l'ordinaire. « Sors par la porte de derrière, siffla-t-elle. File à l'entrepôt et dis à Mr. Cole de venir tout de suite. Tout de suite, tu entends ! Et d'apporter tout ce qu'il a comme argent et bordereaux de crédit, ainsi qu'une liste des marchandises encore en stock à l'entrepôt. »

Mehuru s'inclina.

« Fais en sorte qu'ils ne te voient pas. Et dépêche-toi ! »

Mehuru descendit avec précaution. Dans l'entrée, la cuisinière barrait toujours le passage aux intrus. Un autre homme, qui attendait devant la porte, était arrivé avec une charrette à bras flanquée d'une carriole tirée par un poney. Mehuru s'éclipsa comme une ombre.

Une fois dehors, il courut jusqu'au quai et siffla le passeur. Le gamin lui réclama un demi-penny.

« Mr. Cole te paiera au retour, dit Mehuru, qui n'avait jamais une pièce en poche.

— Vaudrait mieux », fit l'autre.

A peine la proue du petit bateau eut-elle touché le débarcadère sur l'autre berge, que Mehuru sauta à terre, évitant la frange de résidus et de détritus laissée par la marée, et escalada quatre à quatre les marches vertes. Il tambourina sur la porte de l'entrepôt et appela jusqu'à ce que la fenêtre s'ouvre et que Josias sorte enfin la tête. « Ah, c'est toi, fit-il. Qu'est-ce qui se passe ?

— Il y a Leshuissiers à Queens Square ! lui dit Mehuru. Miss Cole veut que vous veniez tout de suite ! Elle vous fait dire d'apporter tout ce que vous avez, argent liquide et bordereaux de crédit, ainsi qu'une liste des marchandises en stock. »

Josias regarda Mehuru, debout sous sa fenêtre, et eut un ricanement désabusé.

« J'arrive. Mais je n'ai rien à apporter. Rien, tu entends ? »

Mehuru attendit. Un vent glacé soufflait de la gorge. Le quai était couvert de gel et les débris qui flottaient au bord du bassin étaient figés dans une gangue blanche. La porte s'ouvrit et Josias apparut vêtu d'un vieil habit de laine brune, la chemise sale, la cravate nouée de travers. Sa veste, enfilée à la hâte, était de guingois, avec un rabat de poche à l'envers. Les deux hommes descendirent jusqu'au bac côte à côte, l'esclave en livrée impeccable et le maître vêtu à la diable.

« Avez-vous un penny pour le passeur ? » demanda Mehuru.

Josias fit une grimace qui découvrit ses dents gâtées. « C'est à peu près tout ce qui me reste. Et j'imagine qu'il faut aussi que je paie ton passage. Comme si tu n'avais pas pu faire le détour au lieu de me coûter de l'argent pour m'apporter des mauvaises nouvelles. »

Quand ils accostèrent sur l'autre rive, Mehuru sauta le premier et tendit la main à Josias, qui s'extirpa péniblement du bac. Il paraissait las et se déplaçait comme un vieillard. Mais lorsqu'il déboucha dans Queens Square et aperçut les charrettes devant sa porte ainsi que l'huissier et ses hommes, il pressa l'allure.

« Qu'est-ce que vous faites là ? cria-t-il sitôt arrivé chez lui. De quel droit ? »

L'huissier se retourna. « C'est vous, Josias Cole ?

— A votre avis ? fit Josias avec une ironie inutile.

— Huissiers ! J'ai ici un ordre de saisie. »

Josias plongea son regard dans le vestibule obscur. Sarah, qui descendait, vêtue de sa robe la plus ordinaire, lui fit un signe. Leurs regards se croisèrent. Ni l'un ni l'autre ne sourit, mais chacun lut dans les yeux de l'autre un aveu de détresse et une promesse de soutien. Mehuru songea aux guerriers d'Oyo qui chantaient que seuls ceux qui n'avaient peur de rien, pas même des becs voraces des calaos qui mangent les yeux des cadavres, pouvaient marcher au combat avec eux. Comme eux, Josias et Sarah étaient parés pour le désastre imminent. A l'étage, Frances dormait toujours.

« Combien ? » demanda Josias d'un ton neutre. Il était prêt à céder ses pièces de porcelaine les plus coûteuses et à ne garder que les objets de première nécessité.

L'huissier consulta sa liste. « Deux mille trois cents livres et dix-sept shillings », fit-il.

Josias tituba comme s'il avait reçu un coup de poignard dans le ventre. Sarah se précipita pour le soutenir et l'attira dans l'entrée.

« Montrez-moi cette liste. D'où vient-elle ? »

L'huissier lui tendit son mandat, ainsi que les factures avec les noms des signataires. Josias examina tous les papiers avec l'attention la plus minutieuse, comme s'il espérait y déceler une erreur, fût-elle de quelques pence. Ses lèvres bougeaient, comme s'il refusait chaque compte, mais Mehuru savait qu'il ne voyait rien de ce qui défilait sous ses yeux. Il tournait les pages l'une après l'autre, mais son regard était aveugle.

« Montre-moi cela », dit Sarah d'une voix douce. Elle prit les liasses des mains de Josias et parcourut les différentes factures. Il y avait celles des plâtriers, des peintres et des tapissiers, celle du stucateur qui avait réparé au plafond le bec brisé de l'un des oiseaux favoris de Josias, et celle du charpentier qui avait remplacé une marche de l'escalier. Celle du ramoneur qui avait nettoyé les cheminées avant qu'ils n'emménagent et celle du marchand de charbon. Depuis leur installation, aucune facture n'avait été réglée. Pendant que Sarah épluchait les notes du boucher et du boulanger avant de les payer, Josias avait laissé doubler les dettes de la maison, absorbé qu'il était par le *Hot Well* d'une part et par ses navires de l'autre.

La deuxième liasse concernait précisément le *Hot Well* : traites, gages, mobilier, entretien. Feuilletant page après page, Sarah continuait à tout passer en revue sous l'œil impassible de l'huissier au visage poupin.

Quant à la troisième liasse, elle rassemblait les factures des entrepreneurs, des fournisseurs des navires, des voiliers et des cordiers, dont aucune n'avait été payée depuis le départ de la *Lily*, alors que les frais d'équipement et de radoub de la *Daisy*, datant de près d'un an, n'étaient toujours pas réglés non plus.

« Il faudra que vous nous donniez quelques jours pour acquitter toutes ces factures », dit Sarah.

L'homme secoua la tête. « Désolé, ma petite dame, mais j'ai ordre de saisir de quoi couvrir cette somme. Et vos meubles doivent être enlevés aujourd'hui.

— Je ne pense pas que l'ensemble de notre mobilier puisse valoir deux mille livres, fit Sarah d'une voix sèche et atone. De toute façon, la plus grande partie des meubles appartient à ma belle-sœur.

— Elle est mariée à votre frère ?

— Naturellement.

— Le mari dispose des biens de sa femme. Donc, je saisis.

— Quand bien même, maintint Sarah, nous n'avons pas dans ces murs de quoi réaliser une telle somme. »

L'huissier hocha la tête. « Dans ce cas, je vous demanderai de vider les lieux, ma petite dame. J'ai ordre de saisir le bâtiment. Vous pouvez prendre vos effets personnels et vos vêtements.

— Nous devons retourner à l'entrepôt ? dit Josias, que ces mots avaient brutalement tiré de sa stupeur. A l'entrepôt ? Mais nous venons d'en déménager ! »

Sarah se tourna vers son frère. « Qu'importe ! Nous n'avons qu'à y aller provisoirement, en attendant de régler nos affaires. Il faudra des semaines pour vendre cette maison. La *Rose* peut arriver d'un instant à l'autre et nous réglerons nos dettes dès qu'elle sera là. Retournons sur le quai pour le moment.

— Non ! » hurla-t-il en se jetant soudain sur l'huissier comme s'il voulait l'étrangler. L'homme esquiva sans mal et l'agent le plus proche saisit Josias et le tira en arrière. L'autre, qui attendait dehors près de la charrette à bras, arriva à la rescousse et, à eux trois, ils immobilisèrent Josias en lui bloquant les bras dans le dos. « Non ! » hurla-t-il à nouveau.

Mehuru hésitait à intervenir quand il entendit la porte de Frances qui s'ouvrait à l'étage. Il se précipita dans l'escalier et la vit debout dans l'embrasure, le visage pâle et les cheveux dénoués.

« Eh, toi là-bas, pas si vite ! » clama l'huissier. En trois enjambées, il rattrapa Mehuru et le ceintura par-derrière. « Holà, Sam, viens m'aider ! »

Mehuru se débattit. « Lâchez-moi ! Mrs. Cole a besoin de moi... Elle est malade...

— Tu fais partie des meubles, et je te saisis avec le reste. » Le second acolyte grimpa l'escalier pour les rejoindre. De là où elle était, Frances le vit et cria : « Vite, Mehuru, cours ! »

Mehuru décocha un grand coup de pied à l'huissier, le projetant contre la rampe. Les balustres cédèrent avec un craquement sec. L'homme trébucha contre celui qui montait, tandis que Mehuru lui lançait un solide coup de poing dans la bedaine. L'huissier s'effondra, le souffle coupé, entraînant l'autre dans sa chute. Mehuru s'élança pour rejoindre Frances.

Elle se cramponnait au chambranle. « Que se passe-t-il ? Qui sont ces gens ? »

Mehuru la souleva dans ses bras et la ramena dans sa chambre, dont il ferma la porte du pied. « Ce n'est rien, je vous assure. Calmez-vous, Frances. »

Mais elle se débattit et se remit debout, chancelante, le cœur battant la chamade. « Mehuru ! Dis-moi ce qu'ils veulent !

— Je vous en prie, Frances, calmez-vous. Ils veulent de l'argent. De l'argent, c'est tout.

— Ce sont des huissiers ?

— Oui, c'est ainsi qu'ils se sont présentés. »

Elle tourna vers lui un visage cireux. « Ils vont nous prendre la maison et nous n'aurons plus rien. »

On frappa brutalement à la porte, qui s'ouvrit à la volée. L'huissier fit irruption. « Faites excuse, madame, mais je le saisis aussi pour le vendre. »

Frances tituba, pâlit encore et improvisa une

parade. « Il est déjà vendu. A Mr. Waring. Vous ne pouvez pas l'emmener.

— A Mr. Waring ? » fit l'homme hésitant.

Frances porta la main à son cœur, qu'elle sentait cogner dangereusement. « Demandez-lui donc ! Tel que je le connais, cela ne lui plaira guère que l'on touche à l'un de ses gens. »

L'homme eut un mouvement de recul. « Sortez d'ici, poursuivit Frances. Comment osez-vous entrer dans ma chambre ! »

Son ton glacial impressionna l'homme. « Faites excuse, madame. Moi, je ne fais que mon métier. Et il m'a frappé, celui-là.

— Alors, Mr. Waring vous dédommagera. C'est à lui qu'il faut vous adresser. »

L'homme s'inclina et quitta la chambre. Ils l'entendirent descendre l'escalier d'un pas lourd.

Frances étouffa un sanglot. Elle était livide.

« Hâte-toi de fuir, Mehuru, et emmène Elizabeth. Vous passerez par-derrière.

— Je ne vous quitterai pas. Il ne me fera rien, puisqu'il croit que j'appartiens à Mr. Waring.

— Tu n'es pas en sécurité pour autant. Imagine que Mr. Waring te réclame ! Il faut que tu partes. »

Il la prit dans ses bras. « J'ai juré de rester avec vous.

— Regarde-moi donc, s'écria-t-elle avec l'énergie du désespoir. Je meurs, Mehuru. Toi, tu as encore une vie devant toi. Va ! Je veux te savoir libre. » Rassemblant ses forces, elle le poussa vers la porte. Mais ce faisant, elle changea de visage. Un spasme la traversa et la douleur la fit se recroqueviller sur elle-même. « Oh, mon Dieu ! C'est l'enfant qui arrive, Mehuru, l'enfant ! »

Au mépris de toute prudence, Mehuru ouvrit la porte et appela Elizabeth, qui descendit quatre à quatre de la mansarde. « L'enfant va naître ! Occupe-toi d'elle pendant que je vais chercher Stuart. Enferme-toi à clé et ne laisse entrer personne sauf moi. »

Il regarda ce qui se passait dans l'entrée. Visiblement les huissiers avaient renoncé à s'occuper de lui. Du moins pour l'instant, car ils étaient en grande discussion avec Josias.

Épaule contre épaule, le frère et la sœur bloquaient le passage, insistaient pour examiner chaque facture, et marchandaient, comme si une réduction de quelques livres pouvait avoir la moindre conséquence. Mehuru se dit que cette fois la maison s'était bel et bien scindée : en bas, Sarah et Josias qui continuaient à se battre pour de l'argent ; en haut, les esclaves et Frances qui, eux, se battaient pour faire naître la vie dans ces murs et tromper la mort.

Mehuru descendit sans bruit l'escalier, sortit discrètement par la porte du fond et fila à toute allure chercher Stuart Hadley.

Par chance, il aperçut derrière Queens Square le phaéton du médecin, qui attendait devant la porte des hospices des Marchands-Entrepreneurs.

« Stuart ! » hurla-t-il sous la façade à colombages. A son grand soulagement, il vit l'une des petites fenêtres à croisillons s'ouvrir et le visage de son ami surgir à l'étage.

« C'est pour Frances ! L'enfant va naître ! »

Ce manque total de discrétion arracha une grimace au médecin, qui disparut aussitôt de la fenêtre pour réapparaître quelques secondes plus tard en bas à la porte.

« Les douleurs ont commencé. Venez vite ! »

Stuart s'installa prestement sur le siège du conducteur tandis que Mehuru sautait à l'arrière à la place du laquais.

« Qu'est-ce qui a provoqué ça ? cria Stuart par-dessus son épaule.

— Des huissiers dans la maison. Et une bagarre. Ils ont essayé de m'attraper. »

Stuart fronça les sourcils.

« Vous saviez qu'elle attendait un enfant ! fit Mehuru d'un ton accusateur.

— Je suis son médecin.

— Vous ne m'avez rien dit.

— Pourquoi l'aurais-je fait ? répondit Stuart évasif, en faisant prudemment le tour de la place pour arrêter la voiture à bonne distance de la charrette des huissiers.

— Parce que c'est moi qui veille sur elle. Il aurait été bon que je sois au courant. Josias n'est jamais là. Il faut bien que je la protège. Vous auriez dû me prévenir.

— Qui est le père, à votre avis ? » demanda Stuart, à brûle-pourpoint en tendant le bras pour attraper sa sacoche. Mehuru, qui avait déjà sauté à terre, trépignait d'impatience, totalement oublieux des huissiers.

Stuart lui jeta un regard interrogateur, comme s'il attendait une réponse à sa question, avant de se laisser entraîner vers la maison. Du vestibule, ils entendirent Josias et Sarah qui menaient les huissiers de pièce en pièce.

« C'est de la porcelaine, disait Josias dans le salon. Et cette crédence est un meuble de famille, marqué aux armes des Scott, comme vous le voyez. »

Suivi de Stuart, Mehuru se précipita dans l'escalier et grimpa à l'étage. Il s'immobilisa devant la chambre de Frances, d'où sortaient de sourds gémissements.

« Le père ? » fit-il, comme s'il venait seulement de comprendre le sens de la question de Stuart.

Le médecin l'écarta avec autorité et frappa. « Je vous appellerai quand elle sera en état de vous voir, promit-il. Mais je vous avertis, elle est très fragile.

— Laissez-moi la voir maintenant !

— Tout à l'heure. » La porte s'ouvrit. Stuart entra et referma résolument derrière lui. Planté là, Mehuru s'effondra sur le palier et attendit, l'oreille aux aguets.

Il entendait Frances haleter. En bas, Sarah avait attiré Josias dans le vestibule, laissant les huissiers évaluer le mobilier du salon.

« Laisse faire, Josias, laisse faire, insistait-elle.

— Ils vont emmener les meubles de famille, et les dragons... »

Sarah l'agrippa par les revers de sa veste. « Écoute-moi, Josias. Il nous reste une chance. Une chance sérieuse, crois-moi. »

Une lueur d'intérêt apparut dans le regard de Josias, comme s'il retrouvait le sens des réalités.

« Comment cela ?

— Ils peuvent tout prendre : la maison, les meubles, le *Hot Well,* tout ! Ils peuvent même saisir un bateau. Même deux ! Nous pouvons négocier, voyons. Nous pouvons solder nos dettes.

— Mais nous perdons la maison, non ?

— Tant pis. Du moment que nous avons le dock, l'entrepôt et un navire, c'est tout ce qu'il nous faut pour recommencer.

— Mais Frances ne peut pas vivre dans notre ancienne maison.

— Tant pis pour elle. Elle n'a qu'à suivre son mobilier.

— Mais c'est ma femme, protesta mollement Josias.

— Tu n'es pas fait pour le mariage, Josias, pas plus que moi. As-tu oublié comment est morte notre mère ? Elle est morte seule, pendant que notre père faisait du commerce sur sa gabarre. Il disait que le commerce et l'amour ne font pas bon ménage, tu ne t'en souviens donc pas ? »

Josias secoua négativement la tête.

« Si, si, rappelle-toi. Et nous avons choisi la traite, le commerce le plus impitoyable qui soit. Le plus impitoyable de tous les temps. On ne peut pas se lancer là-dedans et continuer à jouer les cœurs tendres comme tu le fais, Josias. Ta femme est malade, et elle est en train de mourir là-haut. Pendant ce temps-là, nous, nous pouvons négocier avec les huissiers, emporter notre vaisselle et nos affaires à l'entrepôt et repartir là où nous avions commencé. Dis-moi ce que tu en penses. »

Josias n'hésita qu'un instant. « Sans compter que si la *Rose* rentre demain...

— Dans ce cas, nous sommes riches. Et si elle ne revient pas, il nous reste la *Daisy* et la *Lily*. L'une des trois va revenir incessamment, et peut-être même deux, en nous rapportant des bénéfices. »

Josias opina. « Rassemble toute la vaisselle et les objets sur lesquels tu peux mettre la main, dit-il à mi-voix. Je m'efforcerai d'en tirer le meilleur prix. Ces dragons devraient me rapporter une jolie somme. J'ai toujours dit qu'ils avaient de la valeur.

— N'oublie pas les meubles de ta femme. Vends-les aussi. Après tout ce qu'elle nous a coûté, elle peut bien payer maintenant. »

Assis en haut de l'escalier, Mehuru les écoutait d'une oreille. L'autre était tendue vers la chambre où Frances ne cessait de râler et gémir de douleur. Il se concentra et s'appliqua à rassembler ses pouvoirs d'antan. Immobile, les yeux clos, il ne songea plus qu'à la soulager. Le tapage des protestations et des discussions en bas s'affaiblit et ne fut bientôt plus qu'un vague bruit de fond, comme le jacassement des perroquets dans la forêt.

Puis Mehuru n'entendit plus que la respiration saccadée de Frances. Il capta le mal, l'attira sur lui jusqu'à le sentir déferler dans son propre corps : la douleur poignante au cœur, la brûlure des poumons spasmés, l'étau fulgurant de l'accouchement. Son corps n'était plus qu'un gouffre où se précipitait un torrent de souffrance. Et, tandis qu'il retenait en lui ces flots de douleur, il eut vaguement conscience d'entendre s'apaiser la respiration de Frances à mesure que le mal la quittait.

Soudain, la porte de la chambre s'ouvrit sur un Stuart aux traits tirés. « Venez, dit-il. Je la perds. »

Mehuru se ressaisit, se leva et entra lentement dans la chambre. Frances était étendue, la tête posée sur l'oreiller de toile fine. Son visage avait la blancheur du drap et ses cheveux défaits étaient collés par la sueur.

En l'apercevant, elle esquissa un sourire. « Mehuru », murmura-t-elle si doucement qu'il crut l'entendre dire « Mon amour ».

Il s'agenouilla près du lit, la prit dans ses bras avec mille précautions, et la tint tendrement, la tête calée au creux de son épaule. Frances ferma les yeux et l'étreignit, pressant son corps contre le sien. « Seigneur, que j'ai été sotte, Mehuru !

— Nous avons été sots l'un et l'autre », dit-il. Une nouvelle douleur lui saisit la poitrine, une douleur sourde et angoissante, comme une immense détresse.

« Des chimères..., j'ai couru après des chimères, dit-elle d'une voix haletante. Tout le temps..., je m'efforçais de... (Elle se mit à étouffer.) ... d... de... de garder... mon rang, bégaya-t-elle en cherchant son souffle.

— Je sais.

— De... de me conduire comme une dame de qualité. (Elle suffoqua à nouveau.) A... à quel prix ! »

Il la tenait enlacée, comme si son corps pouvait être un rempart contre le mal. « Je sais. Je l'avais compris dès le début.

— Toutes tes épreuves..., tant de souffrances... Et la ruine de l'Afrique... » Il la berça doucement, la laissant s'épancher, dire enfin ce qu'elle lui avait toujours tu. « Toi... et moi... Mehuru, quel gâchis !... »

Puis il la reposa sur l'oreiller et enfouit sa tête noire dans le cou de Frances. Elle le prit à deux bras et le serra contre sa poitrine. « Je t'aime », murmura-t-elle.

Il se redressa et la regarda. Une lueur de bonheur illuminait son visage ravagé par la douleur. Mais Mehuru avait vu mourir trop d'hommes et de femmes pour ne pas savoir que rien ni personne à présent ne pouvait plus retenir Frances. « Mehuru, je ne te l'ai jamais dit, mais sache que je t'ai aimé dès le moment où je t'ai vu.

— Reste ! Ne me quitte pas, Frances ! »

Elle esquissa un sourire las. « Tu regarderas dans mon écritoire... plus tard. Maintenant, serre-moi fort.

— Ne me quitte pas... » Ce n'était plus l'obalawa qui parlait, mais l'homme.

« Un jour peut-être..., dit-elle dans un souffle, un jour peut-être, il existera un monde où les gens comme nous pourront s'aimer. »

Soudain, elle se jeta en avant, le corps tendu comme un arc, les yeux éperdus de douleur, et poussa un cri, un seul. Mehuru la retint de peur qu'elle ne tombe et hurla son nom. Mais le corps de Frances s'affaissa presque aussitôt dans ses bras. Doucement, il la reposa sur l'oreiller. Elle n'était plus.

Stuart le tira par le bras. « Allez, venez. Et ne regardez pas ! dit-il en le poussant fermement vers la fenêtre. Surtout, ne vous retournez pas. »

Titubant, Mehuru appuya son front contre la vitre froide et resta là un long moment, hébété, fixant sans les voir les arbres nus qui s'élevaient sur une dentelle de givre.

« Ah, mais regardez qui voilà ! » s'exclama tout à coup Stuart.

Mehuru entendit alors un étrange petit geignement, puis un cri. Il se retourna et vit Elizabeth qui emmaillotait dans un linge blanc une minuscule petite chose, plus petite qu'une poupée.

« Regarde ! Ton fils, Mehuru ! Tu as un fils », sourit-elle, les yeux encore pleins de larmes.

Instinctivement, il tendit les mains et elle y déposa le petit paquet. Le bébé leva les yeux vers lui. Des yeux noirs, aussi sombres que ceux de Frances et les siens. Le petit visage avait une chaude couleur de rhum mêlé à du lait. Mehuru le contempla, chancelant, comme si la vérité venait subitement de lui apparaître. Cette peau douce, cette couleur d'ambre..., c'était Frances et lui. Cet enfant n'était pas de Josias. C'était le sien.

« Mon fils ! fit-il d'une voix incrédule. Mon fils ! »

Le bébé posait sur lui un regard sombre et pénétrant, comme si ses yeux recelaient déjà toute la sagesse du monde. Sa petite bouche s'ouvrit sur un délicat bâillement de chaton.

« Bonjour, mon fils », dit Mehuru. Et il ajouta en yoruba : « *Baa woo ne o moo me.* »

Les yeux du bébé s'agrandirent encore comme s'il découvrait son père. Puis il les ferma en grimaçant et se mit à pleurer.

« Il a faim, dit Elizabeth. Donne-le-moi.

— Tu peux le nourrir ? »

Elle lui adressa un regard plein de tendresse. « Cela fait des mois que je me prépare en l'attendant. Frances savait que je prendrais soin de lui. »

Stuart s'approcha. « Je suis navré, Mehuru. Je n'ai pas pu la sauver. Je vais faire venir une femme pour s'occuper d'elle et la veiller.

— Non, je m'en occupe. Si je suis resté tout ce temps, c'est pour faire les choses dans les règles.

Frances est une Yoruba à présent, ma femme et la mère de mon fils.

— Je vous attends dans la cuisine, avec Elizabeth et le bébé. Je veille sur eux, et nous partirons dès que vous serez prêts. Maintenant, vous pouvez rejoindre les autres. Plus rien ne vous retient ici. »

Mehuru hocha la tête et leur tint la porte. Il regarda Elizabeth descendre, tenant le bébé serré contre elle, la tête au creux de son épaule. Mehuru ne voyait de ce dernier qu'un petit crâne sombre. Son fils, bouclé comme un agnelet, avait hérité de ses cheveux.

Il referma la porte derrière eux. D'en bas montaient des bruits de meubles qu'on traînait jusqu'à la charrette de l'huissier, auxquels se mêlaient les criailleries de Sarah et les protestations consternées de Josias. Tout ce brouhaha lui semblait lointain, si lointain...

Il ôta les draps tachés de sang et redressa Frances dans le lit. Puis il prit le broc, versa de l'eau chaude, et avec une éponge lui lava doucement le corps, le visage, les mains, les doigts, longs et fins. Il lui brossa les cheveux et les tressa à la manière africaine. Ainsi parée de la coiffure des femmes de son pays, qui soulignait l'ossature délicate de son visage, il la trouva très belle. Elle paraissait enfin en paix avec elle-même, comme si elle avait compris l'inanité des poursuites humaines.

Dans son armoire, il choisit une robe bleue, couleur de la sérénité, de l'*itutu,* de la béatitude de l'âme. Avec des gestes d'une infinie douceur, il l'en revêtit et serra une dernière fois son corps contre le sien en la lui agrafant. Dans les poches, il glissa les objets qu'elle devait emporter en terre avec elle : son peigne, une cuillère à thé, prise sur son plateau, une pincée de sel. Il ouvrit son panier à couture, prit ses ciseaux à broder en argent et se coupa une mèche de cheveux qu'il déposa dans le mouchoir de Frances. Il lui ferma les yeux, baisa ses paupières, ses lèvres et le creux encore tiède de son cou, et, dans un ultime adieu, tira sur elle le couvre-lit blanc.

Il allait sortir quand il hésita sur le pas de la porte. Ne lui avait-elle pas dit de regarder dans son écritoire ? Il revint la prendre, s'assit près de la fenêtre, et l'ouvrit. Dedans, il trouva une feuille, placée bien en évidence, qui portait le sceau de Frances et sa signature, accompagnée de deux autres, celles de Stuart Hadley et de Mary Allen, la cuisinière. Avec ces lignes :

Ceci est le testament de Frances Jane Scott Cole, fait ce 29 novembre 1789 et signé en présence de Stuart Hadley et de Mary Allen. Voici mes dernières volontés.

A ma belle-sœur Sarah Cole, je laisse toutes mes robes et tous mes bijoux. A mon cher mari Josias, je lègue mes meubles et objets de famille.

J'attire leur attention sur les opérations que j'ai faites en tant qu'agent de Sir Charles Fairley. Ils constateront que les capitaux ont pris une importance qui permet de fonder une banque. Je lègue à ma belle-sœur et à mon mari tous mes intérêts dans cette affaire, en leur recommandant de s'y consacrer désormais et de renoncer à la traite des esclaves.

Quant à mes propres esclaves : Julius, Mary, Martha, Elizabeth, John, Susan, Ruth, Naomi, Matthew et Mark, je les déclare ici affranchis. Par cet écrit, le dénommé Mehuru, connu sous le nom de Cicéron, a lui aussi sa pleine et entière liberté.

Je leur donne à tous ma bénédiction. J'espère qu'ils auront la générosité de pardonner, non seulement à moi mais aussi au peuple anglais, tous les torts que nous leur avons causés, à eux et à leur pays.

A leur adresse, j'ajoute ceci :

J'ai mis longtemps, très longtemps à comprendre ce que nous vous avons fait et je vous en demande pardon à tous. Un jour viendra peut-être où nous apprendrons à vivre ensemble dans l'amour et le respect les uns des autres.

Achevé d'imprimer en novembre 1998
sur les presses de l'Imprimerie Bussière
à Saint-Amand (Cher)

POCKET - 12, avenue d'Italie - 75627 Paris Cedex 13
Tél. : 01-44-16-05-00

— N° d'imp. 2466. —
Dépôt légal : novembre 1998.

Imprimé en France